Tristan

Tome 3

La Joyeuse Garde

Traduit du moyen français par
Isabelle Degage

Préface de Pierre Senges

ANACHARSIS

En couverture : illustration d'Arthur Rackham pour *The romance of King Arthur and his knights of Round Table*, de Thomas Malory (1910)

Ouvrage publié avec le soutien de la région Occitanie Pyrénées-Méditerranée

ISBN : 979-10-279-0413-6

Diffusion-distribution : Harmonia Mundi Livre

43, rue de Bayard
31000 Toulouse
www.editions-anacharsis.com

Préface

Par Pierre Senges[1]

Consummatio gaudii

À l'heure où vous lisez ces lignes, n'en doutez pas, Tristan cavale encore – partout à la fois, à Logre en compagnie du roi Arthur, en Cornouaille dans le château du roi Marc, en forêt à la recherche d'Iseult la Blonde, ailleurs encore pour y aimer Iseult aux Blanches Mains. Voilà une si longue histoire, il est difficile d'en repérer le début, on ne s'étonne pas de ne jamais en voir la fin, tout son charme, toute son énergie, sa fougue, son mystère, sa force jusqu'ici invaincue et son pouvoir de fascination reposent sur cette faculté de ne jamais s'interrompre – et si parfois le récit fait une pause, c'est pour mieux ménager le suspens : il repart aussitôt après.

Le lecteur aura beau se lever tôt, il prendra toujours l'histoire en cours, elle a déjà débuté. De fait, les origines de ce *Tristan* en prose sont une série de *Tristan* en vers datant du siècle précédent : le *Chèvrefoil* signé Marie de France, la *Folie Tristan* de Berne, l'autre *Folie* d'Oxford, le *Tristan* de Thomas écrit vers 1175, celui de Chrétien de Troyes, perdu, datant de 1170, le *Tristan* perdu lui aussi d'un improbable M. La Chièvre, celui de Béroul, et avant tous ceux-là le *Tristan* de Bréri remontant à 1135,

1. Pierre Senges est écrivain et dramaturge, auteurs de nombreux romans, dont *La Réfutation majeure* et *Achab (séquelles)* chez Verticales, ainsi que, en collaboration avec Nicolas de Crécy, *Les Aventures de Percival* chez Dis Voir.

n'existant pour nous que sous la forme d'un titre, rien d'autre. Et avant ça encore, n'en doutons pas, toute une série de *Tristan* plus ou moins bien racontés par des conteurs dans un français de plus en plus étrange à nos oreilles à mesure qu'on remonte le temps en direction du latin de la décadence. Les collectionneurs d'origines, semblables à des chercheurs d'or, et ceux qui voudraient voir enfin la lumière de l'univers dans son œuf, pourront toujours remonter au-delà d'Ovide jusqu'à quelque mythe de l'époque mycénienne, sait-on jamais (certains savants voient dans le conte persan *Wîs et Râmîn*, composé autour de 1050 par Fakhr al-Dīn As'ad Gurgānī, l'origine orientale de *Tristan et Iseult* – tout le monde n'est pas d'accord avec cette hypothèse : il faudrait vérifier sur pièce en comparant tout page à page, ce qui n'est pas une mince affaire).

Au temps du *Chèvrefoil* de Marie de France, la littérature, on le sait, était le poème, une affaire de rimes et de mètres, on ne l'entendait pas autrement et c'était très bien ainsi : euphonique, élégante, concise, délicatement ornementée, accompagnée à l'occasion d'un instrument à cordes, dans le genre psaltérion. Quelques années passent, pas le temps de dire trois fois *ouf*, et voilà qu'au même moment ou à peu près les aventures de Lancelot (le cycle du Graal) et celles de Tristan, jusqu'ici chantées en vers, font leur apparition sous forme d'immenses récits en prose. « La prose épouse alors de manière décisive le genre romanesque », a écrit quelqu'un de bien mieux informé que moi : une manière, la prose, et un genre, le roman, qui continuent aujourd'hui de cavaler d'un salon littéraire à l'autre.

Comme pour toutes les métamorphoses de ce monde, on a cherché l'explication de ce basculement de la poésie à la prose ; on n'a pas eu de mal à en trouver un certain nombre, les grands mystères s'accompagnant parfois, longtemps après, d'une surabondance de justifications. Selon les auteurs de l'époque (c'est dire si le témoignage est direct), la prose est préférable pour l'avenir de la littérature parce qu'elle est le véhicule du vrai, quel que soit le sens de ce mot, tandis que la poésie persiste à propager les inventions et les mensonges. « *Nus contes rimés n'est verais. Tot est menssongie ço qu'il en dient, quar il non seivent rien fors par oïr dire* », assène vers 1200 le prologue à la traduction de la *Chronique* du Pseudo-Turpin, façon de jeter le discrédit sur cette poésie de ouï-dire, de fabliaux fumeux déformés à force de rabâchages par quelques diseurs édentés. Le plus grave défaut de la poésie est d'être un art de trouveurs, plus soucieux de trouvailles et de rimes plaisantes que de véracité – comme si la prose du *Tristan*, celle qui se trouve entre vos mains, peuplée de prodiges, pouvait prétendre à l'exactitude. On assiste là aux préludes à l'étrange et infinie bataille des lecteurs, des lettrés et des auteurs eux-mêmes contre les fables qu'ils adorent, contre cette « littérature comme mensonge » (ainsi l'appelait Giorgio Manganelli), seule capable pourtant de leur fournir d'immenses plaisirs en échange d'une somme modique – et parfois, pas de somme du tout. Quelques siècles plus tard, dans les pages de *Don Quichotte* remplies de billevesées au point d'en déborder, tel ou tel personnage, don Quichotte lui-même, ne cesse d'invoquer le vrai pour garantir la qualité d'un conte à dormir debout. (« C'est donc une si bonne histoire ? demanda don Quichotte. — Ce que je peux vous affirmer, c'est qu'elle ne contient que des choses vraies. ») Plus tard encore, les romans gothiques consolident leur authenticité à coups de manuscrits retrouvés dans un coffre, dans une bouteille ou dans une poche, et la préface à *Frankenstein* invoque la vraisemblance des faits d'après l'autorité du Dr Erasmus Darwin – et de nos jours (le vierge, le pignouf et le bel aujourd'hui), la mention « d'après une histoire vraie » sert d'incipit à des aventures d'agents doubles kidnappés par des millénaristes amateurs déguisés en chevaliers du Tastevin, eux-mêmes escroqués par de faux trafiquants de fonds de pension. Heureusement pour nous, toute tentative d'en finir avec la *menssongie* a toujours échoué avec panache, à moins que cette bataille n'ait été elle-même qu'une *menssongie* mise en scène pour amuser les farceurs tout en rassurant les grincheux d'un même élan – *vrai*, *véridique*, *véritable*, peu importe, les dragons seront toujours là, on y croira même davantage, l'essentiel étant de renforcer le lien de crédulité entre le lecteur et l'auteur, au nom d'une fraternité lointaine.

Ce n'est pas moi qui le dis, c'est Brunetto Latini, dans son *Livre du Trésor*, à l'époque où le *Tristan* en prose connaît ses premiers succès de librairie : des deux manières d'écrire, la rime est plus étroite, comme « fermée de murs et de palis, c'est-à-dire de pois et de nombre et de mesure », tandis que « la voie de prose est large et pleniere ». Cette voie large et plénière, les auteurs du *Tristan*, ceux du *Lancelot* l'ont choisie pour suivre sur des milliers de pages un labyrinthe d'histoires enchevêtrées, passant par des forêts, des clairières, des chambres, des fenêtres, des corridors, des portes basses, des souterrains, tout un décor fermé de murs et de palis qui semble ne laisser aucun lieu vierge de récits. C'était en ce temps-là une drôle d'idée de génie, recourir à la grande forme de la prose pour charrier d'innombrables histoires, toutes sinueuses – et c'est bien ce qui semble se réaliser dans notre *Tristan* de plusieurs milliers de pages, une succession ininterrompue de faits, de figures, des allers-retours et des sauts de bottes de sept lieues d'une aventure à l'autre, avant de reprendre le fil de la première. Presque trois siècles plus tard, quand l'Arioste s'amusera à son tour à entrelacer des dizaines de récits de cavalcades autour de Roland devenu aussi fou que Tristan (sinon plus), il choisira pourtant le vers, pas n'importe lequel, l'hendécasyllabe, héroïco-comique – et pas question de niaiser en chemin, il s'agit de sauter le plus rapidement d'une monture à l'autre :

Dovea cantarne, et altro incominciai
Perché Rinaldo in mezzo sopravenne ;
E poi Guidon mi diè che fare assai,
Che tra camino a bada un pezzo il tenne.
D'una cosa in un'altra in modo entrai…

Dans la version de Michel Orcel :

Je devais le chanter ; j'ai bifurqué
Car au milieu Renaud est survenu,
Et puis Guidon m'a donné fort à faire
Que j'ai dû surveiller un bon moment.
D'une chose dans l'autre suis passé…

On dit parfois, ici ou là, que cette tendance de la prose à embrasser une totalité d'ensemble et de détails l'incite à préférer la cavalcade, celle des héros du Graal, au détriment du thème premier de *Tristan* : l'amour – fou, absolu, fervent, impulsif, empoisonné et à proprement parler capiteux, quand il ne provoque pas des démangeaisons. Les *Tristan* en vers sont encore des *Tristan* de l'amour, l'histoire du philtre bu par erreur, et ce qui inquiète leurs auteurs, c'est la déchirure entre la fidélité à son roi et le désir pour sa maîtresse – des soucis du monde féodal, apparemment passés de mode, observés comme des reliques, disparus pendant longtemps et puis réapparus sans crier gare au coin d'une rue de Chicago, le jour où une femme fatale tombe amoureuse du détective qu'elle devait tuer d'un baiser au curare pour le compte de son amant, prince des caïds. Dans ces *Tristan* rimés, l'amour reste courtois, personne n'en doute, le désir est sublimé, les obstacles sont nombreux, on aime la dame quand elle se tient loin sur une crête, l'épée du roi coupe les accouplements en deux moitiés bien séparées, deux moitiés de pomme, les préludes restent des préludes, chacun ronge son frein avec vaillance et Dieu ou ses prêtres viennent régulièrement faire le ménage – et malgré tout, l'amoureux courtois s'ingénie à flirter quand il le faut du côté plus sensuel de l'amour, en mettant ses excès sur le compte du philtre. Il paraît que les envolées du *Tristan* de Thomas n'étaient pas (ou n'auraient pas été : difficile de savoir qui a lu qui dans ces taillis du XIIe siècle) du goût de Chrétien de Troyes, notamment son salut final aux amants :

A tuz amanz salut i dit,
As pensis e as amerus,
As enveius, as desirus,
A enveisiez et as purvers
A tuz cela ki orrunt ces vers.

Ce qui donne, dans la traduction d'Emmanuèle Baumgartner : « À tous les amants il envoie ses saluts, aux mélancoliques, aux sentimentaux, aux amoureux, aux luxurieux, à ceux que brûle le désir, à ceux qui aiment les plaisirs, aux pervers, à tous ceux qui écouteront ces vers. » Les poètes provençaux, troubadours « qui aimaient les plaisirs », ne se sont pas contentés non plus de chanter l'amour impossible pour une dame perchée tout en haut d'un mur d'enceinte, ils ont mis aussi en musique *dezir*, *jauzir* (jouir), *jazer* (coucher) et d'autres gaudrioles aisément traduisibles, comme chez Bernard de Ventadour : « *E baizera-lh la boca en totz sens.* »

Pour autant, qu'on se rassure, le lecteur du *Tristan* en prose ne perd rien en passant du vers amoureux à la prose chevaleresque, héroïque et virile : l'amour est là, le philtre est bu, on voit encore Tristan se toquer de sa dame, il a deux Iseult pour lui tout seul, et les milliers de pages du roman proposent à l'amateur venu les effeuiller quelques noces pas trop courtoises si vite troussées qu'il ne s'en rend pas toujours compte sur le moment – l'essentiel étant de passer à la suite. À vrai dire, amour courtois ou pas courtois, fidélité au roi ou à la dame, quête du Graal ou désir urgent, folie du combat ou priapisme d'homme ensorcelé, tout ça se vaut du moment qu'il y a des cavalcades : seule l'immobilité fait froid dans le dos, s'interrompre est un symptôme de mort physique et morale, c'est le début d'un ennui infini, glacé, le lecteur à jamais endormi sur l'épaule de l'auteur (on pense par exemple, avec des frissons d'effroi, à l'enserrement de Merlin, pétrifié par sortilège dans une posture d'éternel amoureux, sous un rocher, à l'abri d'une chambre froide, sinon au fond d'un lieu énigmatique connu sous le nom d'esplumoir). Tout sauf rester assis, comme tel personnage de Thomas Bernhard ruminant sa bile noire enfoncé dans un *Ohrensessel*, un fauteuil à oreilles, lui tenant lieu de trône – au contraire, il faut avancer, avancer toujours, y compris au-delà du but. Il n'y a de roman médiéval que de déplacement, disait l'un de ses connaisseurs, Michel Zink, citant en guise de pièce à conviction une phrase de saint Bernard, docteur melliflu, tirée d'un de ses sermons sur le *Cantique des cantiques* (il en a fait un certain nombre) : « Ce n'est pas par le mouvement des pieds, mais par les désirs, ce n'est pas en marchant, mais en désirant que l'on cherche Dieu. » Voilà donc de belles retrouvailles, pas avec Dieu, avec le désir : il sera bien présent tant qu'un cavalier ou une cavalière chevauche en quête de quelque chose, Dieu, le salut, le Graal, un joli cœur ou un sous-bois assez molletonné d'où on pourrait enfin voir, couché sur le dos, l'envers des feuilles – tant qu'il fait avancer un récit, le désir amoureux ou mystique est aussi un désir de littérature.

À ce propos, voici ce que disait Brunetto Latini, souvenez-vous, celui de la voie de prose « large et plénière » : « *Mais comment que ta parleur soit, ou par rime ou par prose, esgarde que ti dit ne soient maigre ne sech, mais soient replain de jus et de sanc, c'est a dire de sens et de sentence.* »

« Le *Roland furieux* est un poème qui se refuse à commencer et se refuse à finir », écrivait Italo Calvino : on pourrait en dire autant du *Tristan*, ses entrelacements sont un gage d'éternité. Le lecteur prêt à monter en selle découvrira ainsi dans les pages qui suivent les prouesses de Lamorat, le chagrin de Palamède, la couardise, les trahisons et la soif de vengeance de Marc, roi de Cornouaille, les reparties caustiques de Dinadan, des joutes innombrables, les chevaliers désarçonnés et ceux qui ne tombent pas de cheval, des écus volant en éclats, des blessures légères et des blessures profondes, des sources d'eau, des clairières où l'on se repose, des châteaux providentiels et hospitaliers, le havre de la Joyeuse Garde, la cour du roi Arthur, l'armée des Saxons, des têtes fendues jusqu'aux dents et d'autres qui volent à plus d'une toise ; il verra comment le conte se réfère à lui-même pour mieux profiter de son élan, comment les verbes se conjuguent indifféremment au présent et au passé sans jamais freiner la lecture, comment une aventure (l'assassinat d'une reine par son fils) engendre trois pages plus loin le récit de l'aventure (« Quand fut conté chez le roi Arthur le drame selon lequel Gahériet avait tué sa mère »), puis quelques pages plus loin encore le récit du récit (« Il lui rapporte alors toutes les paroles que Gahériet avait dites à Lamorat telles qu'elles avaient été contées à la cour ») ; il verra comment les distances s'étirent pour engendrer des forêts sans issues, ou au contraire s'abolissent, si bien qu'on entre dans un château sans paraître en franchir le seuil, ni essuyer au paillasson ses pieds fourbus de chevalier.

Mais il y a autre chose pour garantir l'éternité de la lecture, pas seulement l'abondance de récits prodigués par des conteurs depuis que la parole a permis à l'humanité de se détacher d'un fond caverneux. Le *Tristan*, comme le cycle du Graal, semble avoir mis au point un sortilège particulièrement prodigieux, dont le philtre bu par Tristan et par Iseult la Blonde est l'une des métaphores possibles, ou un échantillon, peut-être un emblème : il permet de maintenir vivace le désir au-delà de son assouvissement, ou mieux, grâce à lui. Les clercs du Quartier latin parlaient de *consummatio gaudii*, la consommation de la joie, assouvir un désir revenant à souffler sur ses braises ; c'était à propos du Bon Dieu, bien sûr, mais rien ne nous empêche de chaparder leur quête de la joie devenue joie de la quête pour en faire un meilleur usage.

Tristan

Notice. Cette traduction a été établie directement d'après le manuscrit 2537 de la bibliothèque de Vienne daté du début du XVe siècle et qui appartint au duc de Berry Jean Ier. Il compte près de cinq cents feuillets comportant de très belles enluminures. Parmi les quelque quatre-vingts manuscrits reprenant le très long récit du *Tristan en prose* (selon son appellation conventionnelle), il est réputé l'un des plus complets.

La présente édition de *Tristan* cherche à renouer avec la fonction première de ce sublime roman : l'agrément. La traduction a ainsi été pensée en ce sens, et les pages qui suivent ont de même été composées selon ce principe. On trouve dans le manuscrit un découpage des infinies intrigues du roman en quelques chapitres, dont les titres ne correspondent pas tous à leur contenu. Nous avons choisi de proposer une lecture en continu, en nous appliquant à pratiquer des césures selon la logique narrative, là, du moins, où cela ne nous semblait pas trop briser l'imbrication inextricable des mille et une histoires racontées par un rédacteur (un copiste ?) anonyme.

Dans tous les cas, nous n'avons pas cherché à établir une édition académique de cet ouvrage. La traduction est ici mise au service du plaisir intense de la lecture, d'une rencontre avec l'enfance de l'art.

Selon le conte, les hauts faits que monseigneur Tristan accomplit à travers le royaume de Logre commencèrent à se répandre et à être relatés au royaume de Cornouaille. Les uns et les autres se mirent à en parler ; ils disaient unanimement que les plus grands prodiges du monde réalisés par monseigneur Tristan au royaume de Logre provenaient de sa puissante chevalerie. En entendant ces nouvelles, le roi Marc fut particulièrement épouvanté. Il ne sait que dire à propos de cette affaire car il est trop effrayé. Il y pense jour et nuit si constamment qu'il ne songe à rien d'autre.

En ce temps-là, la demoiselle que la reine Iseult avait envoyée au royaume de Logre pour parler à monseigneur Tristan rentra au royaume de Cornouaille. Et un écuyer messager qui avait été éduqué à la cour du roi Marc revint à cette même époque du royaume de Logre. Sans doute le roi Marc l'avait-il dépêché dans ce royaume pour connaître les actes de monseigneur Tristan et pour qu'il pût lui rapporter quelle était sa contenance. Et il advint que l'écuyer rentra le jour même du retour de la demoiselle à la cour du roi Marc. La demoiselle vint devant sa dame, et lui raconta aussitôt les œuvres et les merveilles que monseigneur Tristan accomplissait à travers le royaume de Logre : comment tout le monde parlait de lui, comment il avait défait par sa bravoure les trente chevaliers de Morgane et comment il avait gagné le tournoi qui s'était déroulé devant le Château des Pucelles. Que vous dire ? La demoiselle lui relate tant les prouesses de monseigneur Tristan que la reine répond en soupirant : « Ah, Dieu ! Pourrai-je continuer à vivre sans jamais revoir Tristan ? Je suis plus morte et détruite quand j'entends dire si grand bien de lui alors que je ne peux le voir. Mais dites-moi, demoiselle, que Dieu vous garde, comment avez-vous pu le quitter sans qu'il me donne de réponse aux questions que je lui avais posées par votre entremise ?

— Ma dame, fait la demoiselle, ne blâmez pas monseigneur Tristan. Réprimandez-moi plutôt. Car la faute doit être mienne. Apprenez avec certitude qu'il me pria à plusieurs reprises de ne pas le quitter avant que je vous apportasse ses réponses. Mais mon péché et ma malchance furent tels que je ne pus le trouver en nul lieu où je vins depuis qu'il partit du tournoi qui s'était déroulé devant le Château des Pucelles. Je le perdis si entièrement que je ne pus le trouver.

— Devant Dieu ! s'exclame la reine. Cela me peine terriblement. Je ne pourrais être plus courroucée par une autre aventure que par celle-là. Vous avez mal mené à terme la mission pour laquelle je vous ai envoyée au royaume de Logre. Vous m'avez apporté de bonnes nouvelles du valeureux chevalier. Et pourtant, je pouvais les deviner. Vous avez mal accompli ce pour quoi je vous ai dépêchée là-bas. » Ainsi la reine Iseult parla-t-elle à sa demoiselle. Ces nouvelles la rendent heureuse et joyeuse. Mais elle est prodigieusement triste de n'avoir pas la réponse de son ami.

Il n'en va pas de même du roi Marc. Il est malheureux et courroucé de toutes les manières possibles. Toutes les nouvelles qu'il peut apprendre lui sont contraires et fort perturbantes. Il meurt de douleur et de rancœur. Il a tellement peur de monseigneur Tristan qu'il ne sait que dire. Et les nouvelles que l'écuyer lui apporta furent pires que toutes les autres. Comme il avait récemment quitté le royaume de Logre, il avait plus appris de nouvelles que tout autre ; il en donna donc plus au roi. Et il ajouta clairement que selon les nouvelles qu'il avait entendues au royaume de Logre, si messire Tristan peut vivre longuement, il pourra mettre tout le monde sous sa domination à cause de la haute chevalerie que Dieu lui a donnée. Il est inutile de demander si le roi Marc est accablé et malheureux en entendant ces faits. Les nouvelles qu'on lui apporte lui procurent une si grande douleur au cœur qu'il affirme qu'il en mourra s'il ne trouve aucun conseil ou aucune consolation. Il pense bien, selon ce que l'on raconte, que messire Tristan ne tardera pas à venir en Cornouaille pour le déchoir de tout et pour lui ravir la belle Iseult. Et sachez qu'il aimait ma dame Iseult d'un si grand amour qu'il ignorait ce qu'il préférait perdre : la reine ou sa terre.

Le roi Marc réfléchit très attentivement à cette affaire. S'il pouvait d'une manière ou d'une autre tuer monseigneur Tristan, il le ferait volontiers. Mais il ne voit pas comment le mettre à mort à moins de partir lui-même secrètement au royaume de Logre. Il ne pourra pas tuer monseigneur Tristan autrement que discrètement, car il est bien trop puissant. Le roi Marc pense profondément à cette affaire et au moyen de le mettre à mort. Finalement, il s'accorde à prendre le risque ; il tuera de quelque manière monseigneur Tristan, et sera ainsi libéré du grand tourment qui lui tiraille le cœur chaque jour. Ainsi le roi Marc le décida-t-il, et ainsi le fit-il car il vint jusqu'au royaume de Logre. Et apprenez que le conte témoigne clairement que la plus grande audace de toute la vie du roi Marc fut de venir de Cornouaille au royaume de Logre pour tuer le meilleur chevalier du monde. Ce fait ne fut pas de l'audace. Ce fut folie et rage. Mais à présent, le conte se tait jusqu'à ce qu'il soit temps d'y revenir, et retourne à un autre sujet.

Selon le conte, le roi Marc pensa longtemps à cette affaire. Dans son cœur, il assure qu'il mettra messire Tristan à mort et qu'il s'en ira discrètement et en catimini au royaume de Logre. Il œuvrera tant qu'il le trouvera.

Le roi Marc fit convoquer ses gens et leur laissa entendre qu'il voulait partir en pèlerinage le plus secrètement et le plus simplement possible de telle sorte que nul qui le vît ne le reconnût. C'est pourquoi il voudrait confier, avec leur assentiment, la garde de toute sa terre à Andret, son neveu. Il souhaitait qu'ils fissent le serment d'accomplir sa volonté et ses ordres pour le bien et l'honneur du règne jusqu'à son retour. Que vous dire ? L'ordre du roi Marc fut aussitôt exécuté car tous firent volontiers le serment à Andret. Après qu'ils avaient juré comme leur roi l'avait ordonné, sire Marc partit instamment de Cornouaille et emmena avec lui deux chevaliers dont l'un s'appelait Bertelois. Il avait toute confiance en lui car il était un bon chevalier en qui il n'avait jamais trouvé que loyauté. L'autre chevalier avait pour nom Arman. Il emmena également deux demoiselles qui appartenaient à la chambre de la reine Iseult ainsi que deux écuyers.

Le roi Marc quitta la Cornouaille avec la compagnie que je vous ai décrite, le plus secrètement et le plus discrètement qu'il put. Il alla jusqu'à la mer, prit un navire et passa au royaume de Logre. La traversée effectuée, il demanda dans le premier logis où il fut hébergé comment trouver le roi Arthur au plus tôt. On lui répondit qu'il le trouverait sans doute près de la cité de Kamaaloth ou à Kamaaloth même. Le roi Marc partit donc sans apprendre d'autre nouvelle du roi Arthur pour cette fois.

Quand le roi Marc se remit en route, avec la compagnie dont je vous ai parlé, il advint qu'il croisa ce jour-ci deux chevaliers tout en armes qui chevauchaient sur le grand chemin empierré à travers la forêt. Le roi s'arrête dès qu'il les voit arriver, les salue puis leur demande d'où ils viennent. Ils répondent qu'ils arrivent de Kamaaloth. « Et croyez-vous, fait le roi Marc, que je puisse y trouver le roi Arthur ?

— Oui, disent-ils. Vous pourrez le trouver sans doute à Kamaaloth si vous y allez. Car il y séjourne habituellement.

— Et savez-vous, poursuit le roi, aucune nouvelle de monseigneur Tristan, le neveu du roi Marc de Cornouaille ?

— En effet, répondent les chevaliers. Nous le laissâmes en bonne santé à la cour du roi Arthur. Et nous savons bien que jamais le roi Arthur ne manifesta une si grande joie ni ne fit une si grande fête à un chevalier errant comme il le fit à monseigneur Tristan le jour où Lancelot du Lac l'amena à la cour.

— Comment ? s'étonne le roi Marc. Monseigneur Lancelot l'emmena-t-il donc comme prisonnier ?

— Au nom de Dieu, chevalier ! font les chevaliers. Apprenez que Lancelot n'a pas assez de pouvoir pour nuire à messire Tristan par les armes sans que ce dernier lui fasse autant de tort ou plus. Car les meilleurs chevaliers de la cour du roi Arthur, qui ont bien éprouvé l'un et l'autre, affirment que dans le besoin, ils se fieraient plus à messire Tristan qu'à Lancelot pour fournir un grand effort de chevalerie. Et nous ajoutons autre chose. Sachez que messire Tristan est chevalier de la Table Ronde et qu'il possède le siège du bon Morholt d'Irlande. Sans nul doute messire Tristan a-t-il ce siège à la Table Ronde. Et si vous vous rendez là-bas, vous pourrez y trouver la plus grande joie et la plus grande fête que vous ayez jamais vues de toute votre vie. »

Une fois ces nouvelles entendues, le roi quitte les chevaliers, les recommande à Dieu puis s'en va. Mais il est furieux que messire Tristan soit à la cour, il aurait préféré le trouver ailleurs que là. Après s'être un peu éloigné de ceux qui lui avaient donné ces nouvelles, il attire aussitôt Bertelois, ce chevalier à qui il se fiait tant, et lui dit : « Bertelois, bel ami, il est nécessaire que je t'avoue pourquoi je suis venu au royaume de Logre et quelles sont les raisons qui m'y mènent. Mais il convient que tu dissimules si prodigieusement ce fait que, par toi, rien ne sera su. » Et Bertelois, qui n'y prend garde, répond : « Sire, vous avez trouvé jusqu'ici en moi loyauté et foi. Et il en sera ainsi s'il plaît à Dieu tant que je vivrai.

— Bertelois, poursuit le roi, apprenez que je suis venu dans le seul but de tuer mon neveu. Je l'occirai ouvertement ou secrètement. Je dois le faire sinon il me détrônera. Car je sais bien qu'il n'aspire à rien d'autre qu'à me chasser hors de Cornouaille s'il le peut.

— Sire, fait Bertelois, je vois bien et je sais que vous n'avez dit ces mots que pour m'éprouver et connaître si je hais votre lignée et votre honneur.

— Apprends, réplique le roi, que je ne t'ai pas dévoilé ces choses pour t'éprouver. Je te les dis en vérité. Car je veux agir ainsi sans aucun doute. Il ne peut en être autrement. Si j'œuvrais différemment et si Tristan n'était pas tué, je perdrais ma terre et serais pleinement déshonoré.

— Comment, sire ! s'étonne Bertelois. Vous voulez occire votre neveu, qui est bien le meilleur et le plus gracieux chevalier au monde, et grâce auquel vous pouvez encore être plus honoré et redouté que vous l'êtes malgré tout ce que vous possédez !

— Il en est ainsi, confirme le roi Marc. Il est nécessaire que je le tue. Il ne peut en aller autrement. Je préfère l'avilir plutôt qu'il me déshonore. Et j'aimerais mieux mourir que de ne pas le tuer. Je veux que tu m'aides à l'occire et à l'humilier. » En entendant les dires du roi Marc, Bertelois lui répond : « Comment, sire, me dites-vous la vérité ?

— En effet, fait le roi, je te la dis en tant que souverain.

— Sire, dit Bertelois, je vous ai servi jusqu'ici le plus loyalement que j'ai pu. Je vous ai servi de mon mieux pour votre honneur et pour votre profit. Je suis, merci à Dieu, chevalier. Et je dois aussi vous en remercier car vous m'avez offert l'honneur de la chevalerie. Parce que je suis chevalier, je ne devrais en aucun cas m'accorder à faire félonie ou déloyauté. C'est pourquoi je vous affirme que je ne participerai pas à la mort du meilleur chevalier et du plus preux. Je ne participerai pas à la mort de monseigneur Tristan. Devant Dieu, même s'il avait exterminé la moitié de ma lignée, je ne pense pas que je m'accorderais à sa mort, pour la haute chevalerie que je vois en lui. C'est pourquoi, sire, je vous dis bien que je ne m'associerai à cet acte pour rien au monde. Telle est ma réponse finale. Je ne dirai rien d'autre.

— Comment ? gronde le roi. Je t'ai éduqué, élevé et procuré tout le bien que tu possèdes en ce monde ! Et tu ne suivras pas ma volonté !

— Non, sire, répond Bertelois. Jamais au monde et pour aucune aventure qui puisse m'advenir je n'approuverai la mort d'un homme aussi valeureux que monseigneur Tristan. Ne serait pas vertueux celui qui donnerait son assentiment. Et qui vous conseillerait ce fait serait plus que déloyal.

— Au nom de Dieu ! s'emporte le roi Marc. Je t'ai mal éduqué ! Et puisque je vois clairement que l'arbre que j'ai planté ne me rend pas de fruit quand c'est nécessaire et quand le temps où il le doit est venu, je le trancherai ! »

Le roi Marc était doté d'une grande force et était un chevalier de haute taille. Rendu furieux par le refus de Bertelois, il empoigne son épée et se rue aussitôt sur lui, la lame nue. Bertelois, qui jamais n'aurait cru que le roi voulait le tuer, ne se protège pas. Enragé, le roi lui crie : « Certes, Bertelois, tu es mort ! Tu dois périr ici pour l'amour de Tristan le déloyal que tu aimes tant ! » Il lève son épée et le frappe d'un grand coup à la tête qu'il fend jusqu'aux dents. Et il put le faire aisément car la tête de Bertelois était nue. Bertelois tombe sans mot dire. Le corps commence à se tordre terriblement à terre. Quand les demoiselles qui accompagnaient le roi, qui avaient bien entendu les paroles que ce dernier avait dites à Bertelois, voient ce drame, elles se mettent à faire le plus grand deuil du monde. Sachez que ce chevalier qui avait été tué était le frère des deux demoiselles. Les écuyers aussi étaient proches de cette lignée. Le chevalier nommé Arman était également son parent. Grandes sont les lamentations des deux demoiselles pour leur frère qui est mort devant elles. Le roi Marc dit aux écuyers : « Allons-nous-en d'ici. Si je vous ai nui avec la mort de Bertelois, je me rachèterai bien.

— Sire, dit Arman, vous vous rachèterez en effet. Car soyez certain que vous mourrez ou je mourrai ! »

En entendant ces paroles, le roi Marc se précipite aussitôt sur le chevalier qu'il voulait frapper à la tête avec son épée. Mais les écuyers s'interposèrent, et le roi partit avec eux. Et les demoiselles restent avec Arman. Après s'être longuement désolés, ils montent en selle, prennent le corps et le portent à une abbaye qui était près d'ici. Là, ils le font mettre en terre puis reprennent leur chemin à la suite du roi Marc. Car s'ils le peuvent, ils ne le laisseront pas en paix. Cette honte sera vengée. Que vous dire ? Arman et les demoiselles chevauchèrent tant ce soir-là qu'ils parvinrent au château où le roi Marc était hébergé. Ils dormirent dans la forteresse mais pas ensemble. Ils étaient séparés. Quand vint le lendemain, le roi crut partir de ces lieux mais ne le put, car les demoiselles le firent arrêter et dirent qu'elles l'accusaient de trahison ; elles chargeraient Arman de la prouver. Ce à quoi le roi Marc répondit : « Je suis prêt à me défendre contre l'accusation de trahison ici ou ailleurs, en quelque lieu que vous voudrez.

— Et si nous vous appelons à la cour du roi Arthur, oserez-vous vous défendre ?

— Oui, dit le roi, plus volontiers qu'ailleurs. Parce qu'il s'y trouve là-bas plus de bons chevaliers qu'il n'y en a de par le monde aujourd'hui. » Arman intervient et dit : « Sire, je vous ai servi jusqu'ici le plus loyalement possible. Jamais je ne fus déloyal ni félon envers vous. Je vous rends tout ce que je possède de vous. Et je veux que vous vous méfiiez de moi. Car apprenez que, pour cet acte même, vous n'avez pas de pire ennemi que moi. Et à cause de la grande félonie que vous avez faite, je vous accuse de trahison devant la cour du roi Arthur. Là-bas, vous vous défendrez si vous êtes assez hardi pour cela.

— Donnez le jour de la bataille, fait le roi Marc. Car sachez bien que je m'y trouverai. Et si vous parvenez à me vaincre, je ne veux plus porter de couronne.

— Retrouvons-nous dans six jours », dit Arman. Le roi donne son assentiment, en échange de quoi Arman ne parlera du roi Marc ni au roi Arthur ni à autrui.

Le roi Marc quitte les lieux et chevauche toute la journée sans rencontrer d'aventure digne d'être relatée. Ce même jour, le roi déjeuna chez un forestier qui honorait volontiers les chevaliers errants qui venaient chez lui. Il pria très gentiment le roi de rester cette nuit, mais il n'accepta pas. Il partit après none. Une fois en route, il chevaucha tout le jour jusqu'à une heure tardive. L'aventure le conduisit devant une belle fontaine qui coulait à l'orée d'une prairie, près d'une forêt. Quand le roi Marc vint à la source, il vit qu'il était assez tard et que la nuit approchait à grands pas, si bien qu'elle se mêlait au jour. Le roi, qui voit bien que la forêt où le chemin menait était vaste et merveilleuse, ne veut y pénétrer car la nuit était bien trop sombre. Il ne connaissait ni la contrée ni le pays car il ne s'y était jamais rendu. C'est pourquoi il reste devant la source et dit à ses écuyers : « Seigneurs écuyers, nous demeurerons ici pour la nuit. Car si nous partions à présent d'ici, je ne saurais quelle direction prendre pour nous loger.

— Sire, à vos ordres », disent les écuyers. Le roi met pied à terre puis ordonne que l'on s'occupe des chevaux le mieux possible.

Quand le roi Marc fut descendu devant la fontaine comme je vous l'ai dit, les écuyers prennent les chevaux et les emmènent au milieu de la prairie tout en prenant soin d'eux du mieux qu'ils peuvent. Puis ils retournent auprès du roi, le désarment et le soulagent. Le roi s'assied sur son écu tout à côté de la source puis commande aux écuyers de prendre garde à ce que les chevaux n'entrent pas dans la forêt. Et ils le font, comme le roi leur a ordonné. Le roi reste près de la source et les écuyers se dirigent vers les chevaux. Le roi est seul. Il se met à réfléchir très profondément. Tout d'abord à lui-même puis à monseigneur

Tristan. Mais ce qui le met le plus mal à l'aise est l'obligation qu'il a de se rendre à la cour du roi Arthur. Si messire Tristan, son neveu, s'y trouve et s'il est reconnu, il pense bien qu'il ne pourra pas sortir sans mauvais discours. Car messire Tristan aura de toutes les manières l'appui de la cour, qu'il ait raison ou tort. Cette affaire plonge le roi dans une grande crainte et une grande peur. Il dit tantôt qu'il ira à la cour, puis il dit qu'il ne s'y rendra pas. Le roi Marc pense tant à cette affaire que la nuit tombe, noire et sombre, et les écuyers sont loin de lui. Le roi songeait ainsi devant la fontaine, accoudé sur son écu ; il se disait qu'il avait été fou d'entreprendre cette tâche. Il se repentait, mais c'était trop tard.

Voici venir près de la source un chevalier errant tout en armes, sans compagnie d'écuyer ou d'une autre créature mortelle. Il arrive tout seul et met pied à terre. Il descend tout seul. Seul, il prend soin de son cheval du mieux possible et le laisse paître dans la prairie. Il ôte ses armes tout seul. Une fois désarmé, il s'assied devant la fontaine qu'il connaissait bien car il y avait déjà été de nombreuses fois. Il se couche dans l'herbe près de ses armes qu'il avait posées à côté de lui. Le roi Marc voit distinctement le chevalier, mais lui n'aperçoit pas le roi qui était allongé parmi les joncs. Le chevalier, lui, était couché sur l'herbe rase. Pendant un temps, il ne parla pas. Mais, dès qu'il fut assis devant la fontaine, il se mit à penser intensément et à pousser souvent de profonds soupirs. Et après avoir soupiré en se plaignant, il parle à haute voix et dit : « Amour, tous mes actes s'usent dans la grande douleur, le grand travail et la grande peine. Vous me faites vivre dans les tourments. Ma vie est grevée de pleurs et de larmes. Si j'ai connu la joie par vous, je la paie chèrement comme vous-même le savez. » Après avoir ainsi parlé comme je vous le rapporte, le chevalier se tait et ne dit mot. Puis au bout d'un moment, il se met à chanter un lai qui dit ainsi :

Sans cœur je suis et sans cœur je reste.
Je n'ai ni membres, ni pieds, ni mains
Sans amour. Amour me mène.
Tel que mort et vif me laisse.

Mourant d'amour, en amour je vis.
Je meurs d'amour. Je revis.
Je me trouve mort. Je me trouve vif.
Il m'éteint, il me ravive.

En bien des diverses manières
Comme fut la mer mouvante
Me mène Amour. Bien est manière
D'aller comme femme changeante.

Amour une heure me promet
Tous biens. Et tantôt me fait
Tous maux subir. Puis en joie me met.
Et puis en douleur me remet.

Amour, jamais je ne vous ai nui,
Dieu le sait. Je vous ai tant servi
Que j'en suis tout opprimé.
Les maux que j'endure, point ne les ai mérités.

Amour, de double plaie je gis.
L'une me plaît, l'autre m'occit.
L'une m'angoisse, l'autre me plie.
Ainsi reçoit celui qui vous supplie.

Amour, Amour, ayez pitié
De moi qui par vous suis blessé.
Souvent je vous ai supplié.
Mes services sont mal employés.

Amour, puisque vous m'avez créé
Et de votre force refait,
Si par tous j'étais défait,
Ce serait péché et méfait.

Celui qui élève sa créature,
Qui la traite comme sa progéniture,
S'il l'amène à une mauvaise aventure,
Il est de trop mauvaise nature.

Amour, éduqué et élevé,
En prix et en honneur levé,
Je suis par vous. Et quand vous l'avez fait,
M'occire, vous ne le devez.

Amour, je suis toujours votre plante.
Votre force, en grand prix, me plante.
Voyez. Qui sa plante a enlevé
S'occit lui-même et se soumet.

Ha ! Vous par qui je suis planté,
En prix, en honneur, en bonté,
Je suis par vous déraciné.
Votre prix en est déprécié.

Amour, à cause de vous je vais prier,
Supplier, prier, encore prier.
Criant pitié et recriant
Que vous ne me tuiez plus autant.

Souffrez que ma douleur s'apaise.
Souffrez que mon cri se taise.
Souffrez que finisse mon malaise.
Souffrez que vienne un peu d'aise.

Hé, Amour ! Vous êtes si dur !
Dites comme votre cœur endure
Que je supporte si grande brûlure
Pour bien aimer. N'est-ce injure ?

Amour, comment souffrir pouvez
Que moi, misérable, souffrant, noyé,
Moi qui suis votre dévoué,
Je sois par vous à la mort envoyé ?

Ma dame que j'aime de cœur vrai,
Mon lai, à qui je l'enverrai ?
Non à vous car je n'oserai.
À un autre je l'adresserai.

Au bon Tristan, au preux, au sage,
Qui surpasse toute mortelle lignée.
Pour sa bonté et son courage,
Mon message je lui enverrai.

Quand le chevalier a terminé son lai, ses paroles et son chant comme je vous le raconte, il se tait et ne dit plus mot pendant longtemps. Et après s'être longuement tu, il recommence sa complainte et dit tout en pleurant : « Hé, Amour ! J'en prends vraiment Dieu à témoin, comme vous commettez un péché avec moi ! Quel avantage et quel gain recevez-vous de ma douleur, de mon mal-être et de mon martyre ? Vous me faites toujours languir. Vous n'en obtenez nul prix. Votre louange jamais ne croîtra en vérité. Vous faites montre de votre pouvoir et de votre force contre un homme misérable. Et moi, que puis-je contre vous ? Rien de plus que l'agneau contre le loup. Amour, c'est une grande félonie de mettre son serviteur à mort. Et cependant, si je peux révéler la vérité de ma douleur, de ma peine, de mon travail et de mon mal-être, je ne puis avec raison blâmer l'Amour ni ma dame que mon cœur préserve. Je ne dois accuser de mon mal ni ma dame ni l'Amour. Car ma dame me veut beaucoup de bien, je le sais vraiment. Et d'autre part, je ne dois pas blâmer l'Amour de ce fait. Car il veut et accepte que j'obéisse aux plaisirs de ma dame. Et quand l'un consent et l'autre me veut du bien, qui donc pourrai-je accuser de la grande douleur que je sens et que je supporte jour et nuit ? Je ne puis blâmer que celui qui m'éloigne de mes amours et qui m'empêche de voir ma dame. Celui-là me ravit ma joie et mon bonheur. Il me fait de riche pauvre. Il me fait la même bonté que le roi Marc fit à monseigneur Tristan. Gahériet, le bon chevalier, fait de même. Il m'éloigne de toute joie et de toute félicité. Il me tue sans me frapper d'un coup d'épée ou de lance. Ah, Gahériet, Gahériet ! Vous êtes né pour mon malheur ! J'en prends vraiment Dieu à témoin, je ne crois pas que vous me procuriez moins d'ennuis et d'embarras que le roi Marc de Cornouaille n'en donne à monseigneur Tristan. Vous m'en fournissez plus. Car plus messire Tristan est loin de sa dame, moins il est enflammé comme je le crois. Et il le supporte mieux. Mais moi qui vois souvent la lance incisive, c'est la beauté de ma dame, la fleur de ce monde, que je pourrais bien posséder si Gahériet ne me serrait de près. Je languis, je brûle et je flambe si fortement que tous mes membres se dessèchent et m'abandonnent. Sire Tristan, devant Dieu, vous avez plus de chance dans vos amours que moi. Car vous vous réconfortez quand vous ne voyez pas votre dame. Mais moi qui vois la mienne souvent, je n'en retire aucun avantage. Je meurs de douleur et d'angoisse. Je suis en feu et en flamme. Gahériet, Gahériet, vous me faites tout ce mal ! Puissiez-vous ne pas mourir avant de savoir quelle angoisse et quel tourment supporte celui qui aime d'amour et qui ne connaît aucune joie par celle qu'il aime. Ah, Seigneur Dieu ! Jamais nul chevalier ne fut plus malchanceux dans ses amours que moi. En vérité, à mon avis, aucun. »

Ainsi, comme je vous le raconte, le chevalier se plaint-il pour ses amours, angoissé et tourmenté. Et si on me demandait qui il était, je répondrais que c'était Lamorat de Galles, le valeureux, le vaillant chevalier qui se lamentait pour l'amour de la reine d'Orcanie ; elle était, en ce temps-là, l'une des belles dames de ce monde. C'était la mère de messire Gauvain et de ses frères ainsi que la sœur du roi Arthur en personne. Et apprenez que les enfants de la dame savaient de source sûre que la reine, leur mère, n'aimait pas moins Lamorat qu'il ne la chérissait. Mais comme il était un excellent et vaillant chevalier, ils ne disaient pas leurs pensées. Cependant, cela les contrariait terriblement, et sans le grand amour que la lignée du roi Ban portait à Lamorat, ils l'auraient déjà tué. Mais à cause de la peur qu'inspirait cette lignée, ils laissaient cette affaire. Et sachez que parmi tous les frères, nul n'était plus fâché que Gahériet. C'était lui, sans nul doute, qui faisait si bien garder la reine sa mère afin que Lamorat ne pût venir. C'est pourquoi Lamorat se plaignait plus de Gahériet que de tout autre. Et Gahériet protestait contre Lamorat. Mais discrètement. Il avait souvent dit à la reine sa mère quand ils étaient en privé : « Ma dame, pour l'amour de Dieu, prenez garde à ne pas causer honte et déshonneur à des enfants tels que vous avez. Ils sont appréciés et honorés dans tous les lieux où ils vont. Ne faites pas en sorte, s'il vous plaît, qu'ils soient avilis par votre faute. Prenez garde, ma dame, si vous tenez à la vie. Car sur la foi que je vous dois, si je vous trouve avec Lamorat, sachez que je ne lui ferai aucun mal. Je le laisserai partir librement au nom de la haute chevalerie que je sais en lui. Je ne mettrai à mort un si bon chevalier pour nulle aventure tant que je pourrai m'en garder. Je le libérerai. Mais quant à vous, tenez pour vérité que si je vous trouve dans cette situation, je vous tuerai. C'est pourquoi je vous prie, ma dame, de vous souvenir de ces paroles. » Gahériet avait dit ces mots maintes fois à sa mère. Mais elle n'y prêta guère attention. Et Gahériet lui-même la tua depuis et laissa partir Lamorat librement alors qu'il aurait pu l'occire s'il l'avait voulu. Mais à présent, le conte cesse d'évoquer cette histoire et revient à notre sujet.

Selon le conte, quand Lamorat se plaignit longuement de l'Amour comme je vous l'ai relaté, les écuyers du roi Marc qui gardaient les chevaux derrière la fontaine entendirent cette complainte et crurent avec certitude que c'était le roi qui se lamentait ainsi. C'est pourquoi ils viennent dans cette direction et lui demandent : « Sire, qu'avez-vous, vous qui vous plaignez tant ?

— Et vous, qui êtes-vous qui me demandez pourquoi je me lamente ? » fait Lamorat. Les jeunes gens sont stupéfaits en entendant parler Lamorat. Car ils voient que ce n'est assurément pas leur seigneur. C'est pourquoi ils répondent : « Sire, nous croyions que c'était un autre que vous.

— Comment ! s'étonne Lamorat. Y a-t-il donc quelqu'un d'autre que moi ici ? » Et ils ne disent mot car ils attendaient que leur seigneur prenne la parole. Le roi Marc dit donc : « Sire chevalier, que désirez-vous ? Apprenez que vous n'êtes pas seul ici car je vous tenais compagnie et vous l'ignoriez. Sachez que je vous aurais parlé depuis longtemps mais je ne voulais pas perturber votre complainte. Car elle m'a assez plu.

— Dites-moi, demande Lamorat, qui êtes-vous, que Dieu vous bénisse ?

— Je suis, répond le roi Marc, un chevalier étranger récemment arrivé au royaume de Logre.

— À votre langage, il me semble que vous êtes de Cornouaille, remarque Lamorat.

— Devant Dieu, acquiesce le roi, apprenez que je viens en effet de Cornouaille. Je la quittai il y a guère de temps.

— Pour l'amour de Dieu, sire, implore Lamorat, puisque vous êtes de Cornouaille, donnez-moi des nouvelles du pire et du plus mauvais homme du monde. C'est le perfide roi de ce pays. » En entendant ce discours, le roi Marc n'est guère rassuré. Il souhaiterait volontiers être ailleurs. Et Lamorat réitère sa demande : « Dites-moi ce que devient le roi Marc de Cornouaille. » Le roi répond : « Il se porte bien.

— Dieu m'est témoin, regrette Lamorat, cela me peine. S'il se porte bien, c'est douleur et dommage. Et s'il allait mal, ce serait une grande joie. Mais dites-moi, que Dieu vous garde, quelle aventure vous conduisit au royaume de Logre.

— Des affaires m'y attendent, répond le roi. C'est pourquoi je m'y rendis. Mais je partirai assez vite.

— Et allez-vous à la cour du roi Arthur ? interroge Lamorat.

— Non, fait le roi. Et vous, sire chevalier, où pensez-vous vous rendre quand vous quitterez ces lieux ?

— Au nom de Dieu, sire chevalier, dit Lamorat, sachez que si Dieu me préserve de toute contrariété, j'assisterai à un tournoi qui doit se dérouler près de Kamaaloth, à dix lieues anglaises. Et ce tournoi aura lieu devant le Château du Géant. Il me semble que le roi des Cent Chevaliers l'a entrepris contre le roi d'Irlande, bien qu'ils soient parents. Il y aura une foule merveilleuse et des chevaliers familiers et étrangers. C'est pourquoi je veux voir ce tournoi car je sais bien que maints hommes de qualité y viendront. Et si vous voulez y assister bien que vous soyez de Cornouaille, j'accepterai volontiers votre compagnie.

— Je vous remercie, fait le roi Marc. Je ne désire pas y aller cette fois car bien des affaires m'attendent ailleurs. »

Après avoir longtemps discuté, le roi Marc et Lamorat de Galles s'endorment, l'un ici, l'autre là, car cette journée les avait assez fatigués. Ils ne s'adressent plus la parole jusqu'au lendemain.

Tôt le lendemain, le roi Marc, qui ne se sent pas en sécurité avec Lamorat, se fait armer le plus vite possible, monte en selle et quitte la place le plus rapidement qu'il peut avec ses écuyers. Il ne souhaite plus converser avec Lamorat comme il l'a fait. Que vous dire ? Une fois de retour sur le chemin principal qui était près de la source, il chevauche cette matinée hâtivement. À tierce, il descendit chez un petit seigneur qui possédait une très belle demeure tout à côté du chemin. Là le roi Marc mit pied à terre. Il mangea et se reposa une partie de la journée puis se remit en route et pensa qu'il irait dormir dans un château qui se trouvait devant lui à dix lieues anglaises. Après avoir repris la route, il se mit à réfléchir si intensément à la tâche qu'il avait entreprise qu'il en négligea tout le reste. Tandis que le roi Marc cheminait sur la route principale en pierre en pensant toujours prodigieusement comme je vous le raconte, il rattrapa un chevalier errant qui chevauchait tout en armes par ce même chemin. Il était accompagné d'un unique écuyer pour le servir. Dès que le chevalier entend le roi qui venait à sa suite, il fait aussitôt halte au milieu de la route. Quand il voit arriver le roi muni de ses armes, il est persuadé qu'il est un chevalier errant. Cependant, il ne le provoque pas en duel, car à cet instant il n'a pas besoin d'un tel divertissement. Il s'était épuisé en peu de temps plus que nécessaire. Le roi Marc connaissait bien la coutume du royaume de Logre où les chevaliers étaient prêts à appeler à la joute les autres chevaliers qu'ils rencontraient et qui venaient après eux. Constatant que le chevalier ne le provoque pas en duel, il en déduit qu'il n'a ni prix, ni honneur, ni valeur. S'il avait possédé tout cela, il n'aurait pas écarté la coutume des chevaliers errants. Quand ils se rejoignent, le chevalier dit au roi : « Sire chevalier, soyez le bienvenu.

— Que bonne fortune vous garde, fait le roi. Beau sire, qui êtes-vous et où allez-vous ? Parlez-moi de vous, s'il vous plaît.

— Certes, beau sire, répond le chevalier, puisque vous voulez savoir des choses qui me concernent, je vous les dirai volontiers. Apprenez que je suis un chevalier errant du royaume de Logre qui cherche des aventures comme il convient aux chevaliers errants.

— Et où vous rendez-vous à présent ? demande le roi.

— Je vais directement à la cour du roi Arthur, dit le chevalier, pour assister à la grande joie et à la grande fête que font tous ses membres au meilleur chevalier du monde que Dieu a amené parmi eux. Je veux voir la fête qu'ils lui font.

— Dites-moi, sire chevalier, fait le roi, qui tenez-vous pour le meilleur chevalier du monde ?

— Sire chevalier, répond-il, j'affirme hardiment que le meilleur chevalier du monde est monseigneur Tristan, le neveu du roi Marc de Cornouaille. Tous les autres chevaliers doivent se retirer devant sa bonne chevalerie et sa courtoisie. Que vous dire, sire chevalier ? Apprenez que je vais participer à la grande joie et au grand honneur manifestés à monseigneur Tristan, le bon chevalier. Car il ne peut y avoir de plus grand honneur que de devenir chevalier de la Table Ronde. C'est pourquoi je vous dis, sire chevalier, que je vais assister à l'honneur qui lui est rendu et à la fête. Je vous ai révélé une partie des choses qui me concernent. Je vous prie de me dire qui vous êtes, où vous voulez aller et dans quel lieu. Je sais, à mon sens, que vous n'êtes pas du royaume de Logre.

— Vous dites vrai, acquiesce le roi, je ne suis pas du royaume de Logre. Je viens d'une autre contrée.

— Et de quel pays venez-vous ? demande le chevalier.

— Je suis, répond le roi, d'une autre contrée que le royaume de Logre.

— Par Dieu ! s'exclame le chevalier. Cette contrée est-elle donc si mauvaise et si méprisée que vous n'osez la nommer ? Peut-être êtes-vous de ce pays que chacun renie quand il en vient.

— Et quel est ce pays que renient ceux qui y habitent ? fait le roi.

— C'est la Cornouaille, dit le chevalier. Tous les chevaliers qui en viennent cachent le nom de la Cornouaille comme ils le peuvent. Jamais ils n'avoueraient être de Cornouaille si on ne les forçait pas à le dire. Je m'en suis rappelé quand vous avez tant tardé à donner le nom de votre pays.

— Sire chevalier, fait le roi, apprenez que je suis de ce pays.

— Par ma foi ! s'exclame le chevalier. Je disais donc vrai. Par la Sainte Croix, chevalier, si vous étiez du royaume de Logre comme vous êtes de Cornouaille, vous auriez nommé bien plus tôt votre contrée. Votre silence ne vous vaut rien. Vous trouverez peu de chevaliers errants au royaume de Logre qui ne vous découvriront aussitôt qu'ils vous entendront parler. Le péché vous a amené dans ce pays. À mon avis, vous ne pourrez jamais en repartir sans recevoir de honte. » Le roi Marc se fâche en entendant ces paroles et répond, furieux : « Chevalier, vous avez la langue toute prête à dire du mal et des ignominies.

— Et pourquoi dirai-je du bien ? interroge le chevalier. Certes, ce seraient des paroles vaines. Je ne pourrai pas vous souhaiter plus d'honneur que vous n'aurez de honte et d'humiliation avant que vous retourniez en Cornouaille l'avilie. Et si vous voulez assister manifestement à votre honte et à votre douleur, accompagnez-moi à la cour du roi Arthur. Là, vous pourrez voir clairement l'honneur que Dieu a procuré à monseigneur Tristan. Et par cet honneur, honte et humiliation viendront en Cornouaille d'ici peu de temps ; jamais la Cornouaille ne fut plus asservie au temps du bon Morholt d'Irlande qu'elle ne le sera prochainement. Que dire ? Vous serez les serfs de monseigneur Tristan. Et le roi Marc, qui bouta comme je le sais monseigneur Tristan hors de Cornouaille, sera chassé honteusement. Laissez cette affaire car vous la verrez advenir bientôt comme je vous le dis. »

En entendant cette nouvelle, le roi Marc est si excédé qu'il ne peut répondre pendant longtemps. Au bout d'un moment, il retrouve la parole et dit : « Sire chevalier, que Dieu vous garde, dites-moi votre nom.

— Volontiers, fait le chevalier, puisque vous voulez le savoir. Apprenez que je m'appelle Dinadan.

— Devant Dieu, dit le roi, j'ai vu des chevaliers plus sages que vous.

— Beau sire, fait Dinadan, si je suis insensé, cela me peine et c'est de ma faute. Je n'en dirai pas autant de vous qui êtes de Cornouaille et qui êtes le chevalier le plus avisé que j'aie jamais vu. Par Dieu, vous l'êtes vraiment car jamais vous n'attendriez de recevoir un coup pourvu que vous puissiez fuir. C'est la plus grande sagesse que j'aie trouvée en Cornouaille.

— Chevalier, dit le roi, sur la foi que je dois à Dieu, bien que je sois de Cornouaille, j'oserai aussi hardiment que vous attendre le coup d'une lance, comme vous le feriez.

— Vous dites vrai, approuve Dinadan, pour autant qu'il n'y ait pas de fer dans la lance. Mais s'il y en avait un, vous ne l'attendriez en aucun cas. » Le roi est furieux quand il entend ces paroles. Il dit à Dinadan : « Chevalier, que Dieu vous bénisse, vous n'êtes guère courtois.

— Et je ne veux pas l'être, réplique Dinadan. Il est vrai que votre roi est si courtois et si loué pour son honneur ! Et j'ajoute une chose à ce que je vous ai dit en premier lieu. Je sais avec certitude que puisque vous êtes de Cornouaille, vous n'oseriez pas attendre le coup de lance d'un chevalier du royaume de Logre pour peu qu'il y ait le fer. Et s'il n'y en avait pas, vous ne l'attendriez pas quand même car vous croiriez que le chevalier voudrait vous frapper.

— Devant Dieu, fait le roi, chevalier, j'agirai aussi hardiment que vous. » Et Dinadan se met à se signer comme s'il entendait un grand prodige puis dit : « Dieu me vienne en aide, sire chevalier, me dites-vous la vérité ? Apprenez que je ne croyais pas que vous fussiez si hardi avant que vous ne me l'eussiez dit. » Voyant cette attitude, le roi s'enflamme de fureur car il voit que le chevalier ne fait que le railler. Il s'en serait volontiers pris à lui s'il croyait avoir l'avantage. Mais il n'ose pas prendre ce risque. C'est pourquoi il subit. Et Dinadan, qui sait que le roi Marc enrage de colère, ajoute pour le courroucer un peu plus : « Puisque, en grande urgence, vous feriez preuve de hardiesse comme vous le dites, je sais donc avec certitude que vous n'êtes pas issu du sang de la Cornouaille. Car si vous étiez de ce sang, la couardise serait sans doute autant enracinée en vous que chez les autres qui en sont issus. »

Tandis qu'ils parlaient ainsi, voici venir après eux Lamorat, le bon chevalier qui, la nuit, avait tant disserté sur l'Amour. Et sachez que personne ne l'accompagnait. Il voit les deux chevaliers qui cheminaient devant lui ;

comme ils chevauchaient à la manière des chevaliers errants, il croit vraiment que ce sont deux chevaliers errants du royaume de Logre. Il se prépare donc à jouter et se hâte de chevaucher un peu plus vite qu'auparavant. Une fois près d'eux, il leur crie de toute sa voix : « Seigneurs chevaliers, arrêtez-vous jusqu'à ce que je vous aie parlé ! » Et ils font halte aussitôt. Puis il leur dit : « L'un de vous veut-il jouter ?

— Chevalier de Cornouaille, fait Dinadan, sur la foi que je vous dois, je pourrai bien savoir si vous partagez le sang de la Cornouaille ou non. Allons, vite ! Allez frapper et gagnez prix et louanges ! »

Le roi ne sait que faire car il redoutait fort les batailles du royaume de Logre ainsi que les chutes et il se serait très volontiers retiré. Mais il ne l'ose à cause des paroles qu'il avait prononcées devant Dinadan. Et Dinadan, qui constate clairement qu'il n'a pas envie de jouter, crie à Lamorat à haute voix : « Sire chevalier, nous voulons la joute ! Voyez ici un de mes compagnons qui la demande !

— Sire chevalier, interroge le roi, pourquoi me la donner ? Vous devriez plutôt la garder pour vous parce que vous êtes du royaume de Logre.

— Chevalier, répond Dinadan, ne craignez rien. Entreprenez-la avec assurance. Sur la foi que je vous dois, le cœur me dit que vous aurez les honneurs de cette joute. Allez-y donc en toute sécurité et ne vous inquiétez de rien. »

Voici ce que disait Dinadan. Mais c'était par plaisanterie. Il savait pertinemment qu'il chuterait car il reconnaissait à ses armes que c'était Lamorat de Galles qui les provoquait en duel. Et jamais il ne lutterait contre lui d'égal à égal pour peu qu'il le reconnût. Il savait bien que par les armes, il ne pourrait résister contre lui. La plaisanterie et la farce seront bonnes, à son sens, quand le roi tombera à terre. Il n'avait pas encore une aussi bonne raison de le railler qu'à présent, ainsi qu'il le dit. Que vous dire ? Dinadan parle tant au roi Marc et le convainc tant que ce dernier devient fou ; il prend son écu et sa lance pour jouter. Quand il est apprêté le mieux possible, il s'élance vers Lamorat en éperonnant sa monture. Et Lamorat qui fond sur lui comme la foudre, la lance baissée, le frappe dans sa course si rudement qu'il fait vider les arçons au roi bon gré, mal gré et le renverse à terre. Le voyant abattu, il ne le regarde plus. Il s'en va outre et demande à Dinadan s'il veut jouter. « Sire, répond Dinadan, que Dieu me garde, je n'ai aucune volonté de jouter. Ce chevalier-là m'a appris que je dois m'abstenir.

— Qui êtes-vous ? demande Lamorat.

— Sire, fait Dinadan, je suis un chevalier errant comme vous.

— Me direz-vous autre chose qui vous concerne ? interroge Lamorat.

— Non, sire », répond Dinadan.

Lamorat s'en va sans plus s'arrêter. Ainsi quitte-t-il les deux chevaliers et poursuit-il son chemin.

Le roi se relève vite. Il vient à son cheval et monte en selle. Dinadan lui dit : « Chevalier, chevalier, je sais avec certitude que vous êtes de Cornouaille. Votre nature le prouve. Et savez-vous ce qu'il vous est advenu ? Cette joute vous a plus avili que vous ne le pensez. Car apprenez que le pire chevalier de la Table Ronde vous a abattu. Je ne pouvais en aucun cas croire qu'il eût le pouvoir de le faire. C'est pourquoi je vous fis prendre le risque en toute quiétude car je n'imaginais pas qu'il pût vous abattre. » En entendant ces paroles, le roi Marc ne sait que dire. S'il était courroucé, il l'est plus encore. Et cependant, afin de connaître la vérité de cette affaire, il demande à Dinadan : « Dites-moi qui est le chevalier qui m'a abattu.

— Certes, répond Dinadan, c'est le pire chevalier et le moins apprécié dans l'art des armes que je connaisse parmi toute la cour du roi Arthur. C'est messire Keux le Sénéchal. Avez-vous jamais entendu parler de lui ?

— Oui, devant Dieu, fait le roi Marc. Il y a guère de temps, je lui fis vider les arçons comme il l'a fait avec moi.

— C'est pourquoi, ajoute Dinadan, il ne vous abattit pas par bravoure. Vous avez été malchanceux. Jamais je ne vins dans un lieu où je vis Keux le Sénéchal désarçonner un chevalier. C'est pourquoi j'affirme que vous avez été trop malchanceux. »

En entendant ces paroles, le roi Marc reprend courage car il croit que Dinadan lui dit la vérité. Et d'autre part, il sait qu'il est meilleur chevalier et plus puissant dans le maniement des armes que Keux le Sénéchal. Il se dit qu'il ne laissera pas passer l'occasion de venger cette honte, quel qu'en soit le prix. Il se met à chevaucher très rapidement. « Sire chevalier, fait Dinadan, pourquoi partir si vite ? Quel besoin avez-vous de vous en aller si tôt ?

— Au nom de Dieu, répond le roi Marc, puisque c'est Keux qui m'a infligé cette honte, il est nécessaire que je me venge. Et que Dieu me garde, je préfère mourir, si cela advient, plutôt que de renoncer à venger cette grande humiliation.

— Par Dieu, chevalier ! s'exclame Dinadan. Vous parlez comme un chevalier. Chaque homme valeureux doit en faire autant. On ne doit pas considérer comme un homme de qualité celui qui ne venge pas sa honte s'il en a le pouvoir. Allons, vite ! Allez après lui ! »

Ils se mettent en route sans tarder. Ils se hâtent tant de chevaucher qu'ils rejoignent Lamorat dans une petite vallée. Quand ils parviennent jusqu'à lui, le roi Marc lui crie : « Chevalier ! Chevalier ! Arrêtez-vous ! » Il fait halte et demande : « Que voulez-vous ?

— Au nom de Dieu, répond le roi Marc, vous le saurez bientôt ! » Puis il ajoute : « Je vois bien que vous m'avez abattu. Mais si votre lance m'a mis à terre, vous ne m'avez pas vaincu pour autant. Que vous dire ? Inutile de le cacher. Vous devez m'affronter !

— Chevalier, réplique Lamorat, que Dieu vous bénisse, n'entreprenez pas une si grande querelle. Ne soyez pas si fâché parce que je vous ai abattu. Dieu me garde, je crois que j'ai désarçonné d'autres chevaliers meilleurs que vous.

— Messire Keux, fait le roi Marc, vous ne m'échapperez pas ! Apprenez que vous devez m'affronter à l'instant ! » En entendant ces dires, le chevalier se met à sourire. Car il voit que l'autre chevalier croit vraiment qu'il s'agit de Keux le Sénéchal. Il ne l'approuve ni ne le contredit. Il lui répond : « Chevalier, puisque je vois que vous avez si grand désir de vous battre, vous y voilà contraint ! Apprenez que je ne vous ferai pas défaut tant que je pourrai donner des coups avec mon épée si elle ne me trahit pas pour votre profit ! » Il empoigne son épée et le roi Marc aussi.

Ainsi la bataille entre Lamorat et le roi Marc débute-t-elle. Mais elle n'est pas équitable car Lamorat était un bien meilleur chevalier que le roi Marc. Que vous dire ? Le combat entre les deux chevaliers est grand et plénier. Car le roi, qui était doté d'une grande force, se défendait merveilleusement. Et cependant cette défense ne dura guère longtemps. Lamorat, qui était un bon chevalier très rapide, violent, entreprenant, preux et vif, lui donne des coups si grands et si lourds que le roi se considère assez chargé en les recevant. Ainsi la bataille se poursuit-elle, avantageuse pour l'un et nuisible pour l'autre. Elle est ennuyeuse et fort dangereuse pour le roi. Mais pour Lamorat, elle est profitable. Il mène le roi à sa guise et selon ses désirs, qu'il le veuille ou non. Le roi ne parvient pas à se défendre ; sa défense est inutile. Il a affaire à un homme trop fort. Il a un mauvais compagnon.

Quand il constate que sa défense est vaine, que Lamorat l'amène là où il veut à la force de l'épée et qu'il ne peut rien contre ses coups, le roi ne sait que faire. Il est inutile de demander s'il est particulièrement épouvanté et effrayé. Il n'a jamais eu aussi peur qu'en ce moment, car il voit clairement qu'il ne pourra se défendre contre lui. Il est mort s'il veut le tuer. Et sachez que le roi avait perdu plus de sang que nécessaire. Lamorat constate que le roi ne parvient plus à se défendre et qu'il peut l'occire s'il le veut. Il avait vu que sa défense était valable et il savait en son for intérieur qu'il était assez valeureux dans le maniement des armes ; aussi se dit-il qu'il ne lui fera pas plus de mal qu'il ne lui en a causé. Il le libérera de cette bataille. Il se retire et dit : « Sire chevalier, nous nous sommes longtemps affrontés et nous nous sommes suffisamment éprouvés. Si nous œuvrions plus, notre affaire pourrait causer des dommages à l'un de nous désormais. C'est pourquoi je suis prêt à laisser ce combat si vous acceptez. Et nous pouvons le faire avec raison car il n'y a pas entre nous de traîtrise ou de trahison mortelle. » Il est inutile de demander si le roi est heureux et joyeux en entendant cette nouvelle. Il n'avait rien entendu qui lui plût autant depuis longtemps. C'est pourquoi il répond aussitôt : « Sire chevalier, que dire au sujet de cette affaire ? Je veux bien volontiers suivre votre volonté et votre conseil. Et puisque vous acceptez que notre bataille cesse, par Dieu, qu'il en soit ainsi ! » Il range son épée au fourreau et Lamorat fait de même.

Après qu'ils se sont mis d'accord, Lamorat s'en va tout seul jusqu'à un château où il demeura cette nuit car il y avait là-bas un ami proche qu'il aimait d'un très grand amour. Il voulait, s'il le pouvait, l'amener au tournoi avec lui car il était un bon chevalier. Ainsi le roi Marc fut-il délivré de la bataille qu'il avait commencée, grâce à la courtoisie de Lamorat et non par sa bravoure. Car si Lamorat avait eu un cœur aussi cruel que celui du roi Marc, il ne se serait pas échappé aussi aisément. Après le départ de Lamorat, le roi Marc s'adresse à Dinadan et lui dit : « Chevalier, par Dieu, vous n'êtes pas aussi courtois qu'un chevalier doit l'être. Pourquoi m'avez-vous fait croire que ce chevalier était Keux le Sénéchal alors que tel n'était pas le cas ? Je vois clairement que vous le fîtes pour mon malheur.

— Chevalier, répond Dinadan, j'en prends vraiment Dieu à témoin, vous regardez la courtoisie sans savoir la reconnaître. Jamais de votre vie vous ne reprocherez son manque de courtoisie à un chevalier du royaume de Logre et jamais vous ne le blâmerez. Vous avez trouvé sur ce chemin et en celui que vous avez affronté une plus grande courtoisie et une plus grande générosité que l'on ne pourrait trouver en Cornouaille. Alors que vous l'aviez assailli injurieusement et ignoblement et qu'il avait le dessus au point de remporter la bataille, il vous déclara quitte. Et il vous aurait tué s'il l'avait désiré. Qu'en dites-vous ? Pouvait-il vous faire une courtoisie plus grande ?

— Non, en effet, dit le roi Marc. J'affirme qu'il me fit une grande courtoisie. Mais s'il est courtois, vous ne l'êtes pas, que Dieu me garde !

— C'est bien possible, fait Dinadan, puisque vous le dites. Que la bassesse soit mienne et que la courtoisie vous appartienne ; de la sorte, nul mal ne m'adviendra. » Ainsi parlent-ils tous deux avec raillerie et rancune. Dinadan soutient clairement au roi Marc qu'il est avili. « Devant Dieu, chevalier, réplique le roi Marc, après vous avoir observé cette fois, je dis clairement que vous êtes plus déshonoré et plus incapable que moi. Car le chevalier qui quitte les lieux vous provoqua en duel et vous refusâtes. Vous avez bien montré votre audace à cette occasion.

— Peut-être, fait Dinadan, mais vous n'avez pas encore vu de manque de courage ouvertement. Contrairement à moi qui l'ai perçu chez vous. Puisqu'il vous plaît de dire que je suis un misérable chevalier, je vous signifierai ce que nous ferons. Nous devons emprunter un passage assez facile pour celui qui sait y faire. Et demain matin, un autre également. Il s'agit de deux ponts. L'un est à côté de l'autre, à moins de dix lieues anglaises. Deux frères qui sont de jeunes chevaliers gardent ces ponts. Choisissez ce que vous préférez : ou le passage de ce soir ou celui de demain matin. Et que cette affaire soit jurée fermement entre vous et moi. Nous verrons clairement lequel de nous deux remplira le mieux sa tâche. Si vous pouvez en réchapper, cela me conviendra. Et si je dois rester, n'intervenez pas et ne tentez pas de me délivrer, je vous en prie. » Le roi Marc, qui ne croyait pas en la valeur chevaleresque de Dinadan, dit : « J'accepte cet accord. Personnellement, je n'y manquerai pas. Et je prends le premier passage pour me libérer tout d'abord.

— Et je choisis celui de demain, fait Dinadan, puisque vous voulez qu'il en soit ainsi. »

Tous deux se mettent d'accord. Le roi Marc est si courroucé qu'il ne sait que dire. Il a perdu tout son sang-froid et ne sait plus quelle conduite tenir. Ils chevauchent ainsi dans les injures et les railleries. Le roi Marc est tellement furieux contre Dinadan qu'il l'assaillirait volontiers s'il pensait pouvoir le vaincre. Mais comme il ignore qui il est et qu'il ne l'a pas encore vu à l'œuvre, il ne veut pas se jeter à corps perdu dans ce péril.

Le soir, aux alentours de vêpres, leur chemin les conduisit devant une étendue d'eau vaste, prodigieusement profonde et large. Il y avait de l'autre côté de l'eau un château assez beau et fastueux qui appartenait à Tor, le fils d'Arès. Ce même Arès était le fils de Pélinor de Listenois. Dans ce château résidaient deux frères ayant le même père et la même mère, de grande noblesse et de haute lignée. Mais, à cause d'une forfaiture de leur père, ils étaient déshérités. Ils avaient été adoubés cette année à la cour du roi Arthur. Ils étaient tous deux de très bons et très preux chevaliers. L'un jalousait l'autre. Et parce que chacun croyait être meilleur chevalier que l'autre, ils avaient entrepris de garder deux ponts. L'un devait garder un pont et l'autre un deuxième, de telle sorte qu'ils jouteraient contre tous les chevaliers qui approcheraient s'ils acceptaient de se battre. Mais cela ne leur plaisait pas et ne leur procurait aucun avantage. Ils avaient aussi décidé de garder les ponts selon la volonté du roi Arthur qui avait donné son accord pour qu'ils se familiarisent la première année avec le métier des armes et l'apprennent. L'un des deux frères s'appelait Alain, l'autre se nommait Drian. Il était assez vaillant et était le plus jeune. Et il était merveilleusement courtois. Drian gardait le pont par où le roi Marc et Dinadan voulaient passer. Et sachez que par-dessus cette vaste rivière où les chevaliers qui se raillaient souhaitaient passer, se trouvait le pont que Drian gardait. À l'extrémité du pont, de l'autre côté du château, une tour semblait le protéger. Le chevalier y dormait la nuit. Le jour, il était toujours devant la tour, garni de toutes ses armes, prêt à recevoir tous ceux qui venaient par ici pourvu qu'ils fussent chevaliers. Mais comme je vous l'ai dit, il ne forçait personne à jouter ou à combattre contre sa volonté. Quand les deux chevaliers parvinrent au pont, ils virent au-dessus de la tour un étendard de soie sur une lance. Ils surent aussitôt que là se trouvait le chevalier qui gardait le pont. Dinadan se tourne maintenant vers le roi Marc et lui dit : « Sire chevalier de Cornouaille, nous verrons ce dont vous êtes capable. Sur la foi que je vous dois, voici devant vous votre épreuve. Voyez le pont où vous devez jouter. Vous ne pouvez partir d'aucune autre manière.

— Chevalier du royaume de Logre, réplique le roi Marc, ne proférez pas de telles paroles. Sur la foi que je dois à Dieu, je crois que je m'en libérerai bien.

— Au nom de Dieu, fait Dinadan, je le pense aussi. Si Dieu le voulait, il aurait rapidement changé le cœur d'un Cornouaillais que vous avez au ventre en un cœur aussi noble et hardi que celui de monseigneur Tristan. Mais je sais qu'il ne s'en occupera pas cette fois. Nous verrons donc ce dont vous êtes capable. Par votre force, vous vous libérerez, ou vous passerez dans la honte et la vergogne. Allez en toute sécurité. Car, devant Dieu, si vous chutez du pont dans l'eau, vous ne serez secouru ni par moi ni par personne. »

Le roi Marc est stupéfait en entendant cette nouvelle. Il ressent plus de crainte qu'auparavant et seulement à cause des paroles que Dinadan vient de lui dire. Que vous dire ? Il ne s'attarde pas. Il se lance sur le pont, l'écu au cou et la lance au poing. Et comme il ne croit pas pouvoir passer le pont sans joute, il s'en va, apprêté de son mieux. Drian, qui était de l'autre côté, avait vu clairement l'attitude du roi Marc et comment il s'était préparé à jouter ; il sort de la tour et monte sur un destrier puissant et vif, garni de toutes ses armes. Tandis qu'il voit le roi Marc prêt à passer le pont, il se tourne vers lui en éperonnant sa monture. Le roi fait de même. Les deux chevaliers s'affrontent aussi rudement que s'ils étaient sur la terre ferme. Ils se heurtent dans leur élan si violemment que leurs lances volent en éclats. Mais ils ne s'abattent pas et ne se font aucun autre mal. Ils passent outre. Quand le roi Marc se voit délivré de cette joute, il s'éloigne, particulièrement heureux et joyeux de s'être si aisément libéré de cette aventure. Il lui est bien mieux advenu qu'il ne le croyait auparavant. Après avoir franchi le pont et une fois devant le château, il tourne bride vers le pont pour voir ce que fera le chevalier et s'il forcera Dinadan à jouter ou non. Après avoir achevé sa course, le chevalier de la tour s'adresse au roi Marc et lui dit : « Chevalier, chevalier, apprenez que vous n'avez guère gagné le passage comme il convient à un chevalier errant. Car vous ne m'avez pas abattu et moi non plus. S'il vous plaît, recommençons la joute. Je vous fournirai des lances en suffisance. Et faisons en sorte que l'un de nous deux tombe et que l'autre reçoive tous les honneurs.

— Chevalier, fait le roi Marc, sur la foi que je vous dois, puisque je me suis libéré de l'épreuve du pont, je n'y retournerai pas aujourd'hui. Cela me contrarie terriblement d'avoir perdu ma lance. Car lorsque j'en aurai besoin, je n'en aurai aucune.

— Peu vous importe, dit le chevalier. En échange de celle que vous avez perdu, je vous en donnerai une meilleure rapidement. »

Il fait alors apporter une lance pour lui et une autre pour le roi Marc. Et quand il tient la lance dans sa main, il se tourne vers Dinadan et lui dit : « Chevalier, vous plairait-il de jouter contre moi ? » Dinadan, qui connaissait bien les coutumes de tous les ponts de ce pays, répond : « Chevalier, je ne veux pas me battre en ce moment car trop d'affaires m'attendent ailleurs. Une autre fois, je ne dis pas, si l'aventure me conduisait ici, que je ne m'essaierais pas contre vous. Mais je n'en ferai rien pour le moment car cela ne me plaît pas.

— Et je vous déclare donc quitte, fait le chevalier, car je ne vous forcerai pas contre votre volonté. »

Dinadan passe outre et se dirige droit vers le roi Marc. Et le roi lui dit : « Chevalier, je peux bien dire qu'au premier passage que nous trouverons aujourd'hui, vous devrez combattre.

— Je sais bien, réplique Dinadan, ce que je dois faire et ce que je ferai quand le temps sera venu. Mais je vois que lors de ce passage, vous avez connu bien des frayeurs. Votre cœur en tremble encore comme je le crois. Car puisque vous avez franchi ce passage, je tiens pour vérité que vous n'aurez guère envie d'y retourner.

— Chevalier, fait le roi, j'accomplis si mal ma tâche que je suis passé quand même. Vous ferez mieux que moi une autre fois, je le sais pertinemment.

— Laissons ce discours, impose Dinadan, et dites-moi si vous voulez loger dans ce château ou si vous continuez la route.

— Je resterai ici pour la nuit, répond le roi, car il est temps de séjourner, je le vois bien.

— Je demeurerai donc », fait Dinadan.

Ils partent ensemble et arrivent aussitôt au château. Quand les habitants du château les voient venir, coutumiers qu'ils étaient de bien servir et d'honorer les chevaliers errants que l'aventure amenait ici, ils courent au-devant d'eux et les conduisent à la forteresse principale pour les héberger. Car c'est là que logeaient habituellement les chevaliers errants que l'aventure amenait au château. Une fois sur place et descendu dans une très belle cour, on les désarme rapidement pour les soulager et pour qu'ils soient plus à leur aise. Quand les maîtres des lieux, qui gardaient la tour et qui étaient des nobles hommes de ce pays, entendirent que des chevaliers errants étaient venus, ils allèrent les voir.

Il y avait ici un chevalier assez valeureux qui avait le pays sous sa garde ainsi que les environs et le château. Et il les gardait par amour pour Tor, le fils d'Arès, à qui le château et cette contrée appartenaient. Voyant les chevaliers pied à terre, il se mit à les honorer et leur offrit de bonne grâce sa personne, son service et tout ce qu'il pouvait faire pour eux. Il commença à les regarder attentivement mais il ne reconnut ni l'un ni l'autre. Cependant, après avoir longuement observé le roi Marc, il lui semble bien qu'il l'a vu ailleurs. Mais il ne peut se souvenir avec certitude où ce fut, ni en quel lieu. Il l'avise, le scrute et se demande qui il peut être. Et il le regarde tant qu'à son avis il s'agit sans aucun doute du roi Marc de Cornouaille. Il l'observe plus encore et reconnaît que c'est bien lui. Alors il est heureux et triste. Triste car il se rappelle la mort de son père que le roi Marc tua jadis en Cornouaille assez vilement et ignominieusement. Et lui-même aurait été occis si le roi Marc avait pu le tenir, mais il s'enfuit dans une forêt et sauva ainsi sa vie. Et d'autre part, il est heureux de l'avoir trouvé car il lui est bien avis qu'il pourra vite s'en venger. Le chevalier s'appelait Berlès et était un assez vaillant et bon chevalier. Il était placé devant le roi Marc pendant le souper et ne lui adressa aucune parole. Il le faisait toutefois servir bellement et somptueusement. Mais après qu'ils eurent mangé et que les tables furent levées, Berlès lui dit : « Beau sire, vous êtes ici en sécurité. Non parce que votre force est supérieure à la mienne. Mais pour aucun méfait que l'on me causerait en ce monde, je ne ferais d'outrage à un chevalier par amour pour Tor, le fils d'Arès, que je reconnais comme mon seigneur. Mais dès que vous serez hors de ce château et de la terre qui est la sienne, je vous montrerai clairement que je ne suis pas votre ami mais votre ennemi mortel.

— Chevalier, réplique le roi, savez-vous à qui vous parlez ? Et me connaissez-vous bien pour me menacer si violemment ?

— En effet, répond le chevalier, je sais avec certitude qui vous êtes. Il n'y a personne ici qui vous connaisse mieux que moi, à mon avis. Vous êtes le roi Marc de Cornouaille. Vous tuâtes mon père en Cornouaille assez vilement et déloyalement. Et vous m'auriez aussi occis si vous m'aviez capturé. Mais je fuis dans un bois et sauvai ainsi ma vie. Tel est le tort que vous me fîtes, comme je vous le dis. Et je vous porterai préjudice de la même manière si Dieu me protège de toute embûche. Dès que vous serez hors de ce château, gardez-vous de moi. Car je vous causerai des dommages si je le peux. »

Puis il le défie sans plus lui dire un mot et le quitte. Le roi Marc demeure au palais terriblement triste et affecté car le chevalier avait ici prononcé son nom. Il ne voulait pas volontiers être connu au royaume de Logre. Et cependant, il feint de ne pas être le roi Marc. Il dit : « Devant Dieu, ce chevalier n'est guère avisé de m'appeler ainsi et d'affirmer que je suis le roi Marc. Dieu veuille que je le sois. Par la Sainte Croix, si je l'étais, je ne chevaucherais pas à travers le royaume de Logre comme je le fais. Je chevaucherais tel un roi et non tel un pauvre chevalier. » Que vous dire ? Le roi Marc parla tant qu'il ôta tous ceux qui étaient présents de cette croyance et de cette espérance que le chevalier leur avait données. Quand vient l'heure de dormir, il va se coucher dans une des chambres, ses écuyers face à lui. Dinadan, qui dort dans une autre chambre, y pense sérieusement. Car il lui est avis que ce peut bien être le roi Marc. Puis il se dit que ce n'est pas lui. Il ne lui semble pas, à son avis, que le roi aurait le courage et l'audace de pénétrer au royaume de Logre. Car il sait bien qu'il est exécré de tous les chevaliers errants. C'est pourquoi il serait plus insensé que tout autre s'il se jetait entre leurs mains. Dinadan pense fort à cela car il ne sait que croire. Et il s'endort sur cette pensée jusqu'au lendemain et à la venue du jour limpide. Le lendemain, quand le jour apparaît, Dinadan se lève et se fait équiper de ses armes. Il trouve le roi Marc, qui n'était guère rassuré, en train de se faire armer également. Que vous dire ? Tous deux montent et quittent les lieux. Une fois hors du château, le roi Marc demande à Dinadan : « Sire chevalier, cette voie que nous empruntons, est-elle celle qui mène à Kamaaloth ?

— Oui, sire, répond Dinadan. Chevauchons désormais ensemble. »

Ils se mettent en route. Ils n'ont guère cheminé quand ils parviennent à une vallée. Là, ils trouvent trois chevaliers munis de toutes leurs armes qui s'étaient arrêtés au milieu du chemin. Et sachez que Berlès était l'un d'eux. Et les deux autres étaient ses proches parents.

Dès que Berlès vit l'écu que portait le roi Marc, il le reconnut. Car il n'avait pas la taille de ceux du royaume de Cornouaille ni du royaume de Logre. Il lui crie de toute sa voix : « Roi Marc, roi Marc, nous ne sommes pas en Cornouaille ! Gardez-vous de moi ! Car, devant Dieu, si je peux vous tuer, je le ferai ! » Voyant que sa dissimulation est inutile, le roi lui répond, rempli de colère : « Certes, je suis bien le roi Marc de Cornouaille qui te causera honte et vergogne avant que tu ne me quittes ! Puisque tu recherches la folie, tu la trouveras bien vite ! » Il éperonne son cheval, se dirige vers le chevalier en sollicitant de son mieux sa monture, le frappe dans sa course si violemment qu'il lui fait vider les arçons et le porte à terre. Et les deux autres chevaliers fondent sur lui ensemble, le chargent avec leurs lances et le mettent à terre bon gré, mal gré. Quand il se voit ainsi abattu, il est inutile de demander si le roi Marc a toute peur et toute crainte. Il bondit très promptement et fait mine de se défendre, non doucement mais avec ardeur. Il empoigne aussitôt son épée, et les deux chevaliers qui étaient à cheval veulent lui courir sus ainsi montés. Mais Dinadan ne le permet pas. Il se dit que s'il laissait tuer le roi Marc alors qu'il l'accompagne, il commettrait une très grande lâcheté et ferait preuve d'une très grande couardise. Il s'élance alors vers l'un de ceux qui étaient en selle, le frappe dans sa course si violemment qu'il lui fait vider les arçons et le porte à terre très cruellement. Puis, dans ce même élan, il se rue sur l'autre. Et sachez que Dinadan était un excellent porteur de lance. Il advint donc que dans cette même rencontre, il renversa les deux chevaliers qui avaient abattu le roi Marc. Les voyant tous les deux à terre, il veut agir à la manière des chevaliers errants et selon ses habitudes ; il met pied à terre. Il confie son cheval à l'un de ses écuyers puis empoigne son épée. Et là où il voit le roi Marc qui avait déjà débuté le combat contre les trois chevaliers, il s'approche de lui et lui dit : « Roi Marc, c'est le moment de bien œuvrer. N'ayez crainte car nous nous libérerons de cette affaire s'il plaît à Dieu. » Et le roi répond, tant bien que mal : « Dinadan, tenez pour vérité que je n'éprouve aucune peur. » Alors la bataille commence entre les deux chevaliers et les trois autres, grande et merveilleuse. Ils se frappent rudement et se cherchent souvent avec leurs épées tranchantes et résistantes. Ils ne se menacent pas. Ils s'emploient à se frapper. Ils se blessent de tout leur pouvoir et de toutes leurs forces. Le combat dure longtemps car ils étaient valeureux de part et d'autre. Mais aucun n'était aussi bon et puissant chevalier que Dinadan. Il rassemble toutes ses forces et les trois chevaliers finissent par être vaincus. Et apprenez que le roi Marc l'avait prodigieusement aidé, bien plus que Dinadan ne le pensait quand il le rejoignit dans la bataille. L'assaut et le combat ont tant duré que les trois chevaliers, couverts de nombreuses blessures petites et grandes, ne peuvent plus le supporter ; ils commencent à reculer le plus sagement possible. Voyant leur attitude et leur contenance, le roi Marc reconnaît que leur défense est vaine ; il se précipite sur eux plus âprement qu'il ne l'avait fait. Il aperçoit Berlès qui avait tant supporté et souffert qu'il n'en pouvait plus. Il avait tellement perdu de sang que le cœur lui faisait défaut et que la force de ses membres l'abandonnait. Le roi Marc, qui voit sa piètre défense, se tourne vers lui, le prend par le heaume à deux mains et le tire si fort à lui qu'il le lui arrache de la tête. Il se met à lui donner de grands coups sur la tête avec le pommeau de l'épée, si bien que le sang jaillit de plusieurs endroits. Le chevalier craint d'être décapité quand il se voit ainsi malmené. Et il aurait sûrement perdu la tête car le roi Marc lui avait rabattu la coiffe de fer et voulait la lui trancher. Mais Dinadan ne le tolère pas car il avait pitié du chevalier. Il avait bien constaté dans cette épreuve qu'il était très preux et hardi. Et tandis que le roi Marc avait le bras levé pour le frapper à la tête qui était désarmée, Dinadan le retient et lui dit : « Roi Marc, refrénez-vous. Ce serait une cruauté trop grande que de tuer ce chevalier après avoir occis son père. En réparation du méfait que vous lui fîtes, laissez-lui la vie sauve, s'il vous plaît. Je veux qu'il en soit fait ainsi. » Le roi se redresse et laisse le chevalier sans plus le toucher.

Sachez que tandis que Dinadan s'entretenait avec le roi Marc pour délivrer Berlès de la mort, les deux autres chevaliers étaient venus à leurs chevaux, qu'ils enfourchèrent car ils croyaient avec certitude que Berlès était mort. C'est pourquoi ils retournèrent au château en éperonnant leurs montures le plus vite qu'ils purent, menant grand deuil et grande douleur d'avoir ainsi abandonné Berlès. Ils croient vraiment qu'il a été décapité et que son heure est venue. Mais il n'est pas advenu comme ils le pensent. Les deux chevaliers retournent au château dont ils étaient partis au matin, pleurant, gémissant prodigieusement et se lamentant le plus au monde. Et le roi Marc, qui constate qu'il ne peut en aucun cas mettre Berlès à mort contre l'interdiction de Dinadan, le laisse à terre, si malmené et si blessé qu'il est incapable de se relever. Il gît comme s'il était mort. Le roi Marc va à son cheval, Dinadan fait de même et ils reprennent leur route.

Après avoir longuement chevauché, Dinadan dit au roi Marc : « Roi Marc, je me demande fort quelle raison et quelle nécessité vous amenèrent dans ce pays. C'est soit la plus grande folie jamais faite par un chevalier, soit la plus grande audace.

— Ainsi advient-il, répond le roi, que j'y suis venu. Je ne souhaite pas en partir avant d'avoir mené à terme ce pour quoi je vins ici si cela est possible. Et je voudrais vous adresser une prière. Je vous prie ardemment d'accepter car vous pouvez bien y accéder ; il ne vous en adviendra ni dommage ni honte.

— Roi Marc, fait Dinadan, dites de quoi il s'agit et je vous répondrai ensuite.

— Je vous prie, poursuit le roi, tant que je serai en votre compagnie, de ne dire mon nom à personne et de ne pas me faire connaître.

— Je le ferai volontiers », dit Dinadan.

Ils chevauchent tant qu'ils arrivent au pont que l'autre frère gardait, ce même pont où Dinadan devait passer en premier selon l'accord qui existait entre eux. Quand ils commencèrent à approcher du pont, le roi Marc se souvient aussitôt de la promesse qu'ils avaient fait la veille. Il s'arrête aussitôt et dit : « Dinadan, cette entreprise est vôtre. Je me suis libéré de la mienne hier soir. Pensez à faire de même comme nous en sommes convenus. » Et ils voient clairement que le chevalier est au milieu du pont muni de toutes ses armes, monté sur un bon cheval et prêt à jouter contre celui qui voudrait le mettre à l'épreuve. En entendant les paroles du roi Marc, Dinadan lui réplique pour l'éprouver : « Vous avez bien vu quelle bonté je vous fis naguère quand je me mis en péril pour vous délivrer de la mort et des chevaliers qui voulaient vous tuer. Et ils vous auraient sans doute mis à mort, comme vous-même le savez bien, sans mon intervention qui vous sauva. Au nom de ce service que je vous rendis, œuvrez tant pour moi, s'il vous plaît, et entreprenez cette tâche à ma place. Libérez ce passage pour moi et pour vous. Nous verrons si vous êtes aussi courtois envers moi que je le fus envers vous. » Le roi Marc prend la parole et dit : « Dinadan, sachez bien que je me sens si fatigué, si blessé et si malmené que je n'oserai me charger de cette tâche. Vous, qui par votre prouesse devez vous atteler à cette mission, commencez-la en toute sécurité. Car vous pouvez en venir à bout, je le sais bien.

— Roi Marc, répond Dinadan, ne me ferez-vous aucune bonté ?

— Je ne peux rien faire d'autre, dit le roi, car je n'en ai pas le pouvoir. Je suis trop épuisé. Je ne dis pas que je ne l'aurais pas fait volontiers si j'avais pu. Mais j'en suis incapable en ce moment. Cela me peine, Dieu m'est témoin. »

Quand Dinadan voit qu'il ne pourra recevoir aucune aide et aucun secours du roi Marc, il se met aussitôt sur le pont, prêt à jouter. Comme il se sentait assez bien et qu'il n'était guère fatigué, il entreprit cette folie. Il arrive souvent que le plus sage s'égare. J'ai dit ces paroles pour Dinadan qui aurait bien pu passer le pont librement sans jouter et sans combattre s'il l'avait voulu, et il le savait pertinemment. Mais il ne voulait pas abandonner cette tâche, à cause de la félonie du roi Marc et pour avoir une raison de le disputer un peu quand il aurait franchi le pont. C'est pourquoi il le fit. Il s'en serait abstenu s'il avait pu car il eut peu de chance à ce passage. Une fois sur le pont, il fait mine de vouloir jouter et s'élance vers l'autre chevalier. Le chevalier, qui était un homme valeureux et un bon porteur de lance, frappe Dinadan si rudement dans son élan qu'il lui fait vider les arçons et l'abat au milieu du pont très cruellement. Il eut la chance de ne pas chuter dans l'eau. Il en serait difficilement réchappé car l'eau était très profonde. Se voyant abattu, Dinadan se relève rapidement, particulièrement triste et fâché de son sort. Il vient à son cheval qui était arrêté devant lui, le saisit, monte aussitôt et dit au chevalier du pont qui était revenu vers lui : « Chevalier, il vous est si bien advenu lors de cette joute que vous avez récolté les honneurs et moi la honte. Je ne blâme pas ma lance mais ma folie et moi-même. Car si j'avais voulu, j'aurais pu franchir le pont librement.

— Au nom de Dieu, approuve le chevalier, vous dites vrai.

— Je vous dirai ce que nous ferons. Celui qui commet une folie doit tant faire qu'il l'accepte entièrement ou qu'il s'en aille couvert d'honneurs. Que vous dire ? Puisque vous m'avez abattu, vous devez m'affronter sans nul doute. Et sachez bien que si vous parvenez à me vaincre par les armes, vous gagnerez plus de prix et de louanges que vous ne le pensez.

— Certes, fait le chevalier, je vous aurais volontiers affronté seulement pour les paroles que vous m'avez dites. Mais je ne le peux. Car la coutume de ce pont est telle que je ne peux ni ne dois affronter un chevalier que j'ai abattu.

— Dites-moi, demande Dinadan, ne combattrez-vous donc pas contre moi ?

— Non, répond-il. Sachez-le bien.

— Et je vous déclare quitte, fait Dinadan. Je m'en irai et emporterai avec moi ma honte. Et je la transmettrai à un autre si je peux. »

Dinadan franchit le pont suivi par le roi Marc et ses écuyers. Le chevalier du pont provoqua le roi Marc en duel. Mais il lui répondit qu'il n'avait pas le désir de jouter. Il se libéra ainsi et le chevalier ne lui fit rien de plus.

Après avoir passé le pont, le roi Marc, que l'aventure advenue à Dinadan rendait particulièrement joyeux, avait clairement une meilleure occasion de le railler que Dinadan n'avait. Il ne peut se retenir de dire : « Sire chevalier du royaume de Logre, comment vous portez-vous, que Dieu vous garde ? Vous semble-t-il que j'ai passé hier soir à plus grand honneur mon pont que vous ne l'avez fait aujourd'hui ? Il m'est avis que vous n'avez guère fait appel à votre adresse de cavalier pour chuter si aisément. Le chevalier du pont fit preuve envers vous d'une grande courtoisie et d'une grande générosité en vous laissant passer. Car s'il l'avait voulu, vous seriez de l'autre côté pour garder la rive.

— Roi Marc, répond Dinadan, si j'ai joué de malchance, il m'adviendra mieux une prochaine fois. Il en va ainsi des aventures. Et sachez qu'il n'y a aucun chevalier, si bon soit-il, qui n'ait chu dans tout le royaume de Logre.

— Quand de si bons chevaliers tombent, réplique le roi Marc, c'est de la malchance. Mais quant à vous, j'affirme, selon ce que j'ai vu, que je ne crois pas qu'il y ait beaucoup de chevaliers au royaume de Logre qui ne vous fassent vider les arçons dès le premier coup car vous êtes fort ignorant dans l'art équestre et plus encore dans le maniement des armes.

— Il en est ainsi, fait Dinadan. Je sais peu et conquerrai peu de prix et de louanges. Et cependant, je ne suis pas ignorant au point de ne pas être prêt à jouter contre vous si vous avez assez d'ardeur pour combattre.

— Non merci, répond le roi Marc, car vous ne daignerez pas vous exécuter. Les chevaliers de Cornouaille sont si mauvais et lâches, si vils et si honteux comme vous m'avez dit, que ceux du royaume de Logre ne s'abaisseraient pas à jouter contre eux. C'est pourquoi je sais pertinemment que vous ne jouteriez pas contre moi car vous seriez trop humilié.

— Devant Dieu, approuve Dinadan, vous dites vrai. Il en va sans doute comme vous le dites. Et si j'avais le désir de vous affronter, vos paroles m'en ont ôté l'envie. »

Ainsi le roi Marc et Dinadan conversent-ils. Le roi Marc le raille autant qu'il le peut car, à son avis, il a une bonne raison. Dinadan se tait et attend l'occasion. Jamais moqueries ne seront payées si chèrement que celles-ci s'il en a l'opportunité. Il ne le blessera pas physiquement, mais il voudra lui rendre raillerie pour raillerie, comme il le dit.

Après avoir assez chevauché, le roi Marc et Dinadan font la paix, laissent cette discussion et se promettent une compagnie loyale jusqu'à la cour du roi Arthur, de telle sorte que l'un ne manquera pas d'aider l'autre de son mieux en toutes circonstances. Aux alentours de midi, leur chemin les conduisit devant la maison d'un chevalier. Cette demeure, près du chemin, était belle, somptueuse et fortifiée. Le chevalier était, à cet instant, devant la porte. Voyant les chevaliers errants venir par le chemin, il va aussitôt à leur rencontre à pied et leur dit : « Seigneurs, soyez les bienvenus. » Et ils répondent que Dieu le tienne en sa grande garde. « Seigneurs, fait-il, je vous prie par courtoisie que vous preniez le dîner avec moi et que vous demeuriez tout ce jour dans mon logis. Et sachez que je vous traiterai avec courtoisie et servirai le mieux possible car vous êtes des chevaliers errants.

— Dinadan, demande le roi Marc, que ferons-nous ? Vous plaît-il que nous mettions pied à terre chez ce chevalier qui nous prie si ardemment et dînions avec lui ?

— Certes, sire, répond Dinadan, je suis d'accord pour que nous fassions halte. »

Le roi descend instamment devant la maison du chevalier et Dinadan fait de même. Ils entrent et se font désarmer pour se soulager et pour qu'ils puissent manger plus à leur aise. Après avoir confortablement et honorablement mangé, car le chevalier les servit de son mieux avec tout ce qu'il avait préparé, le roi Marc s'endort sur un lit. Ce n'est pas le cas de Dinadan qui n'avait aucune envie de dormir. Il s'appuie à une fenêtre pour regarder la contrée.

Tandis qu'il était à la fenêtre, il observe et voit venir six chevaliers tout en armes qui étaient de la cour du roi

Arthur. Et si on me demandait qui étaient les six chevaliers, je répondrais que l'un était messire Ivain, le fils du roi Urien, l'autre Brandélis, le troisième Ossenan le Courageux, le quatrième Ivain le Bâtard, le cinquième Agravain et le sixième Mordret. Ces deux derniers étaient les frères de monseigneur Gauvain. Tous ces chevaliers que j'ai évoqués venaient par le grand chemin de pierre, particulièrement heureux et joyeux, et s'en allaient directement à la cour du roi Arthur. Le chevalier de la maison où le roi Marc était descendu vint à leur rencontre, comme il l'avait fait pour le roi Marc et Dinadan, et leur adressa les mêmes paroles. Il voulait les garder pour dîner. Mais ils répondirent qu'ils ne mettraient pas pied à terre avant d'arriver à une source située non loin. Là, ils descendraient sans doute et mangeraient car ils faisaient porter toute la nourriture dont ils avaient besoin ce matin. Ils partirent donc et ne voulurent pas demeurer. Ils remercièrent fort le chevalier pour son offre. Dinadan, qui était à la fenêtre de la maison comme je vous l'ai raconté, reconnaît tous les écus et sait bien de quels chevaliers il s'agit. Il pense alors à une farce prodigieuse qui, selon lui, procurera grande peur et grande crainte au roi Marc. Il ne recevra ni coup de lance ni coup d'épée. Une fois les compagnons passés, Dinadan va trouver instamment le chevalier et lui demande : « Sire, où est cette source où les chevaliers doivent manger ?

— Sire, répond le chevalier, elle est là devant, à plus d'une grande lieue anglaise. Elle est située tout droit en prenant le chemin principal dans un très beau bocage. »

En entendant ces paroles, Dinadan ne tarde pas. Il se dirige droit chez le roi Marc, le réveille et lui dit : « Sire, s'il vous plaisait, il serait bien temps de chevaucher si vous ne souhaitez pas rester ici aujourd'hui. » Le roi Marc s'éveille donc et répond à Dinadan : « Dinadan, chevauchons donc puisque vous le désirez et qu'il est temps. Car je ne veux plus rester ici pour cette fois. » Il se redresse et se fait aussitôt équiper de ses armes. Dinadan fait de même. Quand ils sont munis de leurs armes, ils montent en selle, recommandent à Dieu le seigneur des lieux et disent que s'ils ont l'occasion de lui rendre le service et la courtoisie qu'il leur a faits, ils le feront volontiers. Ils partent donc sans attendre et chevauchent le long du grand chemin en pierre, cette même voie que les six chevaliers de la cour du roi Arthur avaient empruntée.

Après avoir chevauché plus d'une lieue, ils parvinrent dans une très belle plaine vide de monts et de vallées. Elle mesurait de toutes parts six lieues anglaises. Ils virent le bocage où la source dont je vous ai parlé sourdait. Dès que Dinadan aperçoit le bocage, il sait que la fontaine où les chevaliers étaient descendus se trouve là. Il chevauche toujours, ravi et joyeux, car il lui apparaît évident qu'il pourra causer une belle peur au roi Marc. Il en retirera plus, moins ou autant de honte qu'il en reçut lui-même ce matin au pont où il fut abattu. Il se tourne vers le roi Marc et lui dit pour connaître sa réponse : « Roi Marc, il est ainsi que je vous ai promis ma compagnie et vous la vôtre, je vous en remercie, de telle sorte que je ne dois pas vous faire défaut et vous non plus pour nulle aventure du monde. Dites-moi, oserai-je me fier à votre compagnie ?

— Certainement, répond le roi Marc. Mais, que Dieu vous garde, pourquoi le demandez-vous maintenant plutôt que ce matin ?

— Parce que, fait Dinadan, je voudrais volontiers en être plus assuré que je ne le suis. Car il arrive souvent que l'on promette une compagnie que l'on ne respecte pas assurément. On l'abandonne par défaut de courage et de cœur.

— Soyez assuré, poursuit le roi Marc, que tant que je serai avec vous, on ne vous causera nul mal ; je ne vous abandonnerai pas. Et on ne vous fera pas subir d'outrage ou de folie sans qu'on les fasse à moi-même.

— Grand merci, fait Dinadan. Votre compagnie a plus de valeur maintenant, et je suis plus rassuré qu'auparavant. Car je ne me fiais pas à votre compagnie avant que vous eussiez prononcé ces paroles. Je vous dirai maintenant pourquoi je vous ai parlé de cela. Il est vrai que lorsque vous dormiez, je n'avais pas sommeil. N'ayant aucun désir de dormir comme je vous le dis, j'allai à une fenêtre de la maison où nous logions et vis passer devant moi six chevaliers de la cour du roi Arthur qui me haïssent mortellement. Et ils appartiennent tous à la Table Ronde. Ils prirent ce chemin tout en armes. Si jamais nous les trouvons, nous devrons nous battre, je le sais pertinemment. Mais ce qui m'épouvante le plus est qu'ils sont tous valeureux et bons chevaliers. Je sais que je ne pourrai ni combattre ni me défendre contre eux si vous ne m'aidez pas avec grand courage et loyale foi. »

En entendant ces paroles, le roi Marc est terrifié car il croit que Dinadan lui dit la vérité. Et savoir que les chevaliers sont tous les six de la Table Ronde le terrorise plus encore. Mais comme ils ne voient pas encore les six chevaliers dont il lui parle et qu'il ignore où ils se trouvent, il arbore une plus belle contenance que son cœur ne lui dicte et répond avec grande audace : « Dinadan, ne craignez rien. Car sur la foi que je dois à Dieu, je ne manquerai pas de vous secourir tant que je pourrai tenir une épée. Que pouvez-vous me demander ? Mais que je fasse de mon mieux dans la nécessité.

— Sire, fait Dinadan, sachez que je ne vous demande rien d'autre. Et si vous voulez seulement m'aider sans vous enfuir, nous sommes sauvés. Nous passerons bien parmi eux par la force.

— Apprenez que je n'abandonnerai pas le champ de bataille tant que je ne serai pas mortellement blessé.

— Au nom de Dieu, s'exclame Dinadan, me voilà rassuré ! Qu'il en aille comme il pourra aller. Car si je les trouve par hasard, je ne reviendrai pas sur mes pas avant d'être parmi eux. »

Ils chevauchent tant sur ces paroles qu'ils sont à deux tirs d'arbalète du bocage. Ils aperçoivent clairement les six écus qui pendaient aux arbres, ce qui permettait de les voir d'assez loin. Les écus étaient presque tous neufs et le soleil qui se reflétait dessus les faisait merveilleusement resplendir. Quand Dinadan voit les écus, il fait halte aussitôt. « Vite, seigneurs écuyers ! Donnez-moi mon écu et ma lance. Dans ce bocage-là m'attendent mes ennemis. Il est nécessaire, Dieu m'est témoin, que je les tue ou que je les défasse. Ils ne pourront résister contre moi. » Il prend son écu et fait mine de vouloir manifestement accomplir des prodiges. Et pour stupéfaire encore plus le roi Marc, il ajoute : « Ah, Seigneur Dieu, véritable aide, secourez-moi car la nécessité est venue, plus grande qu'elle ne le fut jamais. Si votre secours me fait défaut, je suis mort ! » Il se tourne vers le roi Marc et lui dit : « Sire, préparez-vous à me venir en aide dans cette tâche car c'est impérieux. Et soyez sûr qu'avec votre secours, je crois bien réaliser des merveilles.

— Dinadan, demande le roi Marc, où sont donc nos ennemis ? Sont-ils près comme vous le dites ?

— Sire, ils ne sont guère loin, répond Dinadan. Et plus ils sont près, mieux c'est. Car nous pourrons nous venger plus vite. Et si voulez les voir, je vous les montrerai à l'instant. Voyez-vous ce bocage où ces écus pendent ?

— Oui, fait le roi. Je les vois bien.

— Sire, dit Dinadan, sachez que ces écus que vous voyez pendre appartiennent à mes ennemis.

— Au nom de Dieu ! s'écrie le roi. Ils sont bien près de nous ! » Il s'arrête d'un coup et montre qu'il ne veut pas aller plus loin. « Ah, sire, implore Dinadan, venez en toute assurance. Sur la foi que je vous dois, vous les verrez fuir dès qu'ils nous apercevront. » Le roi se tait et ne dit mot. Le cœur et tous ses membres lui manquent. Il n'a ni la capacité ni l'audace d'avancer. « Sire, fait Dinadan, n'ayez crainte. Mais agissez dans le besoin comme doivent le faire tout chevalier et tout homme valeureux. » Le roi qui a si peur qu'il ne sait que dire lui répond : « Dinadan, que vous dire ? Sachez que si vous étiez mon frère de sang, je vous ferais défaut. Il est trop périlleux de mettre en aventure deux chevaliers contre ces six chevaliers qui appartiennent à la Table Ronde. On peut avoir de l'assurance contre d'autres chevaliers. Mais il n'y a rien de sûr contre ceux-là. C'est pourquoi j'affirme que je vous laisse. Je ne vous accompagnerai dans cette entreprise pour rien au monde.

— Ah, sire, supplie Dinadan, pour l'amour de Dieu, pitié ! N'agissez pas ainsi. Songez à votre honneur. Nos ennemis nous voient clairement. Et si nous voulions fuir, nous ne le pourrions. Car ils nous suivraient et nous rattraperaient. Pour l'amour de Dieu, sire, pensez à votre honneur de chevalier.

— Dinadan, réplique le roi, apprenez que si ces chevaliers ici présents avaient les meilleures montures que je visse jamais, ils ne pourraient nous rattraper parce que nous voudrions sauver nos vies. Mieux vaut s'en méfier de loin plutôt que de les attendre de trop près. Nous ne sommes que deux et ceux-là sont six chevaliers de la Table Ronde ayant tous fait leur preuve de chevalerie. Croyez-vous, que Dieu vous garde, que nous puissions résister contre eux ? Certes, si vous le croyez, vous croiriez bien à la plus grande folie du monde. C'est pourquoi je déclare que je n'irai pas à eux. Je partirai ailleurs, à travers cette plaine, et ainsi sauverai ma vie. Car sachez bien que je ne veux pas encore mourir pour les folies de Dinadan.

— Ah, sire, fait Dinadan, n'agissez pas ainsi. Si vous vous conduisez de la sorte, je suis déshonoré car la fuite ne vous vaudra rien ; ils sont bien mieux montés que nous. Sire, pour l'amour de Dieu, n'ayez crainte. Restez en toute assurance. Dieu m'est vraiment témoin, quand nous en viendrons à nous battre, ils ne résisteront guère contre nous.

— Dinadan, rétorque le roi, que dites-vous ? Il n'y a en ce monde, Dieu m'est témoin, aucun chevalier pour qui je me jetterai dans ce péril. Car je sais pertinemment que je ne pourrai en réchapper. Que dire ? Je m'en vais ailleurs. Je ne veux pas me plaindre plus d'eux. Vous resterez si cela vous plaît et agirez selon ce que votre cœur vous conseillera. Je me retire de cette entreprise.

— Ah, sire, geint Dinadan, vous m'aviez tant réconforté et maintenant vous me refusez votre aide et m'accablez prodigieusement. Vous m'avez déshonoré et trahi. Car sans l'espoir que vous m'avez donné, jamais je n'aurais emprunté ce chemin. Je serais parti à travers cette plaine et me serais ainsi échappé. Mais je vous crus et, en cela, je commis une folie. Je m'en repens, mais j'ai peur que ce repentir vienne trop tard. » Tandis qu'il parlait ainsi, il voit le roi Marc qui sortait du grand chemin et s'en allait à travers la plaine avec ses écuyers. « Ah, sire, implore Dinadan, me laisserez-vous donc de la sorte ? J'avais confiance en vous et me sentais en sécurité.

— Que dites-vous ? fait le roi Marc. Sachez bien qu'à cet instant je ne ferai rien d'autre pour vous. »

Il fuit alors à corps perdu avec ses écuyers et laisse Dinadan qui feint la stupéfaction. Le roi s'en va et n'est guère rassuré. Il fuit au galop et s'éloigne du bocage où les chevaliers se divertissaient. Quand Dinadan voit et sait que le roi part et ne reviendra pas, il se met à sourire, merveilleusement heureux et joyeux de l'avoir si prodigieusement raillé. Et il se moquera de lui plus encore s'il le peut. Il rend alors son écu et sa lance à ses écuyers et se rend directement au bocage.

Il trouve les chevaliers assis devant la source, mangeant très gaiement et se divertissant. Quand ils le voient venir vers eux, ils se lèvent tous et lui disent d'une seule voix : « Soyez le bienvenu, sire chevalier, soyez le bienvenu. Mettez pied à terre si vous le souhaitez et mangez avec nous. Nous sommes des chevaliers errants comme vous.

— Seigneurs, fait Dinadan, puisqu'il vous plaît que je descende, je le ferai par amour pour vous. Mais je ne vous accompagnerai pas pour manger cette fois car j'ai déjà déjeuné. Je vous remercie. » Il met pied à terre et ôte son heaume. Mais il garde toutes ses autres armes. Messire Ivain, qui l'avait déjà vu, le reconnaît aussitôt. Mais les autres, non. Et cependant, ils lui manifestent tous grande joie et grande fête. « Dinadan, fait messire Ivain, soyez vraiment le bienvenu. Vîtes-vous monseigneur Tristan qui est votre bon compagnon comme nous le savons bien ?

— Sire, répond-il, non. Devant Dieu, il y a longtemps que je ne le vis, cela me peine terriblement. Mais je le verrai bientôt, s'il plaît à Dieu. Car il est à la cour du roi Arthur, où la bonne fortune l'a si bien conduit qu'il est devenu chevalier de la Table Ronde.

— Au nom de Dieu, s'exclame messire Ivain, vous dites vrai ! Il n'y a pas encore six jours que je le laissai en bonne santé. Je ne crois pas qu'il y ait jamais eu à la cour du roi Arthur une si grande joie et une si grande fête depuis ce jour où messire Tristan fut reçu parmi les chevaliers de la Table Ronde. Je quittai la cour pour une tâche concernant personnellement la Table Ronde. Et j'y retournerai. Et vous, de quel lieu venez-vous ?

— Sire, répond Dinadan, je viens de chercher messire Tristan en terre de Sorelois alors que vous l'aviez avec vous à Kamaaloth. Et dans le seul but de le voir, je reviens à Kamaaloth le plus directement possible.

— Viendrez-vous avec nous ? interroge messire Ivain. Car nous aussi nous allons à Kamaaloth. Votre compagnie vaudra mieux pour nous et réciproquement. Vous serez mieux que tout seul. »

Tous se mettent d'accord pour emmener Dinadan avec eux et Dinadan donne son assentiment car leur compagnie le rend fort heureux. Et eux-mêmes sont ravis de la sienne. Messire Ivain dit : « Dites-nous qui est le chevalier qui était avec vous. Car nous vîmes bien comment il vous quitta et s'en alla à travers la plaine. » Dinadan se met à sourire en entendant cette question. Car il se souvient de la couardise du roi Marc qui avait éclaté si ouvertement. Voyant rire Dinadan, messire Ivain lui demande : « Dinadan, dites-nous, que Dieu vous bénisse, pourquoi vous riez.

— Sire, répond-il, devant Dieu, je ris de ce chevalier dont vous vous enquérez car jamais je ne vis, à mon sens, un chevalier plus lâche que lui.

— Ah, Dinadan, dites-nous comment, fait messire Ivain.

— Volontiers, sire », fait Dinadan. Et il leur rapporte toute la conversation qu'ils avaient eue entre eux, comment ils se tenaient compagnie jusqu'à Kamaaloth et pourquoi leur compagnie avait échoué. En entendant ces dires, les compagnons s'esclaffèrent et dirent que vraiment la farce avait été bonne. Puis ils demandèrent de quel pays le chevalier était. Dinadan répondit qu'il venait de Cornouaille et était récemment arrivé au royaume de Logre. « Je ne sais pour quelle raison il y vint.

— Par malheur, disent les compagnons. Il est le malvenu. Certes, il peut bien affirmer que son péché l'a conduit au royaume de Logre. Et s'il a été bien moqué, il le sera plus encore si nous pouvons le rejoindre. »

Les chevaliers parlent ainsi du roi Marc et le raillent grandement. Mais ils ne croyaient pas que ce fût le roi Marc de Cornouaille. Ils ne pensent pas aisément qu'il ait assez d'audace pour venir au royaume de Logre. Car ils savaient qu'il était trop exécré par tous les chevaliers errants qui avaient séjourné au royaume de Cornouaille. Après avoir mangé, ils montent en selle, se mettent en route et se distraient en évoquant ensemble les aventures et les prodiges que l'on voit advenir chaque jour au royaume de Logre. Ils logèrent le soir dans la maison d'un petit seigneur qui les hébergea fort bien et les couvrit d'autant d'honneurs qu'il le put.

Cette nuit, Dinadan apprit que le roi Marc était hébergé dans ce même château, assez près d'eux, dans la demeure d'une veuve qui recevait volontiers et merveilleusement les chevaliers errants car elle avait deux fils chevaliers à la cour du roi Arthur ; ils étaient des chevaliers errants assez valeureux.

Quand Dinadan apprend que le roi Marc est logé si près de lui, il quitte aussitôt ses compagnons et va le voir dans son logis. Le voyant venir, le roi Marc est stupéfait. Car il croyait vraiment que ses ennemis l'avaient tué. « Dinadan, fait-il, soyez le bienvenu. Par Dieu, de quelle manière avez-vous échappé aux mains de vos ennemis ?

— Sire, répond-il, devant Dieu, il m'arriva le plus grand prodige du monde. Car je croyais qu'ils étaient des ennemis mortels et ils ne l'étaient pas. Il s'agissait d'autres chevaliers qui portaient des armes semblables. À cause de leurs armes, je crus vraiment qu'ils étaient mes ennemis. » En entendant cette nouvelle, le roi Marc est si étonné qu'il ne sait que dire. Il ressent une si grande honte qu'il n'ose lever la tête. Jamais il ne pourrait répondre à Dinadan à cause de cette vergogne. Et Dinadan, qui a un grand désir de causer au roi Marc une plus grande honte et un plus grand déshonneur s'il le peut, lui dit : « Sire, malgré cette affaire qui eut lieu entre nous, je ne veux pas laisser votre compagnie, s'il vous plaît, avant que nous soyons parvenus à Kamaaloth, si ma présence vous agrée.

— Devant Dieu, Dinadan, fait le roi, j'en suis heureux et joyeux. La trahison que je vous fis me pèse terriblement.

— Peu vous importe, sire, réplique Dinadan. Vous agirez mieux une autre fois. Je ne vous en veux pas. Je vous recommande à Dieu désormais car je souhaite retourner à mon hôtel. Tôt demain matin, je reviendrai vous voir, et nous nous mettrons en route. »

Dinadan quitte le roi Marc, retourne auprès de ses compagnons et leur rapporte l'entière réponse du chevalier de Cornouaille. « Devant Dieu ! s'exclame Agravain.

Il est nécessaire demain que je lui fasse rendre les armes et jurer qu'au royaume de Logre, il n'en portera aucune à la manière des chevaliers errants. »

Tandis qu'ils parlaient ensemble de cette affaire, voici venir Girflet, le fils de Do, qui était chevalier de la Table Ronde, prodigieusement gai et farceur. Et sachez qu'il était accompagné de Daguenet, le fou du roi Arthur, un chevalier insensé dont je vous ai déjà parlé dans ce livre. Quand les compagnons virent Girflet, ne demandez pas s'ils le reçurent avec fête et joie. Et ils n'étaient pas moins joyeux de voir Daguenet. Ils lui firent la plus grande joie du monde car il les amusait fort et faisait les plus belles folies possible. Les compagnons demandent à Girflet d'où il vient et où il va. Et il répond qu'il revenait d'une mission ordonnée par le roi Arthur lui-même. Il retourne directement à la cour. « Nous y allons aussi, disent-ils. Partons donc ensemble.

— Cela me plaît beaucoup », fait Girflet. Après avoir longuement parlé de la cour, leur conversation se tourne vers d'autres sujets. Messire Ivain demande à Girflet : « Voulez-vous entendre une des plus belles aventures du monde qui arrivât jamais dans ce pays ? Elle advint à Dinadan ici présent et concerne la compagnie d'un chevalier de Cornouaille.

— Ah, pour l'amour de Dieu, sire, fait Girflet, dites-moi de quoi il s'agit. » Et messire Ivain lui raconte toute l'histoire que je vous ai relatée plus haut. Quand Daguenet entend qu'ils parlaient des chevaliers de Cornouaille, il s'avance aussitôt, fort heureux et joyeux, la tête levée avec ostentation, et dit : « Où sont les chevaliers de Cornouaille ? Laissez-les venir entre mes mains. Je ne vous demande rien d'autre.

— Messire Daguenet, fait messire Ivain, souhaitez-vous donc jouter contre les chevaliers de Cornouaille ?

— Oui, sire, devant Dieu, répond Daguenet. Je veux que nul d'entre vous n'intervienne. Laissez-les-moi car j'en viendrai fort bien à bout. » Et tous se mettent à rire en entendant les paroles de Daguenet. « Seigneurs chevaliers, fait messire Ivain, savez-vous pourquoi messire Daguenet est si pressant envers les chevaliers de Cornouaille ? Si vous l'ignorez, je vous édifierai car je sais d'où cette grande audace lui vient. Il arriva que deux chevaliers de Cornouaille, qui étaient compagnons, vinrent au royaume de Logre. Je ne sais pour quelle raison. Mais je peux vous dire que messire Daguenet les vainquit tous les deux et les amena prisonniers à la cour du roi Arthur. J'étais présent quand ils arrivèrent. C'est pourquoi je sais que par cette aventure qui eut lieu entre les chevaliers et Daguenet, il les a éprouvés et les connaît. Il en parle donc avec autant d'audace.

— Au nom de Dieu, fait Girflet, le fils de Do, nous pourrions nous divertir grandement tout en accomplissant la volonté de Daguenet. Quand nous chevaucherons demain, nous ferons équiper Daguenet avec les armes de l'un de nous. Il est inutile de lui donner un cheval car le sien est bon. Nous chevaucherons de bon matin et nous sortirons de ce château avant le chevalier de Cornouaille. Une fois en route, nous cheminerons tout doucement, au petit pas, et attendrons que le chevalier de Cornouaille nous rejoigne. Et il nous rattrapera vite, je le sais. Dès qu'il approchera, nous le montrerons à Daguenet et ferons en sorte qu'il se rue sur lui. Et il le fera très volontiers. Il est si fou qu'il ne refuserait aucun affrontement contre nul chevalier du monde. Et savez-vous ce qu'il adviendra ? Apprenez que le chevalier de Cornouaille s'enfuira en éperonnant sa monture dès qu'il le verra fondre sur lui. Mieux vaut qu'il soit ainsi vaincu par Daguenet plutôt que de porter la main sur lui. »

Tous donnent leur assentiment. Ils disent qu'il ne pouvait mieux parler. Ils agiront ainsi et pas autrement. Si messire Daguenet parvient à le conduire prisonnier à la cour du roi Arthur, cela réjouira fort messire Tristan. Et le roi Arthur plus encore. Ce sera une belle farce et une belle risée. Ils demandent alors à Daguenet : « Messire Daguenet, que ferez-vous ? Il convient que demain vous affrontiez un chevalier de Cornouaille. » Et il est ravi et se met à battre des mains de joie. « Dieu veuille que je le trouve, fait-il. Devant Dieu, je ferai subir un sort pire à celui-là qu'aux autres.

— Nous verrons ce dont vous êtes capable, répliquent les compagnons, car demain, vous l'aurez entre les mains. »

Les compagnons s'amusent fort gaiement du chevalier de Cornouaille. Et ils se réjouiraient plus encore s'ils savaient que c'était le roi Marc. Mais ils l'ignoraient. Après s'être longtemps divertis et avoir parlé de plusieurs aventures, ils vont se coucher car les lits étaient faits et dorment jusqu'au lever du jour.

Tôt le lendemain matin, ils se lèvent, se préparent et se font armer en grande hâte. Mordret, le frère de monseigneur Gauvain, était légèrement blessé au côté gauche si bien que les armes qu'il portait le gênaient ; les compagnons les lui ôtèrent et les donnèrent à Daguenet, si joyeux qu'ils mouraient presque de rire. Et tenez pour vérité que Daguenet les réconforte grandement et leur déclare : « Seigneurs, n'ayez aucune crainte car sachez que le chevalier de Cornouaille est mort et avili s'il me touche. Il est nécessaire qu'il se constitue prisonnier bon gré, mal gré avant qu'il ne me quitte.

— Messire Daguenet, disent les chevaliers, nous verrons ce dont vous êtes capable car vous l'aurez entre vos mains assez tôt. »

Ils quittent le château, se mettent en route sans tarder, se distraient et chevauchent au pas cette matinée car ils attendent toujours que le roi Marc les rattrape. Et sachez que toutes leurs conversations et tout ce qu'ils avaient dit sur Daguenet était su en détail par Dinadan.

Dès qu'ils furent partis de leur logis, Dinadan va chercher directement le roi Marc et le trouve levé et habillé, prêt à être équipé de ses armes. Allant à sa rencontre,

Dinadan lui souhaite bon jour et bonne fortune et le roi en fait autant. « Sire, fait Dinadan, faites-vous munir de vos armes hâtivement car il est temps de chevaucher. » Le roi se fait aussitôt équiper et demande à Dinadan : « Dinadan, les chevaliers de la cour du roi Arthur sont-ils en route ?

— Oui, sire, répond Dinadan, il y a longtemps. Ils doivent être à trois lieues anglaises ou plus de ce château. Mais savez-vous qui arriva au château hier soir après que je vous eus quitté ?

— Non, si vous ne me dites qui c'était, fait le roi.

— Au nom de Dieu, dit Dinadan, c'était Lancelot du Lac. Il arriva hier soir quand nous étions sur le point de nous coucher. Et tenez pour vérité que c'est le plus beau chevalier que j'aie jamais vu, excepté monseigneur Tristan. Il est si courtois et empli de si sages paroles que c'est un plaisir de demeurer en sa compagnie.

— Et où se rend-il ? demande le roi Marc.

— Sire, il va droit à Kamaaloth.

— Par Dieu, Dinadan ! s'exclame le roi. Comment est-ce possible ? J'avais entendu dire qu'il était à Kamaaloth depuis la venue de Tristan à la cour du roi Arthur. On m'avait aussi dit que lui-même l'avait conduit à la cour. Et pourtant, il était cette nuit dans ce château…

— Sire, fait Dinadan, il quitta Kamaaloth il n'y a pas six jours pour une mission importante. Mais il retourne à la cour de son mieux. Je crois qu'il y sera demain. »

Ils parlent longtemps de Lancelot et finalement, le roi demande à Dinadan : « Dites-moi quelles armes porte Lancelot. À quoi pourrai-je le reconnaître si je le croise ?

— Sire, répond Dinadan, il porte des armes toutes noires et un écu noir avec un serpent blanc. Il apporta ces armes hier soir au château et repartit avec ce matin. Je ne saurais mieux vous enseigner pour que vous puissiez le reconnaître. »

Et les armes dont il parlait étaient celles de Mordret que messire Daguenet portait en ce jour. Une fois prêt, le roi n'attend pas. Il quitte les lieux et se met en route avec Dinadan et leurs écuyers. Quand ils sont sur le chemin principal, ils chevauchent à vive allure tout le matin et arrivent devant une forêt appelée la Forêt Étrange car elle était grande, merveilleuse et impraticable à cheval. Elle était assez dangereuse. Celui qui cherchait des aventures et des prodiges en trouvait souvent. Après avoir pénétré dans la forêt, ils ne chevauchent guère avant de trouver une petite prairie magnifique et agréable. Plusieurs sources sourdaient au milieu de cette prairie. Les chevaliers dont je vous ai parlé étaient arrêtés près d'un petit amas rocheux et s'étaient mis d'accord pour attendre le chevalier de Cornouaille et voir comment messire Daguenet pourrait s'en sortir face à lui. Le roi Marc les aperçoit d'assez loin car il pensait toujours à eux et ne pouvait les oublier. Dès qu'il les voit arrêtés devant les rochers, son cœur lui dicte que ce sont eux sans aucun doute. Mais pour en être certain, il demande à Dinadan : « Dinadan, savez-vous qui sont ces chevaliers arrêtés devant cet amas rocheux ?

— Sire, répond Dinadan, que Dieu me garde, je crois que ce sont les chevaliers de la Table Ronde avec qui j'étais logé hier soir. Ce sont eux sans doute. Que vous dire ? Nous voilà confrontés à la joute. Il nous convient de jouter contre eux car ils n'ont fait halte que pour cela.

— Au nom de Dieu ! s'emporte le roi Marc. Je refuse catégoriquement le duel. Je n'ai cure de leur joute. Qu'ils en cherchent une autre ailleurs car je ne suis pas disponible.

— C'est vrai, fait Dinadan, mais s'ils vous obligent à jouter, que direz-vous ?

— Apprenez, réplique le roi, que ni par la force ni pour leur amour je ne jouterai contre eux. »

Tandis que Dinadan et lui parlaient de cette affaire tout en approchant d'eux, voici que Daguenet quitta les chevaliers et vint vers le roi Marc au pas, comme les compagnons le lui avaient demandé. Car autrement, il n'aurait pas su bien faire. Il portait à son cou l'écu noir au serpent blanc tel que Dinadan l'avait décrit au roi Marc. En voyant cet écu, le roi Marc est persuadé que c'est Lancelot du Lac qui se dirige vers lui. Il croit que Dinadan l'a trahi. Il lui dit alors : « Dinadan, n'est-ce pas Lancelot du Lac qui arrive par ici ?

— Sire, c'est lui sans nul doute, répond Dinadan. Nous voici proches du combat, je le vois bien.

— Ah, Dinadan, gronde le roi Marc, vous m'avez trahi ! Je le sais parfaitement ! Vous leur avez dit que je suis le roi Marc de Cornouaille. C'est pourquoi ils ont fait halte pour me saisir s'ils le peuvent. C'est une grande trahison ! »

Voici approcher d'eux Daguenet le Fou. Il crie à haute voix tout en se rapprochant : « Chevalier de Cornouaille, que Dieu me garde, vous êtes mort ! Péché et malchance vous ont conduit entre mes mains ! Quand vous en réchapperez, vous ne verrez plus jamais la Cornouaille ! »

En entendant ces paroles, le roi Marc croit que c'est réellement Lancelot qui le menace ainsi. Il n'a ni le cœur ni l'audace de l'attendre. Il tourne bride aussitôt et s'en va au galop par un autre sentier de la forêt. Quand les compagnons qui étaient arrêtés devant les roches voient le roi Marc s'enfuir ainsi, leur clameur s'élève si grande que vous n'en entendrez jamais une pareille venant de si peu de monde. Ils crient de toute leur voix : « Allons à sa poursuite ! Prenez garde qu'il ne nous échappe ! » Le roi s'enfuit comme il le peut par un sentier de la forêt. Mais sachez bien qu'il est prodigieusement terrorisé. Daguenet le pourchasse assidûment. Et quand les compagnons constatent que la poursuite est bien engagée, ils vont après lui car ils ne voudraient pas perdre Daguenet ; ils ne désiraient pas non plus que le roi devine tout par hasard et se retourne contre lui. Le roi fuit comme il le peut, merveilleusement épouvanté et terrorisé. Il ne se retourne pas car il n'aspire à rien d'autre qu'à fuir et sauver sa vie.

Daguenet le prend sérieusement en chasse et le menace. Il est furieux contre lui. Il jure qu'il doit le rattraper. Les compagnons le suivent, riant et se moquant prodigieusement, et font un tel vacarme que toute la forêt en retentit. Le roi Marc s'en va de son mieux malgré la fatigue de sa monture. Et par chance, il était fort bien monté.

Grands sont les cris et la clameur après le roi Marc. Et tandis que le roi fuyait par le chemin de la forêt, si épouvanté qu'il manquait de mourir de peur, il lui advint une aventure assez prodigieuse et favorable : il rencontra un chevalier qui s'était arrêté au milieu du chemin sous un arbre, perché sur son cheval. Il écoutait pour savoir d'où venait cette clameur qui était si forte, et il se demandait pourquoi ces cris étaient si grands. Tandis qu'il était arrêté sur le chemin, muni de toutes ses armes, il observe et voit venir vers lui le roi Marc qui fuyait comme s'il apercevait devant ses yeux la mort. Il va à la rencontre du roi et lui dit : « Sire chevalier, pourquoi fuyez-vous ? Arrêtez-vous et racontez-moi vos tourments. Et je vous jure loyalement en tant que chevalier que je vous donnerai un bon conseil. » Il ne percevait pas encore ceux qui venaient après le roi car ce dernier les avait semés. « Ah, pitié, sire ! implore le roi Marc. Ne me retenez pas par vos paroles. Je sais bien que vous n'avez ni assez de pouvoir ni assez de force pour me délivrer de cette affaire. Laissez-moi donc partir s'il vous plaît car ce cheval sur lequel je suis assis me libérera bien mieux que vous. » Le chevalier est furieux en entendant ces paroles. Il répond avec colère : « Chevalier, que Dieu vous bénisse, ce n'est guère courtois ni sage de m'apprécier si peu. Savez-vous qui je suis ?

— Non, répond le roi Marc, je ne le sais vraiment pas. Mais je sais qu'en vérité celui qui me poursuit est un chevalier d'une valeur telle qu'il n'y en a pas de meilleur à mon avis. C'est pourquoi j'affirme que vous n'avez ni la force ni la capacité de me défendre contre lui.

— Au nom de Dieu, fait le chevalier, même si c'était messire Tristan de Cornouaille, que l'on considère comme le meilleur chevalier du monde, je vous prouverais bien que je sais me défendre. Restez en toute assurance, car je préfère mourir plutôt que vous receviez un coup. Et je vous assure que celui que vous louez n'est ni Tristan ni Lancelot. J'en suis certain. Cela m'encourage d'autant plus à vous aider. »

Le chevalier en dit tant au roi et le rassure tant qu'il reste avec lui, forcé. Mais il est terrifié. Et s'il ne pensait pas que le chevalier se fâchât contre lui, il ne demeurerait en aucun cas. Voici venir vers eux Daguenet prêt à jouter. Le voyant venir, le roi Marc le montre au chevalier et lui dit : « Sire, voyez arriver le meilleur chevalier du monde, à mon sens.

— Devant Dieu, réplique le chevalier, ce n'est pas le cas. Je connais, à sa manière de monter, qu'il n'est pas un bon chevalier. Et je vous affirme autre chose. Si je ne lui fais pas vider les arçons à l'instant, ne croyez plus jamais ce que je dis. »

Il se prépare à jouter et se rue sur Daguenet car il ne croit pas que ce soit lui. S'il l'avait su, il ne se serait jamais élancé vers lui. Il le frappe si violemment dans son élan qu'il le porte à terre tout à l'envers au milieu du chemin. Et il tombe si cruellement qu'il gît longtemps comme s'il était mort.

Après l'avoir abattu, le chevalier demande au roi : « Chevalier, craignez-vous encore autrui ? Vous ai-je libéré de la grande peur que vous ressentiez ?

— Non, sire, fait le roi Marc. Vous avez encore plus à faire que vous ne le croyez. Car après celui-ci viennent six chevaliers de la Table Ronde. C'est pourquoi je vous déclare que je veux partir d'ici à l'instant même. Car je sais que contre tous, vous ne pourriez résister.

— Vassal, dit le chevalier, vous avez très peur. Et vous croyez peu en moi. Certes, vous êtes le chevalier le plus lâche que j'aie jamais vu. Vous verrez ce dont je suis capable. »

Le roi Marc demeure car il n'a pas le courage de désobéir au chevalier. Guère de temps s'était écoulé quand les compagnons commencèrent à arriver les uns avant les autres. Ils raillaient Daguenet. Brandélis était un chevalier hardi et preux qui arrivait avant les autres. Quand il aperçoit le cheval de Daguenet qui errait tout effrayé, il sait maintenant que ce dernier a été désarçonné. Cela le peine parce que Daguenet avait entrepris cette folie à cause de leurs encouragements. Le chevalier qui avait retenu le roi Marc, voyant venir Brandélis, demande aussitôt au roi : « Chevalier, qui vient ? Fait-il partie de vos ennemis ?

— Oui, sire, répond le roi Marc. C'en est un, en effet. »

Le chevalier n'attend plus en entendant ces paroles. Il s'élance vers Brandélis et le frappe si violemment dans sa course qu'il n'a ni la force ni la capacité de tenir en selle. Il vole du cheval à terre. Et il eut la chance de n'avoir nul autre mal excepté la chute. Voyant Brandélis à terre, le chevalier ne lui prête plus attention. Il le dépasse et dit au roi Marc : « Chevalier, rassurez-vous. Vous êtes libéré de celui-ci.

— Vous dites vrai, fait le roi Marc, il me semble. Dieu veuille que vous en fassiez autant avec les autres qui arrivent. »

Quand messire Ivain, le fils du roi Urien, qui venait après Brandélis, le voit abattu, ne demandez pas s'il est triste et affecté car il lui voulait beaucoup de bien. Et bien qu'il soit sans doute un des chevaliers les plus sensés de la cour du roi Arthur, il n'est pas suffisamment avisé car il dit qu'il vengera Brandélis ou partagera sa honte. Il se tourne alors vers le chevalier qui avait abattu Brandélis et veut le frapper. Et l'autre, qui ne le redoute en rien, se dirige violemment vers lui, le frappe dans son élan et les abat, lui et le cheval. Messire Ivain fut grièvement blessé dans cette chute car le cheval lui tomba dessus. Aussi gît-il en pâmoison sans pouvoir se relever. Après que messire Ivain eut été abattu, voici venir Ossenan le Courageux, comme je vous le raconte. Ossenan au cœur hardi est enragé et fou de colère quand il voit ses compagnons désarçonnés. Les voyant étendus à terre, il ne tarde pas et ne fait pas d'autre discours. Il se rue sur le chevalier qui vient vers lui la lance baissée ; celui-ci lui donne un si grand coup à la poitrine qu'il le porte à terre comme les autres compagnons. Le roi Marc se dit qu'il est réellement valeureux et bon chevalier. Jamais il n'avait vu un si bon et si hardi porteur de lance. Quand les autres compagnons, qui venaient après, voient cette aventure, ils s'arrêtent au milieu du chemin, tout ébahis. Ils disent que c'est une des plus grandes merveilles qu'ils aient jamais vues. Le chevalier est vraiment très vaillant et de haute capacité pour avoir désarçonné aisément ces trois chevaliers.

« Seigneurs, fait Girflet, le fils de Do, voyez comme ce chevalier est valeureux. Et selon la bravoure que je vois en lui, je ne pourrais croire qu'il ne soit pas un chevalier de la Table Ronde. Envoyons-lui un de nos écuyers et sachons s'il appartient à la cour du roi Arthur. Si tel est le cas, nous abandonnerons cette folie. S'il n'en est pas, nous ferons tout ce qui est en notre pouvoir pour venger la honte de nos compagnons. Car nous la partageons. »

Tous donnent leur assentiment. Ils envoient un de leurs écuyers au chevalier. Quand l'écuyer est venu jusqu'à lui, il lui dit sans le saluer : « Sire, ces chevaliers qui sont là vous prient de leur faire savoir par moi si vous appartenez à la cour du roi Arthur ou pas. Puis ils prendront conseil sur ce qu'ils pourront ou devront faire. » Le chevalier répond : « Bel ami, vous pouvez leur dire avec certitude que je n'en suis pas. Mais même si je n'y appartiens pas, je ne délaisserai pas ma défense contre eux si je le peux et s'ils m'assaillent. » Le jeune homme quitte le chevalier, retourne auprès des quatre autres et leur dit : « Seigneurs, il vous fait savoir qu'il n'appartient pas à la cour du roi Arthur. » Et ils sont tous stupéfaits. Ils disent entre eux : « Dieu, qui peut-il être ?

— Peu nous importe qui il est, dit Agravain. Il est bien notre ennemi, vous pouvez le voir clairement. C'est pourquoi, faisons de notre mieux. Il n'y a rien d'autre à faire. Je préfère, à mon sens, qu'il m'abatte, si je ne peux l'éviter, comme il a fait avec nos compagnons, plutôt que de ne rien mettre en œuvre pour venger leur honte. » Il s'avance aussitôt et dit : « Je veux avoir cette première joute quoi qu'il m'advienne. » Il éperonne son cheval et se dirige vers le chevalier. Et celui-ci fait de même, retentissant comme la foudre, et frappe Agravain dans sa course si violemment qu'il lui fait subir le même sort qu'à ses compagnons. Quand les autres amis voient ce coup, ils sont si tristes et si malheureux qu'ils ne savent que dire.

« Sainte Marie ! s'écrie Girflet. Que va-t-il advenir ? Comme ce chevalier est vaillant et comme il est extraordinairement puissant ! Par Dieu, qui est-ce ? Devant Dieu, je ne sais que dire de cette affaire. » Et il prononçait ces mots les yeux embués. Il avait le cœur si gros qu'il ne pouvait plus parler.

Que vous dire ? Le chevalier abattit comme précédemment le reliquat de chevaliers. Après les avoir tous désarçonnés, il se tourne vers le roi Marc et lui dit : « Sire chevalier, vous aviez si grande peur de cette rencontre. Vous semble-t-il en être délivré ?

— Sire, répond le roi Marc, en effet, je suis bien libéré, merci à Dieu et à vous. Mais j'ignore que faire. Car je suis persuadé que si ces six chevaliers me trouvent sans vous, ils m'infligeront honte et humiliation et me mettront à mort à cause de l'opprobre que vous leur avez causé pour moi.

— Dites-moi, fait le chevalier, dans quelle direction vous voulez aller.

— Certes, dit le roi Marc. Je voudrais me trouver à la cour du roi Arthur car j'y ai à faire.

— Au nom de Dieu ! s'exclame le chevalier. Vous avez de la chance. Je vous tiendrai compagnie jusque-là, comme je le pense, car je veux m'y rendre aussi.

— Devant Dieu, fait le roi Marc, je suis très heureux de votre compagnie. Chevauchons donc ensemble. »

Ils se mettent d'accord. Puis ils se mettent en route. Voici venir à leur suite Brandélis qui était remonté en selle. Après les avoir rejoints, il dit au chevalier : « Sire chevalier, avant que vous ne nous quittiez, je voudrais vous prier avec courtoisie que vous me disiez qui vous êtes. Et sachez que je pourrais bien vous rendre la pareille si vous avez la grande bonté de me dire ce que je vous demande.

— Certes, répond le chevalier, puisque vous voulez savoir qui je suis, je vous dirai une partie des choses qui me concernent. Apprenez que je suis un chevalier errant qui cherche des aventures chaque jour comme vous-même.

— Vous ne m'avez rien appris, réplique Brandélis. Je sais bien que vous êtes un vrai chevalier. Je voudrais vous ressembler. Je vous prie encore avec courtoisie de me dire votre nom.

— Sachez, fait le chevalier, que vous ne pouvez rien savoir de plus sur moi que ce que je vous ai dit. Je suis un chevalier. Mais je ne suis pas aussi valeureux et vaillant que je devrais l'être. »

Il s'en va sans plus parler. Brandélis retourne auprès de ses compagnons, profondément triste et accablé de ne pouvoir connaître le chevalier. Il l'aurait très volontiers connu pour la haute chevalerie qu'il avait vue en lui.

Le roi Marc chevauche en compagnie du chevalier, fort joyeux et heureux de cette bonne aventure qui lui était advenue. Car autrement, il serait humilié et mort. Le chevalier chevauche ce jour-ci jusqu'à none, pensant toujours. Si bien qu'à son attitude, il ne paraissait guère joyeux mais extrêmement songeur. Il ne dit rien et ne semble pas heureux. Il montre clairement que son cœur est triste. Il chevauche la tête inclinée et penchée vers la terre. Il ne prononce aucune parole et ne regarde nulle part. Il a toujours les yeux rivés vers le sol. Le roi Marc s'aperçoit bien que le chevalier soupire profondément de nombreuses fois et se plaint doucement. Mais il ne dit rien que le roi puisse entendre. Le roi Marc est si consterné qu'il ne sait que dire. Car il voit bien que le chevalier est souffrant. Il le réconforterait volontiers s'il le pouvait. Mais il n'ose pas. Ce ne serait guère raisonnable d'ôter le chevalier de ses pensées. Il pourrait recevoir en échange sa haine et malveillance. C'est pourquoi il se tait et regarde le comportement du chevalier qui est tel qu'il semble ne jamais se réconforter. Pensif, triste, la tête inclinée vers la terre, le chevalier chevauche toujours sans joie au pas, sans se reposer, jusqu'à none.

L'aventure les conduisit devant une très belle source qui jaillissait entre deux grands arbres. Et le lieu où coulait la source était magnifique et plaisant. En arrivant devant la fontaine, le chevalier redresse la tête et se met à regarder autour de lui. Dès qu'il aperçoit la source, il dit au roi Marc : « Sire, vous plaît-il que nous descendions et nous reposions un peu ici ? Nous avons assez peiné pour nous accorder le repos une partie de la journée.

— Sire, à vos ordres, fait le roi Marc. Descendons puisque vous le souhaitez. »

Ils mettent pied à terre devant la source et vont soigner leurs chevaux du mieux qu'ils peuvent. Le chevalier abat la ventaille, fait ôter son heaume et se fait enlever ses armes de telle sorte que s'il en avait besoin, il puisse assez vite s'en garnir. Après s'être un peu soulagé de ses armes comme je vous le raconte, il dit à l'un des écuyers du roi Marc : « Bel ami, prends ce chemin jusqu'à un petit tertre qui est devant. Tu y trouveras perchée une très belle demeure où réside une dame. Dis-lui de ma part qu'elle m'envoie à manger si secrètement que nul ne le sache. Je veux que personne de ces lieux ne vienne par ici s'ils tiennent à mon amour. Car j'y reviendrai bientôt, s'il plaît à Dieu.

— Sire, demande le jeune homme, quel est votre nom et à quels signes la dame pourra-t-elle vous reconnaître ?

— Bel ami, répond le chevalier, dès que tu lui diras que le chevalier à la Bête Glapissante lui fait cette prière, elle accomplira ta requête plus volontiers que toute autre dame du monde. Et elle doit le faire d'autant plus volontiers qu'elle est ma dame et ma mère. Va-t'en par ce sentier car il te mènera tout droit. Il ne t'égarera pas avant que tu y viennes. »

Le jeune homme quitte le chevalier sans tarder et s'en va là où il le lui ordonne. Le roi Marc a bien entendu ce que le chevalier a dit à l'écuyer. Il réfléchit profondément mais ne peut savoir qui est le chevalier à la Bête Glapissante. S'il avait entendu parler de Palamède, il l'aurait reconnu aussitôt. Mais il ne savait rien de ce surnom. C'est pourquoi il est tout aussi surpris par l'identité de ce chevalier qu'au début. Il y songe fort mais en vain. Le jeune homme se rend rapidement droit au tertre que le chevalier lui avait indiqué et trouve au sommet la demeure, plus somptueuse et plus riche que le chevalier ne lui avait décrit. Il descend devant la porte et confie à un des écuyers des lieux son cheval puis demande où est la dame. Les habitants s'avancent aussitôt et lui demandent : « Dites, bel ami, à qui appartenez-vous, vous qui demandez la dame de ce lieu ?

— Peu vous importe à qui je suis, répond-il. Mais permettez-moi de parler à celle que je requiers. »

Et ils le conduisent à présent dans une chambre de la maison qui était belle et élégante. Ils trouvent la dame à l'intérieur, assise sur un lit, accompagnée d'un grand nombre de dames et de demoiselles.

Quand l'écuyer voit la dame, il s'agenouille devant elle et lui rapporte à voix basse toutes les paroles que le chevalier lui adresse de la manière qu'il les lui avait confiées. La dame éclate en sanglots dès qu'elle entend cette nouvelle et dit tout en pleurant : « Ah, Seigneur Dieu, quand viendra l'heure où je pourrai voir mon cher fils, la merveilleuse progéniture et la plus digne qu'une femme portât jamais ? Ah, comme il commet un grand péché en ne venant pas me voir plus souvent ! Je voudrais l'accueillir et fêter sa chère personne comme je fais à ses autres frères. J'affirme que je serais la femme la plus heureuse du monde. Mais je ne le vois ni ne l'aperçois. Mon cœur est triste et accablé toutes les fois que je m'en souviens. » Quand celles qui étaient présentes entendent ces plaintes, elles savent aussitôt que la dame parle de Palamède. Elles sont très désireuses de demander où il se trouve. La dame répond : « Il n'est guère loin d'ici, mon cher fils. Je le verrais volontiers car je ne l'entrevois jamais. Mais je n'irai pas à l'encontre de sa prière. Je ne ferai rien en aucun cas. Puisqu'il souhaite que je reste, je demeurerai donc. » Elle donne à l'écuyer toute la nourriture nécessaire. Et il part après avoir pris congé des habitants des lieux. Nul n'est assez audacieux pour le suivre afin de voir Palamède. Car la dame l'interdit ; elle l'aimait tant qu'elle n'irait à l'encontre de sa prière pour rien au monde.

Le jeune homme s'en va après avoir reçu tout ce pour quoi il avait été dépêché. Il retourne aussitôt à la source. Il salue Palamède et lui rapporte toutes les paroles le concernant. Palamède ne répond rien. Il mange et se réconforte. Mais il reste toujours si pensif que jamais vous ne verriez un chevalier plus songeur. Il ne demande rien à propos du roi Marc, ni qui il est, ni d'où il vient. Il réfléchit toujours. Après avoir mangé, le roi Marc, qui était un peu fatigué, s'endort devant la fontaine. Quand Palamède le voit endormi, il se fait aussitôt équiper de ses armes, vient à son cheval et monte. Puis il dit aux écuyers : « Seigneurs, je m'en vais d'ici puisque votre maître n'agit pas comme un chevalier. Dites-lui de ma part que je ne veux plus lui tenir compagnie. Il ne me semble pas, selon ce que j'ai vu de lui, qu'il ait beaucoup chevauché tel un chevalier errant. » Il part sans rien ajouter et s'en va à travers la forêt. Il ne se dirige pas vers la demeure de sa mère. Palamède part ainsi et laisse le roi Marc endormi près de la source.

Il n'a guère chevauché quand le roi Marc s'éveille, je ne sais pour quelle raison. Peut-être parce que les chevaux commencèrent à hennir ou qu'il ne dormait pas profondément. Une fois éveillé, il regarde autour de lui. Ne voyant plus Palamède, il est stupéfait. Il demande à ses écuyers : « Dites-moi, jeunes seigneurs, où est parti le bon chevalier.

— Sire, répondent les jeunes gens, il s'en est allé récemment et nous a dit des paroles que nous devons, selon ses ordres, vous rapporter dès que vous serez éveillé.

— Devant Dieu, dit le roi, le chevalier a bien raison de me blâmer pour cette affaire alors que j'avais près de moi un aussi bon chevalier que lui. Et après lui avoir fait une si piètre compagnie, tout le monde devrait me le reprocher. Puisqu'il est parti par ma faute, il est nécessaire que je le retrouve si je le peux. Et je le trouverai vite, je le sais bien. Car il n'est guère loin d'ici.

— Sire, vous dites vrai, font les écuyers. Il n'est pas parti depuis longtemps. »

Après avoir prononcé ces paroles, le roi se fait munir de ses armes. Une fois équipé, il monte en selle et dit à ses écuyers : « Attendez-moi ici jusqu'à mon retour. Car je reviendrai, que je le trouve ou pas.

— Sire, à vos ordres », font les écuyers.

Le roi leur demande quelle direction le chevalier emprunta lorsqu'il partit, et ils la lui indiquent telle qu'ils la connaissent. Le roi Marc s'en va donc. Il trouve parfois les traces de Palamède, pour les perdre aussitôt. Cela conduisait le roi par ici, par là, car Palamède allait ainsi, pensant profondément et ne sachant quelle direction prendre. Peu lui importait où le cheval le conduisait. Le roi Marc chemine tant çà et là qu'il perd complètement la trace de Palamède et de son cheval. Il ne sait que dire ni que faire : continuer ou retourner. S'il continue, il se perdra rapidement car il ne connaît pas cette forêt où il n'a jamais été. Et la forêt était vaste et prodigieusement impraticable. Mais ce qui ennuie le plus le roi Marc est la tombée de la nuit qui survient et qui se mêle au jour. Le roi Marc, qui n'avait d'autre conseil que le sien, dit qu'il reviendra sur ses pas car il en est temps. Il fait demi-tour, mais il est méchamment trompé. Croyant revenir auprès de sa compagnie, il s'en éloigne. Le roi Marc chevauche ainsi en s'égarant çà et là si bien que la nuit tombe, noire et sombre ; elle le perturbe tant qu'il ne sait de quel côté aller. Il s'arrête donc au milieu du chemin de la forêt et prête attentivement l'oreille pour entendre si quelqu'un pourrait le renseigner. Tandis qu'il écoutait ainsi, il entend une voix assez près de lui qui, lui semble-t-il, se plaint et se lamente terriblement. Il se dirige dans cette direction tout doucement en écoutant toujours s'il peut entendre de nouveau cette voix dont il avait ouï le son. Et comme il ne l'entend plus, il s'arrête et attend en silence. Quand il perçoit de nouveau la voix, il se dirige vers elle. Il n'a guère cheminé quand il reconnaît que c'est la voix d'un homme qui se plaint grandement et qui se désole merveilleusement. Il continue son chemin avec assurance. Arrivé assez près, il descend de son cheval et l'attache à un arbre car il pense bien que c'est un chevalier qui se lamente. Et comme il ne voulait en rien lui nuire, il s'approche de lui le plus silencieusement possible ; il ne souhaitait en aucun cas qu'il s'aperçût de sa présence.

Venu à côté de lui, il voit que c'est un chevalier muni de toutes ses armes, excepté son heaume, qu'il n'avait pas sur la tête. Le chevalier s'était assis près d'un rocher, sous un arbre, et se plaignait très fort. Il jetait souvent de profonds soupirs. Parfois, il semble gai, parfois, il est si étonnamment furieux que vous affirmeriez qu'il va mourir à l'instant de douleur et de colère. Il est tantôt assis, tantôt debout. Il rit, se réjouit et se console, et aussitôt la situation change. Car il ne reste pas longtemps dans cet état. S'il riait, il pleure à présent avec rage, se maudit, se voue au diable et maudit l'heure de sa naissance. Jamais vous ne verriez un chevalier mener un si grand deuil. Et sachez que le roi Marc était près de lui, à moins de deux lances. Le chevalier ne le voyait pas. Il était si absorbé par son affaire, qui était si étrange comme je vous l'ai dit, qu'une heure il pleurait et une autre il riait. Puis il se réconfortait. Mais ce réconfort ne durait guère longtemps. Il changeait entièrement d'une autre manière. Apercevant ce fait, le roi Marc est si extraordinairement ébahi qu'il ne sait que dire. Il le regarde en souriant.

Après l'avoir longuement observé, le roi Marc se dit en lui-même : « Par Dieu, qu'est-ce donc ? Je peux bien affirmer que cet homme est le chevalier le plus enragé et le plus éloigné de la raison dont j'aie jamais entendu parler. Il rit. Il pleure. Il se lamente. Il est en joie. Dieu, qu'est-ce donc ? Devant Dieu, je crois qu'il a perdu son sens. Je ne sais que dire. Jamais depuis ma naissance je ne vis un chevalier qui ait une telle attitude. Je ne m'en souviens pas. » Le roi Marc le scrute attentivement. Il considère merveilleux et étranges son comportement et sa contenance. Jamais, devant Dieu, il ne vit une aventure si étrange et si singulière que celle-ci, comme il l'affirme. Car parfois, il est persuadé que ce chevalier est doté de sens et de raison. Puis aussitôt, il lui semble qu'il est le plus enragé et le plus sot du monde. Que vous dire ? Le roi Marc le voit tant dans diverses attitudes se démener curieusement qu'il ne sait que penser de lui : ou il est fou, ou il est avisé. À son avis, tout autre qui le verrait ne pourrait rien dire d'autre. Comme je vous le raconte, le roi Marc se parle à lui-même si bas que le chevalier qui était près de lui ne l'entend pas. Et le roi ne voulait guère qu'il l'entendît ni qu'il l'aperçût car il ne savait qui il était et parce qu'il se trouvait au royaume de Logre. S'il avait été en Cornouaille, il n'aurait pas eu si peur, mais il redoutait prodigieusement les rencontres du royaume de Logre. Et d'autre part, il savait qu'il y était exécré. Il craignait toujours d'être reconnu d'aventure par un chevalier. C'est pourquoi il se tient le plus silencieusement possible. Que vous dire ? Le chevalier ne le voit pas. Il croit sincèrement qu'il est éloigné de tout homme et qu'il n'y a personne près de lui. C'est pourquoi il a une attitude, un comportement, une contenance tels que le cœur le lui dicte. Mais à présent, le conte cesse de parler de lui et de ses actes car il saura y retourner quand le temps sera venu, et revient à Dinadan pour relater une partie de ses aventures et de ses faits.

Selon le conte, les chevaliers de la Table Ronde furent ainsi abattus par Palamède comme je vous l'ai précisé. Brandélis avait parlé à Palamède et lui avait demandé son nom. Mais il ne voulut rien lui dire qui le concernât, excepté qu'il était un chevalier errant. Quand Brandélis vit qu'il ne pouvait rien savoir de plus sur lui et qu'il ne voulait rien lui dire, il retourna auprès de ses compagnons, stupéfait de les avoir vus désarçonnés par un seul chevalier. Il ne pourrait aisément croire ce fait s'il ne l'avait vu. Une fois auprès de ses compagnons, il les trouve si prodigieusement ébahis, courroucés et tristes qu'ils ne savent que dire. Apercevant Brandélis qui revient vers eux, ils lui demandent : « Dites-nous, Brandélis, qui est le chevalier qui nous a ainsi abattus.

— Seigneurs, fait-il, devant Dieu, je ne peux vous l'enseigner, cela me peine terriblement. » Et il leur rapporte la réponse et la conversation qu'il avait eue avec le chevalier. En entendant cela, si les chevaliers étaient en colère, les voilà à présent emplis d'affliction et de tristesse. Ils ne savent que dire. Ils sont comme fous de douleur. Et Agravain, qui est si furieux qu'il manque d'enrager de peine, dit devant tous : « Seigneurs chevaliers, nous sommes avilis. Nous ne connaîtrons plus jamais d'honneurs car ce fait nous est advenu. Et nous n'avons pu nous venger. Nous sommes méchamment déshonorés.

— C'est vrai, approuvent les autres. Jamais un déshonneur plus grand n'advint à des hommes tels que nous. »

Tous les compagnons sont très peinés et affectés par cette aventure. Mais sachez que Daguenet se plaint terriblement de cette affaire. Car il dit que le chevalier a manqué de peu de lui rompre le cou et les bras. Il braille et hurle comme s'il était frappé mortellement. Si bien que ses cris et ses hurlements commencent à réconforter les compagnons. Ils éclatent de rire. Leurs cœurs deviennent joyeux et heureux et cette pensée qui les peinait et les attristait en est ôtée.

Tandis qu'ils parlaient du chevalier et qu'ils riaient des grandes lamentations de Daguenet désespéré, voici venir Dinadan qui ne savait rien des joutes qui s'étaient déroulées ni de l'aventure qui leur était advenue. Une fois parmi eux, il les voit tous à pied et s'étonne. Il les trouve prodigieusement désemparés ; aussi s'arrête-t-il tout ébahi et constate qu'ils sont bel et bien courroucés. Il attire à part Mordret, qui était désarmé comme je vous l'ai raconté plus haut et qui n'avait pas jouté. Dinadan lui demande : « Messire Mordret, qu'ont donc ces chevaliers ? Il me semble qu'ils ne sont pas aussi joyeux qu'auparavant.

— Comment, sire ? s'étonne Mordret. Ne savez-vous donc rien de l'aventure qui nous est arrivée tantôt, la plus prodigieuse et la plus étrange dont vous ayez jamais entendu parler ?

— Non, sire, répond Dinadan, je ne la connais pas. Je vins directement ici. Je restai en arrière pour parler à un chevalier que je rencontrai, qui venait de Kamaaloth et qui me donna des nouvelles de la cour. Mais dites-moi, que Dieu vous garde, quelle aventure vous advint qui fut, selon vos dires, si merveilleuse.

— Sire, fait Mordret, puisque vous l'ignorez, je vous la dirai. » Il raconte alors comment le chevalier de Cornouaille avait rencontré un chevalier qui entreprit de le protéger contre tous les compagnons ; il jouta contre tous et les abattit par la force. « Cette aventure nous a désespérés comme vous pouvez le voir, dit Mordret. Et ce n'est guère étonnant si elle nous pèse car vous n'aviez jamais entendu parler d'une aventure plus merveilleuse qui arrivât ainsi à des chevaliers tels que nous.

— Devant Dieu, approuve Dinadan, vous avez raison. »

Dinadan est si étonné par cette nouvelle qu'il ne sait que dire. Il se tait et ne demande rien de plus car il voit que tous les chevaliers sont si tristes et affectés que rien ne semble les réconforter, si ce n'est Daguenet qui se plaint d'avoir été abattu. Il crie et braille tel un forcené et dit qu'il a été frappé. Puis il ajoute qu'il ignore à quel endroit. Il leur montre son bras, son côté, pleure et mène le plus grand deuil du monde. Il dit qu'il est certainement frappé à mort mais il ne sait où. Si bien que les compagnons se consolent grandement, se divertissent de ses plaintes et laissent leur peine. Quand Dinadan voit que les compagnons commencent à se réconforter, il attire Mordret à part et lui dit : « Mordret, que Dieu vous bénisse, dites-moi quel écu porte le chevalier qui vous a ainsi désarçonnés.

— Sire, répond Mordret, il portait un écu d'argent avec une tête de lion rouge. Mais sachez bien que c'est l'un des plus beaux jouteurs et porteurs de lance que j'aie jamais vus de toute ma vie. Il ne me semble pas avoir rencontré un meilleur chevalier.

— Dites-moi, poursuit Dinadan, dans quelle direction il partit. » Il lui montre aussitôt et dit : « Il s'en alla par là, tout droit. » Dinadan s'adresse alors aux chevaliers et leur dit : « Seigneurs chevaliers, que Dieu me garde, apprenez que votre courroux me peine autant que si chacun de vous était mon frère. Et si j'avais la force et le pouvoir de venger votre affliction, je le ferais. Mais quand je vois que tant d'hommes valeureux ont échoué, je ne suis pas courageux au point d'oser entreprendre cette tâche.

Car je ne crois pas que je puisse en venir à bout si j'en avais l'audace. Je ne peux rien dire d'autre, excepté que je vous offre entièrement ma personne et mes services comme à mes maîtres. Je pars d'ici car je ne veux pas rester cette fois.

— Que Dieu vous garde », disent les chevaliers.

Dinadan s'en va sans attendre et part dans la direction que Mordret lui avait indiquée et qu'avait empruntée le chevalier à l'écu argenté. Il chevauche au pas en suivant toujours les traces du cheval de son mieux. Et il advint qu'un instant il voit les sabots, un autre non. Il désire ardemment connaître le chevalier car, pour la bravoure dont il a fait montre, il le connaîtrait très volontiers. Que vous dire ? Dinadan chevauche ainsi après Palamède. Et si ce n'était l'écu que Mordret lui avait décrit avec tant d'assurance, il croirait sans hésiter que c'est Lamorat de Galles qu'il avait vu la veille. Il savait que Lamorat était si valeureux qu'il aurait bien pu réaliser cet exploit puisque la nécessité était impérieuse. C'est pourquoi il se convainc que c'était Lamorat et pas un autre. Car il ne se souvenait pas de Palamède. Et la description de l'écu ne lui ôterait pas ses convictions. Il sait bien que les chevaliers errants changent souvent d'écu. Cela conforte Dinadan dans la croyance qu'il s'agit de Lamorat de Galles qui a vaincu ses compagnons. C'est pourquoi il le cherche car il le trouverait volontiers si l'aventure voulait l'aider d'une manière ou d'une autre. Dinadan chevauche toute la journée par ici, par là, comme le hasard le mène. Parfois il trouve les sabots de celui qu'il cherche, parfois il les perd, si bien qu'il s'égare. Et cela le fâche prodigieusement contre lui-même ; il maudit Dieu et le monde entier car il se fourvoie et ne peut trouver ce qu'il cherche. Il chemine tout le jour, ici et là. Une heure, il va tout droit, l'autre, il s'égare. Et cependant, l'aventure le mène vers son but. Mais il perd son esprit et son sens et ne sait plus dans quelle direction il doit chevaucher. Il erre toute la journée à travers la forêt tandis que l'aventure le conduit directement sur la bonne voie. Ainsi vont bonheur et chance.

Le soir, quand la nuit approcha, il rencontra un chasseur solitaire qui chevauchait un grand roncin. Il portait derrière lui un chevreuil. Il ne venait pas directement du chemin. Il allait à travers la forêt car il la connaissait parfaitement. Il avait revêtu ses habits de chasse, si bien qu'il ressemblait à un chasseur.

Dinadan va à sa rencontre dès qu'il le voit. Il le salue et l'autre lui rend son salut très bellement et courtoisement. « Bel ami, demande Dinadan, vîtes-vous chevaucher par ici un chevalier qui portait un écu d'argent orné d'une tête de lion rouge ?

— Certes, répond le chasseur, il y a guère de temps que je le vis. Je le rencontrai devant ces broussailles épaisses, seul, sans compagnie. Il chevauchait en pensant profondément si bien qu'il ne dit rien. Et pourtant, je le saluai deux fois.

— Bel ami, fait Dinadan, dites-moi s'il y a une demeure où je puis loger aujourd'hui.

— Certes, sire, répond-il. Près d'ici, après ces broussailles, se trouve la maison d'un forestier. Elle est riche et confortable. Les chevaliers errants y vont volontiers loger. C'est pourquoi je crois que le chevalier dont vous parlez est allé là-bas. Et si vous savez vous y rendre, je pense bien que vous la trouverez.

— Bel ami, fait Dinadan, je vous recommande à Dieu. Je crois que vous m'avez bien édifié sur ce que je cherche. »

Ils se quittent sans plus s'adresser la parole. Le chasseur s'en va d'un côté et Dinadan de l'autre. Dinadan chevauche jusqu'à la venue de la nuit noire et sombre dans la direction indiquée. Il s'arrête et dit à ses écuyers : « Que faire ? Je ne sais où me diriger car je ne connais ni ce pays ni cette forêt.

— Sire, font les écuyers, nous ne connaissons pas plus que vous ce pays.

— Chevauchons donc dans cette direction, propose Dinadan. Dieu nous assistera s'il lui plaît. »

Dinadan chevauche si longtemps avec ses écuyers par ici, par là à travers la forêt, que la nuit est tombée. Et il lui advint qu'il se précipita droit sur le roi Marc et sur le chevalier qui se plaignait tant comme je vous l'ai dit. Et sachez que ce chevalier qui se lamentait si fort était Palamède. Il continuait sa complainte si bien que Dinadan l'entendit d'assez loin. Quand Dinadan entend la voix de celui qui se plaint, il dit à ses écuyers : « Arrêtez-vous et tenez-vous silencieux. J'écouterai de quoi il s'agit. » Ils font halte, se taisent et entendent clairement la complainte de Palamède.

« Au nom de Dieu, dit Dinadan, cet homme qui se plaint ainsi ne se lamente pas sans raison. Mettons pied à terre. Vous resterez sur place et attendrez mon retour. J'irai voir qui est celui qui se désole tant. » Ils descendent tous. Dinadan fait ôter son heaume pour recueillir l'air et le vent. Il laisse à ses écuyers son écu et sa lance mais part avec toutes ses autres armes tout droit où Palamède se trouvait, le plus discrètement possible afin qu'il ne s'aperçût pas de sa venue. Le roi Marc, qui était situé de l'autre côté, voit bien venir Dinadan. Il avait aperçu clairement qu'il s'était arrêté assez près de Palamède et s'était assis sous un arbre. Il l'avait vu ouvertement. Mais Palamède, qui pense profondément à autre chose, ne le voit pas. Dinadan, qui aperçoit Palamède, ne distingue pas le roi Marc. Mais le roi Marc les voit tous les deux. Palamède pensait si prodigieusement au moment où Dinadan était venu près de lui qu'il ne disait rien et avait la tête inclinée. À cet instant, il ne portait pas son heaume. Après avoir longuement songé sans rien dire, il relève la tête et se met à parler si distinctement que ceux qui étaient autour de lui l'entendent. Et sachez qu'il commença sa complainte ainsi :

« Amour, en grande douleur, en grand travail, en grand tourment, en grande peine et en grand malaise vous torturez mon corps, usez et achevez ma vie, il me semble. Amour, j'obtiens de vous toute peine, mais de repos, point. Je subis les douleurs jour et nuit. Je ne vois ni repos ni soulagement. Vous me meurtrissez jusqu'au cœur. Et je ne trouve nul remède à cette meurtrissure. Amour, je vous ai longtemps servi si assidûment que je n'avais, en ce monde, d'autre seigneur que vous. J'ai mis à votre service volonté, espoir, croyance, espérance, cœur, corps, pouvoir, savoir, force âme et esprit. Et que dire ? Je me suis offert tout entier. Et quand je regarde le temps passé, le service rendu et la récompense que j'ai reçue, il m'est clairement avis que ma peine et mon service ont été offerts au mauvais seigneur qui promet toujours, ne donne rien et ne s'acquitte pas de ce qu'il jure et qu'il doit. Amour, vous êtes ce seigneur. Car vous m'aviez promis et je n'ai reçu aucune récompense, pas même une seule fois autant que je me souvienne. À la place de la joie, j'ai reçu les pleurs. Car lorsque j'étais avec mes semblables qui se réjouissaient et faisaient fête, je devais pleurer et me lamenter ; je me voyais plus malheureux et malchanceux en amour que les autres. Au lieu de bonheur et de repos, je dois souffrir une peine si prodigieuse que je crois, à mon avis, que depuis qu'un chevalier aima une dame pour la première fois, nul ne souffrit plus que moi sans récolter un seul bienfait mais toujours plus de tristesse. Et après toute cette peine que j'ai endurée pour l'Amour, je n'attends nulle autre récompense que celle de Kahédin qui finit par mourir d'avoir trop aimé. Hé, Amour, comme vous êtes dur ! Votre cœur est tel un diamant. Je ne trouve en vous ni merci, ni bienfait, ni pitié, ni mesure. Vous me faites mourir à tort. Certes, c'est une grande félonie. Ai-je jamais mal agi ? Ou fis-je une chose à votre encontre ? Dites, Amour, que Dieu vous bénisse, fis-je quelque chose contre vous ? Certes non. Tout le monde pourrait le jurer en toute assurance. Et puisque je ne vous ai en rien méfait, pourquoi m'avez-vous trahi au point de me conduire jusqu'au puits de la mort ? Amour, je sais pertinemment que vous m'avez fait perdre la raison et ôter le sens. Car je ne sais ce que je dois faire. Le sens, l'ouïe et la vue. Vous m'avez tout pris si bien que je ne vois pas comment me diriger. Si je le savais, j'aurais pris un autre chemin. Mais je me suis fié à vous. Il m'est donc advenu comme à celui qui n'y voit goutte et se jette entre les mains de son mortel ennemi par malchance. Et celui-ci le saisit et le mène tant qu'il le conduit jusqu'à la fosse et le laisse choir.

» Amour, Amour, je puis dire et affirmer en toute assurance qu'il est ainsi advenu de moi. Car tout d'abord, vous m'avez ôté la parole, la raison et la vue. Vous m'avez conduit à la fosse. C'est la mort où vous m'avez précipité. Amour, je meurs, j'enrage tout vif. Je deviens fou de colère et de douleur. Maudits soient cette aventure et ce malheur qui me firent vous rencontrer ! Car ce fut trop pénible pour moi. Depuis, je n'ai connu que la souffrance. Ce n'est pas la vie qui me tient. C'est la mort. Et plus que la mort, c'est la douleur et l'extrême douleur. C'est folie et rage. »

Après avoir dit ces paroles, il se tait et ne dit plus un mot pendant longtemps. Il se met à pleurer très tendrement. Quand il s'est tu un long moment, il recommence sa complainte et dit angoissé et souffrant : « Amour, je vis pour mon malheur votre piège et votre tricherie. Votre orgueil me rabaisse. Votre tricherie me trompe. Ces deux choses me déshonorent. Ces deux choses me font souvent côtoyer un mortel péril. C'est pourquoi je vais en diverses manières. Dessus, dessous, comme le fait le navire qui est ballotté par des vents contraires, qui a l'espoir d'être sauvé et qui est conduit en mortel péril. Ha, dame ! Fleurs des fleurs, beauté des beautés, qui surpassez de beauté toutes les beautés de ce monde comme la lune éclipse par sa beauté et sa clarté toutes les étoiles. Dame qui êtes sans égale et qui jamais n'en aurez en beauté et en valeur. Dame qui êtes un miroir si clair et si resplendissant, si merveilleusement brillant que là où vous êtes en Cornouaille, votre grande beauté a une force telle qu'elle me donne ici clarté, lueur et splendeur. Dame, pitié, pitié ! N'oubliez pas Palamède, le plus loyal et le plus sincère amant qui soit au monde. Ah, hélas, misérable ! Comme toutes mes paroles sont vaines et perdues ! Elle ne dit mot ni ne m'entend. Elle est trop loin. Le roi triste, le roi malheureux, le plus accablé de tous, le roi Marc la tient en son pouvoir. Ah, Dieu ! Quelle douleur et quel dommage ! Le roi Marc, le mauvais, l'a en sa garde. Et il est le pire du monde. Il a la lune et le soleil entre ses mains. Mais je crois et je suis sûr que l'aveugle ne voit rien ; si on lui mettait dans les mains tout l'or et le cuivre du monde, il ne distinguerait pas l'un de l'autre. Il jugerait comme un ignorant. À mon avis, il en va de même du roi Marc. Et bien qu'il ait toujours avec lui la beauté et la clarté du monde, il ne sait la reconnaître. Misère et vanité habitent son cœur et lui ont ôté la vue si bien qu'il ne voit ni la beauté, ni la valeur de ma dame, pas plus que l'aveugle reconnaît l'or. Le roi Marc possède tous les biens du monde. Il en est seigneur. Et il ne le sait pas. Il a tout et c'est en vain. »

Après avoir prononcé ces paroles, il se tait et se met à regarder autour de lui. Il aperçoit tout d'abord Dinadan qu'il n'avait pas encore vu. Il parle avec audace et dit : « Qui es-tu, vassal, toi qui es là ? Qu'attends-tu ? Que fais-tu ici ? Certes, tu n'es guère courtois de demeurer ici sans m'adresser la parole. Dis-moi qui tu es. » Dinadan lui répond : « Vassal, je suis un chevalier errant comme toi qui cherche des aventures comme il convient à un chevalier errant. Je cherchais des aventures cette nuit et je les ai trouvées puisque je t'ai découvert ici. J'ai bien écouté tes plaintes et ta douleur ; tu te plains grandement de l'Amour. Tu as prononcé de nombreuses paroles étranges et merveilleuses et tu protestes contre la mauvaise récompense qu'Amour t'a rendue. Puis tu te rappelles le travail, la douleur, les plaies et les peines que tu as longtemps supportés. J'ai bien entendu tout cela. Je te dirai mon avis. Dieu me garde d'Amour qui tourmente et met son serviteur à mort ; qu'il me défende d'un tel amour. J'ai trouvé ailleurs d'autre pitié et d'autres douceurs en amour que toi. Cet amour dont tu parles commença sous une mauvaise étoile. Les planètes ne t'étaient sans doute pas favorables. Tu rencontras un vent mauvais. Jamais de toute ma vie je n'entendis parler d'un amour tel que celui que tu décris. Cet amour est trop amer. Ce n'est pas de l'amour. C'est de la suie et de l'amertume pires que du venin de serpent. L'amour qui loge dans mon cœur me rend heureux, rieur, gai et joyeux. Et cela m'est égal, Dieu m'est témoin, si celle que je considère comme mon amie pleure ou chante ; cela m'est égal si elle a chaud ou froid. Si par hasard je la trouve plus heureuse qu'à un autre moment, cela m'importe peu. Car j'ai l'espérance qu'elle m'a laissé pour un autre. Jamais je ne pleurerai à cause de l'amour et jamais je n'en aurai trop de joie non plus. Je n'y pense que peu. Je ne perds guère mon sens. Je n'aime pas d'un amour pesant. J'aime d'un amour si léger que je ne sens ni le chaud ni le froid. Jamais l'Amour ne me mentit car je ne lui ai jamais demandé de me dire la vérité. Jamais la vérité ne logea dans mon cœur. Je le sens toujours battre dans ma poitrine et remuer. Devant Dieu, comme je n'ai aucune envie de donner mon cœur à ma dame Iseult ! Car elle en possède tant dans ses entrailles, de si grands, de si merveilleux et de si gros qu'ils ne laisseraient pas le mien y résider. Ils le chasseraient car les cœurs qu'elle garde sont, comme on dit, plus orgueilleux que le mien. Je le sens pertinemment. On raconte que ma dame Iseult a en sa possession le cœur de monseigneur Tristan, le neveu du roi Marc, et le tien aussi, ainsi que tu le dis.

» Quand elle a tant de cœurs dans sa poitrine qui n'est pas si vaste, si le mien voulait s'y loger, crois-tu qu'ils supporteraient sa présence entre eux ? Non, ils sont trop scélérats, trop orgueilleux et trop cruels. Ils chasseraient le mien dans la honte et le déshonneur. C'est pourquoi je garde mon cœur. Et tant que je vivrai, je veux, Dieu m'est témoin, qu'aucune dame ni demoiselle n'en ait la possession. Et je veux ajouter une chose à ce propos. Il est avéré que ma dame Iseult garde le cœur de monseigneur Tristan et celui du roi Marc comme je le pense. Elle garde le tien aussi comme tu le crois. Regardons, toi et moi, ce point et voyons si cela peut être vrai. Je te démontrerai par la raison que ce n'est pas le cas. Et je te le montrerai selon ce qu'il m'en semble. Défends donc ta position du mieux que tu pourras. Tu sais bien que des choses opposées, quand elles sont réunies et que l'une est plus forte que l'autre, ne peuvent rester ensemble dans le même état. Il convient que la plus forte reste et que l'autre s'en aille et siège ailleurs. S'il arrivait par hasard que vos cœurs fussent ensemble, je sais que le cœur de monseigneur Tristan est si puissant, si hardi, si entreprenant qu'il commencerait le combat contre vous deux. Car il voudra avoir la place pour lui. Le cœur du roi Marc le misérable, qui est pauvre et vain et n'a en lui aucune ardeur, sera le premier chassé de l'hôtel. Mais il y aurait un duel et un combat entre vous deux qui êtes de plus grande valeur. Mais comme le cœur de monseigneur Tristan a plus de pouvoir que le tien, ton cœur serait bouté hors et celui de monseigneur Tristan resterait. Dis-moi donc, as-tu bien placé ton cœur qui est là où réside celui de monseigneur Tristan ? Tu fais comme le fou et pauvre homme qui est de connivence avec l'homme riche et mêle son petit pécule au sien. Il ne prend garde quand le grand pécule du riche absorbe son petit avoir. Je peux bien te dire qu'en vérité, celui qui se bat contre plus fort que lui n'est guère sage. C'est une même bataille que tu as entreprise contre messire Tristan. Crois-tu en venir à bout ? Il a déshonoré et vaincu le roi Marc. Pourquoi n'en ferait-il pas autant avec toi ? »

En entendant ce discours, Palamède est effaré et ne sait que répondre. Jamais, depuis qu'il porte les armes, il n'entendit un chevalier parler ainsi de l'Amour. Il se tait et ne dit mot. Et Dinadan reprend la parole : « Dis-moi, Palamède, pourquoi ne défends-tu pas ta position ? As-tu perdu ta langue pour ne rien répondre ?

— Ah, chevalier, pitié ! implore Palamède. Ne m'achevez pas ! Vous m'avez fait trop de peine. Pour l'amour de Dieu, ne me faites plus souffrir car vous me rendriez fou.

— Dieu m'est témoin, fait Dinadan, je ne pourrais te rendre fou pour rien au monde car tu n'es pas raisonnable. Si tu avais sens et raison, tu ne tourmenterais pas ton corps comme je le vois. C'est un prodigieux dommage, devant Dieu. Car je connais tant de choses qui te concernent que je sais qu'il y a en ce monde peu de chevaliers meilleurs que toi. Et quand je vois clairement qu'avec ta chevalerie il n'y a ni sens, ni raison, ni mesure, j'affirme que toute ta valeur est perdue. Parle à présent de ce que tu ressens car je t'ai dit tout ce que je pense. »

Les paroles de Dinadan plongent Palamède dans une profonde réflexion. Et s'il ne voyait pas qu'il lui dit la vérité, il se fâcherait contre lui. Mais il abandonne car il sait avec certitude qu'il dit vrai. Il parle d'autre chose et dit : « Sire chevalier, que Dieu vous bénisse, dites-moi qui vous êtes.

— Certes, fait Dinadan, je vous ai déjà dit que je suis un chevalier errant. Et je vous le répète.

— Quel est votre nom ? demande Palamède.

— Puisque vous voulez savoir mon nom, répond Dinadan, je vous le dirai aussitôt. Ceux qui me connaissent m'appellent Dinadan.

— Ah, Dinadan ! s'exclame Palamède. Soyez vraiment le bienvenu. Bel et cher ami, voyez ici Palamède qui devient votre vassal pour toujours si cela vous plaît.

— Ah, messire Palamède, pour l'amour de Dieu, pitié ! fait Dinadan. Ne me dites pas de telles paroles.

Je ne vaux pas assez et ne pourrai jamais vous rendre la pareille de ce que vous m'offrez. Mais votre courtoisie et votre générosité inspirent à votre cœur de dire de si courtoises paroles. Pour l'amour de Dieu, je vous prie et vous demande, si je vous ai dit des paroles déplaisantes, de ne pas avoir de mauvaises intentions à mon égard et de les pardonner. Car sachez bien que je ne les ai pas prononcées de mauvaise grâce contre vous.

— Dinadan, beau et doux ami, dit Palamède, pour l'amour de Dieu, n'avancez pas de tels propos. Car c'est inutile. Sachez que pour nulle parole que vous disiez je ne vous tiendrai rigueur. Mais dites-moi quelle aventure vous conduisit ici et maintenant.

— Sire, répond Dinadan, apprenez que j'y vins par hasard. Et jamais je ne méritai mieux mon état de chevalier errant comme cette nuit. Je vous ai trouvé par la plus grande aventure du monde. Je ne sais pas si vous êtes le chevalier que je cherche.

— Et quel chevalier cherchez-vous ? demande Palamède.

— Je cherchais, fait Dinadan, un chevalier qui porte un écu d'argent orné d'une tête de lion rouge. Et je crois que c'est vous. » Palamède se tait et ne lui dit plus rien. Alors Dinadan comprend que c'est bien lui qui a abattu ses compagnons. Il lui dit de nouveau : « Ah, messire Palamède, puisque vous êtes celui que je cherche, parlez-moi de ce chevalier que vous sauvâtes des autres chevaliers. Sauriez-vous m'en donner des nouvelles ?

— Non, répond Palamède, je le laissai ce soir dormant devant une source aux alentours de vêpres. Et je le quittai ainsi. »

Le roi Marc aurait volontiers parlé quand il entendit ces propos. Mais il redoute tant Dinadan, qui le connaît, qu'il n'ose rien dire. Il n'y a à présent en ce monde aucun autre chevalier qu'il craigne autant que Palamède, excepté messire Tristan, son neveu. Tandis que Palamède et Dinadan conversaient, Palamède observe et voit le roi

Marc. Mais il ne peut le distinguer clairement à cause de la noirceur de la nuit. Et comme il était toujours assis, il reconnaît bien que c'est un homme. Il se demande qui il peut être alors qu'il ne leur adresse pas la parole. Il dit alors : « Allons, qui es-tu, toi qui es assis et ne dis rien ? » Le roi répond : « Je suis un chevalier comme toi.

— Et depuis quand es-tu là ? fait Palamède.

— J'y vins, dit le roi, bien avant que Dinadan n'arrivât. J'étais déjà ici.

— Et comment se fait-il, interroge Palamède, que tu aies entendu notre conversation sans nous adresser la parole ?

— Par ma foi, si votre discussion avait encore duré, je n'aurais toujours pas dit un mot. Car je n'ai jamais entendu une conversation plus étrange. Vous courez tous deux sur diverses voies et vous avez des cœurs différents.

— Certes, approuve Palamède, vous dites vrai. Et, que Dieu vous bénisse, auquel de nous deux donnez-vous raison ? »

Le roi Marc, qui avait très peur de la colère de Palamède, n'ose pas refuser de répondre à sa demande car il sait bien qu'il n'est pas en Cornouaille. C'est pourquoi il dit : « Sachez bien que si je pouvais dominer mon cœur et le mener à ma guise, je me rangerais du côté de Dinadan. Car je voudrais bien aimer d'amour aussi légèrement que lui. Et je sais que si je pouvais aimer légèrement, je vivrais dans la joie et les plaisirs. Ce serait la meilleure vie du monde pour celui qui peut le faire, à mon avis. Au contraire, celui qui n'est pas maître de lui et qui cause son dommage et sa perte ne doit blâmer ni lui-même ni autrui mais Fortune et Aventure qui lui sont défavorables. Celui qui est prisonnier de l'Amour ne doit pas être critiqué trop sévèrement. Car l'Amour le pousse à être ainsi ; il a égaré maints hommes et trompé plus de sages qu'il n'y en eut en ce siècle, excepté Salomon, celui qui, bien que pris par l'Amour, sut en retirer le plus sain profit. Mais cela lui donne moins de pouvoir et de valeur, je le sais bien. Moi-même je me suis déjà soumis à l'épreuve.

— Dinadan, fait Palamède, que pensez-vous de cette réponse ? Devant Dieu, il a si bien répondu, à mon avis, qu'il ne pourrait mieux faire.

— Certes, approuve Dinadan, il a bien répondu sans peur et en toute vérité.

— Et cependant, réplique Palamède, il a parlé contre vous. Car il a dit clairement que ceux qui n'aiment pas d'amour ont moins de pouvoir, de force et de valeur.

— Au nom de Dieu, fait Dinadan, c'est ce qu'il a dit, en effet. Mais vous ne savez peut-être pas pour qui il le dit. Apprenez que si l'homme lâche remettait son cœur à l'Amour, il ne pourrait jamais s'améliorer. Il empirerait au contraire. Il en est de même pour l'homme mauvais et la richesse. Le mauvais homme aurait plus de prix pauvre que riche. Et celui qui honore trop le vilain l'ôte de son chemin. Il le déshonore. Mais l'homme de qualité, le bon chevalier, qui place toute sa volonté dans l'Amour, peut bien voir sa valeur croître. Le vilain empire. Le bon s'améliore en aimant et le mauvais s'abaisse. Car le mauvais ne peut avancer. Il était mauvais, il le reste et sera pire. Il empirera toujours. C'est pourquoi je dis, Palamède, que le mauvais chevalier ne peut s'améliorer grâce à l'Amour même s'il y place son cœur. Mais le bon chevalier croît. Le voilà plus preux qu'il n'était avant d'aimer d'amour. Dites donc tous les deux ce que vous en pensez car je vous ai dit ce que je vois chaque jour clairement. »

Palamède répond : « Dinadan, devant Dieu, je ne vois que la sagesse dans votre discours. Vous avez parlé comme un sage et je suis absolument d'accord. Ce chevalier ici présent a donné un jugement assez bon et raisonnable. Mais vous avez tout éclairé. Dites-moi d'où vous venez.

— Je peux bien vous le dire, fait Dinadan. Il y a encore guère de temps, je me trouvai au royaume de Sorelois et j'y cherchai messire Tristan que je croyais trouver ici ou là. Mais par malchance, je ne pus le trouver. Je le cherchai près et loin mais je perdis toute ma peine. Car un autre que moi le trouva.

— Et qui fut celui qui le trouva ? demande Palamède.

— Au nom de Dieu, répond Dinadan, c'était Lancelot du Lac, le bon chevalier, qui eut plus de chance que moi. Lancelot cherchait assidûment messire Tristan et messire Tristan cherchait Lancelot. Ils se rencontrèrent devant le Perron de Merlin, près de Kamaaloth, et là, ils s'affrontèrent. J'ai ensuite ouï dire de la part d'un chevalier, qui avait entendu parler de la bataille, que depuis que le roi Arthur est maître du royaume de Logre, il n'y eut jamais en Grande Bretagne une si merveilleuse bataille entre deux chevaliers. Car ils ne se connaissaient pas quand ils s'affrontèrent.

— Certes, approuve Palamède, ce n'est guère étonnant que leur bataille fût merveilleuse car elle se déroula entre les deux meilleurs chevaliers du monde qui se rencontrèrent sans se connaître. Et Dieu m'est témoin, je voudrais avoir donné tout ce que je possède au monde pour avoir vu cette bataille. Car je sais que j'aurais plus de valeur pour le restant de ma vie. J'en suis certain. Mais sauriez-vous me dire quel jour ils se rencontrèrent devant le Perron de Merlin ?

— Personnellement, non, fait Dinadan. Mais par ouï-dire, j'ai entendu que c'était tel jour. » Et il lui dit lequel. Palamède se rappelle alors que c'était le jour même où il devait affronter monseigneur Tristan. Ce même jour eut lieu la bataille entre les deux bons chevaliers, Tristan et messire Lancelot du Lac.

Palamède dit de nouveau à Dinadan : « Dinadan, bel ami, sachez que ce jour où se déroula la bataille dont vous parlez, j'aurais dû affronter à ce même endroit messire Tristan, sauf que j'étais emprisonné. Nous avions fixé la date du combat entre lui et moi. Et nous devions nous battre jusqu'à ce que l'un de nous fût vaincu.

— Palamède, fait Dinadan, apprenez que jamais une prison ne vous rendit un meilleur service en vous détournant de la guerre contre messire Tristan. Car je peux bien vous dire hardiment et avec certitude que vous ne pourriez longtemps résister contre messire Tristan quand viendrait le point culminant de la bataille. Ne vous comparez pas à sa chevalerie. Car sachez bien, Palamède, que vous ne pourriez y parvenir. Jamais une prison ne vous fut si profitable car elle vous ôta des mains de monseigneur Tristan. Vous n'auriez pu résister contre sa force.

— Dinadan, dit Palamède, c'est bien possible. Mais dites-moi, avez-vous entendu dire lequel des deux avait le dessus quand la bataille prit fin ? Car il me semble qu'ils sont d'égal pouvoir et force.

— Je ne saurais pas bien vous dire, répond Dinadan. Et cependant, je croirais que messire Tristan dut avoir l'avantage. Car il me semble qu'il est un chevalier plus fort, plus entreprenant et de plus grande valeur que Lancelot.

— Certes, approuve Palamède, je serais assez d'accord. »

Ainsi parlent-ils des deux bons chevaliers. Et après avoir longtemps conversé, ils s'endorment avec leurs armes. Mais le roi Marc ne les imite pas. Il ne dort pas. Il pense à autre chose. Il redoute Dinadan car il sait qu'il le connaît ; il craint qu'il ne le fasse connaître à Palamède. Et si Palamède savait qui il est, il est persuadé qu'il lui veut tant de mal qu'il lui causerait vite de terribles embarras. C'est pourquoi le roi Marc attend que les chevaliers se soient endormis. Il ne dort pas. Il pense toujours à ce qui le tourmente le plus. Et dès qu'il voit le jour poindre, il quitte les deux chevaliers et retourne là où il avait laissé ses écuyers. Il les trouve endormis. Il les réveille aussitôt et leur dit : « Allons, vite, en selle ! Partons d'ici car nous n'y sommes que trop restés. » Le roi se fait apprêter le mieux possible. Et une fois garni de ses armes, il se remet rapidement en route.

Que vous dire ? Dès que le roi Marc parvint au chemin principal, il chevaucha tant sans se reposer et sans rencontrer d'aventure digne d'être racontée qu'il arriva le jour de son duel à la cour du roi Arthur en bonne santé. Et c'était ce même jour dont il avait convenu avec les demoiselles comme je vous l'ai dit. Ce jour-ci, il affronta Arman et le tua devant le roi Arthur et tous ceux qui étaient présents. Et pourtant, il était admis qu'Arman combattait par loyauté et droiture, car il était avéré que le roi Marc avait tué Bertelois. Et Arman fut méchamment vaincu. Depuis, il fut rapporté que ce fut la première bataille déloyale remportée à la cour du roi Arthur. Il fut dit que la déloyauté avait vaincu la loyauté, celle-là même pour laquelle les serments de bataille étaient jurés aux origines et encore aujourd'hui. Le roi Arthur, messire Tristan, Lancelot et les chevaliers de la Table Ronde virent ce duel. Messire Tristan connaissait bien la trame de l'affaire car les demoiselles lui avaient tout raconté. Quand il vit comment le roi Marc avait tué Arman, il fut tout enragé de colère et de fureur. Après avoir remporté la bataille comme je vous l'ai raconté, le roi Marc quitta la cour sans vouloir dire son nom au roi Arthur ni à personne. Et pourtant, on le lui demanda. Et sachez que ce refus fut considéré comme une preuve de grand orgueil par le roi Arthur. Lancelot, qui savait bien que c'était le roi Marc de Cornouaille, dit devant le roi Arthur dès qu'il entendit qu'il était parti si orgueilleusement : « Sire, si cela vous était agréable, j'obligerais le chevalier à revenir. Nous saurions qui il est.

— Cela me plaît bien », fait le roi.

Lancelot se mit aussitôt en route à la suite du roi Marc et le rattrapa dans la forêt. Il jouta contre lui, le vainquit, et peu s'en fallut qu'il le tuât. Car il lui en voulait prodigieusement à cause de messire Tristan et pour bien d'autres raisons. Il le força à revenir bon gré, mal gré. Tandis que cette affaire était advenue entre Lancelot et le roi Marc, le roi Arthur fit prononcer le jugement contre les demoiselles qui avaient accusé le roi Marc de trahison. Et comme leur chevalier, celui qui devait combattre pour elles, était mort, elles furent condamnées au bûcher. Un feu fut allumé et elles y furent conduites. Elles seraient mortes et détruites. Pourtant elles furent sauvées contre la volonté du roi Arthur lui-même. Mais à présent, le conte cesse de les évoquer car nous en avons assez parlé. Nous retournerons à notre premier sujet pour relater ce qui appartient à notre livre.

Selon le conte, le roi Marc fut ramené à la cour devant le roi Arthur par Lancelot bon gré, mal gré. Le roi Arthur était très désireux de faire une chose qui plût à messire Tristan car il lui voulait beaucoup de bien et l'appréciait fort ainsi que sa chevalerie. Il fait aussitôt venir le roi Marc devant lui. Une fois devant le roi, le roi Marc ôte son heaume, son écu, son épée et jette tout aux pieds du roi Arthur en signe de soumission. Et lui-même s'agenouille et dit : « Roi Arthur, un chevalier de ta cour nommé Lancelot du Lac m'envoie ici. Il m'a vaincu par les armes et fait promettre de me constituer prisonnier. Et je le fais pour accomplir cette promesse. Fais de moi ce qu'il te plaira. Car je ne peux contester être dans tes geôles. » Le roi Arthur voit devant lui le chevalier qu'il estimait si orgueilleux. Et il ne savait pas encore que c'était le roi Marc. Il n'aurait pu aisément penser que c'était lui. Il lui dit instamment : « Donnez-moi votre nom et dites-moi qui vous êtes. Car je désire fort le savoir. » Le roi Marc, qui voit bien qu'il ne peut plus se dissimuler, répond, très en colère : « Sire, je m'appelle Marc et je suis roi de Cornouaille. » En entendant cette nouvelle, le roi Arthur devient stupéfait. Il le regarde longtemps puis il dit : « Comment ? Êtes-vous donc le roi Marc qui règne sur la Cornouaille ?

— Oui, sire, répond-il. C'est bien moi.

— Puisque vous êtes dans ma prison, fait le roi Arthur, je puis bien vous commander de droit. Et même sans cela, je puis le faire car vous tenez votre terre de moi.

Je vous ordonne, au nom de votre haut rang, de me dire la vérité : avez-vous tué le chevalier pour lequel vous avez été convoqué devant moi ?

— Sire, réplique le roi Marc, que je l'aie occis ou non, vous n'avez rien à me demander car je me suis bien défendu, et devant vous.

— Vous avez raison, approuve le roi Arthur. Je ne le demande pas pour que vous soyez accusé ou arrêté à ma cour. Je vous rassure à ce sujet. Je veux que vous me disiez si vous l'avez tué ou pas.

— Sire, fait-il, je vous le dirai puisque vous êtes si désireux de le savoir. Apprenez que j'ai vraiment tué le chevalier contre lequel je me suis défendu devant vous. » Et il lui raconte comment, de la même manière que je vous l'ai relaté plus haut. Son récit achevé, le roi Arthur lui dit : « Levez-vous car vous n'aurez d'autre mal que celui de la prison. Mais ce que vous m'avez raconté m'étonne prodigieusement car je n'aurais pu croire en aucun cas que le droit ne triomphât toujours. Et quand vous avez vaincu en ayant les torts, je ne sais, Dieu m'est témoin, que dire de cette aventure. »

Le roi Marc se redresse dès qu'il entend l'ordre du roi Arthur et les demoiselles qui avaient été sauvées furent libérées. Le chevalier qui était mort lors de sa loyale querelle et fort de son bon droit fut enterré dans l'église principale de Londres. Le roi Arthur fit graver sur sa tombe la félonie du roi Marc et comment il mourut pour Dieu et la justice. Et que tous ceux qui écoutent ce conte sachent que cette bataille se déroula devant Londres.

Quand ils pénétrèrent dans Londres, grande fut la joie, et la fête si merveilleuse que vous n'en verriez jamais de semblable. Tandis que tous les familiers faisaient une telle fête au roi Marc et à messire Tristan, toute la cour se réjouissait. Car tous savaient que messire Tristan était ravi de la venue du roi Marc. Ils pensaient bien que le roi Marc ne pourrait quitter la cour du roi Arthur sans avoir cédé à une grande partie de la volonté de messire

Tristan. Et cette perspective plaisait fort aux chevaliers de la Table Ronde.

Tandis qu'ils menaient tous une telle joie comme je vous le raconte, voici venir à la cour les compagnons que Palamède avait abattus avant-hier, messire Ivain, Brandélis et les autres. Une fois arrivés à la cour, ils trouvèrent assez de monde qui leur fit joie et fête et ils furent reçus de belle façon et très honorablement par tous. Quand ils entendirent que le roi Marc était à la cour, ils considérèrent ce fait comme un grand prodige. Ils dirent que vraiment c'était une aventure merveilleuse de savoir le roi Marc présent. Ils ne dirent rien sur lui ce jour-ci car ils ne le reconnaissaient pas encore. Le lendemain, quand ils observèrent ses armes, les moqueries commencèrent. Et même s'ils avaient été abattus par un seul chevalier, les railleries n'étaient pas en reste. Lancelot et messire Gauvain qui les virent rire leur demandèrent ce qu'ils avaient. Et ils les prièrent tant qu'ils racontèrent toutes les aventures du roi Marc et de Daguenet. Quand le roi Marc s'enfuit devant Daguenet en éperonnant sa monture, il rencontra un chevalier qui le secourut car autrement, il eût été retenu par Daguenet. Puis ils leur relatent comment le roi Marc fut libéré, ce que le bon chevalier fit d'eux et comment il les abattit.

« Dites-moi, demande Lancelot, quel écu portait le chevalier qui se libéra ainsi de vous ? » Ils dirent qu'il portait un écu argenté orné d'une tête de lion rouge. « Devant Dieu, fait Lancelot, il montra bien qu'il était valeureux. Mais avez-vous su qui il était ?

— Non, sire, répondent les chevaliers. Nous le perdîmes de vue et nous ne pûmes apprendre ce qu'il devint.

— Dieu ! fait Lancelot. Qui peut-il être ? » Il se met à réfléchir profondément à cette affaire. Et après avoir longuement pensé, il dit : « Apprenez que c'était Lamorat de Galles ou Palamède. Aucun autre chevalier que je connais et qui est hors de ce château n'aurait pu réaliser ce que vous m'avez décrit, excepté Lamorat ou Palamède. C'était sans doute l'un de ces deux. »

Ils parlent ainsi du roi Marc et de Daguenet. Ils font la fête et se réjouissent grandement. Ils n'auraient rien su de cette histoire s'ils n'avaient pas reconnu l'écu que portait le roi Marc. C'est pourquoi ils sont certains que c'est bien lui qui avait fui devant Daguenet. Ils le firent savoir au roi Arthur. Le roi écouta ce récit très volontiers et il s'esclaffa car il lui procurait une joie merveilleuse. Mais à présent, le conte cesse de parler du roi Arthur et du roi Marc et revient à Palamède et Dinadan.

Selon le conte, quand le roi Marc eut quitté Palamède et Dinadan, comme je vous l'ai dit, les deux chevaliers dormirent jusqu'au lendemain. Ils étaient fort épuisés et exténués par la journée passée et par la veille qu'ils avaient faite cette nuit. C'est pourquoi ils dormirent dans l'herbe jusqu'au lendemain quand le jour parut et que le soleil fut levé, beau et lumineux. Tôt le matin, les écuyers de Dinadan, parti depuis longtemps, étaient épouvantés car il n'était pas revenu parmi eux. Dès qu'il fit jour, ils se mirent à le chercher et finirent par le trouver auprès de Palamède. Sachant que la veille, il s'était assez fatigué, ils le laissèrent se reposer et retournèrent en arrière pour s'occuper des chevaux de leur mieux. Au bout d'un moment, Palamède se réveille, ainsi que Dinadan. Ils voient que leurs chevaux étaient apprêtés. Les écuyers de Dinadan avaient aussi préparé le cheval de Palamède qu'ils avaient trouvé paissant dans un marais. « Dinadan, demande Palamède, où est notre compagnon qui était avec nous cette nuit ?

— Sire, je l'ignore, répond Dinadan. Et vous, savez-vous ce qu'il devint ?

— Non, fait Palamède. Et comme je ne sais où il est allé, et qu'il nous a quittés si vilainement sans prendre congé de vous et de moi, vous demandais-je où il était parti. Car j'affirme qu'il nous a grandement outragés en nous quittant ainsi.

— Devant Dieu, dit Dinadan, j'ignore tout de son départ. Mais il agit comme un manant.

— Dinadan, interroge Palamède, savez-vous qui il est ?

— Non, sire, Dieu m'est témoin, répond Dinadan. Je ne le connais pas plus que vous. »

Ils cessent d'en parler et évoquent d'autres sujets. « Dinadan, fait Palamède, puisque l'aventure, telle que je n'en vis jamais de semblable, nous a réunis, dites-moi : voulez-vous que nous chevauchions ensemble ou que nous nous séparions ? Si ma compagnie vous plaît, je ne vous laisserai pas tant que le hasard ne nous obligera pas à nous quitter.

— Palamède, répond Dinadan, que vous dire ? Apprenez que je ne connais guère de chevalier dont j'apprécie autant la compagnie que vous. Je vous accorde la mienne tant que vous la voudrez si l'aventure ne nous force pas à nous séparer.

— Grand merci, fait Palamède. Dites-moi dans quelle direction vous souhaitez que nous chevauchions.

— Sire, répond Dinadan, si vous étiez d'accord, je me mettrais volontiers en route vers la cour du roi Arthur pour voir la joie et la fête que l'on fait pour la venue de messire Tristan. Car je sais bien qu'on lui manifeste une très grande fête.

— Devant Dieu ! s'exclame Palamède. Nul ne doit s'étonner que l'on fasse une très grande fête à messire Tristan. Car il est sans doute le meilleur chevalier qui porte les armes au royaume de Logre. Et quelque honneur qu'on lui fasse, on devrait lui en faire un plus grand encore car, selon sa valeur chevaleresque et sa valeur d'homme, il devrait être maître de tout le monde si l'aventure le permettait. Et puisque vous voulez vous y rendre, je vous accompagnerai. Mais je n'irai pas à la cour du roi Arthur cette fois. Car je n'ai aucune envie d'y pénétrer si Fortune ne m'y oblige. Mais jusque-là, je suis prêt à vous accompagner. Cependant, une fois arrivé, je ne crois pas que j'y entrerai.

— Messire Palamède, fait Dinadan, nous ne sommes pas encore venus jusque-là. Quand nous y serons, vous prendrez un autre conseil que celui-ci.

— C'est bien possible », approuve Palamède.

Les deux compagnons parlent longtemps. Quand le soleil devient beau et lumineux, ils font amener leurs chevaux. Une fois munis de leurs armes, ils montent et quittent l'endroit où ils étaient restés cette nuit. Ils se mettent en route et chevauchent au pas. Ils n'empruntent pas le grand chemin. Ils prennent un autre sentier de la forêt qui tournait vers un château appartenant à la fée Morgane. Et tous les châteaux lui avaient été donnés par la volonté du roi Arthur, excepté celui-ci qu'elle ne possédait pas par lui mais par la force. Au début, le roi Arthur lui avait donné ce château de bonne grâce. Puis, quand elle se mit à manigancer contre lui et à lui chercher des ennuis, le roi Arthur voulut le lui ravir mais il ne le put. Car le château était si bien fortifié qu'il ne craignait nul qui l'assiégeait tant qu'il avait quelques gens qui, de bonne volonté, acceptaient de le défendre.

Morgane, qui avait la seigneurie de ce château comme je vous le raconte, voulait grand mal aux membres de la cour du roi Arthur. Car elle pensait avoir été chassée hors de la cour sur leur conseil. Aussi avait-elle établi une coutume assez injurieuse et embarrassante car aucun chevalier ne pouvait passer devant ce château sans trouver de joute. Et il était contraint d'affronter deux ou trois chevaliers. Si on voyait qu'il abattait les deux, on faisait venir le troisième. S'il pouvait désarçonner ce dernier, il avait la permission de partir librement. Mais s'il était abattu par l'un des trois, on le désarmait aussitôt, on lui prenait ses armes et son cheval et on lui faisait quitter le château à pied. On considérait que c'était une des plus mauvaises coutumes du royaume de Logre. Elle devait perdurer jusqu'à la venue de Lancelot. Si le hasard l'y conduisait, tous les chevaliers devraient se précipiter sur lui dès qu'ils sauraient qui il est et le tuer sans autre rançon. Morgane voulait que la coutume demeure même après sa mort, car elle ne souhaitait à personne autant de mal qu'à Lancelot. Quand les deux chevaliers arrivèrent si près du château qu'ils le voyaient clairement, ils rencontrèrent un chevalier et une demoiselle qui chevauchaient droit vers la forêt. Quand le chevalier croisa les deux chevaliers errants, il s'arrêta, les salua et leur dit : « Seigneurs chevaliers, soyez les bienvenus.

— Sire, font-ils, que Dieu vous garde. D'où venez-vous ? Êtes-vous un chevalier errant ?

— Sires, répond-il, non, je ne suis pas un chevalier errant. Mais j'ai dans ma lignée un chevalier errant que j'aime autant que mon frère. Il séjourne à la cour du roi Arthur. Et par amour pour lui, je veux du bien à tous les chevaliers errants du monde. C'est pourquoi je souhaite vous faire part d'une chose qui pourrait vous causer dommage et honte si vous n'étiez pas prévenus. J'affirme que si vous n'êtes pas d'excellents jouteurs au point d'abattre chacun trois chevaliers, vous devrez prendre une autre voie que celle qui mène à ce château que vous voyez. N'y allez pas. Empruntez une autre route car je vous certifie que l'on vous couvrira de honte et de vergogne si vous ne pouvez vous défendre aux joutes contre trois chevaliers chacun.

— Comment, sire ? La coutume de ce château veut-elle que chaque chevalier errant que l'aventure conduit ici doive affronter trois chevaliers ?

— Oui, beaux seigneurs, répond le chevalier. Telle est la coutume. Faites attention. Si vous tenez à votre honneur, vous devriez prendre un autre chemin que celui qui conduit à ce château et éviter cette coutume si vous le voulez. Ainsi vous pourriez en être aisément délivrés sans péril. Je vous préconise d'agir comme je vous le dis. »

Après avoir prononcé ces paroles, il s'en va sans plus leur parler. Une fois séparés du chevalier qui leur avait rapporté ces nouvelles, ils continuent sur ce chemin sans dévier. Quelques pas effectués, ils s'arrêtent pour prendre conseil de cette affaire. « Palamède, demande Dinadan, que voulez-vous que nous fassions ? Ce n'est pas un bon accueil que les chevaliers errants trouvent dans ce château puisqu'un seul doit jouter contre trois. Ce n'est guère rassurant. Qu'en dites-vous ? Que vous plaît-il que nous fassions ?

— Dinadan, répond Palamède, que voulez-vous faire à part ce que les chevaliers errants font devant les étranges aventures qu'ils rencontrent ? Il ne sert à rien de fléchir. Vous savez bien que si nous prenions un autre chemin par peur de ces nouvelles, nous serions avilis et on ne devrait plus nous considérer comme des chevaliers.

— Au nom de Dieu, réplique Dinadan, il n'est guère rassurant qu'un seul chevalier en affronte trois. Ce danger est bien mortel. Et à cause du péril que je vois, je déclare refuser cette aventure. Vous qui êtes un bon chevalier éprouvé en toutes circonstances, allez-y si cela vous plaît. Mais je dis que j'abandonne la partie. Car il ne me semble pas que je puisse honorablement remplir ma tâche.

— Dinadan, devant Dieu, fait Palamède, il m'est avis que vous vous moquez de moi. Et si vous êtes sérieux, vous vous dépréciez mauvaisement. Vous êtes un chevalier valeureux, je le sais bien. Et pourtant vous dites de telles paroles. Apprenez que si vous agissez comme vous le dites, vous êtes déshonoré à tout jamais. Vous ne connaîtrez plus d'honneur.

— Au nom de Dieu, Palamède ! s'écrie Dinadan. Je ne le ferai en aucune manière. Je serais bien fou et insensé si je voulais entreprendre une bataille contre trois chevaliers. Vous qui en avez les capacités, merci à Dieu, vous pouvez bien la livrer. Mais moi qui n'ai ni le pouvoir ni la force de le faire, il me convient d'abandonner bon gré, mal gré.

— Dinadan, fait Palamède, pour l'amour de Dieu, pitié ! Ne vous avilissez pas ainsi. Je connais bien le prix et les louanges que vous avez récoltés jusqu'ici. Et si vous les perdiez par manque de courage, ce serait un trop grand dommage pour vous. Et si possible, je ne veux pas que votre honneur décroisse en ma compagnie. Puisque vous ne voulez pas entreprendre cette tâche, je vous dirai ce que vous ferez. Venez avec moi. Ne faites rien d'autre que regarder comment j'agirai. Vous ne donnerez guère de coup de lance. Laissez-moi me charger de la besogne. Et si je ne puis libérer ni vous ni moi de six chevaliers qui n'appartiennent pas à la Table Ronde, je resterai pour vous, vous partirez librement et vous me laisserez mourir ici. Dinadan, beau et doux ami, pour l'amour de Dieu, faites comme je vous l'ai dit. Ne délaissez pas ma compagnie pour si peu de chose. »

Palamède lui dit tant de paroles que Dinadan accepte de suivre son conseil quoi qu'il advienne et bien que ce soit contre sa volonté. Ils se dirigent donc droit vers le château sans plus tarder. Dès qu'ils approchent, ils prêtent l'oreille et entendent la voix d'un homme dans une tour qui crie aussi fort qu'il le peut : « Sortez, seigneurs chevaliers ! Sortez ! Car deux chevaliers viennent par ici ! » Après avoir dit ces mots si haut que Dinadan et Palamède les entendent bien, il prend aussitôt un cor et sonne si fort qu'il est ouï à travers tout le château.

« Palamède, fait Dinadan, nous voici proches de jouter.

— Agissons bien, dit Palamède. Laissons-les venir en toute assurance. Car je crois que je leur donnerai tant à faire avant de les quitter qu'ils videront la place bon gré, mal gré. Et peut-être que la porte du château leur paraîtra trop lointaine. »

Tandis que Palamède parlait ainsi à Dinadan, voici venir à vive allure un chevalier accompagné de deux écuyers seulement. Le chevalier portait à son cou un écu vert sans autre signe. Et sachez qu'il était garni d'armes neuves et récentes. Il semblait que l'écu n'avait jamais reçu de coup. Et tel était le cas. Quand le chevalier à l'écu vert, qui attendait que ceux de l'intérieur sortent, reconnaît que ce sont des chevaliers errants, il s'avance vers eux et leur dit sans les saluer : « Seigneurs chevaliers, je vous prie de reculer un peu. Et voyez comment j'œuvrerai lors de cette épreuve. Si j'échoue, vous pourrez faire vos preuves après moi. »

En entendant ces paroles, Palamède constate que le chevalier qui parle si audacieusement est de grand courage et de grande hardiesse. Il regarde vers les murs du château et voit tous les créneaux remplis de dames et de demoiselles, des uns et des autres, qui étaient montées pour observer les joutes. Alors un premier chevalier sort tout seul, muni de toutes ses armes. Et dès qu'il aperçoit le chevalier à l'écu vert qui était prêt à jouter, il s'élance vers lui en éperonnant sa monture. Quand le chevalier à l'écu vert voit venir sur lui l'autre chevalier, il se tourne vers lui, le frappe si violemment dans sa course qu'il lui fait vider les arçons et l'abat très cruellement à terre. Le cheval veut s'en aller mais il le saisit et le confie à ses écuyers. Et les écuyers ne font rien d'autre que lui ôter les rênes et la selle puis le chassent vers la forêt, tout dégarni. Palamède se met à rire en voyant cette aventure et dit à Dinadan que ces écuyers ont parfaitement agi.

Voici sortir du château un autre chevalier prêt à jouter. Dès que le chevalier à l'écu vert voit venir le chevalier du château, il s'élance vers lui et le frappe si fort dans son élan qu'il lui fit vider les arçons. Le voyant à terre, les écuyers s'emparent de son cheval et lui font subir le même sort qu'à l'autre. Quand les spectateurs, qui étaient sur les remparts et qui regardaient les joutes, aperçoivent que le chevalier à l'écu vert a gagné, ils s'écrient à haute voix : « Le chevalier à l'écu vert a bien agi ! Et nos chevaliers ne réussissent rien ! » À ces cris et à cette clameur, voici sortir le troisième chevalier, prêt à jouter comme les précédents. Dès qu'il voit le chevalier à l'écu vert, il fait tourner bride à son cheval et le frappe dans son élan de tout son pouvoir. Mais il ne le soulève pas de la selle et il ne brise pas sa lance. Le chevalier à l'écu vert, qui avait donné maints grands coups, le heurte de toutes ses forces, lui fait vider la selle et le fait voler à terre. Les écuyers courent pour saisir le cheval et font de lui ce qu'ils avaient fait aux autres. Alors la clameur s'élève haut car ceux qui étaient sur les murs s'écrient : « Le chevalier à l'écu vert remporte tout ! Le chevalier à l'écu vert remporte tout ! »

Quand il a abattu les trois chevaliers, Palamède vient à sa rencontre et lui dit : « Sire chevalier, si cela vous convient, laissez cette tâche. Vous avez bien accompli ce qu'un chevalier errant doit faire. Laissez-nous essayer et faire nos preuves comme vous l'avez fait. Vous verrez qu'il adviendra exactement ce que nous avons vu de vous. » Le chevalier dresse la tête en entendant ces paroles et répond à Palamède : « Comment, sire chevalier ! Me considérez-vous si couard que vous voulez réaliser cette tâche à ma place ? Apprenez que je ne suis pas encore assez fatigué pour m'empêcher de vaincre par la lance tous les chevaliers présents qui sont au nombre de vingt, si le hasard accepte de m'aider un peu. Mais quand vous verrez que je n'en peux plus et que je serai frappé par deux ou trois lances, je ne vous blâmerai pas d'entreprendre cette tâche et je ne le considérerai pas comme une honte ou un déshonneur. » En entendant cette nouvelle, Palamède s'arrête puis l'observe. Et à cause de ces paroles, il l'apprécie plus encore. Il lui répond : « Sachez bien, sire chevalier, que je n'avais pas dit ces mots pour votre honte ou par dédain. Je les disais car je ne voulais pas que cette affaire vous blessât plus. Mais comme je vois que votre volonté est telle que vous souhaitez en venir à bout si vous le pouvez, je vous la laisse. Dieu vous accorde d'en venir à terme comme vous le voudrez.

— Dieu le veuille », fait le chevalier.

Après cette discussion entre Palamède et le chevalier à l'écu vert, voici venir le quatrième chevalier. Dès qu'il aperçoit le chevalier à l'écu vert, il tourne son cheval vers lui en l'éperonnant et brise sa lance sur lui. Le chevalier à l'écu vert, qui ne l'épargne pas, le frappe si rudement que ni le haubert ni l'écu n'empêchent le fer de la lance de pénétrer son corps. Il le frappe bien. Il le porte du cheval à terre, si malmené qu'il n'a guère besoin d'un médecin car il meurt aussitôt. Quand il a abattu celui-ci, les cris et la clameur s'élèvent, grands et merveilleux. Car tous ceux qui étaient sur les créneaux s'écrient à pleine voix : « Le chevalier à l'écu vert remporte tout ! Mais nos chevaliers sont assez piètres ! » Et Palamède, qui observe ces joutes, ne considère pas ces faits comme un petit prodige. Il dit à Dinadan : « Dinadan, que pensez-vous de notre chevalier à l'écu vert ?

— Sire, répond Dinadan, il œuvre si bien qu'à mon avis, je ne peux en penser que du bien. Et je l'ai tant regardé que je vous déclare qu'il compte sans doute parmi les meilleurs jouteurs que j'aie jamais vus.

— Devant Dieu, fait Palamède, il est vaillant. Et si j'ai déjà rencontré de bons chevaliers, il l'est aussi sans aucun doute. »

Ainsi le chevalier à l'écu vert agit-il, et Palamède et Dinadan évoquent-ils ses prodiges. Ceux du château font de même. Ils en parlent comme d'une merveille et le regardent avec admiration. Ils se demandent tous : « Dieu, qui peut être ce chevalier à l'écu vert ? » Et d'autres répondent : « C'est certainement un des valeureux chevaliers de la lignée du roi Ban. Il ne peut en aller autrement. C'est peut-être Lancelot du Lac ou Bliobéris de Gaunes. C'est sûrement l'un des deux. Nul autre ne pourrait faire ce qu'il réalise. » Ainsi ceux du château et ceux qui sont dehors parlent-ils du chevalier à l'écu vert. Ils disent merveille de lui. Quand le quatrième chevalier du château fut vaincu, les cris s'élèvent aussi grands que je vous l'ai conté et les écuyers réservent au cheval le même sort qu'aux autres, excepté qu'ils le chassèrent dans une autre direction. Une fois la clameur apaisée, le cinquième chevalier ne tarde guère à venir. C'était un chevalier errant qui portait un écu blanc et noir. Il était un assez bon chevalier qui était renommé selon la rumeur des habitants de ce pays. Hors du château, il n'attend pas. Il se rue sur le chevalier à l'écu vert. Et ce dernier, qui était extrêmement preux et hardi, vient à sa rencontre et ne l'épargne pas. Il lui donne un si grand coup que ni l'écu ni le haubert ne l'empêchent de lui enfoncer la lance dans la poitrine si profondément que le fer ressort de l'autre côté. Le chevalier, qui sait qu'il est mortellement frappé, ne peut supporter le coup. Il vide les deux arçons et vole du cheval à terre. Et en tombant, il jette un cri de détresse et dit : « Hélas, je suis mort ! » Il dit ces paroles si haut que Palamède et Dinadan les entendirent bien. Dans sa chute, la lance se brise, si bien que le fer reste fiché dans le corps. Alors la clameur s'élève aussitôt, grande et merveilleuse, parmi ceux qui étaient sur les murs ; ils s'écrient d'une seule voix : « Le chevalier à l'écu vert a bien œuvré ! Mais les nôtres se sont mal et honteusement battus ! »

Voyant ce fait, Dinadan ne peut s'empêcher de parler à Palamède et lui dit : « Palamède, que Dieu vous bénisse, que pensez-vous de notre chevalier à l'écu vert ?

— Certes, répond Palamède, si je n'évoquais pas sa courtoisie et son honneur, je devrais être rudement blâmé. Et si je le critiquais, cela ne lui causerait ni bien ni mal. Car ses actes montrent clairement sa valeur. Et si j'en disais du mal, la vaillance et la haute chevalerie que l'on voit en lui me feraient mentir. C'est pourquoi je dis hardiment que l'on doit merveilleusement le louer pour ses prouesses à la lance. Je ne dis rien de l'épée car je ne sais encore rien. Mais quant à la lance, je témoigne qu'il est un des plus beaux porteurs que j'aie jamais vus. Je ne dirais rien d'autre sur lui-même s'il avait tué mon père ou mon frère. » Ainsi parlent-ils l'un et l'autre du chevalier à l'écu vert. Ils lui accordent grand prix et grandes louanges. Lui n'entend rien de leurs paroles. Rien ne lui importe, excepté de mener cette tâche à fin pour son honneur.

Pourquoi vous faire un long récit ? Dès qu'il eut brisé sa lance, le chevalier à l'écu vert en reçut une autre et œuvra tant avec force et pouvoir que sur les vingt chevaliers qui étaient au château, il en abattit douze par des coups de lance précis. Et parmi les douze, certains moururent. Et d'autres, qui en avaient réchappé vifs, jurèrent en tant que chevaliers errants sur les saints, avant de retourner au château, de ne plus jamais arrêter leurs semblables quelle que soit la coutume. Et ils ne lui causeront aucun dommage ou honte pour ce fait.

Après que le chevalier a abattu douze chevaliers du château, Palamède s'avance et dit à Dinadan : « Dinadan, que ferons-nous ? Si nous attendons que ce chevalier soit abattu par les chevaliers du château, nous pouvons patienter jusqu'au dernier jour du monde. Car je vois clairement qu'ils ne le désarçonneront jamais. Il est bon que je le prie de consentir à cesser et de nous laisser faire nos preuves contre ceux qui restent. Nous l'avons vu. Qu'il accepte aussi de nous voir.

— Certes, approuve Dinadan. Vous avez raison. » Palamède s'approche du chevalier à l'écu vert et lui dit très courtoisement : « Sire chevalier, s'il vous plaisait, vous pourriez cesser d'œuvrer car vous en avez assez fait et vous vous êtes bien éprouvé, Dieu m'est témoin. Laissez-nous le reste. Vous verrez ce que nous pouvons faire. » En entendant ces dires, le chevalier, qui était plein de fougue et de violence, croit que ce chevalier a vu en lui une si mauvaise attitude qu'il l'estime trop las et épuisé pour continuer. C'est pourquoi il répond : « Chevalier, devant Dieu, vous n'êtes guère courtois comme un chevalier devrait l'être, vous qui êtes si désireux de me remplacer dans la tâche que j'ai entreprise. Croyez-vous donc, Dieu vous bénisse, que je suis fatigué et exténué au point de ne pas parvenir à mener honorablement à bien ce que j'ai commencé ? N'ayez crainte car, Dieu m'est témoin, j'en viendrai aussi bien à bout que vous, comme je le pense, si vous vous en chargez.

— Sire chevalier, fait Palamède, sachez que je vous ai dit ces paroles sans penser à mal. Je souhaite seulement faire deux ou trois joutes.

— Chevalier, demande le chevalier à l'écu vert, avez-vous si grande envie de jouter comme il paraît ?

— En effet, répond Palamède. Et pourquoi ne serait-ce pas le cas ? Je suis un chevalier errant comme un autre.

— Je vous dirai ce que vous ferez, propose le chevalier, puisque vous avez si faim de joutes. Abandonnez celles des chevaliers du château. Et vous pouvez le faire avec sens et tout à votre honneur car ils ne sont ni bons ni preux dans l'art des armes comme il leur serait nécessaire. Joutez contre moi qui suis chevalier errant comme vous. Notre duel sera plus beau et meilleur avec vous qu'avec les chevaliers de ces lieux. »

Si Palamède était stupéfait par la bravoure et par la valeur qu'il avait vues chez ce chevalier, le voilà encore plus ébahi en entendant ces paroles. Car il sait bien que le chevalier se sent peu affecté par ce qu'il a fait. Il répond toutefois aux paroles du chevalier : « Sachez bien que je ne refuse pas votre duel puisque vous me provoquez. Mais je vous dis que si je joute contre vous et que l'aventure m'aide à vous abattre, je déclare que je ne gagnerai aucun honneur. Car vous avez tant donné et tant désarçonné de chevaliers que vous ne pouvez avoir autant de force et de vigueur qu'au commencement quand vous entreprîtes ces joutes. » Le chevalier est furieux quand il entend ces mots et brûle d'ire et de colère. Il répond, excédé : « Chevalier, chevalier, j'avais raison quand je disais que vous me trouviez exténué et épuisé. Et je vous répondrai. Apprenez que vous vous trompez. Et je vous montrerai clairement que celui qui m'abattra réalisera une prouesse. Que dire ? Je ne vois rien de mieux pour nous deux que de débuter la joute. Préparez-vous vite et gardez-vous de moi si vous le pouvez ! Car sachez bien que je vous abattrai si je le peux.

— Comment, chevalier ? s'étonne Palamède. Avez-vous si grand désir de jouter contre moi comme il le semble ?

— En effet, répond le chevalier à l'écu vert. Et plus encore que je vous le dis, uniquement pour les paroles que vous avez prononcées à mon encontre.

— Certes, fait Palamède, puisque vous en avez tellement envie, vous aurez vite ce que vous voulez. Nous verrons ce dont vous êtes capable. Et je vous appelle à jouter comme vous le désirez. »

Après ces discours, sans plus tarder, ils s'élancent l'un vers l'autre en éperonnant leurs montures lancées au galop. Et quand vient le moment d'abaisser les lances, ils se frappent aussi violemment qu'ils le peuvent. Ils ne font pas semblant. Chacun y met tout son pouvoir, tout son esprit et tous ses efforts. Palamède ne peut se féliciter de cette joute car il est blessé cruellement en profondeur au côté gauche. Et sachez bien qu'il fut si chargé de ce coup que, tout bon chevalier, preux et de haut prix fût-il, un des meilleurs du monde, il ne peut tenir en selle. Il vole du cheval à terre malgré lui. Il est rudement blessé mais il est plus malheureux et irrité d'être tombé à terre que s'il avait été frappé par une lance aux deux cuisses. Il est si fâché qu'il manque d'enrager de douleur et de colère. Quand le chevalier voit ce coup, il ne le regarde pas plus que s'il ne l'avait jamais vu. Mais apercevant Dinadan, il se tourne vers lui le plus vite possible. Dinadan le voit et lui crie de toutes ses forces, à haute voix : « Chevalier, peu m'importe votre joute ! Je la refuse clairement ! » Le chevalier à l'écu vert, qui était bouillant, en colère et désireux de bien faire si l'aventure y consentait, n'entend rien des paroles que Dinadan lui crie. Il se dirige vers lui avec cœur, volonté et grande force. Voyant qu'il est contraint de jouter, Dinadan s'abandonne au combat et brise sa lance sans faire d'autre mal au chevalier. L'autre ne l'épargne pas. Il lui porte un si grand coup à la poitrine qu'il lui fait subir le même sort qu'à Palamède. Mais il eut l'avantage, lors de cette joute, de ne rien recevoir. Ni plaie, ni blessure, ni nul autre mal excepté la chute. Et sachez que les écuyers du chevalier à l'écu vert ne firent pas aux chevaux des chevaliers errants ce qu'ils avaient fait aux autres. Ils les laissèrent parce qu'ils appartenaient à des chevaliers errants. Après avoir abattu Palamède et Dinadan comme je vous l'ai raconté, le chevalier retourne devant la porte du château, prêt à jouter si l'un des occupants le voulait bien. Mais une fois qu'ils ont vu le prodige réalisé en abattant les chevaliers, personne ne veut plus s'éprouver contre lui désormais. Car il semble bien à tous que s'il y en avait plus, il en abattrait plus. C'est pourquoi les chevaliers du lieu tiennent conseil. Et quand ils ont pris conseil, ils décident que plus aucun chevalier de ce château n'ira jouter contre le chevalier étranger, car ils voient clairement que ceux qui iront reviendront couverts de honte. Mieux vaut qu'ils supportent le dommage et la honte qu'ils ont reçus au lieu d'être blessés et humiliés plus encore. Ils donnent tous leur assentiment.

Le chevalier à l'écu vert est toujours devant la porte et escompte que d'autres chevaliers sortent pour jouter. Tandis qu'il attendait ainsi devant la porte, prêt à frapper, que l'un d'eux s'avance, voici venir vers lui un chevalier du lieu tout désarmé qui lui dit : « Chevalier, qu'attendez-vous ici ?

— J'attends que des chevaliers viennent au-dehors pour jouter encore contre moi. Je ne veux pas partir d'ici avant de les avoir tous éprouvés.

— Apprenez, fait le chevalier, que vous attendez ici pour rien. Vous ne verrez aujourd'hui aucun chevalier d'ici sortir du château pour jouter contre vous. Si vous voulez des joutes, allez les chercher ailleurs. Car ici, vous n'en trouverez plus. Vous nous avez causé de grands dommages. Nous les supporterons de notre mieux. Mais vous n'en ferez plus désormais. »

Après avoir dit ces mots, il s'en retourne au château et la porte est maintenant close afin qu'aucun chevalier ne puisse sortir. Voyant qu'il ne pourra pas pénétrer dans le château cette fois, le chevalier à l'écu vert revient vers ses écuyers et leur dit : « Partons d'ici. Ces mauvais chevaliers n'ont plus l'audace d'en faire davantage. Ils m'ont laissé le champ libre.

— Sire, demandent les écuyers, où voulez-vous que nous allions ?

— Si nous n'allons pas à Kamaaloth, répond le chevalier, où irons-nous ? Je crois que le roi Arthur s'y trouve. S'il n'y est pas, il sera à Londres sans aucun doute. Il ne peut se trouver que dans l'une de ces cités. Mais avant, nous devons nous rendre au tournoi. Je ne le délaisserai pour rien au monde.

— Sire, dit l'un des écuyers qui connaissait bien le chemin car il avait souvent chevauché à travers le royaume de Logre, puisque vous voulez vous rendre à Kamaaloth, tournons donc vers le grand chemin. Car nous pourrons y aller plus tôt que si nous traversions la forêt.

— Certes, approuve le chevalier, tu peux bien avoir raison. Et nous agirons comme tu le préconises. »

Ils se mettent en route sans plus attendre et empruntent un autre sentier qui menait au grand chemin. Ainsi le chevalier à l'écu vert s'en va-t-il en l'unique compagnie de ses écuyers. Il affirme que les chevaliers du château qui ne vinrent pas tous jouter contre lui sont mauvais, couards et pleutres. Le chevalier part donc, le cœur heureux et joyeux d'avoir si bien œuvré cette journée. Il aurait encore mieux fait s'il en avait eu l'occasion. Et s'il s'en va heureux et joyeux, Palamède demeure extrêmement triste, accablé et furieux. Il est si fâché qu'il manque d'enrager de douleur. La très grande détresse qui étreint son cœur lui fait oublier sa blessure, si bien qu'il ne se sent pas navré.

Une fois sur pied, il se voit plein de poussière car il était tombé. Et son écu était si malmené qu'il était presque fendu d'un bout à l'autre. Il enrage de colère. « Comment ! fait-il à Dinadan. Je suis donc humilié, avili et déshonoré par un seul chevalier et je ne puis me venger ! Comment ! Malheureux Palamède ! As-tu donc trouvé un autre Tristan que celui qui vient à bout de toi habituellement ?

— Palamède, fait Dinadan, pourquoi te tourmentes-tu si fort ? Crois-tu qu'il n'y ait au royaume de Logre nul autre chevalier excepté Tristan et Lancelot qui sache te corriger ? Devant Dieu, Palamède, tu viens de le rencontrer.

— En effet, dit Palamède, j'aurais supporté sa venue. Mais quand je vois qu'il ne peut en aller autrement, je ferai ce que je dois faire. C'est la guerre. Il est nécessaire que le chevalier qui m'a abattu m'affronte bon gré, mal gré. S'il peut me vaincre, il gagnera prix et louanges, vous le savez bien. Et s'il me tue, il réalisera une grande prouesse.

— Palamède, réplique Dinadan, il m'est avis que tu oublies courtoisie, valeur, bonté et honneur. Tu voulais, il y a peu, abandonner la joute contre ce chevalier car tu pensais qu'il avait trop œuvré et qu'il était trop fatigué. Et maintenant, alors qu'il en a encore plus fait, tu veux le combattre. Affirmes-tu être courtois comme il se doit, toi qui veux affronter un chevalier qui a réalisé tant d'exploits guerriers devant nous ? Certes, Palamède, tu causerais ta honte et ton déshonneur. Fais bien attention, je te le dis pour ton bien et pour ton honneur. Puis tu agiras selon ta raison.

— Dinadan, fait Palamède, je vois bien que vous savez mal juger cette affaire. Apprenez que quoi qu'il ait fait, le chevalier ne ressent rien. C'est pourquoi je veux l'affronter malgré tout ce qui pourra advenir.

— Certes, Palamède, déplore Dinadan, jusqu'ici je croyais qu'il y avait plus grandes courtoisie, raison et mesure en toi que je ne vois à présent. La douleur et la colère te privent de sens. Tu ne distingues plus rien.

— Dinadan, demande Palamède, voulez-vous assister à notre bataille ? Si vous voulez rester ici, restez. Si vous préférez venir avec moi, venez. Car je n'abandonnerai ce projet pour rien au monde tant que je pourrai l'entreprendre. Et je me vante devant vous que si l'aventure ne m'est pas trop défavorable et si le combat n'est pas remporté par le chevalier, je crois que de toute votre vie, vous ne verrez jamais une aussi belle bataille que celle-là. Pourvu que nous puissions nous mettre d'accord tous les deux pour que ce combat ait lieu.

— Palamède, fait Dinadan, aujourd'hui, je te vois t'égarer et errer rudement. Et quand je vois qu'un chevalier tel que toi va à l'encontre de son propre honneur, je ne m'occupe plus de tes faits. Je te dis volontiers que je ne t'accompagnerai pas jusque-là. Mais, par ma foi, votre combat n'aura pas lieu ! » En entendant ces paroles, Palamède n'attend pas. Il vient à son cheval, monte, prend son écu et une lance par terre qui était à l'un des chevaliers du château. Puis il dit à Dinadan : « Dinadan, vous pouvez venir si vous voulez. Et si cela ne vous plaît pas, restez.

— Palamède, fait Dinadan, je ne veux pas vous laisser. Vous n'irez pas sans moi à cette bataille. Je veux voir ces prodiges. »

Dinadan monte, quitte le château et suit Palamède à vive allure car ce dernier se hâtait de chevaucher afin de rattraper le chevalier à l'écu vert. Ils galopent tant depuis qu'ils se sont mis en route qu'ils rejoignent le chevalier qu'ils cherchaient dans une prairie au milieu de la forêt. Au centre de cette prairie coulait une magnifique source qui sourdait au pied d'un petit rocher. C'est dans cette prairie, comme je vous le raconte, que les deux chevaliers retrouvent le chevalier à l'écu vert. Il s'était dirigé droit vers la source pour mettre pied à terre et boire de son eau ; il avait très chaud car il était exténué. Et pourtant, il n'était pas épuisé au point de ne pas pouvoir réaliser un grand prodige s'il y était obligé. Il était en effet doté d'un grand courage et d'une grande ardeur. Et il pouvait parfaitement y répondre si besoin.

Tandis qu'il arrivait près de la fontaine et qu'il voulait descendre, il se retourne et voit venir après lui Palamède,

Dinadan et leurs écuyers. Après les avoir observés, il reconnaît que ce sont les deux chevaliers errants qu'il a abattus devant le château de Morgane. Ils le poursuivent pour se battre et se venger s'ils le peuvent. Il ne peut en être autrement. Il voit clairement qu'il doit combattre. Il ne craint pas de les affronter, puisqu'il les a déjà éprouvés. Mais si l'affaire dégénère et s'ils veulent le combattre tous les deux ensemble, la partie n'est pas sûre. Car deux chevaliers qui en affrontent un seul ont un trop grand avantage. En revanche, si le combat se déroule l'un contre l'autre, chevalier contre chevalier, il n'a rien à craindre s'ils ne sont pas meilleurs à l'épée qu'il les trouva à la lance. Il fait tourner bride à son cheval pour entendre ce qu'ils voudront dire et voir leur contenance. Dès que Palamède approche du chevalier à l'écu vert, il s'arrête, descend et vérifie qu'il ne manque rien à son cheval. Le chevalier à l'écu vert fait de même. Car lorsqu'il vit Palamède mettre pied à terre, il en fit autant. Il fait observer ses armes et son cheval par ses écuyers. Et après qu'ils ont regardé, il monte de nouveau en selle. Palamède se rapproche de lui et lui dit : « Sire chevalier, vous m'avez abattu. Je m'en souviens bien et m'en rappellerai tous les jours de ma vie.

— Comment, sire chevalier ! s'étonne le chevalier à l'écu vert. Considérez-vous comme un si grand événement le fait que je vous aie abattu au point de vous en souvenir toute votre vie ?

— En effet, répond Palamède, j'estime que c'est très important. Car je n'ai jamais rencontré un chevalier qui me fasse vider la selle par sa lance. Et puisque vous avez réussi, je ne le tiens pas pour un fait insignifiant.

— Chevalier, rétorque le chevalier à l'écu vert, puisque vous n'avez encore trouvé nul chevalier qui vous abattît, j'en déduis que vous venez de Cornouaille et que vous rencontrerez au royaume de Logre un qui saura vous faire vider les arçons. Messire Tristan, que l'on considère comme le meilleur chevalier du monde, a bien trouvé des adversaires qui le firent voler à terre, tout comme Lancelot du Lac. Et vous qui n'êtes pas de ce prix ni de cette valeur, pourquoi êtes-vous donc fâché d'être tombé à terre ? Je ne me vante qu'à contrecœur, mais devant votre colère, je le ferai. Apprenez que j'ai souvent été abattu en un seul coup de lance par des chevaliers meilleurs et plus puissants que vous.

— Chevalier, fait Palamède, je vous crois entièrement. Vous m'avez abattu, je le sais bien. Et comme je crois que vous êtes meilleur porteur de lance que moi, je veux vous affronter à l'épée. Ainsi, je saurai si vous êtes un chevalier parfait ou pas.

— Si j'étais un chevalier parfait, réplique le chevalier, vous ne pourriez connaître ma valeur par vous seul. Vous n'êtes pas assez bon pour être un chevalier parfait. Si j'étais un chevalier irréprochable et vous non, je vous vaincrais. Et vous ne pourriez savoir si j'étais un chevalier parfait ou pas.

— Chevalier, fait Palamède, que vous dire ? Sachez que si vous étiez un des bons chevaliers de ce monde et si vous étiez meilleur que messire Tristan, je voudrais quand même m'éprouver contre vous. Qu'ajouter ? Vous voilà venu à la bataille !

— Je vous ferai part de mes désirs, dit le chevalier à l'écu vert. Apprenez que je n'ai guère envie de combattre en ce moment. Car des affaires m'attendent ailleurs. D'autre part, j'ai tant œuvré en ce jour, comme vous-même l'avez vu, que cela devrait suffire à un chevalier plus fort que moi. C'est pourquoi je dis que je n'affronterai pas volontiers ni vous ni autrui. Mais puisque vous me pressez, je le ferai. Commençons donc ce combat, s'il vous plaît. Je ne vous ferai pas défaut tant que je pourrai tenir une épée, à moins que la bataille ne cesse par vous. »

Ainsi la bataille entre les deux chevaliers débute-t-elle avec fureur et rancune. Palamède souffre trop d'avoir été abattu de la sorte. Il vengerait volontiers sa honte s'il le pouvait. Le chevalier à l'écu vert est furieux que

Palamède le force à combattre contre sa volonté. Il ne voulait pas se battre car il se sentait un peu fatigué. Mais quand il voit que la nécessité est impérieuse, il ne recule pas. Il y met cœur et corps, pouvoir et volonté, ardeur et malice, ainsi que tout le sens que le savoir lui a donné. Et comme aucun d'eux ne voulait que leurs chevaux soient tués, ils mettent pied à terre. Le chevalier à l'écu vert voulait jouter contre Palamède. Mais Palamède refuse. Le combat aura lieu à l'épée et chacun protégera sa tête et la défendra de son mieux. Une fois descendus, ils ne tardent pas et ne s'adressent pas la parole. Ils avancent l'un vers l'autre, doucement, bien sagement, sans menace ni orgueil, les écus au-dessus de leur tête et les épées dressées. Ils s'assènent de grands coups avec leurs épées tranchantes partout où ils peuvent s'atteindre. Car l'un ne feint pas de blesser l'autre de son mieux. Ils ont commencé le duel avec une telle douleur et une telle colère qu'ils ne s'épargnent pas. L'un montre bien à l'autre qu'il ne lui veut aucun bien et qu'ils sont des ennemis mortels.

Grands sont la souffrance, la rage et le courroux ; merveilleuse est la rancune du chevalier à l'écu vert et de Palamède. Ils se frappent avec une telle force qu'il semble bien, aux coups qu'ils donnent, qu'ils massacrent tout. Ils n'ont guère entamé le premier assaut qu'il apparaît clairement à leurs écus, à leurs hauberts, à leurs heaumes et à leurs épées qu'ils ont frappé âprement. Ils ne sont pas oisifs. Et je ne crois pas que soient jamais réunis en une même place deux chevaliers aussi ardents et violents qu'eux. Ils frappent avec rancune et avec tant de volonté de destruction qu'ils semblent penser : « Si tu me heurtes, je fais de même. Et si tu me donnes de grands coups, je ferai mieux si je le peux. Si tu me blesses et me meurtris, je te tuerai si possible. » Ainsi les deux chevaliers se malmènent-ils violemment et cruellement avec leurs épées aiguisées. Ils jouent à un jeu cruel et désagréable. Vous ne verriez pas pire ni plus âpre. Et leur grande cruauté, leur grande capacité et leur grande force apparaissent clairement. La violence est montée en puissance, assaut après assaut, défense contre défense ; les épées le démontrent clairement car elles sont teintes de leur sang vermeil si bien que par endroits on ne voit plus que du sang. Et cela donne à chacun la volonté de blesser son adversaire et de le mettre à mort s'il en a le pouvoir. Quand Palamède regarde l'épée que tient le chevalier à l'écu vert tachée de son propre sang rouge et non d'un autre, il n'est guère joyeux. Et s'il est malheureux et fâché, ce n'est pas étonnant. Je vous dis la même chose du chevalier à l'écu vert. Ce jeu n'est pas une partie de plaisir. On verra où cela conduira.

Après s'être longtemps battu, Palamède constate qu'il ne peut en venir à bout comme il le croyait ; il ne sait que faire. Il se souvient qu'à son sens, il ne rencontra jamais un meilleur escrimeur que lui. Il lui donne les louanges et le prix entre tous les chevaliers, excepté messire Tristan. Le chevalier à l'écu vert se dit en lui-même que celui qu'il affronte est particulièrement valeureux. Jamais, à son avis, il ne trouva un tel chevalier, si ce n'est messire Tristan. Les deux bons chevaliers poursuivent le combat âprement et violemment. Si Palamède frappe bien et de tout son pouvoir, le chevalier à l'écu vert ne lui envie rien. Car il assène des coups si grands et si lourds que Palamède est tout étourdi quand il les reçoit. Cet assaut a tant duré qu'il est prodigieux qu'ils puissent le poursuivre si longtemps. Palamède est stupéfait par la grande force et le pouvoir qu'il a trouvés chez le chevalier à l'écu vert. Il a tant vu en lui qu'il craint et redoute, si la bataille continue jusqu'au bout, de recevoir toute honte. Car il estime que ce chevalier a une force plus colossale qu'au commencement. Il se demande qui il peut être. Apprenez qu'ils avaient tant fait durer ce combat, grâce à leur grande violence et à leur puissance, que la moitié de leurs écus malmenés gisait par terre en morceaux et ils ne pouvaient plus se couvrir. Leurs hauberts sont rompus et déchirés sur les bras, les épaules et les hanches. Si bien que la chair des chevaliers apparaît en plusieurs endroits teints de sang et de sueur. Et ils sont tous deux si puissants et si opiniâtres qu'ils ne veulent se reposer. Ils n'ont cure de repos. Ils n'y aspirent pas. Après avoir tant frappé et cogné l'un sur l'autre qu'ils ne peuvent plus avancer et qu'ils sont contraints de se reposer pour retrouver leurs forces et leur souffle dont ils avaient grand besoin, ils reculent un peu, l'un derrière l'autre. Et sachez que Palamède était plus blessé que le chevalier à l'écu vert. Car la plaie que le chevalier lui avait faite lors de la joute le contrariait fort. Et se sentir blessé était la chose qui inquiétait le plus Palamède. Il savait que le chevalier à l'écu vert sortait de cette bataille moins meurtri que lui. Apprenez qu'il était désespéré.

Je vous affirme que le chevalier à l'écu vert avait trouvé chez Palamède une si grande bravoure, une si haute valeur chevaleresque et une si bonne défense qu'il se demandait qui il pouvait être. Une fois il croit que c'est Bliobéris de Gaunes qu'il avait déjà éprouvé. Une autre fois, il dit que c'est Boort de Gaunes. S'il n'était pas certain que ces deux bons chevaliers, messire Tristan et Lancelot, étaient à la cour, il affirmerait que c'est l'un d'eux. Mais comme il sait qu'ils s'y trouvent, cela l'ôte de cette pensée. Il ne se souvient pas de Palamède et n'y songe pas. Voici ce que pense le chevalier.

Palamède réfléchit de son côté car il est tout étonné du grand assaut qu'il a donné au chevalier à l'écu vert, des coups pesants et lourds qu'il lui a souvent assenés et de la merveilleuse défense qu'il a trouvée en lui. Jamais il ne le vit reculer face aux coups qu'il avait su lui donner. Palamède s'étonne tant qu'il ne sait que faire. Jamais, partout où il vint, il ne trouva un chevalier de cette force et de ce pouvoir. Tous les combats contre les autres chevaliers n'étaient que plaisanterie comparés à celui qui se déroule contre celui-ci, excepté ceux qui l'opposèrent à messire Tristan. L'épée qu'il tient dans sa main est mortelle. Jamais il n'a connu une voisine si rude ni si cruelle. Elle est bien sans pitié et chargée de coups si merveilleux qu'il ne sait quelle attitude adopter. Jamais il ne rencontra un chevalier qui le traita si âprement ni si violemment qu'il le fait.

Si Palamède est stupéfait et prodigieusement étonné, le chevalier à l'écu vert n'est pas moins pensif et ébahi par cette affaire. Car il ne se rappelle pas avoir autant frappé sur un bon chevalier comme il le fait avec celui-là sans le tuer ou le vaincre. Il est effaré et songeur ; il ne sait que dire. Jamais il ne connut une bataille pendant laquelle il eut peur et crainte, excepté celle-ci. Car il ne croyait pas trouver chez lui une si belle protection et une si grande bravoure. Il ne sait que dire, si ce n'est qu'il reprendra la bataille, et advienne ce qu'il pourra advenir. Celui à qui Dieu voudra donner l'honneur, qu'il le prenne. Mais avant d'aller plus loin, il veut savoir, s'il le peut, qui est celui qu'il affronte et en qui il a trouvé une si grande bravoure et une si prodigieuse défense.

Après s'être assez reposé et tandis qu'il avait posé son écu par terre et qu'il tenait son épée nue, teinte du sang rouge de Palamède, il prend la parole le premier et dit : « Sire chevalier, vous voyez bien comment nous nous sommes affrontés jusqu'ici et dans quelle angoisse et quelle détresse chacun a maintenu son honneur. Vous vous êtes efforcé de me blesser et de me nuire si vous le pouviez et j'en ai fait autant. Que vous dire ? Je ne puis le cacher. J'ai tant éprouvé votre force, votre pouvoir et votre valeur que je sais que vous êtes extrêmement puissant et de plus haute chevalerie que je ne le croyais. Il apparaît bien sur mes armes la manière dont vous vous êtes essayé sur moi ainsi que le fracas de cette bataille. S'il vous arrivait malheur, je ne devrais pas être blâmé, et ce à juste titre. Car par votre orgueil et votre outrecuidance, vous êtes venu m'assaillir après que j'ai tant œuvré par les armes comme vous-même l'avez vu. Et pour ce très grand outrage que vous m'avez fait, je clame que cette bataille ne cessera pas par mon fait tant que je pourrai tenir une épée. Mais l'affaire est tant engagée, comme vous le voyez, qu'il est temps de recommencer car nous nous sommes suffisamment reposés après le premier assaut. Avant que nous allions plus loin, je vous prie, autant que je peux prier mon ennemi, de me dire votre nom. » Palamède répond : « Chevalier, j'ai bien écouté vos paroles. Vous m'accordez de grandes louanges. Mais ce prix me vaut un blâme. Je sais que si j'étais un aussi bon chevalier que vous le dites, j'aurais mené ma bataille à terme depuis longtemps. Je ne l'ai pas fait. Car je n'ai pas réussi et l'aventure ne l'a pas voulu. Et vous vous souvenez que je vous ai assailli avec méfait et outrage après que vous avez tant œuvré par les armes comme je le vis. Je dis qu'en vérité, ce fut ignominie, folie et chose qu'un chevalier ne devrait faire. Mais la grande colère et la grande douleur d'avoir été abattu par vous me firent agir si follement et si sottement que je voudrais bien n'avoir jamais rien entrepris. Et sachez que je ne crois pas, dans toute ma vie, avoir commis autant de vilenie comme je le fis à cette occasion. Puisque vous voulez savoir malgré ce qui je suis, je vous le dirai. Apprenez que je m'appelle Palamède le Méconnu. Je ne sais si vous avez déjà entendu parler de moi. Je vous ai dit mon nom. Je vous prie à présent, par courtoisie, de me dire le vôtre. »

Quand le chevalier à l'écu vert entend que c'est Palamède, un des chevaliers les plus renommés au monde pour sa chevalerie et sa courtoisie, contre qui il se bat, il ne peut se dissimuler envers lui car il lui voulait grand bien. Pour sa bonne réputation et parce qu'il lui avait déjà rendu service, il lui dit : « Palamède, puisque vous m'avez dit votre nom, je ne vous cacherai pas le mien. Apprenez que l'on m'appelle Lamorat de Galles. Le roi Pélinor de Listenois était mon père. »

En entendant qu'il affronte Lamorat de Galles, le chevalier de son âge le plus loué pour sa bonté, sa valeur, sa haute chevalerie et sa courtoisie, Palamède est trop honteux de l'avoir ainsi assailli. Cela lui pèse terriblement pour plusieurs raisons. La première parce qu'il l'a attaqué outrageusement. Ensuite parce qu'il sait bien, selon ce qu'il a vu, qu'au final il ne pourra avoir l'avantage de la bataille. C'est pourquoi il est nécessaire qu'il s'en libère le plus honorablement possible si Lamorat accepte d'arrêter le combat avant qu'il soit mené à terme. Il s'avance aussitôt et dit à Lamorat : « Lamorat, que dire ? Quand je sais que vous êtes Lamorat, apprenez que je me considère, pour cette affaire et pour l'injure que je vous ai faite, méchamment avili. Et sachez que quel que soit celui envers qui j'ai commis cet affront, je voudrais ne jamais l'avoir fait. C'est pourquoi je vous prie et vous demande, autant que je peux vous prier, de pardonner l'outrage que je vous ai causé. C'est pourquoi je vous demande et vous supplie autant que possible de ne pas m'en tenir rigueur. Car soyez certain que je suis plus malheureux que vous ne pouvez le croire. Et à cause de l'affront que je vous ai fait, je me considère vaincu et défait. J'affirme que je veux désormais être votre chevalier pour apaiser la vilenie que je vous ai faite. » Il s'élance et veut s'agenouiller devant lui mais Lamorat ne le tolère pas. Il le prend par les bras et lui dit : « Relevez-vous, messire Palamède. Il ne plaît pas à Dieu que j'accepte ce geste de votre part. Je ne suis pas un chevalier à qui vous devez rendre un tel honneur. Car vous êtes meilleur chevalier que moi. Si vous avez mal agi envers moi, je vous le pardonne de bon cœur. Car on doit pardonner facilement à un chevalier si bon et si valeureux un petit méfait comme celui-ci. Je vous déclare quitte de cette bataille et de toute autre querelle. Et si je vous ai causé du tort en vous appelant à jouter contre votre volonté ou si j'ai fait autre chose de mal, je vous prie de ne pas m'en tenir rigueur. Je ne l'ai pas fait par haine envers vous mais seulement pour éprouver votre chevalerie.

— Messire Lamorat, dit Palamède, vous plaît-il que j'abandonne cette bataille ? Personnellement, je n'ai aucune envie de frapper encore un coup.

— Et moi non plus, fait Lamorat. Je vous libère de tout.

— Moi également », ajoute Palamède.

Ainsi les deux chevaliers, qui étaient de mortels et cruels ennemis, se mettent-ils d'accord. Ils courent à présent s'embrasser tout garnis de leurs armes. Et l'un demande à l'autre : « Comment vous sentez-vous ? Êtes-vous gravement blessé ? » Palamède répond le premier à Lamorat : « Messire Lamorat, apprenez qu'il y a bien un an et plus que je n'ai pas engagé un combat dont je sors aussi grièvement blessé. Je suis navré à plusieurs endroits de plaies graves et légères. Mais malgré tout ce que j'ai fait lors de cette bataille, je ne suis pas blessé aussi gravement que je le fus lors de la joute. Vous m'y navrâtes plus grièvement. Et c'est ce coup que je sens le plus. Cependant, je vous dis bien qu'une si grande joie m'est venue de cette amitié et de cette paix entre nous deux que j'ai oublié tous mes maux. Je ne sens plus les coups que j'ai reçus.

— Moi de même », approuve Lamorat.

Ainsi les deux chevaliers parlent-ils. Ils ont laissé de côté la grande haine et la rancœur qui existaient entre eux. Et après avoir longuement conversé, ils prennent conseil sur ce qu'ils feront. Au final, ils s'accordent à chevaucher rapidement jusqu'à un château près d'ici où ils se reposeront ce jour et feront examiner leurs blessures. Car ils en ont besoin ; ils le sentent bien.

Les deux chevaliers montent. Et Dinadan, qui avait observé la bataille, se disait qu'elle avait été la plus rude et la plus puissante qu'il ait jamais vue de sa vie. En aucun cas il n'avait regardé deux chevaliers s'assaillir aussi violemment que ces deux-là. Quand il les voit se mettre d'accord, monter et accepter de bon gré de chevaucher ensemble, il se met à sourire et dit : « Dieu m'est témoin, je peux bien affirmer que jamais je ne vis des gens aussi insensés et sots que les chevaliers errants du royaume de Logre qui, pour rien, s'entretuent et, pour rien, se réconcilient. Ils sont comme des enfants qui se fâchent facilement et qui facilement font la paix. » Il se tourne vers Palamède et lui dit tout haut : « Palamède, Palamède, dis-moi, que Dieu te bénisse, n'aurait-il pas mieux valu que tu m'eusses cru et que tu eusses laissé cette bataille au lieu de la poursuivre ?

— Non, Dinadan, répond Palamède. Apprends que je n'aurais pas abandonné d'éprouver par moi-même la haute chevalerie de Lamorat. Car je n'aurais pu croire qu'il eût tant de valeur comme je le vis. Je l'appréciais auparavant et je l'apprécie encore plus. Je sais combien je dois l'honorer et combien je devrais lui accorder louanges et prix si je venais dans un lieu où on parle de lui. S'il m'a blessé, je guérirai. Je ne suis guère inquiet.

— Et moi non plus, fait Dinadan. Je n'ai pas plus peur que vous. Mais si vous tenez à votre vie, gardez-vous, s'il vous plaît. Car vous n'êtes plus sous ma protection. »

Ils se mettent en route et suivent un étroit sentier conduisant à un château situé en haut d'une petite montagne. Le château était fort bien fortifié avec richesse. Le roi Arthur l'avait fait renforcer par crainte de Galeholt, le seigneur des Îles Lointaines, car ils étaient en guerre en ce temps-là. Puis le roi Arthur avait donné ce château à Bandemagus de Gorre. Une fois parvenus au château, ils trouvèrent assez de monde pour les recevoir bellement et honorablement. Il était fermement commandé aux habitants de ce lieu d'accueillir avec honneur tous les chevaliers errants que l'aventure apportait par ici.

Que vous dire ? Les chevaliers errants furent bellement et agréablement reçus. Quand ils furent désarmés, on examina leurs plaies et on trouva qu'ils étaient grièvement blessés. Mais Palamède l'était plus que Lamorat et il avait perdu plus de sang. Il est inutile de demander si cette nuit ils furent servis et honorés de leur mieux par les habitants des lieux qui se mirent en peine. Après avoir mangé, Dinadan demanda : « Seigneurs chevaliers, que voulez-vous faire demain ?

— Je me sens rudement blessé, répond Palamède, et j'ai assez perdu de sang. C'est pourquoi je dois séjourner ici trois ou quatre jours. Car avant ce terme, je ne pourrai pas chevaucher facilement. Et si je me hâtais plus que de raison, il pourrait m'advenir ennuis et dommages.

— Messire Palamède, fait Lamorat, puisque vous voulez rester ici, je veux demeurer avec vous. Je vous tiendrai compagnie. Tout au moins, je vous promets que je ferai un séjour de trois jours par amour pour vous.

— Sire, très grand merci, dit Palamède.

— Et vous, Dinadan, demande Lamorat, que ferez-vous ?

— Seigneurs, répond Dinadan, puisque vous voulez séjourner ici, notre compagnie prend fin. Je chevaucherai demain matin, s'il plaît à Dieu, car il me tarde fort de me trouver à la cour du roi Arthur pour voir le meilleur d'entre les bons, le plus excellent de tous les chevaliers qui portent des armes : c'est messire Tristan, le neveu du roi Marc de Cornouaille. Jamais je ne connaîtrai de repos avant de le contempler tout à loisir. C'est la tâche qui m'oblige à vous quitter. Car autrement, je ne serais pas parti tant que vous auriez voulu demeurer ici. Sachez-le.

— Dinadan, fait Palamède, si vous voyez avant moi le plus grand ennemi que j'aie au monde, et c'est messire Tristan, dites-lui que je ne lui ai pas fait défaut le jour que nous avions déterminé entre nous. Si je ne vins pas devant le Perron de Merlin, comme je le lui avais promis, c'est que j'étais en prison ce jour-ci. Qu'il sache que cela me peine terriblement.

— Palamède, intervient Dinadan, tu es peiné par ce qui t'est favorable. Tu es comme le manant qui pleure quand il est riche. »

Tous se mettent à rire en entendant ces paroles. Les trois compagnons furent confortablement installés ce soir.

Tôt le lendemain, Dinadan s'en va avec ses écuyers après avoir pris congé de Lamorat et de Palamède et se met en chemin. Il chevauche ce jour-ci très tranquillement et doucement jusqu'à none sans rencontrer d'aventure digne d'être racontée. Après none, tandis qu'il chevauchait le long du grand chemin en pierre qui menait à Kamaaloth, il observa et vit un chevalier qui avait mis pied à terre à côté du chemin, devant un arbre ; il était accompagné de deux écuyers qui lui portaient son écu et sa lance. Mais il était garni de toutes ses autres armes. Quand il vit que Dinadan se trouvait à un tir d'arc de lui, il vient à son cheval, monte, prend son écu et sa lance et dit à Dinadan qui était déjà à côté de lui : « Sire chevalier, gardez-vous de moi ! Vous voilà contraint de jouter ! » Dinadan se met à sourire en entendant ces paroles. Il lui répond : « Chevalier, que Dieu vous bénisse, ne sauriez-vous pas saluer un chevalier errant autrement qu'en lui disant "gardez-vous de moi, vous êtes contraint de jouter" ? Que Dieu me vienne en aide, ce salut n'est guère courtois. Et vous, savez-vous si je suis en état de jouter ?

— J'ignore, répond le chevalier, si vous êtes dispos ou non. Mais je vous dis bien que vous devez jouter.

— Dites-moi, chevalier, fait Dinadan, cette joute que vous demandez, la demandez-vous par amour ou par haine ?

— Certes, dit le chevalier, je ne la veux par haine. Je la requiers par amour, par plaisir et par amusement.

— Au nom de Dieu ! s'exclame Dinadan. Je ne considère pas cet amour comme un jeu. Montrez-le à un autre que moi. Et apprenez-lui ce plaisir. Car avant, je préférerais être votre ennemi plutôt que votre ami afin que vous me fassiez part de cet amour.

— Comment ! s'étonne le chevalier. Refusez-vous donc la joute ?

— Oui, fait Dinadan, car je vous considère comme mon ennemi.

— Comme votre ennemi ! s'indigne le chevalier. Quand vous ai-je fait du tort ? Je ne vous ai jamais rien dit dont je puisse me souvenir.

— Votre mémoire ne vaut pas la mienne, fait Dinadan. Apprenez que je ne vous considère pas comme mon ami. Je ne vous ai jamais vu avant que vous me fassiez une chose qui me dérange. C'est pourquoi je dis que vous parler me contrarie.

— Au nom de Dieu ! s'exclame le chevalier. Puisque vous-même affirmez être mon ennemi, je vous provoque en duel ! Je n'avais pas jusqu'ici une aussi bonne raison de vous combattre comme c'est le cas maintenant. Gardez-vous de moi désormais ! Car je vous tuerai si je le peux !

— Vassal, fait Dinadan, puisque tu es si désireux de te battre, faisons-le avec sagesse comme il sied à des chevaliers errants. Tu sais bien que la haine des chevaliers naît parfois d'une raison importante et d'autres fois d'une raison insignifiante. Tu ne sais pas quelle haine j'éprouve à ton égard. Et je ne veux pas te la montrer ou te l'avouer ici. Je désire t'en faire part devant un homme d'une qualité équivalente à celle du roi Arthur et non en cachette ou par jeu comme ce serait le cas si je te la montrais ici alors qu'il n'y a que toi, moi et nos écuyers. Il n'y a guère de chemin jusqu'à la cour du roi Arthur. Allons-y, s'il te plaît. Et une fois arrivés, je te ferai connaître la haine que je ressens pour toi. Si tu as l'audace d'oser m'affronter, tu me trouveras là-bas, prêt à jouter et à combattre. Je saurai alors te dire quelle haine j'ai pour toi. » En entendant Dinadan parler si sagement, le chevalier ne s'aperçoit pas qu'il lui dit ces paroles par plaisanterie. Il les prend au sérieux. Il lui demande : « Chevalier, quel est votre nom, à vous qui ne souhaitez m'affronter qu'à la cour du roi Arthur ?

— Je m'appelle Dinadan, répond-il.

— Dinadan, fait le chevalier, par la Sainte Croix, je dis que vous êtes l'un des chevaliers que j'aime le plus au monde.

— Au nom de Dieu, dit Dinadan, je le crois bien. Parce que je m'étonnais fort que vous me fissiez si bel accueil quand je vins près de vous. Car le premier salut que vous me donnâtes fut de me mettre à terre, si vous le pouviez par hasard.

— Dinadan, fait le chevalier, vous ne devez pas le prendre mal.

— Ce n'est pas le cas, dit Dinadan. Je le considère comme le plus grand bien du monde. Mais je ne voudrais pas y prendre part. Car je n'y vois ni grand profit ni grand avantage.

— Comment, Dinadan ! s'étonne le chevalier. Ne voulez-vous pas maintenir la coutume du royaume de Logre ? Vous êtes un chevalier errant.

— C'est vrai, répond Dinadan. Mais quand je ne vois nulle raison valable qui me conduise à jouter ou à combattre, je le supporte très volontiers. Car je ne vais pas souvent dans des lieux où je ne trouve de telles rencontres. Je vois toujours des chevaliers qui me disent quand ils me croisent : "Gardez-vous de moi, sire chevalier ! Vous devez jouter !" C'est une coutume si commune à travers le royaume de Logre : les chevaliers errants ne savent plus que dire "gardez-vous de moi" ! Je trouve ce salut dans tant de lieux que si cela m'ennuie, ce n'est guère étonnant. C'est pourquoi je les refuse tous et je les refuserai partout de toutes mes forces. Quand je rencontre un chevalier errant, je ne crois plus être en sûreté. Je suis dans une situation périlleuse. En le voyant, je suis certain d'avoir des ennuis si je ne peux me défendre contre lui par la parole ou par l'action. Apprenez que nulle autre raison ne me poussa à vous dire que je ressentais de la haine à votre égard. Car je n'ai nulle autre raison de vous haïr.

— Messire Dinadan, fait le chevalier, comme je vois que ni la joute ni le combat ne vous agréent, je vous libère. Et sachez que si je vous avais connu au début aussi bien que maintenant, jamais je ne vous aurais provoqué en duel. Mais dites-moi dans quelle direction vous souhaitez chevaucher.

— Je voudrais, répond Dinadan, être à la cour du roi Arthur. Je ne connaîtrai guère de repos avant d'y parvenir.

— Au nom de Dieu, dit le chevalier, je resterai car quelques affaires m'attendent. Je vous prie de loger pour la nuit dans mon château qui est près d'ici.

— Je ne peux demeurer, fait Dinadan, car d'autres occupations m'attendent ailleurs. »

Il quitte le chevalier et se met en route. Cette nuit, Dinadan dormit chez une veuve chez qui il fut très bien hébergé. Et là, il apprit par un chevalier qui venait d'Écosse que le roi Arthur était à Londres ainsi que messire Tristan, Lancelot et les valeureux chevaliers de la Table Ronde. Il fut ravi et joyeux de cette nouvelle.

Le lendemain, une fois en chemin, Dinadan chevaucha tant qu'il parvint à Londres où résidait le roi Arthur avec le roi Marc. Et sachez que le roi Arthur et ceux du royaume de Logre lui manifestaient une très grande joie, non pour l'amour qu'ils lui portaient, mais par courtoisie et pour que le roi Marc parlât de leur bonté et de leur valeur à son retour en Cornouaille. Quand Dinadan arriva à la cour, il demanda aussitôt où était messire Tristan. On lui indiqua qu'il se trouvait au palais du roi. Dinadan, désarmé et logé, alla tout droit au palais. Il y trouva assez de chevaliers pour le recevoir avec grand honneur et grande joie. Le roi Arthur lui-même, qui le connaissait bien, l'accueillit avec fête et honneur car il avait décelé sa valeur chevaleresque et il avait entendu parler de lui par plusieurs chevaliers de sa cour. Que vous dire ? Toute la joie que lui manifestèrent les habitants fut vaine comparée à celle que lui fit messire Tristan. Il est si heureux de sa venue que jamais vous ne verriez un chevalier plus joyeux de l'arrivée d'autrui. Il l'embrasse plus de cent fois et raconte aux uns et aux autres la bonne compagnie, les bonnes plaisanteries et les bonnes paroles qu'il avait trouvées en lui. Pourquoi vous dire autre chose ? Dinadan fut reçu à la cour du roi Arthur avec grande joie et grand honneur.

« Ah, Dieu, dit le roi Arthur, si nous avions ici Palamède et Lamorat de Galles, nous pourrions bien dire hardiment que nous aurions en notre compagnie les meilleurs chevaliers du monde. » Dinadan s'avance et dit au roi Arthur : « Sire, auquel de ces deux chevaliers accorderiez-vous la plus grande force chevaleresque ?

— Dinadan, répond le roi Arthur, puisque vous le demandez, je vous dirai ce que j'en pense. Sachez que Lamorat est un des chevaliers les plus ardents et les plus opiniâtres du monde. Et s'il avait la force de messire Tristan que vous voyez ici, il surpasserait tous les hommes valeureux en vaillance et en chevalerie. Il est hardi, à mon sens, et plus que cela. Mais je ne crois pas qu'il pourrait résister longtemps contre la force de Palamède qui n'est pas à prendre à la légère. Il a beaucoup de pouvoir et de puissance difficiles à endurer. Je ne dis pas ces paroles parce que je veux plus de bien à Palamède qu'à Lamorat. Je les dis parce que je les crois vraies. Et vous, Dinadan, qui avez avancé ces propos, lequel éliriez-vous, que Dieu vous bénisse ?

— Sire, fait Dinadan, je sais que si je veux parler avec sens, je ne choisirai ni l'un ni l'autre. Mais par folie, je le ferai. Si je devais par hasard élire l'un d'eux pour défendre ma tête dans un champ de bataille contre messire Tristan ou Lancelot du Lac, devant Dieu, je choisirais plutôt Lamorat que Palamède.

— Comment est-ce possible ? s'étonne le roi Arthur. Avez-vous donc éprouvé l'un et l'autre pour être plus sûr de Lamorat que de Palamède ?

— Au nom de Dieu, répond Dinadan, il y a encore guère de temps, je les ai vus l'un contre l'autre sur le champ de bataille. Mais sachez bien que je trouvai en Lamorat une si grande force et un si grand pouvoir que je ne pouvais croire ce que je voyais. Je vis bien la bataille plénière et haute en chevalerie.

— Dinadan, demande le roi Arthur, que Dieu vous garde, quand vîtes-vous cette bataille ?

— Sire, répond-il, sachez qu'il y a peu de temps. » Et il lui donne le jour du combat.

« Ah, pour l'amour de Dieu, Dinadan, fait le roi, puisque vous vîtes la bataille, dites-nous pour quelle raison elle eut lieu et pourquoi elle débuta.

— Certes, fait Dinadan, je vous le raconterai bien. Et sachez que vous ne considérerez pas les faits et les œuvres de Lamorat comme de petits prodiges. »

Il leur relate alors comment il trouva Palamède la nuit qui gémissait dans une forêt et qui menait le plus grand deuil au monde en se plaignant tant de l'Amour. Puis il rapporte en détail les paroles qu'il avait dites à Palamède contre l'Amour pour le divertir et le réconforter. Ensuite il raconte leur venue devant le château de Morgane. Tandis qu'ils étaient prêts à jouter, l'aventure leur apporta Lamorat qui se chargea des joutes et abattit jusqu'à douze chevaliers des lieux. « Puis il désarçonna Palamède et moi, ajoute Dinadan, et partit quand il vit que les chevaliers du château ne sortaient plus pour jouter contre lui. » Après, il leur conte la grande et cruelle bataille qui eut lieu pendant un assaut entre Palamède et Lamorat. « Et sachez bien, sire, fait Dinadan, que si la bataille avait été menée à son terme, Palamède serait mort et déshonoré. Jamais il ne serait parti d'ici.

— Par Dieu ! s'exclame le roi. Ce que vous dites est-il possible ? Vous nous faites entendre le plus grand prodige du monde.

— Sire, répond Dinadan, devant Dieu, je vous ai dit la vérité. Et sachez bien que Lamorat aurait tué ou avili Palamède si le combat avait été mené à fin. Car Palamède était gravement blessé et avait perdu beaucoup de sang. Et Lamorat n'était pas tant navré. »

Messire Tristan s'avance devant tous et dit au roi Arthur : « Sire, Dieu m'est témoin, nous pouvons bien considérer Lamorat comme l'un des meilleurs chevaliers que je connaisse. Je le sais par moi-même. Car je l'éprouvai et, il y a guère de temps, je l'affrontai sur le champ de bataille. Nous étions seul à seul. Et je vous jure loyalement, sire, sur le serment que j'ai prêté à la Table Ronde, que jamais, lors d'une bataille, même celle qui eut lieu contre le Morholt, je n'eus si grande peur comme dans celle qui me fit combattre ce seigneur qui est ici. » Et il lui montre Lancelot. « Sire, sachez bien que le grand pouvoir de Lamorat n'est pas une plaisanterie. C'est une pure merveille. Nul ne le croirait aisément s'il ne l'avait vu clairement à l'œuvre. Je ne dis pas cela pour rabaisser ou blâmer la bravoure de Palamède. Je le dis parce que je le crois vraiment. Palamède est un merveilleux chevalier, bon, preux et fort. Mais je vous déclare qu'en cas de nécessité, on trouverait plus de pouvoir et de force chez Lamorat que chez Palamède.

— Devant Dieu, messire Tristan, je ne pouvais le croire avant que vous me l'affirmiez. J'ai bien entendu parler de la bravoure de Lamorat plusieurs fois. Mais je n'en avais pas ouï dire tant de bien comme vous me le contez. Et pour ces nouvelles que vous m'apprenez, je déclare que lorsqu'il viendra à la cour, je le couvrirai de plus d'honneurs que je ne le fis. Car il mérite bien, selon vos dires, qu'on lui fasse honneur. Et même s'il n'avait rien réalisé d'autre en toute sa vie que ce que Dinadan nous a raconté, on devrait bien lui accorder prix et louanges pour sa haute prouesse. »

Ainsi parlent-ils de Lamorat. Le roi Arthur, qui lui voulait grand bien, est très heureux et joyeux. Mais messire Tristan l'est plus encore, car il aimait Lamorat d'un très grand amour. Nombreux sont les chevaliers qui avaient écouté le récit de Dinadan. Ils furent heureux et joyeux des bonnes nouvelles données.

Mais bien que tous soient dans l'euphorie, messire Gauvain est triste et fâché, ainsi que ses frères. Car ils haïssaient Lamorat et ses frères, qui savaient que messire Gauvain avait tué de sa main le roi Pélinor de Listenois, le père de Lamorat. Et comme messire Gauvain et sa fratrie avaient toujours peur qu'au final il fût pris vengeance du roi Pélinor, ils détestaient Lamorat. Et ils le redoutaient fort pour la haute chevalerie qu'ils savaient en lui. Mais il est avéré que Gahériet, le meilleur chevalier entre les frères, ne haïssait pas tant Lamorat. Il n'avait pas si gros cœur envers lui. Lamorat causait leur honte par la faute de leur mère ; il le haïssait pour cela. Mais il ne voulait pas le tuer s'il pouvait l'éviter. Il ne le haïssait pas mortellement. Messire Gauvain n'aspirait qu'à sa mort. Si l'occasion se présentait, il le mettrait à mort très volontiers. Agravain, Mordret et Guerrehes le voulaient encore plus. Lamorat ignorait tout. Il croyait qu'ils l'aimaient d'un grand amour comme tous les autres chevaliers de la cour du roi Arthur. S'il avait su qu'ils l'exécraient si mortellement, il était si ardent, si opiniâtre et si capable qu'avec l'aide de ses frères, il les aurait tous tués ou vaincus. Mais comme je vous l'ai dit, il ignorait tout. Les choses restaient en l'état.

Le jour même où, à la cour du roi Arthur, messire Tristan et Dinadan accordaient si grand prix et si grandes louanges à Lamorat, messire Gauvain parla à ses frères Guerrehes, Agravain et Mordret – Gahériet, lui, n'était pas présent. « Seigneurs, fait messire Gauvain, que pouvons-nous faire de Lamorat qui est le plus mortel ennemi que nous ayons en ce monde ? Son père tua le nôtre, vous le savez bien. Il ne pouvait nous causer un plus grand dommage et un plus grand déshonneur. L'orgueil et l'outrecuidance des enfants du roi Pélinor de Listenois croissent de jour en jour, ceux de Lamorat plus que les autres. Nous devons nous plaindre de lui pour bien des raisons. Son père tua le nôtre comme je vous l'ai dit. Le tort et l'humiliation que nous avons reçus ne lui suffisent pas. Il nous en cause plus chaque jour avec celle qui nous porta. Et quand il nous procure honte et vergogne avec elle, il nous montre bien qu'il nous apprécie peu et qu'il nous redoute peu. Je vous ai dit ces paroles car vous êtes mes frères et vous partagez cette honte avec moi. Si vous avez le cœur digne d'un chevalier, pensez que cette honte doit être prochainement vengée car plus nous attendrons, plus notre vergogne croîtra. Lamorat, dont l'orgueil augmente, doit bientôt venir à la cour. Et quand il y sera venu, gardons-nous bien de tarder à venger notre humiliation. »

Tous s'accordent à ces paroles et disent que s'il leur échappe, on ne devra plus les considérer comme des chevaliers. Et sachez qu'après cette discussion, peu de temps s'écoula avant que messire Gauvain ne tuât Lamorat assez ignominieusement et cruellement. Ce furent une grande perte et un grand déshonneur car notre livre dit clairement que si Lamorat avait vécu plus longtemps, il aurait surpassé par sa valeur chevaleresque tous les hommes de qualité qui portaient les armes au temps du roi Arthur. Mais il mourut plus tôt que nécessaire au grand dam de la chevalerie. Au jour de sa mort, il n'avait pas encore vingt-six ans et deux mois révolus. Mais à présent, le conte cesse de parler de lui et retourne à notre sujet.

Selon le conte, les courtisans du roi Arthur faisaient grande joie au roi Marc et à Dinadan. À cause des nouvelles qu'il avait entendues sur Lamorat, le roi Arthur désire fort qu'il vienne avant que le roi Marc ne quitte la cour. Il demande à Dinadan : « Dinadan, dites-moi, croyez-vous que Lamorat doit se rendre à la cour ?

— Je ne suis pas certain du jour de sa venue, sire, répond Dinadan, ni de son retard car il arrive chaque jour des aventures aux chevaliers errants ; quand ils croient venir vite à la cour, ils tardent plus longtemps. C'est pourquoi je ne puis vous certifier sa venue, excepté que je tiens de sa bouche qu'il ne connaîtra pas de repos avant de se rendre ici.

— Et croyez-vous, poursuit le roi, que Palamède viendra avec lui ?

— Sire, je l'ignore, fait Dinadan. Cependant, je ne pense pas qu'il y vienne car il m'a dit qu'il ne s'y rendrait pas. »

Ainsi le roi parlait-il de Lamorat et de Palamède. Il lui tarde fort qu'ils parviennent à la cour. Il les attend jour après jour. Et le soir, il dit : « Demain, Lamorat viendra. » Il dit la même chose le second soir. Le troisième jour suivant la venue de Dinadan, les chevaliers de la cour du roi Arthur dirent qu'ils iraient dans la prairie, dehors, briser des lances afin de se divertir et de se réjouir. Ils allèrent s'armer avec diligence et légèreté car ils ne devaient pas combattre. Le roi Arthur dit à Dinadan : « Dinadan, ne porterez-vous pas les armes comme le font les autres ?

— Et pourquoi porterai-je des armes ? demande Dinadan. Je ne vois ici aucun de mes ennemis. Je considère tous ceux qui sont ici comme mes amis. C'est pourquoi je ne veux pas porter les armes pour le moment. Mais vous, que ferez-vous, vous qui ne faites que stagner ? Nous souffrons les douleurs et les peines et vous vous moquez quand les nouvelles vous parviennent. Allez, bon sire, que Dieu vous bénisse, et combattez. N'incitez personne, ni moi ni autrui. Mais allez-y par vous-même. » En entendant ces paroles, le roi se met à sourire et dit : « Dinadan, je croyais bien dire, Dieu m'est témoin.

— Sire, fait Dinadan, je crois bien parler également, Dieu me vienne en aide, et je sais que j'ai raison. Si vous voulez porter les armes, vous nous ferez un plus grand honneur. »

Le roi se tait en entendant cette réponse. Il est si blessé qu'il ne sait que dire. Il veut se faire équiper de ses armes uniquement à cause des paroles de Dinadan. Mais messire Tristan ne le tolère pas. Il lui dit : « Sire, que voulez-vous faire ? Si vous prenez au sérieux les paroles de Dinadan, par ma foi, vous serez souvent fâché. Il m'a maintes fois rendu malheureux.

— Messire Tristan, fait le roi, apprenez que ces paroles ne me fâchent pas. Mais puisqu'il m'a incité à porter les armes, je le ferai bien volontiers si cela convient à mon état.

— Sire, dit messire Tristan, il n'est pas bon de vous armer car il y a assez de chevaliers. »

Le roi demeure donc sans porter d'armes. Il monte en selle accompagné par de nombreux chevaliers et sort pour voir les lances se briser et les bons chevaliers de sa cour à l'épreuve. Ce jour-ci, messire Tristan ne porta pas d'armes, pas plus que Lancelot, Bliobéris de Gaunes ou Boort. Mais Hector des Mares était armé ainsi que messire Gauvain et tous ses frères. Le roi Arthur veut assister aux réjouissances. Le roi Marc lui tient compagnie ainsi que tous les chevaliers qui n'avaient pas leurs armes. Dès que le roi arriva en la place, les chevaliers commencèrent à briser des lances et à s'abattre les uns les autres sans se blesser tant qu'ils pouvaient s'en garder. Messire Gauvain se mit à fort bien œuvrer, mieux que de coutume, si bien que tous le louèrent grandement et dirent qu'il vainquait tout et les surpassait tous dans l'art de briser des lances et d'abattre des chevaliers. Messire Tristan lui accorde aussi les louanges et le prix entre tous ceux qui étaient dans la place. Il dit clairement que nul, ici, n'agissait aussi bien, ni Gahériet, ni Hector des Mares.

Tandis que tous se réjouissaient du spectacle des lances et que tous ceux qui regardaient donnaient les louanges et le prix à messire Gauvain, voici sortir de la forêt un chevalier garni de toutes ses armes, accompagné de deux écuyers. Et si on me demandait qui était le chevalier, je répondrais que c'était Lamorat de Galles, le bon chevalier, qui arrivait tout droit à la cour du roi Arthur pour voir messire Tristan, la fête qu'on lui faisait, et le roi Marc de Cornouaille qui était présent. Il n'avait guère envie de voir le roi Marc parce qu'il lui voulait beaucoup de bien ; s'il voulait l'apercevoir, c'était parce qu'il était prisonnier du roi Arthur et sous la domination de messire Tristan. Quand Lamorat vint dans la prairie, il vit tout le vacarme hors de la cité ; il se dit qu'il est venu pour une très belle occasion. Il voudra montrer, s'il le peut, qu'il n'arrive pas à la cour aussi las et fatigué que bien d'autres.

Il s'arrête et regarde s'il ne manque rien à son cheval et à ses armes. Puis il fait découvrir son écu recouvert d'une housse. Après ce, il se dirige vers le tournoi au pas. Le roi Arthur, qui était hors du tournoi en compagnie de nombreux chevaliers qui ne portaient pas d'armes, le vit en premier. Il le montre à monseigneur Tristan et lui dit : « Voyez venir un chevalier. Je ne sais qui il est. Dieu, qui peut-il être ? » Et Dinadan qui le reconnaît à l'écu répond dès qu'il l'aperçoit : « Devant Dieu, c'est un bon chevalier.

— Et qu'en savez-vous ? fait le roi.

— Je vous l'affirme, dit Dinadan, et vous pourrez vite constater que j'ai raison. »

Tandis qu'ils parlaient ainsi du chevalier, Lamorat ne prête aucune attention ni au roi Arthur ni à ceux qui l'observent. Une fois venu dans les rangs, il s'élance aussitôt vers un chevalier de la Table Ronde et le frappe si violemment dans sa course qu'il le porte du cheval à terre très cruellement. Quand il a abattu celui-ci, il ne s'arrête pas près de lui. Il s'en va et frappe un autre chevalier de la Table Ronde. Et si on me demandait qui était le chevalier, je répondrais qu'il s'agissait d'Agravain, le frère de messire Gauvain. Et Lamorat, qui le rencontre, ne l'épargne pas. Il lui donne sur son écu un si grand coup qu'Agravain ne peut tenir en selle. Il vide les deux arçons et tombe à terre très rudement. Le roi Arthur regardait les joutes qui avaient eu lieu ; quand il vit que Lamorat avait ainsi abattu en un seul duel les deux chevaliers, il se tourne vers messire Tristan et lui dit : « Messire Tristan, que pensez-vous de notre chevalier récemment venu ? Avez-vous vu les deux joutes qu'il a faites ?

— Oui, sire, répond messire Tristan, je les ai bien vues. Sachez qu'il est vaillant.

— Par la Sainte Croix, s'exclame le roi, il l'est ! Il a réalisé deux beaux coups.

— Devant Dieu, intervient Dinadan, il œuvrera plus encore s'il veut bien se mettre en peine. » Le roi s'aperçoit bien que Dinadan connaît le chevalier. Il lui dit : « Dinadan, vous savez bien qui est le chevalier.

— En effet, approuve Dinadan, mais je ne vous apprendrai pas ce que je sais. Laissez faire le chevalier car il gagnera le prix de ce tournoi quoi qu'il en coûte aux autres.

— Certes, fait le roi, je ne demande son nom que pour son bien.

— Et pour son bien, je ne vous le dirai pas », persiste Dinadan.

Ainsi évoquent-ils Lamorat. Lui ne pense pas à eux et se préoccupe d'autre chose, œuvre tant que les uns et les autres parlent de lui. Ils ne font plus mention de messire Gauvain, d'Hector des Mares, de Gahériet ni des chevaliers qui sont sur la place. Seulement du chevalier à l'écu vert. Toutes les conversations se tournent vers lui. Il récolte tous les prix et les louanges. Ils ne parlent que de lui et le roi Arthur fait de même. Après l'avoir longtemps regardé et vu les grands coups qu'il donnait en abattant les chevaliers et en arrachant les écus des cous, le roi Arthur dit à monseigneur Tristan : « Sire, que dites-vous de notre chevalier à l'écu vert ?

— Sire, fait messire Tristan, je n'en dis que du bien. Et si je disais autre chose, ce serait mal. Car devant Dieu, il est un chevalier très fort et très capable. Vous le voyez clairement. Car s'il n'était de haute valeur, il n'aurait pas pu accomplir ce qu'il a fait. Il me semble qu'il a abattu plus de vingt chevaliers depuis qu'il est entré dans la partie.

— Vous dites vrai, acquiesce le roi. Il en a désarçonné plus de vingt.

— Sire, intervient Dinadan, il me semble que messire Gauvain ne peut guère se réjouir de la venue de ce chevalier car lui qui avait les louanges et le prix a été abattu deux fois lors de la partie depuis son arrivée.

— Dinadan, fait le roi, ainsi en va-t-il des aventures et de la chevalerie. Celui qui croit avoir le dessus est aussitôt défavorisé. Si Gauvain avait le prix, ce chevalier, qui est meilleur, a récolté les honneurs et les a ravis à Gauvain.

Ce fait prouve sa force. » Puis il dit de nouveau à messire Tristan : « Quel chevalier croyez-vous qu'il est ?

— Sire, répond messire Tristan, je vous dirai qui il est ; je n'y manquerai pas, à mon sens. Sachez avec certitude que c'est Lamorat de Galles.

— Je pense plutôt, dit le roi, que c'est Palamède.

— Sire, devant Dieu, ce n'est pas lui, fait messire Tristan. Il ne me semble pas que Palamède soit aussi vif que ce chevalier. Il est un bon chevalier, sans nul doute. Mais il n'est pas aussi âpre que celui-ci, à mon avis.

— Dieu m'est témoin, dit le roi, qui qu'il soit, il est bon chevalier, sans aucun doute.

— Sire, vous dites vrai, approuve messire Tristan. Ce n'est pas la première fois qu'il montre sa valeur. Il en fait la preuve ici et la fera encore en d'autres lieux, s'il plaît à Dieu. Et sachez bien que c'est Lamorat de Galles. Je le reconnais à présent.

— Devant Dieu, dit le roi, je le crois bien. Et apprenez que sa venue me rend fort heureux et joyeux ; j'étais très désireux qu'il se rende à la cour comme vous le savez. »

Ainsi messire Tristan et le roi Arthur évoquent-ils Lamorat. Et après avoir tant fait et gagné le prix et les louanges, Lamorat quitte la foule le plus discrètement possible et retourne vers la forêt. Il aspirait à partir si sagement de sorte que personne ne saurait dans quelle direction il était allé pour changer d'écu. Ensuite, il retournerait à la cour, si déguisé que nul ne saurait ce qu'il avait réalisé. Lamorat aspirait à cela. Mais il ne put mettre en œuvre son dessein car le roi Arthur avait toujours les yeux rivés sur lui. Quand il le voit partir si discrètement vers la forêt, il éperonne son cheval comme il le peut et le rejoint devant un arbre. Il lui dit : « Sire chevalier, arrêtez-vous, j'ai à vous parler. » Lamorat fait halte et se retourne. Quand il voit que c'est le roi Arthur, il devient tout honteux. Le roi lui dit : « Sire chevalier, comment se fait-il que vous soyez venu parmi nous, que vous vous soyez diverti avec nos compagnons et que vous nous quittiez ainsi sans nous parler ? Vous agissez comme si vous étiez notre ennemi. Je vous prie de revenir et de m'accompagner. Et je vous promets loyalement que je vous ferai servir et honorer comme on doit servir un aussi bon chevalier que vous.

— Ah, sire, fait le chevalier, pour l'amour de Dieu, ne le prenez pas mal. Si je m'en vais ainsi, c'est que d'autres affaires m'attendent ailleurs. Je suis très occupé. C'est pourquoi je vous quitte de la sorte. Mais j'espère revenir très prochainement à la cour.

— Au nom de Dieu ! s'exclame le roi. Vous ne pouvez pas nous laisser ainsi. Vous devez venir avec moi. Je ne le dis pas pour vous forcer et aller à l'encontre de vos désirs. Mais je vous en prie très ardemment. Et sachez que le meilleur chevalier du monde qui est actuellement en notre compagnie sera trop heureux et joyeux de votre venue.

— Beau sire, demande Lamorat, et qui est celui que vous considérez comme le meilleur chevalier du monde ?

— C'est messire Tristan, le neveu du roi Marc de Cornouaille.

— Certes, sire, vous dites vrai. Messire Tristan est vraiment le meilleur chevalier du monde. Et puisque vous dites qu'il sera heureux de ma venue, je viendrai tout d'abord par amour pour vous qui êtes notre seigneur. Et ensuite par amour pour le bon chevalier.

— Grand merci », fait le roi.

Le roi repart avec le chevalier. Et tandis qu'ils s'en retournaient, voici venir messire Tristan et Lancelot. Dès que Lamorat les voit, il les reconnaît bien. Il ôte son heaume en grande hâte. Une fois près d'eux, il n'attend pas. Il saute de cheval à terre. Et là où il voit messire Tristan, il court vers lui, le prend par la cuisse et se serre contre lui. Messire Tristan n'admet pas qu'il reste ainsi. Il met pied à terre quand il reconnaît Lamorat. Grande est la joie que l'un manifeste à l'autre. « Messire Lamorat, fait messire Tristan, soyez vraiment le bienvenu.

Apprenez que votre arrivée me réjouit et me ravit autant que s'il s'agissait d'un chevalier qui m'est proche. Voyez ici Tristan prêt à vous servir de toutes les manières qu'il le pourra, si Dieu le veut.

— Messire Tristan, dit Lamorat, tout ce que vous me dites, je vous le dis aussi. Mais pas aussi bien car je ne peux faire autant que vous. Mais selon mes capacités, il n'est rien que je fasse pour vous qui n'accroisse votre honneur et le mien. »

Grande est la joie, grande est la fête que les chevaliers font à Lamorat. Le roi Arthur met pied à terre à son tour. Tous les chevaliers l'imitent dès qu'ils arrivent. Puis vinrent les chevaliers qui joutaient suivis des autres, et tous descendirent. Ce soir, le roi mangea dans la prairie par amour pour Lamorat dont la venue le réjouissait comme s'il était son propre fils. Il ne peut être plus joyeux. Mais s'il est heureux et gai, il n'en va pas de même de messire Gauvain. Il est furieux. Il enrage de douleur et de courroux. Il ne reste pas sur la place où on mène si grande joie puisque c'est Lamorat que l'on fête tant. Il va à la cité et retourne à son hôtel, malheureux, triste et fâché. Une fois à son logis, il se fait désarmer et appelle ses frères qui étaient tous présents, excepté Gahériet. Dès qu'ils sont entrés dans une chambre et qu'ils se retrouvent entre eux seulement, messire Gauvain prend la parole, si courroucé qu'il manque d'enrager de douleur. « Seigneurs, fait-il, cela va mal car la lignée du roi Pélinor qui a tué notre père nous déshonore et abaisse notre prix. Vous savez qu'aujourd'hui j'ai conquis l'honneur de cette place. Puis Lamorat vint et me le ravit. Et cela ne me blesse pas autant que de voir le roi Arthur, qui ne devrait pas moins le haïr que nous, le recevoir aussi honorablement que s'il était le meilleur chevalier du monde et son ami le plus cher. Je ne vois pas comment il pourrait en faire plus. Le roi, qui est notre parent, devrait aimer ce que nous aimons et haïr ce que nous haïssons ; quand je vois qu'il aime notre ennemi mortel et qu'il l'honore plus que nous-mêmes, je n'ai guère l'espérance qu'il nous aidera à venger la honte de notre père contre les enfants de celui qui l'a tué. Et puisqu'il nous fait défaut, il est nécessaire que nous nous mettions en peine et que nous étudions comment nous venger de nos ennemis. Ils sont quatre frères, tous chevaliers : Tor, Agloval, Drians et Lamorat. Mais si Lamorat était mort, les trois autres n'auraient ni le pouvoir, ni la force, ni l'audace de venir à la cour. C'est pourquoi je clame que puisque Lamorat se trouve à la cour, il faut penser de quelle manière nous pourrions le tuer. S'il était mort, nous redouterions peu ceux qui resteraient. Car c'est lui qui les entretient dans l'orgueil et l'outrecuidance. Sa mort devra les plonger dans l'affliction, car sa vie les maintient dans la joie. Ainsi, nous pouvons venger la mort du roi Loth d'Orcanie par celle de Lamorat. Pensez-vous que je dis la vérité ? »

Et ceux qui reconnaissent qu'il dit vrai répondent : « Sire, observez comment nous pourrons faire cette chose sans encourir trop de blâme et nous serons prêts à obéir, car sachez bien que nous avons grand désir de venger la mort de notre père. Mais dites-nous quoi faire.

— Laissez-moi y songer, fait messire Gauvain, et je vous dirai comment agir sans être trop blâmés. »

Ainsi leur discussion s'achève-t-elle. Messire Gauvain y pense fort et réfléchit à la manière de mettre Lamorat à mort. Il faut agir sagement, il le sait bien, car Lamorat est empli de haute bravoure. S'il s'apercevait par hasard qu'ils aspirent à sa mort, il pourrait prendre un conseil qui leur causerait de grands dommages. C'est pourquoi ils doivent œuvrer discrètement, avec ruse si possible.

Grande est la joie que tous firent ce jour-ci à la cour du roi Arthur pour la venue de Lamorat. Tous les chevaliers de la Table Ronde le fêtent comme s'il était le frère de chacun. Ce même jour, les frères de Lamorat, qui étaient tous chevaliers, vinrent à la cour. Et sachez qu'ils appartenaient à la Table Ronde et étaient de bons et vaillants chevaliers, mais nul n'égalait la valeur de

Lamorat. En ce temps-là, seuls messires Tristan, Lancelot et Palamède pouvaient être comparés à lui. Les deux premiers étaient sans doute meilleurs. Mais pas le troisième. Et par la haute chevalerie qu'il avait déjà débutée, par le grand courage qu'il avait au ventre et qui lui permettait de mener honorablement à bien ce qu'il voulait commencer, on peut dire qu'il aurait rattrapé et dépassé tous les valeureux chevaliers s'il avait vécu longuement. Mais il mourut plus tôt que la chevalerie ne le souhaitait. Et messire Gauvain fut gravement blâmé, car il avait commis une faute ignoble. Mais à présent, le conte cesse de parler de ce sujet et revient au roi Marc.

Selon le conte, le roi Marc demeura un mois et plus auprès du roi Arthur. Partout où il se rendait, grandes étaient la joie et la fête que l'on menait. Et sachez que tout le temps que le roi Marc séjourna à la cour, il fut servi et honoré par tous et il le considéra comme une pure merveille. Il se dit, avant de partir, que vraiment le seul hôtel d'honneur et de courtoisie est la cour du roi Arthur. C'est un hôtel de joie et de bonne fortune. Il dit que désormais, il voudra retourner en Cornouaille, si le roi Arthur y consent. Le roi Arthur lui dit : « Roi Marc, il convient que vous m'accordiez une faveur. » Le roi, qui songeait bien à ce que le roi Arthur voulait lui demander, ne lui aurait rien octroyé s'il avait été libre. Mais comme il doit s'exécuter bon gré, mal gré, il répond, très courroucé : « Sire, demandez en toute assurance, pourvu que ce soit une chose que je puisse faire. » Le roi lui dit aussitôt : « Je ne vous demanderai rien que vous ne puissiez avoir. Je vous prie de pardonner à messire Tristan, votre neveu, toute l'ire et la colère que vous avez contre lui.

— Certes, sire, fait le roi Marc, je lui pardonne de bon cœur et de bonne grâce.

— Je vous remercie fort, dit le roi Arthur. Et je veux que vous fassiez encore une chose.

— Volontiers, sire, fait le roi Marc. Commandez et j'obéirai à tous vos ordres.

— Je vous prie d'emmener monseigneur Tristan avec vous.

— Certes, sire, fait le roi Marc. Volontiers. »

Le roi Arthur fait aussitôt apporter les saints. Le roi Marc jura qu'il ne se parjurerait pas de tout ce qu'il avait promis au roi Arthur. Il gardera auprès de lui messire Tristan aussi chèrement qu'il le fit jadis. Ainsi le roi Marc le jura-t-il. Mais il rompit son serment traîtreusement, car il ne tarda guère à emprisonner messire Tristan qui n'aurait jamais été délivré sans l'intervention de Perceval. Il se rendit en Cornouaille pour libérer messire Tristan et l'ôta de prison. Mais à présent, le conte cesse d'en parler et retourne à notre sujet.

Quand, selon le conte, le roi Arthur établit la concorde entre le roi Marc et messire Tristan, grande fut la joie menée par plusieurs chevaliers. Certains sont heureux, d'autres sont tristes. Ceux qui aimaient monseigneur Tristan sont accablés car ils savent qu'il doit quitter la cour et ils voudraient qu'il ne s'en allât jamais. Les autres, qui enviaient sa bonne chevalerie, se réjouissent de son départ. Mais, quelles que soient les émotions, Lancelot est désespéré. Il est trop rudement peiné. S'il ne tenait qu'à lui, jamais messire Tristan ne quitterait la cour du roi Arthur. Il pleure à chaudes larmes et clame qu'il ne connaîtra plus de réconfort puisque messire Tristan s'en va. Il l'aimait tant qu'il n'appréciait aucun de ses parents autant que lui. C'est pourquoi il est si affecté par son départ. Il y avait autre chose qu'il redoutait : il pensait que dès que le roi Marc l'aurait en son pouvoir en Cornouaille, il ferait tuer Tristan par trahison ou d'une autre manière. Il savait que le roi Marc était plus déloyal que tout autre chevalier. Il se doute qu'il n'abandonnera pas l'idée de le tuer malgré sa promesse et son serment s'il en a l'occasion. C'est ce qui l'angoisse le plus. Quand Lancelot voit que le jour du départ de monseigneur Tristan approche, lui qui est tellement triste qu'il ne sait que dire, il attire le roi Marc à part et lui dit : « Roi Marc, apprenez que jamais de ma vie je ne connus une si grande joie que le jour où j'eus en ma compagnie messire Tristan pour la première fois. Et si je fus joyeux, ce n'est guère étonnant, car lorsque j'étais près de lui, je peux bien affirmer que j'avais la compagnie du meilleur chevalier du monde. Et sachez que près de lui, je n'étais pas plus joyeux que je ne suis triste en ce moment car vous me ravissez sa présence. À cause de vous, je le perds. Si vous étiez encore en Cornouaille, messire Tristan demeurerait toujours au royaume de Logre. Et je profiterais de sa compagnie. Mais à cause de votre venue, je le perds entièrement. Vous êtes plus heureux d'avoir auprès de vous le meilleur chevalier du monde que je ne le suis ; il nous laisse pour vous et s'en va avec vous. La première prière que je vous adresse est de le garder chèrement comme il convient à un si bon et si vaillant chevalier. Ensuite, de ne lui faire subir aucune cruauté ou félonie. Car je vous fais savoir, roi Marc, et je vous dis loyalement que si vous le tuez par trahison ou par un autre moyen, vous devrez mourir de mes propres mains. Et Dieu m'est témoin, si vous aviez autant de pouvoir que le roi Arthur, vous ne pourriez échapper à la mort que je vous donnerais. Et même si vous vous cachiez, je vous occirais pourvu que vous fissiez mourir monseigneur Tristan ou que vous lui causiez des torts indûment. Souvenez-vous de ces paroles et gardez-les dans votre cœur. Car par elles, vous pouvez vous sauver ou vous mettre à mort et à anéantissement. »

Voici les paroles que Lancelot dit au roi Marc, comme je vous le raconte, tout en pleurant pour la grande douleur causée par le départ de monseigneur Tristan. Le soir, le roi Arthur lui dit les mêmes mots, ainsi que Lamorat de Galles et maints autres chevaliers. Et sachez que dans la lignée du roi Ban, tous lui dirent des paroles identiques. Le roi Marc prit congé de la reine Guenièvre car il devait partir le lendemain.

Le jour suivant, le roi Marc quitta la cour accablé et furieux d'emmener avec lui monseigneur Tristan. Mais il se réconforte en pensant que dès qu'il sera revenu en Cornouaille, il le fera mettre à mort. Il ne se laissera pas intimider par le roi Arthur ou la lignée du roi Ban puisqu'il sera en Cornouaille. Il redoutera assez peu les uns et les autres. Quand Dinadan voit et apprend que messire Tristan quitte la cour, il est si furieux que des larmes coulent le long de ses joues. Il dit alors à Lancelot : « Ah, Lancelot, pourquoi tolérez-vous que messire Tristan parte de la cour ? Sachez qu'il va droit à la mort. Car le roi Marc est si félon qu'il le fera tuer par trahison. Si messire Tristan le savait clairement, il n'oserait le faire. Ah, Lancelot, nous perdons par grand malheur le meilleur chevalier du monde. Sachez que dès qu'il sera parti, nous ne le reverrons jamais. » Quand Lancelot entend ces paroles, il pleure encore plus fort. D'autres font de même. Il escorte messire Tristan plus loin qu'il ne le veut. Et quand arrive le moment du départ, vous pouviez entendre maintes lamentations. Lancelot dit au roi Marc : « Roi Marc, roi Marc, tu emmènes monseigneur Tristan, le meilleur chevalier qui existe au monde. Pour l'amour de Dieu et au nom de toutes nos prières, ne lui fais rien qui lui cause du tort. Si tu le traites avec honneur, sache que nous sommes tes chevaliers. Si tu le tourmentes, apprends que tu me trouveras véridique en tout ce que je t'ai promis.

— Messire Lancelot, fait le roi Marc, sachez que ce n'est pas par moi que Tristan, mon neveu, ne sera couvert d'honneurs en Cornouaille. »

Lors de leur départ, vous pouviez voir un grand deuil et de grands pleurs versés par les uns et les autres. Le roi Arthur pleure fort ainsi que tous les membres de la lignée du roi Ban. Mais nul chagrin n'égale celui de Dinadan. Peu s'en faut qu'il ne devienne fou de douleur et de colère. Messire Tristan pénètre dans le navire et le roi Marc aussi. Le roi est si courroucé quand il voit qu'il emmène avec lui messire Tristan qu'il manque d'enrager de douleur. Il maudit grandement le roi Arthur et toute sa cour. Il est désemparé. Puis il se rassérène en se disant qu'une fois messire Tristan en Cornouaille, il le couvrira de honte. Le roi Marc s'accorde à cette idée. Il y pense sérieusement. Mais le conte cesse de parler de monseigneur Tristan et du roi Marc car il saura y revenir quand il sera temps. Il retourne au roi Arthur pour relater une partie des œuvres des chevaliers qui séjournent à sa cour et pour raconter comment Perceval y vint pour la première fois et avec qui. Je ne veux pas passer cette aventure sous silence parce qu'elle appartient à notre sujet. Je vous conterai comment il arriva là-bas pour la première fois et comment le roi Arthur le fit chevalier. Je vous dirai ainsi :

Selon le conte, après que messire Tristan fut parti de la cour du roi Arthur, tous les hommes de qualité et les chevaliers restèrent extrêmement malheureux et accablés. Le roi Arthur est si triste et si furieux qu'il ne sait que dire. Lancelot est si désespéré qu'il croit ne jamais plus connaître de réconfort et de joie puisque messire Tristan est parti. À cause du départ de messire Tristan, la cour fut si silencieuse que pendant huit jours il n'y eut ni joie ni fête. Mais après ce temps, tous commencèrent à se réconforter. Ils affirmaient qu'il aurait mieux valu que le roi Marc ne fût jamais venu au royaume de Logre car ils ont perdu la compagnie de monseigneur Tristan. Les uns et les autres tiennent de longues discussions. Et Lancelot, qui souffrait tant qu'il manquait de mourir de douleur, s'exprime devant tous : « Certes, je ne serais pas aussi malheureux du départ de monseigneur Tristan si je savais qu'il en retirerait du bien. Mais le cœur me dit qu'il lui arrivera trop méchamment malheur. Je ne crois pas qu'il connut autant de peine comme il en aura cette fois. Le cœur me le fait deviner. C'est pourquoi je suis si désespéré qu'il nous ait quittés. » Telles paroles messire Lancelot prononça-t-il à propos de monseigneur Tristan car le cœur lui dictait que le roi Marc lui causerait ennuis et embarras. Et il le fit sans doute. Car peu après son arrivée en Cornouaille, il ne respecta ni sa parole ni son serment donnés au roi Arthur. Il fit saisir et mettre en prison monseigneur Tristan comme nous vous le raconterons plus loin dans notre livre. Mais à présent, le conte cesse de parler de cette affaire car il saura bien y revenir quand il sera temps, et retourne à notre sujet pour relater comment Perceval vint à la cour car nous devons en parler.

Le conte dit qu'à l'entrée de l'hiver, le roi Arthur résidait à Kamaaloth et tenait une grande et somptueuse cour. Il le faisait souvent. Un jour, il était assis pour dîner, entouré d'une assez belle assemblée de chevaliers. Lancelot du Lac n'était pas là. Et il y avait peu de chevaliers de sa lignée car presque tous s'étaient rendus à un tournoi crié récemment près d'ici. Le roi dînait comme je vous le raconte, parlait à ses chevaliers et disait qu'il n'avait jamais tenu une cour sans qu'une aventure n'advienne. Et il s'étonnait qu'aucune n'arrive. Messire Keux le Sénéchal, qui servait à table devant le roi Arthur, se retourne et voit descendre au milieu de la cour un chevalier muni de toutes ses armes qui amenait avec lui un seul écuyer. Ils étaient si noblement vêtus que c'était merveille. Dès que le chevalier eut mis pied à terre, il fit descendre l'écuyer et ils laissèrent leurs chevaux tout harnachés au centre de la cour. Et il y eut assez de monde pour les retenir. Le chevalier n'attend pas. Il pénètre dans la salle et, une fois arrivé, il ôte son heaume de la tête, l'écu de son cou, et se dirige tout droit vers le roi Arthur. Et si on me demandait qui était le chevalier, je répondrais que c'était Agloval, le fils du roi Pélinor de Listenois et frère de Lamorat de Galles ; il venait à la cour avec Perceval, son frère, afin que le roi Arthur le fît chevalier. Sachez de plus que Perceval était le fils du roi Pélinor de Listenois et frère de Lamorat de Galles. Il était le plus jeune des frères. Le chevalier, comme je vous le raconte, vient devant le roi Arthur, le salue en premier puis toute l'assistance et lui dit ainsi : « Roi Arthur, vois ici un de mes frères que je t'ai amené. Et je te dirai pourquoi. Je veux te demander de le faire chevalier, car je ne connais nul autre homme par la main de qui je souhaiterais qu'il le devînt, excepté la tienne. Tu as toutes les louanges. Il est vrai que tu es le meilleur prince du monde et on sait bien que tu es l'homme le plus noble. D'autre part, mon frère est également de noble extraction car le roi Pélinor, qui fut notre père, était le plus gentilhomme de son temps. Et parce que mon frère est si noble, je ne voulais pas qu'il devînt chevalier par la main d'un homme de moins grande lignée que lui. C'est pourquoi je suis venu te demander, comme à mon suzerain, de faire mon frère chevalier. »

Après avoir prononcé ces paroles, il se tait. Et entendant cette prière, le roi réfléchit un peu. Quand messire Keux le Sénéchal, qui était devant lui, le voit ainsi penser, il lui dit : « Ah, sire, accédez à la requête de messire Agloval. Vous devez bien le faire car ses trois frères sont chevaliers de cette cour. S'ils ne l'étaient pas, vous devriez quand même le faire par amour pour monseigneur Lamorat de Galles qui est si bon chevalier comme vous-même le savez.

— Ah, sire, font tous ceux présents, messire Keux vous dit la vérité. Et nous vous en prions tous. »

Le roi répond qu'il le fera volontiers chevalier par amour pour Lamorat et ses autres frères et pour le jeune homme qu'il voit si beau. Il ordonne à Keux le Sénéchal de le préparer et de le faire veiller. Il l'adoubera le lendemain. Keux le Sénéchal le fit comme le roi l'ordonnait.

Quand vint le lendemain, le roi Arthur fit le jeune homme chevalier si bellement, si honorablement et si richement que tous ceux qui se trouvaient à la cour dirent qu'il n'avait jamais adoubé un chevalier si somptueusement et si noblement que celui-ci. Vraiment, le roi Arthur était le prince qui savait le mieux honorer toutes gens. Que vous dire ? Quand le roi eut entendu la messe, il retourna à son palais avec ses barons et commanda que l'on dressât les tables. Et on le fit. Une fois les tables mises, le roi s'assied le premier et les autres ensuite. Il est inutile de demander s'ils furent richement servis. Tandis que le roi était attablé comme je vous le raconte et que tous fêtaient avec une joie telle que c'était merveille la chevalerie de Perceval de Galles, voici venir devant le roi Arthur un jeune messager qui lui dit : « Sire, je vous apporte des nouvelles. Apprenez qu'il y a longtemps que ne s'est pas déroulé au royaume de Logre un si bon et si violent tournoi comme il y eut hier devant le Château du Plain. C'était merveille de voir la grande chevalerie qui y vint.

— Dis-moi, fait le roi, qui remporta le tournoi.

— Sire, répond le jeune homme, un des enfants du roi Pélinor a tout gagné. Vous devez le savoir. Il le fit tellement bien qu'il remporta le prix, d'une part. Et d'autre part, tous ceux présents au tournoi qui virent des prodigieux exploits dirent clairement que si monseigneur Tristan, le bon chevalier, avait été là avec ses armes, il n'aurait pas pu agir mieux.

— Ce fut donc Lamorat qui remporta le tournoi, fait le roi.

— Sire, acquiesce le jeune homme, vous dites vrai. C'était lui sans doute.

— Lamorat est bon chevalier, dit le roi Arthur. S'il peut vivre longuement, on verra advenir des prodiges par sa valeur et sa chevalerie. »

Et tous les autres chevaliers qui étaient présents approuvent les paroles du roi et disent que si Lamorat peut avancer en âge, il surpassera par sa haute chevalerie tous les autres chevaliers. Le roi demande au jeune homme : « Dis-moi, Lancelot du Lac participait-il à ce tournoi ?

— Oui, sire, répond le jeune homme. Il y était, en effet. Et il porta les armes au début. Mais il fut blessé rapidement. Pour ce, il n'en fit pas plus cette fois. »

Ainsi, comme je vous le raconte, les nouvelles du tournoi qui s'était déroulé devant le Château du Plain et dont Lamorat avait remporté l'honneur parvinrent à la cour.

Et les uns et les autres en parlèrent assez par ici. Certains chevaliers, qui voulaient grand bien à Lamorat, disaient : « Dieu, si Lamorat avait su qui avait tué son père, comme il aurait vengé hardiment sa mort, car il est si vaillant que l'on ne pourrait trouver meilleur que lui qu'à grand-peine. » Cependant, personne à la cour du roi Arthur ne savait que messire Gauvain avait tué le roi Pélinor, à part messire Gauvain lui-même puisqu'il l'avait occis. Plusieurs chevaliers d'ici qui voulaient du bien à Lamorat furent heureux et joyeux de ces nouvelles. Mais ceux qui lui voulaient du mal étaient tristes. Messire Gauvain était terriblement affecté, ainsi que ses frères. Gahériet n'était pas heureux non plus. Car il éprouvait de la rancœur envers Lamorat pour la honte qu'il leur causait, à eux et à leur mère, la reine d'Orcanie. Mais il ne montra pas qu'il était heureux ou triste.

Le lendemain, Gahériet partit de la cour tôt le matin, sans escorte, excepté un écuyer qu'il emmena avec lui. Il pensa qu'il se rendrait droit à un château que l'on appelait Roche Naine. La reine d'Orcanie y demeurait très volontiers car il était plus près de Kamaaloth que ses autres châteaux, et elle y voyait plus souvent et plus facilement Lamorat de Galles que si elle était au royaume d'Orcanie. Gahériet s'en alla tout droit à ce château que l'on appelait Roche Naine car il pensait que Lamorat y séjournait après son départ du tournoi qu'il avait remporté. Une fois arrivé au château, Gahériet y pénétra si discrètement, tôt le matin, que peu de gens d'ici s'aperçurent de sa venue. Et comme c'était la pointe du jour, il n'y avait guère d'homme ou de femme dans tout le château qui ne dormait. Descendu devant la tour où la reine, sa mère, dormait coutumièrement quand elle logeait ici, il confie son écu et sa lance à son écuyer puis pénètre dans l'ouverture d'un mur et arrive aussitôt dans la salle où il trouve les chevaliers endormis, les uns ici, les autres là. Aucun ne s'éveilla à sa venue comme si péché et mésaventure voulaient mener à fin cette affaire. Après avoir passé la salle, il se dirige droit vers le lit de sa mère. Il faisait déjà jour si bien que l'on pouvait voir clairement toute la chambre. Une fois devant le lit de la reine, il la trouve dormant profondément. À côté d'elle était étendu Lamorat de Galles qui sommeillait aussi à poings fermés. Quand Gahériet les voit réunis, il est inutile de demander s'il est accablé et courroucé d'étrange manière. Il regarde l'un, puis l'autre. Il voit que le chevalier était merveilleusement beau. Et il le sait si preux et si hardi ! Il ignore quoi faire : le tuer ou le laisser vivre. Et quand il a suffisamment pensé à ce dilemme, il se dit que s'il le tuait, ce serait la plus grande déloyauté et la plus grande félonie qu'un chevalier pût faire en mettant à mort un si bon chevalier tel que lui pour une aventure pareille. Mais il se vengera de celle qui recherche la honte et le déshonneur de ses enfants si vilement, comme il le dit. Il ne blâme pas le chevalier car il sait qu'il ne fit rien à la dame contre sa volonté. Cependant, puisque ce fait cause la honte et le déshonneur à ses enfants, il est juste que la dame en porte le châtiment. Il laissera partir le chevalier librement, ainsi qu'il le dit. Et il s'en prendra entièrement à la dame. Il empoigne alors son épée et dit qu'il occira sa mère à l'instant. Il ne touchera pas au chevalier. Il le laissera aller librement pour la haute chevalerie qu'il sait en lui.

Tandis que Gahériet avait l'épée hors du fourreau pour tuer sa mère, la reine s'éveilla et ouvrit les yeux. Et quand elle voit devant elle le chevalier armé et l'épée flamboyer, une si grande peur l'étreint quelle ne sait que faire. Elle pousse un cri très douloureux et veut s'élancer hors du lit, toute nue. Mais Gahériet, qui est transformé par l'ire et la colère, ne le permet pas. Il la frappe de son épée tranchante si violemment que la tête vole à une toise du lit tandis que le corps y reste. Lamorat s'éveille alors et ouvre les yeux. Il voit devant lui le chevalier armé qui tient l'épée nue et la dame qui est morte, étendue sur le lit à côté de lui, le corps d'une part et la tête de l'autre ; il est si stupéfait qu'il ne sait que faire ou dire. Il se voit nu, dépouillé et dégarni de ses armes. Il ne veut pas mourir, s'il le peut, et comme il le dit. Car s'il ne vengeait pas la mort de sa dame tuée à cause de lui, comme il le sait pertinemment, ce serait la plus grande lâcheté du monde. Il veut s'élancer hors du lit tel qu'il est. Mais Gahériet lui dit : « Lamorat, ne bougez pas. Ne vous faites pas tuer si vilainement comme ce serait le cas s'il me plaisait. Mais soyez en paix. Je vous promets loyalement que cette fois, je ne vous toucherai pas. Non pas que je ne vous haïsse mortellement. Mais parce que je vous vois seul et désarmé alors que je suis en possession de tout mon pouvoir et muni de mes armes comme vous pouvez le constater. Et pour cela, je serais critiqué et avili si je vous tuais alors que vous êtes dans cet appareil. C'est pourquoi je ne vous mettrai pas à mort. Je vous laisserai partir librement. Et je sais bien que je trouverai l'occasion de vous tuer en conservant mon honneur plus que je ne pourrais le faire en ce moment. Je veux donc que vous vous prépariez maintenant et que vous vous en alliez hors de ce lieu. Et sachez que je ne vous assure de rien d'autre que de la mort dans le premier endroit où je pourrai vous trouver. Car jamais de ma vie je ne saurais haïr aussi mortellement un chevalier autant que vous. »

En entendant les paroles de Gahériet, Lamorat est heureux et triste. Heureux parce qu'il peut partir d'ici en toute sécurité, ce qu'il n'aurait pu faire aisément si Gahériet ne l'avait pas souhaité comme il le voit clairement.

Et d'autre part, il est horriblement triste de voir que la reine d'Orcanie, celle qu'il aimait comme nul chevalier ne pouvait chérir sa dame, est morte de cette manière par sa faute. Il manque d'enrager de douleur et de fureur. Et s'il ne croyait pas la venger bientôt, il laisserait Gahériet le tuer ou il s'occirait lui-même à deux mains. Mais l'espoir qu'il a de venger encore la mort de sa dame le réconforte. Il déclare que dès qu'il trouvera Gahériet hors de ces murs, il vengera cette honte. C'est ce qui le console et lui ôte une grande part de la terrible douleur qu'il a au cœur. Une fois Lamorat vêtu et prêt, Gahériet sort de la chambre ; il ne pouvait plus supporter de regarder Lamorat tant il le haïssait mortellement. Et Lamorat n'avait dit aucun mot à Gahériet, car il est si malheureux qu'il voudrait être mort.

Il trouve ses armes, s'en munit le mieux qu'il peut, quitte la chambre où la reine gisait morte, vient à son cheval qui était derrière dans un jardin, monte et part du château, si triste et si accablé qu'il ne sait que dire. Lamorat ne retourna pas à la cour car il pensait qu'il serait assez blâmé pour cette affaire et qu'il s'attirerait la haine du roi Arthur. C'est pourquoi il ne se dirigea pas vers la cour.

Quand fut conté chez le roi Arthur le drame selon lequel Gahériet avait tué sa mère à cause de Lamorat, on considéra ce geste comme de la rage et de la folie. Le roi fut plus affecté qu'il ne le laissa paraître. Et messire Gauvain et ses frères dirent que jamais Gahériet ne fit un acte qu'il paiera aussi cher que celui-là s'ils peuvent le trouver hors de la cour du roi Arthur. Là, ils n'oseraient pas l'assaillir. Mais ils le feront bien dans un autre lieu. Et messire Gauvain, qui est enragé d'ire et de colère, dit à ses frères : « Dieu, comment Gahériet put-il être fou au point de laisser partir Lamorat qui était à l'origine de cette mort ? Il pouvait le tuer assez facilement car il était désarmé. Et il le laissa aller librement alors qu'il savait qu'il était le plus mortel ennemi que nous ayons au monde. Sur ma foi, ce fut bien la plus grande rage et la plus grande lâcheté qu'un chevalier fît jamais. »

Après cette grande complainte que Gauvain et ses frères faisaient à cause de la reine d'Orcanie et de Lamorat qui s'était échappé des mains de Gahériet alors qu'il pouvait le tuer s'il l'avait voulu, il advint que Mordret chevauchait un jour avec son frère Agravain dans la forêt de Kamaaloth. Ils étaient munis de toutes leurs armes tel que la coutume le voulait en ce temps-là au royaume de Logre. Tandis que Mordret et Agravain chevauchaient à travers la forêt comme je vous l'ai dit, tout en parlant de Lamorat, ils rencontrèrent sur le grand chemin pierré un homme tout épouvanté et blessé qui s'enfuyait à vive allure à travers les bois sur ce même chemin. Il était assez bien monté et cela le mettait en sécurité. Car il ne pouvait compter sur sa défense. Quand les deux chevaliers croisèrent celui qui s'enfuyait, il leur arriva deux aventures simultanées. Ils trouvèrent Dinadan qui s'était arrêté sous un arbre. Il était descendu à cause d'un chevalier qu'il avait trouvé en mauvais état. Je ne vous dis pas que le chevalier en piètre santé était blessé ou avait été frappé, mais la maladie l'avait surpris d'un coup, si bien qu'il gisait sous un arbre et ne pouvait parler qu'à grand-peine. Quand Dinadan, qui veillait le chevalier malade et étendu sous l'arbre comme je vous le raconte, voit l'autre chevalier qui fuyait si rapidement, il monte sur son cheval, vient au-devant de lui et dit : « Sire chevalier, pourquoi fuyez-vous ?

— Parce que je sais bien, répond le chevalier, que rester ne me vaudrait rien et que nul bien ne pourrait m'en advenir. Car un chevalier, qui vient ici, qui est plus fort et plus preux que moi, me hait mortellement et me pourchasse. Et moi qui sais bien que contre lui je ne pourrais me défendre ni avec l'épée ni avec la lance, j'ai choisi la plus sûre défense : la fuite. Car grâce à cette défense, je sais bien que je ne peux pas perdre ma querelle puisque j'ai déjà devancé le chevalier qui me poursuit.

— Chevalier, fait Dinadan, je vois bien que vous avez entendu dire qu'une bonne fuite est préférable. Et vous vous en rappelez bien à cette occasion. Si j'étais sûr de pouvoir défendre votre vie contre celui qui vous pourchasse, j'entreprendrais volontiers cette tâche. Mais comme je sais qu'il n'est pas prudent de jouter dans ce pays des dangers, je laisse cette entreprise. Protégez-vous de votre mieux car j'ai déjà du mal à assurer ma protection.

— Certes, dit le chevalier, je vous crois. Et devant Dieu, jamais je n'ai entendu de toute ma vie un conseil qui ressemble si bien à celui d'un chevalier lâche et pleutre.

— Bel ami, réplique Dinadan, chacun fait comme il peut. Le couard agit en couard et l'homme vaillant agit bravement. Je vous dis ce que pense mon cœur.

— Quand votre cœur pense cela, fait le chevalier, il pense à une bien grande couardise.

— Il ne peut en être autrement », approuve Dinadan. Tandis qu'ils conversaient ainsi, voici venir vers eux les deux frères, Mordret et Agravain. « Sire chevalier, demandent-ils à celui qui fuyait, pourquoi vous enfuyez-vous ?

— Seigneurs, apprenez que vous pourrez vite le voir. Mais il n'est pas question que je l'attende pour le voir de près.

— Chevalier, disent les deux frères, restez et, en échange, nous vous prendrons sous notre protection. Nous perdrons nos vies avant que vous subissiez des dommages.

— Seigneurs chevaliers, demande le chevalier, qui êtes-vous qui me promettez cette bonté ? » Et ils répondent : « Nous sommes tous deux chevaliers à la cour du roi Arthur et appartenons à la Table Ronde.

— Je resterai donc, fait le chevalier, sous votre protection et pour la promesse que vous m'avez faite.

— Chevalier, intervient Dinadan, gardez-vous bien. Le grand nombre cause parfois des dommages et anéantit l'espoir.

— C'est vrai, dit le chevalier. Si vous n'aviez pas eu tant de couardise, vous vaudriez mieux. L'impressionnante lâcheté qui loge en vous vous enlève tout honneur et toute valeur. »

Tandis que le chevalier et Dinadan parlaient ainsi et que Dinadan voulait répondre au chevalier, voici venir du grand chemin un chevalier tout en armes, très bellement et très richement monté. Et si on me demandait qui était le chevalier, je répondrais que c'était Bréhus sans Pitié qui, au royaume de Logre, avait causé maints grands torts à des chevaliers, des dames et des demoiselles. Dès qu'il aperçoit les chevaliers qui avaient arrêté le chevalier qui fuyait, il devine qu'ils l'ont pris sous leur protection. Il fait halte et n'avance plus, car il ne lui semble pas sensé d'assaillir tant de chevaliers comme il en voit. Il vaut mieux qu'il laisse cette tâche, c'est pourquoi il s'arrête au milieu du chemin et n'avance plus. Quand les deux frères le voient au milieu du chemin, ils demandent au chevalier qu'ils avaient retenu : « Savez-vous qui est le chevalier qui fait halte ?

— Oui, je ne le sais que trop bien, répond le chevalier. Et je dois le savoir. C'est le chevalier qui me pourchasse. Il a peur de vous. C'est pourquoi il s'est arrêté car il vous craint et n'ose s'avancer.

— Au nom de Dieu, s'exclame Mordret, son arrêt est inutile ! Il est nécessaire que je le rejoigne, car je sais avec certitude que le cœur lui fait défaut. »

Il se prépare à jouter contre lui, éperonne son cheval et se tourne dans sa direction en criant comme il peut : « Chevalier, chevalier ! Vous devez jouter ! Vous ne pouvez m'échapper autrement ! »

Bréhus voit qu'un seul chevalier vient jouter. Il sait que c'est Mordret, le frère de monseigneur Gauvain.

Il le reconnaît très bien car il l'avait déjà éprouvé aux joutes et au combat. Il le redoute moins parce qu'il le connaît. Il se dirige vers lui, lui donne un si grand coup à la poitrine que Mordret vide les arçons bon gré, mal gré, et le porte à terre. Le voyant ainsi abattu, il lui dit : « Mordret, Mordret, c'est Bréhus sans Pitié qui vous fait connaître son amitié. » Quand Agravain voit Mordret, son frère, tomber, il est inutile de demander s'il est triste et courroucé. Il était certainement un chevalier hardi, mais il n'avait pas les capacités et la force de Bréhus sans Pitié. Car tout mauvais et nuisible chevalier fût Bréhus, plus qu'il ne le devait, il n'aurait jamais pu sinon résister si longtemps au royaume de Logre en causant de grands tourments ainsi que dans les autres lieux où il séjournait.

Quand Agravain voit, comme je vous l'ai dit, son frère abattu, il ne peut résister au désir de le venger de toutes ses forces. Il s'élance à bride abattue vers Bréhus. Mais sachez que Bréhus réserva le sort de Mordret à Agravain. Et il le désarçonna encore plus cruellement que Mordret. Constatant qu'il a abattu ces deux et qu'il ne reste que Dinadan, il se réconforte grandement. Il éperonne son cheval, et ainsi monté comme il l'était, il piétine Mordret deux ou trois fois, si bien que ce dernier s'évanouit de douleur.

Voyant ce fait, bien que Dinadan soit un chevalier mesuré, il se dit à lui-même qu'il ne peut supporter qu'on commette devant lui une si grande ignominie à un chevalier errant comme Bréhus le fait à Mordret. Et sachez qu'il connaissait bien Mordret et Agravain. Mais il ignorait qui était Bréhus. Toutefois, devant l'injure que Bréhus fait devant lui à un homme aussi noble que Mordret, il se dit que nul ne devrait le considérer comme un chevalier s'il tolérait ce fait alors qu'il peut y remédier. C'est pourquoi il est nécessaire qu'il intervienne. Si le chevalier accepte d'abandonner sur ses prières, cela l'arrangera. Mais s'il ne veut rien faire, il l'obligera par la force, de tout son pouvoir. Il éperonne alors son cheval en direction de Bréhus et lui crie de toute sa voix : « Sire chevalier, laissez cette besogne que vous avez débutée car elle n'est guère courtoise de la part d'un chevalier ! Vous faites ce qu'un chevalier ne devrait faire ! » Bréhus sans Pitié n'avait pas appris que les chevaliers de la cour du roi Arthur adressaient des prières dans un tel moment. Il avait plutôt compris qu'ils répondaient à la force par la force. Quand il entend que Dinadan le prie, il l'apprécie et le redoute moins, puis il répond à sa prière ; il s'élance vers lui, pensant lui faire subir le même sort qu'aux autres. Dinadan voit qu'il doit jouter et qu'il ne peut partir autrement. Quelle que soit sa volonté, il joutera. Il se jette dans la bataille et ne fait pas montre de couardise. Il se rue violemment sur Bréhus sans Pitié et le frappe si rudement dans sa course qu'il le porte du cheval à terre. Puis il le dépasse sans plus le regarder.

Se voyant à terre, Bréhus se relève en hâte, grandement épouvanté. Car il est à pied devant son ennemi et il n'est guère rassuré. Cette situation l'emplit de crainte. Il se redresse rapidement, vient à son cheval et monte si vite qu'avant que Dinadan se soit retourné et qu'il ait fini sa course, il est déjà en selle. Et comme il avait peur de tomber une nouvelle fois, il n'attend pas une autre joute de Dinadan. Il emprunte le chemin par lequel il était venu à vive allure. Quand Dinadan le voit partir ainsi, il sait clairement qu'il n'a plus la volonté de revenir. Et Agravain, qui s'était déjà relevé, lui crie de toute sa voix : « Ah, sire chevalier, pourquoi laissez-vous partir si librement votre ennemi ? Vous pouviez l'arrêter si facilement si vous l'aviez voulu !

— Chevalier, fait Dinadan, votre dommage ne vous suffit-il donc pas ? Alors que vous êtes plus malmené que nécessaire, pourquoi désirez-vous celui d'autrui ? Pensez seulement au vôtre et laissez celui des autres sur mes conseils. Et si Dieu vous envoie du secours, soyez reconnaissant.

— Chevalier, réplique Agravain, le cœur vous manque. Si le courage ne vous avait pas fait défaut, vous auriez tué votre ennemi. Vous avez bien montré votre hardiesse à cette occasion.

— Agravain, rétorque Dinadan, ma couardise me fait vivre et votre audace vous fait aller à pied, il me semble. Ce n'est pas la première injure que vous avez dite à un chevalier errant. Vous recevrez un jour votre récompense. Mais je ne suis pas celui qui vous la donnera.

— Que Dieu vous bénisse, demande Agravain, qui êtes-vous pour me dire ces paroles ?

— Je suis, répond Dinadan, un chevalier qui cherche chaque jour la sagesse. Mais mon cœur ne peut la retenir.

— Quel est votre nom ? » interroge Agravain. Et il se nomme.

Agravain monte en selle ainsi que Mordret mais c'est à grand-peine. Car même s'il avait été rudement foulé, il pouvait tenir en selle : c'était merveille. Quand le chevalier que Dinadan avait secouru entend que c'est lui, l'homme qu'il hait le plus mortellement au monde, il s'arrête, tout enragé de colère, et dit : « Comment, es-tu Dinadan ? Je me rappelle que tu as tué mon père ! Je suis Dalan, le seigneur du Château du Mont. Apprends que tu vas mourir si tu ne peux te défendre contre moi ! Et si je fuyais devant ce chevalier que tu vis, je t'assure que je ne m'enfuirai pas à cause de toi tant que j'aurai la vie au corps, à moins que tu ne me fasses subir le même sort qu'à mon père. Je vengerai cette mort à l'instant ! » En entendant ce discours, Agravain dit aussitôt à Dalan : « Dalan, ami, n'ayez crainte. Je vous secourrai. Apprenez que si Dinadan ne peut se défendre contre nous deux, il est mort. Jamais Lamorat, qu'il considéra comme un bon ami, ne le protégera en ce moment. »

Quand Dinadan entend parler de Lamorat, il sait à présent d'où vient cette grande haine. Il dit à Agravain : « Agravain, je vous conseille, pour votre salut, d'oublier votre haine envers Lamorat. Car il vous couvrira tous de honte s'il veut y mettre du sien. » Agravain, qui était gonflé d'orgueil, débute le combat. Mais les choses ne se passèrent pas comme il le croyait. Car Dinadan aurait pu le tuer ainsi que l'autre chevalier s'il l'avait voulu. Mais comme il ne souhaitait pas récolter le blâme du roi Arthur et de cette lignée, il ne le tua pas. Et il était sans nul doute un chevalier avisé qui ne mettait à mort personne tant qu'il pouvait l'éviter. Cela lui nuisit. Car après la quête du Saint Graal et longtemps après la mort de monseigneur Tristan, Agravain et Mordret le tuèrent vilement près de Kamaaloth comme nous vous le relaterons clairement puisque cela appartient à notre sujet. Quand Dinadan se fut débarrassé des deux frères et de Dalan qui était avec eux, il ne retourna pas en direction de Kamaaloth. Il se dirigea vers un château que l'on appelait Belvaliot et qui appartenait à Palamède. Le roi Arthur en personne le lui avait donné cette année.

Une fois parvenu au château, Dinadan y trouva Palamède qui était blessé au côté gauche. Il avait été frappé par une lance, c'est pourquoi il séjournait ici jusqu'à sa guérison. Il ne voulait pas chevaucher tant qu'il n'était pas guéri de cette blessure au côté. Quand Palamède voit venir Dinadan, sachez qu'il est ravi et heureux. Il l'embrasse et l'accueille avec plaisir. Dinadan lui dit : « Comment, Palamède, vous séjournez donc ici !

— En effet, approuve Palamède, car j'y suis obligé, que je le veuille ou non. Je ne suis pas en bonne santé. C'est pourquoi je reste ici jusqu'à ma guérison bon gré, mal gré, et jusqu'à ce que je puisse chevaucher.

— Par Dieu, Palamède, fait Dinadan, depuis quand êtes-vous devenu si sage ? » Et Palamède se met à rire et dit : « Dinadan, mais quand me vîtes-vous insensé ?

— Devant Dieu, répond Dinadan, je ne vous ai jamais vu sage. Vous pouvez être un bon chevalier et vous en avez bien la réputation. Mais vous n'avez pas la tête pleine de bon sens. Je le sais bien.

— Dinadan, fait Palamède, vous êtes venu dans ma forteresse et vous vous moquez de moi ! Sur la foi que je vous dois, vous en verrez encore de plus fous que je ne suis.

— En effet, acquiesce Dinadan, quand je verrai monseigneur Tristan. Celui-là est bien le seigneur des fous. C'est un tort pour tous les bons chevaliers du monde. »

Palamède ordonne que Dinadan soit désarmé et ceux des lieux s'exécutent. Grande est la fête, grande est la joie que Palamède fait à Dinadan. Il est si heureux de sa venue qu'il ne pourrait l'être plus. Et quand Dinadan est désarmé, ils se divertissent et évoquent plusieurs sujets.

« Palamède, fait Dinadan, dites-moi, avez-vous des nouvelles de monseigneur Tristan ?

— Non, répond Palamède. Que Dieu nous les laisse bonnes à entendre. » Dinadan se met à sourire en entendant cette réponse. « Dinadan, demande Palamède, pourquoi riez-vous ?

— Vous le savez bien, fait Dinadan. Vous priez qu'Il vous laisse entendre de bonnes nouvelles de monseigneur Tristan. Si elles étaient bonnes pour vous, elles seraient mauvaises pour nous. Car je sais bien que vous ne l'aimez pas d'un si grand amour. Et vous préférez sa douleur à sa joie. Je peux traduire votre pensée. Je voudrais toujours sa joie et vous voudriez sa peine. C'est pourquoi j'affirme que les nouvelles qui sont bonnes pour vous seraient mauvaises pour nous autres qui désirons son bonheur. »

Palamède répond : « Dinadan, apprenez que je souhaite la peine de monseigneur Tristan pour une chose. Pour toutes les autres, je voudrais volontiers voir sa joie et sa bonne fortune.

— Que dites-vous ? fait Dinadan. Vous voudriez que bonne joie et bonne fortune lui adviennent quand il sera enterré par vous ou par autrui. Mais avant, non. Vous ne pourriez pas mieux vouloir sa mort qu'en lui souhaitant la haine de ma dame Iseult. Vous voudriez bien qu'il ait son courroux. Et qu'il fasse du mieux qu'il peut. Vous ne pourriez lui donner la mort d'une meilleure façon.

— Dinadan, intervient Palamède, quoi que je dise, vous trouverez toujours à répliquer. Et pourquoi vous le cacher ? Apprenez qu'il me semble qu'en toute ma vie, monseigneur Tristan est la raison de mon ire et ma peine. Messire Tristan m'a avili. Si je pleure, tous mes sanglots viennent par sa faute. Et si je me réconforte par hasard, ce n'est pas grâce à lui. Je vous ai dit pourquoi j'éprouve tant de rancœur envers lui. Et ce n'est guère étonnant. Nul chevalier au royaume de Logre qui ait ma force et à qui il aurait autant nui n'aurait eu de cesse de se mettre en peine de le tuer plus que je ne le fis. Parfois, il m'est arrivé d'avoir l'occasion de le mettre à mort si je l'avais voulu. Mais je ne l'ai pas souhaité et je ne voudrais le faire pour rien au monde. Je ne voudrais pas tuer un homme aussi vaillant que messire Tristan. Mais dites-moi, que Dieu vous garde, avez-vous entendu des nouvelles de lui depuis son départ du royaume de Logre ?

— En effet, répond Dinadan, j'en ai par un de mes messagers que j'envoyai au royaume de Cornouaille dans le seul but de savoir comment il allait et comment le roi Marc le traitait. Cela fait trois jours que mon messager est revenu et m'a conté que le roi Marc le garde très honorablement auprès de lui. Il est seigneur de la Cornouaille au même titre que le roi Marc, son oncle. »

En entendant ces nouvelles, Palamède est si irrité qu'il ne sait que dire. Car il lui est avis que selon elles, messire Tristan a la joie plénière de ma dame Iseult. Et cela le rend fou et hors de raison.

Après avoir suffisamment pensé à cette affaire, Palamède dit à Dinadan : « Apprenez que de toute sa vie, messire Tristan ne paiera jamais son bonheur aussi cher si je me fie à la pensée et à la ruse du roi Marc. Et si pour l'instant vous recevez des nouvelles joyeuses de messire Tristan, sachez que vous en entendrez très prochainement d'autres bien différentes et contraires à celles-là. La grande félonie et la tromperie du roi Marc ne doivent pas être prises à la légère. Cette grande joie finira en pleurs pour messire Tristan. Et souvenez-vous bien de ce que je vous ai dit car cela adviendra tel que je vous le conte.

— Palamède, fait Dinadan, vous dites sur messire Tristan ce que vous voulez voir. Et il en va ainsi de ceux qui sont ennemis. L'un ne pensera que du mal de l'autre et verra ce qu'il voudra voir. Mais il n'en est pas ainsi des aventures. Il adviendra plus de bien à monseigneur Tristan que vous ne le pensez.

— Dinadan, demande Palamède, dites-moi, que Dieu vous bénisse, avez-vous des nouvelles de la cour ?

— En effet, répond Dinadan. Le roi Arthur fut très contrarié par une aventure étrange et merveilleuse qui se déroula assez près de Kamaaloth. » Il se met à lui raconter comment Gahériet avait récemment tué la reine d'Orcanie, sa mère, car il l'avait trouvée endormie aux côtés de Lamorat de Galles. « Et que fit-il de Lamorat ? interroge Palamède. Le tua-t-il ou le laissa-t-il partir librement ?

— S'il l'avait tué, fait Dinadan, il aurait trop mauvaisement affaibli et nui à la chevalerie. Il ne le tua pas. Il le laissa partir librement tout sauf. » Il lui rapporte alors toutes les paroles que Gahériet avait dites à Lamorat telles qu'elles avaient été contées à la cour. En entendant cette aventure, Palamède répond au bout d'un moment : « Devant Dieu, Gahériet est un homme de qualité, très vaillant et courtois. Il agit avec grande générosité et courtoisie envers Lamorat. Il fut bien avisé. Je ne croyais pour rien au monde qu'il pût l'être. Dieu le garde, car il ne manquera pas de recevoir de grands honneurs s'il peut vivre longtemps. Et j'affirme qu'il vaut mieux que ses autres frères.

— Je vous dirai ce qu'il m'est arrivé il n'y a pas encore trois jours », fait Dinadan. Il lui raconte comment Mordret et Agravain l'avaient assailli, comment il se défendit et comment il aurait pu les conduire à la mort s'il l'avait voulu. « Dinadan, dit Palamède, sachez qu'ils sont tous de nuisibles et malfaisants chevaliers. Et messire Gauvain, que l'on considère comme un bon chevalier, est sans doute assez cruel et désagréable. Il y a guère de temps, je fus témoin de sa cruauté à une occasion où il n'aurait pas dû la montrer. Un chevalier lui dit simplement que les enfants du roi Pélinor de Listenois étaient meilleurs chevaliers que ceux du roi Loth d'Orcanie, valaient mieux et avaient plus de capacités ; il se rua sur lui et le tua pour nulle autre raison.

— Palamède, dit Dinadan, je me souviens des paroles que vous avez dites sur monseigneur Gauvain, ses frères et les enfants du roi Pélinor. Je vous affirme qu'en vérité, il existe une haine mortelle entre eux. Je ne sais d'où elle vient mais je vous confirme qu'ils sont des ennemis mortels.

— Dinadan, fait Palamède, je vous dis que messire Gauvain et ses frères, excepté Gahériet, sont si sournois que, tout bon chevalier soit Lamorat, ainsi que ses frères, il ne pourra pas résister longuement. Car ils l'occiront par malice et ruse. »

Ainsi parlent-ils tous deux de messire Gauvain et de ses frères. Dinadan resta trois jours dans la joie et les plaisirs puis dit à Palamède qu'il ne pouvait s'attarder plus longtemps. Il partit donc, ce qui peina profondément Palamède car il lui voulait un très grand bien pour la sagacité de sa langue et parce qu'il était un chevalier merveilleusement sage. Mais à présent, le conte cesse de parler de Palamède et de Dinadan et revient aux deux frères, Agravain et Mordret.

Selon le conte, quand les deux frères furent vaincus par Dinadan, qui les aurait tous deux tués s'il l'avait voulu, ils quittèrent le lieu où s'était déroulée la bataille, si tristes et courroucés qu'ils manquaient d'enrager de douleur. Ils sont furieux et cette défaite leur pèse terriblement.

Car ils sont certains que Dinadan en parlera dans maints autres endroits. Les deux frères chevauchent jusqu'à Kamaaloth, si malheureux et si accablés qu'ils ne savent que dire. Ils descendent à l'hôtel de monseigneur Gauvain qui était présent. Dès qu'il les vit, il sut qu'ils étaient contrariés. Il les attire à part et leur demande ce qu'ils ont. « Je vois, fait-il, que vous êtes courroucés. » Agravain dit : « Sire, sachez que je ne vous le cacherai pas. Apprenez qu'une telle aventure nous est arrivée. » Il lui raconte à présent les œuvres de Dinadan. Messire Gauvain est très fâché par cette nouvelle. Il répond : « Toute cette peine nous vient de Lamorat. Sans doute Lamorat est-il la raison de tout le mal que nous avons. Celui qui aurait causé une mort honteuse à Lamorat nous aurait ôtés de toute douleur.

— Certes, approuvent les frères, vous dites vrai. Il serait bon, messire Gauvain, que nous sachions où Lamorat séjourne et où il vient le plus souvent. Car je sais bien qu'il renonce à se rendre à la cour pour le fait qui advint avant-hier. Et si nous savions où il réside, nous pourrions nous venger de lui. »

Le jour où les trois frères parlèrent ainsi de Lamorat, un chevalier de la Table Ronde vint à la cour. Il s'appelait Fergus et cela faisait de nombreux jours et de nombreux mois qu'il n'était resté ou venu à la cour du roi Arthur. Dès que les chevaliers de la cour le virent, ils le reçurent très honorablement et très joyeusement car il était un homme de qualité, bon chevalier et merveilleusement courtois. Une fois arrivé, ils le désarmèrent. Et comme il ne s'était pas rendu à la cour depuis longtemps, le roi Arthur lui-même vient à sa rencontre et l'accueille très bellement et très courtoisement. Il lui dit : « Fergus, soyez le bienvenu. Vous avez suffisamment résidé hors de la cour. Je suis persuadé qu'il est impossible que vous n'ayez pas chevauché à travers le royaume de Logre et ailleurs depuis que vous avez quitté cette cour. » Fergus répond : « Sire, apprenez que depuis mon départ de la cour, j'ai trouvé des aventures et des merveilles en abondance. Et je ne pourrai vous les conter hâtivement. Mais comme vous me demandez d'où je viens, je répondrai que j'arrive directement du royaume de Cornouaille. Il n'y a pas encore dix jours que j'en partis.

— Ah, pour l'amour de Dieu, fait le roi Arthur, puisque vous venez de Cornouaille, dites-nous comment va monseigneur Tristan, le chevalier dont je désire le plus avoir la compagnie au monde si c'était possible. Plût à Notre Seigneur qu'il fût au royaume de Logre avec la reine Iseult. Je pourrais l'avoir près de moi. Et Dieu m'est témoin, je souhaiterais avoir donné les deux meilleures cités que j'ai pour avoir sous ma protection la reine Iseult et seulement par amour pour monseigneur Tristan. Je croirais avoir ainsi sa compagnie tout à ma volonté avant qu'il ne voie celle à qui il appartient tout entier. Et puisque sa compagnie nous fait défaut, nous l'ôterions de l'entourage de ma dame Iseult afin que son amour ait plus de saveur et de douceur. » Après avoir prononcé ces paroles, les chevaliers qui étaient présents se mettent à rire et disent au roi : « Sire, êtes-vous donc si désireux d'avoir l'affection et la compagnie de monseigneur Tristan ?

— Seigneurs, répond le roi, quel est le prince ayant du pouvoir, aspirant à la chevalerie et à l'honneur qui ne désirerait pas avoir la compagnie d'un homme aussi valeureux que messire Tristan ? Sa bonté et sa bravoure doivent être prises au sérieux. Nul homme de noble qualité ne pourrait être déshonoré tant qu'il aurait messire Tristan en sa compagnie. Celui qui l'aurait auprès de lui ainsi que Lancelot du Lac ne devrait redouter personne. C'est pourquoi je dis que chaque grand seigneur devrait se mettre en peine d'avoir toujours, s'il le pouvait, la compagnie de monseigneur Tristan et de Lancelot. »

En entendant ces propos, les chevaliers sont stupéfaits et disent que le roi a prononcé des paroles importantes et profondes. Ce qu'il dit est vrai.

Après avoir longuement écouté le roi, Fergus lui dit : « Sire, sachez que messire Tristan est sain et sauf en Cornouaille. De toute ma vie, jamais je ne le vis si joyeux et si heureux comme il l'est actuellement. Que vous dire, sire ? Il est seigneur de Cornouaille autant ou plus que le roi Marc lui-même. Et il est plus redouté. Mais les uns et les autres disent qu'il ne faudra pas attendre longtemps avant que le roi Marc le fasse prendre par trahison ou d'une autre manière et le mette en prison dans un lieu d'où il ne sera peut-être jamais délivré. Il est seigneur de ce pays. Mais comme tous le devinent à travers la Cornouaille, cette seigneurie ne peut perdurer sans qu'elle devienne au final un dommage mortel.

— Devant Dieu, fait le roi Arthur, je ne sais ce qu'il pourra advenir. Mais j'affirme que si le roi Marc le tuait par trahison et autrement, il ne pourrait éviter que je le misse à mort. Je le lui ai promis à cette cour et je tiendrai ma promesse. Car ce ne serait pas un jeu de tuer un homme aussi valeureux que messire Tristan. »

Ainsi le roi Arthur répondit-il aux nouvelles que Fergus lui avait données à propos du roi Marc et de monseigneur Tristan. Bien d'autres chevaliers dirent de même. Lancelot, qui à ce moment se trouvait à la cour du roi Arthur, dit ouvertement devant tous, après avoir entendu les paroles de Fergus : « Devant Dieu, si j'avais autant de pouvoir dans l'air et en mer comme j'en possède sur la terre, et s'il advenait par quelque malheur que le roi Marc tuât messire Tristan, ni les airs, ni la terre, ni la mer ne pourraient l'ôter de mes mains avant que je le misse à mort ! » Ces paroles furent perçues comme les plus importantes jamais prononcées par un chevalier à la cour du roi Arthur tant que ce dernier vécut.

En ce temps-là, dit le conte, tandis que les chevaliers de la cour du roi Arthur se réjouissaient de jour en jour des bonnes nouvelles qui parvenaient à la cour, une demoiselle arriva chez le roi. Et sachez que cette demoiselle venait directement de Cornouaille. Messire Tristan l'avait dépêchée au royaume de Logre auprès de Lancelot qu'il aimait d'un amour plus grand que tout autre chevalier du monde. C'était cette même demoiselle que la reine Iseult avait envoyée au royaume de Logre vers monseigneur Tristan à l'époque où le splendide tournoi se déroulait devant le Château des Pucelles. Quand la demoiselle arriva dans la salle, il y eut assez de gens qui reconnurent qu'elle était une demoiselle messagère. Ils la reçurent bellement et honorablement. Elle ne fut pas surprise quand elle vit le roi Arthur. Elle vient droit devant lui et le salue. Le roi lui rend son salut de belle façon et très courtoisement puis lui demande : « Demoiselle, qui êtes-vous ?

— Sire, répond-elle, je suis une messagère venant d'une contrée étrangère qui vous apporte une lettre de la part du meilleur chevalier du monde. C'est monseigneur Tristan, le neveu du roi Marc de Cornouaille. Il vous adresse de nombreux saluts ainsi que cette lettre. »

Elle la lui donne. Le roi Arthur prend la lettre. Et quand il voit le sceau de monseigneur Tristan qu'il avait déjà vu, il le reconnaît fort bien. Il se met à le baiser et dit : « Ah, Seigneur Dieu, que n'est ici celui à qui appartient ce sceau ! J'aimerais mieux avoir sa présence que son souvenir. » Après avoir dit ces mots, il brise le sceau, ouvre la lettre qui disait ainsi :

À vous, roi, qui êtes bien roi
Entre tous les mortels, qui tout désarroi
Et tout orgueil savez anéantir,
Qui en joie savez me tenir,

Et m'avez ôté de cette tristesse,
C'est Tristan qui vous adresse
Sa lettre. Et mille saluts vous fait parvenir
Par écrit et rien que pour vous requérir.

Excepté que vous ayez santé et joie,
Si bien que lui-même sera en joie
Si joie avez, il ne demande rien.
De votre cour, elle lui vient.

C'est pourquoi il prie soir et matin
Que Dieu vous donne à large main
Joie, divertissement, honneur, plaisir,
Si bien que le grand comme le pire

De votre cour, en joie vivent.
Et que tous les biens toujours se ravivent.
Et que l'honneur y soit maintenu
Que jusqu'ici vous avez tenu.

Vous allez toujours en améliorant
Et contre votre ennemi vous défendant.
Puisque vous voir je ne puis,
Vous qui m'avez ôté du puits

De pleurs, de plaintes et de désarroi,
Je vous envoie ma lettre en échange de quoi
La vôtre me renvoyez.
Et par cette lettre me renseignez

Sur votre personne et sur votre bien.
Je ne pourrai être de rien
Si heureux de votre santé.
Que Dieu vous en donne en brassées.
Et vous conserve dans le bonheur et la joie
Et veuille encore que je vous revoie.

Ainsi, comme je vous le raconte, la lettre commence et s'achève. Elle ne contient ni plus ni moins de paroles que celles que vous avez entendues. Quand le roi Arthur a lu la lettre d'un bout à l'autre, il la montre aux gens présents qui la regardèrent très volontiers. Ils dirent que messire Tristan avait bien parlé avec si peu de paroles. « Certes, approuve le roi, monseigneur Tristan s'est bien exprimé. Il convient que je lui réponde par missive. Et je le ferai sans doute du mieux possible.

— Au nom de Dieu, sire, font ceux qui étaient devant le roi, vous agirez courtoisement en envoyant une lettre à monseigneur Tristan. Il en sera certainement très heureux.

— En effet, seigneurs, acquiesce le roi, il est hors de question que je m'abstienne de renvoyer une lettre à monseigneur Tristan en réponse à celle-ci. »

Après que le roi Arthur a lu la lettre d'un bout à l'autre, telle que messire Tristan la lui avait envoyée, la demoiselle qui l'avait apportée demande à l'un des chevaliers : « Dites-moi, sire chevalier, messire Lancelot du Lac est-il ici ?

— Non, ma demoiselle, répond-il. Mais il viendra ce soir sans faute, je le sais bien. Il est parti chasser ce matin accompagné de nombreux membres de sa lignée. Il reviendra ce soir certainement, sachez-le. Mais pourquoi le demandez-vous ?

— Parce que, répond la demoiselle, je dois le rencontrer et je lui parlerai volontiers.

— Ce soir, dit le chevalier, vous pourrez lui parler. »

Et elle patiente quand elle voit qu'il ne peut en aller autrement. Le roi fait conduire la demoiselle et deux écuyers qui étaient venus avec elle en un lieu où elle fut servie et honorée richement. Le soir, quand la nuit tomba, Lancelot rentra de la chasse en bonne santé, heureux et joyeux. Il vint directement à la cour. Messire Keux, qui savait bien que Lancelot serait ravi et joyeux des bonnes nouvelles de monseigneur Tristan, va à sa rencontre et lui dit : « Sire, je vous apporte des nouvelles qui vous plairont, je le crois vraiment. Une demoiselle est arrivée ici, envoyée par monseigneur Tristan, et elle apporta une lettre et des nouvelles au roi. Elle demanda à vous voir avec insistance aussi. La demoiselle salua tous les chevaliers de la Table Ronde de la part de monseigneur Tristan. » En entendant ces dires, Lancelot est radieux. Il dit : « Ah, messire Keux, si vous savez où se trouve la demoiselle, amenez-la-moi. Car j'ai un trop grand désir de la voir. Il est impossible qu'elle ne nous apporte de bonnes nouvelles de monseigneur Tristan. »

Lancelot va à son hôtel sans plus demeurer à la cour et envoie chercher la demoiselle qui arrive aussitôt. Et elle vint dès qu'on lui dit où se trouvait Lancelot. Une fois devant lui, elle le salue. Et Lancelot lui rend son salut très courtoisement. Elle lui dit : « Sire, monseigneur Tristan vous salue et vous envoie par mon intermédiaire ces lettres. » Puis elle s'agenouille devant lui et les lui confie. Lancelot prend les lettres et relève la demoiselle qui était à genoux devant lui. Dès qu'il voit le sceau de monseigneur Tristan, il le reconnaît car il l'avait vu maintes fois. Il se met à le baiser à de nombreuses reprises et à pleurer très tendrement. Après avoir longtemps baisé et pleuré sur le symbole du sceau de monseigneur Tristan, il relève la tête et demande à la demoiselle : « Ma demoiselle, dites-moi, que Dieu vous bénisse, comment se porte monseigneur Tristan, le meilleur chevalier du monde, le plus courtois et le plus vaillant en toute chose ?

— Sire, répond-elle, il va bien, Dieu merci. Apprenez que jamais de ma vie je ne le vis en meilleure santé ni plus heureux qu'il l'était avant-hier quand je le quittai en Cornouaille. Il vous adresse plus de mille saluts. Et sachez qu'il est prodigieusement désireux de savoir comment vous allez.

— Certes, fait Lancelot, j'irais bien si je pouvais le voir aussi souvent que je voudrais. C'est grand péché et grande mésaventure que nous ne puissions être ensemble. »

Après avoir prononcé ces paroles, Lancelot ouvre les lettres et les parcourt d'un bout à l'autre. Il trouve qu'elles disaient de belles et plaisantes paroles. Mais il n'y en avait guère beaucoup. Elles disaient ainsi :

À vous ami, qui de bonté
Avez tous les bons surpassé,
Je vous envoie mes lettres où vous est conté
Que le roi Marc est bien dompté.

J'ai mis mon ennemi en taille.
Les autres, je les taille et les retaille.
Par la force, j'ai remporté ma bataille.
Amour dort dans les entrailles.

Les bons sont de moi joyeux.
De douleur meurent les envieux.
Le roi Marc qui fut ennuyeux
Est comme le temps mauvais et pluvieux.

Je suis heureux, joyeux et gai.
De ma dame et du monde, je suis aimé.
En joie je vis. Vous qui n'osiez
Parler de Tristan et tous vous taisiez.

Je fus pauvre, me voilà riche.
L'Amour ne m'est pas chiche.
Le roi Marc tient dans sa main le piège
Comme celui qui envers Amour fait sacrilège.

Si je souffris mal et douleur,
Colère, malédiction, froid et chaleur,
Je suis assis sur le siège de valeur.
Les mauvais changent de couleur.

J'ai vaincu tous mes ennemis.
De votre part, doux ami,
Je vous demande une lettre. Qu'elle me soit transmise.
Que des choses qui vous concernent y soient mises.

Quand Lancelot a lu entièrement les lettres, il les relit une autre fois. Et plus il les lit, plus elles lui plaisent. Après les avoir lues trois fois ou quatre fois, il dit, tout pensif : « Certes, monseigneur Tristan s'exprime bien. Nul autre ne saurait mieux parler qu'il ne l'a fait. Il est vraiment gracieux en toute chose et entre tous. Car s'il ne l'était pas, il n'aurait pas pu s'exprimer aussi bien. » Bliobéris, qui était ici, s'avance et dit : « Ah, sire, pour l'amour de Dieu, montrez-moi les lettres du bon Tristan. Je verrai comment il a écrit. Je pense qu'il s'est mieux exprimé que tout autre chevalier.

— Devant Dieu, Bliobéris, approuve Lancelot, vous dites vrai. Je devrais longtemps réfléchir avant d'aussi bien parler si l'aventure ne m'aidait pas. » Il lui donne les lettres et lui dit : « Sire, ne les montrez pas plus car je ne veux pas que d'autres les voient.

— Sire, à vos ordres », fait Bliobéris. Il prend les lettres et les lit. Et après les avoir parcourues, il se met à sourire et dit à Lancelot : « Certes, sire, vraiment le bon Tristan s'exprime fort bien. Ce sont les dires d'un chevalier sage et courtois, et il montre bien qu'il est érudit. Sachez qu'il le fit pour vous éprouver.

— En effet, Bliobéris, fait Lancelot, je le crois bien. Mais attendez car je lui enverrai une réponse des mieux tournées, telle que ses lettres le méritent. »

Il prend les lettres et les fait mettre sous bonne garde.

Ainsi, comme je vous le conte, les nouvelles de monseigneur Tristan parvinrent à la cour. Le roi Arthur et les chevaliers de sa cour manifestèrent grande joie et grande fête. Entre tous, Lancelot fut merveilleusement heureux et joyeux. La demoiselle resta dix jours pleins à la cour du roi Arthur. Et quand elle voulut partir, le roi lui confia deux lettres à porter en Cornouaille. Il lui demande de confier l'une au roi Marc et l'autre à monseigneur Tristan. Elle lui assura qu'elle suivrait son commandement. Elle prit les lettres puis se rendit chez la reine Guenièvre, prit congé d'elle et quitta la cour. Elle alla chez Lancelot et lui demanda les lettres qu'il devait adresser à monseigneur Tristan. Lancelot les lui donne et la prie de saluer de sa part ma dame Iseult, la reine de Cornouaille, et monseigneur Tristan. La demoiselle dit qu'elle le fera. Puis elle le quitte sans plus attendre et se met rapidement en route. Elle arriva aussitôt à la mer et la traversa le plus vite possible. Elle eut tant de chance qu'elle arriva en Cornouaille en peu de temps puis à Tintaïol où elle trouva monseigneur Tristan qui y séjournait. Quand messire Tristan vit la demoiselle qu'il avait envoyée au royaume de Logre en bonne santé, il est ravi. La demoiselle s'agenouille devant lui, et messire Tristan lui dit qu'elle peut parler. « Ma demoiselle, soyez la bienvenue. Pour l'amour de Dieu, dites-moi ce que deviennent tous mes compagnons de la Table Ronde. Que fait le roi Arthur, le meilleur prince du monde et le plus puissant ? Que fait Lancelot, le meilleur d'entre les bons et le plus courtois qui soit au monde ? Ah, Seigneur Dieu ! Comme je peux le louer ! Comme il est courtois et généreux ! Pour l'amour de Dieu, que devient le bon chevalier ?

— Sire, répond la demoiselle, apprenez que je le laissai sain et sauf, gai et désireux de vous voir. Il ne souhaite rien d'autre au monde que de vous retrouver. Je vous le certifie. Et comme il ne peut vous apercevoir, il vous envoie une lettre en réponse à celles que vous lui adressâtes au lieu de sa personne.

— Au nom de Dieu, fait messire Tristan, j'aime bien ses lettres. Mais j'aurais préféré le voir. Puisque c'est impossible et qu'il m'envoie ses lettres, c'est un grand réconfort. Donnez-les-moi. »

Elle les lui confie aussitôt et il les reçoit très honorablement. Il baise maintes fois le sceau de Lancelot. Et après l'avoir longtemps embrassé et contemplé comme une chose sainte, il brise le sceau, ouvre les lettres et trouve qu'elles disaient des phrases assez agréables et belles. Elles désespéraient et réconfortaient à la fois messire Tristan. Elles disaient ainsi :

À vous, Tristan, beau et doux ami,
En qui Notre Seigneur a mis
Toute terrestre bonté
Et qui avez tout surpassé.

Le monde de la chevalerie
Qui par vous est fleuri
Est monté en louanges et en prix.
Lancelot, qui du roi Ban est le fils,

Qui est vôtre entre ceux du monde,
Vous salue pour chaque onde
Qui est en la mer plus de mille fois,
Et tout son pouvoir avec foi

Vous accorde sans paresse
Quand il plaît à votre haute tête.
Messire Tristan, doux ami,
Qui à moi fut votre billet transmis,

Qui des choses qui vous concernent me fit connaître,
Dieu sait que je ne peux être
Plus heureux de nulle autre nouvelle
Car tout mon cœur se renouvelle

Quand je vous sens si gai
Et de votre amie aimé
Comme votre lettre m'a raconté.
Si le roi Marc est dompté,

Vous auriez tort de lui faire confiance,
Ni par attitude ni par alliance,
Ni pour parole qu'il vous dise,
Car il ne le fait que par malice.

Pour que vous ne puissiez voir,
Que vous ne puissiez vous apercevoir
De sa ruse, de son art,
Il vous jouera le renard.

Devant Dieu, si comme je le pensais,
Si de vous, vous ne vous préoccupez,
Il vous fera par trahison
Occire ou jeter en prison.

Sachez que si cela arrivait,
Et si ces nouvelles me parvenaient
Qu'il avait ainsi agi,
J'œuvrerais comme un ami.

Dieu veuille que ma peine ne croisse
Mais que votre joie s'accroisse
Autant que votre cœur le voudrait.
Et Lancelot mieux en vaudrait.

Et la Table Ronde,
Et tous les chevaliers du monde
Devraient bien joyeux être.
Et je vous dis de mon être

Qu'il n'est rien qui ne me manque.
Joie, plaisir, j'ai sans manque.
Le bonheur que nul ne connaît,
Rien ne me fait défaut en vérité.

Que de tous les biens du monde je n'aie
De vous savoir de nous si près.
C'est pourquoi je veux vous prier
Autant qu'un ami peut conjurer.

Par ma prière veuillez accomplir
Tous ces biens et les emplir,
S'il vous plaît, par votre venue.
Car sachez bien que n'est survenu

Nul chevalier ni loin ni court
Qui fût tant désiré à la cour
Comme la vôtre l'est. Vous le verrez
S'il plaît à Dieu car vite vous y viendrez.

Mais n'oubliez pas votre suprême joie
Qui votre cœur tourne en joie.
S'il est possible quoi qu'il advienne
Qu'elle ne reste derrière, qu'elle vienne,

Nous aurons joie plénière de vous,
Vous d'elle et nous de vous.
Que Dieu protège votre corps si fin,
Et vous, gardez-vous à la fin
De votre oncle le renard.
Qu'il ne vous trompe par son art.

Messire Tristan lit les écrits d'un bout à l'autre et les relit. Il comprend ce qu'ils veulent dire. Il se met à sourire et dit si haut tout en souriant que la demoiselle l'entend bien : « Certes, c'est vraiment Lancelot qui a disposé cette réponse. Et il la fit lui-même. Nul autre n'aurait pu l'écrire si bien et donner une si bonne réponse à ce que je lui demandais. Mais dites-moi, demoiselle, comment va le roi Arthur ?

— Sire, dit la demoiselle, le roi Arthur fut ravi des nouvelles que je lui apportai. Il avait très peur pour vous. Car il redoutait prodigieusement la félonie du roi Marc comme plusieurs gens des lieux me le racontèrent. Mais quand il entendit les nouvelles que je rapportai sur vous, il fut profondément rassuré et merveilleusement joyeux. Après lui avoir présenté vos lettres, il fut encore plus heureux. Il les reçut avec grand honneur et joie puis les montra à ceux présents qui se réconfortèrent grandement. Lorsque je voulus partir, il me confia d'autres lettres pour vous. Je vous les ai apportées. Les voici. »

Et elle les lui donne aussitôt. Quand messire Tristan voit les lettres du roi Arthur, il les reçoit très honorablement, les ouvre, commence à les lire et trouve qu'elles disaient des paroles assez plaisantes comme suit :

À vous, Tristan, qui par votre prouesse
Et par votre grande hardiesse
Otâtes du grand servage
Et du douloureux esclavage

Cornouaille la chétive,
Qui en félonie toujours s'active
Et qui en trahison mène, se démène.
Le roi Arthur, qui des hommes mène,

Qui est de tout pouvoir honoré,
Vous envoie salut. Dieu me donne en vérité
Qu'avec moi je puisse vous tenir.
Tristan, comment put-il advenir

Que vous laissâtes mon hôtel
Pour Cornouaille ? Jamais je n'entendis tel
Péché comme vous fîtes.
Par votre départ vous mîtes

Ma cour en pleurs et en déconfort.
Puisque ces amours sont si forts
Qu'ils ne peuvent finir,
Efforcez-vous de sortir

D'ici jusqu'au royaume de Logre.
Si le roi Marc était un ogre
Qui après vous voulait venir,
Nous le ferions dépérir

Puisqu'entre nous il sera venu.
Que votre discours soit tenu
De revenir, vous et Iseult.
Je suis le roi Arthur qui seul

A tout fait pour leur venue.
Je n'ai jamais essuyé de refus.
Mais venez sans tarder
Car me blesse votre délai.

Après avoir lu ces lettres, messire Tristan se met à sourire et dit : « En vérité, c'est bien un message de roi. Et il convient bien à un homme de si haut rang comme est le roi Arthur. Dieu le préserve, et que son honneur croisse comme il le voudrait. Et si, devant Dieu, je vis longuement, j'accroîtrai son honneur plus que ne le fit jamais un chevalier. Car, Dieu m'est témoin, je n'ai jamais trouvé chez nul roi de ce monde si grande courtoisie et si grande générosité comme chez lui. Dieu me donne le pouvoir et la force de lui rendre la pareille à la hauteur du grand honneur qu'il m'a fait. » Messire Tristan se réconforte grandement. Il est ravi, il est heureux des lettres qui lui ont été envoyées du royaume de Logre. Il est plus joyeux qu'il ne le fut. Quand la reine Iseult apprend que la demoiselle est récemment revenue du royaume de Logre, elle la convoque et lui dit tout en souriant : « Demoiselle, venez-vous de la riche et noble terre du royaume de Logre où demeurent les bons et courtois chevaliers, les belles et nobles dames et celles qui sont de plus haute importance que les autres ? Quelles nouvelles apportez-vous de la haute cour du roi Arthur dont tous les chevaliers, les étrangers comme les familiers, disent unanimement si grand bien ? Comment se porte le roi Arthur et ma dame la reine Guenièvre qui dans l'honneur et la dignité passent leur vie ? Il n'y a là-bas que joie. Tous jouissent du bonheur et de la joie. Tous les chevaliers du monde y viennent, me semble-t-il. Tout le monde y séjourne. Que vous dire ? Devant Dieu, il m'est avis que si cette cour venait à disparaître, tout le monde dépérirait et la chevalerie et l'honneur s'appauvriraient. Seul le roi Arthur règne en ce monde. Il est le seul prince à maintenir l'honneur.

— Le roi vous adresse de nombreux saluts ainsi que la reine Guenièvre. Et sachez, ma dame, que j'ai entendu le roi Arthur dire que si Dieu le permettait, il aimerait avoir donné les deux meilleures cités qu'il possède en échange de votre compagnie ; il vous tiendrait sous sa protection et ce uniquement pour avoir monseigneur Tristan près de lui. » Puis la demoiselle lui rapporte mot à mot les paroles qu'il avait dites. La reine ne répond rien à ces paroles. Elle parle d'autre chose et dit : « Dites-moi, demoiselle, comment se porte Lancelot du Lac ?

— Certes, ma dame, fort bien. Je le laissai en bonne santé, apprécié et redouté entre tous les chevaliers du royaume de Logre. Il vous salue de nombreuses fois.

— Qu'il ait bonne fortune, fait la reine. Devant Dieu, je le verrai volontiers. Dites-moi, envoya-t-il des lettres à Tristan ?

— Oui, ma dame, il lui en adressa en effet. Et le roi Arthur aussi. Une paire de lettres est à destination du roi Marc de la part du roi Arthur. Je ne les lui ai pas encore confiées. Mais je les lui donnerai bientôt. »

Elle quitte alors la reine, s'en va droit chez le roi Marc et lui dit : « Sire, le roi Arthur vous salue et vous envoie ces lettres. » Elle les lui tend. Dès qu'il voit les lettres que la demoiselle lui présente, le roi Marc reconnaît immédiatement le sceau du roi Arthur. Il le reçoit avec grand honneur et profond respect et l'embrasse devant tous ceux qui étaient présents. Puis il demande à la demoiselle : « Demoiselle, que Dieu vous bénisse, dites-moi, quand quittâtes-vous le royaume de Logre ?

— Sire, répond la demoiselle, il n'y a pas encore dix jours. »

Et le roi pense bien que messire Tristan l'avait envoyée dans ce royaume. Cela le rend furieux et malheureux car il imagine bien que les gens du royaume de Logre se moquent plus de lui qu'auparavant. Ce dont il est tout enragé. Puis il demande de nouveau à la demoiselle : « Demoiselle, comment va le roi Arthur ?

— Sire, fort bien. Je le laissai sain et sauf, Dieu merci. Et sa cour est si gaie et si vaillante que je ne crois pas qu'il y ait au monde une cour plus honorée que celle du roi Arthur. C'est la cour où tout l'honneur de la terre séjourne. »

En entendant cette nouvelle, le roi Marc est plus accablé qu'avant. Car les bonnes nouvelles du roi Arthur lui pèsent terriblement. Il aurait été heureux des mauvaises. Les bonnes l'affectent. Mais les mauvaises l'auraient rendu joyeux. Après avoir longuement regardé le sceau du roi Arthur, il se lève et s'en va dans sa chambre. Il veut que personne ne le suive, car il souhaite voir ces lettres le premier. Une fois dans sa chambre, il ouvre les lettres, les parcourt, et trouve les paroles qu'elles disaient et non autre chose :

« À vous, roi Marc, qui êtes si bienheureux et si chanceux que je ne connais nul homme qui le soit plus. Car sans grande peine et sans tirer votre épée vous avez vu votre royaume délivré de plusieurs maux violents et redoutables, et ce par une seule main. Ce fut par la main du bon Tristan. Moi, le roi Arthur du royaume des aventures, vous adresse mes salutations par mes lettres après la grande joie que j'ai connue à ma cour et après le grand honneur d'avoir à mes côtés le meilleur chevalier du monde : c'était messire Tristan. Quand je me souviens qu'il n'est plus avec moi, je souffre et me tourmente. Et je suis blessé qu'il m'ait quitté. Lorsque je me rappelle sa bonté, sa valeur et sa courtoisie, j'affirme qu'il n'y a aucun chevalier en ce monde que l'on doive honorer autant que lui. C'est pourquoi je vous prie et vous demande, autant que je pourrais prier un homme, que vous lui fassiez honneur si vous tenez à conserver votre dignité royale. Et si vous agissiez autrement, sachez bien que ce pourrait être trop tard pour vous repentir. »

Ainsi finissaient les lettres que le roi Arthur avait envoyées au roi Marc. Après les avoir lues et relues, le roi Marc est fort irrité. Il pense plus vivement qu'auparavant au moyen de prendre monseigneur Tristan. Il est nécessaire, comme il le dit, qu'il s'en empare. Il ne veut plus tarder désormais. Il réfléchit à la plus sage manière d'agir de sorte que messire Tristan ne puisse s'apercevoir de rien avant d'être pris au piège. Et comme il sait qu'il est au royaume de Cornouaille et non au royaume de Logre, il est ici en sécurité. Il n'est pas sous la domination et le pouvoir du roi Arthur. Et parce qu'il est en Cornouaille, il ne craint personne. Il se dit qu'il enverra des lettres en réponse à celles du roi Arthur. Il ne répondra pas à ses dires. Ce seront des lettres au ton léger. Une fois en accord avec lui-même, si assuré que pour rien au monde il ne manquera d'écrire au roi Arthur, il réfléchit attentivement. Et il ajoute une chose : il fera deux paires. Il enverra les unes au roi Arthur et les autres à la reine Guenièvre. Le roi Marc se met d'accord, étudie longuement l'affaire et écrit les lettres le mieux possible. Et quand il les a arrangées les unes et les autres, il les rédige de sa propre main puis les scelle avec le sceau de Cornouaille. Une fois qu'il les a scellées, il appelle la demoiselle qui avait apporté les lettres du royaume de Logre et lui dit en privé : « Demoiselle, il convient que vous retourniez au royaume de Logre et que vous y portiez deux paires de lettres, les unes au roi Arthur et les autres à la reine Guenièvre. » La demoiselle lui répond : « Sire, si vous le permettiez, je parlerais volontiers à ma dame la reine Iseult et à monseigneur Tristan avant de partir. » En entendant cette réponse, le roi a peur de monseigneur Tristan. Il lui dit toutefois : « Demoiselle, parlez à qui vous plaît puis préparez-vous à partir. » La demoiselle quitte le roi Marc et va trouver la reine puis lui rapporte les paroles que le roi Marc lui avait dites. Quand elle entend ces paroles, la reine se met à réfléchir car elle redoute terriblement que le roi Marc fomente une félonie contre le roi Arthur et la reine Guenièvre qui pourrait porter préjudice à Tristan et à elle-même. C'est pourquoi elle dit à la demoiselle : « Demoiselle, revenez me voir demain. D'ici là, j'aurai pris conseil. Je vous dirai ce que vous ferez de cette mission.

— Dame, fait-elle, volontiers. Faites attention à ce que vous désirez faire car il m'est avis, selon les dires du roi, qu'il voudra m'expédier rapidement.

— Laissez donc, dit la reine. Je vous répondrai demain sur cette affaire et vous expliquerai ce que vous devrez faire. »

La demoiselle quitte sa dame et retourne à son logis. Le soir, quand messire Tristan vint à la cour, la reine l'attire à part, lui conte toutes les paroles que le roi Marc avait dites à la demoiselle et lui fait part de son désir de l'envoyer au royaume de Logre pour porter deux paires de lettres, les unes au roi Arthur et les autres à la reine Guenièvre. En entendant cette nouvelle, messire Tristan dit à la reine : « Ma dame, sachez que le roi n'a nulle bonne intention. Il aspire à faire le mal, n'en doutez pas. Et apprenez qu'il veut faire autre chose qu'il ne dit. Cependant, je sais qu'il ne pourra se servir du roi Arthur pour nous causer du tort. Le roi Arthur, je le sais avec certitude, ne pourrait nous vouloir du mal. Il désire ardemment et il voudrait avoir beaucoup donné pour qu'en échange, nous fussions tous les deux au royaume de Logre. C'est une chose qu'il désire fort, si elle pouvait advenir. Et toutefois, comme nous ne savons pas de quelles lettres il s'agit, faites en sorte, s'il vous plaît, que la demoiselle les reçoive du roi Marc et nous les apporte. S'il y a des choses qui se retournaient contre nous, nous pourrions les retenir et envoyer la demoiselle ailleurs comme si elle allait au royaume de Logre. Et si elles ne nous nuisent pas et nous procurent une aide, nous ne les toucherons pas. Nous apposerons un autre sceau, peu importe lequel pourvu qu'elles soient refermées. » Tous deux se mettent d'accord et disent que c'est le mieux qu'ils voient dans cette affaire.

Le lendemain, un peu avant prime, la demoiselle vint devant sa dame et lui dit : « Ma dame, vous plaît-il que je réponde aux paroles que le roi me dit hier ?

— Je vous l'indiquerai, fait la reine. Prenez en toute assurance les lettres. Et quand vous les aurez en votre possession, revenez me voir et je vous dirai ce que vous ferez. »

En entendant l'ordre de sa dame, la demoiselle va trouver le roi Marc et lui dit : « Sire, je suis prête à me rendre au royaume de Logre quand il vous plaira. J'ai le congé de ma dame. » Le roi avait déjà envisagé d'envoyer un autre messager car il se méfiait de la demoiselle ; il voyait que manifestement, elle était trop proche de la reine. Il répond pour se dissimuler : « Je ne veux pas encore vous envoyer. J'attendrai peut-être trois ou quatre jours. Et quand je voudrai les expédier, je vous le ferai savoir. Soyez prête.

— Sire, dit la demoiselle, volontiers. »

Elle croyait qu'il le disait avec de bonnes intentions. Mais ce n'était pas le cas. Il avait déjà prévu d'expédier au royaume de Logre un autre messager qui devrait se charger de la besogne cette fois. Le roi Marc fit comme il le pensait. Car il choisit un des écuyers de sa cour en qui il avait entière confiance et lui dit : « Tu dois te rendre au royaume de Logre et y porter deux paires de lettres. Quand tu y seras parvenu, tu iras tout droit à la cour du roi Arthur et lui donneras celles que je lui adresse. Et tu confieras les autres à la reine Guenièvre. Dès que tu les auras remises, tu reviendras car je ne veux pas que tu t'attardes. Si par hasard ils voulaient te retenir pour m'apporter des lettres, je ne le souhaite pas. Je veux que tu ne me rapportes aucune lettre de leur part.

— Sire, fait le jeune homme, je ferai exactement ce que vous me dites. » Le roi lui confie les lettres et lui dit : « Prends garde de ne pas les perdre car je ne le voudrais pour rien au monde.

— Sire, dit le jeune homme, apprenez que je les garderai tant que votre message sera bien transmis. »

Le jeune homme quitte alors le roi Marc et se met rapidement en route. Il arrive aussitôt à la mer et la traverse pour aller au royaume de Logre. Il demanda où il pourrait trouver le roi Arthur, et on lui dit qu'il le rencontrerait à Karlion. Il se dirigea alors dans cette direction. Car il lui tardait fort d'y parvenir. Mais il était inquiet que le roi Marc lui ait ordonné si rudement de rentrer dès qu'il aurait confié les lettres au roi et à la reine. Car il lui est avis qu'il porte des lettres pleines de mauvaises paroles et de colère. Au matin, il arriva à Karlion et trouva le roi Arthur ainsi que la reine Guenièvre dans une église qui entendaient la messe. Il va aussitôt devant le roi Arthur, s'agenouille et lui dit : « Sire, le roi Marc vous salue et vous envoie des lettres.

— Que le roi Marc ait bonne fortune », fait le roi Arthur.

Il prend maintenant les lettres sans plus parler au jeune homme car il souhaitait converser avec lui tout à loisir après la messe. Quand l'écuyer a confié les lettres au roi Arthur, il se dirige vers la reine Guenièvre qui était là, entourée d'un grand nombre de dames et de demoiselles. Il s'agenouille instamment devant elle et lui dit : « Ma dame, le roi Marc vous salue et vous adresse par mon intermédiaire ces lettres. » La reine les prend et lui dit : « Ami, que le roi Marc ait bonne fortune. » Elle donne les lettres à une de ses demoiselles et il recule après avoir transmis son message. La reine croyait qu'il attendrait la fin de la messe car elle voulait lui demander des nouvelles de monseigneur Tristan et de la reine Iseult. Mais il n'attend pas car il a toute crainte. Il s'en va dès qu'il est sorti de l'église. Une fois dehors, il quitte Karlion le plus tôt qu'il peut et se met en route.

Après un temps, quand la messe fut chantée, le roi Arthur retourna à son palais. Et lorsqu'il s'y trouve, il demande les lettres que le roi Marc lui avait envoyées. On les lui donne. Il brise le sceau, ouvre les lettres et commence à les lire. Il les trouve ainsi, pleines de paroles malfaisantes :

« À vous, roi de la Grande Bretagne, qui maintes bontés avez faites à de nombreux hommes de haute qualité et de noblesse. Le roi Marc vous adresse le salut qui convient. J'ai reçu les lettres que vous m'avez envoyées et je les ai souvent lues. Et après les avoir regardées et compris entièrement ce qu'elles voulaient dire, je m'étonne fort que vous m'exhortiez à garder auprès de moi ma mort. Je l'ai gardée et je la garde encore. Mais c'est contre mon gré. Ce n'est pas de ma volonté que je garde ma mort et ma honte avec moi. Je ne ressemble pas à un roi que je connais. Car il a des yeux et n'y voit guère. Ou alors, il feint de ne rien voir. Il a le pouvoir, s'il le voulait, d'ôter sa honte de son entourage. Et il ne le fait pas. J'ignore s'il le sait. Il a bien des yeux mais n'y voit rien. Il a des oreilles mais n'entend goutte. Il dort avec son ennemi et se divertit

avec sa honte. Il est mort. Et il croit être vivant. On tente de ne pas éveiller ses soupçons. On joue à colin-maillard. Il ne peut aller dans un lieu où il ne voie constamment sa honte devant ses yeux. Sa vergogne croît toujours. Jamais elle ne s'amenuise. Et sachez, roi Arthur, que celui qui ne voit et n'entend goutte est votre proche parent, si bien qu'il fait partie de votre conseil. Je le sais mieux qu'il ne le sait. Il devrait me vouloir grand bien au moins parce que nous sommes compagnons d'une même honte. Il est déshonoré et moi aussi. Mais je me réconforte car si je vis longuement, je vengerai ma propre honte si violemment que, je le crois, on en parlera encore pendant toute notre vie, roi Arthur. Celui dont je vous parle ne fera rien. Il portera sa honte au cou, je le sais bien, car je le vois clairement. C'est pourquoi je vous prie de lui dire de ma part qu'il laisse le roi Marc en paix et ouvre les yeux. Qu'il regarde sa honte qui est devant ses yeux. Qu'il laisse celle d'autrui et se préoccupe de la sienne. Et je vous prie ardemment de ne plus intervenir dans mes affaires et celles de Tristan. Car je saurai en venir à bout. »

Il avait terminé ces lettres par ces mots pour se protéger et pour que le roi Arthur ne s'aperçût pas qu'il parlait de lui immédiatement. Le roi Marc adressa au roi Arthur ces paroles si laides et si malfaisantes comme je vous l'ai conté. Après avoir regardé, lu et relu les lettres, le roi Arthur est tout ébahi. Car il ne peut deviner pour qui ces paroles sont dites. S'il avait entendu parler de l'histoire entre Lancelot et la reine Guenièvre, il aurait tout de suite su qu'on parlait de lui. Mais le conte dit que Lancelot était si redouté, et le roi Arthur comme la reine Guenièvre si aimés de tous ceux qui séjournaient à la cour, que nul n'en avait encore parlé au roi, excepté une demoiselle qui avait été envoyée par la fée Morgane. Le roi Arthur avait à peine cru ce fait. Mais comme il savait que Morgane haïssait mortellement la reine Guenièvre, il ne crut pas ses paroles. Il considéra comme une fable et un mensonge tout ce qu'elle lui avait fait savoir. C'est pourquoi je vous dis qu'après avoir suffisamment regardé les lettres que le roi Marc lui avait envoyées, le roi Arthur ne sut qui devait porter la honte dont le roi Marc parlait. Il se demande dans quel but ces paroles sont dites. Mais en vain. Il ne peut trouver à qui elles correspondent, excepté au roi Carados Bref Bras. Il lui fait porter cette honte car il était raconté à la cour que messire Hector des Mares aimait la femme du roi Carados et qu'il l'avait connue. À cause de ces rumeurs, le roi Arthur, qui ne prend garde à lui-même, affecte ces paroles au roi Carados Bref Bras. Il en sait mauvais gré au roi Marc et il viendra peut-être un temps où il se repentira d'avoir envoyé des lettres si cruelles et si laides. Ainsi le roi Arthur pense-t-il aux paroles que le roi Marc lui avait adressées. Et dès que la reine a pénétré dans sa chambre, maintenant qu'elle a si peu de compagnie, elle prend les lettres du roi Marc et commence à les lire d'un bout à l'autre. Après les avoir lues, elle reconnaît qu'elles sont fourbes et extrêmement mauvaises ; elles parlaient clairement d'elle et de monseigneur Lancelot sans rien cacher. Et sachez que ces lettres avaient la forme d'un lai. Le roi Marc lui avait adressé le chant et les paroles pour qu'elle se trouve plus morte et honteuse et qu'elle croie qu'il l'avait déjà fait chanter. Les lettres disaient ainsi :

Salut à vous, comme je dois le faire,
Reine de mauvaise affaire
Qui Guenièvre êtes appelée.
Votre œuvre a été trop cachée

Car je veux vous la découvrir,
Et la mienne, pensez à l'ouvrir.
Du grand bien, du grand honneur
Que vous faites à votre seigneur

Suis-je très heureux et joyeux.
Il n'est pas voyant même s'il a des yeux.
Il a des oreilles mais n'entend pas
Que Lancelot, dès ce temps-là,

Fut son ami, votre merci.
Il le vit mais n'entendit de cri.
Vous savez bien moucher son nez
De sa manche. Tant l'avez fait

Qu'il en porte la feuille au front
S'il est attentif et si je fais attention.
Si je suis tordu, lui est boiteux,
Si vous l'aimez, ce n'est pas peu.

Tant avez fait par votre sens propre
Que le roi n'est plus rien, il est vôtre.
Il est naïf, il ne vous a pas trouvés.
Vous savez bien de lui vous jouer.

Pour le fait de Lancelot du Lac,
Vous l'avez mis à l'envers et à sac.
Vous savez bien la barbe lui tondre
Dans l'eau. Et plumer et retondre.

Bien le considérez comme bête folle.
L'un le caresse, l'autre l'affole.
Vous le caressez,
Lancelot l'a déshonoré.

Jamais il ne lui fit tant d'honneur
Comme il a de déshonneur.
Vous jouez bien au jeu du foulard
Avec le roi triste, fou et faiblard.

C'est pourquoi je dis sans ruse
Que ce serait bien qu'on vous accuse.
Qu'on pende l'un, que l'autre soit brûlée.
Si bien qu'à notre époque ne manquerait

La parole de la rétorsion.
On dirait d'une commune action
Que le roi Arthur aurait fait
Comme un homme de bien et parfait.

Ainsi finissaient les lettres dont je vous ai parlé. Quand la reine les a lues, elle a si mal au cœur qu'elle ne sait que dire. Elle manque d'enrager de douleur. Elle s'appuie à une fenêtre et tient les missives dans sa main, si effarée qu'elle ignore quoi dire. Et comme elle ne voulait pas que les lettres soient trouvées par hasard, elle les fait mettre dans un écrin sous une protection telle que nul ne pouvait aisément les atteindre sans sa permission. La reine est prodigieusement pensive, plus que de coutume. Elle ne sait que dire de la méchanceté et des vilaines paroles que le roi Marc lui avait envoyées. Si par hasard le roi Arthur voyait ces lettres, il est un homme si noble et si redoutable qu'il la ferait mettre à mort sans jugement. Elle y pense profondément. La reine est accablée. La reine est furieuse et mal à l'aise. Elle menace grandement le roi Marc et dit que jamais il n'écrivit des lettres qui lui causeront autant de honte et de dommages comme il adviendra si elle peut se venger.

Dans le même temps que ces lettres furent apportées au royaume de Logre, Dinadan arriva à la cour. Le roi Arthur en fut ravi ainsi que d'autres chevaliers qui lui voulaient grand bien. Lancelot était à la cour à ce moment-là. Aucun des membres de sa lignée ne manquait, pas même le plus petit. Mais sachez bien que Lancelot ne s'était jamais rendu à la cour plus contrarié ni plus triste. Car la reine lui avait fait part mot à mot des écrits que le roi Marc lui avait adressés. Et elle lui avait montré ces mêmes lettres. Ce qui le rendit enragé de douleur et de fureur.

Selon le conte, Lancelot pensait à la félonie du roi Marc en ce temps-là. Il tenait dans sa main les lettres. Il s'endormit sur un lit. Et Dinadan, qui était l'un de ses familiers, s'assoupit à côté de lui. Il n'y avait personne à part eux deux. Dinadan s'éveilla avant Lancelot et trouva les lettres qui étaient tombées de sa main tandis qu'il dormait. Il les ouvrit et les lut immédiatement. Et quand il vit ce qu'elles exprimaient et qu'il en comprit le sens, il fut prodigieusement furieux et dit que le roi Marc avait adressé des paroles trop ignobles et mauvaises à une si vaillante et grande dame telle que la reine Guenièvre qui était sans doute la plus noble dame du monde, la plus haute, et dont les quartiers étaient de très nobles lignées. Le roi Marc agit trop cruellement envers une si valeureuse et digne dame en lui adressant ces mots. S'il recevait une mauvaise récompense, ce ne serait pas un mal. Il repose les lettres à côté de Lancelot telles qu'il les avait trouvées et retourne auprès de lui dans son lit en faisant semblant de dormir. Et il ne dormait que d'un œil.

Au bout d'un moment, Lancelot s'éveille et trouve Dinadan profondément endormi. Lancelot prend les lettres, va à une fenêtre et se met à les relire, si courroucé qu'il manque d'enrager de douleur. Et après les avoir lues et relues, car il les avait parcourues d'autres fois, il change de couleur pour la grande souffrance qui serre son cœur. Il saisit les lettres et les déchire en plus de cent morceaux. Elles furent éparpillées, certains morceaux ici, d'autres là, de sorte qu'ils ne puissent jamais être rassemblés. Ainsi Lancelot le fit-il des lettres car il voulait qu'elles ne soient lues par personne. Mais, même s'il ne les voit pas avec ses yeux de chair, cela ne l'empêche pas de les lire avec les yeux du cœur. Il ne pourra jamais les oublier. Il en va de même pour Dinadan. Il ne les a lues qu'une seule fois et il les a entièrement en mémoire comme s'il les avait parcourues cent fois. Car elles étaient écrites avec légèreté et ruse. Il n'y pense pas moins que Lancelot. Il est blessé que le roi Marc le fourbe ait parlé si ignominieusement de la plus haute dame du monde et du meilleur chevalier. Il est très affecté. S'il était sur une aire de duel avec le roi Marc, il croirait, avant qu'il ne le quittât, lui causer une honte aussi grande sinon pire que celle qu'il fit subir à la reine Guenièvre. Il pense fort à cette affaire car elle le perturbe terriblement. Il vengerait volontiers la reine, s'il le pouvait, et amènerait le roi Marc à se repentir de sa mauvaise action s'il en avait l'occasion. Il y pense souvent. Et après avoir tant songé, il ne voit pas comment mieux se venger qu'en lui envoyant d'autres lettres. Mais pas de la part de la reine Guenièvre qui n'en saurait rien.

Dinadan se met d'accord avec lui-même ; il ne se vengera du roi Marc qu'en lui adressant des lettres si secrètement et si emplies de cruelles paroles que jamais, par ouï-dire, un roi n'en reçut de telles. Il est mauvais, malfaisant et vil. On doit lui envoyer des missives très désagréables et infâmes. Dinadan s'emploie à chercher la manière de les ordonner, s'il les veut en rimes ou en prose, ou à la façon d'un lai. S'il peut trouver un chant, ce sera un lai. Les autres auteurs qui, en ce temps-là, avaient déjà trouvé des lais, chantaient et parlaient de bonté et de courtoisie parce qu'ils savaient que ceux qu'ils louaient étaient courtois et bons. Mais Dinadan sait comme tous que le roi Marc est le plus misérable, le plus vain, le plus vil et le plus lâche du monde ; il composera un lai qui évoquera sa honte et il contera sa mauvaise nature. Jamais, depuis que des lais furent composés, un lai ne sera si volontiers écouté comme celui-là le sera. Et le roi Marc ne pourra pas être plus déshonoré. Car il sera su par tout le monde. Et quand il sera raconté devant la chevalerie, tous le considéreront vil. Dinadan décide donc d'adresser un lai au roi Marc dans lequel il contera tout son fait. Il savait que messire Tristan avait disposé le « Lai Mortel » par couplets de quatre. Aussi dit-il qu'il voudra imiter ce lai et l'ordonner ainsi. S'il le peut, il trouvera un chant merveilleux qui sera volontiers chanté dans toutes les cours et devant tous les princes. Dinadan y réfléchit si profondément qu'il finit par trouver son lai bellement tourné. Puis il y met tant de peine qu'il invente un chant tout neuf qui convienne à un lai. Après avoir trouvé son lai et le chant, il lui donne un nom et l'appelle le « Lai Véridique ». Une fois son lai achevé, tant par le chant que par les paroles, il fait aussitôt venir devant lui un harpiste qui connaissait fort bien son art et qui en était maître. Il savait tous les lais et les chansons que les chevaliers de la Table Ronde composaient, car chacun lui disait le chant et les paroles de son œuvre et il la chantait devant la Table Ronde. Le harpiste s'appelait Héliot le Joyeux. Dinadan fait venir ce harpiste devant lui et lui dit : « Héliot, j'ai composé un lai. Je veux que tu l'apprennes. Et quand tu le sauras bien, tu te rendras dans la contrée où je désire t'envoyer.

— Sachez, sire, fait Héliot, que je ne connais nulle contrée étrangère où je n'aille en toute sécurité. Mais il faut que vous m'obteniez le congé du roi Arthur, mon seigneur. Car sans ses ordres, je n'oserais quitter la cour. Et quand il me l'ordonnera, je ne souhaiterai pas rester un seul jour.

— Certes, Héliot, dit Dinadan, je t'obtiendrai la permission du roi Arthur lui-même. Tu pourras t'en aller. »

Il commence à lui apprendre son lai, les paroles et le chant du mieux qu'il sait faire, et il le retient avec lui de jour et de nuit, si bien qu'il connaît le lai et le chant comme Dinadan lui-même, qui l'avait composé. Quand Héliot sait si bien le lai qu'il n'a besoin de nul autre maître, Dinadan appelle Lancelot dans une chambre à l'écart des autres chambres et assez éloignée des gens. Le harpiste était à l'intérieur et avait accordé sa harpe en connaisseur. Apercevant Lancelot qui venait vers lui, il se lève et le salue. Ils s'assoient ensuite tous ensemble. « Lancelot, fait Dinadan, voulez-vous entendre un lai que j'ai nouvellement composé ?

— Et quel est ce lai ? demande Lancelot.

— C'est, répond Dinadan, un lai tout nouveau que j'ai trouvé, qui parle du roi Marc et que l'on appelle le "Lai Véridique".

— Dinadan, fait Lancelot, je vous sais si subtil et avisé qu'il est impossible qu'il ne soit très bien écrit et qu'il ne dise la vérité puisque vous lui avez donné ce nom. Car vous connaissez bien le roi Marc, sa valeur en cas de besoin et ce qu'il pourrait faire. C'est pourquoi je déclare que je veux l'entendre. »

Le harpiste commence à déclamer les paroles et le chant, et il s'applique à bien jouer en l'honneur de monseigneur Lancelot pour que cela lui plaise plus encore. Et sachez que lorsqu'il eut joué, chanté du début à la fin et achevé le lai, Lancelot, à qui il plaît fort, dit que jamais de toute sa vie il n'entendit un lai qui révélât la vérité de toutes choses comme celui-là. Car il ne dit rien du roi Marc qui ne soit exact. Celui qui a rapporté tous ses faits, toutes ses œuvres et son pouvoir connaît bien son affaire.

Puis il s'adresse de nouveau à Dinadan : « Dinadan, que Dieu vous bénisse, que voulez-vous faire de ce lai ?

— Sire, répond-il, je vous le dirai. Je sais avec certitude qu'il y a guère de temps, le roi Marc se mit en peine de médire sur certaines personnes. Je veux toutes les venger et faire connaître à travers le monde la grande bravoure, la courtoisie et la valeur du roi Marc et combien il est un chevalier loyal. Si je le savais présentement au royaume de Logre, Dieu m'est témoin que je prendrais une vengeance supérieure. Mais comme je ne peux l'y trouver, je veux l'avilir en Cornouaille. Car lorsqu'il donnera à sa cour la plus grande fête, Héliot le harpiste jouera ce lai. Mais il aura auparavant assuré sa sécurité. Et quand le roi Marc l'aura assuré, il pourra jouer hardiment son lai et dire que je le lui adresse. Après l'avoir chanté en Cornouaille, il le portera en Galles et dans toutes les autres terres, là où séjournent les chevaliers ; il fera ainsi connaître à tous les chevaliers du monde la grande valeur du roi Marc. » En entendant cette nouvelle, Lancelot dit à Dinadan : « Vous ne pouviez penser mieux. Quand il est impossible de le tenir entre nos mains, nous ne pouvons mieux le déshonorer qu'en faisant conter à travers le monde ses œuvres, sa lâcheté, sa félonie, sa vanité et sa vile traîtrise. » Ils se mettent d'accord tous les deux : le harpiste se rendra tout droit en Cornouaille. Et quand il y sera parvenu, il saluera monseigneur Tristan de la part de Dinadan.

Après la conversation qu'eurent Lancelot et Dinadan, le harpiste ne tarda guère à quitter la cour du roi Arthur. Après un long voyage, il arriva en Cornouaille. Mais à ce moment, le pays connaissait la plus grande crainte jamais éprouvée. Et si messire Tristan ne s'était pas trouvé en Cornouaille, le roi Marc n'aurait tenu la campagne de guerre pour nul bien du monde. Il se serait enfermé dans quelque château fort pour se défendre jusqu'à ce qu'il vît comment Fortune pourrait lui venir en aide. Et si on me demandait la cause de cette grande peur, je répondrais qu'elle venait d'une armée de Saxe qui avait débarqué. Car un grand prince de Saxe appelé Hélian, un homme nanti de biens, d'amis et redouté par toutes les terres, avait rassemblé de nombreuses troupes à grand renfort en Saxe et dans d'autres lieux. Et il avait entendu dire que messire Tristan ne se trouvait pas en Cornouaille. Il aurait quitté son oncle par colère et ne devait jamais revenir ; d'autre part, on l'aurait traité honteusement en Cornouaille. C'est pourquoi il avait réuni de nombreuses gens en Saxe et ailleurs et avait prévu de pénétrer en Cornouaille par la force. Il chasserait le roi Marc bon gré, mal gré. Et il savait que les Cornouaillais étaient si profondément couards qu'ils l'attendraient à grand-peine sur le champ de bataille. Ainsi, comme je vous le raconte, Hélian avait décidé de pénétrer en Cornouaille par la force au risque de déplaire. Il advint qu'il y entra au moment où le harpiste fut envoyé dans ce pays. Le roi Marc était à Tintaïol et la reine Iseult se trouvait avec lui. Mais messire Tristan, son neveu, n'y était pas. Il séjournait dans un château qui appartenait à Dinas le Sénéchal. C'est dans ce château qu'il mourut plus tard de la blessure que le roi Marc lui fit comme je vous le raconterai en détail vers la fin de notre livre.

À cet instant où les Saxons vinrent en Cornouaille, messire Tristan avait été navré par une flèche. Mais il n'était pas blessé au point de ne pouvoir porter aisément les armes s'il le voulait. Un soir, à minuit, les Saxons débarquèrent si près de Tintaïol qu'ils étaient à moins de trois lieues anglaises. Et sachez qu'ils étaient bien plus de quatre mille chevaliers valeureux et vaillants au combat, sans compter l'autre compagnie qu'ils possédaient et qui était composée de nombreuses gens. Ils arrivèrent près d'une forêt où il y avait un excellent port. Cette nuit, ils peinèrent beaucoup pour ôter leurs chevaux et leurs armes des navires. Si bien qu'au matin, tous furent sur la terre ferme avec leur équipement. Et quand vint le lendemain, tôt le matin, les paysans et les laboureurs se répandirent dans leurs champs. Ils virent les Saxons qui se trouvaient près du rivage, les uns là, les autres là-bas, dans la forêt et en dehors. Ils surent aux armes et aux écus qu'ils n'étaient pas de Cornouaille. Apprenez qu'ils furent particulièrement épouvantés. Ils ne s'approchent pas d'eux pour leur parler. Ils retournent à vive allure à Tintaïol le plus discrètement possible. Ceux qui arrivèrent à Tintaïol et qui avaient vu les ennemis se rendirent à la forteresse principale où le roi Marc et la reine Iseult se trouvaient. Ils dormaient encore quand un écuyer, qui le matin était allé chasser vers la forêt, avait clairement aperçu les Saxons et les avait reconnus ; il se présenta devant l'huis de la chambre et frappa fortement. Un jeune homme arrive aussitôt, ouvre l'huis bellement et dit : « Que veux-tu et qu'as-tu ? Quelle urgence te mène si hâtivement ?

— Laisse-moi parler au roi Marc, fait l'écuyer, car le besoin est impérieux. » Et l'autre ferme la porte, va trouver le roi Marc et lui dit : « Sire, il y a dehors un écuyer qui veut vous parler. »

Le roi est terrifié en entendant ces mots car il lui vient à l'esprit que c'est un fait de haute importance. Il saute aussitôt du lit, se fait vêtir et apprêter le plus vite possible, puis ordonne qu'on lui amène l'écuyer. Quand l'écuyer est devant lui, il lui dit, effaré : « Sire, je vous apporte des nouvelles qui ne sont celles que je voudrais. Si j'avais pu, je vous les aurais volontiers apportées meilleures. Mais je ne le peux. Cela me pèse de devoir les dire. Sachez avec certitude que vous avez sur vos terres mille ennemis et plus encore que vous ne possédiez hier soir. Ils sont arrivés directement au Port de la Forêt. » Le port où les Saxons avaient débarqué s'appelait ainsi. En entendant cette nouvelle, il est inutile de demander si le roi est terrifié, car il était persuadé que c'était le roi Arthur avec son armée. Et il ne redoutait personne comme le roi Arthur car il savait bien qu'il ne pourrait résister contre lui pour rien au monde. D'autre part, il n'ignorait pas que le roi Arthur lui voulait du mal pour de nombreuses raisons. Il demande alors à l'écuyer : « Quels sont ces gens qui ont pénétré sur ma terre ?

— Sire, répond l'écuyer, apprenez que c'est l'armée de Saxe. Ils arrivèrent cette nuit et sont sur la terre ferme. Et je crois bien qu'ils ont ôté tout leur équipement des bateaux. Sachez qu'ils sont nombreux. Jamais vous ne vîtes une telle multitude. »

En entendant ces dires, le roi n'est guère rassuré. Pourtant, il est plus réconforté et moins effrayé que s'il s'agissait du roi Arthur. Il convoque dans l'urgence tous les chevaliers qui se trouvaient à Tintaïol ainsi que tous ceux qui pouvaient porter des armes. Il appelle tous ses chevaliers, près ou loin, à venir hâtivement à Tintaïol bien armés et équipés de leur mieux. Et comme il ne savait de quelle manière l'aventure allait tourner, il fait, dès le début, emmener la reine Iseult hors de Tintaïol et la fait conduire à l'un de ses châteaux qui était merveilleusement fortifié ; il la fait installer dedans et lui donne des gardes en qui il avait confiance et qui ne maniganceraient ni tricherie, ni ruse tant qu'ils la protégeraient. Ainsi, comme je vous le raconte, le roi Marc plaça en sécurité la reine Iseult sous la garde du frère d'Andret qui haïssait messire Tristan. Ce dernier a manqué l'occasion de ravir la reine Iseult, à moins d'assiéger le château où elle demeure maintenant. Il est si bien fortifié que le roi Arthur pourrait piétiner devant longtemps avant de le prendre, tant que les occupants auraient des vivres.

Après avoir placé la reine en sécurité, le roi Marc prend conseil auprès de ses barons pour déterminer ce qu'il pourra faire. Ils lui répondent aussitôt : « Sire, le meilleur conseil qu'on puisse vous donner serait d'envoyer chercher monseigneur Tristan, votre neveu, et que vous lui fassiez savoir que vos ennemis sont arrivés de Saxe et ont pénétré en Cornouaille. Si nous l'avons parmi nous, nous sommes sauvés. Autrement, nous ne savons pas très bien que faire. Demandez-le-lui. C'est ce que nous voyons de mieux dans cette affaire.

— Certes, approuve le roi, mais si vous pouvez entrevoir un autre conseil que celui d'appeler Tristan, je veux volontiers l'entendre. Car vous savez que Tristan n'est guère bien disposé envers nous et envers le bien de la Cornouaille. C'est pourquoi je le redoute fort.

— Sire, répliquent les barons, nous vous répétons d'envoyer quérir monseigneur Tristan. Il a toujours aimé la Cornouaille car il l'a maintes fois délivrée de bien des périls. Il l'a souvent libérée et il la libérera encore s'il ne déplaît à votre orgueil.

— Seigneurs, fait le roi Marc, me donnerez-vous un autre conseil ?

— Non, sire. C'est le meilleur et le plus sage que nous voyions dans cette affaire. Messire Tristan a tant de fois sauvé la Cornouaille de maints combats importants qu'il ne manquera pas de nous aider à cette occasion de tout son pouvoir.

— Je l'enverrai donc chercher, fait le roi, mais sachez bien que c'est contre mon gré. »

Le roi demande où l'on pourrait trouver monseigneur Tristan et ceux qui le savaient lui dirent qu'il était au château de Dinas où il séjourne. Mais ils ne savent pas pour quelle raison. Le roi Marc avise un messager, l'envoie au château de Dinas et lui apprend ce qu'il devra dire à monseigneur Tristan quand il l'aura trouvé. Le messager s'en va sans plus attendre. Une fois en route, il chevauche tant qu'il arrive au château de Dinas qui n'était pas trop éloigné de Tintaïol. Il y trouve monseigneur Tristan allongé dans un lit, blessé, car il avait été atteint à un mauvais et périlleux endroit. Le messager se présente au château et fait ouvrir la porte. On lui ouvre aussitôt. Une fois descendu, il demande instamment où est messire Tristan. On lui répond qu'il est étendu sur un lit, en mauvaise santé. « Mais qui t'envoie par ici ? » demandent les gens du château. Et il répond : « Une grande urgence me conduit. Je saurai en parler à monseigneur Tristan. Allons, vite ! Menez-moi devant lui car le besoin est trop important ! » En entendant cette nouvelle et parce qu'ils sont très désireux de savoir de quoi il retourne, ils ne tardent pas. Ils le mènent rapidement devant monseigneur Tristan. Quand il est devant lui, le messager s'agenouille immédiatement et lui dit : « Sire, le roi Marc vous salue ainsi que tous les barons de Cornouaille. Il vous fait savoir que les Saxons ont débarqué à grand renfort de troupes. Le roi Marc, qui a bien vu comment vous aviez souvent délivré la Cornouaille de nombreux périls et grandes hontes, vous prie pour l'amour de Dieu d'avoir pitié de ce pays. Ne tolérez pas qu'il soit déshonoré par ses ennemis. Mettez-y travail et peine et secourez-le comme vous l'avez fait de nombreuses fois par le passé. » En entendant cette nouvelle, messire Tristan demande quand les Saxons arrivèrent. « Sire, répond l'écuyer, ils débarquèrent à la nuit devant le Port de la Forêt.

— Et sont-ils nombreux maintenant ? interroge messire Tristan.

— Oui, sire, dit le jeune homme.

— Certes, fait messire Tristan, si j'étais capable de porter des armes, je serais venu à Tintaïol à l'aide et au secours du roi Marc. Mais, Dieu le sait, je ne suis pas en état de porter des armes. Car il y a encore guère de temps, je fus blessé plus sévèrement que je n'en avais besoin. Si mes membres étaient valides, je ne serais pas ici. C'est pourquoi tu diras au roi Marc de ma part qu'il se batte vaillamment contre les Saxons. Qu'il prenne sagement garde à ne pas désespérer, car il n'a pas une aussi bonne chevalerie qu'eux. D'ici cinq jours, il m'aura en sa compagnie. Avant ce terme, je ne pourrai pas porter aisément les armes. Pourtant, dis-lui hardiment de ma part qu'il soit rassuré. »

Le messager vient alors à son cheval, monte et se hâte fort de chevaucher pour revenir à Tintaïol. Il y trouve les gens angoissés et effrayés. Il y avait sans doute dans Tintaïol plus de deux cents chevaliers de Cornouaille, tous capables de porter des armes dont ils étaient bien garnis. Tous les châteaux et toutes les villes qui étaient près d'ici se réfugièrent dans Tintaïol le plus vite possible. Quand les occupants de la cité voient le messager envoyé à monseigneur Tristan revenir, ils viennent à sa rencontre et lui demandent : « Quelles nouvelles apportez-vous de monseigneur Tristan ?

— Je les apporte bonnes, répond-il. Messire Tristan viendra tantôt. »

Une fois qu'il comparaît devant le roi Marc, celui-ci lui demande instamment : « Quelles nouvelles rapportes-tu de Tristan ?

— Sire, bonnes, fait le jeune homme. Messire Tristan est un peu blessé, si bien qu'il ne peut aisément porter des armes et chevaucher. Mais d'ici cinq jours, il viendra ici si Dieu le défend de tout embarras.

— C'est bien », fait le roi Marc. Tous les barons de Cornouaille se réconfortent grandement en entendant cette nouvelle, car ils avaient plus d'espoir d'être délivrés des Saxons par monseigneur Tristan que par eux-mêmes.

Tout le jour et toute la soirée, les Cornouaillais vinrent en grand nombre à Tintaïol quand ils surent que les Saxons étaient arrivés en Cornouaille. Ils entrèrent tous dans la cité. Tous s'y rendirent, petits et grands, ainsi que ceux qui ne vivaient pas dans des châteaux forts. Cette nuit, on fit le guet à Tintaïol mieux que jamais. La cité est bien gardée et bien garnie. Nul homme ne peut entrer s'il n'est connu.

Le roi Marc se prémunit ainsi contre ses ennemis. Pendant la nuit, les chevaliers fourbissent leurs armes, s'occupent de leurs chevaux et de leur équipement. Le lendemain matin, les Saxons, qui avaient leurs espions et leurs messagers dans Tintaïol à la cour du roi Marc, apprirent des nouvelles du roi et des Cornouaillais et surent que messire Tristan ne pouvait porter d'armes. Ils tinrent conseil pour savoir ce qu'ils pourraient faire. Selon eux, il n'y a rien d'autre à faire que de chevaucher vers Tintaïol. Si le roi Marc veut sortir hors des murs pour les affronter sur le champ de bataille, il les trouvera prêts à se battre, car c'est tout ce qu'ils demandent. Lorsque leurs armes sont prêtes, les Saxons montent et se divisent en quatre troupes, et pas plus. Chacune des quatre troupes était remplie de bons chevaliers et d'autres gens tous bien armés. Après avoir disposé et apprêté leurs bataillons le mieux possible, ils se mettent en route à travers la campagne.

Quand les barons de Cornouaille entendent dire que les Saxons venaient vers Tintaïol en bataillons rangés, ils ne sont guère rassurés. Ils se présentent aussitôt devant le roi Marc et lui rapportent que les Saxons arrivent droit vers Tintaïol en troupes rangées et à bannière déployée. Qu'il voie ce qu'il pourra faire et ce qu'il veut qu'ils fassent. Veut-il qu'ils sortent de Tintaïol pour les combattre en plein champ de bataille ou préfère-t-il qu'ils restent à l'intérieur jusqu'à ce qu'ils aient des renforts ?

« Dites-moi, demande le roi Marc, ont-ils de nombreuses gens ?

— Oui, sire, sachez-le bien. Ils ont de nombreux soldats bien armés.

— Nous aussi avons beaucoup de monde, réplique le roi Marc, et bien préparé. Et si nous restions ici sans aller à leur rencontre, ils nous considéreraient comme des lâches et des pleutres. Nous leur procurerions courage et audace, et nos chevaliers deviendraient plus couards encore. »

Sur les paroles du roi Marc, les uns et les autres allèrent s'équiper de leurs armes et ordonnèrent leurs bataillons du mieux qu'ils purent et qu'ils savaient. Après avoir disposé leurs gens, ils sortent aussitôt de Tintaïol tous rangés et serrés. Et comme les Saxons avaient composé quatre lignes, ils en firent quatre aussi, bien ordonnées. Ils sortent donc de Tintaïol. Sachez que Dinas le Sénéchal conduisait le premier bataillon. Andret, le second. Argon, un chevalier du roi Marc, valeureux dans le combat et très vaillant, guidait le troisième. Et le roi Marc conduisait le dernier. Dans cette bataille, il y avait de nombreux chevaliers de Cornouaille. S'ils avaient été aussi doués dans l'art des armes que les chevaliers du royaume de Logre, ils auraient pu mener à terme cette grande tâche.

Dès qu'ils sortirent de Tintaïol, disposés en bataillons comme je vous le raconte, et qu'ils virent les troupes des Saxons qui venaient de toute la campagne vers la cité, ils allèrent à leur rencontre. À la réunion des premiers bataillons, vous pouviez voir des lances se briser et des chevaliers tomber sans avoir la force de se relever. Grands sont les cris ; la clameur et la huée sont prodigieuses. On peut entendre d'assez loin les bris des lances. Les Saxons et les Cornouaillais se cherchent violemment. Ils se montrent qu'ils sont des ennemis mortels. Pour sa part, Dinas se bat bien. Il a abattu de sa lance deux chevaliers. L'un fut tué, l'autre blessé gravement. Ceux qui l'avaient observé dirent que vraiment Dinas le Sénéchal est valeureux. Les Saxons eux-mêmes qui avaient vu ce combat furent assez épouvantés et ne le rencontraient plus aussi volontiers qu'auparavant. Grands sont les cris et les hurlements, et la clameur merveilleuse. Le bris des lances peut s'entendre de loin. Les Saxons et les Cornouaillais se cherchent impétueusement.

Après avoir brisé sa lance, Dinas n'attend pas. Il empoigne son épée, se précipite sur l'un des Saxons et lui donne un si grand coup que l'autre s'estime trop chargé en le recevant. Grande et cruelle est la bataille. Les chevaliers de Cornouaille se mettent en peine et rassemblent tout leur pouvoir et toutes leurs forces pour mettre à mort leurs ennemis. Ils leur montrent clairement et de leur mieux que peu leur importe qu'ils restent en Cornouaille. Ils ne veulent ni leur voisinage, ni leur amour, ni leur compagnie. Les Saxons disent d'autre part que les Cornouaillais sont morts s'ils ne quittent pas la Cornouaille. Ils mourront tous, ainsi qu'ils le clament, ou ils deviendront leurs esclaves. Et les Cornouaillais affirment qu'ils préfèrent mourir plutôt que de rester en Cornouaille asservis comme au temps des Irlandais. Grande est la clameur et grands sont les cris de part et d'autre. L'une et l'autre parties se défendent bien. Jamais en nul lieu où ils allèrent les Cornouaillais n'agirent aussi bien. Mais ils étaient moins nombreux que les Saxons et la chevalerie de Cornouaille n'était pas encore réunie. Aussi ne purent-ils supporter le grand nombre de gens qui fondit sur eux. Et ils auraient perdu bien des hommes s'ils n'avaient pas très sagement commencé à battre en retraite petit à petit vers Tintaïol.

Ce jour-ci, le roi Marc fit tant ses preuves dans la bataille que tout homme de part et d'autre lui donna grand prix et grandes louanges pour la journée. Mais celui qui conduisait les Saxons, qui était seigneur de l'armée et qui avait amené ses troupes en Cornouaille, œuvra si bien et si merveilleusement dès qu'il se mit dans les rangs que nul de ses ennemis ne le vit sans être épouvanté. Et sachez bien qu'il occit de sa main dix chevaliers, sans compter ceux qu'il blessa au cours de la journée. Sans lui et sans son formidable pouvoir, les chevaliers de Cornouaille n'auraient pas fui le champ si tôt et n'auraient pas perdu tant d'hommes. Mais, grâce à sa grande bravoure, les siens commencèrent à se réjouir, à prendre courage et force plus qu'ils n'auraient pu si Hélian, le prince de Saxe qui tuait et abattait devant lui tous ceux qu'il rencontrait, n'avait pas été là. Et cela causa de grands dommages ce jour-ci au roi de Cornouaille. Quand les Cornouaillais virent qu'ils subissaient de si grandes pertes lors de cette bataille – et qu'ils en recevraient de plus importantes s'ils demeuraient –, ils commencèrent alors à retourner à

Tintaïol le plus sagement qu'ils purent. Mais ils ne surent le faire si subtilement car ils essuyèrent une grande perte de leurs gens. Grands furent les cris et la clameur des Saxons lorsqu'ils surent que les chevaliers de Cornouaille quittaient le champ. Ils cognent sur eux encore plus violemment afin de les blesser. Ils leur montrent clairement qu'ils sont des ennemis mortels. Quand les Cornouaillais rentrèrent dans Tintaïol, vous pouviez entendre la grande huée que poussaient les Saxons. Ils les projettent de force contre la porte, et ils auraient pénétré dans la cité sans une porte coulissante de fer qu'on laissa choir. Cette porte tua quatre Saxons dans sa chute, et dix qui étaient entrés de force furent retenus à l'intérieur.

Les Cornouaillais se mettent à faire un deuil extrêmement grand et leur douleur est trop merveilleuse car leur première journée de bataille est catastrophique. Ils ont subi une telle perte que jamais ils ne pourront se relever. Ils regrettent monseigneur Tristan. Ils affirment que la Cornouaille pourrait être facilement déshonorée et avilie si elle n'était pas secourue par la bravoure de monseigneur Tristan. Et sa hardiesse apparaît clairement. S'il avait été en leur compagnie ce jour, ils n'auraient pas reçu de tels dommages et ils n'auraient pas fui le champ de bataille de la sorte. Ils le regrettent grandement. Ils sont si furieux qu'ils maudissent autant qu'ils le peuvent Fortune qui leur a apporté une telle aventure. La douleur est grande et les pleurs merveilleux dans Tintaïol. Le roi Marc est si fâché qu'il ne sait que dire, excepté que l'aventure infligea une blessure à monseigneur Tristan pour leur seul malheur et leur dommage. Qui était à Tintaïol pouvait entendre de toutes parts crier, pleurer et mener deuil. Les Cornouaillais ne font rien d'autre que se lamenter. Là, vous pouviez voir maintes belles dames égratigner leur visage et leur front, se déclarer lasses et misérables et tomber souvent en pâmoison.

Que vous dire ? Si on devait à l'instant tous les tuer, s'ils avaient tout perdu ou s'ils voyaient devant eux la mort, j'ignore comment ils pourraient se lamenter plus qu'ils ne le font tous ensemble. Ainsi les Cornouaillais se désolent-ils et se plaignent-ils à l'intérieur de Tintaïol. Mais s'ils sont dans la profonde affliction, les Saxons, au-dehors, ne les imitent pas. Si les Cornouaillais sont en deuil, les Saxons mènent grande joie, grande fête et se réconfortent grandement grâce à cette excellente fortune que Dieu leur a envoyée aujourd'hui dès le commencement de leur bataille. Ils disent clairement que puisqu'ils ont gagné la guerre et que les Cornouaillais savent comment ils manient une épée, ils n'auront jamais l'audace de fouler de nouveau le champ de bataille. Et c'est une chose qui les rassure fort et qui leur donne l'espérance de conquérir toute la terre de Cornouaille. Ainsi ceux du dehors pensent-ils différemment de ceux du dedans. Ceux du dedans se lamentent fort. Ils n'ont aucun espoir. Ils ne connaîtront aucun réconfort si ce n'est par monseigneur Tristan. En monseigneur Tristan résident tous leurs espoirs. Ils l'attendent pour leur paix et pour leur secours. Les Saxons, qui sont dehors et qui croient avoir vraiment gagné la terre de Cornouaille, mènent grande joie dans le vacarme. Hélian, qui les dirigeait et qui était un merveilleux chevalier, ordonne que tous aillent se coucher ; il fait tendre des tentes et des pavillons dans la prairie qui était belle et vaste.

Un messager va conter tout ce qui était advenu lors de cette journée à monseigneur Tristan qui logeait au château de Dinas le Sénéchal. Quand messire Tristan le voit, il lui demande aussitôt : « Jeune homme, viens-tu de Tintaïol ?

— Oui, sire, répond-il. J'en viens à l'instant. Et sachez qu'une grande bataille s'est déroulée aujourd'hui entre les Cornouaillais et les Saxons. Je ne crois pas que la Cornouaille ait connu une journée plus dure et désagréable que celle-là, car il y a assez de morts et d'otages parmi les nôtres contrairement à nos ennemis qui n'ont guère subi de grandes pertes. » En entendant cette nouvelle, messire

Tristan est plus joyeux que de coutume. Car il lui est avis que la Cornouaille est sous sa domination à présent. Il est nécessaire que tous le prient bon gré, mal gré s'ils veulent être délivrés. Ils sont entre ses mains et c'est une chose qui lui plaît beaucoup et l'enchante. Après avoir écouté les nouvelles que le messager lui a apportées, il lui répond : « Cette nouvelle me peine. Si j'étais aussi sain qu'il y a seulement un mois, ils n'auraient pas combattu sans moi. Les Saxons auraient bien trouvé messire Tristan sur le champ de bataille. Ils ne se seraient pas moqués de la Cornouaille. Ils ne le feront pas longtemps si Dieu me défend de tout embarras. Il est nécessaire que j'aille les voir bien vite. Tels qui chantent en cette journée pleureront bientôt. Mais dis-moi, que Dieu te garde, les Cornouaillais furent-ils vraiment défaits ?

— Certes, sire, répond le messager. Et sachez qu'ils ont subi de lourdes pertes. Les Saxons comptent parmi eux un chevalier. Je crois bien qu'il est plus grand que le roi Marc. C'est le maître de tous les Saxons. C'est lui seul qui les amena tous dans ce pays. Mais sachez certainement qu'il est si bon chevalier et qu'il a réalisé tant de prodiges aujourd'hui que même Lancelot du Lac n'aurait pu mieux faire comme le disent ceux qui virent ses exploits. Et apprenez que les Cornouaillais avaient bien débuté la bataille. Ils avaient mieux œuvré que jamais. Sans ce chevalier dont je vous parle, il est impossible qu'ils n'aient gagné la bataille et que les Saxons n'aient été tués ou vaincus. Mais à lui seul, ce chevalier les revigora tous, les maintint dans leurs forces et leur pouvoir, et notre camp fut défait. » En entendant les nouvelles sur le bon chevalier, messire Tristan a plus que jamais envie de porter les armes. Il n'avait guère entendu parler d'un chevalier si doué qui vînt en Cornouaille. Et puisqu'il y est venu, il est nécessaire que messire Tristan se fasse connaître de lui devant les barons de Saxe. Il demande au jeune homme : « Dis-moi, comment Dinas le Sénéchal se comporta-t-il lors de cette bataille ?

— Sire, fort bien. Et il mérite grandes louanges et grand prix. Mais il fut un peu blessé. Cependant, il ne souffre pas de grands maux. Cela ne l'empêchera pas de porter les armes demain et de se battre s'il le doit.

— Je suis heureux pour Dinas, fait messire Tristan. J'aurais été peiné s'il n'avait pas mieux œuvré que tout autre chevalier de Cornouaille. Es-tu sûr qu'il n'est pas gravement blessé ?

— Oui, sire, fait-il, je le sais.

— Dis-moi, tous les Cornouaillais sont-ils réunis dans Tintaïol ?

— Non, sire, pas encore. Mais ils s'y rassemblent tous.

— Dis-moi encore, demande messire Tristan, où se trouve ma dame la reine ? Est-elle à Tintaïol ?

— Non, sire. Elle est hors les murs. Hier matin, le roi Marc la fit mettre en sécurité dans un château que l'on appelle le Château Aigu. Dans toute la Cornouaille, il n'y a pas de château plus résistant. Vous le savez.

— C'est vrai, approuve messire Tristan. Il n'y en a pas de mieux fortifié. Mais qui la protège ?

— Sire, le frère d'Andret.

— Il est aujourd'hui lundi, fait messire Tristan. Retourne tout droit à Tintaïol et dis au roi Marc de ma part d'être hardi. S'il a perdu cette fois, il gagnera une autre. Il en va ainsi de la guerre ; celui qui perd aujourd'hui regagne tout un autre jour. C'est pourquoi il ne doit pas s'inquiéter. Car d'ici peu de jours, il restaurera la perte qu'il a subie aujourd'hui. Qu'il en soit assuré. Va à Tintaïol et rapporte-lui ces nouvelles de ma part. Ajoute que jeudi ou vendredi sans doute, je me trouverai dans Tintaïol si Dieu me préserve de toute embûche. » En entendant cette nouvelle, le messager devient heureux et joyeux.

Il ne reste pas longtemps dans les lieux, puisqu'il a l'ordre de monseigneur Tristan, et chevauche tant qu'il arrive de nuit à Tintaïol. Mais il trouva alors les Cornouaillais si désemparés qu'ils semblaient ne jamais être réconfortés. Les pleurs sont si grands et les lamentations si prodigieuses que de toute votre vie vous ne verrez jamais un deuil plus fort, même s'ils le menaient le plus discrètement possible pour ne pas apporter de réconfort à leurs ennemis.

Quand le messager dont je vous ai parlé est entré dans Tintaïol, il va voir le roi Marc et le salue de la part de monseigneur Tristan. En entendant parler de lui, le roi Marc soupire profondément car il est si inquiet et épouvanté qu'il ne sait que faire. Il demande aussitôt au jeune homme : « Dis-moi, jeune homme, que Dieu te bénisse, vis-tu Tristan, mon neveu ? Comment se porte-t-il ? Comment va-t-il ? Pourra-t-il venir à Tintaïol ?

— Sire, répond le messager, messire Tristan vous salue. Il n'est pas aussi sain qu'il le voudrait pour porter des armes. Il a été très contrarié quand je lui ai porté les nouvelles de la défaite de cette journée. Je n'aurais pu croire qu'il fût si attristé et si courroucé comme je le vis. Il vous conseille, par mon biais, de vous réconforter et d'être rassuré. Si vous avez aujourd'hui perdu, vous gagnerez une autre fois. Et sachez qu'il sera avec vous jeudi ou vendredi. » En entendant cette nouvelle, le roi Marc est si heureux qu'il ne peut répondre qu'à grand-peine. Il lui tarde fort qu'arrive le jour où messire Tristan viendra. Car il lui semble clairement que s'il était avec eux, ils ne pourraient plus rien perdre en nulle manière. Jamais de sa vie il ne désira tant la présence de monseigneur Tristan. Le roi Marc se réconforta grandement grâce aux nouvelles que le jeune homme lui apporta de la part de monseigneur Tristan. Tous ceux qui étaient à l'intérieur de Tintaïol en firent autant. Mais comme ils redoutaient fort leurs ennemis, ils firent bien garder la cité afin de ne rien perdre cette fois.

Le lendemain, quand il fit jour, les Saxons, qui avaient assiégé de près Tintaïol mais pas suffisamment pour empêcher les habitants de sortir par une des portes, commencèrent à courir à travers le pays, à piller, à détruire les bourgs et les villes et tout ce qu'ils trouvaient hors de la forteresse.

Que vous dire ? Ils ravagent bien toute la contrée ; et là où ils ne trouvent ni forteresse, ni château qui puissent se défendre, ils causent de grands dommages partout où ils s'attardent. Le troisième jour après que la bataille eut lieu, les Saxons virent que les Cornouaillais opposaient une faible défense. Quand Hélian, le seigneur de l'armée, qui était de si noble lignée qu'on pouvait difficilement l'être plus, voit la lâche attitude des Cornouaillais, il appelle un de ses messagers et l'envoie à Tintaïol auprès du roi Marc ; il lui confie les paroles qu'il veut lui transmettre. Le messager se rend tout droit chez le roi Marc. Et sachez que c'était un chevalier assez valeureux et vaillant. Une fois devant le roi Marc, il lui dit sans le saluer : « Roi Marc, Hélian, qui est seigneur de l'armée, te fait savoir que tu vois bien quel homme il est. Il n'est pas nécessaire qu'on te le dise. Tu as tant éprouvé sa valeur que tu sais ce dont il est capable. Que te dire ? Tu vois manifestement que tu ne pourras pas te défendre contre lui. Il te prendra, que tu le veuilles ou non, dès qu'il voudra y mettre la force. Et parce qu'il ne souhaite pas te tuer ni causer de plus grands dommages qu'il n'en fit en Cornouaille, il te fait savoir par mon intermédiaire que si tu voulais achever ton combat contre lui, il ferait de même et te laisserait vivre. Et plus encore, il pourrait être ton ami. » Le roi Marc est stupéfait et épouvanté. Il craignait fort qu'au dernier moment, l'aide de monseigneur Tristan lui fasse défaut à cause des grands tourments qu'il lui avait souvent fait subir. Et sa plus grande peur, dont il ne parlait à personne, était que messire Tristan se rallie à ses ennemis. S'il le faisait par colère, il savait avec certitude qu'ils seraient tous mis à mort. En entendant les paroles du chevalier, il répondit : « J'en finirais volontiers avec vos hommes si mon honneur ne devait pas être trop abaissé.

— Roi Marc, réplique le chevalier, je vous répète ce que les Saxons vous font savoir clairement. Vous ne pouvez vous défendre contre eux, vous le voyez bien. Avant qu'ils commettent des dommages qui ne seraient pas petits et parce qu'ils feront en sorte que toute la Cornouaille soit leur, ils vous proposent de verser désormais à la Saxe ce même tribut que vous rendiez habituellement au royaume d'Irlande, et de devenir vassal de la Saxe. Ils s'en contenteront et ne vous causeront plus de désagréments. Mais si vous ne voulez pas obtempérer, sachez que vous subirez l'assaut. Et quand le temps de l'assaut sera venu, vous ne saurez pas vous défendre suffisamment bien pour éviter qu'ils vous prennent par la force. Regardez le meilleur choix. Prenez celui que vous préférez : la paix ou la guerre. » En entendant cette demande, le roi Marc répond aussitôt : « Nous prendrons conseil et vous donnerons la réponse demain matin si vous voulez revenir. Mais à présent, partez. » Et il s'en va instamment sans s'attarder.

Le roi Marc convoque à l'instant un messager et l'envoie à monseigneur Tristan en le priant de son mieux de lui dire ce qu'il doit faire. Car s'il ne lui donne aucun conseil, toute la Cornouaille sera alors humiliée et déshonorée. Le messager va auprès de monseigneur Tristan et le trouve assez gai et joyeux car il se sentait si bien et si guéri de sa blessure qu'à son avis, il pourrait bien désormais porter les armes en toute assurance. Le messager vient devant messire Tristan, s'agenouille devant lui et lui dit avec inquiétude : « Sire, le roi Marc vous salue, ainsi que tous les barons de Cornouaille. Ils vous font savoir par mon intermédiaire quelles paroles leur furent dites par les Saxons dans les murs de Tintaïol. » Il lui rapporte lesquelles, puis il donne la réponse du roi Marc. En entendant cette nouvelle, messire Tristan fait semblant d'être terriblement affecté. Mais il ne l'était pas. Il en était très heureux. Il demande au jeune homme : « Dis-moi, que Dieu te bénisse, penses-tu que le roi Marc puisse se défendre contre les Saxons de telle sorte qu'ils ne prennent Tintaïol par la force ?

— Sire, répond le jeune homme, il ne me semble pas qu'il puisse se défendre longtemps car les Saxons sont en grande compagnie et ont de nombreuses troupes. Et les nôtres sont trop inquiets. Ils n'ont d'autre espoir que celui d'être sauvés par vous seulement. Si vous leur faites défaut, ils sont morts.

— Par Dieu ! fait messire Tristan. Y eut-il jamais des gens plus lâches et plus couards que les Cornouaillais qui sont si incroyablement inquiets qu'ils feraient un mauvais discours s'ils n'étaient pas rassurés ? Certes, je n'ai jamais entendu parler de personnes si pleutres. Allons, va-t'en vite à Tintaïol et dis au roi Marc de ma part et aux Cornouaillais que je serai sans doute à Tintaïol demain tôt le matin, si Dieu me protège de tout embarras et s'ils ne me cherchent pas de mauvaise querelle. Vite, retourne auprès d'eux. Ils seront vraiment réconfortés quand tu leur diras ces nouvelles de ma part. » En entendant cette réponse, le messager est plus heureux et joyeux qu'auparavant. Il recommande monseigneur Tristan à Dieu, vient à son cheval et quitte immédiatement les lieux. Il arrive aussitôt à Tintaïol. Il met pied à terre, et ceux qui gardaient la porte le laissent entrer très gaiement. Ils pensèrent, en le voyant si vite revenir, qu'il apportait de bonnes nouvelles. Autrement, il ne serait pas retourné si tôt. Ils lui demandèrent : « Quelles nouvelles nous apportes-tu ?

— De bonnes, répond-il, grâce à Dieu. » Et ils lui demandent de nouveau : « Dis-nous lesquelles.

— Je ne dois pas vous les dire, fait-il. Car ce n'est pas vers vous que je suis dépêché. Je les donnerai au roi Marc à qui messire Tristan m'envoie. »

Une fois parvenu à la tour de Tintaïol, il va devant le roi Marc. Il lui dit : « Sire, monseigneur Tristan vous salue ainsi que tous les barons de Cornouaille. Il vous demande, tout d'abord à vous et à eux ensuite, de ne chercher aucune mauvaise querelle aux Saxons. Car sachez bien que vous l'aurez parmi vous demain matin à Tintaïol si Dieu le préserve de toute embûche. » En entendant cette nouvelle, le roi Marc est si heureux qu'il ne peut répondre qu'à grand-peine. Et cependant, il prend la parole après un certain temps et dit : « Comment se porte Tristan ? Est-il en bonne santé ?

— Certes, sire, répond le messager. Sachez que je le vis si gai et si joyeux que je crois bien qu'il est guéri. Et s'il ne se sentait pas bien, il n'aurait jamais promis de venir demain matin à Tintaïol.

— C'est vrai », approuvent les barons de Cornouaille.

Grande est la joie, merveilleuse est la fête à Tintaïol grâce aux nouvelles que le jeune homme a apportées de la part de monseigneur Tristan. Tous sont rassérénés. Et s'ils se lamentaient et se plaignaient, les voilà qui ont abandonné leur douleur et sont en joie. Il leur tarde ardemment que le lendemain arrive pour voir monseigneur Tristan parmi eux. Il y a fort longtemps qu'ils n'ont pas désiré autant la venue d'un jour comme celui-là. Cette nuit, les uns et les autres mènent grande joie à Tintaïol. Ils ont complètement oublié leurs souffrances. Ils ont tellement confiance en monseigneur Tristan qu'il leur semble bien que leur terre est délivrée et qu'ils ont tué et vaincu tous les Saxons.

Ceux du dehors écoutaient comment ceux du dedans se comportaient. Depuis trois jours, ils ne faisaient que geindre, pleurer et se lamenter. Quand ils entendent qu'ils se réconfortent si fort que leurs pleurs deviennent joie et qu'ils ne songent à rien d'autre qu'à mener fête et à bien garder Tintaïol, ils sont stupéfaits. Ils commencent à se demander quelle peut être la raison qu'ont trouvée les Cornouaillais de tant se réjouir. « Par notre foi, cela ressemble à du délire ou à la plus grande déraison du monde car ils sont tous morts si nous le voulons bien. »

Le lendemain, quand il fit jour, les Saxons qui étaient de garde cette nuit vont trouver Hélian qui était déjà levé. Après l'avoir salué, ils lui disent : « Sire, avez-vous des nouvelles de ce lieu ?

— Non, fait-il. Mais pourquoi le demandez-vous ?

— Parce que, répondent-ils, ils ont toute la nuit mené la plus grande joie et la plus grande fête du monde.

Or, depuis trois jours, ils ne cessaient de pleurer et de geindre. Nous le savons bien. Et nous voulions vous demander si vous en saviez plus à propos de ce réconfort qu'ils ont connu cette nuit.

— Seigneurs, dit Hélian, apprenez que je ne sais ni ne vois pour quelle raison ceux du dedans devraient se réconforter autant que vous le dites. Car je suis persuadé que leurs forces n'ont pas crû depuis que nous sommes ici. Et aucun secours ne doit venir. Mais sans doute se sont-ils mis d'accord pour se soumettre à notre volonté et à ce que nous leur avons proposé. Et ils se réconfortent ainsi parce qu'ils se croient délivrés. Sachez avec certitude qu'ils mènent joie contre leur mauvaise fortune et qu'ils sont heureux contre leur douleur. Nous voyons souvent advenir à travers les aventures de ce monde que le peuple malheureux mène joie malgré sa malchance. Je crois qu'ils font de même. Car selon ce que je sais sur eux, ils ne peuvent être secourus de nulle part, excepté de Cornouaille. Et je ne redoute ni la force ni le secours qui pourraient leur venir de cette terre ; plus ils seront de Cornouaillais, plus leur situation empirera. Leur couardise les conduira à la défaite. »

Un chevalier de Saxe, qui était bon et valeureux au combat, intervient et dit : « Sire, que Dieu me garde, je crois vraiment que messire Tristan, ce Tristan que l'on considère comme un si bon chevalier, est venu parmi eux. Ils ont tant d'espoir en lui que s'il est avec eux, ils croient avec certitude être délivrés par sa venue. C'est le dieu de Cornouaille ; ils ont plus d'espérance en lui qu'en la puissance de Dieu lui-même. Et j'ai appris que messire Tristan n'était pas ici quand nous y vînmes. Il gisait malade dans un château devant nous. Il est peut-être guéri et revenu parmi eux, et ils s'en réjouissent, comme je le crois fortement.

— Comment ? s'étonne Hélian. Ceux de Cornouaille ont-ils si grande foi en un seul homme ? Je n'ai jamais entendu une merveille telle que par la force d'un unique homme ils puissent se défendre contre nous. Certes, ils ont entrepris une tâche insensée et leur folie leur apparaîtra. Je ne dis et ne dirai jamais que messire Tristan n'est pas un bon chevalier selon ce qu'on raconte. Mais même s'il était encore meilleur, il ne pourrait en aucun cas les sauver par sa seule prouesse. Qu'ils fassent de leur mieux car s'ils ne donnent pas leur réponse à ce qui leur a été demandé, ils seront demain assaillis et à grand renfort. Nous verrons donc de quelle manière ils pourront se défendre contre nous. »

Tous se mettent d'accord pour patienter avant de donner l'assaut et d'attendre la réponse qui doit arriver. Mais s'ils ne donnent aucune réponse, Hélian les attaquera si vigoureusement que s'il ne les prend pas par la force, ce sera un très grand prodige. Ainsi leur discussion finit-elle, et tous donnent leur assentiment.

Quand messire Tristan, qui demeurait au château de Dinas, voit le jour approcher, il se fait bel et bien armer ainsi que dix chevaliers qui étaient présents et qui lui tenaient compagnie. Ils étaient tous du royaume de Cornouaille. Mais ils voulaient tant de bien à monseigneur Tristan et ils éprouvaient un si grand amour pour lui qu'ils séjournaient plus volontiers avec lui qu'avec le roi Marc. Après s'être bellement armés, ils montent sans délai et se mettent en route vers Tintaïol. Ils ont tant cheminé que les voilà près de la cité. Ils voient alors clairement l'armée des Saxons qui logeait devant. Elle s'était répandue dans tout le pays : c'était merveille. La contrée était recouverte de tentes, de pavillons, de loges feuillues et gauloises. Apercevant l'ampleur de l'armée, messire Tristan dit à ceux qui étaient avec lui : « Il y a un grand nombre de troupes : c'est prodigieux. S'ils étaient tous aussi doués dans l'art des armes que ceux du royaume de Logre, jamais ils ne partiraient de Cornouaille avant de l'assujettir, à moins que Dieu n'envoyât quelque secours.

— Sire, vous dites vrai, approuvent les chevaliers. Mais ils ne sont pas aussi valeureux que ceux de Grande Bretagne. Et cela les conduira à la mort et la défaite.

— Cela pourrait bien arriver », fait messire Tristan.

Ainsi parlent-ils de l'armée saxonne et de la grande force qui est arrivée en Cornouaille. Ils chevauchent tant qu'ils parviennent tout près de l'armée. Messire Tristan dit alors : « Seigneurs chevaliers, préparez-vous à combattre et à chevaucher car je crains que les Saxons ne viennent nous assaillir s'ils s'aperçoivent que nous voulons entrer dans Tintaïol. » Chacun prend son écu et sa lance. Messire Tristan ouvre la marche très sagement et assez discrètement pour que les membres de l'armée ne les voient pas. Ils ne sont que dix et pourraient vite se trouver embarrassés s'ils étaient repérés.

Ils s'en vont ainsi à travers un petit vallon et chevauchent parmi les broussailles très silencieusement afin que les soldats ne les aperçoivent pas. Ils chevauchent tant de la sorte qu'ils commencent à approcher de Tintaïol. Ils sont dans un lieu tel qu'ils ne peuvent plus se dissimuler. Jusqu'alors, ils cheminaient à travers les broussailles et les bois si bien que nul ne pouvait aisément les voir. Mais quand ils sont parvenus en plaine, ceux de l'armée les voient tous. Un chevalier de Saxe, noble et vaillant, aperçoit que c'est monseigneur Tristan qui se dirige vers Tintaïol. Quand il constate qu'il veut pénétrer dans la cité, il prend dix de ses compagnons, tout armés, et leur crie : « Sus à ceux qui viennent par ici ! Ils veulent entrer dans Tintaïol ! Nous sommes avilis s'ils nous échappent et s'ils y pénètrent ! » Celui qui avait ainsi parlé et qui était un bon chevalier éperonne son cheval instamment et se place devant ses compagnons tout en armes. Et comme messire Tristan conduisait ses compagnons en tête, il s'élance au galop vers lui de son mieux. Quand messire Tristan le voit venir, il n'a pas peur. Il dirige son cheval vers lui et le frappe si rudement dans son élan que ni l'écu ni le haubert ne l'empêchent de lui enfoncer dans la poitrine le fer de sa lance ; il le charge de ce coup si pesamment que l'autre n'a ni la force ni le pouvoir de tenir en selle. Il vole des arçons à terre. Et lorsque messire Tristan retire sa lance qui était encore intacte, le chevalier s'évanouit de la grande douleur qu'il ressent. S'il était souffrant, ce n'était guère étonnant car il était frappé mortellement. Après avoir fait ce coup, messire Tristan ne s'arrête pas à lui. Il se précipite vers celui qui venait ensuite, le frappe si fortement dans sa course qu'il lui fait vider la selle et le porte à terre très cruellement. Et il eut tant de chance qu'il ne reçut nul autre mal que la chute.

Messire Tristan s'élance vers le troisième, car ils continuaient d'arriver l'un après l'autre. Il le frappe si rudement lors de leur rencontre que ni l'écu ni le haubert ne l'empêchent de lui enfoncer dans le corps le fer de sa lance. Le chevalier, frappé mortellement, ne peut soutenir le coup. Il vole à terre et dans sa chute, il brise la lance. Voyant sa lance brisée, messire Tristan ne semble pas affecté. Il empoigne son épée et court vers le quatrième chevalier qui venait par ici à vive allure. Messire Tristan, qui ne le craint en rien, lui donne un si grand coup d'épée sur le heaume que son adversaire n'a pas assez de puissance pour répliquer. Il bute contre l'arçon de devant et peu s'en faut qu'il ne tombe à terre. Il est si méchamment étourdi et étonné que la lance lui glisse des mains. Et il ne sait où il va. Un des compagnons de monseigneur Tristan fond sur lui, le frappe dans sa course si violemment qu'il lui fait vider la selle et le fait tomber à la renverse sur le champ de bataille.

Pourquoi vous faire un long récit ? Sachez bien que parmi les chevaliers saxons qui étaient dix au départ, un seul s'échappa. Les autres furent abattus et assez mauvaisement désarçonnés. Messire Tristan en tua deux au début et tous les autres s'enfuirent, les uns sains et les autres blessés : tous furent abattus et s'en allèrent honteusement. Quand messire Tristan constate qu'ils se sont échappés de ces joutes, lui et ses compagnons ne restent pas. Atteints par aucun coup, en bonne santé, ils entrent dans Tintaïol. Lorsque ceux qui étaient sur les murs et qui avaient observé les joutes très attentivement s'aperçoivent que c'est messire Tristan qui vient à leur secours, ils s'écrient comme ils le peuvent à haute voix : « Sire, soyez le bienvenu ! Nous avons grand besoin de votre présence ! » Alors ils font ouvrir toutes les portes devant messire Tristan et lui font une joie aussi merveilleuse que s'il était Dieu en personne. Grande est la joie, grand est le tumulte et merveilleuse est la fête que les Cornouaillais font pour la venue de monseigneur Tristan. Jamais, depuis la première arrivée de messire Tristan en Cornouaille, ils ne lui manifestèrent une joie plus grande. Ils sont aussi réconfortés par sa venue que s'ils étaient libérés de cette armée et des mains de leurs ennemis. Le roi Marc va à sa rencontre, à pied, si accablé qu'il ne savait que dire. Et pourtant, quand il aperçoit monseigneur Tristan, il est rassuré puisqu'il accepte de l'aider. Voyant venir son oncle à pied, messire Tristan ne tarde pas. Il saute aussitôt du cheval à terre et le rejoint, heureux et joyeux, puis lui dit : « Sire, soyez le bienvenu !

— Beau neveu Tristan, fait le roi, soyez vraiment le bienvenu. Apprenez que nous avons grand besoin de votre présence. Vous voyez bien ce qu'il en est. Nous avons de nouveaux ennemis récemment arrivés en Cornouaille.

— Bel oncle, dit messire Tristan, s'ils vinrent récemment, ils s'en iront tout aussi vite. Ils ne resteront guère longtemps s'ils ne veulent pas tous mourir. N'ayez crainte parce qu'ils vous ont assiégés, car soyez certain qu'avant quatre jours, ils voudront se retrouver en Saxe, si Dieu me protège de toute embûche. » En entendant cette nouvelle, le roi Marc se réconforte plus encore qu'auparavant ainsi que tous les barons de Cornouaille qui ont écouté ces paroles. « Tristan, demande le roi Marc, que ferons-nous ?

— Sire, répond-il, je voudrais ôter mon heaume. » Et on le lui enlève aussitôt. « Sire, poursuit-il, allons nous reposer puis nous déciderons de ce que nous ferons ensuite.

— Vous avez très bien parlé », fait le roi Marc. Ils vont droit à la forteresse principale et y pénètrent. Le roi demande à monseigneur Tristan : « Tristan, comment vous sentez-vous ? Êtes-vous bien guéri ?

— Oui, sire, fort bien, grâce à Dieu. Et je vous dis pourtant qu'en vérité, je ne porterais pas encore les armes si ce n'était pour votre nécessité et parce que je vois bien que vous pourriez recevoir un grand dommage si je ne venais pas vous conseiller et vous secourir instamment.

— Comment, beau neveu, n'êtes-vous pas encore bien guéri ?

— Oncle, fait messire Tristan, apprenez que je ne suis pas aussi valide qu'il y a un mois. Et cependant, je ne me plains pas tant que si je devais réaliser une tâche qui me serait impossible.

— Neveu, dit le roi Marc, cela me plaît fort. Votre santé est notre vie. Nous ne pouvons pas nous renier. Et votre maladie est notre honteuse mort. Car, après Dieu, nous n'avons nul espoir d'être délivrés excepté par vous.

— Oncle, fait messire Tristan, laissons à présent cette discussion, s'il vous plaît, et parlons d'autre chose. Je veux que vous sachiez avec certitude que tant que je pourrai tenir une épée, je ne manquerai pas de secourir la Cornouaille. Mais dites-moi, ne pourrions-nous pas trouver une paix raisonnable avec les Saxons pour nous libérer de la bataille ? Ils sont forts et très capables. Ils ne sont pas coutumiers de la fuite à moins d'être terriblement épouvantés. Et vous, d'autre part, n'avez pas de troupes suffisamment solides. Elles prennent la fuite plus vite que nécessaire. C'est pourquoi je voudrais volontiers trouver avec eux une paix raisonnable en échange de quelques biens. Puis qu'ils s'en aillent et délivrent la Cornouaille.

— Je serais d'accord, beau neveu, fait le roi Marc. Je leur donnerais bien volontiers et avec largesse du trésor de Cornouaille s'ils voulaient donner leur assentiment. Mais je ne crois pas qu'ils acceptent une autre paix que celle qu'ils demandent et dont je vous parlai dans un message.

— Vous dites vrai, approuve messire Tristan. Je m'en rappelle bien. Cette paix-là n'adviendra pas tant que je serai en vie. J'ai libéré la Cornouaille. Et je veillerai sur cette liberté tant que je vivrai si je le peux. »

Tandis que le roi Marc parlait ainsi avec monseigneur Tristan, voici venir devant eux un écuyer qui leur dit que les Saxons mènent grand deuil et grand désarroi dehors à cause d'un chevalier qui fut récemment tué. « Et qui le tua ? demande le roi Marc. Le sais-tu ?

— Oui, sire, je le sais car je vis qui le tua. Messire Tristan l'occit là, dehors, devant l'entrée de la cité quand il voulut y pénétrer. Et sachez, sire, fait-il à monseigneur Tristan, que c'était le premier chevalier contre lequel vous joutâtes aujourd'hui lorsque vous arrivâtes devant Tintaïol. Les Saxons l'emportèrent vers les tentes en faisant un deuil plus grand que pour la mort de tout autre chevalier.

— Il était certainement un homme noble, dit messire Tristan. Si je l'ai tué, cela me pèse, Dieu m'est témoin. Car, autant que possible, je ne voudrais mettre à mort un homme de qualité.

— Tristan, beau neveu, fait le roi Marc, plût à Notre Seigneur que vous eussiez fait subir le même sort à tous nos ennemis. Nous en serions entièrement délivrés. » Messire Tristan ne répond rien à cette remarque. Il dit au roi Marc : « Sire, puisque les Saxons ont pénétré en Cornouaille à grand renfort, ce que nous considérons comme une très grande honte et une très grande bassesse, puisque vous ne pouvez obtenir la paix en leur donnant ou en leur promettant des biens et puisqu'ils ne veulent rien promettre ou donner, nous ferons une sortie demain matin hors de Tintaïol avec nos bataillons préparés de notre mieux. Et nous les affronterons. Nous ne chercherons aucune autre pitié. Et je crois les assaillir si violemment et en peu de temps que le plus hardi d'entre eux aura, d'un seul regard, peur et crainte de moi.

— Tristan, fait le roi Marc, nous nous en remettons à vous. La Cornouaille est entre vos mains et sous votre protection. Voyez ce qu'il convient le mieux et nous le ferons sans protester.

— Laissez-moi m'en charger, dit messire Tristan, car je crois bien en venir à bout tout à l'honneur de la Cornouaille, s'il plaît à Dieu. »

Tandis que le roi parlait ainsi avec monseigneur Tristan, voici venir un chevalier messager que les Saxons avaient envoyé au roi Marc pour connaître la réponse qu'il voudrait leur donner quant à leur discussion de la veille. Une fois devant le roi Marc, il parle audacieusement dans la langue d'Angleterre et lui dit : « Hélian, le seigneur de l'armée au-dehors, te demande de lui donner la réponse du conseil que tu as tenu sur ce dont il t'avait fait part hier matin. » Le roi Marc répond aussitôt : « Chevalier, apprenez que si la Cornouaille versa souvent le tribut aux Irlandais, nous nous en acquittâmes si bien, comme tout le monde le sait, qu'une seule journée nous libéra et nous ôta de la servitude où nous étions. Nous sommes libres. Sachez avec certitude qu'il n'y a personne dans ce monde dont nous acceptions la seigneurie excepté de Dieu. Je ne dis pas que nous ne souhaitons pas obtenir l'amour et les bonnes grâces en donnant de notre avoir. Mais, de la manière qu'ils le demandent, nous ne voulons pas de leur amitié. Qu'ils fassent du mieux qu'ils pourront. Car nous ne les redoutons pas autant qu'ils semblent le croire.

— Roi Marc, dit le chevalier, il en va souvent ainsi du fou qui ne craint jamais le coup avant de l'avoir reçu. Tu nous connais suffisamment. Car tu nous as éprouvés, je le sais parfaitement. T'es-tu tellement renforcé depuis ce jour que tu ne nous crains plus ? Certes, nous viendrons te voir car aucun de tes murs ne peut guère nous retenir. » Messire Tristan s'adresse alors au chevalier : « Chevalier, apprenez, et dites-le à vos amis, que les murs de Tintaïol ne seront jamais si proches de vous qu'aujourd'hui. Et il est nécessaire, comme je le crois, que vos navires soient prêts à vous recevoir. » En entendant cette parole, le chevalier est stupéfait. Il dit à messire Tristan : « Sire chevalier, que Dieu vous garde, qui êtes-vous, vous qui parlez ainsi ?

— Certes, chevalier, répond messire Tristan, jamais je n'ai caché mon nom à un chevalier qui le demande par peur que j'ai de lui. Je ne commencerai pas avec vous. Apprenez que je m'appelle Tristan de Loenois. J'ignore si vous avez déjà entendu parler de moi.

— Messire Tristan, fait le chevalier, j'ai souvent entendu parler de vous et je sais pertinemment que vous êtes un bon et vaillant chevalier et que la renommée de votre chevalerie s'est répandue à travers maintes terres. Mais même si vous étiez encore plus preux que vous n'êtes, vous ne pourriez résister longuement contre la force de Saxe.

— Je ne sais, réplique messire Tristan, ce qu'il adviendra. Mais je vous dis de ma part et de celle du roi Marc que, demain, vous trouverez la bataille en plein champ. Vous n'aurez guère à peiner pour venir à nous. Car vous nous trouverez assez tôt le matin.

— Comment, messire Tristan ? s'étonne le chevalier. Est-il vrai que vous voulez nous affronter demain ?

— Oui, fait messire Tristan, n'en doutez pas. Vous voilà contraints de vous battre demain si Dieu veut nous conduire en toute assurance.

— Messire Tristan, dit le chevalier, voulez-vous vous charger de mener cette bataille sans y manquer en faveur des Cornouaillais ?

— En effet, répond messire Tristan. Je l'entreprends et nous nous réunirons demain contre vous. Préparez-vous à vous battre quoi qu'il vous advienne.

— Et moi aussi, fait le chevalier, je vous garantis que les Saxons ne vous feront pas défaut demain lors de la bataille. » Ainsi leur discussion finit-elle.

Le chevalier quitte le roi Marc, traverse Tintaïol, franchit la porte et revient auprès de l'armée des Saxons. Il trouve au pavillon Hélian et tous les barons de l'armée réunis. Une fois le chevalier descendu et entré dans la tente, on lui demande : « Quelles nouvelles apportez-vous des Cornouaillais ?

— Seigneurs, fait le chevalier, je vous les dirai. Apprenez que nous voici venus à la bataille. Elle adviendra demain sans doute. Les Cornouaillais ont repris courage à cause de monseigneur Tristan qui est venu les retrouver. Et c'est certainement lui qui vous infligea le dommage que vous savez.

— Comment ! s'étonne Hélian. Les Cornouaillais veulent-ils se battre contre nous à cause de leur foi en un seul homme ?

— Oui, sire, répond le chevalier. Et apprenez que puisqu'ils ont monseigneur Tristan avec eux, il leur est avis qu'ils ont l'aide de toute la Table Ronde.

— Certes, fait Hélian, je ne les considère pas comme des gens sensés. Je ne nie pas que messire Tristan est un excellent chevalier si ce que l'on raconte est vrai. Mais à mon avis, je ne crois pas qu'il y ait une telle force chez un seul homme, qu'elle puisse résister contre nous. C'est pourquoi je m'accorde à la bataille hardiment.

— Et nous aussi, renchérissent les barons de l'armée. Nous donnons tous notre assentiment. » Ainsi se mettent-ils d'accord sur la bataille du lendemain. Certains voudraient que le jour fût déjà levé puisqu'ils doivent se battre. Comme je vous le raconte, les Saxons parlèrent de la bataille qu'ils attendaient contre les Cornouaillais le lendemain. Mais à présent, le conte cesse de les évoquer et retourne au roi Marc et à monseigneur Tristan pour relater comment ils agirent contre les Saxons.

Selon le conte, après que le messager de l'armée de Saxe eut quitté Tintaïol et après avoir eu la certitude par monseigneur Tristan que les Saxons devraient se battre comme vous l'avez entendu peu avant, monseigneur Tristan s'adresse au roi Marc et lui dit : « Sire, il me semble qu'il serait bon, pour semer la confusion chez nos ennemis, qu'au soir, quand la nuit sera tombée, vous envoyiez des hommes par voie de mer et de terre jusqu'au Port de la Forêt où sont ancrés les navires qui apportèrent les Saxons en Cornouaille et y fassiez mettre le feu afin qu'ils soient brûlés et entièrement détruits.

— Beau neveu, fait le roi, pourquoi voulez-vous agir ainsi ?

— Sire, je vous le dirai, répond monseigneur Tristan. Le cœur me dit qu'en vérité, nous vaincrons demain nos ennemis et récolterons les honneurs de cette bataille. Et s'il advenait que les Saxons fussent vaincus, ils pourraient retourner à leurs navires et y entrer. Nous les aurions perdus à tout jamais. Mais quand ils fuiront le champ de bataille, comme mon cœur le devine, ils n'auront nulle part où se réfugier et ils seront tous emprisonnés. C'est pourquoi je préconise que vous fassiez brûler leurs navires cette nuit. Ainsi, vos ennemis seront vôtres.

— Au nom de Dieu, beau neveu, fait le roi Marc, puisque vous le conseillez, nous œuvrerons ainsi. »

Le roi choisit alors ceux qu'il voudra envoyer pour cette mission. Et apprenez qu'il fut fait cette nuit comme messire Tristan l'avait dit. Car tous les navires et tous les vaisseaux qui avaient conduit les Saxons en Cornouaille furent brûlés et calcinés, si bien qu'ils furent tous endommagés. Le lendemain, quand les nouvelles de ce fait furent apportées à l'armée et aux Saxons, il est inutile de demander s'ils furent attristés et malheureux. Car ils connaissaient clairement les raisons pour lesquelles les Cornouaillais avaient brûlé et détruit leurs navires.

En apprenant que les vaisseaux avaient été détruits par les Cornouaillais, Hélian convoque tous les barons de Saxe. Une fois réunis, il leur dit : « Seigneurs, avez-vous vu le grand orgueil et la grande outrecuidance de messire Tristan ? Tout ce dommage nous vient par sa faute et non par celle d'autrui. Sachez-le. Il a ordonné cette tâche comme si nous avions la volonté de fuir. Mais l'affaire va tout autrement qu'il ne le croit. Il nous trouvera tous présents alors qu'il ne s'y attend pas. Nous verrons ce dont vous serez capables. Ou vous serez tous morts, ou vous aurez le dessus, mais vous voilà contraints de vous battre. Je le vois manifestement. Ils ont placé leurs espoirs en monseigneur Tristan plus qu'en Dieu lui-même. Ils ont, grâce à lui, l'espérance de gagner cette bataille. S'il n'était pas là, jamais de leur vie ils ne nous combattraient. Ils n'en auraient pas l'audace. » Les Saxons répondent à Hélian : « Sire, n'ayez crainte et sachez avec certitude que nous préférons mourir sur le champ de bataille que paraître lâches et couards. Nous mourrons sur place ou nous remporterons la guerre. Rien d'autre ne peut advenir. Voilà toute notre réponse. » Ainsi la discussion des Saxons finit-elle.

Ils se préparent à la bataille tous ensemble. Ils voudraient déjà la commencer. Ils la désirent si ardemment qu'ils aspirent à s'y trouver instamment. Ils parlent entre eux des bataillons qu'ils arrangeront et de quelle manière ils se positionneront sur le champ. Qui conduira le premier et le second. Ils s'accordent au final à former quatre bataillons, tous valables et garnis d'hommes valeureux. Ils viendront tous en ordre, le plus bellement et le plus sagement qu'ils pourront. Ainsi, comme je vous le raconte, les Saxons préparent-ils leur bataille contre les Cornouaillais qu'ils attendent le lendemain. Messire Tristan, qui avait participé à de nombreuses et grandes batailles, organise tout selon sa sagesse. Le roi Marc ne s'en occupe pas. Il laisse toute la responsabilité à monseigneur Tristan.

Messire Tristan, qui voit bien, selon ce qu'on lui avait dit, que les Cornouaillais étaient plus nombreux que les Saxons, ordonne six bataillons. Quatre sont bons et bien garnis. Et les deux autres sont moins chargés de gens. Il commande que les quatre frappent de front et les deux autres de biais comme il leur enseignera. Que vous dire ? Les Cornouaillais sont tous bel et bien armés, richement garnis et apprêtés. Et sachez bien que s'ils étaient autant emplis de hardiesse que d'armes, ils pourraient accomplir un haut fait et parvenir à une fin honorable. Ils s'en vont à la bataille assez hardiment. Mais si, péché aidant, messire Tristan leur faisait défaut, je vous assure qu'ils fuiraient vite et ne reviendraient pas aisément. Messire Tristan est leur courage et leur pouvoir. Il est leur force et leur hardiesse. S'il venait à faillir, ils seraient tous vaincus. S'il est sauf, ils le sont aussi. Ils n'ont d'autre défense que l'épée de monseigneur Tristan. Après avoir disposé leurs troupes selon les désirs et les ordres de monseigneur Tristan, ils sortent de Tintaïol, bannières déployées au vent. Vous pouviez voir maints beaux écus, maints heaumes brillants et maints bons destriers hennir. Messire Tristan, qui connaissait bien les meilleurs chevaliers de Cornouaille et ceux à qui on pouvait le plus se fier en cas de nécessité, ne laisse pas Andret, son cousin, conduire un seul bataillon. Au contraire, il place à leur tête ceux en qui il avait confiance. Il confie à Dinas le Sénéchal le premier bataillon. Messire Tristan a toute confiance en lui car il sait que Dinas ne fuira pas tant qu'il pourra se battre. Il donne la seconde troupe à un autre chevalier qui était vaillant et qui s'appelait Luce. Il n'était pas de Cornouaille. Il était natif du royaume de Logre et c'était un bon chevalier. Il ne quittera pas le champ tant qu'il pourra y rester. Quand messire Tristan a ordonné ses bataillons et placé à leur tête un homme vaillant pour les conduire du mieux possible, il leur dit de se mettre en route. Il prend avec lui les quarante chevaliers à qui il se fiait le plus. Il leur annonce : « Venez avec moi. Ne frappez pas avant que je commence.

— Sire, disent-ils, volontiers. » Il vient devant Dinas le Sénéchal et lui dit : « Dinas, prenez la tête à présent et pensez à agir de votre mieux. Vous avez affaire à des gens puissants. Vous le savez bien. » En entendant ces paroles, Dinas se met en marche le plus sagement possible et va cogner sur les Saxons de toutes ses forces. Mais apprenez que les Saxons le reçoivent si bien qu'ils ne s'étonnent de rien et ils ne paraissaient nullement redouter les Cornouaillais.

Ainsi la bataille débute-t-elle, grande et plénière. De part et d'autre, on se cherche violemment. Tous se montrent qu'ils sont des ennemis mortels et qu'ils ne s'aiment aucunement. Ils se veulent un mal mortel. Grands sont les cris, grande est la clameur parmi ceux qui trébuchent et qui ne peuvent se relever. Immenses sont les fracas et la brisure des lances. Les Cornouaillais œuvrent mieux qu'ils ne le firent lors de la première bataille. Ils utilisent à meilleur escient leurs épées et leurs lances. Mais ils ont affaire à des gens qui ne fuient pas aisément. Car ils savent bien que s'ils s'enfuient, ils sont tous morts. Ils ne trouveront chez leurs ennemis aucune pitié, et c'est ce qui les maintient avec force sur le champ et qui les y maintiendra jusqu'à la mort s'ils ne remportent pas la bataille. Grand et cruel est l'affrontement. Dinas le Sénéchal est assailli de toutes parts, car les Saxons, qui étaient de bons et meilleurs chevaliers que ceux de Cornouaille, lui donnent tant de coups que sa défense ne lui vaut rien. Et ils l'auraient tôt mis à terre, sans pouvoir rester auprès de ses compagnons, si monseigneur Tristan ne l'avait secouru hâtivement. Nul ne lui fera d'outrage devant lui s'il le peut. C'est pourquoi il s'élance de toutes ses forces sur les Saxons, les abat et les tue. Il les occit. Il leur cause tant de douleur qu'ils ne doivent se plaindre d'aucun homme sauf de lui. Cependant, il peut bien affirmer qu'il rencontra rarement des gens aussi courageux que ces Saxons, car ils se défendent très vigoureusement. S'il en tue un, un autre ne fuit pas et se met en peine autant que possible de venger la mort de son compagnon. Et messire Tristan s'en émerveille. Ainsi la bataille se maintient-elle. Et voilà tous les bataillons réunis de part et d'autre.

Alors la clameur s'élève, remplie des grands coups qu'ils se donnent sur les heaumes de leurs épées si tranchantes qu'ils les découpent en plusieurs endroits, et du fracas de ceux qui tombent à terre sans pouvoir se relever. Vous pouviez entendre de très loin les cris et les râles de ceux qui mouraient dans la détresse. Dans les deux camps, les pertes subies ne seront jamais réparées. La bataille se poursuit pour le dommage des deux camps, qui ne veulent fuir ni l'un ni l'autre. Et messire Tristan, tel un lion face aux Saxons, les frappe, les tue et leur cause des torts cruels. Je vous dirais même, à propos des Cornouaillais, qu'ils cognent hardiment sur les Saxons uniquement grâce à la confiance qu'ils ont en monseigneur Tristan. Le pire d'entre eux vaut maintenant autant que le meilleur valut à la bataille précédente. Ils combattent avec force et blessent souvent leurs ennemis. Mais ils ne parviennent pas à faire fuir les Saxons ou à leur faire commettre une lâcheté. Celui qui voit mourir devant lui son compagnon ne fait pas semblant de l'ignorer. Il aspire à le venger s'il le peut. Et comme les uns et les autres n'ont nulle envie de fuir et de partir du champ, ils se frappent de leurs épées tranchantes et dures. Vous pouviez voir la terre recouverte et jonchée de morts et de blessés par où passe la bataille. À dire vrai, jamais une guerre si rude ni si douloureuse ne se déroula en Cornouaille. Beaucoup de Cornouaillais et de Saxons y meurent.

Ceux qui participaient à cette guerre et voyaient comment Hélian, le preux et bon chevalier, œuvrait, comment il mettait à mort et anéantissait les Cornouaillais, pouvaient le considérer comme vaillant et valeureux. Et il l'était sans doute. Que vous dire ? Dans son camp, nul ne peut rivaliser avec sa valeur chevaleresque. Les Cornouaillais le savent bien. Où qu'il aille dans la bataille, ils peuvent bien affirmer qu'il vint en Cornouaille pour leur malheur. Jamais ils n'eurent un si mauvais voisin que lui, car il en a plus plongé dans la douleur et le martyre aujourd'hui qu'ils ne pouvaient le croire. Hélian a tant parcouru la bataille de part et d'autre qu'il rencontre le roi Marc, qui œuvrait fort bien. Si les chevaliers de Cornouaille avaient aussi bien agi que le roi Marc en ce jour, les Saxons seraient déjà morts ou vaincus.

Quand Hélian, qui frappait parmi les rangs comme je vous le raconte, voit le roi Marc, il le reconnaît aux armes splendides qu'il porte. C'est pourquoi il se tourne vers lui aussitôt, l'épée nue, et lui donne sur le heaume un si grand coup que le roi n'a ni le pouvoir ni la force de rester en selle. Il vole des arçons à terre tellement étourdi qu'il ne sait s'il fait jour ou nuit. Au moment où le roi Marc tombe à terre, comme je vous le relate, les Cornouaillais se mettent à crier bruyamment. Les Saxons s'avancent pour tuer ou retenir le roi Marc s'ils le peuvent. Mais cela ne leur est pas permis. Les Cornouaillais le défendent de toutes leurs forces. Jamais de leur vie ils ne furent si efficaces que ce jour. Jamais ils n'eurent tant d'honneurs, ils peuvent bien l'affirmer. À ces grands cris et à cette grande clameur que faisaient les Cornouaillais pour le roi Marc qu'ils défendaient de toutes leurs forces contre les Saxons qui désiraient prodigieusement le retenir s'ils le pouvaient, voici venir monseigneur Tristan parmi eux qui se fait bien connaître. Les Saxons le virent eux aussi, pour leur malheur. Il en tue et en blesse beaucoup partout où il va. Quand il entend la grande clameur que l'on faisait pour le roi Marc, il demande à un chevalier : « Qu'est-ce donc ? Pourquoi ces gens crient-ils ?

— Ah, sire, fait un chevalier qui était gravement blessé, apprenez que les Saxons ont abattu le roi Marc et l'assaillent de toutes parts. C'est pourquoi les Cornouaillais crient ainsi car ils le délivreraient volontiers. Mais ils ne le peuvent, me semble-t-il. » En entendant cette nouvelle, messire Tristan est fort irrité. Il tourne son cheval dans cette direction, se jette dans la foule avec colère et donne de grands coups à droite et à gauche. Celui qui attend le coup n'est guère sage. Il cause de rudes dommages aux Saxons qui attendent sa frappe. Il en occit et en blesse tant que, s'ils avaient été bien sensés, ils ne l'auraient pas attendu ainsi. Ils l'auraient laissé passer. Mais le grand désir de venger la mort de leurs amis qu'ils voient devant eux sur le champ de bataille les oblige à rester. Soit ils vengeront la mort de leurs amis, soit ils mourront. C'est ce qu'ils disent clairement.

Quand Hélian voit les merveilleux faits d'arme que réalisait monseigneur Tristan à travers la bataille, il s'arrête, tout coi et tout ébahi par ce qu'il voit. Il dit : « Dieu me vienne en aide, qu'est-ce donc ? Est-ce Tristan dont on vante si merveilleusement la bravoure et la valeur de par le monde ? » Hélian se parlait ainsi à lui-même, tout éberlué par les œuvres de monseigneur Tristan. Messire Tristan, qui ignorait que c'était le seigneur des Saxons, vient jusqu'à lui et lui assène sur le heaume un coup si grand et si pesant qu'il s'en trouve bien chargé et bute contre l'arçon de devant ; peu s'en faut qu'il ne tombe à terre. Mais malgré cet étourdissement, il garde l'esprit clair, éperonne son cheval et s'en va outre. Il échappe ainsi aux mains de messire Tristan. Messire Tristan fait tant qu'il délivre le roi Marc des griffes de ses ennemis et l'aide à remonter en selle qu'ils le veuillent ou non.

Ainsi, comme je vous le conte, messire Tristan œuvra-t-il ce jour-ci, et la bataille dura du matin jusqu'au soir. Et sachez qu'il y a de nombreux morts, chevaliers ou autres gens, dans un camp et dans l'autre. Au soir, les Cornouaillais avaient tant supporté et enduré qu'ils ne pouvaient plus avancer. Ils se dirigèrent vers Tintaïol le plus sagement qu'ils purent sur les conseils de messire Tristan lui-même. D'autre part, les Saxons, aussi accablés par les tourments et la peine que s'ils étaient morts, se retirent vers leurs pavillons. Car ils n'en pouvaient plus. Mais sachez bien qu'en cette journée, leurs chevaliers ont subi tant de dommages que jamais la perte ne sera réparée. Les Cornouaillais ne peuvent guère moins se plaindre car leur chevalerie a subi trop de torts. Le lendemain, les Cornouaillais ne portèrent pas les armes car le roi Marc était un peu blessé à la poitrine. Ils n'avaient d'autre intention que de mener le deuil pour la grande perte qu'ils avaient subie lors de cette bataille. Le soir, le roi Marc retourna à Tintaïol ainsi que les Cornouaillais ; ils s'aperçurent de l'important dommage et de la sinistre perte en chevaliers et autres gens essuyée lors de cette journée. Vous pouviez entendre un profond deuil et de grandes lamentations. Mais ils les menaient le plus discrètement possible pour ne pas être écoutés par leurs ennemis. Et ils auraient fait plus encore si monseigneur Tristan ne les avait pas rudement repris pour le deuil qu'ils menaient.

« Gens misérables, gronde-t-il, privés de sens et de valeur, pourquoi mener un tel deuil ? Vous savez pertinemment que vous ne pouvez restaurer cette perte que vous avez endurée aujourd'hui ni en vous lamentant ni en faisant autre chose ! Car la mort d'hommes ne peut jamais être réparée. Mais si vous observez les faits de cette journée, vous ne pouvez trouver que vous avez perdu. Au contraire, vous avez plutôt gagné. Car vos ennemis, qui ne vous appréciaient en rien avant cette bataille, vous ont éprouvés et voient qu'ils ne peuvent vous tenir ni par la force ni par leur puissance ; ils vous redouteront désormais et n'auront jamais l'audace de vous rencontrer sur le champ de bataille. Et après vous avoir ainsi éprouvés, le trouble et la destruction sont parmi eux. La victoire et les louanges sont vôtres. »

Ainsi, comme je vous le raconte, messire Tristan blâme et reprend les Cornouaillais à cause du deuil mené pour la perte qu'ils ont subie à la bataille. Il leur dit tant qu'il les réconforte. Ils firent alors observer l'ampleur de la perte pendant la bataille. Ils découvrirent qu'ils avaient perdu deux cents chevaliers, tous tués pendant la guerre, sans compter la grande perte des autres qui n'étaient pas chevaliers et qui avaient été tués sur le champ. Et que tous ceux qui entendront ce conte sachent qu'au temps du roi Marc, il n'y eut jamais au royaume de Cornouaille une si grande bataille et une si cruelle mortalité. Si les Cornouaillais essuyaient une grande perte lors de cette bataille, celle des Saxons était encore plus importante. Messire Tristan s'était fort bien servi de sa main ce jour-ci et il leur avait causé bien plus de dommages que nécessaire. Grand est le deuil, merveilleuses sont les lamentations que chacun fait de part et d'autre sans interruption.

Le lendemain, tôt le matin, les barons de l'armée de Saxe se réunirent sous la tente d'Hélian et prirent conseil pour déterminer ce qu'ils pourraient faire contre les Cornouaillais. Car ils voient clairement qu'ils ne peuvent retourner dans leur pays, leurs navires étant entièrement brûlés et détruits. Ils avaient combattu toute la journée contre les Cornouaillais et n'avaient essuyé que des défaites. Ils l'aperçoivent bien. Aucun d'entre eux ne sait donner d'autre conseil que de reprendre la bataille comme ils avaient fait le jour précédent. Hélian, qui était leur seigneur et qui était particulièrement furieux à cause de la perte qu'ils avaient subie dans la bataille, entend leur discussion : ils combattront encore une fois et ils préfèrent mourir sur le champ de bataille plutôt que de paraître lâches et couards. Il s'avance aussitôt et dit devant tous : « Seigneurs chevaliers, il est avéré que vous vîntes en Cornouaille pour venger un déshonneur que ses habitants nous causèrent il y a peu de temps. Nous l'aurions vengé sans doute tout à notre volonté et aurions placé toute la Cornouaille sous notre domination et notre commandement. Mais la venue de messire Tristan nous a détournés de ce dessein. Si messire Tristan n'avait pas été là, nous aurions mené à terme nos intentions. Et quand je vois que lui seul nous a contrariés, j'ai pensé à une idée que je vous soumettrai. C'est le mieux qu'il y ait à faire, à mon avis. Nous avons connu une grande malchance lors de cette bataille menée contre les Cornouaillais comme il apparaît manifestement, et nous comptons assez de pertes. Le cœur me dit que nous perdrons plus encore si nous les affrontons encore une fois. Les Cornouaillais ont pris courage uniquement grâce à monseigneur Tristan ; leurs forces et leur pouvoir grandissent. Ce n'est pas notre cas. Nous diminuons. Ne rencontrons pas une autre fois les Cornouaillais sur le champ, pour notre bien et notre sécurité. Tel est mon conseil. De trop grands dommages pourraient nous en advenir et à eux aussi. J'ai pensé demander aux Cornouaillais d'affronter en combat singulier monseigneur Tristan. S'il peut me battre par les armes, je lui accorderai de faire de moi et de mes hommes ce qu'il voudra. Et si je peux avoir le dessus, je veux que la Cornouaille verse désormais le tribut à la Saxe. Et s'il faut mourir, mieux vaut que nous mourrions tous deux sur l'aire de duel plutôt que nous soyons tous exterminés ainsi que nos ennemis. Si je tue messire Tristan, notre guerre prendra fin rapidement. Et si messire Tristan me vainc, il est si noble et si généreux, selon ce que j'ai entendu dire de lui, qu'il fera en sorte que vous échappiez à votre sort plus aisément que si vous affrontiez les Cornouaillais sur le champ de bataille. Tel est mon conseil. Je n'en vois aucun de meilleur. »

En entendant le discours d'Hélian, les Saxons se mirent à pleurer car ils l'aimaient d'un très grand amour. « Sire, disent-ils, que voulez-vous faire ? Ce ne serait guère sensé de vous mesurer à monseigneur Tristan. Car il est un excellent chevalier. Certes, s'il faut périr, nous préférons tous mourir plutôt que vous mettiez votre vie en danger.

— Beaux seigneurs, fait Hélian, je sais bien que messire Tristan est un chevalier accompli et puissant. S'il est fort et preux, je ne fais pas non plus partie des plus faibles au monde. Je sais ce que j'ai vu de lui. Et je sais ce que je vaux. Il ne peut en aller autrement si monseigneur Tristan et les Cornouaillais ne font pas d'objection. Cette guerre finira par lui et moi. Et que celui à qui Dieu et Fortune voudront donner l'honneur le prenne. Car toutes les choses du monde vont au gré de l'aventure, ce me semble. » Après avoir dit ces mots, Hélian se tourne aussitôt vers un chevalier et lui dit : « Rendez-vous vite auprès du roi Marc et dites ces paroles. » Il lui dit lesquelles devant tous les barons de Saxe. Lorsqu'il a entendu les ordres d'Hélian, le chevalier monte rapidement sur son cheval et s'en va droit vers Tintaïol. Une fois arrivé, il trouve les Cornouaillais qui se lamentaient comme si le frère de chacun était mort devant lui. Quand le chevalier voit leur attitude, il est plus heureux et joyeux qu'il ne l'était auparavant. Car il constate clairement que les Cornouaillais sont plus inquiets et plus épouvantés que l'armée des Saxons ne le croyait. Il va devant le roi Marc sans trop rencontrer de personne qui le retienne et le trouve assis sous un arbre, équipé de son haubert et de ses chausses. Il tenait conseil de ce qu'il pourrait faire contre ses ennemis. Car il voyait clairement qu'il avait subi une trop grande perte humaine lors de cette bataille. Parvenu devant lui, le chevalier lui dit sans le saluer : « Roi Marc, Hélian, le seigneur de l'armée qui est dehors, m'envoie vers toi et te fait savoir que bien que tes troupes et les siennes se soient affrontées la veille, comme tu le vis, et que l'un et l'autre camps aient subi de graves dommages, cela ne l'empêche pas de t'appeler à la bataille, troupe contre troupe, si cela te convient, hors de Tintaïol, et de venir l'affronter. Il te le fait savoir par mon intermédiaire. » En entendant ces paroles, le roi Marc est particulièrement épouvanté. Car il lui est avis que selon le message, les Saxons ne sont pas si abîmés par cette bataille qu'il le croyait. C'est pourquoi il ne sait que répondre. Monseigneur Tristan n'était pas présent. Il dormait dans une chambre des lieux car il avait grand besoin de repos ; le jour précédent, il avait merveilleusement peiné, et s'était peu reposé la nuit pour faire bien garder Tintaïol. Quand le chevalier constate que le roi Marc ne lui répond rien, il lui demande de nouveau : « Sire, que me répondez-vous à ce que je vous ai dit de la part d'Hélian, le prince des Saxons ? » Le roi lui répond : « Sire chevalier, j'ai bien entendu ce que vous m'avez dit. Je prendrai conseil puis je vous tiendrai informé. » Le roi Marc envoya quérir monseigneur Tristan qui dormait comme je vous l'ai dit.

Guère de temps s'était écoulé quand messire Tristan vint devant le roi. Tous se levèrent à sa venue, excepté le roi Marc. Voyant venir monseigneur Tristan à qui chacun faisait honneur, l'envoyé des Saxons le regarde, émerveillé. Il est si beau et si bien fait que l'on ne peut trouver dans le monde un chevalier plus magnifique que lui. Et après l'avoir bien avisé, il demande à un chevalier qui était à côté de lui : « Sire chevalier, dites-moi, que Dieu vous bénisse, qui est ce chevalier qui vient par ici ? » Il répond : « C'est monseigneur Tristan, le meilleur chevalier du monde. » Le messager ajoute : « Certes, ce serait un très grand tort s'il n'était pas un excellent chevalier car il est extrêmement beau. » Il s'avance aussitôt et dit à monseigneur Tristan : « Sire, Hélian vous adresse ces paroles par ma bouche : si les Cornouaillais veulent demain affronter les Saxons en plein champ, ils sont tous prêts et apprêtés à les recevoir quoi qu'il advienne. Mais il est vrai que l'une et l'autre parties ne peuvent se rencontrer sans subir de très lourdes pertes. Et comme, à mon sens, il serait préférable que cette guerre, qui est grave, se termine sans occire trop de gens, il dit qu'il est prêt à vous affronter en combat singulier ; ainsi, grâce à vous deux, toute autre bataille cessera. Cette guerre serait terminée. Si vous pouvez le vaincre par les armes, les Saxons seront dorénavant assujettis à la Cornouaille. Et si d'aventure il vous conduit à la défaite, il veut que la Cornouaille verse désormais le tribut à la Saxe comme elle avait l'habitude de le rendre à l'Irlande. Et Hélian veut que le roi le jure si jamais il arrivait qu'il vous batte. » Après avoir dit cela, il se tourne vers le roi Marc. « Tu as bien entendu ce qu'Hélian te fait savoir de par moi. Tu peux choisir celle des deux propositions que tu préfères telles que je te les ai apportées : ou combattre troupes contre troupes, ou laisser monseigneur Tristan affronter Hélian. Car nous sommes tous prêts à accepter celle que tu choisiras. »

En entendant ce message, le roi Marc répond : « Sire chevalier, nous prendrons conseil des paroles que vous nous avez adressées et nous vous répondrons bientôt. » Les Cornouaillais pénétrèrent tous dans une chambre et commencèrent à parler de cette affaire.

« Tristan, beau neveu, fait le roi Marc, vous êtes notre secours, notre réconfort et toute notre espérance de bonheur. Car nous n'avons d'espoir de vivre que par vous uniquement. Que nous dites-vous à propos de ce message que les Saxons nous ont envoyé par leur émissaire ?

— Sire, répond-il, puisque vous me demandez conseil, je vous répondrai. Chacun d'entre vous connaît mieux son courage que moi. Je ne sais quel courage, quelle force vous avez en vous ni quelle volonté vous avez de combattre si vous ne me l'apprenez pas vous-mêmes. Faites-moi part de vos désirs et je vous répondrai ensuite. »

Après que messire Tristan a ainsi parlé, ils lui répondent d'une seule voix : « Monseigneur Tristan, apprenez que nous aurions grande envie de combattre si nous en avions le pouvoir. Mais sachez bien que nous avons tant souffert, peiné et enduré lors de ces deux batailles que nous n'en pouvons plus. Les Saxons nous ont montré clairement qu'ils sont vraiment plus forts et plus résistants que nous.

— Comment, seigneurs ? s'étonne messire Tristan. Vous considérez-vous vaincus au point de refuser la bataille ?

— En effet, disent les Cornouaillais, car nous ne pourrions la subir. Et si nous nous mettions sur le champ de bataille contre les Saxons encore une fois, jamais nous n'en partirions sans essuyer de grands dommages car nombre d'entre nous sont rudement épuisés et blessés.

— Seigneurs, interroge messire Tristan, que pouvons-nous donc faire ? Apprenez que si les Saxons connaissaient la réponse que vous m'avez faite, vous les verriez avant la nuit pénétrer dans Tintaïol en force. Et cependant, quoi que vous fassiez, en bien comme en mal, il convient de leur donner maintenant une réponse.

— Messire Tristan, disent les Cornouaillais, le mieux que nous pouvons apercevoir dans cette affaire est que vous entrepreniez le duel contre Hélian. Vous êtes un si bon et si puissant chevalier que nous savons vraiment qu'au final, il ne pourra résister contre vous.

— Seigneurs, demande monseigneur Tristan, pourquoi voulez-vous me charger de cette bataille à la place de l'un de vous ?

— Parce que, répondent-ils, nous savons pertinemment que vous êtes le meilleur chevalier d'entre nous.

— Bien que je sois un bon chevalier, réplique messire Tristan, je ne suis pas natif de Cornouaille. Je n'en récolte pas les honneurs comme vous. Je me suis plusieurs fois battu en combat singulier pour défendre l'honneur de la Cornouaille. J'ai enduré de nombreuses peines et je me suis mis en grand danger. Jamais je n'ai reçu de récompense sinon mauvaise. J'affirme que j'ai ôté la Cornouaille à plusieurs reprises de périls mortels et de hontes éternelles. Mais jamais de ma vie je n'ai trouvé de courtoisie en Cornouaille. C'est pourquoi je dis ouvertement que je refuse ce duel. Vous qui êtes de Cornouaille et qui veillez à son honneur, choisissez l'un d'entre vous qui puisse affronter Hélian. Car celui qui reçoit les honneurs de sa terre doit mettre sa vie en danger et en péril pour les défendre. »

En entendant ces paroles, les Cornouaillais sont si bouleversés qu'ils ne savent que faire ni dire. Le roi Marc voit ses gens profondément troublés et désespérés ; ils étaient si blessés et si malmenés qu'il sait bien qu'en aucune manière ils ne peuvent combattre contre les Saxons sans se mettre en péril et sans être déshonorés à tout jamais. C'est pourquoi il dit à monseigneur Tristan, fort inquiet : « Ah, Tristan, beau neveu, pitié ! Pour l'amour de Dieu, ne nous rappelez pas notre félonie. Nous affirmons clairement, et nous l'avouons, que vous avez maintes fois délivré la Cornouaille de nombreuses grandes hontes et de périls mortels à vous seul. Et certes, si ce n'était votre chevalerie, elle aurait été souvent avilie. Bien des fois la Cornouaille a eu grand besoin de votre aide, et jamais vous ne lui avez fait défaut. Je ne me souviens pas que, de toute ma vie, elle ait eu un besoin plus urgent de votre secours qu'à présent, comme vous le voyez. Donc, beau neveu, puisque vous avez tant de fois secouru la Cornouaille, ne la délaissez pas dans la nécessité. Vous pouvez l'aider, Dieu merci, car vous êtes si brave qu'Hélian ne pourra guère résister contre vous quand viendra le duel. Pour l'amour de Dieu, Tristan, beau neveu, ne nous faites pas défaut en cette occasion. Si vous nous abandonnez, nous sommes morts et détruits. Et si vous le voulez, nous serons en vie et à l'abri de ce péril mortel où nous nous trouvons. »

En entendant que le roi Marc et le peuple de Cornouaille le prient si fort, monseigneur Tristan leur répond : « Seigneurs, puisque je constate que vous n'avez pas la capacité de vous battre contre les Saxons et que vous me priez pour votre secours et celui de la Cornouaille d'entreprendre le duel contre Hélian, je suis prêt à m'y atteler si vous acceptez de faire une chose que je vous dirai.

— Dites, font-ils, car nous sommes prêts à obéir à votre ordre si nous pouvons l'exécuter.

— Et je vous le dirai, fait messire Tristan. Si vous me jurez sur les saints que jamais de votre vie vous ne me causerez de tort, ni pour le roi Marc, ni pour un autre, et que vous n'y aspirez ni ne le tolérez, je suis préparé à entreprendre le duel. » Et ils disent qu'ils sont prêts à obtempérer. Ils font aussitôt apporter les saints et jurent ce que messire Tristan avait requis devant le roi Marc lui-même, qui ne put aller à l'encontre de ce serment.

Après que les barons ont juré selon l'ordre de monseigneur Tristan, celui-ci va trouver le messager et lui dit : « Sire chevalier, vous pouvez retourner quand il vous plaira auprès des barons de Saxe. Dites-leur de notre part que je suis prêt à affronter Hélian. S'il peut me vaincre en duel, la Cornouaille versera le tribut aux Saxons. Et si par hasard je peux avoir le dessus et le battre, il conviendra que les Saxons obéissent à nos ordres.

— Sire, dit le chevalier, j'ai bien entendu ce que vous m'avez dit. » Il se tourne alors vers le roi Marc et lui demande : « Roi Marc, êtes-vous d'accord avec les dires de monseigneur Tristan ?

— En effet, approuve le roi, je donne mon assentiment.

— Et vous, seigneurs de Cornouaille, demande le messager, êtes-vous aussi d'accord ? » Et ils s'écrient d'une seule voix qu'ils s'y accordent réellement. Ils abandonnent cette affaire au bon vouloir de monseigneur Tristan. Le messager s'adresse alors à monseigneur Tristan : « Sire, puisque vous vous chargez de ce fait, quand vous plaît-il que la bataille ait lieu ?

— Chevalier, dit messire Tristan, je veux que le duel commence demain. Pourquoi tarder alors qu'il est nécessaire de le faire ? Qu'il se déroule demain sur la prairie de Tintaïol.

— Et je vous le promets pour demain, fait le chevalier, puisque vous le désirez à cette date. »

Le messager les quitte et retourne auprès d'Hélian et des barons de Saxe et leur raconte comment messire Tristan s'est chargé à lui seul de l'affaire de Cornouaille et comment il veut affronter Hélian en combat singulier pour la délivrer s'il le peut.

En entendant la réponse du roi Marc et des Cornouaillais, et voyant que messire Tristan veut l'affronter pour libérer le pays, il dit, heureux et joyeux : « Ah, Seigneur Dieu, soyez béni puisqu'un tel honneur m'est advenu ; je combattrai contre le meilleur chevalier du monde. Il est issu d'une noble lignée. Il a plus de valeur que tout autre chevalier. Et si le hasard veut que je meure lors de ce duel, je n'aurai nul déshonneur car il est le meilleur chevalier qui soit au monde. Et si Dieu veut m'accorder la chance et la fortune de remporter ce duel, je ne pourrai gagner en aucun cas d'honneur plus grand. Que je meure ou que je vive, je ne vois pour moi que tout honneur. Puisqu'il veut que cette rencontre ait lieu demain, je ne manquerai pas d'y être. »

Hélian est fort heureux et joyeux car il sait qu'il affrontera messire Tristan. Ce jour-ci, il fait fourbir ses armes le mieux possible et le mieux qu'il sait. Il fait prendre pour lui le meilleur cheval de l'armée. Que vous dire ? Hélian se prépare au duel le mieux qu'il peut. Et quand vint le lendemain, tôt le matin, les Saxons se réunirent tous hors de Tintaïol pour jurer les accords qui avaient été établis entre eux. Les Cornouaillais jurèrent aux Saxons que si d'aventure messire Tristan était vaincu lors du combat singulier contre Hélian, la Cornouaille verserait désormais un tribut à la Saxe comme elle avait coutume de le faire avec l'Irlande. Après que les Cornouaillais eurent fait ce serment, les Saxons jurèrent à leur tour que si par hasard il advenait qu'Hélian fût défait par monseigneur Tristan, ils seraient prêts à obéir aux ordres des Cornouaillais.

Ainsi, comme je vous le conte, les Saxons et les Cornouaillais se mettent d'accord. Dans un camp et dans l'autre, tous ôtent leurs armes. Si bien que sur le champ de bataille, il ne reste aucun homme en armes, excepté monseigneur Tristan et Hélian. Ces deux-là demeurent armés et apprêtés. Un homme noble de Saxe fait entrer Hélian sur l'aire du duel. Le roi Marc, qui arrive de l'autre côté, y place monseigneur Tristan. Mais il le fait tout en pleurant car il a grande crainte et grande peur pour lui ; il voit clairement qu'Hélian est l'un des meilleurs chevaliers du monde. Il le sait fort et puissant car par deux fois il l'avait éprouvé pendant la bataille. C'est pourquoi il craint terriblement pour monseigneur Tristan. D'autre part, la bravoure et la grande hardiesse qu'il sait en monseigneur Tristan le réconfortent. Les deux chevaliers viennent à leurs chevaux qui étaient depuis longtemps sur le champ de bataille et montent aussitôt. Vous pouviez alors voir maints hommes de qualité et maints chevaliers pleurer très tendrement à l'extérieur du champ quand ils virent que les deux chevaliers étaient demeurés sur place, face à face. « Beau Sire Dieu, implore le roi Marc, ayez pitié de la Cornouaille en ce jour ! Ne regardez pas nos félonies et nos lâchetés ! Et ne laissez pas ce règne être asservi ! »

« Dieu, Père souverain, disent les Saxons, daigne ne pas regarder nos péchés, la grande cruauté et le grand orgueil qui nous firent venir en Cornouaille. Mais par ta douce pitié et ta grande miséricorde, délivre-nous de ce péril où nous sommes. »

Grande est la plainte, grandes sont les lamentations de part et d'autre. Car chacun avait une peur terrible pour son affaire. Les Cornouaillais, qui savaient bien qu'Hélian était un merveilleux chevalier, craignent pour monseigneur Tristan. Jamais ils n'avaient eu si peur d'être déshonorés. Ainsi, comme je vous le raconte, on se lamente de part et d'autre.

Les deux chevaliers n'y pensent guère. Ils aspirent ardemment à autre chose. Quand ils sont tous les deux en selle et prêts à jouter, ils n'attendent pas. Ils éperonnent leurs montures et s'élancent l'un vers l'autre au galop. Et lorsque les lances se rejoignent, ils se heurtent si violemment de toutes leurs forces que ni les hauberts ni les écus ne les empêchent d'enfoncer le fer dans les chairs nues. Et si les lances ne s'étaient pas brisées lors de cette joute, ils auraient été mortellement blessés car tous deux étaient de très grande force. Mais le bris des lances garantit leurs vies. Que vous dire ? Après cette rencontre et ces coups, les chevaliers chutèrent tous les deux très cruellement, si étourdis qu'ils ne savaient s'il faisait jour ou nuit. Et cependant, ils se relèvent hâtivement, empoignent leurs épées et commencent l'assaut si féroce, si cruel et si prodigieux que jamais vous ne verriez un assaut débuter ainsi entre deux chevaliers. Ils s'assaillent avec sagesse et se défendent avec sagesse. Quand Hélian sent les coups que messire Tristan lui donne et qui étourdissent toute sa tête, il reconnaît que ce ne sont pas des frappes de novice. C'est pourquoi il se garde le plus raisonnablement possible. Il voit clairement qu'il y est obligé s'il veut échapper à ce duel honorablement. Il jette ses coups prudemment et se couvre de son mieux. Et cependant, les coups qu'il assène sur messire Tristan sont lourds et vigoureux ; messire Tristan, qui l'affronte, ne l'a guère éprouvé quand il se dit à lui-même qu'il est sans doute le chevalier le plus fort et le plus puissant qu'il ait jamais rencontré, excepté Lancelot du Lac. Il lui accorde les louanges et le prix pour son escrime et son art de se couvrir entre tous ceux qu'il affronta. La bravoure et la haute chevalerie qu'il a trouvées en lui ne sont pas à prendre à la légère. C'est pourquoi il se dit qu'il doit combattre avec sagesse car il n'a pas affaire à un chevalier que l'on peut vaincre sans y mettre une très grande force et une très grande peine. S'il avait été un chevalier errant du royaume de Logre, il n'aurait pu manquer d'être un excellent combattant de grand prix. Ses faits et sa chevalerie doivent être pris au sérieux.

Ainsi, comme je vous le raconte, les chevaliers se battent-ils dans l'angoisse et le doute profond. Je vous affirme qu'ils sont tous les deux hardis. Mais aucun d'eux ne l'est assez pour ne pas craindre la grande force et le grand pouvoir que l'un trouve chez l'autre. Monseigneur Tristan ne se jette pas à corps perdu dans ce duel et il n'est pas tant préparé à frapper comme il l'était dans maints autres combats. Il épargne sa force jusqu'au bout pour voir comment Hélian pourra se maintenir sur un long effort. Et cela plonge les Cornouaillais dans la peur et l'angoisse, car ils n'avaient jamais assisté à un duel où messire Tristan n'ait pas le dessus immédiatement. Mais lors de celui-ci ils aperçoivent bien qu'il n'a pas l'avantage – selon ce qu'il leur est possible de voir. Hélian frappe plus fort et plus souvent que monseigneur Tristan. Et cela stupéfait les Cornouaillais. Monseigneur Tristan, qui avait trouvé chez Hélian une grande force, s'économisait. Il ne se servait pas de toute sa force, et c'est certainement une chose qui trompa Hélian. Quand il vit que messire Tristan ne frappait pas aussi fort que de coutume, il crut qu'il n'en pouvait plus et qu'il était vaincu. C'est pourquoi il se jeta de plus en plus à corps perdu dans la bataille et se mit à le frapper violemment et vigoureusement de toutes ses forces. Les Cornouaillais sont si stupéfaits par l'attitude de messire Tristan qu'ils ne savent que dire ni que faire. Jamais ils n'eurent aussi peur qu'en cet instant, car ils voient clairement qu'Hélian a une plus belle contenance que messire Tristan. Quand les Saxons se rendent compte de ce fait, ils en sont extrêmement heureux.

Qu'ils soient joyeux ou gais, le roi Marc est si terrifié qu'il est comme mort de peur. « Ah, Dieu, fait-il, que pouvons-nous faire ? Quel malheur nous advient ! Tristan nous fait défaut dans le plus grand besoin que nous ayons jamais eu ! Ce sont péché et malchance qui nous poursuivent ! Voyez comme il est lent ! Il avait toujours pour habitude d'être prêt à frapper sur son ennemi. Et à présent, il n'a pas assez de pouvoir pour se venger sinon à grand-peine. Ah, Dieu, ne nous oubliez pas ! Ne laissez pas le meilleur chevalier du monde être déshonoré ni la Cornouaille entrer en servitude ! » Ainsi le roi Marc se lamentait-il intérieurement. Et sachez qu'en la place, il n'y avait guère d'hommes de Cornouaille qui ne pensaient la même chose. Que vous dire ? Ils étaient tous si ébahis par l'attitude de monseigneur Tristan qu'ils semblaient comme morts. Ils ne savaient que faire ni dire. Tous croyaient vraiment être avilis outrageusement.

Ainsi, comme je vous le raconte, les Cornouaillais désespéraient-ils. Les Saxons se réconfortent car ils voient clairement qu'Hélian gagne souvent du terrain sur monseigneur Tristan en jetant des coups si grands et si lourds qu'il semblait le tuer à chaque fois. Messire Tristan endure longtemps la frappe qu'Hélian lui donnait, si mortelle que nul autre chevalier ne l'aurait supportée ; il reconnaît que désormais il a assez souffert et plus qu'il ne le doit ; il se dit en lui-même qu'il voudra se venger et rendre ce qu'il a reçu en plus fort car il est temps. À leur contenance, il voit fort bien que les Cornouaillais sont épouvantés. Il s'avance alors pour frapper et donne à Hélian un si grand et si merveilleux coup que ce dernier en est tout chargé. Il recommence et lui donne de nouveau un coup plus prodigieux. Alors il se bat si fort contre lui que tous ceux qui l'observaient sont stupéfaits : ils voient clairement que messire Tristan, qui semblait vaincu, ne faisait qu'endurer. Mais il est en cet instant si rétabli qu'il semble n'avoir jamais porté de coup aujourd'hui.

Quand Hélian, qui avait longtemps eu l'avantage de la bataille, voit comme tous ceux présents en la place que messire Tristan a recouvré ses forces, il est si ébahi qu'il ne sait que dire. « Ah, Dieu ! s'exclame-t-il. Qu'est-ce donc ? Je n'ai pas de chance au jeu aujourd'hui. Car les dés ont trop changé. Je dis ouvertement que messire Tristan, contre lequel je me bats, était comme vaincu et le voilà revenu en sa force. Par ma foi, c'est un pur prodige, ce me semble. » Ainsi Hélian parlait-il, particulièrement stupéfait de voir que messire Tristan l'attaque si âprement. Il semble n'avoir donné aucun coup d'épée ce jour-ci. Il le harcèle tant qu'il ne peut éviter ses coups sans être atteint ou à couvert ou à découvert. Les affaires changent. Car Hélian croyait jusqu'à présent avoir remporté la victoire. Et il se voit maintenant trop rudement en difficulté. Les Saxons, qui étaient heureux et joyeux, sont désormais tristes, courroucés et épouvantés, car ils voient clairement que messire Tristan a un tel avantage dans la bataille qu'Hélian ne peut résister longuement contre lui. Il ne cesse d'endurer et de se couvrir contre les coups que messire Tristan fait pleuvoir sur lui en multitude.

Dieu ! Comme Hélian est surpris de voir monseigneur Tristan le frapper si âprement sans le laisser rester en place ! Il n'a guère pitié de lui. Il lui donne des coups si grands et si pesants qu'il est prodigieux de voir comment il peut les endurer. Et s'il n'était pas doté d'une si grande force et d'un si haut courage, il ne pourrait le supporter longtemps comme il le faisait. La bataille est dure, cruelle et extrêmement redoutable. Ceux qui la regardent sont prodigieusement ébahis. Ils disent entre eux qu'ils n'ont jamais vu une bataille si merveilleuse. Mais ils constatent que la force des deux chevaliers n'est pas égale. L'un est bien plus puissant, plus fort que l'autre. Monseigneur Tristan est plus capable et plus résistant qu'Hélian. Tous ceux qui sont présents le voient. Hélian combat dans une grande détresse, une grande angoisse, de grands tourments et une grande peine contre monseigneur Tristan. Il a tant enduré et souffert qu'il est gravement blessé ; il a perdu tellement de sang de toutes parts qu'il est prodigieux qu'il parvienne à tenir debout. Et à dire vrai, s'il n'était pas de grande force et de si grand courage, il ne pourrait tant supporter. Ainsi les deux chevaliers combattent-ils, l'un bien, l'autre mal. Les Cornouaillais se réjouissent que la bataille ait tourné en leur faveur. Les Saxons ne sauraient être plus étrangement malheureux et courroucés. Car ils voient clairement qu'Hélian est en difficulté et qu'il lui faudra mourir si messire Tristan n'a d'autre pitié. L'état de ceux qui observent la bataille est divers : les Cornouaillais sont ravis et les Saxons souffrent.

Cette bataille a tant duré, avec la malchance que je vous conte, qu'Hélian n'en peut plus. Il avait tellement perdu de sang que ses membres et son courage le trahissaient. Il recule un peu et ressemble à un homme mort incapable de se défendre. Quand messire Tristan, qui lors de cette bataille avait bien éprouvé Hélian et savait qu'il était un des meilleurs chevaliers jamais rencontrés, voit qu'il ne peut plus tenir debout, il en a pitié. Il pense que s'il le tuait, ce serait une trop grande cruauté. Il est si excellent chevalier que même s'il était son ennemi mortel, il ne devrait pas l'occire pour la haute chevalerie qu'il a trouvée en lui. C'est pourquoi il recule un peu. Voyant qu'Hélian s'est retiré du duel, il pose son écu mais garde son épée et observe son adversaire qui avait tant souffert, supporté et perdu de sang qu'il était prodigieux qu'il ait pu résister si longtemps.

Après être resté un long moment debout et en paix, s'être un peu reposé et avoir attendu qu'ils aient l'un et l'autre repris leur souffle, monseigneur Tristan prend la parole le premier et dit à Hélian : « Sire chevalier, vous avez bien vu comment vous et moi avons combattu longuement ensemble. Nous avons tant œuvré qu'il apparaît à nos armes que nous n'avons pas été paresseux. Je dis clairement que vous êtes l'un des bons chevaliers que j'ai affrontés durant ma vie. Vous savez également quel chevalier je suis. Nous avons tant maintenu ce combat que cela doit suffire ; si nous le poursuivions, des dommages pourraient être causés à vous ou à moi. Je voudrais vous prier d'abandonner ce duel avant qu'il ne vous arrive pire et d'accepter que les Saxons obéissent aux ordres des Cornouaillais, s'il vous plaît. Vous le ferez avant de recevoir de plus grands torts que vous n'avez reçus. Et si vous tardez, vous subirez des dommages plus importants que vous n'avez déjà eus. Car je vois aisément que vous ne pourrez guère résister contre moi lorsque nous aurons recommencé le duel. » En entendant les paroles de monseigneur Tristan, Hélian lui répond aussitôt : « Messire Tristan, je sais, à vos dires, que vous me louez et me blâmez à la fois. Au début, vous avez dit que j'étais un bon chevalier. Puis vous ajoutez que bon gré, mal gré il convient que la Cornouaille ait les honneurs de cette affaire. Car je ne pourrai résister contre vous quand la bataille recommencera. Que vous dire ? Je reconnais que je ne serai pas capable de lutter contre vous. J'ai tant perdu de sang lors de cette bataille que je suis à bout de force. Que dire ? Il est inutile de le cacher. Je sens, en vérité, que je suis mort. Jamais plus je ne donnerai de coup d'épée. » Après avoir dit ces mots, il tombe à la renverse, si malmené qu'il ne peut plus porter ni son épée ni son écu. Voyant sa contenance, messire Tristan sait bien que le chevalier est comme mort. Cela lui pèse terriblement car il l'avait si longuement éprouvé qu'il connaissait sa très haute prouesse ; on ne pouvait trouver un meilleur chevalier que lui qu'à grand-peine.

Quand messire Tristan constate qu'il ne se relève pas, il se tourne vers les Saxons et leur dit : « Seigneurs barons de Saxe, vous savez quels accords ont été jurés entre vous et nous. Vous voyez clairement de quelle manière votre chevalier peut désormais continuer notre duel. S'il vous plaît, je le laisserai vivre, sauf les conditions établies entre nous. Si vous ne voulez obtempérer, je le tuerai aussitôt et alors lui apparaîtra toute votre loyauté. » En entendant ces paroles, les Saxons s'écrièrent tout en pleurant : « Ah, pitié, messire Tristan ! Pour l'amour de Dieu, ne le tuez pas ! Car sa mort n'apportera aucun avantage, ni à vous ni à personne. Laissez-le vivre, s'il vous plaît ; nous sommes prêts à exécuter les termes de l'accord que nous avons passé. Et sachez bien que nous préférerions avoir une condition pire que le servage plutôt qu'il mourût, tant que nous pouvons empêcher sa mort. » Messire Tristan se tourne alors vers les barons de Cornouaille et leur dit : « Seigneurs, vous avez bien entendu les paroles de ces barons. Discutez entre vous de ce que vous voulez que je fasse. Vous voyez bien quelle est la situation ; je peux faire ce qu'il me plaît de ce chevalier. Si je le veux, je peux l'occire. Et si je préfère, je peux le laisser vivre. Mais à mon avis, il serait préférable qu'on le laissât en vie au lieu de le tuer car il est un merveilleux chevalier. » Et tous lui répondent instamment : « Monseigneur Tristan, cette affaire est vôtre. S'il vous plaît, laissez-le vivre. Et si vous le voulez, tuez-le. » Messire Tristan s'adresse au roi Marc et lui demande : « Sire, que voulez-vous que nous fassions de ce chevalier ? Si on le tue, ce sera une trop grande perte. Car il est un très bon chevalier. Je vous préconise, au nom de Dieu, de le laisser vivre.

— Beau neveu, fait le roi Marc, qu'il en soit fait selon votre volonté. » Messire Tristan le laisse alors et ne le touche plus.

Voyant que la fortune a tourné à leur désavantage, les barons de Saxe viennent tout droit devant le roi Marc, s'agenouillent et lui disent qu'ils sont tout prêts à exécuter ses ordres. Ils lui rendent leurs armes, fort attristés et singulièrement courroucés de ce que Fortune et Malchance les aient mis ainsi à la merci des Cornouaillais qui sont les gens les plus vils du monde. Mais sans aucun doute, leur deuil et leur courroux importent peu aux Cornouaillais. Ils font une joie prodigieuse en voyant comment cette aventure s'est terminée pour eux.

Pourquoi vous faire un long récit ? Sur le conseil des Cornouaillais, le roi Marc fit mettre les Saxons dans un vallon au centre du pays. Et ce vallon était appelé le Val de la Porte parce qu'il n'avait qu'une seule entrée. Une fois qu'on y avait pénétré, on ne pouvait en sortir que par cette porte. Le val était vaste et mesurait une demi-journée. Il était clos de tous côtés par de hautes montagnes et des falaises merveilleuses, si bien que nul homme ne pouvait y entrer ou en sortir autrement que par la porte par laquelle il y pénétrait. C'est pourquoi ce vallon était appelé le Val de la Porte car il n'y avait qu'une porte pour entrer et sortir. C'est dans ce val, comme je vous le raconte, que furent installés et emprisonnés les Saxons. Et ils n'en sortirent pas tant que le roi Marc vécut. Mais après sa mort, ils en partirent. Ils ruinèrent et détruisirent toute la Cornouaille. Si bien qu'elle versa à la Saxe un tribut dès ce temps-là. Mais à présent, le conte cesse de parler de ce fait parce qu'il n'appartient pas à notre livre, et retourne à notre premier sujet.

Selon le conte, les Cornouaillais firent grande joie et grande fête quand ils virent ce qu'il était advenu de l'armée des Saxons emprisonnés et asservis. Le roi demande dans toute la Cornouaille que tous viennent à Tintaïol, le pauvre comme le riche. Car il voudra tenir la cour la plus somptueuse pour fêter dans la joie cette bonne aventure qui leur est arrivée et la victoire que Dieu leur a donnée sur leurs ennemis. Que vous dire ? Tous se réunirent à Tintaïol, comme vous l'entendez, le pauvre et le riche, le vilain et le noble. Quand le harpiste que Dinadan avait envoyé en Cornouaille, comme je vous l'ai relaté plus haut, voit que la fête approche et que les Cornouaillais viennent et se rassemblent à Tintaïol, il va trouver monseigneur Tristan, s'agenouille devant lui et lui dit : « Sire, messire Dinadan, un des chevaliers qui vous aiment le plus au monde, vous adresse par mon intermédiaire bien des saluts. Et il envoie au roi Marc, votre oncle, un lai qu'il a composé tout récemment. Dinadan vous prie, au nom de l'amour que vous éprouvez pour lui, de ne tolérer qu'aucun mal et outrage ne me soit fait en Cornouaille à cause du lai que je chanterai.

— Bel ami, fait messire Tristan, apprenez que, par amour pour celui qui vous envoie, je ne souffrirai pas que l'on vous couvre de honte ou d'injures. Tant que je serai en Cornouaille, vous pouvez jouer en toute sécurité devant le roi car je vous protégerai.

— Sire, je vous remercie, dit le harpiste. Je chanterai donc mon lai demain sans plus attendre.

— Bel ami, demande messire Tristan, dis-moi, que Dieu te garde, depuis combien de temps tu quittas Dinadan.

— Sire, répond-il, il n'y a pas encore un mois révolu, je le laissai à la cour du roi Arthur en bonne santé.

— Dis-moi, poursuit messire Tristan, Lancelot du Lac était-il à la cour quand tu en partis ?

— Oui, sire, fait le harpiste, il s'y trouvait sain et sauf, Dieu merci. Mais soyez certain que tous, à la cour, sont terriblement attristés et malheureux que vous ayez quitté le royaume de Logre pour aller en Cornouaille. Tous les chevaliers de la Table Ronde sont fort peinés que vous ayez délaissé leur compagnie si tôt et en telle manière. Et le roi Arthur est particulièrement accablé. Sachez-le vraiment.

— Certes, bel ami, dit messire Tristan, je n'ai pas abandonné leur compagnie. Je le leur ferai savoir bientôt, car je serai prochainement parmi eux, s'il plaît à Dieu, plus gaiement que je ne le fus la dernière fois. »

Ainsi, comme je vous le raconte, monseigneur Tristan demanda-t-il ce soir-là au harpiste des nouvelles du royaume de Logre et des chevaliers de la Table Ronde.

Quand vint le lendemain, tandis que le roi Marc était dans la plus grande fête et la plus grande joie parmi les barons de Cornouaille qui étaient tous rassemblés pour faire liesse au palais de Tintaïol, le harpiste parut devant lui. Dès que le roi le vit, il sut qu'il était étranger et il reconnut à la harpe qu'il portait qu'il venait du royaume de Logre. C'est pourquoi il l'appelle aussitôt, le fait venir devant lui et lui dit : « Ami, comment se fait-il que tu voies tout le monde se réjouir, chacun montrant son art, et que toi, tu sois malheureux ? Amuse-toi, que Dieu te bénisse, et montre-nous ce que tu sais faire. Je vois bien que tu es harpiste. Joue du mieux que tu sais. » Le harpiste répond instamment au roi Marc : « Je ne veux pas jouer devant toi car je pourrais, dans un lai, dire des choses qui te fâcheraient peut-être contre moi. Mais peu m'importe ton courroux.

— Comment, bel ami ! s'étonne le roi Marc. Me crois-tu si insensé pour me fâcher contre toi à cause des paroles que tu me diras ? Jamais je ne serai en colère contre toi.

— Roi Marc, fait le harpiste, puisque tu m'as promis loyalement que tu ne t'irriteras pas contre moi, je jouerai à présent. Et vous, seigneurs barons de Cornouaille qui êtes rassemblés dans la joie à cette cour, je vous prie autant que je le peux d'écouter mon lai qui fut composé tout récemment. » Il prend alors sa harpe et accorde les cordes entre elles car il possédait bien son art. Après l'avoir bien accordée, il prend la parole et dit au roi Marc : « Sire roi, avez-vous jamais entendu parler du Lai Véridique ?

— Certes, dit le roi, j'ai écouté de nombreux lais qui disaient la vérité. Mais je n'ai jamais entendu parler et je ne me souviens pas d'un lai appelé “véridique”.

— Sire, répond le harpiste, sachez que jamais de votre vie vous n'avez entendu un lai plus vrai que celui que je vous chanterai. C'est pourquoi il a nom “véridique”. » Après avoir dit ces mots, il débute son lai en chantant ainsi :

Je suis las de me taire
Car je me suis bien aperçu
Qu'aucun sens n'ai de me taire.
Que mon lai soit donc lu.

Du mauvais roi, de l'insensé,
Qui tout mal a cumulé,
Je commence mon lai et dis mon chant.
Dieu doit bien envers lui être tranchant.

Du plus mauvais qui soit en vie,
M'est venu désir et envie
De conter sa vilaine vie.
Raison sur ce point m'envie.

Roi Marc, misérable, vil et chétif,
Qui de bien faire es rétif,
Tu es comme le renard indécis
Qui devant le lion s'enfuit.

Très malheureux et insensé,
Pourquoi es-tu si forcené
Quand du meilleur qu'on sache né
Tu médis, roi mal renseigné ?

Personnage vil, excréments, ordure,
Déshonneur, vergogne, injure !
Je m'étonne comment Dieu endure
Que ta vie si longtemps dure.

Sali, avili, déshonoré,
Qui en honte es monté.
Si entre les rois tu n'étais compté,
Pour le monde et pour Dieu, ce serait bonté.

Tu vis et c'est grand péché.
Tout le monde en est abaissé.
Le meurtre est dans ton cœur fiché.
Que celui qui te croit soit blessé.

Roi Marc, tes œuvres nous contons.
Nul roi ne fut si mauvais ni félon
Depuis le temps d'Absalon.
« Injure du siècle », nous t'appelons.

Tu es celui qui toujours empire.
Mauvais tu fus. Tu es pire.
Bien que tu sois en ce temps-là sire,
Toujours tu empires.

Dépit, vergogne et reproches
De chevaliers en toi se couchent.
Vileté, qui au cœur te touche,
Trop s'avilit celui qui t'approche.

Lâche, couard, sournois,
Tu as des yeux mais goutte ne vois
Ton malheur que ne pourvoient
Ni tes faits, ni ta chétive voix.

Vil, avili, misérable, déshonoré,
Tous les mauvais tu as surpassé.
Le pire de tous est compté.
Tes faits me sont bien racontés.

Et puisque je vois que tu empires
Et que toujours tu es pire,
Tu empires dans tous tes faits.
De ta honte, je suis bien persuadé.

Sur ta vergogne et sur ta honte
Qui tous les déshonneurs surmontent,
Finit mon lai que rois et comtes
Chanteront encore en haut conte.

Et parce qu'hélas tu médis
Sur celui que tous apprécient,
Je te vois entièrement méprisé.
Ainsi finit mon lai de vérité.

Qui était devant le roi Marc lorsque le harpiste jouait et prit garde à son visage et à son expression put bien apercevoir qu'il était extrêmement malheureux et furieux. Il en avait toute l'apparence. Quand le harpiste a fini de déclamer et de chanter son lai, le roi ne peut se taire car il était excédé et lui demande : « Dis-moi, frère, que Dieu te bénisse, qui composa ce lai que tu as joué ? » Le harpiste lui répond : « Sire, apprenez que Dinadan l'écrivit et me l'apprit. Et pour qu'il fût chanté devant tous les membres de votre cour, il m'envoya en Cornouaille. Aucune autre raison ne m'y amena. Sachez-le. Et je sais bien qu'il me dit, il y a guère de temps, que vous proférâtes des calomnies sur le meilleur homme du monde. Et puisque vous avez parlé contre celui qui surpasse tous les autres, ce n'est pas étonnant qu'il médise de vous.

— Frère, fait le roi Marc, que Dieu te garde, comment as-tu eu l'audace de venir en Cornouaille pour dire sur moi de telles paroles ?

— Sire, répond le harpiste, qui font les grandes folies de ce monde sinon les fous ? Les fous font les grandes folies et les sages agissent avec sens. Soyez certain, sire roi, que si j'avais été sage, je n'aurais jamais dit devant vous ce que j'ai dit. Mais la folie qui loge en moi m'en a donné l'audace en sus de l'assurance que vous m'avez accordée. Sire, je vous ai répondu selon la folie dont je suis empli.

— Frère, fait le roi Marc, sache que je ne te ferai aucun mal cette fois parce que je te l'ai assuré devant les hommes de qualité ici présents. Mais je t'ordonne qu'à partir de ce jour, tu ne sois pas assez fou pour rester en Cornouaille. Va-t'en vite, tu seras sage. Car je t'affirme que si tu y demeures longtemps, tu auras des ennuis. Si tu tiens à la vie, pars vite de Cornouaille. Si tu y séjournes plus longuement, tu seras avili. » En entendant cette nouvelle, le harpiste lui dit de nouveau pour le fâcher plus encore : « Roi Marc, ce lai est tout nouveau et récemment trouvé. Et parce que l'on dit communément par proverbe “tout nouveau, tout beau”, je croyais qu'il t'aurait plu.

Mais puisque je vois qu'il te déplaît, je me tairai et ne t'en parlerai plus. » En entendant qu'il se moque de lui, le roi Marc lui répond, plus fâché que précédemment : « Frère, disparais de ma vue. Ne t'arrête pas car je te ferai détruire, sache-le. »

Quand le harpiste connaît l'ordre du roi, il n'attend plus. Il quitte les lieux. Il n'osait plus demeurer car il savait que le roi était très cruel et qu'il le détruirait s'il persistait. C'est pourquoi il se dirige droit vers l'hôtel de monseigneur Tristan car il est certain que personne en Cornouaille ne serait assez hardi pour lui faire ici des choses déplaisantes. Il est en sécurité dès qu'il y entre.

Que vous dire ? Le roi Marc fut si troublé par ce lai qui fut ainsi joué devant tous ceux de Cornouaille, comme je vous le conte, qu'il ne savait que dire ni que faire. Et si cette affaire n'était pas advenue, il aurait tenu une cour plus gaie. Il demeura pensif sans mot dire pendant longtemps. Il ne croit pas que Dinadan le déteste au point de médire contre lui si singulièrement comme le lai le montre. Selon lui, jamais Dinadan ne l'a composé : c'est Tristan, son neveu, qui l'a fait. Nul autre ne l'a écrit. Il voit clairement que Tristan lui veut un mal mortel et qu'il a sans doute fait ce lai. Nul autre que lui ne le trouva. Et puisqu'il a fourni tant d'effort pour lui causer un tel déshonneur, il est nécessaire qu'il se venge. Nul serment, nulle confiance, nulle promesse ne l'empêcheront de le détruire, comme il le dit. Nul bienfait ne le protégera. Il est avili et déshonoré. Jamais il ne pourra se garder. Et cependant, il ne lui montre rien. Il le soigne et l'honore de son mieux. Il le couvre de tant d'honneurs et de plaisirs jour et nuit que, même si messire Tristan avait été un des hommes les plus sages du monde, il n'aurait pas pu deviner la trahison et la félonie que le roi ourdissait contre lui. Messire Tristan devient plus obéissant qu'il ne le fut jamais de sa vie. Et cela le trompera comme vous l'entendrez plus tard.

Après que ce lai fut chanté, comme je vous l'ai dit, devant tous les Cornouaillais, monseigneur Tristan, qui l'avait bien écouté, se dit à lui-même que Dinadan s'était fort bien exprimé. Une fois la cour éparpillée, monseigneur Tristan rentre à son hôtel et trouve là-bas le harpiste qu'il fait venir devant lui. Il lui dit : « Bel ami, joue-moi encore une fois ce lai que tu as récité devant le roi.

— Sire, fait le harpiste, à vos ordres. »

Il se met à jouer le mieux possible. Et quand il a terminé, messire Tristan lui dit tout en riant : « Dinadan parla aigrement dans ce lai. Je craindrais plus son intelligence que sa force. Je te dirai ce que tu feras car je ne peux rester avec toi. Et je sais bien que le roi Marc te veut grand mal et qu'il te couvrirait de honte discrètement. Je veux que tu partes de Cornouaille. Et quand tu seras revenu à la noble cour d'où tu viens, tu salueras de ma part le roi Arthur, le meilleur prince du monde, ma dame la reine Guenièvre et tous les chevaliers de la Table Ronde. Mais entre tous, tu salueras Lancelot du Lac pour moi. Tu lui diras que Tristan est entièrement son chevalier. Tu ajouteras que je ne connaîtrai guère de repos avant de le voir au royaume de Logre.

— Sire, fait le harpiste, j'accomplirai votre volonté. »

Le harpiste quitte messire Tristan, se met en route, vient droit à la mer et arrive bientôt au royaume de Logre sans ennui ni par voie de mer ni par voie de terre. Puis il chevauche tant qu'il arrive à Kamaaloth où le roi Arthur était à ce moment. Il y trouve Dinadan qui se réjouit de sa venue. Dinadan lui demande des nouvelles de la cour du roi Marc de Cornouaille. Et le harpiste lui conte la manière dont il avait agi. Quand le harpiste a fini son récit, Dinadan, qui est ravi d'avoir si bien transmis son message, lui dit : « Héliot, bel ami, je vous sais gré d'avoir si bien accompli tout ce dont je vous avais chargé. Et je suis heureux des bonnes nouvelles que vous m'avez apportées sur le valeureux Tristan. » Après avoir longuement parlé de monseigneur Tristan et des Cornouaillais, le harpiste quitte Dinadan et vient devant le roi Arthur. Le roi, qui n'avait pas vu Héliot à sa cour depuis longtemps, lui demande : « Héliot, beau et doux ami, d'où viens-tu ? Il y a fort longtemps que tu n'as pas été ici. Je te prie de me donner de tes nouvelles.

— Sire, fait Héliot, sachez que je reviens tout récemment de Cornouaille. Et puisque vous me demandez de mes nouvelles, je vous les dirai volontiers telles que je les sais. » Il se met à lui raconter pourquoi il était allé en Cornouaille et ce qu'il y avait fait. Puis il lui relate combien messire Tristan était craint et redouté. Ensuite, il lui rapporte les paroles que monseigneur Tristan lui avait transmises. Que vous dire ? Héliot le harpiste accomplit si bien et si bellement tout ce que monseigneur Tristan lui avait chargé de dire au roi Arthur et à la reine Guenièvre que nul n'a de raison de le blâmer.

Quand le roi Arthur et ceux qui étaient présents eurent entendu ce conte, ils furent merveilleusement joyeux et heureux de savoir comment le roi Marc avait été raillé par le lai que Dinadan avait envoyé en Cornouaille grâce à Héliot le harpiste. Et que tous ceux qui entendent ce conte sachent que ce lai fut depuis tant joué et chanté à travers toute la Grande Bretagne et partout où les chevaliers errants séjournaient qu'il fut su de toutes parts. Et c'est ainsi que la lâcheté du roi Marc fut encore plus connue dans les terres étrangères.

En ce temps-là, Lamorat de Galles, le bon chevalier, fut tué. Messire Gauvain, le neveu du roi Arthur, l'occit. La mort d'un homme si valeureux causa dommages et douleur à toute la chevalerie. Car il était un chevalier accompli. Et que tous ceux qui écouteront ce récit sachent que peu avant la mort de Lamorat, le roi Marc fit saisir traîtreusement messire Tristan et le fit mettre en prison. Il y demeura jusqu'à ce que Perceval de Galles, le frère de Lamorat, vînt en Cornouaille et le délivrât de cette prison. Mais le roi Marc le fit prendre une nouvelle fois et l'emprisonna. Il fut libéré contre le gré du roi. Il finit par s'emparer du roi et le jeta dans cette même prison ; il gouverna le royaume de Cornouaille selon ses désirs. Puis il passa au royaume de Logre et emmena avec lui la reine Iseult. Mais ce serait trop long de relater comment le roi Marc le fit mettre en prison plusieurs fois, comment messire Tristan saisit le roi Marc, son oncle, et l'emprisonna dans cette même geôle, puis comment il vint au royaume de Logre en compagnie de la reine Iseult. Je passerai le plus rapidement possible et avancerai dans mon sujet pour raconter ce qu'il advint à monseigneur Tristan depuis sa venue au royaume de Logre avec la reine Iseult de Cornouaille.

L'histoire vraie de monseigneur Tristan dit qu'il passa du royaume de Cornouaille au royaume de Logre. Il avait avec lui la reine Iseult de Cornouaille quand l'aventure l'amena près de la cité de Kamaaloth où le roi Arthur se trouvait parmi tentes et pavillons. Et lors de la venue de la reine Iseult, il abattit devant le roi quatorze chevaliers de la Table Ronde. Lancelot quitta les pavillons où se trouvait le roi pour venger la honte qu'il leur avait causée. Alors monseigneur Tristan le reconnut et se fit connaître de lui. Quand Lancelot sut que la reine Iseult était en compagnie de monseigneur Tristan, il est inutile de demander s'il fut merveilleusement heureux. Il n'éprouvait pas moins de joie à la venue de la reine Iseult qu'à celle de monseigneur Tristan. Mais plus encore, car il avait plus grand désir de la voir que toute autre dame du monde. Que vous dire ? Grande est la joie que fait monseigneur Lancelot pour l'arrivée de monseigneur Tristan et de la reine Iseult de Cornouaille. Mais monseigneur Tristan ne voulait pas que le roi Arthur et les membres de la Table Ronde vissent la reine ; il tint conseil avec Lancelot et ils se mirent d'accord pour envoyer la reine à la Joyeuse Garde, dans un château bien fortifié et splendide qui appartenait à Lancelot du Lac. Il l'avait conquis par les armes lorsqu'il était jeune chevalier. Et comme ce château était beau, riche et fortifié ainsi qu'il convenait à un bon château, ils y emmenèrent la reine Iseult pour y séjourner. Là, elle était en sécurité. Mais le château fut ravi par la ruse, comme vous l'entendrez plus tard. Par la force, c'eût été difficile pour peu qu'il y eût des gens de bonne volonté désireux de le défendre.

Ainsi, comme je vous le raconte, monseigneur Tristan se rendit droit à la Joyeuse Garde en compagnie de la reine Iseult de Cornouaille. Quand ils furent arrivés, les habitants jurèrent sur ordre de Lancelot de protéger de leur mieux la reine Iseult comme leur suzeraine de toute honte et vergogne. Puis ils rendirent l'hommage à monseigneur Tristan comme à leur suzerain car Lancelot lui-même le leur ordonna. Lancelot demeura à la Joyeuse Garde tant qu'il lui plut ; après avoir tenu compagnie à monseigneur Tristan et à ma dame Iseult, il les quitta. À son départ, monseigneur Tristan le pria ardemment de ne faire nulle mention de ma dame Iseult ni de lui quand il serait à la cour du roi Arthur car il ne voulait pas que les chevaliers de la Table Ronde sussent qu'il était venu au royaume de Logre. Il dit qu'il resterait assez longtemps à la Joyeuse Garde le plus discrètement qu'il pourrait. Là, il se divertirait avec ma dame Iseult.

Ainsi, comme je vous le raconte, Lancelot partit de la Joyeuse Garde où il laissa monseigneur Tristan et la reine Iseult ; il chevaucha tant qu'il arriva à la cour du roi Arthur. Les uns et les autres lui demandèrent souvent qui était le chevalier avec qui il s'en était allé, celui-là même qui avait abattu les quatorze chevaliers de la Table Ronde. Mais il ne voulut pas le dire car messire Tristan le lui avait défendu. Il le confia à la reine Guenièvre, mais ce fut le plus secrètement possible car il ne souhaitait pas volontiers s'attirer les mauvaises grâces de monseigneur Tristan. Il le cacha si bien que le roi Arthur n'en sut rien. Pourtant, le roi y pensa tant qu'il découvrit que c'étaient monseigneur Tristan et la reine Iseult. Il chercha tant et tant qu'il sut qu'ils séjournaient à la Joyeuse Garde.

Mais comme il aperçut clairement qu'il ne plaisait pas à monseigneur Tristan d'aller les voir, il se dit qu'il ne s'y rendrait pas, même s'il y serait allé très volontiers pour voir la reine Iseult qu'il n'avait jamais rencontrée.

Après y avoir longtemps pensé, le roi Arthur décida de faire crier un tournoi devant un château appelé Louveserp, très beau et splendide, en plaine et près de la rivière Hombre. Le château se trouvait à une demi-journée de la Joyeuse Garde. Il pense bien qu'il est impossible que monseigneur Tristan ne s'y rende quand il entendra parler du tournoi car il n'a guère réalisé d'exploits guerriers depuis longtemps. Il en sera très désireux, il ne peut en aller autrement. Après que le roi a pensé à cette affaire pendant la nuit, Lancelot arriva à la cour le lendemain. Il était en ce temps-là le plus puissant chevalier du monde en alliés et en biens, car il était issu d'une très grande lignée de chevaliers. Il avait recouvré toute sa terre et chassé Claudas du Désert. Si bien qu'il était sans doute le plus puissant chevalier du monde et le plus redouté qui ne portait pas de couronne ; il ne voulait pas revêtir la dignité de roi. Le roi Arthur, à qui il était très cher car sa cour était merveilleusement crainte grâce à lui et à la force de sa lignée, le prit à part et lui dit : « Lancelot, il y a six mois, à mon avis, que ne s'est déroulé un tournoi. Nous sommes devenus fainéants, ce me semble.

— Sire, vous dites vrai, approuve Lancelot. Nous séjournons trop longtemps et plus que nous le devrions. Si vous le désirez, faites crier un tournoi à l'endroit que vous saurez le mieux choisir.

— Devant Dieu, fait le roi, je le ferai. Et apprenez que depuis le riche tournoi qui eut lieu devant le Château des Pucelles, qui fut tel que vous le savez et où monseigneur Tristan s'illustra si bien, il n'y aura jamais eu au royaume de Logre un tournoi si splendide et si merveilleux comme celui-là sera ; jamais vous ne verrez de si nobles gens à un tournoi, si ce n'était lors d'une bataille mortelle. Et apprenez qu'il se déroulera bientôt.

— Sire, dit Lancelot, ce serait une grande œuvre si on pouvait agir comme vous le dites.

— Certes, acquiesce le roi, je crois que je le ferai ainsi car je ne pense pas qu'il y ait de chevaliers errants possédant quelque valeur qui n'y viennent. Et je vous dirai comment j'agirai. Je mettrai en premier ceux du royaume de Logre ; ceux du royaume d'Orcanie seront avec eux, ainsi que ceux de Norgale. Ces trois royaumes seront tous unis. Ceux d'Irlande, d'Écosse, de Galles, de Gorre, de Sorelois, de Listenois et de Northumberland ainsi que tous ceux qui par-delà la mer tiennent leurs terres de moi seront ensemble.

— Sire, fait Lancelot, apprenez que vous avez entrepris une forte partie. Je ne peux entrevoir comment ces trois royaumes pourront résister contre ceux que vous avez cités.

— Devant Dieu ! s'exclame le roi. Puisque je l'ai décidé, il en sera ainsi quoi qu'il advienne à notre camp.

— Dites-moi, demande Lancelot, puisque vous le voulez ainsi, où désirez-vous que le tournoi ait lieu ? Car il convient à de si nombreuses et nobles gens comme celles qui s'y rendront qu'il se déroule dans un beau lieu pourvu de tous biens.

— Certes, répond le roi, il aura lieu dans une belle et grande prairie, tout à côté de l'Hombre. Ce sera près d'une vaste forêt, où les chevaliers pourront s'installer confortablement, et d'un château beau et riche.

— Au nom de Dieu, fait Lancelot, je ne sais ce qu'il adviendra mais vous avez bien parlé.

— Sachez, renchérit le roi, qu'il en sera fait comme je vous le dis.

— Sire, interroge Lancelot, quel est le nom du château où le tournoi aura lieu ?

— Vous le saurez demain, fait le roi, car je le ferai crier dans Kamaaloth puis par toutes les terres qui sont au-delà de la mer et qui sont sous ma seigneurie. Il aura lieu dans un mois à partir d'aujourd'hui, le troisième jour de mai. Et ce jour devra être obligatoirement un mardi.

— Sire, dit Lancelot, que Dieu nous vienne en aide car cette entreprise est impressionnante et dangereuse. Les plus forts et les plus preux de votre cour n'ont pas affaire à un faible camp mais à un puissant s'ils veulent se maintenir sur le champ de bataille. » Ainsi parlent-ils du tournoi que le roi avait proposé d'organiser.

Le roi Arthur y pensa cette nuit. Le lendemain, avant le dîner, quand les chevaliers furent venus à la cour, le héraut qui disait les bans commença à crier devant le roi et devant tous ceux qui étaient présents : « Le roi Arthur fait savoir à tous les chevaliers errants que dans un mois, un tournoi aura lieu devant le Château de Louveserp. » Puis il répartit les camps comme le roi l'avait fait devant monseigneur Lancelot du Lac. Le roi Arthur, qui dès le matin avait convoqué les messagers pour faire connaître ce tournoi à travers toute la Grande Bretagne et pour que les chevaliers errants y vinssent tous, le pauvre comme le riche, les envoie à présent hors de sa cour. Messire Lancelot était là quand le tournoi fut crié. Dès qu'il entend parler de Louveserp, il lui vient à l'esprit que le roi Arthur organise ce tournoi dans l'unique but de voir la reine Iseult et monseigneur Tristan. Et il pensait bien que monseigneur Tristan voudrait emmener la reine Iseult, qui n'était pas habituée à assister à des tournois, le plus discrètement possible. Ainsi le roi l'avait-il sans doute pensé ; il croyait, grâce à cette affaire, voir monseigneur Tristan et la reine Iseult. Le tournoi devant le Château de Louveserp fut donc entrepris dans le seul dessein d'attirer monseigneur Tristan et la reine Iseult. Et bien des chevaliers, qui ne prenaient garde à ce qui se tramait, en seraient malheureux, courroucés et trouveraient la mort. Les messagers partent répandre à travers le royaume de Logre ces nouvelles. On en parle beaucoup. Les uns et les autres en discutent souvent et disent que le roi Arthur a entrepris une haute tâche, et qu'il n'en fit pas de plus grandiose durant sa vie. Tous les chevaliers qui aspirent à réaliser des prouesses se préparent en vue du tournoi, car chacun pense s'y rendre de la plus belle façon qu'il pourra. Mais à présent le conte n'évoque plus le tournoi car il saura y revenir quand le temps sera propice, et se tourne vers un autre sujet.

Selon le conte, en ce temps où le tournoi dont je vous parle fut crié à travers toute la Grande Bretagne, messire Tristan était à la Joyeuse Garde, heureux, joyeux et gai. Jamais de toute sa vie il n'avait connu un temps si bon, si plaisant, si agréable comme il le connaît à présent. Il va tous les jours à la chasse avec ses braques ou ses lévriers. Il profite de tous les plaisirs du pays et il est si bon chasseur et si savant dans l'art de la vénerie que l'on ne pouvait trouver son égal en ce temps-là dans tout le royaume de Logre. Le jour, il est dans la forêt où il se réjouit et se divertit. Quand la nuit tombe, il rentre à son hôtel où il trouve ma dame Iseult qui est ravie à chaque fois qu'elle le voit. Ils vivent tous deux dans la joie. Ils ne demandent rien d'autre. Le temps est à la joie pour eux. Ils ne redoutent ni le roi Marc ni aucun homme. Et sachez que personne au royaume de Logre ne savait rien sur monseigneur Tristan, excepté le roi Arthur, la reine Guenièvre et Lancelot. Ils savaient que monseigneur Tristan se trouvait à la Joyeuse Garde mais personne d'autre n'était au courant. De plus, les habitants de la Joyeuse Garde, qui avaient juré fidélité à monseigneur Tristan et à la reine Iseult, les connaissaient seulement de vue et ils ignoraient leurs noms. Ils appelaient monseigneur Tristan « le beau chevalier » et la reine Iseult « la dame avenante » car elle avait une très belle silhouette. Mais ils ne savaient si elle était blonde ou brune car ils ne la voyaient pas tête nue. Telle était la vie, comme je vous le raconte, que menait en ce temps-là messire Tristan à la Joyeuse Garde. Et sachez qu'il n'allait jamais chasser sans être armé, une fois plus, l'autre moins, car il craignait toujours de rencontrer un chevalier errant. Il avait déjà croisé au royaume de Logre maints chevaliers qui chevauchaient et qui pourraient lui nuire s'ils le trouvaient par hasard dans la forêt sans armes. C'est pourquoi il se protégeait comme je vous le dis car il ne voulait avoir ni ennuis ni blessure, et ce de la part de personne.

Un jour, dit le conte, il chassait dans la forêt qui était près de la Joyeuse Garde. Il avait chaud car il avait longtemps pris en chasse une bête qu'il ne pouvait rejoindre. Il transpirait beaucoup, et il lui prit grande envie de boire. Il mit pied à terre et se désaltéra. Après avoir bu à satiété et s'être reposé dans l'herbe, comme je vous le raconte, il relace son heaume, vient à son cheval et monte. Et, tandis qu'il voulait partir, il prête l'oreille et entend la Bête Glapissante venir vers lui. Comme il l'avait déjà vue auparavant, il s'en rappela vite et recula. Il se place à l'écart de la source pour voir si elle viendra boire. Il observe et aperçoit un chevalier tout en armes et très bien monté se diriger vers la source. Et si on me demandait qui était le chevalier, je répondrais que c'était Bréhus sans Pitié qui cherchait à faire le mal comme il en avait la coutume depuis longtemps. Nous l'avons déjà indiqué plusieurs fois dans notre livre. Bréhus vint devant la fontaine avant la bête. Il voulait descendre pour boire. Mais quand il aperçoit messire Tristan en selle et portant ses armes, à l'exception de son écu et de sa lance, il s'arrête aussitôt devant la source et ne descend pas. Il lui dit sans le saluer : « Qui êtes-vous, sire chevalier ? » Messire Tristan, qui dans les lieux où il s'était rendu et où l'aventure l'avait apporté n'avait jamais vu Bréhus, ne le reconnaît pas quand il le voit ; il n'était pas aisé de le reconnaître car il changeait souvent d'armes. Il lui répond : « Chevalier, je suis un chevalier comme vous pouvez le voir.

— Que dites-vous ? s'emporte Bréhus. Je veux savoir qui vous êtes.

— Vous ne le saurez pas, répond monseigneur Tristan, même si vous désirez le savoir. Et cependant, je vous ai dit une partie des choses qui me concernent et je vous les répète. Je suis un chevalier.

— Comment ! s'indigne Bréhus. Ne me direz-vous rien de plus sur vous ?

— Non, pas cette fois, dit monseigneur Tristan.

— Me redoutez-vous si peu, fait Bréhus, quand, malgré mes prières, vous ne me dites rien ?

— Et pourquoi vous craindrais-je ? réplique monseigneur Tristan. Si vous êtes un chevalier, j'en suis un aussi. Vous ignorez qui je suis et je ne sais qui vous êtes. Pourquoi vous redouterais-je ? Je ne crains personne avant de le connaître.

— Au nom de Dieu ! s'exclame Bréhus. Si vous ne me craignez pas maintenant, je crois que vous me redouterez avant que nous nous quittions. »

Tandis qu'ils parlaient ainsi, voici venir devant eux la Bête Glapissante qui pénètre dans la fontaine le plus hâtivement possible car elle avait vu les deux chevaliers. Après avoir bu, elle s'en va de l'autre côté comme si la foudre la chassait. « Ah, Seigneur Dieu, fait messire Tristan, comme cette bête est étrange et merveilleuse à voir ! Son apparence est très singulière.

— C'est vrai, approuve Bréhus. Elle est vraiment étrange. »

Alors qu'ils parlaient ainsi de la Bête Glapissante, voici venir vers eux un autre chevalier tout en armes et apprêté comme un chevalier errant. Et si on me demandait qui était ce chevalier, je répondrais qu'il s'appelait Palamède, le bon chevalier, qui avait entrepris à nouveau de chasser la Bête Glapissante. Voyant les deux chevaliers qui étaient arrêtés, il s'approche d'eux et leur demande : « Seigneurs chevaliers, vîtes-vous passer par ici la Bête Glapissante ?

— Et qui êtes-vous, fait Bréhus, vous qui nous parlez de la Bête Glapissante ?

— Je suis un chevalier errant, répond-il, occupé par une besogne personnelle. Mais renseignez-moi sur ce que je vous demande si vous le pouvez. » Messire Tristan, qui savait pertinemment qu'ils parlaient à Palamède, répond le premier pour voir ce qu'il dira : « Nous ne vous révélerons pas ce que nous savons car nous sommes désireux comme vous de chasser la Bête Glapissante. Nous voyons clairement que c'est la bête la plus singulière et la plus étrange que nous ayons jamais rencontrée. C'est pourquoi nous voulons la chasser.

— Seigneurs chevaliers, s'étonne Palamède, voulez-vous donc empiéter sur ma chasse que j'ai si longuement entreprise ? Parce que j'y ai peiné plus que tout autre chevalier, apprenez que je ne le supporterai pas. Je vous affronterai afin que vous m'abandonniez ma chasse complètement ! » Bréhus sans Pitié ne pensait pas que c'était Palamède qui parlait ainsi. Quand il entend ces dires, il les tient pour trop orgueilleux. C'est pourquoi il s'avance et dit : « Chevalier, sachez que malgré votre interdiction, nous ne laisserons pas cette chasse, nous n'en avons pas envie. Vous pouvez tout interdire aux chevaliers qui vous craignent, mais pas à nous.

— Certes, réplique Palamède, même si vous étiez encore meilleur que vous n'êtes, je vous le défendrais. Et je vous montrerai à présent que vous ne devez pas l'entreprendre tant que je la continuerai.

— Comment ! s'étonne Bréhus. Voulez-vous donc combattre ?

— En effet, répond Palamède, je désire vraiment me battre contre vous. Si vous pouvez me montrer que vous êtes meilleur chevalier que moi, je vous laisserai aussitôt la chasse, car ce ne sera pas à mon déshonneur si je l'abandonne à plus fort que moi. Mais si je la laissais à plus faible, ce serait une grande honte. » En entendant Palamède parler ainsi, Bréhus se refrène et se dit qu'il n'attendra pas ce chevalier car il est impossible, à son avis, qu'il ne soit vaillant. Palamède lui dit de nouveau : « Sire chevalier, si cela vous convient, je suis prêt à me battre. Affrontez-moi ou laissez-moi ma chasse sans encombre. Car je ne veux nulle compagnie, ni la vôtre, ni celle d'un autre chevalier. » Quand Bréhus entend ces paroles, il se met à sourire largement et répond tout en riant :

« Chevalier, que Dieu me vienne en aide, “celui qui veut tout, perd tout”. Je vis cette phrase se réaliser pour un homme plus riche que vous. Le roi Marc de Cornouaille qui ne voulait voir auprès de son épouse aucun entourage ni aucune compagnie a perdu, ce me semble, honneur, épouse et terre. Et en plus de tout ce déshonneur, il est emprisonné comme je le crois. Gardez-vous bien, si vous m’en croyez, d’arriver à une fin semblable pour votre chasse au cours de laquelle vous n’admettez aucune compagnie. » En entendant cette nouvelle, Palamède est stupéfait car il ne savait encore rien du roi Marc et de monseigneur Tristan. « Comment ! dit Palamède. Le roi Marc est-il donc en prison ?

— Oui, répond Bréhus, il a perdu ma dame Iseult. Messire Tristan la possède à présent. Et je crois qu’il est au royaume de Logre avec elle. Comment se fait-il que tu ne saches pas ces nouvelles ? Es-tu un chevalier errant ? Tu cherches bien mal les nouvelles de ce monde, à mon avis, quand tu ignores celles-là. Je crois qu’il n’y a nul chevalier du royaume de Logre qui ne les sache. Et toi, tu les ignores. C’est une chose dont je m’étonne grandement.

— En effet, fait Palamède, je me suis arrêté aux nouvelles que j’ai entendues en tout premier lieu, qui disaient que monseigneur Tristan était en prison, comme il l’a longtemps été.

— Par ma foi ! s’exclame Bréhus. Ce n’est plus le cas. Il n’est plus en prison. Les aventures ont changé. Si le roi Marc emprisonna messire Tristan, il est à présent libéré et tient le roi dans ses geôles. Il a ma dame Iseult tout à sa volonté. Le roi Marc, le vil, l’avili, n’a plus qu’à s’incliner.

— Par Dieu, fait Palamède, êtes-vous bien sûr de ces nouvelles ? Contez-moi, s’il vous plaît, comment cela arriva, car c’est une chose que je désire fort savoir. Et bien que messire Tristan, le bon chevalier, me veuille un mal mortel à cause de ma dame Iseult, je préfère, Dieu m’est témoin, qu’il la possède à la place du roi Marc. C’est une chose bien plus belle et convenable que la plus magnifique dame du monde soit en compagnie du meilleur et du plus beau chevalier du monde plutôt que du roi Marc. Tous les chevaliers errants et tous les hommes valeureux devraient être d'accord.

— Certes, approuve Bréhus. Et puisque vous ignorez cette histoire, je vous la raconterai. Apprenez que monseigneur Tristan fut délivré de la prison où le roi Marc l'avait enfermé, puis il prit le roi Marc par la force et le jeta dans les geôles. Et on me dit que c'était dans le même lieu où messire Tristan avait été fait prisonnier. Il l'y tient encore, comme je le pense. Après avoir emprisonné le roi Marc, il dirigea la Cornouaille selon sa volonté et donna ses ordres partout. Puis il quitta le pays avec ma dame Iseult et ils vinrent au royaume de Logre, je vous le certifie comme me l'a dit pour vérité celui qui croyait bien le savoir. Il est sans doute au royaume de Logre avec ma dame Iseult. Mais je ne peux savoir où ils séjournent.

— Par Dieu ! s'exclame Palamède. Ce que vous me dites est-il vrai ?

— Pourquoi vous mentirais-je ? fait Bréhus. Peu m'importe que ne me croyiez pas. Mais sachez que je vous dis la vérité.

— Certes, fait Palamède, vous m'avez plongé dans une lutte dont jamais je ne sortirai avant de savoir où ils séjournent. Il est nécessaire que je voie, si c'est possible, la fleur et la beauté du monde, celle qui surpasse en splendeur toutes les dames vivantes. Apprenez que je suis bienheureux de ces nouvelles. Désormais, je vous laisse la quête de la Bête Glapissante car j'entreprendrai une autre tâche. »

Tandis qu'ils parlaient ainsi, voici venir parmi eux un jeune écuyer messager à pied qui semblait épuisé. Quand les chevaliers le virent, ils s'approchèrent de lui car ils savaient qu'il était un messager. Monseigneur Tristan, qui était présent et à qui il semblait bien que c'était un messager de la cour du roi Arthur, vient aussitôt à sa rencontre et lui demande : « Dis-moi, frère, que Dieu te bénisse, d'où viens-tu ? Quelles nouvelles portes-tu ? Conte-les-nous, s'il te plaît.

— Certes, sire, fait le jeune homme, puisque vous me le demandez, vous les saurez vraiment. Je vous les dirai à l'instant. Apprenez que je viens de la cour du roi Arthur que je laissai à Kamaaloth il y a guère de temps. Je porte des nouvelles à tous les chevaliers errants qui veulent faire leurs preuves. Le troisième jour de ce mois, il y aura un tournoi devant le Château de Louveserp. Et sachez que depuis que le roi porte la couronne, il n'y en eut pas de plus merveilleux au royaume de Logre que celui-ci où tant d'hommes valeureux seront réunis. » Il se met à expliquer comment les trois royaumes seront unis contre tous les autres. « Et j'ajouterai autre chose, poursuit le jeune homme. Il convient que toutes les dames et demoiselles du royaume de Logre issues de haute lignée viennent à ce tournoi pour y assister. Telles sont les nouvelles que je porte par ordre du roi Arthur. Je partirai à présent car j'ai bien transmis mon message. Vous qui êtes des chevaliers errants, contez ces nouvelles aux autres chevaliers errants quand vous les trouverez. » Et il les quitte. « Seigneurs chevaliers, fait Palamède, apprenez que bonne fortune m'a conduit auprès de vous car j'ai appris des nouvelles qui me ravissent. Je suis heureux pour le tournoi également. »

Alors qu'ils parlaient entre eux, voici venir un autre chevalier tout en armes accompagné de deux écuyers ; l'un portait son heaume et l'autre son écu. Quand il vit les trois chevaliers qui étaient arrêtés près de la source et qui parlaient encore ensemble, il fait halte. Et sachez qu'il portait un écu vert orné d'un aigle d'or. Voyant le chevalier à l'arrêt et qui fait mine de jouter, messire Tristan demande à Bréhus et à Palamède : « Savez-vous qui est ce chevalier arrêté au milieu du chemin ?

— Je l'ignore, fait Palamède.

— Par ma foi ! s'exclame Bréhus. Je sais qui il est mais je ne vous en dirai pas plus. »

Le chevalier, qui avait fait halte au milieu du chemin, prend son écu et sa lance. Après avoir lacé son heaume, il s'écrie de toute sa voix : « Seigneurs chevaliers, l'un de vous veut-il jouter ?

— Par ma foi, fait Bréhus, je ne veux pas jouter contre lui. Je refuse catégoriquement.

— Je le veux, dit Palamède. Puisqu'il nous appelle à jouter, je ne lui ferai pas défaut. »

Il se tourne vers le chevalier et s'élance au galop. L'autre fait de même et lui donne dans son élan un si grand coup sur l'écu qu'il l'abat, le cheval par-dessus. Après avoir désarçonné Palamède, il ne s'arrête pas. Il se rue sur Bréhus sans Pitié pour le frapper s'il peut l'atteindre. Et Bréhus, qui ne veut pas l'attendre et qui refuse le duel, s'en va au galop. Une fois éloigné de lui, il lui crie si haut que l'autre peut l'entendre distinctement : « Bliobéris, Bliobéris, joutez contre un autre que moi car je refuse toujours votre duel pour peu que je vous reconnaisse ! Vous m'avez si méchamment battu devant l'eau du moulin il y a guère de temps que je le sens encore ! » Et c'était sans aucun doute Bliobéris qui avait abattu Palamède comme je vous l'ai raconté. Quand Bliobéris entend ce que Bréhus lui dit, il sait aussitôt de qui il s'agit. Il lui crie aussi fort qu'il peut : « Bréhus sans Pitié, Bréhus sans Pitié ! Attendez-moi, par Dieu !

— Bliobéris, Bliobéris, fait Bréhus, là où vous êtes, vous pouvez parler si cela vous plaît. Je ne veux pas converser de plus près car rien de bien ne m'en est jamais advenu ! Mais grâce à Dieu et à mon cheval, je ne vous crains pas !

— Ah, Bréhus, dit Bliobéris, que Dieu vous garde, attendez-moi !

— Mais vous, attendez que je vienne vers vous ! réplique Bréhus. Vous verrez combien j'apprécie votre compagnie ! Dieu m'est témoin, vous pourriez user toute votre vie avant que je retourne dans un lieu où je vous trouverai ! »

Bliobéris éperonne son cheval à la poursuite de Bréhus car il croit l'atteindre. Mais c'est en vain ; Bréhus était très bien monté. Il ne pourrait le rejoindre en aucun cas ; nul chevalier n'était mieux monté que lui. Bréhus s'en va ainsi le long du chemin principal au galop. Bliobéris le pourchasse assidûment ; il serait malheureux s'il lui échappait. Mais il peut bien être accablé car Bréhus lui échappe. Bréhus s'enfuit aussi vite que si le monde entier le chassait.

Que vous dire ? Il fuit tant qu'il rencontra trois chevaliers vaillants et hardis. Et si on me demandait qui étaient les trois chevaliers, je répondrais que l'un était Hector des Mares, l'autre Perceval de Galles et le troisième Érec, le fils du roi Lac, qui était un bon chevalier de grande force et rempli de hardiesse. Il n'agissait jamais lâchement. Et il possédait une grâce dont bien d'autres chevaliers manquaient car il ne violait jamais ses promesses. Il préférait mourir. Dès que Bréhus croisa les trois chevaliers, il les reconnut immédiatement car il les avait vus le jour précédent, avec des armes identiques, devant une tour, et il avait entendu le nom de chacun. Il les connaissait nommément. Il pense à un piège assez malin auquel maints autres chevaliers n'auraient osé songer. Quand il approcha des trois chevaliers, il leur cria : « Ah, seigneurs chevaliers, pour l'amour de Dieu, pitié ! Ne me laissez pas mourir ! Mais au nom de Dieu, secourez-moi contre le plus déloyal chevalier qui existe au monde, qui me poursuit et qui veut m'occire s'il le peut ! » Hector des Mares s'avance quand il entend ces propos et dit : « N'ayez crainte, sire chevalier. Qui vous poursuit et qui est si mauvais et si déloyal ?

— Sire, répond Bréhus, c'est Bréhus sans Pitié. Je ne sais si vous en avez déjà entendu parler.

— Comment ! s'étonnent les chevaliers. Est-ce donc Bréhus sans Pitié, le félon qui vous pourchasse ?

— Oui, fait Bréhus, c'est bien lui.

— Restez avec nous, disent les chevaliers, et soyez apaisé car si Bréhus se précipite sur nous, vous serez si bien vengé que plus jamais de sa vie il ne fera de félonie à quiconque et à vous non plus. Les dames et les demoiselles du royaume de Logre qu'il met si souvent à mort seront protégées de lui. Qu'il vienne donc. Il sera le malvenu. » En entendant ces paroles, Bréhus se réconforte grandement. Il ajoute, pour mieux les tromper : « Seigneurs, je ne resterai pas si vous ne me promettez pas loyalement de me venger de lui.

— Comment ! font-ils. En doutez-vous ? Apprenez que nous voulons si grand mal à Bréhus sans Pitié et pour maintes raisons que même si le roi Arthur en personne était ici, nous n'aurions de cesse, malgré lui, de le mettre à mort pour peu que nous le tenions. Car Bréhus est notre grand ennemi. Nous ne demandons rien d'autre à Dieu qu'il tombe un jour entre nos mains. »

Tandis qu'ils parlaient ainsi, voici venir vers eux Bliobéris de Gaunes qui arrivait à vive allure car il croyait bien rattraper Bréhus sans Pitié. Dès que Bréhus le voit venir, il le montre à ses compagnons et leur dit : « Seigneurs, vous pouvez apercevoir Bréhus sans Pitié. Nous verrons ce dont vous êtes capables. » Et Érec, qui était un chevalier bon et merveilleusement preux et hardi, surgit aussitôt et dit à ses compagnons : « Seigneurs, je veux jouter contre Bréhus et je vous prie de m'accorder la joute. » Tous la lui octroient. Érec s'avance, prêt à jouter. Quand Bliobéris voit les trois chevaliers et Bréhus qui s'était arrêté au milieu d'eux, il sait qu'ils l'ont pris sous leur protection et qu'ils veulent le défendre contre lui. Il doit affronter Bréhus ainsi que ces trois chevaliers s'il veut en venir à bout. Il convient qu'il joute tout d'abord contre ce chevalier, qu'il voit si prêt à combattre, s'il veut sauver son honneur. Il fait alors halte et réfléchit un peu. Après avoir songé, il se dit : « Dieu, comme j'ai mal pensé quand je voulais me retirer de cette entreprise par peur de trois chevaliers seulement ! Certes, Bliobéris, en ce moment, il n'apparaît pas que tu es le fils du bon Nestor de Gaunes. » Il est fâché contre lui-même pour ses lâches pensées. Il se tourne donc vers Érec et le frappe si violemment dans son élan que celui-ci ne peut supporter le coup. Il vide les arçons et tombe à terre très cruellement. Bliobéris passe outre et ne lui prête plus attention. Quand Hector des Mares voit Érec abattu, il est tout ébahi. Car il savait qu'Érec était un excellent et preux chevalier. Il en parle à Perceval et lui dit : « Perceval, avez-vous vu, que Dieu vous garde, cette grande honte et cette ignominie ? Le plus vil chevalier du monde et le plus lâche a abattu un chevalier valeureux tel qu'Érec !

— Sire, fait Perceval, ainsi en va-t-il des aventures. On voit assez souvent advenir qu'un bien mauvais chevalier abat un homme vaillant. La joute est souvent hasardeuse. C'est pourquoi je vous prie, autant que je peux prier mon ami, de m'accorder cette joute. Si je peux venger Érec, je serai satisfait. Et si d'aventure Bréhus m'abat, je devrai le supporter. Je préfère être abattu, si cela doit arriver, plutôt que ne rien faire pour venger la honte d'Érec. Pour l'amour de Dieu, accordez-moi cette joute. Vous verrez ce qu'il m'adviendra.

— Sire, fait Hector, vous l'aurez puisque je vois que cela vous plaît. »

Après cette discussion, Perceval n'attend plus. Il s'élance vers Bliobéris en éperonnant sa monture. Et quand Bliobéris voit que le moment est venu, il accepte la joute. Il se tourne vers Perceval et le frappe si rudement dans sa course que, bon gré, mal gré, il convient à Perceval de choir. Il tombe à terre et le cheval se renverse sur lui, ce qui lui cause un grand embarras et le rompt.

Si Hector était stupéfait, il l'est plus encore en observant cette rencontre. Il ne sait que dire. « Sainte Marie, fait-il, que se passe-t-il ? Par ma foi, je ne sais ce que je dois dire sur l'affaire de ces deux chevaliers qui sont tous deux si valeureux comme je le sais bien. Cela m'étonne tant que je ne sais que faire. Qu'il en aille comme il pourra aller. J'affronterai le danger. S'il m'abat comme ces deux hommes vaillants, je ne recevrai aucun déshonneur.

Mais ce que j'ai vu de ces deux joutes me fait penser que ce n'est pas Bréhus sans Pitié. C'est un autre chevalier. Car Bréhus ne pourrait réaliser ces faits malgré toute sa force. Je connais sa valeur chevaleresque. Elle est nulle. Il ne pourrait en aucun cas avoir fait les deux coups que j'ai vus. » Il se place au milieu du chemin, prêt à jouter, et crie à Bliobéris comme il le peut : « Chevalier, gardez-vous de moi ! Vous devez jouter ! » Quand Bliobéris entend qu'il est encore obligé de jouter, il ne refuse pas le duel car il était doté d'une grande force. Il éperonne son cheval et se rue sur Hector. Hector fait de même et ne cherche pas à l'éviter. Ainsi les deux chevaliers se précipitent-ils l'un sur l'autre par méconnaissance. Ils étaient des amis chers. Ils sont devenus des ennemis mortels. Et cela apparaît bien à leur frappe car au moment de se rejoindre, ils se cognent avec une force telle qu'ils font voler en éclats leurs lances. Puis ils heurtent leurs corps et leurs écus si rudement qu'ils se portent mutuellement à terre très cruellement. Et leurs corps sont si rompus par la chute qu'ils savent à peine ce qui leur est advenu.

Quand Bréhus voit Bliobéris à pied, il lui est avis qu'il peut fort bien se venger de lui puisqu'il est au sol et lui, Bréhus, à cheval. Il se dit qu'il ne pourra lui résister en aucune manière. Il éperonne sa monture et vient jusqu'à Bliobéris qui se relevait et le heurte avec la poitrine du cheval si violemment qu'il le fait tomber, si étourdi et étonné qu'il n'a pas la force de se relever. Voyant que Bréhus se précipite sur celui qui était à pied, les chevaliers vaincus ne peuvent le supporter car ils étaient très courtois. Érec, qui était vif, preux et hardi, s'avance aussitôt, prend son cheval par la bride et dit à Bréhus : « Sire chevalier, tenez-vous en paix. Vous agissez avec félonie et déloyauté en assaillant ce chevalier qui est à pied alors que vous êtes à cheval.

— Par ma foi, fait Bréhus, il doit mourir ici et ce n'est pas à cause de vous que ça n'arrivera pas ! » Il éperonne de nouveau le cheval mais il ne peut aller plus loin car Érec le tient avec force par la bride. « Chevalier, fait Bréhus, laissez ma bride ou je vous nuirai, Dieu m'est témoin.

— Je n'en ferai rien, réplique Érec, avant que vous me promettiez de ne plus toucher à ce chevalier tant qu'il sera à pied et vous en selle. Et savez-vous pourquoi je le fais ? Ce n'est pas pour l'amour que je lui porte car je lui veux un mal mortel ; c'est bien le chevalier qui a la plus mauvaise réputation et que nous autres chevaliers haïssons le plus. Mais pour la bravoure que j'ai vue en lui, je ne peux supporter qu'on le mette à mort par une si grande félonie. Et un chevalier ne pourrait commettre une plus grande traîtrise qu'en assaillant un chevalier à pied alors qu'il est à cheval.

— Beau sire, fait Bréhus, lâchez ma bride et je suivrai vos désirs. »

Érec la laisse aussitôt. Et dès qu'il l'a lâchée, Bréhus se rue sur Blioberis qui se relevait. Mais il était encore tout étourdi. Il le frappe avec la poitrine du cheval si rudement qu'il le fait voler à terre très cruellement. « Chevalier, s'indigne Érec, vous n'êtes pas un homme de qualité. Vous êtes un chevalier déloyal, félon et traître. Et vous vous repentirez de la félonie que vous venez de commettre. » Il vient alors à son cheval car il veut venger cette traîtrise ; jamais il ne vit une si grande trahison ni une si grande lâcheté.

Voyant Érec remonter, Bréhus se dit qu'il ne pourra guère rester. Il sait bien qu'Érec est si bon chevalier qu'il lui sera impossible de se défendre contre lui longuement. C'est pourquoi il ne veut pas attendre qu'il soit de nouveau en selle. Il tourne son cheval lorsqu'il voit qu'il se prépare à monter, le bouscule si violemment qu'il le porte à terre dessus, dessous, si bien qu'Érec est blessé dans la chute. Quand Perceval voit ce coup, il ne peut résister et lui dit : « Certes, sire chevalier, vous avez grandement méfait et par trop grande traîtrise. Mais s'il plaît à Dieu, vous vous repentirez trop tard dans peu de temps. » Érec, qui s'était déjà relevé, fait tant qu'il vient à son cheval et monte avant que Bréhus ne le rejoigne. Apercevant qu'Érec est remonté, Bréhus ne demeure pas. Il se met en route et Érec le poursuit en criant : « Chevalier, Dieu m'est témoin, je vous considérerai hardi si vous voulez me rejoindre !

— Si je pensais récolter un avantage, je vous attendrais bien. Mais je n'y vois aucun bienfait et mon conseil ne me le dicte pas. »

Bréhus s'en va sur le chemin pierré aussi vite que si le monde entier le chassait. Quand Érec voit comment Bréhus s'enfuit, il s'arrête au milieu du chemin, tout ébahi par la grande valeur du cheval. Il voue Bréhus à tous les diables de l'enfer. Puis il retourne auprès d'Hector qui était déjà remonté en selle et lui dit : « Sire, avez-vous remarqué comment le diable emporte ce chevalier ? Vîtes-vous jamais un homme s'en aller aussi vite que celui-là ?

— Non, pour ma part, répond Hector. Le cheval qui le porte est bon. Mais le sire qui est dessus est mauvais. » À ces paroles, Bliobéris, blessé par Bréhus qui l'avait foulé, se redresse. Il observe autour de lui et quand il voit que Bréhus n'est pas avec les autres, il est prodigieusement furieux. « Seigneurs chevaliers, demande-t-il, où Bréhus est-il allé ? Devant Dieu, vous êtes fort à blâmer de l'avoir protégé contre moi. Vous m'avez empêché de tuer le chevalier le plus déloyal du monde.

— Comment, sire ! s'étonne Perceval. Celui qui nous a quittés est-il donc Bréhus sans Pitié ?

— En effet, répond Bliobéris, sachez-le. » Ils se regardent tous, si ébahis qu'ils ne savent que dire. Hector prend la parole le premier et dit à ses compagnons : « Avez-vous vu comment nous avons été vilainement trompés ? Nous étions vraiment fous de croire que celui-ci était Bréhus sans Pitié. » Puis il s'adresse à Bliobéris : « Ah, sire chevalier, pour l'amour de Dieu, ne prenez pas mal le fait que nous vous ayons assailli ! Car sachez bien que nous croyions que vous étiez Bréhus sans Pitié.

— Quel malheur si j'étais Bréhus ! J'aurais mieux aimé ne pas être né ! Pourquoi pensiez-vous que j'étais Bréhus ?

— Parce que, répond Hector, celui que vous dites être Bréhus nous l'a laissé entendre. Et si nous avions eu l'avantage sur vous, nous vous aurions sans doute tué à cause de ce qu'il nous avait dit. » En entendant cette nouvelle, Bliobéris se signe d'étonnement. Il dit, stupéfait : « Seigneur Dieu, exista-t-il jamais un chevalier aussi déloyal que Bréhus, qui pense tant à fomenter des traîtrises ? Seigneurs, sachez que je ne suis pas Bréhus.

— Sire, nous vous croyons, fait Hector. Nous avons trouvé de grandes valeur et vertu chevaleresques en vous et nous savons que Bréhus est incapable de réaliser ce que vous avez accompli. Mais sire, pour l'amour de Dieu, je vous prie de nous dire qui vous êtes, s'il vous plaît.

— Certes, beau sire. Je m'appelle Bliobéris. » En entendant que c'est Bliobéris, la joie commence entre eux. Ceux qui étaient en selle descendent aussitôt pour accueillir Bliobéris car ils ne l'avaient pas vu depuis longtemps. Immense est la joie qu'ils se font. Ils ôtent leurs heaumes et parlent ensemble. Et quand il les reconnaît, Bliobéris est ravi et leur dit qu'ils sont vraiment les bienvenus car il désirait prodigieusement les voir. « Certes, sire, disent-ils, c'était aussi notre cas. Dites-nous, êtes-vous parti de la cour il y a longtemps ?

— En effet, répond Bliobéris, je n'y suis pas allé depuis un certain temps. Mais je m'y rendrai prochainement si je le peux. Et vous, avez-vous l'envie de venir à la cour ?

— Oui, font-ils, nous en avons grande envie. Et nous ne connaîtrons pas de repos avant d'y être. Mais pour l'amour de Dieu, savez-vous des nouvelles de la cour ?

— Oui, dit Bliobéris, j'ai appris récemment que près d'ici, à dix lieues anglaises, devant le Château de Louveserp, aura lieu ce mois un tournoi, le plus splendide et le plus merveilleux qu'il y eut au royaume de Logre depuis longtemps, à mon avis. Je ne crois pas qu'il y en ait eu un plus violent que celui-ci.

— Ah, sire, s'exclame Hector, que nous dites-vous ? Souvenez-vous du riche tournoi qui se déroula devant le Château des Pucelles où messire Tristan remporta le prix. Je ne pense pas que nous ou d'autres participeront à un tournoi plus extraordinaire.

— Je m'en souviens très bien, dit Bliobéris. Ce tournoi fut sans doute bon et riche. Mais je crois, selon mes réflexions, que celui-là vaudra mieux car il sera plus rude et plus âpre que le précédent. » Il leur relate alors comment le roi Arthur l'avait entrepris et comment les trois royaumes devaient porter les armes contre tous les autres à ce tournoi. « Devant Dieu, fait Hector, ce tournoi sera réellement merveilleux. Il a été entrepris avec grande audace. Et si le roi Arthur peut maintenir son camp dans l'honneur, il aura bien œuvré. »

Tandis qu'ils parlaient entre eux du tournoi qui devait avoir lieu devant le Château de Louveserp, voici venir Palamède, fort courroucé. Il poursuivait Bliobéris qui l'avait récemment abattu et il venait pour l'affronter s'il acceptait. Une fois parvenu jusqu'à eux, il leur dit sans les saluer : « Lequel d'entre vous porte cet écu ? » Et il leur désigne l'écu que Bliobéris portait quand il l'abattit. Bliobéris se tourne aussitôt vers lui et reconnaît que c'est le chevalier qu'il avait désarçonné. Il lui répond : « Sire chevalier, je suis celui qui porte cet écu. Que voulez-vous ?

— Je veux, fait Palamède, que vous m'affrontiez. Vous m'avez abattu il y a peu. Je voudrais venger cette honte à l'épée si possible.

— Chevalier, réplique Bliobéris, vous voulez la bataille ; sachez que je n'ai pour ma part nulle envie de me battre contre vous ni contre personne. Si vous avez grand désir de combattre, cherchez ailleurs qu'auprès de moi. Car soyez assuré que je ne me battrai pas volontiers maintenant.

— Comment ! s'indigne Palamède. Êtes-vous donc si lâche et si inutile que vous n'avez l'audace de m'affronter ?

— Je n'en ferai rien, s'il plaît à Dieu, fait Bliobéris.

Certes, jamais je ne fus vaincu lors d'un duel que j'avais entrepris. Mais que Dieu vous bénisse, dites-moi qui vous êtes, vous qui avez si grand désir de vous battre contre moi.

— Je m'appelle Palamède, répond-il. Avez-vous jamais entendu parler de moi ?

— Ah, Palamède, fait Bliobéris, est-ce bien vous ? Apprenez que je suis votre ennemi mortel.

— Et moi le vôtre, dit Palamède. Mais que Dieu vous garde, dites-moi qui vous êtes avant que nous nous affrontions. » Et il se nomme aussitôt. Quand Palamède entend son nom, il recule un peu, fort étonné, puis lui dit : « Bliobéris, Bliobéris, apprenez que je ne cherche que vous. Et puisque je vous ai trouvé, je ne vous demande que la bataille. Car je sais depuis longtemps que vous êtes un des bons chevaliers du royaume de Logre. Et maintenant que l'aventure nous a réunis, je ne veux pas que nous nous séparions avant que l'un de nous deux soit vaincu. Il convient que notre quête soit menée à terme ce jour-ci. » Les chevaliers, qui étaient tous deux si vaillants et preux que l'on pouvait difficilement en trouver de meilleurs, se mettent d'accord. « Palamède, demande Bliobéris, comment veux-tu que nous combattions ? À pied ou à cheval ? Dis ce que tu préfères. Car je suis prêt à t'exaucer.

— Certes, répond Palamède, il est bon que nous nous affrontions à pied au lieu d'occire nos chevaux.

— Je m'y accorde très volontiers », approuve Bliobéris.

Que vous dire ? Les voilà prêts à se battre sans attendre. Hector des Mares, qui sait pertinemment que Palamède est un chevalier de très haute bravoure et un des vaillants en ce monde, se place entre eux et dit à Palamède : « Palamède, Dieu me vienne en aide, vous n'êtes guère sage de vouloir combattre contre Bliobéris ainsi. Si vous étiez sensé comme il se doit et comme un chevalier doit l'être, jamais vous n'entreprendriez une si grande querelle contre un chevalier de la lignée du roi Ban et contre

Bliobéris qui est bien le meilleur chevalier après Lancelot. Dites-moi, Palamède, que Dieu vous bénisse, si par hasard vous aviez tué un des chevaliers de notre lignée, ne croyez-vous pas que vous devriez mourir ? Même si vous étiez le fils du roi Arthur en personne ? Car il n'existe pas dans le royaume de Logre un chevalier assez puissant pour résister contre notre lignée, en supposant que vous ayez causé à l'un des nôtres un dommage tel que la mort. C'est pourquoi je vous dis, Palamède, de vous garder de faire une si folle entreprise car au final, vous ne récolterez que la mort. » En entendant ces paroles, Palamède recule, épouvanté par cette nouvelle. Car il sait bien qu'il lui dit la vérité. Et afin de savoir qui il est, il lui dit : « Chevalier, vous me menacez grandement. Qui êtes-vous, que Dieu vous bénisse ?

— Je suis, répond Hector, un chevalier dont, je crois, vous avez entendu parler. Je m'appelle Hector des Mares. Je me demande pour quelle raison vous attaquez si volontiers les chevaliers de la lignée du roi Ban. Sachez, Palamède, qu'en vérité il ne pourra vous advenir que des dommages. Et vous-même êtes conscient que si nous voulions y mettre notre peine, vous auriez du mal à vous défendre contre des chevaliers de notre lignée. Palamède, Palamède, dites-moi, que Dieu vous garde, quand notre lignée vous a-t-elle nui pour que vous entrepreniez une telle guerre contre nous ? Apprenez que je ne le dis pas par crainte de voir Bliobéris vous affronter. Car je sais pertinemment qu'il est si bon chevalier, selon ce que j'ai éprouvé, que j'oserai bien le choisir pour défendre ma vie contre vous. C'est pourquoi je vous préconise de vous éloigner de cette folie. Je ne vois pas ce qu'il pourrait vous advenir à part de la honte et des dommages si vous persistiez. Et si vous avez vraiment si grande envie de vous battre, je vous dirai ce que vous ferez. Abandonnez la bataille contre Bliobéris et prenez-vous-en à moi qui ne suis pas aussi doué dans le maniement des armes, ni si preux, ni si vaillant, ni si bon chevalier que Bliobéris.

Vous pouvez, à travers moi, connaître ouvertement comment vous pourrez vous battre contre Bliobéris. » Après qu'Hector a ainsi parlé, Palamède lui répond : « Hector, je vous ai fort bien entendu. Sachez que jamais de ma volonté je n'affronterai un chevalier de la lignée du roi Ban, excepté Bliobéris. Il m'a nui bien des fois, comme il le sait. C'est pourquoi je me vengerais très volontiers de lui. Non pas que je veuille le tuer car il est un excellent chevalier. Mais si la fortune voulait m'en donner le pouvoir, je le vaincrais volontiers et cela me suffirait. Malgré mes désirs, puisque je vois qu'il ne vous plaît pas que cette bataille ait lieu, je m'en contenterai. Mais la grande envie que j'avais de le combattre venait de ce qu'il m'avait abattu il y a peu.

— Palamède, fait Hector, puisque vous cherchez la bataille, pourquoi ne trouvez-vous pas monseigneur Tristan, votre bon ami, qui sait vous corriger, vous remettre à votre place et rabattre votre orgueil ? Il est récemment venu au royaume de Logre comme me l'a dit hier un chevalier de Cornouaille qui avait fraîchement quitté son pays. Monseigneur Tristan vous a fait tant d'outrages, comme nous savons. Nous avons souvent vu vos affrontements lors de tournois et ailleurs. C'est sur lui que vous devriez passer votre colère et non sur Bliobéris.

— Hector, fait Palamède, celui qui s'efforce de monter plus haut qu'il ne le peut s'en trouvera déçu. Apprenez que si j'ignorais que monseigneur Tristan était plus fort que vous, j'oserais bien l'attendre hardiment. Mais je l'ai maintes fois éprouvé. Jamais je ne pus le quitter sans dommages. C'est pourquoi je ne le provoque pas et Lancelot non plus. Je vous dis qu'en dehors de ces deux, je ne refuserai le combat contre aucun chevalier pourvu que je sois sain de mes membres. Mais je me garde de ces deux de tout mon pouvoir. Je ne veux pas leur duel. Mais si cela devait arriver, je défendrais ma vie comme je le pourrais.

— Dites-moi, demande Hector, ne trouvâtes-vous jamais au royaume de Logre un chevalier, excepté ces deux, qui pût avoir l'avantage sur vous par les armes et par sa chevalerie ? » Palamède réfléchit en entendant cette question puis répond : « Certes, Hector, depuis que nous commençâmes à porter les armes à travers le royaume de Logre, je vis trois bons chevaliers. Et je ne me battrais pas volontiers contre un des trois jusqu'à la défaite. Car ils étaient tous de grand pouvoir. Deux sont encore en vie et le troisième est mort. Ce fut un dommage trop grand causé à toute la chevalerie. L'un est messire Tristan, l'autre Lancelot, votre frère, et le troisième était Lamorat de Galles. Il fut tout au long de sa vie le plus redoutable et le plus hardi chevalier que j'aie jamais trouvé. S'il avait vécu longuement, il aurait surpassé par sa bonne chevalerie tous les valeureux chevaliers du monde.

— En effet, approuve Hector, je confirme qu'en vérité il était un très bon chevalier pour son âge. Celui qui l'a tué causa un grand dommage à toute la chevalerie. Tous les chevaliers errants doivent regretter sa mort. »

En entendant parler de Lamorat et en écoutant Palamède le louer si grandement, Perceval ne dit rien. Il est si contrarié qu'il manque d'enrager de douleur. Il pleure très tendrement sous son heaume et ne peut s'empêcher de dire au bout d'un certain temps tout en pleurant : « Hélas, comme celui qui occit mon frère Lamorat commit un grand péché ! Car je ne pus apprendre qui était le responsable de ce crime. » Il se tourne ensuite vers Palamède et lui dit : « Palamède, beau et doux ami, pour l'amour de Dieu et au nom de votre courtoisie, sauriez-vous me dire des nouvelles de celui qui tua Lamorat, mon frère, et qui il est ? Devant Dieu, sa mort m'importe plus que celle de mon père et de tous ceux de ma lignée. Pour l'amour de Dieu, Palamède, franc chevalier, si vous savez qui il est, dites-le-moi.

— Je ne sais qui il est, répond Palamède. Et cependant, j'ai souvent entendu parler de la mort de Lamorat. Mais Dieu m'est témoin, je ne trouvai personne qui sût me dire qui l'avait tué. Car j'aurais volontiers vengé la mort d'un homme si valeureux si je l'avais pu et au nom des bienfaits dont il me gratifia.

— Hélas, soupire Perceval, il fut occis secrètement puisqu'on ne peut connaître le coupable. » Après avoir parlé de la mort de Lamorat et des prouesses qu'il avait réalisées, Palamède leur dit : « Seigneurs chevaliers, apprenez que lorsque je vis Bliobéris aujourd'hui, j'avais un désir plus grand de l'affronter que maintenant. Mais Hector m'a si bien corrigé par ses propos que je vous libère de la bataille. Je souhaite vous quitter et accomplir une besogne personnelle qu'il me tarde fort de faire. Je vous recommande à Notre Seigneur. » Et ils lui disent de même.

Palamède les quitte donc, pénètre dans la forêt et abandonne la quête de la Bête Glapissante. Il se dit qu'il ne connaîtra pas de repos avant d'avoir trouvé ma dame Iseult et de savoir où elle demeure. Il est nécessaire qu'il la voie et qu'il lui parle s'il le peut. Ainsi, comme je vous le raconte, Palamède s'en va-t-il, cherchant toujours qui lui donnera des nouvelles de monseigneur Tristan et de ma dame Iseult. Il a entrepris une autre quête qui ne lui procurera nul bien à aucun jour de sa vie. Il peut récolter courroux, ire, méchanceté, rancune, peine, douleur, mauvaises paroles. Mais rien d'autre. Car bien qu'il aime si passionnément ma dame Iseult, nul bienfait ne pourra lui advenir. Il peut avoir la haine et la rancune de monseigneur Tristan, et à cause de cela, la reine Iseult ne l'aimera pas. Elle le haïra plus encore quand elle saura que messire Tristan le déteste. C'est toute la récompense qu'il pourra obtenir de la reine Iseult et qu'il peut lui demander. Il emploie mal sa peine, à mon avis. Ainsi Palamède s'en va-t-il chercher monseigneur Tristan et ma dame Iseult. Mais à présent, le conte cesse de parler de lui car il saura bien y revenir quand il sera temps, et retourne à messire Tristan.

Le conte dit que lorsque Palamède l'eut quitté pour se lancer à la poursuite de Bliobéris, monseigneur Tristan, qui était resté près de la source, se mit à réfléchir, perché sur son cheval. Après avoir longtemps songé aux paroles de Palamède et de Bréhus sans Pitié, il prend le cor qu'il portait à son cou et se met à sonner très fort pour réunir ses chiens. Peu de temps s'écoula avant qu'il ne les vît tous devant lui ; il ne lui en manquait qu'un seul qu'il aimait beaucoup. Il sonne et resonne pour le faire revenir. Et tandis qu'il sonnait, voici venir vers lui un chevalier armé de toutes pièces qui chevauchait à travers la forêt pour trouver aventures et chevalerie comme le faisaient tous les jours les chevaliers errants. Une fois près de monseigneur Tristan, il le salue et monseigneur Tristan lui rend son salut très affablement. « Beau sire, demande le chevalier, qu'attendez-vous ici ?

— Sire, répond monseigneur Tristan, j'attends un de mes braques qui est allé je ne sais où et que je ne laisserai pas volontiers derrière moi si je peux le trouver car je l'aime beaucoup.

— Certes, regrette le chevalier, je ne puis vous renseigner. Cela me peine.

— D'où venez-vous ? interroge monseigneur Tristan.

— Je viens, dit le chevalier, de Kamaaloth où j'ai entendu des nouvelles d'un tournoi qui doit se dérouler devant Louveserp. Là doivent venir le roi Arthur et tous les chevaliers qui sont sous sa suzeraineté et qui tiennent leurs terres de lui.

— J'ai bien entendu parler de ce tournoi », fait monseigneur Tristan.

Tandis qu'ils conversaient ainsi, voici venir vers eux un chevalier en armes, tout seul, sans compagnie. Il s'était approché en entendant le cor. Si on me demandait qui il était, je répondrais que c'était Dinadan qui cherchait monseigneur Tristan à travers le royaume de Logre. Mais il ne savait où. Quand il vit monseigneur Tristan, il ne le reconnut ni à ses armes ni à sa monture car Passebruel, son cheval, était mort depuis longtemps. Cependant, Dinadan savait bien qu'il avait quitté le royaume de Cornouaille pour se rendre au royaume de Logre tout récemment. Quand Dinadan s'approcha des deux chevaliers, il les salua et ils lui rendirent son salut. « Seigneurs, demande Dinadan, qui êtes-vous ?

— Je suis, répond messire Tristan, un chevalier errant. Et vous qui me posez cette question, qui êtes-vous ?

— Je suis, fait Dinadan, un chevalier qui cherche et qui trouve toujours. C'est pourquoi je ne cesse de chercher. Je cherche et je trouverai.

— Par Dieu, sire chevalier ! s'exclame messire Tristan. Que dites-vous ?

— Vous m'entendez bien, dit Dinadan, si vous êtes sensé. Mais si vous n'avez pas plus de sens que ce chevalier que je rencontrai il y a guère de temps, vous ne pourrez que mal me comprendre.

— Et qui est ce chevalier que vous considérez si fou ?

— Dieu m'est témoin, répond Dinadan, je ne sais qui il est, mais c'est sans doute un chevalier : il en avait l'allure et les attributs. Mais je peux bien affirmer que c'est le chevalier le plus fou et le plus sot que j'aie jamais trouvé, je crois. Car il veillait et il songeait. Et je ne pus le sortir de son rêve. Il s'était assis devant une tour, armé de son haubert et de ses chausses, et toutes ses autres armes étaient devant lui. Mais sachez vraiment qu'il se plaignait fort de l'Amour. Jamais je ne vis, à mon sens, un chevalier plus affolé que lui par l'Amour. Toutes ses plaintes lui venaient d'Amour.

— Ah, Dieu, fait monseigneur Tristan, qui peut être ce chevalier qui, selon vos dires, se plaint si grandement de l'Amour ?

— Je ne sais qui il est, dit Dinadan, mais je peux vous affirmer qu'il a la tête remplie de haute folie.

— Beau sire, fait l'autre chevalier qui était avec monseigneur Tristan, dites-moi, s'il vous plaît, quel écu il portait.

— Je ne le vis pas porter d'écu, répond Dinadan, mais il avait devant lui un écu vermeil à deux bandes d'azur de travers.

— Ah, fait le chevalier, au nom de Dieu, je sais bien qui il est. Il est natif de ce pays. C'est un des preux et valeureux chevaliers que je connais. Mais il est encore un très jeune enfant.

— Certes, dit Dinadan, je le considère bien comme un enfant même s'il avait cent ans.

— Pourquoi donc ? demande le chevalier.

— Parce que, répond Dinadan, il aime d'amour.

— Vous dites qu'il est fou pour cette raison, s'étonne le chevalier. Apprenez que ces pensées si profondes lui venaient d'Amour.

— Comment ! fait Dinadan. Aime-t-il donc si éperdument qu'il a perdu le sens ? Si Amour ravit la raison, je dis que ce n'est pas de l'amour. C'est de la rage.

— Chevalier, dit l'autre chevalier qui était avec monseigneur Tristan, que Dieu me garde, vous parlez singulièrement. Dites-moi, que Dieu vous bénisse, n'avez-vous jamais aimé d'amour ?

— Si, bien sûr, répond Dinadan, j'ai vraiment aimé d'amour. Mais pas au point de perdre la raison. Dieu me garde de me maintenir dans un amour qui me vole vie, sens et honneur.

— Chevalier, fait l'autre chevalier, sachez que nul ne peut prétendre à un haut honneur s'il n'aime d'amour. Nul ne peut souffrir tant de maux d'amour sans recevoir de récompense tôt ou tard.

— Certes, réplique Dinadan, les récompenses que je vois sont si cruelles et si mauvaises que je ne veux jamais de ma vie aimer d'amour.

— Par Dieu, beau sire, fait le chevalier, où vîtes-vous des récompenses d'amour si cruelles et si dures comme vous le dites ?

— Certes, beau sire, je le dirai volontiers. Sachez que je vis recevoir mauvais et cruels bienfaits à Kahédin, le fils du roi Hoël de Petite Bretagne, qui était un très bon chevalier, preux et vaillant. On le considérait aussi comme un des plus sages chevaliers du monde. Mais bien qu'on le tienne pour sage, je le vois comme un véritable insensé. Il mourut d'amour sans doute. Je crois, à mon avis, qu'il aurait vécu s'il n'avait pas aimé. Et je vis le meilleur chevalier du monde plus vilement déshonoré que nécessaire. Car il perdit tout son sens et la mémoire puis il s'enfuit à travers la Cornouaille, nu et misérable, enragé et forcené. Il eut une belle récompense d'Amour.

— Par Dieu, beau sire, demande le chevalier, qui peut bien être le meilleur chevalier du monde qui fut si vilainement déshonoré comme vous dites ?

— Je peux bien vous le dire, répond Dinadan, car je le sais vraiment. Je proférerais des injures car on ne devrait dire du meilleur chevalier du monde que des paroles louables. Mais je vous le nommerai pour que vous me croyiez mieux. C'est le bon Tristan, le neveu du roi Marc de Cornouaille. Il est bien le meilleur chevalier du monde et celui qui a, à présent, la plus grande renommée.

— Certes, approuve le chevalier, je dis bien que monseigneur Tristan est vraiment le meilleur chevalier du monde, excepté Lancelot. Mais s'il a souffert par amour de si grands maux et un si grand déshonneur comme vous dites, il a reçu une si grande et si haute récompense qu'il ne peut en avoir une meilleure ; il est seigneur de ses amours. Nul ne pourrait prétendre à une plus grande récompense. Et sachez que malgré vos dires, je m'accorde entièrement à l'Amour car celui qui souffre reçoit sa récompense ensuite.

— Par ma foi ! s'exclame Dinadan. Je ne suis pas d'accord pour mener une telle vie ! Car la joie est trop courte et brève et la douleur trop grande et durable. Vous qui aimez cette vie, poursuivez-la. Je préfère être sans amour qu'être heureux peu de temps et malheureux longtemps. Et vous, sire chevalier, dit-il en s'adressant à monseigneur Tristan, qui nous avez écoutés et qui ne dites mot ?

Je crois que vous vous taisez pour écouter notre grande folie. Lequel de nous deux a la meilleure vie : celui qui aime d'amour ou celui qui n'aime pas ? Que Dieu vous bénisse, donnez-moi votre avis, s'il vous plaît. » En entendant la demande de Dinadan, monseigneur Tristan lui répond : « Sire chevalier, apprenez que nul ne peut prétendre à un haut honneur pour rien au monde si son cœur n'est amoureux. » Dinadan regarde monseigneur Tristan de travers quand il entend cette réponse et lui dit par provocation : « Certes, messire chevalier, vous avez perdu une bonne occasion de vous taire. Et si vous n'aviez parlé, je vous aurais considéré comme philosophe. Le sens apparaît dans la nécessité et la folie se démontre. Elle ne peut être longuement cachée. Vous avez bien mis en exergue la pire de ces deux propositions.

— Chevalier, réplique monseigneur Tristan, sachez que celui qui jamais ne possède bien, valeur et bravoure en lui ne pourrait avoir la hardiesse de conquérir le monde entier. Le chevalier en qui loge la couardise ne saurait aimer l'homme hardi. Car bravoure et lâcheté sont deux notions contraires. Celui qui aime d'amour loyal et sincère est toujours hardi. L'Amour est de si grande valeur qu'il donne force et hardiesse à tous ceux qui lui donnent leur cœur. Mais il est si courtois, et je l'apprécie d'autant plus, qu'il ne logera jamais dans le cœur d'un chevalier lâche. Jamais il ne côtoiera la couardise. Car les pleutres disent du mal de lui.

— Chevalier, fait Dinadan, chacun loue son bon marché. Le fou reste avec les fous et le sage avec les sages. Et si vous n'aimiez pas d'amour, vous ne m'auriez jamais répondu ainsi. Notre paire n'est pas bien accordée car nous chantons diverses notes et pinçons diverses cordes. Restez avec l'Amour tant qu'il vous plaît. Et grand bien vous vienne, je ne reste pas. Mon cœur pense à autre chose. Je vous laisse à vos amours. Pensez à les conserver. J'ai entrepris une autre quête. Dieu veuille que je la mène à bien selon mes désirs. Sachez que c'est la quête du meilleur chevalier du monde que je cherche depuis peu.

— Qui est donc le meilleur chevalier du monde ? demande l'autre chevalier.

— C'est messire Tristan, répond Dinadan. Il est arrivé récemment au royaume de Logre. C'est pourquoi je le cherche. C'est le chevalier que je verrais le plus volontiers au monde. Mais cela me désespère de ne pouvoir trouver personne qui me dise des nouvelles. » En entendant ces paroles, monseigneur Tristan intervient et dit : « Chevalier, que Dieu vous bénisse, qui êtes-vous, vous qui cherchez monseigneur Tristan ?

— On m'appelle Dinadan, répond-il. Je ne sais si vous avez déjà entendu parler de moi.

— J'ai entendu parler de vous plusieurs fois, fait messire Tristan.

— Dites-moi, demande Dinadan, qui êtes-vous ?

— Je suis, répond monseigneur Tristan, un chevalier. Je vous l'ai déjà dit. Et sachez que vous ne pouvez rien apprendre de plus sur moi.

— Comment, chevalier ! s'indigne Dinadan. Je vous donne mon nom dès que vous le demandez et vous ne voulez pas me dire le vôtre ! Certes, vous m'avez répondu avec grand orgueil.

— Quoi que je vous aie répondu, avec orgueil ou non, fait monseigneur Tristan, vous ne pouvez savoir mon nom cette fois.

— Par ma foi ! s'emporte Dinadan. Il est nécessaire que je le sache avant que vous ne me quittiez !

— Comment ! fait monseigneur Tristan. Vous voulez me brutaliser pour savoir mon nom !

— Certes, dit Dinadan, je vous affronterai avant de le connaître. Choisissez ce que vous préférez : m'affronter ou me dire votre nom. Car vous devez obligatoirement prendre l'un des deux. » Messire Tristan, qui est merveilleusement heureux d'avoir trouvé Dinadan car il lui voulait très grand bien, lui répond en riant : « Chevalier, que

Dieu me vienne en aide, quand j'ai entendu vos dires au début, je croyais que vous étiez un chevalier particulièrement sage et mesuré. Mais je vois clairement, devant Dieu, que vous êtes un vrai fou. Jamais aimer d'amour ne conduit à dire de si grandes folies comme celle de vouloir me combattre pour que je vous dise mon nom alors que je ne le veux pas. Que savez-vous de moi ? Pourrez-vous résister contre moi ? Apprenez que puisque vous n'aimez pas d'amour, vous ne sauriez tenir bon face à moi. Votre cœur n'est pas amoureux ; aussi vous ne pouvez posséder ni bonté, ni valeur nécessaires à un bon chevalier, contrairement à moi qui aime d'amour. Jamais vous ne pourriez résister.

— Chevalier, fait messire Dinadan, Dieu m'est témoin, vous fanfaronnez tant que vos vantardises donnent à mon cœur un grand désir de vous affronter.

— Dinadan, dit messire Tristan, vous recherchez votre honte. Soyez certain que vous ne pourrez résister à un seul de mes coups, moi qui aime d'amour. Car je suis sûr que vous ne valez rien. C'est impossible puisque vous n'aimez pas. » Dinadan est fort irrité par les paroles que monseigneur Tristan lui disait par jeu. Mais Dinadan les croyait vraies. « Chevalier, fait-il, devant Dieu, il est nécessaire que je vous fasse savoir que les chevaliers qui n'aiment pas valent mieux que ceux qui sont amoureux. Vous m'avez dit tant de paroles, et l'une et l'autre, que vous devez m'affronter.

— Certes, réplique messire Tristan, je vous affronterais volontiers mais je m'avilirais et j'abaisserais mon prix. Car il me semble que si un chevalier qui n'aime pas se battait contre moi et que je le menais jusqu'à la défaite, j'aurais vaincu un chevalier mort et battu d'avance. » Si Dinadan était fâché par les paroles de monseigneur Tristan, il l'est plus encore. Il est enragé. Il s'approche plus près de monseigneur Tristan et lui dit : « Devant Dieu, chevalier, vous avez mal parlé. Apprenez que vous êtes avili. Gardez-vous bien de moi ! Vous voilà contraint de vous battre !

— Dinadan, fait monseigneur Tristan, vous précipitez votre dommage. Je vous promets loyalement que si vous joutez contre moi, je vous mettrai à terre du premier coup.

— Devant Dieu ! s'emporte Dinadan. Vous ne perdrez pas de terrain pour défaut de menace ! Vous êtes preux et hardi en parole, sans doute. Et cela me réconforte car je sais bien qu'un bon chevalier parle peu. »

Tandis que monseigneur Tristan et Dinadan conversaient ainsi, ils regardent devant eux et voient venir un chevalier en armes qui portait un écu vermeil. L'écu était décoré de deux bandes d'azur de travers comme Dinadan l'avait déjà décrit. Quand monseigneur Tristan le voit venir vers eux, il sait aussitôt que c'est le chevalier dont ils avaient parlé. Il le montre à Dinadan et lui dit : « Sire Dinadan, sire Dinadan, vous pouvez jouter si vous le voulez. Voici venir le chevalier dont vous vous moquiez tant parce qu'il est amoureux. Allez faire vos preuves contre lui le temps d'une seule joute, que Dieu vous garde. Vous verrez donc quels chevaliers valent mieux : ceux qui aiment d'amour ou ceux qui n'aiment pas. Et si vous parvenez à l'abattre, je m'éprouverai contre vous.

— Certes, fait Dinadan, je suivrai votre requête pour causer honte et déshonneur aux vrais chevaliers couards qui se font apprécier plus qu'ils ne le méritent au nom de l'Amour. » Il se tourne vers le chevalier à l'écu vermeil, qui était fort preux et hardi et qui s'appelait Espinogre. Il était le fils du roi de Northumberland et aimait d'amour la fille du roi de Galles, une des plus belles demoiselles de ce temps.

Quand Dinadan, qui était rendu enragé et furieux par les paroles que monseigneur Tristan lui avait dites, voit venir Espinogre, il s'avance vers lui et lui crie de toute sa voix : « Chevalier ! Vous devez jouter contre moi ! Défendez-vous si vous le pouvez ! » En entendant Dinadan, le chevalier, perdu dans ses pensées, redresse la tête. Et quand il le voit le provoquer en duel, il répond si haut que Dinadan l'entend distinctement : « Chevalier, pourquoi m'appelez-vous à jouter ?

— Parce que, répond Dinadan, la coutume des chevaliers errants est telle que lorsqu'ils se croisent, ils doivent s'éprouver le temps d'une joute.

— Certes, approuve Espinogre, puisque telle est la coutume et qu'ils la perpétuent, je ne veux pas qu'elle cesse par mon fait. »

Il se précipite sur Dinadan en éperonnant sa monture lancée au galop, le frappe si bien dans son élan qu'il lui fait vider les arçons et le porte à terre. Après avoir donné ce coup, il s'arrête et crie à monseigneur Tristan et à l'autre chevalier : « L'un de vous veut-il jouter ?

— Chevalier, répond monseigneur Tristan, je n'ai cure de jouter. Je ne suis pas préparé ni apprêté. Si je l'étais, je ne voudrais pas jouter contre vous. » L'autre chevalier dit de même. Quand Espinogre constate qu'ils n'ont aucune envie de jouter, il s'en contente, se dirige droit vers eux et les salue. Ils lui rendent son salut. Monseigneur Tristan va ensuite trouver Dinadan pour le railler. Dinadan s'était déjà relevé et était remonté en selle. Monseigneur Tristan lui dit : « Dinadan, comment se fait-il que vous ayez chuté si vite ? Je vous vis tomber si rapidement que je ne croyais pas que vous eussiez attendu le coup du chevalier. Vous avez chu de peur quand vous l'avez vu venir vers vous. Vous pouvez bien constater avec certitude que le chevalier qui aime d'amour est plus fort que vous qui n'aimez pas. Comment vous sentez-vous ? Avez-vous encore le désir de jouter ? Je crois que non. Le cœur vous fait défaut, je le vois clairement.

— Chevalier, fait Dinadan, que Dieu me garde, vous n'êtes pas aussi sage que vous le devriez. Vous semblez plus fou qu'avisé. C'est bien le lot des fous de rejoindre les autres fous. Celui qui est fou le devient plus encore en leur compagnie. Quand l'aventure m'apporta parmi vous, j'étais assez fou, je le reconnais. Mais à présent, je suis plus que fou. Et ma folie m'a causé de la honte.

Celui qui dit “garde-toi des fous, tu vivras en paix” a très bien parlé. Si j'avais trouvé des hommes avisés comme j'ai rencontré des fous, cette honte ne me serait pas advenue.

— Dinadan, réplique messire Tristan, vous vous trouviez si sage. Vous dites à présent que vous êtes fou.

— Ma sagesse m'est démontrée, fait Dinadan, et elle apparaît sur mon écu. Que Dieu me protège de compagnons tels que vous. Car j'ai tant éprouvé votre sens qu'il ne pourra m'advenir que honte et dommage. C'est pourquoi je délaisse votre compagnie. Vous irez où bon vous semble et je partirai ailleurs. La prochaine fois, je serai plus sage. Je me garderai d'approcher des fous. »

Après avoir dit ces paroles, il passe outre sans rien ajouter. Mais il est si furieux qu'il manque d'enrager de douleur. Messire Tristan, qui ne voulait aucun mal à Dinadan qu'il aimait au contraire d'un grand amour, est ravi de cette aventure et s'en va à sa suite pour apprendre ce qu'il dira. Il emmène ses chiens de chasse qui étaient tous revenus. Dinadan part devant et monseigneur Tristan le suit parce qu'il veut entendre ce qu'il dira. Les autres chevaliers empruntent une autre route.

Dinadan, fort courroucé, chevauche dans la douleur et arrive devant une source qui jaillissait dans une vallée. Dès qu'il vit la source, il descendit pour boire et se reposer. Alors qu'il avait mis pied à terre, ôté son heaume et rabattu les manches de son haubert, il but à la fontaine et vit venir monseigneur Tristan qui le suivait de loin. Il était fort bien armé ; il ne lui manquait que son écu et sa lance. Il emmenait avec lui au moins douze chiens lévriers ou braques. Dès qu'il vit Dinadan à terre qui se reposait près de la source, il se dirigea droit vers lui et le salua. Dinadan observe. Et quand il constate que c'est le chevalier qui l'avait tant raillé, il ne se lève pas mais lui dit : « Dieu me vienne en aide, quelle aventure a conduit par ici ce chevalier qui aime d'amour ? Certes, il connaît bien la chasse comme cela apparaît. Car il a pris beaucoup de gibier. » Et il disait cela car monseigneur Tristan n'avait rien pris. Messire Tristan, qui savait que Dinadan disait toutes ces paroles par colère, lui répond pour l'irriter encore plus et pour entendre ce qu'il dira : « Sire chevalier, je suis aussi mauvais chasseur que vous êtes chevalier.

— Par ma foi ! s'exclame Dinadan. Le chevalier que je suis est prêt à vous affronter si vous avez l'audace de m'attendre !

— Beau sire, fait messire Tristan, je ne suis pas chevalier pour me battre mais pour chasser.

— Certes, raille Dinadan, il apparaît bien que vous êtes un bon chasseur.

— Apprenez, fait messire Tristan, que nous sommes très bien assortis vous et moi car je ne suis pas un bon chasseur et vous n'êtes pas un bon chevalier. C'est pourquoi je vous tiendrais volontiers compagnie si cela vous plaisait. Un couard et un mauvais doivent toujours être ensemble comme les hommes de qualité sont entre eux.

— Chevalier, dit Dinadan, vous pouvez bien vous en aller car je n'ai cure ni envie de votre compagnie. Et je me repentirais de votre fréquentation si je le pouvais. Mais c'est impossible. Je ne reçus que de la honte.

— Dinadan, propose messire Tristan, voyez la Joyeuse Garde où je vous ferais honneur si vous vouliez me suivre.

— Beau sire, réplique Dinadan, il ne pourrait y avoir d'honneur car l'honneur ne peut advenir dans un lieu où vous vous trouvez. Et vous n'êtes pas un chevalier digne de récolter des honneurs. »

Messire Tristan sourit aux paroles de Dinadan. Il ressent une grande joie. Et afin de voir s'il pourra en dire plus, il ajoute : « Sire chevalier, vous dites des ignominies. » Il lui dit immédiatement après : « Si vous voulez venir avec moi, je vous donnerai des nouvelles de celui que vous cherchez, de monseigneur Tristan.

— Je ne voudrais pas apprendre par vous des nouvelles de lui, fait Dinadan, car il me semble bien que monseigneur Tristan vaudrait moins. Et puisque vous en avez parlé, il ne vaut pas mieux. Pour l'amour de Dieu, allez-vous-en d'ici car votre seule vue me contrarie trop. »

Monseigneur Tristan quitte donc Dinadan car il pense bien pouvoir le retrouver avant qu'il ne s'éloigne de lui. Après avoir quitté Dinadan, il chevauche tant qu'il arrive à la Joyeuse Garde. Une fois dans le château, il trouva de grandes et fortes lamentations. Ceux du bourg emportaient un chevalier qui avait été récemment tué et ils menaient un deuil aussi prodigieux que s'ils voyaient devant eux tout le monde mort. Quand les habitants voient venir monseigneur Tristan, ils vont à sa rencontre, criant, hurlant et se lamentant le plus fortement du monde. Ils se laissent choir à ses pieds. « Ah, sire ! font-ils. Un grand dommage nous a été causé. Si Lancelot avait eu la seigneurie du château comme à son habitude, nul chevalier du royaume de Logre n'aurait osé nous faire ce tort, pour rien au monde. » Messire Tristan est furieux quand il entend cette nouvelle. Il demande : « Quel dommage avez-vous subi et qui est celui qui vous le fit ? » Ils répondent : « Sire, deux chevaliers errants passaient par ici et trouvèrent dehors un des chevaliers de ce lieu que vous aimiez beaucoup et que vous accompagniez souvent. Et pour un peu de paroles échangées entre eux, ils le tuèrent sans autre raison.

— Et savez-vous, interroge monseigneur Tristan, qui étaient les deux chevaliers ?

— Sire, nous l'ignorons. Mais ils empruntent le grand chemin qui mène vers Louveserp.

— Quels écus portent-ils ? fait messire Tristan.

— Sire, ils portent deux écus noirs identiques sans armoiries.

— Peuvent-ils être loin d'ici ? demande monseigneur Tristan.

— Non, sire, répondent-ils, car ils ne vont pas vite.

— Allons, vite ! ordonne monseigneur Tristan. Amenez-moi un autre cheval car celui sur lequel je suis assis est fatigué. Et apportez-moi un écu et une lance. Cela me pèserait fort de ne pas les conduire au repentir pour l'outrage qu'ils nous ont fait. »

Monseigneur Tristan commande et ils obéissent. On lui amène un cheval robuste et rapide et on lui apporte un écu divisé en noir et blanc et une lance épaisse et courte. Monseigneur Tristan dit à un écuyer des lieux de prendre l'écu et la lance et de le suivre. « Et si nous trouvons les chevaliers, tu me diras si ce sont eux ou non. » Le jeune homme fait comme monseigneur Tristan le lui ordonne. Messire Tristan lui dit qu'il passera devant. Ils arrivent aussitôt en plaine. Car sachez bien que la Joyeuse Garde était ceinte par un tertre où il y avait de nombreuses sources. Au pied du tertre, de l'autre côté, coulait l'Hombre. Une fois en plaine et sur le grand chemin, monseigneur Tristan ordonne de presser le pas car il rejoindrait volontiers les deux chevaliers qui lui ont fait cette honte s'il le pouvait. Il affirme que si les chevaliers n'appartiennent pas à la cour du roi Arthur et à la Table Ronde, il les punira si sévèrement qu'il passera sa colère sur eux. Il chevauche si assidûment avec son écuyer à la poursuite des deux chevaliers qu'il les rattrape dans une vallée. Dès que monseigneur Tristan les voit, il demande à l'écuyer qu'il emmenait avec lui : « Est-ce que ce sont eux ?

— Oui, sire, répond l'écuyer, ce sont eux sans nul doute.

— Donne-moi donc ma lance et mon écu », fait messire Tristan. Et il les lui confie aussitôt. Quand monseigneur Tristan est muni de toutes ses armes, il chevauche tant qu'il arrive près des chevaliers et leur crie de toute sa voix : « Seigneurs chevaliers, gardez-vous de moi ! Vous devez jouter ! » Et si on me demandait qui étaient les chevaliers, je répondrais qu'ils étaient tous deux les neveux du roi Arthur et les frères de monseigneur Gauvain. L'un était Agravain et l'autre Guerrehes. Ils avaient tué le chevalier de la Joyeuse Garde pour une piètre raison ; il avait dit que monseigneur Tristan était un meilleur chevalier que Lancelot du Lac. En entendant monseigneur Tristan crier après eux, ils font halte et se retournent. Quand ils aperçoivent que c'est un chevalier en armes et qu'ils doivent jouter, ils ne paraissent guère épouvantés. Agravain, qui était assez hardi, demande à Guerrehes, son frère : « Accordez-moi cette joute car je la veux.

— Frère, répond Guerrehes, vous l'avez puisque cela vous plaît. » Agravain crie alors à monseigneur Tristan : « Chevalier, vous voulez la joute, vous l'aurez ! »

Il s'élance vers lui en éperonnant sa monture. Monseigneur Tristan fait de même, la lance baissée, et le frappe dans sa course si violemment qu'il lui fait vider les arçons et le porte à terre très cruellement, si bien qu'Agravain est tout étourdi et ébahi par la chute. Après avoir donné ce coup, monseigneur Tristan ne s'attarde pas sur lui. Dans ce même élan, il se rue sur Guerrehes et le heurte si rudement qu'il l'abat pêle-mêle avec son cheval. Quand il a fait ces deux coups, il passe outre pour terminer sa course, retourne auprès de son écuyer et lui confie de nouveau sa lance qui était encore intacte. Il revient près des deux frères, empoigne son épée et la sort du fourreau. Il demande : « Seigneurs chevaliers, qui êtes-vous ? Que Dieu vous bénisse, dites-le-moi avant que nous allions plus loin. » Agravain, qui était fort courageux, répond le premier : « Chevalier, que vous importe qui nous sommes ! Nous sommes vos ennemis mortels. Et vous pourrez bien vous en rendre compte avant de nous quitter !

— Je sais bien, fait monseigneur Tristan, que si vous pouvez me faire du tort, vous le ferez volontiers. Mais, que Dieu vous garde, dites-moi d'abord qui vous êtes.

— Très bien, répond Agravain, je vous le dirai puisque vous voulez le savoir. Et ensuite, faites-nous subir un sort encore pire. Mais ne croyez pas que nous sommes hébétés parce que vous nous avez abattus : il arrive souvent qu'un bien mauvais chevalier abatte un homme valeureux. Apprenez que l'on m'appelle Agravain. Voici mon frère Guerrehes. À présent, faites-nous subir le pire sort que vous pourrez. Mais agissez comme un chevalier errant doit le faire. Descendez, car un tel chevalier ne doit pas combattre à cheval ceux qui sont à pied.

— Comment, seigneurs ? s'étonne monseigneur Tristan. Êtes-vous donc les frères de monseigneur Gauvain et les neveux du roi Arthur ?

— Oui, répond Agravain, sans aucun doute.

— Vous êtes chevaliers de la Table Ronde. Je ne vous affronterai pas car je me parjurerais. Ce que j'ai fait me pèse déjà, mais je le devais. » Il retourne alors vers la Joyeuse Garde et range son épée au fourreau. Puis il se dit que s'ils n'avaient pas été chevaliers de la Table Ronde, ils auraient payé cher leur orgueil et leur félonie.

Tristan revient donc à la Joyeuse Garde. Quand les deux frères le voient partir, ils disent : « Il nous quitte par lâcheté et non pour autre chose. Il est nécessaire, que Dieu nous assiste, de venger la honte qu'il nous a causée. » Ils montent sans tarder, s'en vont après monseigneur Tristan et le rejoignent devant la Joyeuse Garde. Ils lui crient : « Sire chevalier, revenez ! Vous devez nous affronter ! » En les entendant parler ainsi, monseigneur Tristan s'arrête immédiatement et attend qu'ils viennent jusqu'à lui. Il leur dit : « Beaux seigneurs, restez en paix si vous voulez me croire. Car sachez bien que si vous m'affrontez, il ne vous adviendra que des dommages. Et j'ajouterai une chose. Après la honte et le tort que vous m'avez faits en tuant un de mes amis chevaliers et homme de valeur, je me refrène de le venger, non pour vous, mais par amour pour le roi Arthur, et parce que vous êtes chevaliers de la Table Ronde. Ne faites rien d'irraisonné, si vous voulez m'écouter. Car apprenez qu'il sera trop tard pour vous repentir. » Agravain répond : « Chevalier, chevalier, tout cela est inutile. Sachez que vous devez d'abord combattre contre moi et ensuite contre cet autre chevalier qui est mon frère.

— Comment, seigneurs ? s'indigne monseigneur Tristan. Ne pourrais-je donc pas vous quitter sans combat ?

— Non, font-ils. En nulle façon.

— Vous aurez donc le combat, dit monseigneur Tristan, puisque vous le voulez. » Il empoigne son épée et s'adresse aux deux frères : « Seigneurs chevaliers, vous m'obligez à commettre une terrible faute. Mais c'est malgré moi et par la force. »

Il se tourne vers Agravain et lui donne un si grand coup d'épée sur le heaume qu'il le fait buter contre l'arçon de devant ; il est si étourdi qu'il manque de tomber de la selle. Monseigneur Tristan le heurte et le frappe avec son corps et son écu si violemment qu'il le fait choir, évanoui. Puis il s'élance vers Guerrehes, qui lui avait déjà donné un coup sur son écu, et le frappe si vigoureusement qu'il lui abîme le heaume et enfonce son épée dans la tête d'une profondeur de plus de deux doigts. Se sentant ainsi atteint, Guerrehes craint fort de mourir. C'est pourquoi il éperonne son cheval et s'en va, si malmené qu'il ne sait que faire. Car le coup reçu lui trouble grandement la vue.

Quand monseigneur Tristan se voit libéré, il les quitte ; il ne veut pas en faire plus et pénètre dans la Joyeuse Garde en compagnie de son écuyer qui avait bien constaté qu'il aurait pu les tuer tous les deux s'il l'avait voulu. Il considéra que ce fait était très généreux. Lorsque les deux frères, revenus à eux, s'aperçoivent que le chevalier qui les a si méchamment vaincus les a quittés, ils sont fort affectés et courroucés. Ainsi, malheureux et fâchés, ils chevauchent vers Kamaaloth, mais sachez que Guerrehes chemina à grand-peine car il était gravement blessé à la tête.

Une fois parvenus à Kamaaloth, ils trouvèrent assez de monde pour les fêter. Voyant Guerrehes blessé, le roi lui demande qui lui avait fait cette plaie et il lui raconte toute la vérité devant Lancelot lui-même. Il dit comment ils avaient été tous deux vaincus devant la Joyeuse Garde par un seul chevalier. Le roi se met à sourire en entendant cette nouvelle car il se souvient aussitôt de monseigneur Tristan. Lancelot fit de même. Il pensa bien que monseigneur Tristan était le responsable. Mais il ne savait pas encore que le roi Arthur était au courant de la venue de monseigneur Tristan à la Joyeuse Garde. Aussi s'étonna-t-il quand il le vit sourire ; il sut grâce à cela que le roi n'ignorait pas que monseigneur Tristan demeurait à la Joyeuse Garde et avait vaincu ses deux neveux. Quand Agravain vit le roi sourire, il se courrouça et ne put se retenir de dire : « Sire, par Dieu, je suis fort surpris de vous voir si ravi de notre déshonneur. Certes, c'est une mauvaise façon de montrer votre affection.

— Apprenez, réplique le roi, qu'il vous advint mieux que vous ne le croyez. Car le chevalier que vous avez assailli, dès l'instant qu'il vous avait abattus, aurait pu vous faire si mal que vous n'en seriez pas réchappés vivants s'il l'avait voulu. Vous avez eu de la chance de lui échapper.

— Sire, fait Agravain, selon vos dires, il me semble bien que vous savez qui est le chevalier.

— Certes, approuve le roi, vous avez raison. Je le sais en vérité. Je ne souhaitais rien d'autre que de savoir qui il est. Et quand je vois qu'il est venu dans mon royaume, je me sens plus fort et plus assuré. Car il est bien un des bons chevaliers du monde.

— Sire, pour l'amour de Dieu, dit Agravain, puisque vous savez qui est le chevalier, dites-nous son nom. Selon qui il est, nous serons consolés de la honte qu'il nous a infligée ou nous chercherons une vengeance si grande que nous nous considérerons bien récompensés.

— Agravain, répond le roi Arthur, je ne vous dirai pas son nom cette fois. Mais je ne vous cacherai pas que le chevalier est doté d'un si grand pouvoir que vous ne pourriez vous venger. Il faudrait de plus grandes capacités que les vôtres avant qu'on pût lui faire quelque chose contre sa volonté. C'est pourquoi je vous conseille fermement de vous calmer et de penser comment vous viendrez au tournoi qui aura lieu devant Louveserp. Là, vous pourrez trouver des chevaliers. Je crois que depuis mon couronnement, il n'y a jamais eu au royaume de Logre une chevalerie plus merveilleuse comme il y aura à ce tournoi. Et je suis persuadé que le chevalier dont vous vous plaignez tant s'y rendra. Vous pourrez le voir. Si vous avez envie de vous venger, vengez-vous si vous le pouvez. Et je crois que lorsque vous l'aurez regardé, vous n'aurez ni le désir ni l'audace de prendre vengeance.

— Sire, rétorque Agravain, aucun chevalier n'est assez bon pour mériter de tels éloges. Et bien qu'il soit valeureux, comme je l'ai éprouvé, je vous affirme que malgré tout ce que vous pouvez dire, on ne trouvera pas si grande merveille en lui quand le besoin se fera sentir.

— Devant Dieu, fait le roi, vous le verrez assez vite pour trouver de plus grandes merveilles que je ne vous conte. » En entendant les dires du roi Arthur et pour le grand bien qu'il voulait à monseigneur Tristan, Lancelot intervient dans la conversation et dit à Agravain : « Apprenez que si vous voyiez ce chevalier dont vous nous parlez dans la nécessité, et même s'il avait tué vos frères, vous n'auriez pas le courage ni l'audace de l'attaquer dès que vous auriez vu ses œuvres. Ne parlez plus de lui maintenant. Car il n'aurait pas à se garder de vous ou de moi. » Quand il entend ces paroles, Agravain se tait et ne dit mot car il ne se disputait pas volontiers avec Lancelot, pas plus qu'avec tous les autres chevaliers de la cour du roi Arthur où qu'ils séjournent. Mais à présent, le conte cesse de parler du roi Arthur, de Lancelot et de toute leur compagnie pour revenir à monseigneur Tristan.

Selon le conte, après que monseigneur Tristan se fut délivré des deux frères comme je vous l'ai relaté plus haut, il retourna à la Joyeuse Garde et y pénétra. Quand l'écuyer fit savoir que monseigneur Tristan aurait pu tuer les deux frères s'il l'avait voulu, les habitants du bourg se réconfortèrent grandement tant cela leur plut. Monseigneur Tristan se rendit au château auprès de sa dame qui l'accueillit très joyeusement. Elle est radieuse quand elle le voit et ne réclame d'autre dieu que monseigneur Tristan. Il est tout son réconfort. Elle ne connaît de joie et de plaisir que par lui. Quand elle ne le voit pas avec elle, elle croit ne jamais le revoir. Le temps lui paraît trop long avant de le retrouver. Le soir, au retour de monseigneur Tristan, la reine, qui est très heureuse de sa venue comme je vous le raconte, va à sa rencontre et le fait désarmer. « Ma dame, fait monseigneur Tristan, je peux vous conter plusieurs aventures car j'en ai trouvé suffisamment. Dame, je vis aujourd'hui Palamède et Dinadan. Et j'ai quitté ce dernier il y a peu de temps. Je crois, à mon avis, qu'il couchera au bourg ce soir.

— Comment, sire ? demande la reine. Est-ce donc ce même Dinadan qui composa le Lai Véridique et dont vous parlez si souvent ?

— Oui, dame, c'est bien lui. Apprenez que c'est un des chevaliers que j'aime le plus au monde. Il a une verve et une propension au plaisir plus grandes que les autres. Et j'aimerais avoir longuement sa compagnie si c'était possible. »

Une fois entrés dans la chambre, ils s'assoient devant un lit et ma dame Iseult demande à monseigneur Tristan : « Sire, quelles aventures vous sont advenues aujourd'hui ? Contez-les-moi, que Dieu vous bénisse. » Il lui parle tout d'abord de l'aventure de la Bête Glapissante puis lui dit comment Bréhus vint près de lui ainsi que Palamède ; comment Palamède fut abattu et comment Bréhus s'enfuit par peur d'attendre la joute. Ensuite, il lui raconte comment il trouva Dinadan, l'autre chevalier et Espinogre et comment Espinogre abattit Dinadan. Il lui rapporte ensuite les paroles échangées entre lui et Dinadan et de quelle façon ils se séparèrent. « Ah, sire, fait la reine, puisque vous aimez tellement Dinadan comme vous dites, pourquoi le fâchez-vous si volontiers ? Ne commettez-vous pas un outrage ?

— Ma dame, répond-il, je ne le fais que par plaisir. Car ses bonnes paroles et ses discours me plaisent tant que je voudrais ne jamais le quitter. Et en plus de cela, je vous assure qu'il est un bon et preux chevalier. Mais il n'est pas aussi excessif que les autres. » Après avoir dit ces mots, il recommence à conter comment il trouva les deux frères qui avaient tué le chevalier de la Joyeuse Garde et comment il les abattit tous les deux ; il aurait pu les tuer s'il l'avait voulu. Mais ils étaient tous deux des neveux du roi Arthur et frères de monseigneur Gauvain. L'un s'appelle Agravain et l'autre Guerrehes. « Je me souviens bien, fait la reine, les avoir vus en Cornouaille. Quand le roi Arthur le saura, je crains qu'il ne vous en sache mauvais gré.

— Dame, réplique-t-il, je l'ai fait ainsi, quel que soit celui que je dois fâcher. Si le roi Arthur s'en irritait, il aurait tort car si je ne m'étais pas défendu, ils m'auraient traité outrageusement et pour peu de chose. Je ne crois pas qu'il m'en veuille, du moins quand il saura la vérité. Et je pense qu'ils ne la cacheront pas.

— Dites-moi, demande la reine, croyez-vous que Dinadan viendra par ici ?

— Oui, dame, je le crois. Car je le quittai assez fatigué et courroucé. Et près de là où il se trouvait, il n'y avait aucun bon logis où dormir, excepté celui qu'il peut atteindre de jour. C'est pourquoi je pense qu'il viendra au bourg.

— Que Dieu l'y conduise, fait la reine. Je voudrais qu'il y fût déjà venu, Dieu m'est témoin, pour entendre ses bonnes paroles.

— Ma dame, ajoute monseigneur Tristan, je vous dirai d'autres nouvelles. Sachez que ce mois, il y aura un tournoi devant le Château de Louveserp, à dix lieues de cet endroit, si imposant, si merveilleux que parmi tous les royaumes d'ici à la mer, il ne restera pas un chevalier errant qui puisse porter les armes qui ne s'y rende. Il se dit que jamais il n'y eut au royaume de Logre un tournoi aussi splendide que sera celui-là. Ma dame la reine Guenièvre s'y rendra, nous le croyons sincèrement. Et si vous voulez venir jusque-là, vous pourrez la voir car je sais avec certitude que c'est la dame qui désire le plus vous rencontrer au monde.

— Devant Dieu ! s'exclame la reine Iseult. Je la verrai très volontiers à condition que ce soit si discrètement que personne ne puisse me connaître à part elle.

— Ma dame, fait monseigneur Tristan, si vous voulez venir, je crois faire les choses si secrètement que vous ne serez connue que par votre volonté.

— J'irai donc, décide la reine, quand il sera temps. Nous pourrons chevaucher jusque-là en une matinée car la route n'est pas longue selon ce qu'on dit.

— Dame, vous avez raison », fait-il. Tous deux s'accordent à se rendre au tournoi le plus discrètement possible.

Tandis qu'ils parlaient de cette affaire, voici venir un écuyer qui s'agenouille devant monseigneur Tristan et lui dit : « Sire, en bas, au bourg, un chevalier errant est hébergé. Je ne sais qui il est. Désirez-vous que nous lui demandions des nouvelles de la cour du roi Arthur ?

— Dis-moi, fait monseigneur Tristan, quelles armes il porte.

— Sire, il porte telles armes. » Et il les lui décrit. En entendant cette nouvelle, monseigneur Tristan se met à rire. Il se tourne vers la reine Iseult et lui dit : « Dame, nous avons Dinadan parmi nous.

— Ah, pour l'amour de Dieu, fait la reine, pensons à l'honorer et faisons en sorte qu'il demeure avec nous.

— Dame, dit monseigneur Tristan, c'est une rude tâche car il ne séjourne guère volontiers quand il est sain. Je ne voudrais pas qu'il sût encore que je suis ici. Je veux me dissimuler de lui. Vous qu'il ne connaît pas, vous pouvez le faire venir devant vous et vous divertir avec lui. Sachez que vous entendrez de sa part les plus merveilleuses et distrayantes paroles que vous ayez jamais entendues chez un chevalier. Et si d'aventure vous parlez d'amour, vous écouterez les plus grandes merveilles du monde.

— Certes, fait la reine, je le ferai venir devant moi si je le peux. » La reine choisit un messager et l'envoie droit où Dinadan était hébergé. Ce messager était un des écuyers de monseigneur Tristan ; il connaissait bien Dinadan car il l'avait vu plusieurs fois dans d'autres lieux. Le jeune homme se rend rapidement auprès de Dinadan et le trouve très honorablement logé dans la maison d'un petit seigneur qui était ravi de sa venue. Il avait été désarmé pour être plus à son aise car il était fatigué d'avoir porté les armes toute la journée. Quand le jeune homme entre, il trouve Dinadan sans armes et le reconnaît aussitôt. Il le salue, s'agenouille devant lui et lui dit : « Sire, ma dame, tout là-haut, veut vous voir et vous prie autant qu'elle le peut de venir loger chez elle. Elle souhaite vous connaître, car vous êtes un chevalier errant, et vous demander des nouvelles. » Dinadan demande instamment à l'écuyer : « Bel ami, qui est votre dame ?

— Sire, c'est une noble dame à qui appartient ce château. Elle vous prie ardemment de venir loger chez elle aujourd'hui.

— Ami, fait Dinadan, ta dame ne t'envoie pas vers moi. Tu t'es trompé. Elle ne me connaît pas. Pourquoi te charge-t-elle de ces paroles ? Je sais bien que tu te méprends.

— Sire, répond le jeune homme, elle m'envoie droit vers vous sans aucun doute. Et sachez que je ne me suis pas trompé en vous délivrant mon message. Venez la voir, s'il vous plaît, et vous agirez avec courtoisie.

— Bel hôte, fait le petit seigneur à Dinadan, rendez-vous auprès d'elle puisqu'elle le requiert. Autrement, on pourrait considérer votre refus comme un outrage.

— Bel hôte, demande Dinadan, que Dieu vous bénisse, dites-moi qui est la dame.

— Sire, répond l'hôte, apprenez que c'est la dame la plus courtoise et la mieux instruite qu'on ait jamais vue, comme le disent tous ceux qui ont séjourné ou qui séjournent encore avec elle. Elle honore très volontiers les chevaliers errants.

— Puisqu'elle est telle que vous la décrivez et si vertueuse, fait Dinadan, j'irai la voir, plus pour sa courtoisie que pour toute autre chose. »

Il monte à cheval, vient jusqu'à la porte du château et met pied à terre. Car personne ne pouvait passer par la porte du château à cheval, excepté monseigneur Tristan. Une fois parvenu à la tour principale où monseigneur Tristan et la reine Iseult demeuraient, il ne trouve pas monseigneur Tristan qui se reposait dans une des chambres. Quand la reine voit venir Dinadan, si beau chevalier, si grand et si bien taillé, elle le reçoit de très belle façon et très honorablement. Elle le fait asseoir devant elle et il s'incline très humblement car elle ressemblait à une dame de valeur et de bien. Le jour déclinait et la nuit approchait à grands pas. Les journées étaient longues comme elles le sont en mai. La reine ordonne qu'on dresse les tables, et on le fait immédiatement. La reine dîna avec Dinadan et un autre chevalier des lieux. Dinadan regarde la reine Iseult très volontiers car sa grande beauté lui plaît et le séduit. Après l'avoir bien observée, il se dit que vraiment il n'a jamais vu de sa vie une dame aussi belle. Elle surpasse en beauté toutes les dames qu'il a vues. Et à son avis, la reine Guenièvre n'est pas aussi belle qu'elle. Il est impossible qu'elle ne soit pas une dame de haut rang et de grande dignité car elle y ressemble bien. Il dit donc qu'il est nécessaire qu'il sache qui elle est, s'il le peut, avant de quitter les lieux.

La reine fait fête à Dinadan ; elle le divertit par ses propos de son mieux. Il la regarde très volontiers car il apprécie fort sa beauté et sa sagesse. Après avoir mangé tout à loisir et une fois les tables levées, la reine se tourne aussitôt vers Dinadan et lui demande : « Dites-moi, sire chevalier, que Dieu vous bénisse, qui êtes-vous et quel est votre nom ? » Et elle posait cette question afin qu'il ne la reconnaisse pas. Il lui répond : « Dame, apprenez que je suis un chevalier errant venant d'un pays étranger et que je m'appelle Dinadan. Je ne sais si vous avez déjà entendu parler de moi.

— Par ma foi ! s'exclame la reine. J'ai entendu parler de vous et il n'y a pas longtemps. Il me semble qu'il me fut dit que vous aimez d'amour une demoiselle de haute lignée de ce pays pour laquelle vous vous employez à réaliser des prouesses guerrières.

— Ma dame, fait Dinadan, apprenez que celui qui vous a dit cela s'est moqué de vous. Je ne me suis jamais épuisé à porter les armes pour une dame ou une demoiselle. L'amour ne me taraude pas d'un aiguillon tel que je me mettrais en danger mortel tant que je peux m'en garder. Dieu me préserve de telles amours qui me couchent sur un lit mortel.

— Comment ? s'étonne la reine. Vous êtes un chevalier errant et vous n'aimez pas d'amour !

— Dame, fait Dinadan, l'homme doit se comporter selon sa nature. Celui qui est un bon et preux chevalier doit aspirer à de hautes choses. Mais celui qui n'est pas de grande valeur doit s'en tenir aux basses choses. Quant à moi, je peux bien vous dire que jamais Amour ne pourra me faire monter aussi haut que monseigneur Tristan ou Lancelot du Lac. Mais si d'aventure la folie devait me monter à la tête, je pourrais assez rapidement parvenir là où Kahédin, le fils du roi Hoël de Petite Bretagne, arriva ; il mourut dans les grandes douleurs pour l'amour de ma dame Iseult, la reine de Cornouaille. Il aspirait à plus haut qu'il ne le devait. C'est pourquoi il mourut après avoir creusé sa propre tombe. C'est pour moi un exemple et un avertissement de ne pas aimer d'amour. Kahédin me disait : "Dinadan, méfie-toi de l'Amour car si tu aimes plus haut que tu ne dois, tu n'auras d'autre récompense que la mort. Et si tu aimes trop bassement, tu t'aviliras." Voilà ce qu'il me disait. Et moi-même, je ne suis pas assez bon ni assez vil pour aimer trop haut ou trop bas. C'est l'enseignement que Dédale donna à son fils quand il lui apprit à voler. Il lui recommanda de ne voler ni trop haut ni trop bas. Et le fils, ne voulant croire en l'enseignement du père, vola plus haut qu'il ne dut et mourut. Ma dame, à mon avis, il advient ainsi à ceux qui ont placé leur cœur dans l'Amour peu raisonnablement. Si bien qu'Amour les domine au final. Et comme je ne voudrais pas encore mourir, ni par amour, ni pour autre chose, je ne désire en rien être amoureux. Que les autres, qui par amour deviennent preux et hardis, fassent de leur mieux. Je me débrouillerai sans amour si je le peux. »

La reine éprouve une grande joie en entendant la réponse de Dinadan. Elle sait, à ses paroles, qu'il est un chevalier sage et un bon orateur. Mais pour se divertir plus encore, elle lui dit : « Dinadan, que Dieu vous bénisse, si vous trouviez une dame jolie et belle et de haute lignée qui vous aimerait d'amour, ne l'aimeriez-vous pas aussi ?

— Certes, répond Dinadan, si elle voulait m'aimer, je redouterais que le cœur ne lui fasse peut-être défaut. Car le cœur d'une femme est semblable au vent qui vole. Il aime, il hait, il pleure, il chante. Et il y a en moi une chose qui me fait croire qu'aucune dame de valeur ne m'aimerait vraiment. Je ne suis ni un beau, preux, hardi et gai chevalier comme le sont maints autres. Et donc, ma dame, que Dieu vous garde, si une dame devait d'aventure m'aimer, ne croyez-vous pas qu'elle retirerait son cœur dès qu'elle verrait toutes les valeurs qu'un chevalier doit posséder et qui me manquent ? Elle se trouverait avilie et trompée. Elle m'abandonnerait aussitôt. C'est pourquoi je délaisse complètement l'Amour.

— C'est vrai, approuve la reine, vous donnez de bonnes raisons. Mais il en va ainsi : le bon chevalier ne se loue jamais. Il se blâme. Et j'ai bon espoir que vous soyez un chevalier plus valeureux et plus vaillant que vous ne le dites. Je suis ravie et joyeuse que Dieu et Fortune vous aient amené ici car vous êtes un bon chevalier et j'aurais grand besoin de vous. J'avais envoyé un message à la cour du roi Arthur il n'y a pas encore un mois, priant et requérant du roi qu'il m'envoyât, pour l'amour de Dieu, un des chevaliers de la Table Ronde afin de me secourir car il n'y a guère longtemps, j'entrepris très follement une guerre qui m'épouvante. Il y a près d'ici trois frères, de bons et valeureux chevaliers, qui m'ont fait longuement la guerre et me la font encore. Ils affirment que je dois tenir cette terre d'eux et je prétends le contraire. Je dois la tenir du roi Arthur. Avant-hier, nous étions à la cour du roi de Northumberland. Là fut prononcé un jugement qui m'est défavorable : je devrais jurer fidélité aux trois frères ou trouver un seul chevalier qui pourrait me défendre sur l'aire du duel. Et si un seul chevalier pouvait les tuer ou les vaincre, la guerre s'achèverait et jamais plus un homme de leur lignée ne me demanderait rien. Et si mon chevalier était défait, il me faudrait désormais tenir ma terre d'eux et abandonner la seigneurie du roi Arthur. C'est pour cette querelle que j'envoyai il y a guère de temps un messager à la cour du roi Arthur qui n'est pas encore revenu. Et cela me terrifie car le jour de la bataille approche à grands pas. Je ne dois demander l'aide de nul autre chevalier pour cette bataille.

— Très bien, fait Dinadan, j'aurais pu accéder à votre requête pour avoir la paix. Mais je vous dis en un mot que je ne suis pas en état de combattre ne serait-ce qu'un seul chevalier. Alors, dame, comment pourrais-je en affronter trois ?

— Et quel mal avez-vous ? demande la reine.

— Dame, je souffre terriblement de l'épaule. Il n'y a pas trois jours, Palamède, le bon chevalier, m'abattit très cruellement et je le sens encore très bien.

— Si Palamède vous abattit, réplique la reine, il semble qu'il en irait tout autrement. Ce fut peut-être Keux le Sénéchal ou Daguenet, le fou du roi Arthur.

— Dame, dit-il, qui que ce fût, je souffre encore et je me souviens bien de lui.

— Dites-moi, fait la reine, si je faisais tant pour vous que demain, à prime, je vous ôtais la douleur de votre épaule, entreprendriez-vous la bataille pour moi ?

— Non, dame, répond-il. Pour l'amour de Dieu, ne m'en parlez plus. Devant Dieu, comme ces propos ont réveillé ma douleur ! Je souffre plus maintenant qu'auparavant.

— Par Dieu ! s'exclame la reine. Ces paroles vous ont-elles si rudement blessé ?

— Oui, sans doute. Ne m'en parlez jamais plus pour l'amour de Dieu.

— Et voulez-vous, demande la reine, que je vous guérisse ?

— Non, dame, je préfère encore souffrir plutôt que vous me soigniez et m'obligiez à combattre contre trois chevaliers.

— Dites-moi, fait la reine, quand vous quitterez les lieux, dans quelle direction voulez-vous chevaucher ?

— Dame, si Dieu le permet, je partirai vers Louveserp. Je verrai les grands préparatifs que le roi Arthur commande pour le tournoi.

— Et voulez-vous y porter les armes ? demande la reine.

— Oui, dame, si je le peux.

— Je vous prie, fait-elle, d'y porter un signe pour moi et de combattre par amour pour moi.

— Ma dame, dit Dinadan, je le ferai très volontiers. » La reine fait aussitôt apporter un heaume à Dinadan, très beau et très riche, avec, au-dessus, une petite bannière de soie rouge ornée de deux petites couronnes d'or. Elle le donne à Dinadan et lui dit : « Dinadan, bien que vous ayez refusé ma requête et que vous m'ayez outragée, je ne serai pas aussi mauvaise que vous. Voyez ce heaume. Il est splendide, beau et bon. Je vous le donne ; en échange, vous le porterez au tournoi par amour pour moi.

— Bien, dame, fait Dinadan, s'il peut résister jusque-là.

— Comment ! s'étonne la reine. Pensez-vous combattre entre ici et là au point qu'il vous fasse défaut ?

— Non, dame, mais je vis advenir au royaume de

Logre et ailleurs qu'une dame donnait ses effets et ses joyaux à deux ou trois chevaliers. Et ce n'était qu'une reconnaissance. Puis il arrivait que les chevaliers se rencontrassent. Et quand ils reconnaissaient les insignes de la dame qu'ils aimaient, alors qu'elle n'en aimait aucun, ils se précipitaient les uns sur les autres. Et le plus fort tuait le plus faible. S'il ne le tuait pas, il lui causait honte et déshonneur, si bien qu'il avait trop cher payé les joyaux de la dame. C'est pourquoi je vous dis que je pourrais rencontrer une telle aventure qui me conduirait à la bataille si je ne voulais pas céder votre heaume. Je répète donc que si je peux garder le heaume jusque-là, je le porterai volontiers au tournoi comme vous me l'ordonnez.

— Grands mercis, fait la reine. Mais dites-moi, s'il arrivait par hasard qu'un chevalier voulût vous ravir le heaume, ne voudriez-vous pas le défendre ?

— Dame, répond-il, selon quel chevalier il serait, je le lui laisserais avant de l'affronter par amour pour vous.

— Comment ! s'indigne la reine. Êtes-vous donc si couard et si lâche ?

— Et vous, dame, fait-il, êtes-vous telle que vous donnez vos provisions de bouche à l'un et l'autre chevaliers ? Puis, s'ils s'entretuent par amour pour vous, vous ne faites que rire et vous moquer. Peu importe celui qui reste avili. Vous en oubliez la douleur.

— Comment ! fait la reine. Vous voulez me mettre au rang des autres dames du royaume de Logre !

— Par Dieu ! s'exclame Dinadan. J'ignore comment vous juger car je ne vous connais pas. Mais sur la foi que je vous dois, on trouve peu de dames qui se lamentent si les chevaliers meurent pour elles. Ce qui compte est qu'ils accomplissent leur volonté. Et je vous prie de ne pas vous fâcher pour ces paroles. Car je ne les dis pas pour vous. Je les dis parce que je les vis advenir chez maintes dames.

— Peu m'importe tout cela, fait la reine. Je veux que vous portiez mes insignes au tournoi et que vous vous battiez par amour pour moi.

— Dame, dit Dinadan, à vos ordres. J'y obéirai de mon mieux. »

Après ces dires, la reine va dans sa chambre se reposer car la nuit était bien avancée. Et les habitants des lieux conduisent Dinadan dans une chambre belle et riche et se mettent en peine de l'installer confortablement et de leur mieux car cela leur était bien ordonné. Quand la reine retrouve monseigneur Tristan, grande est la joie que se font les deux amants. « Dame, demande monseigneur Tristan, que pensez-vous de Dinadan ? Y a-t-il eu assez de longues conversations entre vous ? Pour l'amour de Dieu, racontez-les-moi.

— Sire, répond la reine, sur la foi que je vous dois, Dinadan en sait plus que je ne croyais et que vous me disiez. Jamais je ne vis un chevalier avoir d'aussi sages et bonnes paroles.

— Dame, pour l'amour de Dieu, insiste monseigneur Tristan, rapportez-moi votre conversation.

— Volontiers », fait la reine. Elle se met à lui raconter mot à mot comment ils commencèrent à parler d'Amour et comment il répondit. Puis elle lui conte tout ce qu'elle lui avait dit et quelle fut sa réponse, comment elle lui avait donné le heaume avec la bannière et la réponse qu'il fit. Monseigneur Tristan sourit en entendant la réponse qu'il fit sur le heaume, puis il dit : « Dame, il s'est trompé en prenant le heaume car ce sera une bonne occasion de le fâcher un peu.

— Ah, sire, fait la reine, apprenez que selon les paroles qu'il dit sur le heaume, vous ne pourrez l'irriter car avant de vous affronter, il vous l'aura rendu.

— Dame, dit monseigneur Tristan, je verrai cela prochainement. Car dès qu'il partira de ce château, je le suivrai pour savoir s'il voudra le défendre ou non.

— Devant Dieu, fait la reine, je ne crois pas qu'il le défendra.

— Dame, dit monseigneur Tristan, il le fera car il n'est pas honorable d'aller sans heaume. Et d'autre part, sachez qu'il est meilleur chevalier que vous ne croyez et que ses paroles le laissent entendre. Il m'aurait affronté si je l'avais voulu. Car il ne me demandait rien d'autre que la bataille. » Ainsi les deux amants parlent-ils de Dinadan. Et après en avoir longuement parlé, heureux et riants, ils vont se coucher.

Le lendemain, tôt le matin, monseigneur Tristan se lève, quand la reine se repose encore. Une fois prêt, il demande aux serviteurs des lieux si Dinadan est debout. « Oui, sire, en effet, répondent-ils. Il est levé depuis longtemps. Il peut bien être hors du château.

— Allons, vite ! fait messire Tristan, apportez-moi mes armes. Il me tarde fort de le rejoindre. » Après qu'ils l'ont bel et bien revêtu des armes qu'il portait la veille, il prend avec lui un écuyer, qui lui tenait son écu et sa lance, et monte sur le même cheval qu'il chevauchait quand Dinadan lui parla hier.

Une fois muni de toutes ses armes, il quitte la Joyeuse Garde et descend en plaine. Il emprunte le chemin principal. Il n'a guère cheminé quand il aperçoit Dinadan qui chevauchait devant lui avec sur la tête le heaume à la bannière que la reine lui avait donné. Messire Tristan le reconnaît dès qu'il le voit. Il se hâte donc de chevaucher pour se rapprocher. Quand Dinadan l'entend venir après lui, il s'arrête et se retourne. Dès qu'il le voit, il sait que c'est le chevalier qui lui avait tant parlé hier. C'est un des chevaliers qu'il redoute et apprécie le moins. Et pour connaître quelle attitude il adoptera, monseigneur Tristan fait mine de vouloir jouter et prend son écu et sa lance. Il lui crie de toute sa voix : « Chevalier errant, voulez-vous jouter contre moi ?

— Certes, répond Dinadan, puisque vous me provoquez en duel, on devrait me considérer comme le plus mauvais et le plus lâche chevalier du monde si je refusais.

Et comme vous demandez la joute, vous l'aurez. Nous verrons ce dont vous êtes capable.

— Chevalier, fait monseigneur Tristan, je me repens. Je n'avais aucun désir de jouter. Je ne le disais pas par envie mais pour connaître votre volonté car je croyais que vous étiez le chevalier le plus couard et le plus lâche du monde.

— Avez-vous donc de moi une telle opinion ? demande Dinadan. Par ma foi, il est nécessaire que je vous fasse savoir combien je suis lâche et pleutre ! Gardez-vous de moi car il vous faut jouter !

— Chevalier, fait monseigneur Tristan, je n'ai aucune intention de jouter. Si vous voulez des joutes, cherchez-les ailleurs car je le refuse catégoriquement.

— Devant Dieu, s'emporte Dinadan, c'est inutile ! Vous devez m'affronter, bon gré, mal gré !

— Et comment m'obligerez-vous à jouter ? fait monseigneur Tristan.

— Et pourquoi me provoquez-vous ? interroge Dinadan.

— Parce que, répond monseigneur Tristan, je croyais que vous n'en aviez ni le désir ni l'audace.

— Par ma foi ! s'exclame Dinadan. Ce que vous commençâtes par plaisanterie deviendra une certitude ! Gardez-vous si vous le pouvez car sachez bien que je vous abattrai si possible ! »

Après avoir prononcé ces mots, il éperonne son cheval et se précipite sur monseigneur Tristan au galop. Le voyant arriver, monseigneur Tristan ne bouge pas et l'attend. Dinadan le frappe dans son élan si rudement que sa lance vole en éclats mais il ne lui fait aucun mal et ne le soulève pas de la selle. Après avoir donné ce coup, il passe outre pour achever sa course. Puis il retourne vers monseigneur Tristan pour débuter la bataille. Il empoigne son épée et lui dit : « Chevalier, nous verrons ce dont vous êtes capable puisque je ne suis pas parvenu à vous abattre. Vous voilà contraint de vous battre. Défendez-vous si vous le pouvez !

— Chevalier, fait messire Tristan, vous n'êtes guère courtois. Ne vous suffit-il pas de m'avoir assailli sans raison ? Et comme vous ne pouvez m'abattre, vous voulez m'affronter ! Je vous affirme que je ne veux pas la bataille. Et si vous me forciez, ce serait grands injure et outrage.

— Par Dieu ! s'exclame Dinadan. Vous mériteriez que l'on vous cause une grande honte. Et celui qui vous la ferait ne se méprendrait pas. Car vous êtes bien le chevalier le plus mauvais et le plus couard que j'aie jamais vu.

— Parce que je suis pleutre et couard, et que je sais que vous êtes bon chevalier, je veux être en paix avec vous et vous tenir compagnie. Si par aventure nous arrivions à un passage compliqué, et il y en a beaucoup dans ce pays, je pourrais, grâce à votre bravoure et non grâce à la mienne, passer outre.

— Comment ! s'étonne Dinadan. Vous voulez donc venir avec moi pour ces raisons !

— En effet, répond monseigneur Tristan, car je sais bien que je pourrais profiter de votre compagnie et vous de la mienne.

— De la vôtre ? s'emporte Dinadan. Par le diable ! Certes, je ne pourrais en retirer aucun profit. Mais je pourrais connaître de grands embarras. Car dès que vous seriez en ma compagnie, si nous rencontrions deux chevaliers qui nous provoquaient en duel, vous êtes si lâche que vous n'oseriez attendre. Il conviendrait que je joutasse pour moi et pour vous si je faisais ce que les chevaliers errants doivent faire.

— Chevalier, fait monseigneur Tristan, comme je pense profiter de votre compagnie, je vous accompagne.

— Certes, dit Dinadan, cela me pèse car il m'est clairement avis que je ne pourrais récolter aucun bienfait. Mais comme un chevalier errant ne doit pas rejeter la compagnie d'un autre, je ne refuse pas la vôtre. Je la prends mais je ne l'aime ni ne la hais. Et je n'en suis guère heureux, sachez-le.

— Ne vous inquiétez pas, fait messire Tristan, car je pourrais encore vous être utile.

— En effet, réplique Dinadan, si je perdais un cheval, le vôtre me conviendrait car je vous aurais mis rapidement à terre.

— Chevalier, fait monseigneur Tristan, sachez qu'aucune de vos paroles ne me déconcerte. S'il plaît à Dieu, vous me traiterez mieux que vous ne dites. » Ils se mettent en route. « Sire chevalier, demande monseigneur Tristan à Dinadan, dans quelle direction voulez-vous chevaucher ?

— Je voudrais, répond Dinadan, me trouver devant Louveserp. Là, je verrai les préparatifs que le roi Arthur a ordonnés pour le tournoi.

— Je voulais faire de même, dit monseigneur Tristan. Nous sommes bien assemblés. » Tout en devisant, ils chevauchent ce matin cinq lieues anglaises et plus. Monseigneur Tristan demande toujours à Dinadan des nouvelles de la cour du roi Arthur et il lui en donne car il en savait de nombreuses. Tandis qu'ils parlaient ainsi de la cour du roi, voici venir un chevalier errant, tout en armes, qui était accompagné par un seul écuyer. Et si on me demandait qui était le chevalier, je répondrais qu'il s'agissait de Gahériet, le bon chevalier, le meilleur de sa lignée, le frère de monseigneur Gauvain et le neveu du roi Arthur.

Dès qu'il aperçoit les deux chevaliers, il sait que ce sont des chevaliers errants mais il ignore qui ils sont et s'ils appartiennent à la cour du roi Arthur ou non. Il voit bien monseigneur Tristan mais ne le reconnaît pas. En revanche, monseigneur Tristan le reconnaît dès qu'il l'aperçoit car il l'avait déjà vu, ce si bon et si preux chevalier ; on pouvait difficilement trouver plus hardi que lui à cette époque. Quand messire Gahériet voit les deux chevaliers venir vers lui, et parce que la coutume de ce temps voulait que les chevaliers qui se croisaient se provoquassent en duel, il prend son écu et sa lance, que son écuyer portait, et s'arrête au milieu du chemin. Puis il crie aux deux chevaliers : « Voulez-vous jouter ?

— Dinadan, fait monseigneur Tristan, vous vouliez jouter aujourd'hui contre moi bon gré, mal gré. Vous pouvez avoir une joute si le cœur ne vous manque. Mais je crois que vous n'aurez pas le courage d'oser jouter. En ce qui me concerne, vous saviez que je n'avais pas le pouvoir de vous assaillir. Mais je sais que contre celui qui vous provoque, vous n'aurez pas le cœur de jouter.

— Devant Dieu ! s'insurge Dinadan. Je l'aurai puisqu'il me défie. Mais je ne peux accomplir mon devoir car je n'ai pas de lance, vous le voyez bien.

— Par ma foi, fait monseigneur Tristan, une lance ne sera pas un empêchement. Voici la mienne. Je vous la donne. Allez jouter contre lui. Nous verrons ce dont vous êtes capable.

— Vous voilà bien serviable et bien prompt à veiller à mon confort, dit Dinadan.

— C'est vrai, fait monseigneur Tristan. Vous devez m'en savoir gré. Tenez ma lance. Allez jouter contre ce chevalier et délivrez-nous de cette rencontre.

— Chevalier, réplique Dinadan, il ne vous coûte rien de le dire. Regarder ne vous coûtera guère. Mais des coups pourraient vous blesser : gardez-vous si vous le pouvez.

— Ne vous inquiétez pas, fait monseigneur Tristan. Joutez sereinement. Si vous vous rencontrez, l'un de vous tombera sans doute. Ce sera une seule chute, ni plus, ni moins.

— Chevalier, dit Dinadan, hier vous me dîtes tant de paroles que je devins fou et partis couvert de honte.

— Dinadan, fait monseigneur Tristan, vous jouterez. Gardez-vous bien et ne dites pas que vous joutez à cause de moi ou que vous refusez par manque de lance. Car voyez la mienne, toute prête, que je vous confie très volontiers. Et sachez que je le fais pour votre honneur et pour voir lequel de vous tombera à terre après ce coup.

— Et pourquoi ne joutez-vous pas ? demande Dinadan.

— Parce que, répond monseigneur Tristan, je n'ai aucune envie de me battre. Je suis en votre compagnie et, dès le début, je vous ai dit que je croyais m'améliorer en vous accompagnant.

— Chevalier, fait Dinadan, vous me dites tant de paroles que vous finirez par me rendre fou. Vite, donnez-moi votre lance puisqu'il en va ainsi ! Vous verrez ce qu'il m'adviendra lors de cette joute. »

Monseigneur Tristan lui confie sa lance. Dinadan la prend et se prépare à jouter du mieux qu'il peut. Quand Gahériet sent que le moment de combattre est venu, il s'élance vers Dinadan, le frappe dans son élan si violemment qu'il lui fait vider les arçons et le porte à terre très cruellement. Mais il ne lui fait nul autre mal que la chute car le haubert qu'il avait revêtu le protégea et empêcha qu'il fût blessé.

Quand Dinadan se voit à terre, il est inutile de demander s'il est malheureux et courroucé. Il se relève en hâte. Et l'un des écuyers, voyant que la lance était intacte, met pied à terre et la prend. Puis il remonte sur son cheval. Monseigneur Tristan vient jusqu'à Dinadan quand il le voit en selle et lui dit : « Chevalier, que Dieu vous bénisse, vous n'avez guère besoin d'aller au grand tournoi qui doit avoir lieu devant Louveserp puisque vous tombez pour si peu. Que valez-vous ? Je vois clairement que vous savez peu vous servir d'une lance. Montrez-nous, que Dieu vous garde, si vous en savez plus avec une épée. Devant Dieu, si vous n'êtes pas plus doué avec une épée qu'avec une lance, vous n'aurez de votre vie rien à faire parmi les chevaliers et les hommes de qualité. » En entendant les railleries de monseigneur Tristan, Dinadan enrage de colère et le regarde de travers. Il lui dit avec la rage qu'il a au cœur : « Vassal, vous m'avez avili. Hier vous me couvrîtes de trop d'embarras, de honte et de déshonneur. Et à présent, vous en faites plus encore. C'est un péché d'être avec vous. Car je ne pourrais avoir nulle bonne fortune tant que je serais en votre compagnie.

— Dinadan, fait monseigneur Tristan, si tu es couvert de honte, sache que ce n'est pas par ma faute. C'est de la tienne. Il en va de même pour le peu de capacité que tu possèdes. Mais que Dieu m'assiste, je ne vis jamais deux chevaliers chevaucher ensemble qui s'accordent aussi bien que nous deux. Car si je suis le plus mauvais et le pire des lâches, tu es si empli de vanité que jamais de ta vie tu ne devrais lever les yeux sur un homme de qualité ou te trouver là où il est.

— Ah, Seigneur Dieu, soupire Dinadan, que pourrais-je faire ? Ce mauvais et poltron chevalier me fera enrager, je le vois bien. » Monseigneur Tristan sourit en voyant Dinadan se courroucer si fort. Et quand il a fini sa course, Gahériet retourne au petit pas auprès de Dinadan. Une fois près de lui, il lui dit : « Sire chevalier, vous voyez bien ce qu'il vous est advenu.

— Sire, vous dites vrai, reconnaît Dinadan. Vous m'avez bien montré que vous êtes plus doué avec une lance que moi.

— En effet, acquiesce Gahériet, et je vous montrerai que j'en sais plus que vous avec une épée.

— Au nom de Dieu, chevalier, fait Dinadan, je ne veux plus rien apprendre de votre maîtrise cette fois. Montrez à un autre que moi cet enseignement car vous ne m'en apprendrez pas plus.

— Comment ? s'étonne Gahériet. Ne voulez-vous pas m'affronter ?

— Et pourquoi me battrai-je contre vous ? demande Dinadan. Si vous m'avez abattu cette fois, je prendrai ma revanche une autre fois. Ou bien peut-être n'en parlera-t-on plus. Vous m'avez fait pire que je ne voulais. Et je devrais recommencer pour avoir pire encore ? Mon sens ne me le préconise pas. C'est pourquoi je vous libère de la querelle et de la bataille.

— Et je fais de même, dit Gahériet, puisqu'il en est ainsi. Sachez que je ne le disais pas par haine de vous.

— Certes, raille Dinadan, c'est par grand amour. Je me suis bien aperçu de la grande joie que vous a procurée ma venue. Vous m'avez porté si rudement à terre que tous mes os le ressentent encore. » En entendant ces paroles, Gahériet ne peut s'empêcher de rire. Il pense aussitôt qu'il s'agit de Dinadan. Il lui dit : « Sire chevalier, que Dieu vous bénisse, dites-moi comment vous vous appelez.

— Certes, répond Dinadan. Je suis celui qui voit mais qui apprend peu. Et plus je tends l'oreille, moins j'entends. Quand je devrais avoir acquis un savoir, je suis le plus insensé. J'ai été tant couvert de honte et de vergogne en compagnie de ce chevalier que vous voyez que jamais je n'en reçus autant. Et la haine que j'éprouve pour lui me nuit. S'il n'avait pas été là, je n'aurais jamais jouté contre vous. C'est pourquoi j'affirme que je suis celui qui est clairvoyant mais qui apprend peu. Je reçus hier en sa compagnie bien des hontes et je m'en souviens fort peu à présent.

— Que Dieu vous bénisse, insiste Gahériet, dites-moi votre nom.

— Devant Dieu ! tempête Dinadan. Je suis si fâché que je ne sais que dire. Je ne vous donnerai mon nom pour rien au monde si vous ne me dites le vôtre avant.

— Par ma foi, fait Gahériet, rien ne m'en empêchera. Apprenez que je m'appelle Gahériet. Je ne sais si vous avez déjà entendu parler de moi.

— J'ai maintes fois entendu parler de vous, dit Dinadan. Car votre chevalerie est renommée en plusieurs lieux. Vous m'avez déjà rendu service, et c'est pourquoi je vous dirai mon nom. Je m'appelle Dinadan. Je sais que vous me connaissez car vous m'avez souvent vu ailleurs qu'ici. » En entendant que c'est Dinadan, Gahériet est ravi et joyeux. « Ah, Dinadan, fait-il, pitié ! Ne me tenez pas rigueur de vous avoir abattu.

— Si je vous en savais gré, dit Dinadan, je serais plus fou que tout autre. Mais que je vous en sache gré ou non, il en est ainsi advenu. Il ne peut en être autrement, et je le supporterai du mieux que je pourrai. Dieu merci, je ne suis pas blessé. Mais dites-moi, que Dieu vous garde, dans quelle direction vous voulez chevaucher.

— Je voudrais, répond Gahériet, être à la Joyeuse Garde.

— Au nom de Dieu ! s'exclame Dinadan. J'y ai dormi cette nuit. Mais quelle affaire vous y amène ?

— Dites-moi, fait Gahériet, puisque vous y couchâtes cette nuit, qui y demeure.

— Je ne sais qui en est le seigneur, répond Dinadan. Je peux juste vous dire que j'y trouvai la plus belle dame, la plus courtoise, la mieux parée de tous biens, la plus sage et la plus éloquente à qui je parlasse jamais au royaume de Logre.

— Et qui est cette dame ? interroge Gahériet.

— Devant Dieu, fait Dinadan, je ne crois pas qu'il y ait au royaume de Logre une dame plus belle qu'elle. Elle est plus ravissante que toutes les dames que j'ai vues. Et en sus de la beauté que Dieu lui a donnée, elle est si courtoise que je ne pense pas avoir rencontré de toute ma vie une dame si polie et si bien éduquée. » En entendant cette nouvelle, Gahériet répond à Dinadan tout en souriant : « Dinadan, beau et doux ami, si vous la louez aussi grandement, c'est qu'il y a une bonne raison. Car Dieu m'est témoin, vous ne pourriez en dire autant de bien sans qu'elle possède plus encore. Elle est belle et bonne et plus gracieuse que toute autre, excepté la reine Guenièvre que je ne compare à aucune dame.

— Gahériet, fait Dinadan, selon vos paroles, il me semble que vous connaissez la dame.

— Certes, approuve Gahériet, je crois bien la connaître et j'ai espoir que ce soit elle car je la vis ailleurs qu'au royaume de Logre. Je n'ai quitté la cour pour nulle autre chose que pour la voir. Mais dites-moi, y avait-il avec cette dame que vous louez tant un chevalier ?

— Je ne vis, répond Dinadan, qu'un seul chevalier âgé qui mangea avec nous hier soir. Mais il y avait de nombreuses dames et demoiselles.

— Dites-moi, demande Gahériet, ce que vous cherchez.

— Je cherche, fait Dinadan, ce que je ne peux trouver. C'est monseigneur Tristan. On m'a laissé entendre qu'il est venu récemment au royaume de Logre. Et je ne pus avoir d'autre nouvelle. Je le verrais très volontiers car c'est sans doute le chevalier que j'aime le plus au monde et à qui je veux le plus de bien. C'est pourquoi je le cherche car je sais que si je le trouvais, je serais heureux, joyeux et aurais bonne fortune. »

Gahériet pensait bien que monseigneur Tristan était à la Joyeuse Garde. Personne ne le lui avait dit, excepté Lancelot qui avait confié à un de ses amis que la Joyeuse Garde pouvait se réjouir entre tous les châteaux car elle avait le plus noble trésor du monde sous sa protection. C'étaient bonté et prix de chevalerie ainsi que toute beauté terrestre. Quand Gahériet entendit ces paroles, il fit mine de n'avoir rien écouté. Mais il l'entendit bien et y pensa tant qu'il reconnut que Lancelot avait certainement parlé de monseigneur Tristan et de ma dame Iseult. Et il savait avec certitude qu'ils étaient arrivés au royaume de Logre. Quand il entendit les mots de Lancelot, il sut aussitôt que monseigneur Tristan était à la Joyeuse Garde. Il quitta instamment la cour le plus discrètement possible et dit qu'il n'aurait de cesse de se trouver à la Joyeuse Garde. Il y verra monseigneur Tristan et ma dame Iseult. Pour cette aventure que je vous raconte, Gahériet était parti de Kamaaloth en direction de la Joyeuse Garde car il croyait bien y trouver monseigneur Tristan et ma dame Iseult qu'il désirait grandement voir. Après avoir longtemps parlé à Dinadan, il recule et lui demande : « Qui est ce chevalier qui chevauche avec vous ?

— Je vous le dirai, fait Dinadan, clairement et sans rien dissimuler car je veux qu'il l'entende lui-même. Apprenez que c'est le plus lâche, le plus couard et le plus poltron que je croyais voir de toute ma vie. » Monseigneur Tristan s'élance et dit à Dinadan : « Sire, quelle couardise avez-vous vue chez moi, vous qui me blâmez si rudement ?

— Certes, fait Dinadan, je souhaite que Gahériet le sache. » Il lui raconte en détail les paroles qu'avait dites monseigneur Tristan et quelle attitude il avait adoptée. Quand il a fini son récit, il demande à Gahériet : « Sire, qu'en pensez-vous ? À votre avis, est-ce hardiesse ou couardise ?

— Dinadan, fait Gahériet, il arrive souvent que des chevaliers disent par plaisir et amusement des paroles que l'on ne retrouverait pas dans leurs actes en cas de besoin, ou parce qu'ils sont plus fatigués que nécessaire. Le chevalier vous a peut-être dit par jeu ce que vous avez pris pour la vérité.

— Gahériet, proteste Dinadan, vous le protégez bien. Apprenez que c'est le plus mauvais et le plus lâche chevalier que j'aie jamais vu.

— Par ma foi, Dinadan, fait Gahériet, s'il est aussi lâche que vous le dites, que sa couardise lui demeure. Ne la partageons pas.

— Gahériet, intervient monseigneur Tristan, laissez Dinadan parler car ce qu'il dit n'est pas parole d'Évangile. Si je voulais vous raconter tout ce que j'ai vu de lui, vous diriez qu'il n'est guère plus hardi que moi.

— Sire, fait Gahériet, c'est bien possible. Les aventures et les prodiges sont si étranges au royaume de Logre qu'il n'y a aucun chevalier assez hardi qui, lorsqu'il les voit, ne veuille fuir. Mais dites-moi, que Dieu vous bénisse, quel est votre nom.

— Sire, répond monseigneur Tristan, vous ne pouvez le savoir et je vous prie très ardemment de ne pas vous mettre en peine.

— Comment ! s'emporte Dinadan. Sire chevalier poltron, vous nous cachez votre nom par méchanceté comme si c'était une chose importante. Par Dieu, si vous ne le dites à Gahériet, je le ferai.

— Vous pouvez bien le lui dire, fait monseigneur Tristan, car je ne le lui révélerai pas cette fois.

— Gahériet, fait Dinadan, je vous le dirai car je le

connais mieux que lui-même. Il s'appelle à juste titre l'inutile, le lâche. » Messire Tristan s'esclaffe quand il entend les paroles de Dinadan. « Dinadan, fait-il, que Dieu m'assiste, vous savez bien fâcher un chevalier quand vous avez de la rancune envers lui. J'ai le nom qui vous plaira car je ne me courroucerai pas contre vous pour une si piètre raison.

— Ah, monseigneur le chevalier, raille Dinadan, combien de grands maux pourraient m'advenir si vous vous fâchiez contre moi ! Certes, peu importent votre courroux comme votre amitié. »

Tandis qu'ils conversaient ainsi, voici venir vers eux un chevalier muni de toutes ses armes, accompagné de deux écuyers dont l'un portait son heaume et l'autre son écu. Dès que le chevalier avise les trois autres qui s'étaient arrêtés au milieu du chemin et qui parlaient ainsi comme je vous l'ai dit, il fait halte et leur crie : « Seigneurs chevaliers, l'un de vous veut-il jouter contre moi ? » Gahériet, qui ne refusait jamais la joute d'un chevalier qu'il ne connaissait pas pourvu qu'il fût sain de ses membres et qu'il y fût appelé, s'avance et dit : « Sire chevalier, j'accepte la joute et je ne vous ferai pas défaut puisque vous la requérez. » Il se prépare à combattre. Et si on me demandait qui était le chevalier qui les avait provoqués en duel, je répondrais qu'il s'agissait de Palamède, le bon chevalier, qui s'était mis à la recherche de ma dame Iseult comme je vous l'ai raconté plus haut. Une fois prêts à jouter, Gahériet s'élance, et Palamède, dont la haute bravoure était prouvée, se précipite vers lui en éperonnant son cheval et le frappe dans sa course si violemment qu'il le porte à terre ainsi que le cheval, pêle-mêle. Et Gahériet fut rompu par cette chute car le cheval lui tomba dessus.

Quand Palamède le voit à terre, il ne le regarde plus. Il passe outre pour terminer sa course. Après avoir vu ce coup, sachez bien que monseigneur Tristan fut très contrarié. Il se tourne vers Dinadan et lui dit : « Dinadan, que ferez-vous ?

— Je l'ignore, répond Dinadan. Cette affaire me fait peur car je sais que Gahériet est meilleur chevalier que moi. C'est pourquoi je n'ose me charger de le venger.

— Dinadan, fait monseigneur Tristan, le courage vous manque. Dites la vérité. Et puisque je vous vois si lâche comme je l'ai déjà vu une autre fois, j'entreprendrai de venger Gahériet, si je le peux, et lui montrerai tout le bien que je lui veux. Vous m'avez tout aujourd'hui considéré comme un pleutre et un couard. Mais vous vous tiendrez coi comme un chevalier poltron que vous êtes. »

Il prend alors son écu et sa lance, se tourne vers Palamède et le frappe dans son élan avec une si grande force que Palamède, bon gré, mal gré, vide les deux arçons et tombe à terre très cruellement. Mais il eut la chance de n'avoir d'autre mal que la chute. En voyant ce coup, Dinadan est stupéfait. Il se dit en lui-même : « Ah, Dieu, qu'est-ce donc ? Je peux dire que la joute n'est pas chevalerie mais hasard quand je vois ce mauvais chevalier qui a fait ce coup qu'un des bons chevaliers de ce monde n'a pas réalisé. » Quand Gahériet voit à terre celui qui l'avait abattu et ce grâce à ce chevalier en qui il ne percevait nulle bravoure, il est tout ébahi. Palamède est fort honteux d'avoir été ainsi désarçonné par un chevalier qu'il ne connaît pas. Il se relève rapidement car il était vif, vient à son cheval et monte. Gahériet était déjà en selle. Après avoir achevé sa course, monseigneur Tristan retourne vers les chevaliers. Palamède, qui était si furieux qu'il manquait d'enrager de douleur, vient auprès de monseigneur Tristan et lui dit : « Vassal, que Dieu vous bénisse, qui êtes-vous, vous qui m'avez abattu ?

— Je suis, répond-il, un chevalier errant. Mais pourquoi le demandez-vous ? Considérez-vous comme un prodige d'avoir été abattu ?

— Non, fait Palamède. Car j'ai souvent vu désarçonner des chevaliers meilleurs que moi.

— Que Dieu vous garde, demande monseigneur Tristan, dites-moi votre nom.

— Volontiers, dit-il, on m'appelle Palamède.

— Comment ! s'étonne monseigneur Tristan. Es-tu donc Palamède ?

— C'est bien moi, fait Palamède.

— Et que cherches-tu ? interroge monseigneur Tristan.

— Messire, répond Palamède, je cherche le pire ennemi que j'aie au monde. C'est monseigneur Tristan de Cornouaille qui est récemment venu dans ce royaume. Il tient en sa garde ma mort et ma vie.

— Dites-moi, Palamède, fait monseigneur Tristan, si vous teniez celui dont vous parlez et qui est votre ennemi mortel, qu'en feriez-vous, que Dieu vous bénisse ?

— Je vous dirai, répond Palamède, une merveille que monseigneur Tristan croirait difficilement. Apprenez que si je tenais monseigneur Tristan comme je vous tiens et si j'avais la possibilité de le mettre à mort, Dieu m'est témoin que je ne le ferais pas. Je le laisserais vivre pour la haute chevalerie qu'il possède. Mais il n'agirait pas ainsi avec moi, je le sais. Il me tuerait s'il le pouvait car il ne hait aucun autre chevalier aussi mortellement que moi.

— Palamède, demande monseigneur Tristan, dites-moi, que Dieu vous garde, ne croyez-vous pas que monseigneur Tristan aurait le pouvoir de vous tuer si l'aventure vous réunissait ?

— Certes, répond Palamède, je suis persuadé que monseigneur Tristan est le meilleur chevalier du monde. Mais il me semble bien que si nous étions tous deux sur une aire de duel, j'aurais plus de force et de capacités que je n'ai maintenant. Mon courage et ma hardiesse croîtraient ainsi que mon pouvoir. Je vaudrais à mon avis deux Palamède. Et c'est une chose qui me donne l'espérance et l'assurance que monseigneur Tristan ne pourrait en nulle guise me vaincre si je n'avais pas trop de malchance. Je vous ai répondu en partie à ce que vous demandiez. Dites-moi à présent qui vous êtes, s'il vous plaît.

— Très volontiers, fait monseigneur Tristan. Apprenez que je suis ce messire Tristan que vous cherchez. Vous voilà contraint de vous battre si vous le voulez. Et si vous ne le désirez pas, je le supporterai et uniquement pour les paroles que vous avez dites. Mais sachez bien que sans ces propos, vous ne seriez pas parti sans bataille. »

En entendant ces dires, Palamède est stupéfait. Il regarde monseigneur Tristan, tout pensif, car il lui paraît merveilleux qu'il soit là. Au bout d'un certain temps, il parle et dit : « Comment ? Es-tu donc Tristan, le plus mortel ennemi que j'aie au monde ?

— Certes, fait Tristan, c'est bien moi. Et je serai ton ennemi si tu veux avoir ma haine. Et si tu préfères avoir mon amitié, tu le peux, uniquement pour les paroles que tu as dites. Vois ce que tu aimes le mieux : ma paix ou ma guerre. Tu peux choisir celle qui te plaît le plus.

— Tristan, dit Palamède, celui qui peut t'avoir comme ami et qui demande ta haine me semble avoir perdu le sens. Celui qui a ton amitié peut bien affirmer qu'il a l'amitié du meilleur chevalier du monde. C'est pourquoi je clame que je veux avoir ton amitié. Et désormais, je veux te considérer comme mon seigneur et ami. Tu me prendras comme ton chevalier car je désire l'être. »

Ainsi, comme je vous le raconte, les deux chevaliers qui avaient longtemps été ennemis se mettent-ils d'accord. Mais sachez que cette paix ne dura guère. Car un mois ne s'était pas écoulé qu'une guerre plus mortelle qu'auparavant survint comme vous pourrez l'entendre.

Quand Dinadan sait que c'est messire Tristan qu'il cherchait avec tant de peine et qui se cachait de lui, il est inutile de demander s'il est heureux de l'avoir trouvé. « Ah, fait-il, mauvais chevalier, félon, traître et déloyal, pourquoi t'être ainsi dissimulé de moi ? Je vois bien que peu t'importe tout le travail que j'ai accompli pour te chercher. Certes, jusqu'ici j'ai aimé et désiré ta compagnie plus que celle de tout autre chevalier au monde. Mais quand je vois que tu n'as cure de la mienne, je laisse entièrement la tienne. Que je sois maudit si jamais je veux te voir. Car tu es le chevalier le plus poltron et le pire que je croyais jamais trouver. » Après avoir prononcé ces paroles, il tourne bride et veut emprunter le chemin principal vers Louveserp quand monseigneur Tristan le rattrape et lui dit : « Arrêtez-vous, sire chevalier, devant Dieu ! Vous êtes pris ! » Il lui prend alors ses armes. « Je ne ferai rien pour vous, fait Dinadan, ni pour vos prières, car vous êtes le chevalier le plus désagréable que j'aie jamais cru voir. C'est pourquoi je refuse catégoriquement votre compagnie désormais.

— Ah, Dinadan, dit monseigneur Tristan, ne vous fâchez pas si fort contre moi. Je suis prêt à m'amender selon vos ordres.

— C'est inutile, fait Dinadan. Que Dieu me délaisse si je vous aime encore.

— Dinadan, vous m'aimerez, insiste monseigneur Tristan. Même si vous n'avez plus d'affection pour moi parce que je me suis diverti à vos dépens, je ne pourrai jamais vous haïr. Mais si par hasard il devait arriver que je vous déteste, vous auriez perdu un de vos meilleurs amis. Vous vaudrez moins, car plus l'homme perd ses amis, moins il a de prix. » Monseigneur Tristan dit tant à Dinadan que ce dernier lui pardonne sa colère. Gahériet vient trouver le premier monseigneur Tristan et lui souhaite la bienvenue. « Sire, fait Gahériet, apprenez que j'étais très désireux de vous voir car il y a maints jours que je ne vous ai aperçu. Et vous ayant ainsi trouvé, j'éprouve une grande joie, devant Dieu. Mais pour l'amour de Dieu, êtes-vous bien portant ?

— Oui, sire, répond monseigneur Tristan, merci à Dieu et à vous qui me le demandez. Et sachez que vous pouvez hardiment me considérer comme votre chevalier.

— Sire, grands mercis, fait Gahériet. Et sachez que je me considère comme votre chevalier où que je sois. » Grande est la joie que les chevaliers se font car il y avait longtemps qu'ils ne s'étaient pas vus. Ils s'honorent grandement et chacun promet à l'autre son service. « Palamède, demande Dinadan, vîtes-vous jamais un chevalier qui sache tant de méchancetés que monseigneur Tristan ?

— Dinadan, répond Palamède, apprenez que je ne le pense pas, bien que vous me le disiez. S'il vous a raillé, vous ne devez pas le blâmer car il le fit par divertissement et pour le grand amour qu'il éprouve à votre égard. Mais pourquoi vous plaignez-vous tant de lui ?

— Certes, fait Dinadan, je vous le dirai. Pas à vous seul mais à tous ceux que je trouverai à partir de maintenant pour qu'on connaisse sa lâcheté. Et devant Dieu, si je ne tempérais pas mes propos par amour pour la Table Ronde dont il est chevalier, je ne dirais pas plus de mal du roi Marc que de lui. Je vous conterai ce qu'il m'a fait hier et aujourd'hui. » Il se met à raconter en détail comment monseigneur Tristan l'avait raillé et toutes les paroles qu'il lui avait dites. « Dinadan, demande monseigneur Tristan, pourquoi vous plaignez-vous tant de moi ? Devant Dieu, je devrais plus me plaindre de vous que vous de moi.

— Messire Tristan, fait Dinadan, si je me plains, c'est à juste titre. Car vous saviez par moi-même que je vous cherchais. J'étais avec vous et vous vous cachiez de moi. Ne dites-vous pas que c'est une grande félonie ?

— Dinadan, répond monseigneur Tristan, puisque vous me voyiez et m'entendiez parler, ne pouviez-vous me reconnaître ? Vouliez-vous que je vous ouvrisse les yeux et vous aidasse à voir que j'étais Tristan ?

— Ah, Seigneur Dieu, soupire Dinadan, est-ce là une parole de chevalier ?

— Par Dieu, Dinadan, fait monseigneur Tristan, c'est vraiment une parole de chevalier. Il y a longtemps que je suis chevalier, vous le savez bien. Et si vous gardez toujours vos yeux fermés, vous ne pourrez me voir. C'est pourquoi je vous dis de les ouvrir et vous pourrez me voir. » Dinadan est fort irrité par ces propos. Et monseigneur Tristan se tait sur ce sujet et se met à parler d'autre chose. « Seigneurs, fait-il, je me suis fait connaître de vous, comme vous le savez. Je vous prie de cacher mon nom à tous et toutes. » Et ils lui promettent de ne pas en parler. Jamais ils ne le découvriront. Et il les remercie. Il ajoute : « Seigneurs, dans quelle direction voulez-vous chevaucher ?

— Sire, fait Palamède, je voudrais chevaucher vers Louveserp pour voir les préparatifs que le roi Arthur a ordonnés en vue du tournoi qui doit y avoir lieu.

— Je le désire aussi, dit Dinadan.

— Et moi de même, fait monseigneur Tristan.

— Seigneurs, intervient Gahériet, puisque vous voulez vous y rendre, je retournerai dans cette direction par amour pour vous. Car puisque j'ai trouvé monseigneur Tristan, la plus grande partie de ma quête est finie. Je supporterai de n'avoir pas encore fait l'autre partie. Nous pouvons donc bien chevaucher ensemble jusqu'à Louveserp puisque nous sommes d'accord. »

Ils se mettent en route et arrivent aussitôt dans la prairie de Louveserp ; ils voient les loges de bois que le roi Arthur avait fait dresser, si belles, si riches qu'elles étaient agréables à contempler. Le roi Arthur les avait fait construire pour les dames et les demoiselles qui voudront assister au tournoi. On pouvait voir au-dessus de la rivière Hombre plus de cinq cents tentes, pavillons, loges de feuillus et loges gauloises qui l'entouraient. Après avoir longtemps observé le lieu où le tournoi devait avoir lieu, monseigneur Tristan dit à ceux qui étaient avec lui : « Devant Dieu, seigneurs, voyez comme ce lieu est beau et agréable pour faire un tournoi.

— Sire, que Dieu me garde, dit Palamède, je crois que depuis celui qui eut lieu devant le Château des Pucelles dont vous remportâtes le prix, il n'y eut pas au temps du roi Arthur un tournoi aussi riche que sera celui-ci et auquel participeront autant de chevaliers. Nous verrons ce dont vous serez capable. Car Dieu m'est témoin, celui qui voudra avoir les louanges et le prix entre tous les hommes valeureux et présents aura fort à faire.

— Je ne crois pas, dit monseigneur Tristan, que je devrais y porter les armes, car ceux qui y viendront seront bien assez nombreux. Je vous laisse ce tournoi à vous et à Lancelot. Vous deux gagnerez les louanges et le prix. Je le souhaite, que Dieu m'assiste.

— Ah, sire, fait Gahériet, vous commettriez un trop grand outrage si vous ne portiez pas les armes là où tous les hommes valeureux du monde viendront. Et devant Dieu, je crois que ce tournoi fut crié pour vous et pour que vous portiez les armes plus que pour autre chose. C'est pourquoi je dis que vous feriez un outrage si vous n'y portiez pas les armes.

— Je vous répète, dit monseigneur Tristan, que je ne pense pas porter les armes car il y aura trop de gens. S'il n'y avait eu que trois ou quatre cents chevaliers, j'y serais allé. Devant tant de monde comme il y aura, que pourrait faire la force d'un seul chevalier ? Il aura beau peiner, cela ne lui rapportera rien. Il ne sera pas plus distingué qu'une petite nacelle en mer. C'est pourquoi je dis que je ne porterai pas les armes à ce tournoi car je pense y souffrir et peiner en vain. » En entendant ces paroles, Dinadan regarde monseigneur Tristan de travers et lui dit : « Tristan, le cœur te fait défaut. Tu es devenu lâche par la force des choses. Chevalier poltron et pleutre, ne te souviens-tu pas du grand tournoi qu'il y eut en Galles entre le roi Arthur et le prince Galeholt, le fils de la belle géante et seigneur des Îles Lointaines ? Ne crois-tu pas qu'il y avait plus de chevalerie qu'il n'y en aura à ce tournoi ? À cette rencontre mortelle vinrent les chevaliers de plus de vingt royaumes. Et pas seulement les chevaliers mais tous ceux qui pouvaient porter des armes. Et quand tout le peuple fut réuni, le chevalier qui vainquit en ce temps-là n'avait ni ta force ni ton immense pouvoir. Et il n'était pas aussi savant dans l'art des armes que toi. C'était Lancelot du Lac. Et toi, mauvais, lâche, poltron, chevalier qui surpasses en valeur et en bravoure tous les bons chevaliers du monde, as-tu si peur que ta prouesse soit connue ? Certes, tu peux bien dire que ton cœur de lâche ne t'a jamais manqué ! Vil chevalier, lâche, pleutre et inutile, oses-tu dire cela ? » Quand monseigneur Tristan entend que Dinadan le blâme si fort, il se met à rire intérieurement. « Dinadan, fait-il, il ne vous coûte que de le dire. Mais si vous receviez les coups que je devrais recevoir, je dirais que vous parleriez plus bas que vous ne le faites. Devant Dieu, vous ne lèveriez pas la tête si haut. Parler vous est aisé, mais les actes vous seraient dommageables.

— Monseigneur Tristan, réplique Dinadan, que dire ? Si votre cœur s'accorde à vos paroles, vous êtes honteux et avili. Vous avez gagné moins d'honneur que de déshonneur si vous agissez ainsi. Mais peut-être pensez-vous autre chose que vous ne dites ? » Et les autres compagnons renchérissent : « Dinadan, vous êtes fort sage.

— Vous avez rapidement saisi la pensée de monseigneur Tristan, fait Palamède. Que Dieu vous bénisse, quelles armes voudriez-vous porter à ce tournoi ?

— Sire, répond monseigneur Tristan, je ne vous le dirai pas. Mais si d'aventure vous y êtes et moi aussi, vous pourrez bien me reconnaître s'il vous plaît. Je vous prie par amour pour moi de n'en pas demander davantage, car il n'est personne à qui je le dise volontiers.

— Et je me tairai, fait Palamède, puisque vous le désirez. »

Tandis qu'ils parlaient du tournoi, ils portent leur regard en amont de l'Hombre et voient venir une nacelle qui d'extérieur était belle et riche, entièrement recouverte de draps de soie vermeille. Et sachez que les avirons de la nacelle étaient beaux, splendides et au nombre de six. La nacelle, qui était si élégante et belle comme je vous le dis, arriva droit devant une tour que le roi Arthur avait fait édifier au début de son règne, à deux archées de Louveserp. Quand les chevaliers voient la nacelle se rapprocher de la terre, ils disent aussitôt qu'ils iront dans cette direction pour savoir ce qui se passe. Une fois arrivés, ils entendent que l'on mène grand deuil dans la nacelle. Les chevaliers descendent dès qu'ils perçoivent les lamentations et disent qu'ils pénétreront à l'intérieur pour savoir ce qu'il advient et pour quelle raison. Descendus devant la rive, ils parlent entre eux : « Lequel d'entre nous entre ? » Monseigneur Tristan s'avance et dit : « J'entrerai si vous le permettez. » Et ils répondent : « Sire, pénétrez donc. » Il entre et trouve un grand et très beau lit. Dans le lit, merveilleusement beau et richement préparé, était allongé un chevalier récemment tué. Le chevalier était assez grand et robuste. Il était encore vêtu de son haubert et de ses chausses de fer. Sa coiffe était rabattue. Il avait à côté de lui son heaume, son épée et toutes les armes nécessaires à un chevalier. Et sachez que ce chevalier portait encore les stigmates de sa mort, si bien que monseigneur Tristan qui le regarde sait aussitôt qu'il avait été tué. Il avait enfoncé dans le corps une lance lumineuse et polie dont le fer le traversait, et c'est cette lance qui l'avait occis. Le chevalier dont je vous parle tenait dans sa main droite une lettre. Et cette lettre était scellée.

Monseigneur Tristan observe longuement le chevalier car il lui est bien avis qu'il fut un homme valeureux, doué d'une grande force selon la taille qui était la sienne. Puis il scrute et voit trois marins qui tenaient chacun deux rames et conduisaient la nacelle. Sachez qu'ils avaient délaissé leurs pleurs dès qu'ils virent monseigneur Tristan entrer. Ils baissèrent la tête et ne regardaient rien, comme s'ils étaient morts. Après avoir longtemps observé le chevalier, monseigneur Tristan se tourne vers les marins et leur demande : « Seigneurs, qui est le chevalier qui gît mort ?

— Sire, répondent-ils, apprenez que ce fut un des bons chevaliers du monde. Il a été récemment tué en grande trahison. Ce fut une profonde douleur et un grave péché.

— Et quel était son nom ? interroge monseigneur Tristan.

— Sire, disent les marins, nous ne vous le dirons pas. Vous ne pouvez le savoir par nous. Mais la lettre qu'il tient dans sa main vous l'apprendra dès que vous la lirez.

— Par ma foi, fait monseigneur Tristan, je voudrais savoir toute la vérité. » Il appelle ses compagnons et leur dit : « Seigneurs, venez. Vous verrez ce que j'ai trouvé ici. » À ces mots, ils entrent dans la nacelle. Quand ils voient le chevalier étendu sur le lit et après l'avoir bien observé, ils disent, selon leur avis, que celui qui gît mort peut bien être un homme valeureux et vaillant. Et il semble qu'il ait été de grande noblesse. Ils le regardent longuement puis monseigneur Tristan prend la parole et dit : « Seigneurs, que faire ? Nous ne pouvons rien savoir de ce chevalier si nous ne prenons cette lettre qu'il tient dans sa main et si nous ne lisons ce qu'elle contient.

— Sire, disent les chevaliers, prenez-la.

— Seigneurs, interviennent les marins, il ne le fera pas. Nous interdisons qu'il y porte la main et qu'il la prenne avant de nous avoir promis loyalement qu'il fera son possible pour venger la mort de ce chevalier. S'il veut entreprendre la vengeance comme il convient à tout chevalier, nous acceptons qu'il s'en saisisse. Autrement, non.

— Seigneurs marins, demande monseigneur Tristan, en quoi consiste la vengeance de ce chevalier ?

— Sire, répondent les marins, celui qui voudra venger la mort de ce chevalier devra se battre contre deux chevaliers qui sont frères.

— Certes, réfléchit messire Tristan, si j'étais sûr de revenir à temps pour le tournoi qui doit avoir lieu ici, j'entreprendrais cette vengeance hardiment. Mais comme pour rien au monde je ne voudrais le manquer, je m'abstiendrai cette fois.

— Sire, fait Palamède, puisque vous laissez cette entreprise, je m'en charge s'il vous plaît et si les compagnons qui sont ici acceptent de me l'accorder.

— Palamède, dit monseigneur Tristan, ils peuvent

bien le faire car vous êtes si vaillant qu'on chercherait en vain un chevalier meilleur que vous.

— En effet, approuvent les deux compagnons. Puisque vous dites que nous pouvons bien le lui accorder, nous le faisons.

— Grands mercis, fait Palamède. Beaux seigneurs, sachez que je vous en sais gré. » Après les avoir remerciés, Palamède s'avance, prend la lettre que le chevalier tenait dans sa main, l'ouvre, la montre à monseigneur Tristan et lui dit : « Sire, lisez. Vous savez mieux lire que moi. » Sachez que Palamède, bien que sarrasin, avait appris les lettres latines et chrétiennes à son arrivée au royaume de Logre, mais c'était dans son enfance. Apprenez que Palamède n'avait pas plus de dix ans quand son père l'emmena au royaume de Logre avec ses autres enfants.

Après avoir parcouru du début à la fin la lettre, monseigneur Tristan la lit à haute voix devant ses compagnons, et la lettre disait ces mots :

« Ô toi, chevalier errant qui regardes la lettre portant ma mort, sache que je suis tué par trahison. Je suis roi de la Cité Vermeille. J'aime fort les chevaliers errants et j'ai honoré grandement la chevalerie. Si tu voulais me venger, ton prix croîtrait. Je suis mort sans héritier. Je te laisse ma terre, si bien que la seigneurie sera tienne dès que tu auras vengé ma mort. Choisis ce que tu veux. Si tu venges ma mort, tu gagneras prix et honneurs. Si tu ne le fais pas, tu causeras ta honte et grand mal t'adviendra si ma mort n'est toujours pas vengée. »

Tels écrits étaient contenus dans la lettre. Après l'avoir lue en entier, si bien que les compagnons l'ont bien entendue, monseigneur Tristan la donne à Palamède, tout pensif.

« Sire, dit Palamède, à quoi pensez-vous ? Dites-le-nous, que Dieu vous procure la joie de ce que vous aimez le plus au monde, si vous le souhaitez.

— Oui, Palamède, fait monseigneur Tristan, je vous le dirai volontiers. Je songeais à cet homme valeureux qui gît mort et dont j'ai souvent entendu parler en termes élogieux. Et je vous dis que si je croyais revenir à temps pour le tournoi, je n'aurais de cesse d'entreprendre cette vengeance pour l'amour de cet homme de qualité à qui je voulais grand bien pour la bonne renommée que j'avais entendue à son sujet.

— Sire, dit Palamède, puisque j'ai entrepris cette tâche sur votre ordre et celui de vos compagnons, sachez que je ne connaîtrai guère de repos avant de réaliser la vengeance du chevalier.

— Palamède, fait monseigneur Tristan, apprenez que cette vengeance vous procurera un grand honneur si vous la menez à terme.

— Sire, dit Palamède, je vous assure que je ferai de mon mieux loyalement. » Il se tourne vers les marins et leur dit : « Seigneurs marins, puisque je me charge de cette vengeance comme vous pouvez le voir, pensez à présent à ramer jusqu'à ce que nous arrivions là où se trouvent ceux qui firent ce dommage. Car je vengerai la mort de ce chevalier si je le peux.

— Sire, demandent les marins, qui êtes-vous, vous qui vous chargez de cette tâche ?

— Que vous importe qui je suis ? répond Palamède. Je suis un chevalier errant. Si je peux mener à bien ce que j'ai entrepris, que vous importe mon nom ? Pensez à ce que vous voulez faire car je suis prêt à accomplir ce que j'ai entrepris.

— Sire, disent les marins, il ne nous reste plus qu'à partir. Faites descendre vos compagnons car nous nous mettons aussitôt en route. » Palamède se tourne vers monseigneur Tristan et lui dit : « Sire, voici le moment de nous quitter. Je vous recommande à Notre Seigneur.

— Palamède, fait monseigneur Tristan, puisque l'instant est venu de nous séparer, je vous prie autant que je pourrais prier mon ami de mener à bien votre affaire et de revenir au tournoi. Il y a encore six jours pleins. Vous pourrez bien, je le crois, revenir à temps.

— Sire, dit Palamède, sachez que je ferai de mon mieux. Et si je ne viens pas au tournoi, soyez sûr qu'un grand empêchement me retiendra. »

Après que Palamède a dit ces paroles, monseigneur Tristan et ses compagnons descendent aussitôt de la nacelle. Palamède fait mettre son cheval à l'intérieur car il était garni de toutes ses autres armes. Puis il dit à ses écuyers : « Seigneurs jeunes gens, attendez-moi à ce château jusqu'à mon retour. Et si d'aventure il arrive que je ne revienne pas à la fin du tournoi, vous pourrez rentrer à la demeure de mon père. Mais attendez-moi ici jusqu'à ce que le tournoi se termine. » Ces paroles dites, il se tourne vers les marins et leur dit : « Seigneurs, vous pouvez vous mettre en chemin à présent quand il vous plaira. Car je suis prêt à vous accompagner. » En entendant ces dires, les marins n'attendent pas. Ils s'éloignent de la rive et se mettent dans l'Hombre dont les eaux étaient fort tumultueuses. Ils remontent le courant aussi vite que si tous les vents du monde les pourchassaient.

Les compagnons qui étaient restés sur la rive regardent la nacelle tant qu'ils peuvent la voir. Et quand ils ne parviennent plus à l'apercevoir, ils disent : « Seigneurs, que ferons-nous ? S'en est fini de la compagnie de Palamède.

— Certes, approuve monseigneur Tristan, cela me peine. » Les autres compagnons disent de même. Ils parlent longtemps de cette aventure qui leur est advenue. Après avoir tant conversé, monseigneur Tristan leur dit : « Seigneurs, que ferons-nous ? Entrerons-nous dans ce château ou irons-nous ailleurs ?

— Sire, répond Gahériet, comme vous le souhaitez. »

Alors qu'ils s'étaient arrêtés devant une tour dont je vous ai parlé, voici venir vers eux un chevalier qui sortait à l'instant du château. Il ne portait nulle arme excepté son épée, pas plus. Il allait vers son manoir, beau et riche, qui était près d'ici. Quand il vit les trois chevaliers, il sut instamment qu'ils étaient des chevaliers errants. Il se dirigea vers eux et leur dit : « Seigneurs chevaliers, que Dieu vous bénisse. » Les chevaliers lui rendent son salut avec bienveillance. « Seigneurs, leur dit-il, je voudrais vous prier, s'il vous plaisait, de venir vous reposer dans ma demeure qui est près d'ici. Et soyez sûrs que si vous y venez, je vous ferai servir et honorer de mon mieux car vous êtes des chevaliers errants. Je vous prie ardemment de vous y rendre.

— Qui êtes-vous, beau sire, qui nous demandez cela ? interroge monseigneur Tristan.

— Sire, répond-il, je suis un chevalier qui a plusieurs fois séjourné à la cour du roi Arthur. C'est pourquoi j'apprécie tous les chevaliers errants car j'ai souvent été parmi eux.

— Sire, fait Gahériet à monseigneur Tristan, je connais bien le chevalier. S'il vous plaît, nous pouvons aller chez lui nous reposer une partie de la journée.

— Cela me plaît fort, dit monseigneur Tristan, puisque vous le voulez aussi. »

Ils s'en vont avec le chevalier et pénètrent dans la forêt. En suivant un étroit sentier, ils parviennent à une belle et riche tour qui était close à l'entrée par une prairie et entourée de murs et de fossés. À l'intérieur de l'enceinte, coulait une source belle et limpide. Une fois arrivés à la demeure, ils y entrent car ils trouvent la porte ouverte. Les écuyers qui étaient à l'intérieur sortent aussitôt qu'ils entendent leur seigneur parler et aident les chevaliers à descendre le plus honorablement possible, puis les conduisent à un très beau palais et les désarment. Les tables furent mises immédiatement car le repas était prêt et n'attendait que la venue du seigneur. Une fois à table, sachez qu'ils furent bien servis. Le seigneur du lieu, servi du premier mets, s'assit pour manger à côté de Dinadan et commença à scruter monseigneur Tristan très attentivement. Après l'avoir bien observé, il reconnaît que c'est monseigneur Tristan de Cornouaille qui avait tué son frère dans ce pays. Il est si furieux qu'il délaisse boisson et nourriture car il se rappelle son frère occis. Il est nécessaire qu'il le venge avant son départ de ces lieux, et il le fera s'il le peut. Le chevalier regarde tant monseigneur Tristan que Dinadan s'en aperçoit, ainsi que Tristan, qui était un chevalier observateur lui aussi. Lorsqu'il vit de quelle manière son hôte le fixait, il reconnut aussitôt que c'était avec malveillance. Il lui demande en souriant : « Bel hôte, que Dieu vous bénisse, dites-moi pourquoi vous me regardez ainsi.

— Certes, répond le chevalier, si je vous observe, ce n'est guère étonnant car vous êtes l'homme qui m'a fait le plus de mal et d'ennuis au monde. Mais ne laissez pas votre repas, du moins tant que vous serez mon invité. Mangez en toute sécurité car vous n'avez nul besoin de vous méfier de moi ici. Mais dès que vous serez à l'extérieur, je vous assure qu'il sera question de mort : ou vous me tuerez ou je vous mettrai à mort. Il ne peut en aller autrement de notre affaire. » En entendant ces paroles, monseigneur Tristan dit au chevalier avec douceur : « Bel hôte, dites-moi, s'il vous plaît, pourquoi vous me voulez tant de mal.

— Certes, fait le chevalier, si je vous hais, on ne doit pas s'en étonner car vous tuâtes un de mes frères en Cornouaille devant moi.

— Bel hôte, dit monseigneur Tristan, je ne me souviens pas de cette mort dont vous me parlez, Dieu m'est témoin. Cependant, puisque vous m'en chargez, pourrais-je trouver en vous quelque pitié ?

— Apprenez, répond le chevalier, qu'avant que je vous aie fait subir le même sort qu'à mon frère et ce devant moi, vous ne trouverez ni pitié ni amour chez moi. » Quand Dinadan entend ces propos, il intervient dans la conversation et dit : « Bel hôte, voudriez-vous croire un bon conseil que je souhaiterais vous donner ?

— Oui, fait l'hôte, si mon cœur s'y accorde.

— Hôte, poursuit Dinadan, puisque vous dites que vous vous accordez à mon conseil, je vous préconise en toute bonne foi de ne pas vous exposer à recevoir toute honte pour un homme mort. Et je vous conseille encore avec bonne foi, tant que vous pouvez être en paix, de ne pas entrer en guerre contre plus fort que vous car je ne vois pas ce qu'il peut vous en advenir à part de la honte.

— Chevalier, fait l'hôte à Dinadan, que Dieu vous bénisse, quel est votre nom ?

— Ceux qui me connaissent, répond-il, m'appellent Dinadan.

— J'ai bien entendu parler de vous, fait l'hôte. Mais apprenez que si je peux venger la mort de mon frère que Tristan a tué, je le ferai.

— Hôte, dit Dinadan, nous voyons souvent arriver que celui qui est en bonne santé s'active tant qu'il tombe malade. Prenez garde qu'il n'en aille pas ainsi pour vous. Puisque vous connaissez monseigneur Tristan, il est impossible que vous ignoriez quel chevalier il est.

— Certes, approuve l'hôte, je sais bien que monseigneur Tristan est un bon et preux chevalier. Il en a la renommée. Mais nul n'est si valeureux qu'il ne trouve son égal. Si monseigneur Tristan est preux, il trouvera un jour son maître. Il ne peut y échapper.

— Hôte, dit Dinadan, je dois encore vous prier en toute bonne foi, et plus pour votre profit que pour autre chose, d'abandonner cette entreprise.

— Dinadan, fait le chevalier, laissez cette conversation. J'ai bien entendu vos propos. Ni vos conseils ni autre chose ne m'empêcheront de faire ce que le cœur me dicte. Jamais, devant la peur de la mort, je ne m'abstiendrai. Et je vous prie de ne plus m'en parler. »

Dinadan se tait quand il voit que l'hôte le lui demande. Après qu'ils ont bu et mangé en abondance, monseigneur Tristan se lève de table et demande ses armes. On les lui apporte aussitôt. Une fois qu'il en est muni, il monte en selle, imité par Dinadan et Gahériet. Et quand ils sont apprêtés et montés, monseigneur Tristan dit à son hôte : « Bel hôte, que Dieu m'assiste, je dis qu'en votre demeure vous m'avez couvert d'honneur et de déshonneur car vous m'avez menacé. Et surtout, je dis que vous me chargez de cette mort dont je ne me rappelle pas. Devant Dieu, je suis prêt à réparer comme vous le voudrez. Et par Dieu, je le fais plus pour la courtoisie qui est la vôtre, comme je le crois, que par peur de vous.

— Tristan, dit le chevalier, si vous ne me craignez pas encore, vous me redouterez peut-être aujourd'hui avant que nous nous quittions.

— Sire, c'est bien possible, fait monseigneur Tristan. Mais je vous prie encore d'accéder à ma prière.

— La paix sera faite avec les épées, affirme l'hôte. Et ainsi notre guerre finira. Ne me parlez plus de cette affaire car je vous ai dit tout ce que j'en pensais.

— Bel hôte, intervient Dinadan, il m'est avis que vous avez perdu l'esprit ou que vous avez bu une mauvaise boisson qui vous excite. La folie vient du fou. Et du sage vient le sens. »

Après avoir ainsi parlé, ils ne tardent pas et se mettent en chemin. Les compagnons demandent à monseigneur Tristan dans quelle direction il veut chevaucher. « Empruntons cette voie, répond-il. Nous tournerons vers la Joyeuse Garde. » Ils arrivent aussitôt au chemin principal qui était près de la rivière Hombre. Ils n'ont guère chevauché quand ils voient venir un chevalier équipé fort bien et élégamment. Et il était bien monté. Il portait un écu tout blanc sans aucunes armoiries. « Monseigneur Tristan, fait Dinadan, apprenez que voici venir le chevalier dans la demeure duquel nous avons mangé.

— C'est bien possible », acquiesce monseigneur Tristan.

Il prend donc son écu et sa lance : si le chevalier avait par hasard envie de se battre et de jouter, il le trouvera prêt. Une fois qu'il s'est équipé, le chevalier qui les suivait arrive à vive allure. Quand il voit monseigneur Tristan, il lui crie de toute sa voix : « Monseigneur Tristan, gardez-vous de moi ! Tournez vers moi votre écu et défendez-vous si vous le pouvez car je vous assure que vous allez mourir si possible ! » En entendant qu'il doit se battre sans pouvoir l'éviter, monseigneur Tristan s'élance vers le chevalier au galop et l'autre arrive également, désireux de l'abattre s'il le peut. Mais il eut tant de malchance qu'il ne put accomplir sa volonté. Et monseigneur Tristan, qui vient vers lui la lance baissée, le frappe si violemment dans son élan que bon gré, mal gré il fait vider au chevalier les arçons et le fait voler à terre très cruellement. Et dans cette mauvaise rencontre, le chevalier reçoit de cette joute une large plaie à la poitrine. Cependant, il se relève rapidement car il était vif et léger, et il ne sent guère de douleur malgré sa blessure. Le voyant debout, Dinadan lui dit : « Chevalier, c'est pire que tout ! Vous êtes avili plus que vous ne l'étiez auparavant ! Sur la foi que je dois à Dieu, il aurait mieux valu que vous m'eussiez cru avant que cette honte vous advînt !

— Dinadan, fait le chevalier, taisez-vous ! N'ayez crainte pour moi !

— Certes, dit Dinadan, je n'ai pas peur. Puisque vous ne voulez pas me croire, il m'importe peu qu'il vous arrive bien ou mal. »

Le chevalier, qui est si furieux qu'il manque d'enrager de douleur, ne répond rien à Dinadan. Il vient à son cheval et monte le plus rapidement possible. Il n'a pas souvenir de sa plaie. Une fois en selle, il empoigne son épée, se dirige droit vers monseigneur Tristan et lui donne sur le heaume le plus grand coup qu'il peut. « Sire chevalier, fait monseigneur Tristan, vous agissez mal en m'assaillant pour rien. Apprenez que je ne vous laisserai pas vous avilir parce que la lutte me déplaît et parce que j'ai mangé avec vous dans votre demeure. J'en ai bien la possibilité. Et cependant, je préfère que vous soyez blessé plutôt que moi. »

Il empoigne son épée et se rue sur le chevalier, bien décidé à l'occire, quand la courtoisie qu'il lui fit dans son logis l'oblige à se refréner. Il lui dit : « Devant Dieu, peu s'en faut que je ne vous aie causé une grande honte car vous l'aviez particulièrement mérité en m'assaillant alors que je n'ai aucune envie de vous affronter.

— C'est inutile, fait le chevalier. Par Dieu, ou je vous tuerai ou vous m'occirez !

— Par ma foi, dit monseigneur Tristan, puisque je vois qu'il en est ainsi, j'emploierai la force contre la force ! » Il s'élance vers lui et le frappe si fort sur le heaume que l'autre ne résiste pas. Le coup fut grand et donné avec le tranchant d'une épée solide. Elle s'enfonce jusqu'à la tête. Ce coup l'aurait rudement blessé mais le chevalier se plia car il ne put y résister. Il tombe à terre si étourdi qu'il ne peut se relever. Quand monseigneur Tristan se voit ainsi libéré, il le laisse. Mais il craint fort de l'avoir tué. Il dit à ses compagnons : « Seigneurs, que Dieu vous bénisse, avez-vous jamais vu un chevalier aussi fou que celui-là qui m'obligea à combattre malgré moi ?

— Certes, répond Dinadan, nul sage ne peut demeurer avec vous sans devenir fou. Telle est votre aventure. Et je le dis pour moi et pour personne d'autre. Car je ne me rappelle pas avoir vu autant de folies au royaume de Logre comme j'en ai vu en votre compagnie. C'est pourquoi je dis que nul ne reste avec vous sans devenir fou aussitôt. »

Monseigneur Tristan sourit largement à ces paroles. Et tandis qu'ils parlaient entre eux du chevalier, voici sortir de la forêt deux chevaliers qui se dirigeaient vers Louveserp. Et sachez que l'un était le roi des Cent Chevaliers ; il s'appelait Borian le Rude car il était sans doute l'un des plus rudes chevaliers de toute la Grande Bretagne. De plus, il était très aventurier et valeureux dans ses actes chevaleresques. L'autre se nommait Ségurade. Quand le roi des Cent Chevaliers aperçoit le heaume et la bannière que Dinadan portait, il croit que la reine de Norgale, noble et merveilleuse dame amoureuse du roi des Cent Chevaliers, qui le lui rendait bien, le lui avait donné car elle portait ces distinctions. Lorsqu'il vit la bannière que Dinadan avait sur le heaume, il devint enragé de colère et de fureur. Il vient vers Dinadan sans le saluer et lui dit : « Chevalier, que Dieu vous garde, qui vous donna ce heaume avec l'étoffe ?

— Et vous, réplique Dinadan, pourquoi le demandez-vous ? En quoi cela vous intéresse-t-il ?

— Je veux savoir d'où il vient.

— Par ma foi ! s'exclame Dinadan. Je vous le dirai, beau sire, avant que la colère ne survienne entre nous. Je ne vous le dirai pas par peur de vous, je le ferai pour avoir la paix. Apprenez que la plus noble dame du royaume de Logre me le donna.

— Est-elle reine ? demande le roi.

— En effet, répond Dinadan. Elle est vraiment reine. » Il savait déjà avec certitude que celle qui lui avait donné le heaume était la reine Iseult.

Quand le roi des Cent Chevaliers entend cette nouvelle, il croit qu'il s'agit certainement de la reine de Norgale. C'est pourquoi il s'avance avec témérité et dit : « Chevalier, apprenez que si vous ne rendez pas ce heaume, vous serez obligé de vous battre.

— Certes, fait Dinadan, je vous rendrais volontiers ce heaume avant de vous affronter. Mais ce serait un grand déshonneur pour moi si je partais d'ici sans heaume. C'est pourquoi je vous dis que je le défendrai de mon mieux. Et il me semble que vous n'êtes pas un chevalier avisé pour m'interdire de porter ce heaume.

— Par ma foi ! gronde le roi. Je vous le défends ! Je veux être le seul à le porter. Et je le porterai seul sans avoir de compagnie ! »

Monseigneur Tristan entend ce discours, mais il sait qu'il y a au royaume de Logre une autre dame que la reine Iseult qui possède les mêmes distinctions. C'est pourquoi ces propos ne l'irritent pas. Le roi des Cent Chevaliers dit à Dinadan : « Chevalier, gardez-vous de moi car je vous abattrai si je le peux !

— Certes, sire chevalier, réplique Dinadan, je rencontre si souvent au royaume de Logre des chevaliers qui me disent de me garder qu'il me faudrait avoir une garde rien que pour me protéger. Et comme je vois que je ne peux vous quitter sans jouter, je jouterai. Mais Dieu m'est témoin, cela me pèse. »

Il se tourne vers le roi et s'apprête à jouter. Et le roi, qui était un bon et hardi chevalier, tourne bride, va à sa rencontre en éperonnant sa monture, bruyant comme la foudre, et le frappe si rudement qu'il l'abat à terre ainsi que le cheval. Dinadan fut méchamment rompu par la chute car le cheval lui tomba dessus. Cependant, il se relève très rapidement. Son cheval voulait fuir mais il ne le put car les écuyers qui étaient là le saisirent.

Quand Dinadan se voit si rudement abattu, il est inutile de demander s'il est malheureux et furieux. Il ôte à présent son écu de son cou et le pend à un arbre. Puis il se met à délacer son heaume le plus hâtivement possible. « Dinadan, interroge monseigneur Tristan, que diable voulez-vous faire ?

— Sire, je veux agir avec le plus grand sens que vous ayez jamais vu. Car je souhaite me débarrasser de la compagnie de mon ennemi. Ce qui aurait dû me protéger me met en danger. Plaise à Dieu que je ne le garde pas plus avec moi.

— Dinadan, répète monseigneur Tristan, que diable faites-vous ? Voulez-vous vous désarmer entièrement ?

— Non, sire, par ma foi, répond Dinadan. Mais je veux me débarrasser de mon ennemi. »

Que vous dire ? Dinadan œuvra tant qu'il délace son heaume, le pose à terre puis dit au roi des Cent Chevaliers : « Chevalier, prenez le heaume car au nom de Dieu, même s'il avait plus de valeur, je ne voudrais pas vous affronter. Prenez-le et en échange, puissiez-vous en profiter comme je l'ai fait.

— Au nom de Dieu ! s'exclame le roi. Je le prends ! » Il ordonne à un de ses écuyers de descendre pour s'emparer du heaume. Monseigneur Tristan rit tant de l'aventure survenue à Dinadan qu'il manque de mourir de rire.

Comme il sait d'où le heaume vient, il ne veut pas que quelqu'un d'autre le porte. Il dit à l'écuyer : « Frère, ne descends pas pour prendre le heaume car tu te fatiguerais en vain. Et si tu l'avais pris, tu ne l'emporterais pas.

— Comment ? fait le roi des Cent Chevaliers. Chevalier, voulez-vous donc avoir le heaume ?

— Oui, répond monseigneur Tristan. Beau sire, sur la foi que je vous dois, je le veux vraiment. Je dois le posséder car j'ai une meilleure raison que vous. Et si vous saviez qui je suis et si vous connaissiez la dame qui a donné ce heaume à ce chevalier comme je la connais, vous seriez d'accord avec tout ce que j'ai dit. » Le roi croit toujours que monseigneur Tristan parle de la reine de Norgale. En entendant ces paroles, il s'avance et dit à monseigneur Tristan : « Qui êtes-vous, sire chevalier, que Dieu vous bénisse, qui dites mieux mériter ce heaume que moi ?

— Je suis, répond monseigneur Tristan, un chevalier errant. Vous ne pouvez rien savoir de plus en ce qui me concerne.

— Au nom de Dieu ! s'emporte le roi. Si vous voulez avoir le heaume, vous devrez faire autre chose que parler !

— Comment, beau sire ? fait monseigneur Tristan. Devrai-je donc vous affronter pour cette querelle ?

— Par ma foi ! dit le roi. Je préfère vous affronter plutôt que de vous le laisser.

— Nous voilà obligés de nous battre, conclut monseigneur Tristan, car je veux avoir le heaume.

— Et je désire la bataille, ajoute le roi, puisque autrement vous ne voulez pas me le laisser. » En entendant ce discours et voyant que les chevaliers s'accordent à la bataille pour posséder le heaume, Dinadan se tourne aussitôt vers le roi des Cent Chevaliers et lui dit : « Chevalier, je vous ai laissé mes armes. Apprenez que j'ai tant de chance que nul qui m'affronta pour une querelle qui est mienne ne fut vainqueur. C'est pourquoi je suis bien assuré que vous serez vaincu.

— Chevalier, fait le roi, s'il en va comme vous le dites, votre compagnon sera défait car il se bat pour votre querelle.

— Par ma foi, réplique Dinadan, il combat pour la sienne car ce fait lui appartient plus qu'à moi. »

La bataille débute. Monseigneur Tristan n'attend pas. Il s'élance vers le roi des Cent Chevaliers et le frappe si bien dans sa course qu'il l'étend à terre. Le roi est étourdi par la chute. Quand monseigneur Tristan voit le roi abattu, il fait descendre un écuyer pour prendre le heaume. Le roi se relève, enragé de colère. Et voyant que monseigneur Tristan avait fait saisir le heaume, il lui dit avec fureur : « Sire chevalier, ne vous hâtez pas tant car, sur la foi que je dois à Dieu, je ne crois pas que le heaume vous reste très longuement.

— Sire chevalier, intervient Dinadan, qu'en pensez-vous ? N'êtes-vous pas d'avis que je vous ai dit la vérité ? Je connais parfaitement ma chance. Nul n'a jamais combattu pour posséder mes armes sans être vaincu.

— Chevalier, fait le roi, apprenez que puisque ces armes ont une si vile destinée que vous le dites, il est impossible que leur maître ne soit le plus misérable de tous les chevaliers. Et j'ai cet espoir que vous êtes, selon ce que j'ai vu de vous, le chevalier le plus lâche et le plus pleutre entre tous. Car vous ôtâtes votre heaume et le jetâtes par terre par peur de moi.

— Devant Dieu, dit Dinadan, quand vous cesserez ce combat, pour autant que vous vouliez le maintenir, je sais bien que vous serez plus honteux et plus avili que je ne l'ai été. » Le roi ne lui répond rien car il le trouve tout prêt à répliquer. C'est pourquoi il le laisse. Il vient à son cheval que ses écuyers avaient attrapé et se prépare à se battre. « Comment, sire chevalier ! s'étonne monseigneur Tristan. Voulez-vous donc m'affronter pour cette querelle ?

— En effet, dit le roi.

— Sire, sire, fait Dinadan à monseigneur Tristan, le chevalier ne veut qu'une chose : que je dise la vérité. Je lui ai dit qu'il serait humilié à cause de cette entreprise. Il s'efforce comme il peut de me rendre véridique.

— Chevalier, dit le roi, que vos prophéties vous étouffent car elles n'ont pas de prise sur moi !

— Certes, rétorque Dinadan, vous avez bien fait de venir en ce lieu aujourd'hui pour mon profit car vous accroîtrez mon fait par vos œuvres. Je serai à tout jamais considéré comme un prophète. Et celui qui reconnaîtra mes armes ne sera pas aussi désireux de les avoir que vous. »

Le roi des Cent Chevaliers se tait. Il ne dit mot. Il ne répond rien à Dinadan. Il est furieux et trop courroucé. Et, pour la grande colère qu'il ressent, il empoigne son épée. Dès qu'il aperçoit monseigneur Tristan, il ne l'épargne pas car il le redoute peu, ne l'ayant pas encore éprouvé. C'est pourquoi il lui donne le plus grand coup qu'il peut.

Quand messire Tristan constate qu'il doit se battre sans quoi il ne pourra repartir, il empoigne son épée, car il se débarrasserait volontiers de cette affaire, et assène au roi un coup si grand que ce dernier est tout étourdi et ne sait s'il fait jour ou nuit. Il peut à peine tenir son épée. À cause du coup qu'il reçoit à la tête, il s'incline sur l'arçon de devant. Voyant sa contenance, monseigneur Tristan n'attend pas. Il s'élance rapidement vers lui, le saisit par le heaume, le tire si fort qu'il en rompt les lacets et le lui arrache de la tête. Le roi, qui était plus étourdi que nécessaire, vole du cheval à terre et se blesse cruellement au front et au visage dans sa chute. Si bien que le sang coule le long de sa face. Mais il ne ressent rien malgré ses blessures. Il était si évanoui qu'il ne savait où il était. Il gît à terre sans faire mine de se relever.

Quand monseigneur Tristan, qui tenait le heaume entre ses mains, voit que le roi ne se relève pas, il se tourne vers Dinadan et lui dit : « Dinadan, vous êtes prophète. Vos armes sont malchanceuses puisqu'en ma compagnie vous perdîtes votre heaume. Je vous donne celui-ci pour le remplacer.

— Sire, grand merci. J'avais besoin d'un tel don. Dieu fasse que vous ayez plus de chance que ma dame la reine. » Il prend le heaume du roi et le pose sur sa tête. Quand Ségurade, qui aimait de tout son cœur le roi des Cent Chevaliers, voit ce qu'il lui est advenu, il ne sait que faire car il pense bien qu'il ne pourra résister longtemps contre ces chevaliers s'il veut les assaillir. Il peut bien cependant tenter une seule joute, il verra ce qu'il adviendra. Une seule joute, ni plus, ni moins. S'il doit être abattu, qu'il le soit ! Il prend alors son écu et sa lance qu'un écuyer portait. Et une fois prêt à jouter, il s'élance et dit aux compagnons : « Seigneurs chevaliers, l'un de vous veut-il jouter ? » Gahériet parle alors à monseigneur Tristan et à Dinadan et leur dit : « Ah, beaux seigneurs, pour l'amour de Dieu, accordez-moi cette joute.

— Je vous en prie, Gahériet, fait Dinadan. Devant Dieu, il est inutile de nous le demander. Je vous réponds pour moi et pour lui et dis que nous vous l'octroyons volontiers. Non seulement nous vous l'accordons, mais nous vous demandons de l'entreprendre afin de nous en délivrer, car nous trouvons souvent des aventures et des rencontres semblables. Dieu veuille que nous ne soyons pas chanceux au point de les rencontrer si souvent ! » Monseigneur Tristan sourit aux paroles de Dinadan. « Par Dieu, Dinadan, fait-il. Vos plaisanteries ne finiront donc jamais ! Quand serez-vous fatigué de vous moquer ?

— Sire, sire, fait Dinadan, tenez-vous en paix et pensez à protéger mes armes pour savoir s'il adviendra autant de bien qu'à ce chevalier.

— Dinadan, réplique monseigneur Tristan, Dieu m'en garde. »

Après avoir obtenu la permission de jouter contre Ségurade, Gahériet ne tarde pas. Il s'élance rapidement en éperonnant sa monture. Mais le hasard voulut que Gahériet fût abattu lors de cette joute. À dire vrai, on ne pouvait nier qu'il était meilleur chevalier que Ségurade, mais il advint cette fois qu'il fut abattu. Après avoir désarçonné Gahériet, Ségurade pense bien en faire autant avec les autres. C'est pourquoi il dit une nouvelle fois : « Seigneurs, l'un de vous veut-il jouter ?

— Dinadan, fait monseigneur Tristan, cette joute est à vous. Je vous la donne.

— Et je vous la rends, dit Dinadan, car je n'ai cure de tels dons. Si vous le savez si bon, gardez-le pour vous. Car je n'en ai nul besoin.

— Dinadan, fait monseigneur Tristan, je vous montre avec raison que vous la demandez. Vous devez l'avoir car vous savez bien que si trois ou quatre chevaliers sont d'une même compagnie dans un lieu et qu'ils sont appelés à jouter, l'affaire ne doit pas retomber sur l'un d'eux. Chacun doit jouter l'un après l'autre. J'ai jouté pour ma part. Comme vous pouvez le voir, Gahériet a fait de même. Ce qui lui est arrivé me pèse terriblement, Dieu m'est témoin. Vous, qui êtes le troisième, devez faire votre part.

— Monseigneur Tristan, demande Dinadan, croyez-vous me faire jouter grâce à votre discours ? Sachez que je ne jouterai pas. Et si cela doit advenir, j'aime mieux être vaincu en parole qu'en acte. Si je me considère vaincu, que ferez-vous ? Je refuse entièrement la joute. Je n'en veux pas. Mais vous devez l'avoir selon la coutume des chevaliers errants, car vous savez bien que s'ils étaient trois chevaliers contre un et que le seul chevalier appelât les trois à jouter et en abattit deux, le troisième qui resterait, s'il était un vrai compagnon et s'il voulait agir droitement comme un chevalier, devrait venger la honte de ses amis. Et même s'il était certain d'être battu, il devrait jouter de droit quelle que soit la honte qu'il recevrait. Ne vous ai-je pas dit la vérité ?

— En effet, acquiesce monseigneur Tristan.

— Donc, poursuit Dinadan, je dis que vous devez jouter contre ce chevalier qui est debout puisque vous n'êtes pas abattu. Et vous devez vous efforcer de venger notre honte ou accepter d'être abattu.

— Dinadan, fait monseigneur Tristan, vos paroles m'ont vaincu. Et puisque je vois que vous me décernez la joute, je la prends.

— Vous avez bien parlé, dit Dinadan. Joutez ! Vite ! Et gardez-vous de ne pas choir ! » Monseigneur Tristan s'adresse à Ségurade et lui dit : « Chevalier, puisque vous me provoquez en duel, je l'accepte, s'il plaît à Dieu. Vous ne partirez pas sans joute. » Il tourne bride vers lui et vient à sa rencontre avec son cœur, son corps, sa volonté, et le frappe dans sa course si rudement qu'il le porte à terre. Après l'avoir abattu, il s'en va outre sans plus le regarder. Quand il a fini sa course, il avise Dinadan et lui dit : « Dinadan, nous nous sommes acquittés. Désormais, vous ne pouvez pas dire que la première joute que nous trouverons ne sera pas vôtre si vous voulez agir avec raison.

— Nous le ferons, fait Dinadan. Nous n'en sommes pas encore là. Un jour de répit a de la valeur. » Tandis qu'ils parlaient, Gahériet, qui s'était déjà relevé, vient à son cheval, monte et veut commencer la bataille contre Ségurade. Mais monseigneur Tristan ne le lui permet pas. Il s'avance vers lui et lui dit : « Sire, aujourd'hui, supportez-le, s'il vous plaît, car nous nous sommes assez fatigués pour la journée et il est bien temps de nous reposer. Pensons à chevaucher jusqu'à ce que nous trouvions quelque demeure. Il me tarde fort d'y être car cette équipée m'épuise. » Ils se mettent en route sans tarder et laissent les deux chevaliers à pied, qui sont si furieux qu'ils manquent d'enrager de colère.

Dès que messire Tristan est en route, il ne s'attarde pas et se rend à la Joyeuse Garde. Gahériet, qui craignait de déranger monseigneur Tristan s'il allait loger au château à cause de la dame Iseult qui s'y trouvait, s'arrête dès qu'il approche de la Joyeuse Garde et dit : « Sire, si vous l'acceptiez, je voudrais que vous me donniez la permission de repartir et de m'occuper d'une de mes tâches.

— Gahériet, fait monseigneur Tristan, apprenez que vous devez loger aujourd'hui avec Dinadan ici présent. Vous aurez autant de biens et d'honneurs que lui.

— Sire, dit Gahériet, s'il vous plaît, laissez-moi cette nuit loger ailleurs.

— Devant Dieu ! s'exclame monseigneur Tristan. Il n'en est pas question ! Je vous obligerai si vous le désirez.

— Sire, puisque je vois que cela vous convient, fait Gahériet, je suis tenu d'obéir à vos ordres. Je le ferai. »

Ils se mettent alors à monter le tertre et arrivent aussitôt au bourg et du bourg au château. Ils y entrent. Ils descendent devant la porte, excepté monseigneur Tristan qui ne met pas pied à terre. Il chevauche jusque devant la tour principale puis descend à son tour, entre dans une salle tout en armes et se fait désarmer le mieux possible. À présent, il appelle ses deux compagnons et ordonne qu'on les fasse venir. Tandis qu'ils se faisaient désarmer, la reine Iseult arrive, ravie et joyeuse de la venue de monseigneur Tristan. « Sire, demande-t-elle, comment allez-vous ?

— Dame, répond-il, bien, merci à Dieu et à vous. Tout va bien et je ramène notre hôte d'hier soir et avec lui Gahériet, un des chevaliers les plus courtois du royaume de Logre.

— Sire, puisqu'il vous plaît qu'ils viennent, qu'ils soient les bienvenus. Mais pour l'amour de Dieu, dites-moi, quelles nouvelles m'apportez-vous de Dinadan ?

— Dame, devant Dieu, dit-il, il ne rapporte pas le heaume que vous lui donnâtes. Et sachez qu'il faillit le payer cher. » Il lui raconte alors toute l'affaire qui avait eu lieu avec le roi des Cent Chevaliers, comment il abattit Dinadan, quelles paroles Dinadan avait dites en ôtant le heaume de sa tête et en le posant par terre. La reine rit fort en entendant ce récit et dit tout en riant que vraiment Dinadan possède la meilleure verve du monde. « Ma dame, interroge monseigneur Tristan, savez-vous qui est Dinadan ? Apprenez que Dinadan est ainsi quand il veut réjouir et divertir toute sa compagnie. Mais quand la volonté le prend, je ne connais nul chevalier assez sage qu'il ne rendît triste ou malheureux par ses paroles ou qu'il ne rendît fou. Autrement, il ne serait pas si avisé. Mais je peux bien vous raconter d'autres aventures que celle du heaume qui nous sont advenues aujourd'hui. » Et il lui relate tout dans l'ordre comme je vous l'ai rapporté plus haut. Puis il évoque Palamède, comment ils se sont mis d'accord et comment il se chargea de la quête du roi de la Cité Vermeille, comment il les quitta et s'en alla avec les marins et comment il doit revenir pour le tournoi s'il le peut. Que vous dire ? Il lui conte toute la journée telle qu'elle est advenue. Et après lui avoir fait récit de tout, la reine lui dit : « Sire, que vous dire ? Il me semble que vous n'avez guère connu de repos. Vous vous êtes fatigué plus que nécessaire. »

Alors que monseigneur Tristan et la reine parlaient ainsi, voici venir devant eux les deux chevaliers compagnons, Dinadan et Gahériet, que monseigneur Tristan avait envoyé chercher. Immense est la joie que monseigneur Tristan leur fait. Quand ils aperçoivent la reine, ils s'agenouillent et s'inclinent respectueusement devant elle. Ils lui disent qu'ils sont ses chevaliers et qu'ils feront tout ce qui est en leur pouvoir pour son honneur. La reine les remercie beaucoup et les relève. Ils s'assoient ensuite sur un drap de soie que monseigneur Tristan avait fait tendre devant une des fenêtres. Une fois assis, ils parlent de maintes choses et la reine s'adresse à Dinadan. « Dinadan, fait-elle, il me semble que vous avez bien respecté la promesse que vous me fîtes hier soir.

— Dame, demande-t-il, de quoi s'agit-il ?

— Il s'agit, répond-elle, du heaume que je vous ai donné.

— Certes, dame, dit-il, je suis ravi d'avoir si bien tenu ma promesse et cela doit me procurer un grand honneur. Car si je mentais à une aussi noble dame que vous, cela me paraîtrait honteux. Et sur la foi que je vous dois, je crois que si j'avais un peu plus tardé à respecter la promesse que je vous fis, je m'en serais repenti trop tard car je me serais attaqué à plus fort que moi. Et je sais pertinemment qu'au final, la partie aurait été trop inégale et j'aurais écopé du pire. Et à mon avis, ma dame, on doit donner à son ami selon que l'on veut le garder près de soi et à son ennemi selon que l'on veut l'ôter de sa présence. Je vous dis ceci, ma dame, car je sais avec certitude que vous me confiâtes le heaume dans le seul but de me courroucer. Vous me donnâtes votre ennemi. Mais par ma foi, je m'en suis libéré aussitôt que j'ai aperçu qu'il m'encombrait. Ma dame, pensez-vous que j'ai agi sagement ? Devant Dieu, si vous considérez que c'est folie, je crois, à mon sens, que c'est la plus grande sagesse du monde. »

La reine rit fort aux paroles de Dinadan, ainsi que monseigneur Tristan et Gahériet. Que vous dire ? Ils furent, cette nuit, servis et honorés plus que jamais. Mais à présent, le conte cesse de parler d'eux et revient à Palamède pour raconter ce qu'il lui advint lors de l'aventure qu'il entreprit tel que le conte l'a relaté.

Selon le conte, quand Palamède eut quitté ses compagnons comme je vous l'ai dit, il s'en alla sur l'Hombre avec les marins et ils ramèrent tant ce jour qu'ils arrivèrent à la mer le soir. Ils y pénètrent mais laissent la haute mer. Ils restèrent au plus près du rivage qu'ils purent car ils n'osaient pas prendre le large. Tandis qu'ils naviguaient, ils parvinrent à la première heure de la nuit à une île qui faisait deux lieues anglaises de long et une de large. Au bout de cette île, du côté où ils arrivèrent, était édifié un très beau château fortifié au-dessus de la mer, récemment bâti. Il était bien situé et pourvu de toutes choses qui conviennent à un bon château. Tandis que les marins accostèrent près du rivage, Palamède dormait profondément. Les marins l'éveillent et lui disent : « Sire, levez-vous. » Et il leur demande ce qu'ils veulent. « Nous voulons, disent-ils, débarquer et nous loger dans ce château. Et demain, peut-être, nous nous remettrons en route pour nous rendre là où vous devez accomplir votre tâche.

— Cela me plaît fort », fait Palamède. Un des marins prend un cor et sonne très haut et très clair. Puis ils sortent tous de la nacelle. Il n'y eut guère de temps à attendre avant que plusieurs hommes, après avoir entendu, viennent sur les murs et crient d'une même voix : « Bienvenue, seigneurs ! Bienvenue ! » Vous pouviez entendre au château une telle multitude qui criait « bienvenue » que l'on ne pouvait distinguer Dieu tonnant. Tous viennent ensuite à la rencontre de Palamède, grands et petits, riches et pauvres. Et sachez qu'ils avaient de si grands candélabres que le château semblait s'embraser. Ainsi sortirent du château des chevaliers et d'autres gens qui étaient en nombre comme il sied à un château. Que vous dire ? Ils reçurent Palamède avec grande joie. Et s'il avait été leur propre seigneur, je ne sais s'ils en auraient fait plus. Ils lui font venir un cheval de valeur et l'aident à monter dessus. Puis ils le mènent jusqu'à la forteresse principale du château. Tous les habitants du lieu le suivaient à pied ou se trouvaient à côté de lui tandis qu'il était seul à cheval. Après l'avoir conduit à la forteresse principale, ils le font descendre et l'emmènent dans une très belle salle où ils le désarment, l'honorent et l'installent confortablement. Les marins furent installés à une autre table. Et sachez bien que Palamède fut servi de tous les mets qui conviennent à la riche nourriture d'un homme de qualité. Palamède mangea de bon appétit car il n'avait rien avalé de la journée pendant laquelle il s'était fatigué. Les chevaliers du château, qui étaient devant lui, le regardent très volontiers car il leur semble être un homme valeureux et un bon chevalier. Ils en parlent entre eux tout doucement car ils ne veulent pas que Palamède les entende. Toutefois, ils ne parlèrent pas si doucement que Palamède ne les puisse entendre. Ils disent : « Certes, il a bien l'allure d'un homme valeureux et d'un bon chevalier. Mais il a beaucoup à faire. Et s'il peut venir à bien de ce qu'il a entrepris, ce sera une grande merveille car ce n'est pas rien de combattre contre deux frères qui sont de tels chevaliers. » Voici les paroles que disaient les chevaliers du lieu sur Palamède et il les entendit. Il savait bien qu'ils parlaient de lui mais il ne put rien percevoir d'autre excepté ce que je vous ai dit. À la fin du dîner, il entend un cri si grand et si merveilleux qu'il semblait que tous ceux du château pleuraient. Il n'entendit jamais, où qu'il fût, mener un si grand deuil. Et cela le stupéfait. Cependant, il ne demande rien avant d'avoir terminé de manger. Mais quand les tables furent levées, il interroge un chevalier qui était devant lui : « Sire chevalier, qu'est-ce donc que j'entends ? D'où viennent ces pleurs si grands que je perçois à l'extérieur ?

— Sire, fait le chevalier, puisque vous voulez le savoir, je vous le dirai. Apprenez que ces lamentations sont pour ce chevalier avec qui vous êtes venu. Il fit bâtir ce château il y a guère de temps et le donna à un de ses frères chevalier. Et celui-ci peupla le château tel que vous le voyez habité.

— Ah, pour l'amour de Dieu, fait Palamède, puisque nous en sommes venus à parler du chevalier occis, dites-moi qui il était, comment il fut tué et qui l'occit. Car c'est une chose que je désire fort savoir ; cette affaire est mienne à présent.

— Certes, sire, fait le chevalier, puisque je vois que vous en êtes désireux, je vous le dirai très volontiers. Et si vous ne me l'aviez pas demandé, je vous l'aurais raconté quand même afin que vous réfléchissiez. Apprenez que celui qui gît mort dans la nacelle était roi de la Cité Vermeille, bon chevalier, courtois, sage et fort hardi. Il avait de nombreuses terres à gouverner en Sorelois et ailleurs. Que vous dire ? Il avait deux serfs dans son château qu'il avait élevés et avait faits chevaliers. Il crut beaucoup en eux pour la bonne chevalerie qu'il leur reconnaissait ; il ne faisait rien sans leur assentiment. Et ils étaient sans doute d'excellents et très preux chevaliers car leur chevalerie était bien éprouvée. Il advint que le roi les crut tant qu'il écarta sur leur conseil tous les hommes de qualité qui tenaient leurs terres de lui. Et au final, il les déshérita et les chassa hors de son royaume. Que vous dire ? Les deux serfs intriguèrent tant qu'il ne resta aucun homme de valeur dans tout le royaume. Le frère du roi lui-même, qui était un bon et valeureux chevalier, fut chassé par le roi sur le conseil des deux serfs. Et il lui avait donné ce château où nous sommes actuellement avec toutes les possessions qui lui appartiennent. Quand les deux serfs constatèrent qu'ils avaient chassé tous les hommes de qualité du royaume, ils songèrent à posséder l'entière seigneurie que le roi gouvernait. Que vous dire ? L'autre jour, il advint que le roi alla chasser dans une forêt. Et il était armé car il se méfiait. Les deux serfs, qui avaient décidé de tuer leur seigneur, se tinrent fort près de lui ce jour-ci et ne voulurent pas le laisser. Le roi était très bien monté et les deux serfs aussi. Le roi ne pensa qu'à la chasse et perdit tous ses compagnons, excepté les deux serfs.

» Après avoir eu une mauvaise chasse, il eut chaud et grand désir de boire. Il mit pied à terre devant une fontaine. Là où il était descendu comme je vous le raconte, les deux serfs, qui ressentaient une haine mortelle envers leur seigneur, le virent mettre pied à terre et se ruèrent sur lui. L'un d'eux, qui tenait une lance, se précipita vers le roi et le frappa à la poitrine, comme il apparaît encore, et l'abattit mort devant la fontaine. Ils virent alors qu'il était mortellement frappé et c'est pourquoi ils ne voulurent plus le toucher. Après avoir fait cette félonie à leur seigneur, ils se rendirent auprès de leurs compagnons et leur annoncèrent que le roi était mort. Ceux qui redoutaient les serfs, car ils détenaient la plus grande partie des forces du royaume, n'osèrent rien dire. Ils ne louèrent ce fait ni le blâmèrent. Les serfs allèrent dans tous les châteaux du royaume et firent jurer allégeance. Ils obtinrent ainsi la seigneurie comme je vous le raconte. Tandis qu'ils se préparaient à partager le royaume en deux, un chevalier s'avança, avec l'accord de tout le peuple, et leur dit : "Pourquoi partagez-vous ce royaume entre vous deux ? Vous n'avez aucun droit. Vous devez être déshonorés car vous avez tué notre seigneur comme des traîtres déloyaux que vous êtes ; nous le savons pertinemment. C'est pourquoi nous ne devons ni ne voulons vous garder dans ce royaume." Quand les deux frères entendirent que le chevalier leur imputait la mort du roi, ils se mirent à se défendre vertement. "Certes, fait le chevalier, qui s'appelait Hébal, si vous osiez vous défendre de cette trahison, je la ferais prouver par un seul chevalier. Je sais que notre querelle est si loyale et si droite qu'il est impossible de ne pas trouver à la cour du roi Arthur un chevalier qui se chargera de cette bataille. Moi-même l'entreprendrais volontiers et vous affronterais pour l'amour de Dieu et du droit." Les deux serfs demandèrent : "Jusqu'à quelle date voulez-vous être prêt à prouver ce fait contre nous et à trouver un chevalier de la cour du roi Arthur qui l'entreprenne ?

— Si dans deux mois, répond le chevalier, je ne peux trouver un chevalier qui accepte de se charger de cette bataille, moi-même l'entreprendrai avec certitude.

— Et nous attendrons, dirent les deux serfs, jusqu'à cette date. Nous laisserons les affaires en l'état. Mais si vous n'êtes pas prêt à ce jour, nous prendrons nos dispositions comme nous le pourrons."

» Hébal quitta la cité où cette discussion avait eu lieu et vint là où le roi, qui s'appelait Arman de la Cité Vermeille, se trouvait. Il gisait encore près de la source, vivant. Nul n'était encore venu à lui, pourtant les uns et les autres l'avaient cherché assidûment. Il était encore en vie, mais il était si épuisé car il avait perdu tout son sang qu'il était près de mourir. Quand Hébal trouva son seigneur en vie, il en fut ravi. Il lui demanda comment il se sentait et si par hasard il pourrait guérir. "Il est vain de parler de ma guérison, dit le roi. Je sais bien que je suis mort.

— Cela me peine terriblement, sire”, fait Hébal. Hébal lui raconte comment les deux frères voulaient jouir du royaume qu'ils souhaitaient partager entre eux deux. “Je les en ai empêchés.” Puis il lui explique comment. “Hélas, se lamente le roi, comme j'ai mal agi ! J'ai planté les mauvais arbres dans mon jardin et bouté hors les bons. J'ai chassé de mon royaume les chevaliers loyaux et les hommes de qualité et je me suis occupé des serfs et les ai élevés plus que je n'aurais dû. Ils m'ont tué traîtreusement. Ils ont bien agi comme des serfs. Et puisque tu as entrepris la bataille pour moi et contre eux, beau et doux ami, je te dirai ce que tu feras. Fais-moi préparer une nacelle. Pare-la le plus richement possible et couvre-la de draps de soie. Fais construire un lit beau et élégant et pose-moi dedans. Écris une lettre que je te dicterai et fais-moi mener jusqu'à Louveserp où le tournoi doit avoir lieu. Quand les chevaliers de la cour du roi Arthur verront la nacelle, ils la considéreront comme une vraie merveille car on n'en voit pas souvent apprêtées ainsi. Je suis persuadé qu'on trouvera un chevalier qui se chargera de cette affaire par amour pour moi. Car j'ai honoré bien des chevaliers errants et on me connaît d'assez loin. C'est pourquoi je sais qu'ils me vengeront volontiers.” Après avoir donné cet ordre, le roi mourut aussitôt. Hébal fit instamment préparer une nacelle le plus discrètement possible car il craignait toujours que les deux serfs s'en aperçussent et qu'ils l'en empêchassent. Je vous ai raconté en détail comment le roi de la Cité Vermeille fut tué par grande traîtrise et comment les deux serfs l'occirent de leurs mains. Ce sont les deux chevaliers que vous devez affronter.

— Sire, demande Palamède, et quand devons-nous venir à l'endroit où je dois livrer bataille ?

— Vous pourrez y être demain soir, répond le chevalier. Mais je crains fort pour vous que les deux serfs s'en aperçoivent avant le peuple de la Cité Vermeille. Ils pourraient vous causer des dommages traîtreusement ou autrement. Mais si le peuple entier, qui est accablé par la mort du roi, vous voyait avant eux, vous ne craindriez rien car chacun vous protégerait comme son propre corps.

— Dites-moi, fait Palamède, dans quelle direction devons-nous aller ?

— Je vous le dirai, répond le chevalier. Avez-vous jamais entendu parler de l'Île des Délices ?

— Oui, en effet, dit Palamède. Je me rappelle y être allé une fois quand j'étais encore écuyer. Et là, devant la Cité Vermeille, je vis combattre deux chevaliers dont l'un appartenait à la cour du roi Arthur et l'autre était du pays. Et sachez que cette bataille fut une des plus cruelles que je visse jamais. C'est pourquoi je me souviens bien de la Cité Vermeille. Il me semble la voir.

— Apprenez, fait le chevalier, que c'est en ce lieu que vous devrez combattre contre les deux frères.

— Certes, dit Palamède, puisqu'ils sont tels que vous me les décrivez, je voudrais déjà me trouver sur le champ de bataille. Mon espoir est tel qu'ils ne résisteront pas contre moi. Mais dites-moi qui possède ce château où nous sommes.

— Sire, répond-il, le frère du roi de la Cité Vermeille le possède. Je vous affirme qu'il est un bon chevalier preux et hardi.

— Puisqu'il est si bon chevalier que vous le dites, pourquoi n'a-t-il pas entrepris de venger la mort de son frère ?

— Sire, répond le chevalier, apprenez que si un chevalier de la cour du roi Arthur ne venait pas ici pour cette tâche, il s'en chargerait au jour déterminé. Mais puisque vous êtes là, je crois bien qu'il vous abandonnera l'affaire. »

Après avoir longtemps parlé avec le chevalier, Palamède est mené jusqu'à une chambre du lieu pour dormir. On lui avait préparé un lit beau et élégant comme il convient à un tel chevalier, et il dormit fort bien cette nuit. Le lendemain, il se lève avant le lever du soleil, se prépare et demande ses armes, qu'on lui apporte aussitôt. Quand il est bellement armé, il sort du château et voit que tous venaient à sa rencontre. Ils le saluèrent et lui dirent d'une seule voix : « Ah, sire, que Dieu vous accorde une belle journée et le pouvoir de mener à terme ce que vous avez entrepris.

— Dieu le fasse », dit-il. Et il passe outre. Hors du château, il se dirige à pied vers la nacelle qui était préparée à le recevoir. Lorsqu'il veut y pénétrer, il ne le peut car il voit sortir un chevalier tout en armes, apprêté comme s'il voulait combattre. Palamède approche de la nacelle et le chevalier vient à sa rencontre sans le saluer et lui dit : « Chevalier, que voulez-vous faire ?

— Beau sire, répond Palamède, je veux entrer.

— Par ma foi ! s'exclame le chevalier. Vous n'y mettrez pas les pieds, et je vous dirai pourquoi. J'ai également entrepris cette besogne dont vous vous êtes chargé, et je veux aller dans cette direction sans attendre. Sachez que la tâche est plus dangereuse que vous ne croyez. Nul chevalier ne doit s'en charger s'il n'est particulièrement preux et brave. J'ai entrepris cette tâche et vous aussi. Si le meilleur de nous deux ne s'en chargeait pas, ce serait dommageable. C'est pourquoi j'affirme que je dois entreprendre cette besogne car je suis un meilleur chevalier que vous. Et vous resterez ici, dans ce château ou dans un autre, là où il vous plaira.

— Chevalier, fait Palamède, j'ai récemment entrepris cette mission. Je ne peux l'abandonner. Il est nécessaire que vous me la laissiez entièrement.

— Je ne le ferai pas, dit le chevalier, car vous savez que si deux chevaliers se chargent de la même tâche sans rien connaître l'un de l'autre, le meilleur doit la garder par juste raison.

— Vous dites vrai, approuve Palamède.

— Beau sire, fait le chevalier, je me chargerai de la bataille car je suis bien meilleur que vous.

— Et comment le savez-vous ? interroge Palamède.

— Si vous en doutez, répond le chevalier, je vous le montrerai instamment.

— Vous ne pourrez le montrer qu'en vous battant, fait Palamède. Certes, puisque la tâche est si grande et si importante, il est naturel que le meilleur de nous deux l'obtienne. Et comme vous voulez me montrer que vous êtes un meilleur chevalier que moi, je suis prêt à voir la preuve si vous êtes d'accord pour vous battre. Et je donne mon assentiment pour que celui qui sera vaincu reste, et que l'autre parte dans la nacelle.

— Devant Dieu ! s'exclame le chevalier. Je suis d'accord et vous parlez bien comme un homme de qualité. » Après cette discussion, Palamède demande son écu qui était resté dans la nacelle et on le lui apporte aussitôt. Une fois prêt à se battre, il se tourne vers le chevalier et lui dit : « Sire chevalier, avant de commencer la bataille, je vous conseille de me laisser poursuivre ce que j'ai débuté et de me déclarer quitte.

— Chevalier, fait l'autre chevalier, croyez-vous, que Dieu vous garde, que je craigne vos dires ?

— Ami, dit Palamède, je ne les disais que pour votre bien. Et puisque vous ne voulez de moi que la bataille, vous voilà contraint de m'affronter.

— Certes, acquiesce le chevalier, je ne demande vraiment de votre part que la bataille. »

Ainsi le duel entre les deux chevaliers débute-t-il sur le rivage sans plus attendre. Palamède, qui était un bon chevalier particulièrement preux et hardi, empoigne son épée, s'élance vers le chevalier et lui assène un si grand coup que le chevalier s'en trouve fort chargé. Cependant, il se venge rapidement car il était doté d'une grande force. Là où il voit Palamède, il ne fait pas semblant de le chercher. Il lui donne sur le heaume un grand coup. Mais il peut bien se vanter d'avoir sa récompense. La bataille commence, forte et âpre. Ils sont tous deux de grande bravoure et remplis de rudesse. Ils ne se reposent pas.

Ils se cherchent souvent et se donnent de si grands coups qu'il apparaît bien à leurs armes qu'ils sont des chevaliers très braves et valeureux. Les habitants du château, qui regardent la bataille, disent qu'ils n'ont jamais vu un combat si cruel, si violent et si rude. Les combattants ne s'épargnent pas. Et sachez que lorsque le premier assaut, qui avait été fort long, fut donné, Palamède, qui avait éprouvé la force et les capacités du chevalier, se dit bien qu'il est vraiment l'un des chevaliers les plus preux, hardis et violents jamais rencontrés. Que vous dire ? La bataille est très âpre et cruelle à regarder. Les chevaliers qui s'affrontent sur le rivage ne s'épargnent pas. Ils s'assaillent rudement et cela apparaît à leurs armes et leurs hauberts. Après avoir poursuivi le premier assaut, le chevalier qui affronte Palamède voit que la force de son adversaire grandit et que plus le combat avance, mieux il vaut. Il se dit à lui-même que ce chevalier est empli de vaillance et de valeur. Il a tant éprouvé sa force qu'il sait bien que si cette bataille devait durer, il ne pourrait continuer sans subir déshonneur et honte, ou peut-être sans mourir. C'est pourquoi il est préférable, à son sens, qu'il laisse cette bataille avant que cela ne lui advienne. Et Palamède, qui avait longtemps combattu, s'aperçoit que le chevalier est songeur car il ne porte que de faibles coups. Il ne fait que se couvrir. Quand il voit que le chevalier continue ainsi, il s'élance vers lui et lui assène sur le heaume un coup de toutes ses forces. Le coup fut grand et l'épée pesante et violente, si bien que le chevalier est rudement étourdi. Il n'a ni la force ni la capacité de tenir debout. Il tombe genoux à terre et l'épée glisse de ses mains. « Chevalier, demande Palamède, à quoi pensez-vous ? Ne songez pas tant. Cela ne vaut rien. Mais défendez-vous plutôt contre moi. » Le chevalier se lève très rapidement, assez honteux, et répond à Palamède : « Chevalier, vous dites vrai. Vous m'avez rendu sage alors que j'aurais dû le savoir par moi-même. Et si je pensais c'était à votre honneur, car j'ai trouvé tant de bonté et de chevalerie en vous que je sais pertinemment que vous êtes un meilleur chevalier que moi. Je reconnais qu'au final, je ne pourrai résister contre vous. C'est pourquoi je pensais car je voulais voir de quelle manière je pourrais vous quitter le plus honorablement et vous laisser la besogne que vous avez entreprise, car je ne souhaitais pas finir cette bataille autrement qu'avec honneur si possible.

— Chevalier, fait Palamède, nous nous sommes tant affrontés que vous pouvez me connaître comme je vous connais. Et puisque vous ne désirez pas poursuivre cette bataille, laissons-la s'il vous plaît car nous en avons assez fait et vous préférez y mettre fin.

— Sire, dit le chevalier, je m'accorde à vos paroles. Mais avant de me quitter, je vous prie de me dire votre nom.

— Très volontiers, fait Palamède. Apprenez que je m'appelle Palamède. J'ignore si vous avez déjà entendu parler de moi.

— Ah, sire ! s'exclame le chevalier. Soyez vraiment le bienvenu. Certes, j'ai souvent entendu parler de vous. Je suis certain que notre querelle sera menée à terme honorablement. Me voilà plus heureux qu'auparavant.

— Dites-moi qui vous êtes.

— Certes, fait-il, volontiers. Apprenez que je suis le seigneur de ce château et de toute cette ville où nous sommes. Le roi de la Cité Vermeille était mon frère. Il me chassa sur le conseil des serfs et me donna cette île qu'il avait conquise contre le royaume de Gorre. J'avais proposé d'entreprendre cette bataille pour l'amour de mon frère contre les deux serfs. En vous voyant, j'avais l'espoir que vous fussiez vaillant. Mais comme je voulais que le meilleur y allât, je pensais vous éprouver et, si je vous trouvais meilleur que moi, je vous laisserais la tâche. Dans le cas contraire, je l'entreprendrais. C'est la raison pour laquelle je vous affrontai et je n'avais pas d'autres intentions.

— Certes, fait Palamède, il n'y a aucun mal entre nous dont je vous saurais mauvais gré. Vous avez agi comme un homme valeureux et sage. Si cela vous plaisait, je pourrais bien entrer dans la nacelle à présent car j'ai beaucoup à faire.

— Oui, approuve le chevalier, je veux bien que vous y pénétriez. Que Dieu vous donne la force et le pouvoir de venir à bout de cette tâche. Mais je vous préconise, alors que vous vous apprêtez à partir, avant de combattre contre les deux serfs, de vous reposer deux ou trois jours afin d'arriver frais et dispos. Et pour l'amour de Dieu, gardez-vous attentivement d'eux. Je vous le conseille fortement. Car je vous assure qu'ils sont rudement preux et vaillants dans l'art des armes, hardis et de grande capacité. Ils seraient fort appréciés pour leur maîtrise des armes mais leur grande déloyauté et leur félonie anéantissent leur chevalerie.

— Sire, dit Palamède, n'ayez crainte pour moi car s'il plaît à Dieu, la querelle sera menée à terme à votre honneur. Mais si le hasard m'était défavorable, je ne saurais que dire. Ce n'est pas par manque de travail que cette affaire ne sera menée à bien. »

Après avoir ainsi parlé, il recommande à Dieu tous ceux qui étaient présents en la place et pénètre dans la nacelle. Les marins qui le reçoivent sont prêts, fort heureux et joyeux de l'avoir vu agir de la sorte. Ils ont plus confiance en lui qu'ils n'avaient auparavant.

Quand il est entré dans la nacelle, les marins quittent le rivage et se mettent en mer en restant près de la rive car ils n'osaient prendre la haute mer. Après avoir ramé jusqu'à none, ils se retournent et voient venir un navire qui les avait presque rattrapés. Et si on me demandait qui se trouvait dans ce navire, je répondrais qu'il s'agissait des habitants du château où Palamède avait dormi la nuit. Et avec eux venait le frère du roi qui avait été tué. Ils se dirigeaient droit vers la Cité Vermeille pour assister à la bataille qui devait avoir lieu et pour faire en sorte que nul mal ne soit causé à Palamède. Une fois près de la nacelle, ils se mirent tous à crier : « Dieu guide Palamède ! » Un des marins met la tête dehors et, dès qu'il voit le navire, il sait bien d'où il vient et où il va. Il le dit à ses compagnons qui s'écrient : « Dieu nous protège ! Seigneurs, Dieu nous protège ! »

Le navire qui voguait plus vite les dépasse et se hâte tant que, le soir même, il parvient à l'Île des Délices. C'était sans doute l'île la plus agréable du royaume de Logre grâce à ses prés, ses rivières, ses forêts, ses vergers, ses fontaines et tout autre plaisir. Et parce qu'elle était si agréable et si plaisante, on l'appelait l'Île des Délices. Quand les habitants de la Cité Vermeille virent le navire arriver, ils surent d'où il venait car il portait les armoiries du lieu qui était le sien. Le peuple accourt aussitôt dans cette direction et reçoit les occupants avec grand honneur et grande joie. À ce moment, les deux frères ne se trouvaient pas dans la cité, mais dans un château fort beau et agréable que le roi de la Cité Vermeille avait fait fortifier cette année même. S'ils avaient été dans la cité, il eût été impossible qu'ils n'eussent pas songé à quelque ruse avant que le navire fût arrivé. Quand le peuple s'aperçoit qu'il reconnaît le navire, il demande si le chevalier qui doit affronter les deux frères est à l'intérieur. « Seigneurs, leur répond-on, apprenez qu'il n'arrivera pas par notre navire. Il viendra encore cette nuit. Il n'est pas loin d'ici. Il doit accoster aujourd'hui ou demain matin au plus tard. » Les habitants de la Cité Vermeille demandent : « Seigneurs, pour l'amour de Dieu, dites-nous qui est le chevalier qui doit entreprendre cette bataille. » Et les occupants du navire répondent : « Seigneurs, sachez qu'il est un chevalier d'une hardiesse et d'une valeur telles qu'il ne perdra pas par défaut de chevalerie et de bravoure la querelle dont il s'est chargé. » Tous descendent sur le rivage. Les habitants de la cité les reçoivent aussi joyeusement que s'ils étaient leurs frères et les conduisent à la forteresse principale de la cité. Ils firent grande joie ce soir et furent réconfortés par la nouvelle que les habitants du château de Marin leur avaient contée. Et sachez que le château où Palamède avait passé la nuit se nommait ainsi parce que le chevalier à qui il appartenait, frère du roi de la Cité Vermeille, s'appelait Marin. Nul ne dormit cette nuit. Tous veillèrent et manifestèrent une joie merveilleuse en attendant la venue de la nacelle.

Le lendemain, très tôt le matin, avant le lever du soleil, ils regardèrent vers la mer et virent venir la nacelle. Alors commencent un deuil si grand et une plainte si forte que vous en verriez difficilement de plus merveilleux. Car en voyant la nacelle où gisait le corps de leur seigneur qu'ils aimaient tant, ils se considérèrent trompés. Ils déclarent être lâches et mauvais de n'avoir pas tué les deux serfs. Que vous dire ? Plusieurs d'entre eux vont à la rencontre de la nacelle et la reçoivent dans les larmes et les pleurs, aussi angoissés, aussi anxieux que si le roi était le père de chacun. Que vous conter ? Le deuil et la complainte qu'ils font devant la nacelle qui est arrivée sont si grands que tout homme de qualité qui les voit devrait éprouver une grande pitié.

Ils accueillent Palamède avec très grand honneur et le conduisent dans la forteresse principale. Là, ils le désarment et l'installent le plus confortablement possible. Puis ils vont chercher le corps du roi et l'amènent dans une salle à manger, assez loin de Palamède, car ils ne voulaient pas qu'il entendît les pleurs que les hommes versaient pour lui. Après avoir désarmé et servi Palamède de tout ce qu'il commandait, ils lui demandent comment il se sent. « Fort bien, fait-il, Dieu merci. Je n'ai aucun mal. Je me sens parfaitement sain. Si les deux frères que je dois affronter sont dans cette cité, dites-leur de ma part de se trouver aujourd'hui au lieu de la bataille car je suis fin prêt.

— Sire, disent les chevaliers, s'il vous plaît, reposez-vous aujourd'hui car ils ne viendront ni ce jour ni demain. Nous le savons bien. Mais le troisième jour, vous aurez votre bataille. Nous le croyons ainsi.

— Certes, seigneurs, fait Palamède, si je pensais demeurer ici trois jours, ce serait pour moi fort désagréable. Car devant le Château de Louveserp doit se dérouler bientôt un tournoi où tous les hommes valeureux du royaume de Logre seront. Et s'il plaisait à Dieu, je ne voudrais pour rien au monde le rater. C'est pourquoi je vous prie autant que je le peux de hâter cette besogne et de faire en sorte que notre bataille ait lieu demain. Les deux frères ne sont, comme je le crois, guère loin d'ici. Faites-leur savoir que votre chevalier qui doit se battre pour la querelle du roi est arrivé et qu'ils soient prêts demain à m'affronter. »

En entendant ces paroles, ceux de la cité se réconfortent plus qu'auparavant. Ils observent Palamède et le voient beau chevalier, bien taillé de corps et de membres. Il n'a aucune plaie ni blessure dont il souffre. Ils prennent conseil entre eux et se mettent d'accord pour faire savoir aux frères que le chevalier qui doit combattre pour le roi est venu. Ils font comme ils le disent. Ils choisissent un chevalier de ce pays et l'envoient là où les deux frères se trouvaient, dans un château que le roi Arman de la Cité Vermeille avait fait fortifier cette année.

Comme je vous le raconte, le chevalier se rend chez les deux frères et les trouve au palais, dans un lieu somptueux et riche. Ils tenaient un conseil à eux deux au moment où le chevalier vint car on leur avait déjà conté qu'un chevalier de la cour du roi Arthur était arrivé à la Cité Vermeille pour venger la mort du roi et pour les affronter. Ils avaient demandé le nom du chevalier car ils redoutaient fort Lancelot du Lac. Ils ne craignaient personne autant que lui. Dès qu'ils virent le messager de la Cité Vermeille, ils devinèrent aussitôt qu'il venait pour demander le duel. Ils vont à sa rencontre et lui disent : « Nous savons bien pourquoi vous êtes là. Vous apportez des nouvelles du chevalier qui est venu et qui doit nous combattre.

— Vous avez raison, approuve le chevalier. Et que répondez-vous ? Il ne veut pas faire attendre cette bataille car il a d'autres tâches qui le réclament ailleurs comme il le dit. C'est pourquoi il vous demande que la bataille ait lieu demain.

— Dites-nous, interrogent les deux frères, savez-vous qui est le chevalier ?

— Oui, répond-il, il appartient à la cour du roi Arthur comme nous le pensons. Mais nous n'avons pas de certitude. Il s'appelle Palamède et a bien l'allure d'un homme valeureux et hardi. » Les deux frères, qui n'avaient jamais entendu parler de Palamède, demandent au chevalier s'il est de la lignée du roi Ban. Et celui qui avait bien interrogé Palamède à ce sujet répond : « Il n'en est pas issu ; je le lui ai demandé.

— Par notre foi ! s'exclament les deux frères, nous n'avons donc pas à nous méfier ni à avoir peur de lui. Et puisqu'il est si désireux de se battre, il se battra demain. Ce n'est pas par notre faute que la bataille n'aura pas lieu. Et dites-lui bien de notre part de se garder de nous car nous nous trouverons demain matin devant la Cité Vermeille. »

Le chevalier quitte les deux frères, retourne aussitôt à la Cité Vermeille et conte à tous qu'ils viendront demain, prêts à combattre. Ce même jour, Palamède fait préparer ses armes et les habitants de la cité lui présentent plusieurs chevaux. Il observe lequel est le meilleur à son avis. Il le fait garder pour lui. Il se repose le jour et la nuit.

Le lendemain, tôt le matin, voici venir les deux frères bien armés et bien préparés. Ils amenaient avec eux quarante chevaliers pour leur tenir compagnie. Le lieu où la bataille devait se dérouler était fixé et apprêté. Les deux frères n'entrèrent pas dans la cité cette fois car ils avaient peur que le peuple les assaillît. Ils firent savoir qu'ils étaient arrivés et prêts ; que l'on fasse venir le chevalier désormais quand les habitants de la cité le voudront. Quand ceux de la cité entendirent cela, grands furent le vacarme et la clameur. Tous sortirent de la cité, grands et petits, pour voir la bataille. Marin et les occupants de son château voient venir Palamède et pleurent car ils ont peur pour lui. Il les blâme grandement et leur dit en souriant : « Seigneurs, pourquoi pleurez-vous ? Il n'appartient pas à des hommes valeureux de pleurer et de se lamenter. Ne soyez pas si épouvantés car sachez bien qu'ils ne résisteront pas contre moi. » Et ces paroles les réconfortent.

Après avoir équipé Palamède de ses armes le mieux possible, ils descendent du palais tandis qu'il monte en selle aussitôt et prend son écu et sa lance, car il veut cheminer tout garni. Et là où il passait à travers les rues de la cité, ceux qui le voient partir crient après lui : « Ah, chevalier ! Dieu te guide et te donne force et pouvoir de mettre à mort en ce jour les deux traîtres ! » Il entend bien toutes ces paroles mais il ne peut répondre à chacun. Il s'en va parmi les rues, la tête inclinée et baissée, et chevauche tant qu'il arrive à la place où la bataille devait se dérouler. Alors qu'il pénètre dans l'aire de duel, l'un des frères prend la parole et dit à ceux qui étaient dans le camp du roi tué : « Seigneurs, vous souvenez-vous pourquoi nous devons nous battre ? » Un chevalier s'avance et dit au nom du camp du roi occis : « Nous nous rappelons que vous êtes accusés de la mort du roi et ce chevalier ici présent doit en établir la preuve contre vous. » Palamède s'adresse au peuple qui était là et aux chevaliers : « Seigneurs, affirmez-vous loyalement que ces deux chevaliers qui sont ici tuèrent leur seigneur et le vôtre, celui-là même qui fut roi de la Cité Vermeille ? » Et tous s'écrient d'une seule voix : « Sire chevalier, nous l'affirmons loyalement. Et nous sommes prêts à le jurer sur les saints si vous le désirez.

— Seigneurs, fait Palamède, ce ne sera pas nécessaire cette fois. » Il se tourne vers les deux frères et leur demande : « Seigneurs, savez-vous pourquoi je suis venu dans ce champ tout en armes ? Vous avez œuvré si traîtreusement et si cruellement envers votre seigneur que chacun de vous est digne de recevoir une mort honteuse. Et si vous voulez dire que vous ne l'avez pas tué, je suis prêt à prouver le contraire. Car je ne suis pas venu pour autre chose. » En entendant ce que Palamède leur dit, les deux frères répondent aussitôt : « Chevalier, nous sommes prêts à nous défendre des charges dont vous nous accablez.

— Et je suis prêt à les prouver, fait Palamède. Ne tardons plus. Commençons la bataille. »

Alors les deux frères s'élancent vers Palamède qui ne se dérobe pas. Il tourne bride vers eux, accourt et frappe avec la lance tranchante l'un d'eux si violemment que le haubert qu'il portait n'empêche pas le fer de traverser le corps. Le chevalier est si étourdi par le coup qu'il ne peut rester en selle. Il vide les arçons et tombe à terre car il n'a plus besoin de vivre. La mort l'étreint. L'autre chevalier, appelé Hélain, puissant et fier et merveilleusement fort, frappe si rudement dans son élan Palamède que, tout bon chevalier soit-il et de grand prix, il vide bon gré, mal gré la selle. Il tombe à terre. Mais il eut la chance de n'avoir d'autre mal que la chute.

Après avoir donné ce coup, Hélain passe outre pour terminer sa course. Mais il ne savait pas encore que son frère était mort. Quand Palamède se voit abattu, il est inutile de demander s'il est extrêmement triste, courroucé et honteux. Il se relève très rapidement et se dit à lui-même que le chevalier qui l'a abattu est bon, fort et doté de grandes capacités. Il ne rencontra jamais personne qui lui donna un coup si rude excepté monseigneur Tristan et Lancelot du Lac. Une fois sur pied, il se prépare à monter mais c'est en vain car son cheval s'enfuit vers la cité comme si le monde entier le chassait. Après avoir achevé sa course, Hélain retourne vers Palamède. Quand il voit son frère étendu à terre sans faire mine de se redresser, sachez qu'il est fort stupéfait. Car il le croyait étourdi par la chute. Mais voyant qu'il reste à terre, il devine qu'il est mort et cela peine terriblement son cœur. Il éperonne alors son cheval et veut fondre sur Palamède qui n'est guère épouvanté car il s'était retrouvé dans pareilles situations maintes fois. Quand Palamède le voit venir à cheval vers lui, il lui crie : « Chevalier ! Chevalier ! Si vous ne descendez pas, je tuerai votre cheval ! Vous serez couvert de honte et de déshonneur !

— Vassal, réplique Hélain, fais-moi subir le pire sort que tu pourras ! Car sache que si tu ne peux te défendre, je te ferai connaître le pire sort jamais advenu à un chevalier !

— Vassal, dit Palamède, fais-en de même car je t'y incite. Sache que je ne te ménagerai pas. » Le chevalier n'attend plus. Il éperonne son cheval et croit frapper Palamède. Mais Palamède s'en moque. Lorsqu'il passe devant lui, il saute sur le côté et frappe le cheval entre les deux yeux d'un grand coup. Et le trouvant sans protection et découvert, il plonge son épée jusqu'à la cervelle, si bien que le cheval tombe mort. Sentant son cheval trébucher, Hélain saute et tombe sur ses pieds au milieu de la bataille. Palamède lui dit : « Chevalier, devant Dieu, vous m'avez fait agir bassement en m'obligeant à tuer votre cheval. Mais la bassesse n'est pas mienne. Elle est vôtre. J'ai tant de chance que, dans ce combat, vous n'êtes pas plus avantagé que moi. Vous êtes à pied et moi aussi. Nous verrons ce dont vous êtes capable.

— Chevalier, fait Hélain, peu m'importent vos paroles ! Vous avez tué mon frère ! Sachez bien que je vous occirai si je le peux !

— Je vous crois, dit Palamède. Mais j'ai une telle foi en votre déloyauté que je sais que vous n'en aurez pas le pouvoir. »

Après cet échange, ils ne tardent pas. Ils s'approchent l'un de l'autre, les épées dressées, les écus sur les côtés. Ainsi le combat commence-t-il, si grand, si merveilleux que jamais vous n'en verrez un plus cruel entre deux chevaliers. Palamède se met en peine. Il frappe souvent de toutes ses forces. Il ne fait pas de longues pauses et il n'en a pas besoin. Car sachez bien qu'il a affaire à un chevalier qui lui donne la réplique et qui connaît aussi bien ou plus la bataille et les aventures qui peuvent advenir. Ainsi, comme je vous le raconte, la bataille débute-t-elle sagement, sans démesure. Ils ne se parlent pas, ils ne se moquent pas l'un de l'autre. Ils ne pensent à rien d'autre qu'à jeter des grands coups et à couvrir leur tête par ruse d'escrime et par obligation. Si Palamède sait bien se garder et se couvrir, Hélain n'est pas moins connaisseur. Ils sont de force égale.

Quand Palamède connaît le grand pouvoir du chevalier, son sens, sa mesure, sa manière de se protéger sagement, il prend exemple et se dit à lui-même que ni l'orgueil ni la démesure n'ont de place. Il ne pourra pas se libérer sans ruse. Car selon ce qu'il perçoit du chevalier, il n'est pas moins fort ni moins savant que lui. C'est pourquoi il lui faut supporter pour voir comment il se maintiendra et pour savoir s'il finira par se trahir. Voilà les pensées de Palamède qui s'était trouvé en maints grands périls. Il se met à donner moins de coups et fait mine de paraître fort épuisé et incapable de frapper. Et cela trompe Hélain et lui donne une grande assurance. Il se lance à corps perdu avec excès car il n'imaginait pour rien au monde que Palamède feindrait en pleine bataille. Par cette attitude, Palamède commence donc à faire comme s'il était incapable de continuer. Hélain s'abandonne et jette de grands coups comme il le peut. Il s'épuise et tente de mener la bataille à terme. Car il est persuadé que Palamède est à bout de force. Mais il est méchamment trompé. Il est pris au piège. La bataille se poursuit. Ceux qui étaient dehors et qui la regardaient sont les uns tristes, les autres heureux. Ceux qui aimaient Hélain sont ravis de ce qu'ils voient car ils croient qu'il a l'avantage de la bataille et que Palamède ne peut plus avancer. Le peuple craint fort que Palamède ne soit vaincu et ne puisse plus résister.

Ainsi ceux qui assistent à la bataille se comportent-ils de diverses manières, les uns sont heureux et les autres désespérés. Hélain est conforté en voyant Palamède. Cela lui procure une grande outrecuidance quand il aperçoit que Palamède ne fait rien d'autre que se couvrir et subir. Cette bataille se poursuit si longtemps qu'Hélain, qui avait jeté de nombreux coups, commence à se fatiguer. Mais sachez qu'il était fort étonné que Palamède pût autant endurer. Même un ours de fer aurait déjà été découpé en morceaux après avoir été tant cogné. Que vous dire ? Il a tant frappé sur lui qu'il a chaud et transpire. Et il aurait bien besoin de repos car il peut à peine tenir debout. Sa lame lui fait défaut.

Quand Palamède voit les agissements de son ennemi et combien il est fatigué et épuisé, il est en joie. Il est heureux. Il lui dit donc : « Vassal, vous avez tant cogné qu'il est normal que vos coups faiblissent. Vous n'avez guère été oisif depuis le début de notre bataille. Vous pouvez vous reposer et je commencerai à me battre. » Il s'avance vigoureusement et lui assène sur le heaume un si grand coup que l'autre n'a pas la force de le supporter. Il tombe genoux à terre. Palamède, qui craignait fort qu'Hélain ne se relève, se rue sur lui, le saisit par le heaume et le tire avec tant de force qu'il le lui arrache de la tête en faisant jaillir le sang par le nez et la bouche. Se voyant si malmené, Hélain a peur de mourir. Il saute, tout étourdi et si arrangé qu'il chancelait encore. Et Palamède s'élance vers lui, l'épée dressée, et lui donne sur la tête un si grand coup que, sans la coiffe de fer, la lame pénètre de trois doigts en profondeur. Il trébuche, car il a reçu un coup mortel, tombe à terre et se met à se tordre, prêt à mourir.

Quand Palamède se voit libéré des deux frères, il se tourne vers le peuple de la Cité Vermeille et dit si haut que tous l'entendent : « Seigneurs, vous voyez ce qu'il est advenu. Ai-je accompli la vengeance du roi Arman ? Si je dois en faire plus, je suis prêt. Dites-le-moi tant que je suis avec vous.

— Sire, font-ils, vous avez bien mené à terme la tâche du roi. Nous ne pouvons nous en prendre à d'autres qu'à ces deux. Et vous les avez mis à mort. Puisque vous avez si bien accompli ce que vous deviez faire, nous devons rendre grâce à Notre Seigneur ; qu'Il soit béni quand Il vous amena pour notre bien. » Grande est la joie qu'ils manifestent à Palamède. Ils pénètrent dans l'aire de duel pour le désarmer et pour le couvrir de tout l'honneur que l'on doit rendre à un chevalier tel que lui. Mais il recule et dit : « Seigneurs chevaliers, arrêtez-vous jusqu'à ce que je vous aie parlé. » Ils font aussitôt halte pour écouter sa volonté et Palamède leur dit : « Seigneurs chevaliers, et vous aussi qui n'êtes pas chevaliers, vous semble-t-il que j'ai réalisé votre désir de mettre à mort les deux traîtres ? » Et ils répondent d'une seule voix : « Sire, vous en avez tant fait que Dieu et nous-mêmes vous en savons gré.

— Seigneurs, fait Palamède, je vous prie donc de m'accorder une faveur qui vous coûtera peu.

— Sire, disent-ils, vous pouvez demander en toute assurance car nous sommes prêts à obéir à vos ordres pourvu que nous puissions les réaliser.

— Seigneurs, fait Palamède, grands mercis. Je vous demande en échange du service rendu de faire apprêter un navire qui me permettra de retourner au royaume de Logre car il devrait y avoir incessamment un tournoi devant le Château de Louveserp. Et je ne voudrais le manquer pour rien au monde. C'est pourquoi je veux m'en aller. Et sachez que je ne resterai pas malgré toutes les prières qu'on pourra m'adresser. Je ne dis pas que, si je n'étais pas pressé comme je le suis, je ne demeurerais pas une semaine ou deux pour vous tenir compagnie et pour me divertir avec vous. Allons, vite ! Par Dieu et au nom de votre générosité, accédez à ma requête à l'instant. Il me tarde fort de me mettre en route. » En entendant ce discours, ils sont malheureux et tristes au possible car ils auraient très volontiers voulu que Palamède restât s'il avait pu. « Comment ! s'indignent-ils. Sire chevalier, que voulez-vous faire ? Vous avez conquis par votre bravoure ce royaume et nous aussi qui sommes vos vassaux. Cette cité doit être la vôtre et vous voulez nous quitter !

— Seigneurs, leur dit Palamède, c'est ainsi. Apprenez que je ne resterai ni pour des terres ni pour des biens que l'on me donnerait. Je ne dis pas que si l'aventure m'apportait ici, je n'accéderais pas volontiers à votre prière. Mais pour l'amour de Dieu, si j'ai agi comme il vous plaît, faites hâter mon voyage car il me tarde fort de me mettre en route. » Quand ils entendent ces paroles, ils sont très irrités car ils auraient aimé qu'il restât avec eux et qu'il devînt seigneur de la terre. Mais en connaissant sa volonté et son cœur, ils n'attendent pas. Ils font préparer un navire rapide et le remplissent de marins et de gens prêts à servir Palamède. Et sachez que malgré toutes leurs prières, il ne voulut ôter son heaume avant de pénétrer dans le navire.

Au moment de quitter les habitants de la Cité Vermeille, vous pouviez voir un grand deuil car tous sont enragés de douleur par son départ hâtif. Et quand vient le moment de partir, il les recommande à Dieu et leur dit : « Seigneurs chevaliers, puisque vous êtes sans seigneur, je vous prie, pour votre avantage et parce que tous bienfaits vous adviendront comme je le crois, de faire de Marin, le frère du roi qui est mort, votre seigneur. Et sachez bien que j'ai tant éprouvé sa bravoure et sa chevalerie qu'il est digne de cet honneur ou d'un plus grand. Je dis que vous pouvez faire le bien et lui accorder votre seigneurie car tous bienfaits vous en adviendront comme je le crois. » En entendant ces mots, ils répondent tous d'une seule voix : « Sire, nous sommes prêts à suivre votre conseil et nous l'élisons seigneur selon votre vœu et aussi parce que nous avons bon espoir en lui. » Après avoir ainsi parlé, Palamède les quitte et commence à s'éloigner d'eux car les voiles du navire étaient abandonnées au gré du vent.

Palamède part de la Cité Vermeille, particulièrement heureux et joyeux de s'être libéré si vite. Et il n'a guère reçu de coups dans ce combat dont il se sente gravement blessé. Que vous dire ? Dès que les marins se mirent en route, ils ne séjournèrent nulle part et ne se reposèrent guère avant de parvenir au royaume de Logre devant une cité qui était fort belle et qui s'appelait Longlai. Palamède, qui ne connaissait pas très bien le pays, voit la cité et demande aux marins : « Quelle est cette cité ? Comment est-elle appelée ?

— Sire, répondent les marins, cette cité appartient au roi Arthur et s'appelle Longlai. Elle est à une demi-journée de Louveserp où le tournoi doit avoir lieu. » En entendant cette nouvelle et sachant qu'ils sont si près, apprenez que Palamède est ravi et joyeux. Une fois à terre, il descend et fait sortir son équipement. Et sachez qu'il y avait des armes bonnes et belles, toutes neuves, que ceux de la Cité Vermeille avaient fait mettre pour lui, ainsi qu'un cheval rapide et vif. Quand Palamède est à terre, les marins lui donnent à manger avant qu'il ne les quitte. Après avoir mangé, il part et emmène avec lui un écuyer, gentilhomme issu de la lignée du roi Arman, qui était venu de la Cité Vermeille. Il porte l'écu et la lance de Palamède. Sachez que l'écu était tout rouge, orné d'un lion d'argent, et la lance était rouge également. Telles étaient les armes de la Cité Vermeille.

Une fois en route, Palamède se souvient de ses écuyers, à qui il avait ordonné de l'attendre au lieu convenu. Il décide de se rendre dans cette direction pour les trouver s'il le peut car sans deux ou trois écuyers, il ne pourrait participer au tournoi. C'est pourquoi il demande quel est le droit chemin qui mène à Louveserp. On le lui enseigne si bien qu'il ne se perdit pas en route. Il trouva devant la tour où il les avait laissés un des écuyers qui attendait et observait s'il pouvait voir venir Palamède de quelque part.

Soyez assurés que vous pouviez voir dans la prairie de Louveserp plus de mille écuyers s'occupant des préparatifs de leurs seigneurs qui devaient venir au tournoi. Le Château de Louveserp hébergeait les chevaliers étrangers et familiers qui étaient dans le camp du roi Arthur. Et l'autre camp qui devait porter les armes contre le roi Arthur était logé dans la forêt ou sur la prairie de Louveserp dans des tentes, des pavillons, des loges feuillues ou gauloises, du mieux possible et le plus bellement. Quand Palamède arriva devant la tour et trouva son écuyer qui l'attendait chaque jour ici comme je vous l'ai raconté, il fut merveilleusement joyeux. L'écuyer ne le reconnut pas tout de suite, à cause des armes qu'il avait récemment changées. Et cependant, quand il l'entend parler, il le reconnaît aussitôt. Il en est ravi. Palamède lui demande si le roi Arthur est déjà arrivé. « Non, sire, répond le jeune homme. Il n'est pas encore là. Mais il viendra demain sans faute. Car lundi soir ont lieu les vêpres du tournoi et mardi le jour du tournoi. » Et on était samedi. Puis Palamède demande à son écuyer s'il avait vu monseigneur Tristan. « Sire, répond le jeune homme, il était là ce matin et sachez qu'il demeure à la Joyeuse Garde avec ma dame Iseult.

— Puisqu'il se trouve là, fait Palamède, j'irai. Venez avec moi, toi et ton compagnon.

— Sire, dit le jeune homme, j'obéirai volontiers. »

Ainsi Palamède se dirige-t-il vers la Joyeuse Garde. La folie le conduit et le guide là où nul bien ne lui adviendra. La chose qui l'attire dans ce lieu est ma dame Iseult car il la verrait volontiers. C'est elle qui le conduit et le mène vers la Joyeuse Garde. Et, bien qu'il se soit réconcilié avec monseigneur Tristan, s'il avait l'occasion d'emmener ma dame Iseult, cet accord ne l'empêcherait pas de le faire. C'est pourquoi Palamède se rend à la Joyeuse Garde et pense que bien des aventures pourraient arriver. Si Fortune l'aidait, il pourrait obtenir toute joie de sa dame.

Ce jour-ci, Palamède arriva tard à la Joyeuse Garde. Il n'entra pas au château car il ne le pouvait sans la permission de monseigneur Tristan. Autrement, nul chevalier n'avait le droit d'y pénétrer s'il n'était pas de la Joyeuse Garde. Palamède logea au bourg chez un bourgeois qui lui fit grand honneur car il était chevalier errant. Tous ceux du bourg et du château traitaient avec beaucoup d'honneurs les chevaliers errants par amour pour Lancelot. Palamède fut désarmé. Les habitants du bourg avaient l'habitude et l'ordre d'informer monseigneur Tristan quand venait un chevalier errant quelle que soit l'heure de son arrivée. Quand monseigneur Tristan entend ces nouvelles, il fait demander au messager quelles armes porte le chevalier errant. Et le messager les lui décrit. « Je n'ai jamais entendu parler de telles armes, fait monseigneur Tristan.

— Sire, propose Dinadan, j'irai voir qui est le chevalier si cela vous convient.

— Allez donc », fait monseigneur Tristan. Et Dinadan se met en route.

Sachez que monseigneur Tristan avait encore auprès de lui Dinadan et Gahériet. Et ils ne partiront pas, comme il le dit, avant que le tournoi qui doit avoir lieu se termine.

Dinadan quitte le château et va droit au lieu où Palamède était hébergé. Il constate que les habitants de la demeure l'avaient désarmé. Dinadan manifeste une grande joie à Palamède dès qu'il le voit et le reconnaît. Il lui demande comment il se sent. « Fort bien, Dinadan, répond Palamède, Dieu merci. Mais sachez que je me suis hâté rapidement pour être à temps à ce tournoi car je crois que je n'aurais pas connu de joie complète si je n'y avais pas été. Mais que devient monseigneur Tristan ?

— Il va bien, répond Dinadan, il est en bonne santé. Et apprenez qu'il sera heureux quand il saura votre venue car il désire fort que vous participiez à ce tournoi. Il en a parlé maintes fois depuis que vous nous avez quittés. Je partirai à présent. Je ferai connaître à monseigneur Tristan votre venue.

— Cela me plaît fort, fait Palamède. Mais dites-moi, sauriez-vous me donner des nouvelles de Gahériet ?

— Oui, répond Dinadan. Il est avec monseigneur Tristan grâce à l'aventure que vous connaissez. Nous ne le laisserons pas partir. Il est préférable que nous lui tenions compagnie à ce tournoi. »

Après avoir dit ces paroles, il retourne aussitôt au château. Une fois arrivé, monseigneur Tristan lui demande immédiatement : « Dinadan, que Dieu vous bénisse, qui est le chevalier ?

— Sire, répond Dinadan, devant Dieu, c'est un des bons chevaliers de ce monde. C'est Palamède.

— Ah, fait monseigneur Tristan, qu'il soit le bienvenu. Devant Dieu, sa venue me ravit et m'enchante. Car je craignais fort qu'il ne pût venir au tournoi. Mais puisqu'il est arrivé, cela me plaît, Dieu m'est témoin. » Il se tourne vers Gahériet et lui demande : « Sire, si cela vous convenait, nous irions voir Palamède.

— Certes, répond Gahériet, cela me convient puisqu'il vous plaît. Je ne suis pas moins désireux de le voir que vous mais plus encore. »

Ils se mettent en route à pied car monseigneur Tristan dit qu'il ne prendra pas sa monture pour aller jusqu'à la demeure. Que vous dire ? Ils arrivent aussitôt et entrent dans la maison où Palamède était hébergé. Quand Palamède sait que monseigneur Tristan lui rend visite à cette heure, sachez qu'il le considère comme un grand honneur. Il le reçoit le plus honorablement possible comme s'il s'agissait du roi Arthur lui-même. Après s'être embrassés et accueillis, ils s'assoient dans une des chambres. « Palamède, demande monseigneur Tristan, que vous est-il arrivé depuis que nous ne vous avons vu ?

— Sire, répond Palamède, du bien, Dieu merci. J'ai mené à terme l'aventure que j'avais entreprise devant vous.

— Ah, pour l'amour de Dieu ! s'exclame monseigneur Tristan. Racontez-nous toute l'histoire.

— Sire, fait Palamède, très volontiers puisque vous voulez la savoir. » Il lui relate tout en détail. Tout d'abord l'aventure du roi, comment il fut tué. Comment il affronta Marin devant la nacelle, comment il se battit contre les traîtres qu'il occit. Comment il fit donner la terre au frère du roi et hâter les préparatifs de son voyage pour retourner au royaume de Logre sans vouloir retirer son heaume malgré les prières qu'on lui adressa devant le navire. Après avoir achevé son récit, il se tait. Puis il dit au bout d'un moment : « Messire Tristan, je vous ai conté mes aventures telles qu'elles m'advinrent depuis que je vous ai quitté. Je vous prie de me relater celles qui vous sont arrivées depuis mon départ. » Messire Tristan se met à rire et à regarder Dinadan. Il demande : « Dinadan, voulez-vous que nous contions à Palamède les aventures qui vous sont advenues depuis qu'il nous a quittés ?

— Monseigneur Tristan, fait Dinadan, vous êtes tout prêt à les raconter. Dieu fasse que j'aie l'occasion de pouvoir me moquer de vous comme vous l'avez fait de moi. Car vous me raillez trop volontiers, Dieu m'est témoin. » Monseigneur Tristan éclate de rire ainsi que Gahériet, et Palamède pressent bien que ces aventures se prêtent à la plaisanterie. Il prend la parole et dit : « Ah, sire, pour l'amour de Dieu, racontez-moi la raison qui fâche tant Dinadan. Faites-le malgré lui, s'il vous plaît. Puisqu'il veut connaître nos aventures, il est normal, ce me semble, que nous sachions les siennes et les vôtres.

— Bien, approuve monseigneur Tristan. Vos raisons sont valables. Et comme vous voulez savoir, je vous relaterai tout maintenant. » Il commence son récit alors que Dinadan le lui défend.

« Palamède, fait monseigneur Tristan, après que nous avons dû vous quitter, nous vînmes dormir dans ce château et menâmes grande joie ensemble. Le lendemain, tôt le matin, nous montâmes tout en armes et partîmes d'ici. Nous dîmes que nous irions dans cette forêt qui est devant et chercherions des aventures. Que vous dire ? Nous nous mîmes d'accord tous les trois, pénétrâmes dans la forêt et chevauchâmes par ici et par là, tel que l'aventure nous conduisait. Car nous n'avions pas emprunté le chemin principal. Nous nous laissions guider par le hasard. Tandis que nous chevauchions ensemble, ainsi que je vous le raconte, évoquant maintes aventures, nous vînmes devant une très belle source qui jaillissait au pied d'une montagne en un lieu magnifique et plaisant, plein d'herbe drue et verte. Et bien des arbrisseaux bordaient la fontaine. Arrivés près de la source, nous décidâmes de descendre ici et nous voulions mettre pied à terre sans faute. Mais nous trouvâmes alors une demoiselle qui dormait et un chevalier à côté d'elle. Sachez qu'ils dormaient tous deux très profondément. Quand nous vîmes la demoiselle et le chevalier, nous dîmes : "Descendons. Faisons en sorte que ces deux ne s'éveillent à cause de notre venue." Nous mîmes pied à terre aussitôt, laissâmes nos chevaux à nos écuyers et allâmes tous les trois auprès des deux qui dormaient le plus discrètement possible. J'ose bien vous dire que le chevalier était sans doute un des plus beaux que j'aie jamais vus. Et je vous affirme que je ne le connaissais pas car il avait le visage teint et hâlé par le port des armes. Ainsi ne pouvait-on pas aisément le reconnaître. C'est pourquoi Dinadan ne le reconnut pas cette fois, je le sais bien. La demoiselle était si belle que c'était merveille. Je demandai alors à Gahériet et à Dinadan : "Seigneurs, que pensez-vous de cette demoiselle ?" Et ils me répondirent : "Que vous dire ? Si nous voulons parler en toute vérité de sa beauté, nous affirmons qu'elle est la plus belle demoiselle que nous ayons jamais vue." Ils se mirent alors à l'observer plus attentivement qu'auparavant et à la scruter comme s'ils ne devaient jamais la quitter. Quand je les vis flâner ainsi auprès de la demoiselle, je leur dis : "Partons d'ici, seigneurs, partons d'ici. Laissons ces gens se reposer car nous agissons vilement en restant auprès d'eux." Et ils ne me répondirent rien. Ils traînaient encore et encore. Après l'avoir longuement regardée et entendu que je lui disais souvent "partons d'ici, partons d'ici", Dinadan me répondit : "Beau sire Tristan, vous vous en irez quand vous voudrez. Mais sachez bien que je ne partirai que si j'emmène cette demoiselle avec moi. Je ne l'ai jamais vue et je l'aime déjà de tout mon cœur. Je veux l'avoir par la force ou autrement." Gahériet, qui n'était pas moins enflammé et fou que Dinadan, entendit les paroles de ce dernier et répondit en colère : "Dinadan, vous n'êtes guère sage d'aimer la demoiselle. Il ne vous appartient pas de l'aimer quand elle a un chevalier meilleur que vous. Taisez-vous et laissez-la-moi car vous ne devez pas l'avoir. Je dois la posséder car je suis un chevalier meilleur que vous et de plus noble essence." Ces paroles fâchèrent fort Dinadan. Il répondit à Gahériet : "Devant Dieu, vous en avez tant dit que je vous affirme que vous ne pouvez l'avoir. Et vous dites que vous êtes meilleur chevalier que moi. Ce n'est pas la vérité comme je le crois. Je ne dis pas que vous n'appartenez pas à une lignée plus noble. Mais vous n'êtes pas meilleur chevalier, sachez-le." Quand je vis cette querelle, je voulus me mettre entre eux pour la faire cesser et pour rétablir la paix si je le pouvais mais ils se précipitèrent vers leurs écus comme des forcenés. "Gahériet, fait Dinadan, si vous ne me laissez pas cette demoiselle, vous voilà obligé de vous battre !

— Au nom de Dieu, dit Gahériet, je ne vous la donnerai pas car je la veux pour moi. Laissez-la, vous. Vous agirez sagement." Ainsi, comme je vous le raconte, la bataille commença-t-elle entre eux, grande, cruelle et violente. Ils ne voulurent pas l'abandonner malgré mes belles et courtoises paroles. Ils se frappaient avec leurs épées tranchantes et dures.

» À cause de ce badinage et de cette querelle, ces deux sages chevaliers s'affrontèrent comme je vous le raconte. Pour nulle parole que je leur dis, nulle prière que je leur adressai, ils ne voulurent abandonner. Ils s'affrontaient comme deux bêtes enragées. Moi qui regardais la bataille n'en pouvais plus de rire. Je me mis à rire plus encore pour une aventure qui advint aussitôt. Alors qu'ils se battaient pour la demoiselle, le chevalier et la demoiselle s'éveillèrent et me demandèrent pourquoi ces deux chevaliers s'affrontaient. Je ne le leur cachai pas. Je leur racontai toute la vérité. Et le chevalier me dit tout en riant : “Certes, sire, ce sont deux fous. Jamais je n’ai entendu parler de ceux qui se battent pour ce qu’ils ne pourront obtenir tant que je serai en bonne santé comme tel est le cas.” Voici ce que dit le chevalier avec grande hardiesse. Puis il se munit de ses armes et aida la demoiselle à monter sur un palefroi qui était près d’ici. Ensuite, il enfourcha un destrier qui paissait dans un marais. Ils quittèrent les lieux et me recommandèrent à Dieu. Et les deux chevaliers qui se battaient ne savaient rien de tout cela. Ils ne pensaient à rien d’autre qu’à mener leur combat à terme. Quand je vis que la demoiselle s’était éloignée, je vins aussitôt au-devant des chevaliers qui s’affrontaient et leur dis : “Seigneurs, souffrez, s’il vous plaît, que je vous parle.” Et ils s’arrêtèrent immédiatement. Je leur demandai : “Seigneurs chevaliers, pour quoi combattez-vous ?

— Par Dieu, monseigneur Tristan, fait Dinadan, vous le savez bien. Nous nous battons pour cette demoiselle.” Et il voulut me la montrer mais il ne le put. Je commençai à m’esclaffer de rire et leur dis : “Seigneurs chevaliers, devant Dieu, vous combattez pour une folie et pour ce qui est hors de votre atteinte. Apprenez que la demoiselle est déjà loin d’une lieue. Soit vous vous arrêtez, soit vous la prenez. Et elle est escortée par un chevalier qui, je crois bien, la défendra contre vous deux si besoin est.” Quand ils virent et reconnurent que l’affaire avait ainsi tourné, ils se considérèrent trompés. “Dinadan, fait Gahériet, je te libère de cette bataille et je te laisse la demoiselle.

— Gahériet, réplique Dinadan, vous me laissez ce que vous ne pouvez avoir.

— C’est parce que je l’ai perdue, dit Gahériet, que je te la donne. Si elle était encore là, je ne te l’abandonnerais jamais.

— Au nom de Dieu ! s’emporte Dinadan. Je la veux ! Que monseigneur Tristan me dise dans quelle direction elle s’en va et je la suivrai car il est nécessaire que je la possède. Et j’affronterai le chevalier qui l’escorte jusqu’à ce que je l'aie." Je m'avançai donc et dis à Dinadan : "Dinadan, il m'est avis que vous déraisonnez. Jusqu'ici, je vous ai toujours considéré comme un chevalier avisé. Mais je vous vois à présent comme un vrai fou et à juste titre.

— Cela n'a pas d'importance, dit Dinadan, puisque j'ai versé dans la folie, soit je l'accomplirai avec honneur, soit je ne le pourrai. Mais soyez assez bon pour me dire dans quelle direction la demoiselle s'en va." Et je le lui indiquai. Il monta aussitôt, par nous imité, et se mit en route. Nous fîmes de même pour voir ce qu'il adviendrait dans cette affaire qu'il avait entreprise. Dinadan chevaucha tant qu'il rattrapa le chevalier qui escortait la demoiselle et jouta contre lui. Mais le chevalier l'abattit si cruellement qu'il manqua de le rompre entièrement.

» Quand Gahériet, que je considérais comme un chevalier fort mesuré, vit Dinadan abattu, il sombra dans la folie et jouta contre le chevalier. Il lui advint le même sort qu'à Dinadan. Ainsi, comme je vous le raconte, le chevalier désarçonna Gahériet et Dinadan. Lorsque je vis que l'affaire avait pris une telle importance, je l'aurais volontiers laissée pour ma part. Mais je pensai que je ferais de mon mieux pour venger la honte de mes compagnons. Autrement, je serais couvert d'opprobre. Je ne m'en pris pas au chevalier pour autre chose. Nous joutâmes ; je l'abattis et il me désarçonna. Voilà que j'entrai moi aussi en folie pour les amours de Dinadan. Nous commençâmes la bataille. Et je vous dis que je trouvai le chevalier fort, violent et bon défenseur. Il défendit bien sa partie avec âpreté. Mais au final, il eut le dessous bon gré, mal gré. Quand je vis qu'il était à bout de force, je ressentis une grande pitié pour la bonne chevalerie que j'avais trouvée en lui. Je le laissai en paix et lui annonçai que j'emmènerais la demoiselle avec moi. Voyant que je voulais prendre la demoiselle, il me dit, si désespéré que son cœur manquait de s'arrêter : "Ah, sire, accordez-moi une faveur qui vous coûtera peu." Et je lui répondis que je la lui donnerais très volontiers. "Sire, poursuivit-il, puisque vous voulez emmener la demoiselle, je vous prie de me couper la tête si vous ne désirez pas me la rendre." Dinadan s'avança et me dit : "Monseigneur Tristan, je vous demande de me donner la demoiselle.

— Ah, sire, intervient Gahériet, donnez-la-moi, s'il vous plaît.

— Ah, sire, pour l'amour de Dieu, implora le chevalier, ne commettez pas cette bassesse ; ne la confiez pas à pire que moi car elle est de haute naissance. Si vous la gardez pour vous, c'est un moindre mal ; cela ne me peinera pas tant car je vois que vous êtes un meilleur chevalier que moi. Mais si vous la donnez à pire que moi, et sous mes yeux, sachez que j'en mourrai de douleur." Le chevalier pleurait très fort en me disant ces paroles. Voyant son comportement, j'eus une grande pitié. Je dis donc à mes deux compagnons : "Vous avez perdu la demoiselle avec raison car le chevalier peut se libérer de vous. Et comme je l'ai conquise et que je vois que le chevalier est meilleur que vous, je préfère la lui donner plutôt qu'à vous car il mérite plus de l'avoir." Je rendis alors la demoiselle au chevalier et lui demandai son nom. Il me répondit : "Sachez que mon nom chrétien est Brunor le Noir. Les autres qui ne savent pas mon nom m'appellent le jeune homme à la Côte Tailladée. Ce nom me fut donné par messire Keux le Sénéchal quand je vins la première fois à la cour du roi Arthur où je devins chevalier." Quand j'entendis ces mots, je lui demandai : "Comment, sire, êtes-vous le frère de Dinadan ?

— En effet, sire. Dinadan le Brun est mon vrai frère." Je me tournai alors vers Dinadan et lui dis : "Dinadan, il me semble que vous avez des yeux et ils ne vous servent à rien puisque vous ne pouvez voir. Vous aperçûtes aujourd'hui votre frère désarmé et vous ne le reconnûtes pas. Nous pouvions difficilement savoir qui il est quand vous ne le reconnaissez pas." C'est ainsi, comme je vous le raconte, que les deux frères se reconnurent. Ils se manifestèrent une grande joie. Voici ce qu'il advint des amours de Dinadan. Il affronta tout d'abord Gahériet ici présent et fut ensuite abattu par son frère assez méchamment. Et au final, il perdit tout. Il peut bien se considérer fou. Je vous ai relaté une partie des aventures de Dinadan. Il nous plongea tous dans le combat et il finit par tout perdre. Palamède, que Dieu vous bénisse, qu'en dites-vous ? Doit-on aimer un chevalier tel que lui et lui tenir compagnie lorsqu'il manque à toutes les nécessités ? »

Palamède, qui savait que monseigneur Tristan voulait courroucer Dinadan, répond : « Sire, je saurais bien quoi dire si je pensais que Dinadan ne se fâcherait pas car je lui dirais qu'il empire. Mais peu vous importe comment il est. Prenez-le tel quel. Et si vous vous trouvez dans le besoin, ne le considérez jamais comme un chevalier. Agissez par vous-même car vous n'obtiendrez pas d'aide de sa part.

— Palamède, intervient Dinadan, de quoi parlez-vous ? Vous pourriez bien vous taire. Taisez-vous et agissez avec sagesse. Vous vous êtes réconcilié avec monseigneur Tristan. Il y a maintenant une grande amitié entre vous deux. Elle ne sera pas longue, s'il plaît à Dieu, car une telle réconciliation fut faite légèrement entre vous deux. Elle fut faite car vous n'étiez pas sûr de garder la vie quand vous vous trouviez face à monseigneur Tristan. Devant Dieu, je ne crois pas qu'elle fut faite en toute sérénité. Vous le fîtes car vous aviez peur de mourir. Vous ne croyiez pas en réchapper sinon en mourant. Et cela vous fit obéir plus que le loup pris au piège. Il y a la paix entre vous deux. Que Dieu vous envoie une méchante guerre ! Il le fera assez vite, je le sais bien. »

Après avoir dit ces paroles, il se tait. Palamède, qui était un chevalier avisé, ne s'en courrouce pas. Monseigneur Tristan rit fort ainsi que Gahériet. Palamède dit à Dinadan : « Dinadan, apprenez que vous ne pouvez rien me dire qui me fâche contre vous. Dieu me garde de votre colère. Et si j'ai prononcé des mots qui vous déplaisent, je vous prie de me pardonner car sachez bien que je ne dis rien de vrai. » Ils parlent ensemble de plusieurs sujets. Et après que Palamède a mangé, monseigneur Tristan s'en va et emmène Gahériet. Il laisse Dinadan auprès de Palamède pour lui tenir compagnie. Palamède fut hébergé cette nuit du mieux que le bourgeois sut faire car monseigneur Tristan l'avait ordonné.

Le lendemain, tôt le matin, dès que Palamède fut levé, voici venir monseigneur Tristan qui lui souhaite une belle journée, ainsi que Gahériet. Grande est la joie que les chevaliers se manifestent. « Palamède, propose monseigneur Tristan, sortons nous divertir pour admirer ces bois, ces prés et ces fontaines. Ce sera, ce matin, un réel plaisir.

— Sire, fait Palamède, à vos ordres. »

Ils montent en selle, dévalent le tertre et arrivent aussitôt en plaine. Ils se divertissent tous les quatre à travers les prairies qui sont fort belles. Ils ne portaient pas leurs armes, excepté leurs épées. Et, là où courait l'Hombre, ils chevauchèrent un temps d'un côté, un temps de l'autre, puis dans les forêts et en dehors. Tandis qu'ils se promenaient ainsi, voici venir vers eux un chevalier équipé de toutes ses armes, tout seul, richement monté sur un cheval robuste et rapide. C'était Bréhus sans Pitié dont je vous ai déjà parlé autrefois. Quand Bréhus aperçut les quatre compagnons qui se divertissaient au milieu des sources, il ne crut pas qu'ils étaient des chevaliers errants car il n'avait pas appris que de tels hommes allaient désarmés. Il pensait qu'il s'agissait de chevaliers de la Joyeuse Garde que l'on appréciait peu dans ce pays. C'est pourquoi il se dirige vers eux en toute assurance car il ne les redoutait guère. Il lui était avis que s'ils lui disaient quelque chose ou agissaient contre sa volonté, il pourrait aisément les tuer ou tout au moins les vaincre car ils sont dépourvus d'armes. Il va au pas vers eux. Et quand ils le voient armé, ils ne croient pas que ce soit Bréhus. Ils pensent vraiment que c'est un homme de qualité ou un chevalier errant qui cherche des aventures. Ils en parlent ensemble et disent : « Voici venir un chevalier errant. Nous pourrons entendre des nouvelles. » Ils se dirigent vers lui comme il le fait vers eux. Monseigneur Tristan le salue avant que Bréhus ne puisse le faire et lui dit : « Sire chevalier, soyez le bienvenu.

— Dieu vous garde, sire chevalier, fait Bréhus. Êtes-vous de la Joyeuse Garde ?

— Oui, répond monseigneur Tristan, nous en sommes vraiment. Pourquoi le demandez-vous ?

— Parce que, fait Bréhus, je voulais savoir des nouvelles du chevalier qui loge au château comme on m'a dit. Est-il vrai qu'il y a un chevalier récemment venu ?

— En effet, répond monseigneur Tristan, c'est la pure vérité.

— Et savez-vous, poursuit Bréhus, quel est son nom ?

— Je crois le connaître, fait monseigneur Tristan.

— Pour l'amour de Dieu, dit Bréhus, dites-moi qui c'est. Car je suis très désireux de le connaître ; on m'a laissé entendre que c'est le meilleur chevalier du monde.

— Je ne vous dirai pas son nom, répond monseigneur Tristan. Mais je vous confirme que maints chevaliers le considèrent comme un homme valeureux.

— Vous m'appréciez donc si peu que malgré ma prière vous ne voulez me le dire, s'indigne Bréhus.

— Je peux vous dire d'autres choses, fait monseigneur Tristan. Mais pas celle-là.

— Par ma foi ! s'exclame Bréhus. Vous le ferez et vous agirez sagement car sinon je vous obligerai à avouer par la force.

— Comment ? fait monseigneur Tristan. Sont-ce des menaces ? Sachez, sire chevalier, que je ne vous redoute pas au point de vous le dire par la force ou par amour.

— Et je vous réponds, dit Bréhus, que si vous ne me le dites pas rapidement, je vous couvrirai de honte et d'opprobre.

— Chevalier, fait monseigneur Tristan, faites peur à un autre que moi car sachez bien que je ne vous crains pas.

— Le fou, réplique Bréhus, ne redoute rien avant de recevoir des coups. »

Il s'élance alors vers monseigneur Tristan, la lance baissée, pour le frapper au corps au grand galop. Quand Palamède voit cette affaire, il n'est guère rassuré. Comme il ne veut pas que Bréhus s'en prenne à monseigneur Tristan, car il pourrait le blesser puisqu'il est sans armes et que monseigneur Tristan ne fuit pas, il éperonne son cheval, surprend Bréhus de travers et le frappe si violemment avec le poitrail du cheval qu'il l'abat ainsi que sa monture pêle-mêle. Palamède s'en va outre. Et en passant, son cheval fléchit des quatre jambes et trébuche fort cruellement. Palamède se projette en avant et tombe très rudement sur les mains et le visage. Mais il ne fut guère blessé. Il se relève hâtivement et empoigne son épée pour se ruer sur Bréhus. Mais il constate qu'il gisait à terre, si étourdi par la chute qu'il ne remuait ni pied ni main comme s'il était mort. « Monseigneur Tristan, demande Palamède, voulez-vous que je le tue ?

— À Dieu ne plaise, répond monseigneur Tristan. Je ne souhaite pour rien au monde qu'il meure pour cette affaire. Il avait entrepris une folie et il a reçu sa récompense. Mais remontez vite et prenez sa lance car je veux que nous la lui empruntions. » Palamède s'exécute et monte en selle.

Au bout d'un certain temps, Bréhus retrouve ses esprits, se plaint douloureusement de la chute qu'il avait faite, ouvre les yeux et bondit aussitôt. Monseigneur Tristan avait fait prendre son cheval car autrement il se serait enfui dans la forêt. Il le lui fait rendre et lui dit : « Sire chevalier, prenez votre cheval et abstenez-vous une autre fois d'agir follement. Car sur la foi que je dois à Dieu, si ce n'était l'amour de la chevalerie, je vous aurais couvert de honte. Et vous l'auriez bien mérité, devant Dieu. »

Bréhus ne dit rien, ni bien, ni mal. Il vient à son cheval et monte. Une fois en selle, il dit à monseigneur Tristan : « Sire chevalier, que Dieu vous garde, dites-moi qui vous êtes, que Dieu vous donne la joie de la chose que vous aimez le plus au monde.

— Je vous voyais comme un vil chevalier, fait monseigneur Tristan. Mais je vous considère comme un chevalier plus vil encore quand vous me conjurez. Je vous dirai mon nom, non de bonne grâce, mais par la force. Sachez que l'on m'appelle Tristan. Je vous l'ai dit malgré moi. » En entendant parler de Tristan, Bréhus est stupéfait car il se souvient de monseigneur Tristan, le neveu du roi Marc de Cornouaille. « Comment ? s'étonne-t-il. Êtes-vous monseigneur Tristan, le neveu du roi Marc de Cornouaille ?

— Chevalier, répond monseigneur Tristan, je vous ai dit ce que vous vouliez entendre. Ne m'en demandez pas plus car je ne vous dirai rien d'autre que ce que je vous ai déjà révélé.

— Et puisque je vois qu'il ne vous plaît pas, fait Bréhus, je ne vous demanderai rien de plus. » Il se tourne alors vers Palamède et lui dit : « Chevalier, que Dieu vous bénisse, donnez-moi votre nom. » Et Palamède se met à sourire et répond : « Chevalier, puisque vous voulez connaître mon nom, je vous le dirai. Apprenez que je m'appelle Palamède. Je crois que vous avez déjà entendu parler de moi d'autres fois. » En entendant ces paroles, Bréhus n'est guère rassuré car il se voit entre les mains de tels chevaliers. Et bien qu'ils soient dépourvus d'armes, ils sont si vaillants qu'ils pourraient bien le tuer s'ils le voulaient. D'autre part, il sait que s'ils le reconnaissaient, ils le couvriraient de honte ou le tueraient ; il ne trouverait en eux aucune pitié. C'est pourquoi il se dit que puisque contre eux sa force est vaine, il les quittera le plus bellement possible de sorte qu'ils ne le reconnaissent pas. Monseigneur Tristan dit alors : « Chevalier, quand vous nous vîmes, nous étions en train de nous divertir dans ces prairies. Nous tournâmes bride vers vous car nous croyions que vous étiez un homme de qualité et un chevalier courtois. Mais nous avons trouvé chez vous plus d'orgueil, de félonie et de lâcheté que chez tout autre chevalier étranger.

— Certes, approuve Bréhus, cela me peine et sachez bien que j'ai agi par ignorance.

— Dites-moi, demande monseigneur Tristan, quel est votre nom.

— Je ne vous le donnerai pas, répond Bréhus.

— Peu m'importe, fait monseigneur Tristan, car je n'ai pas l'espoir que de grands bienfaits puissent m'en advenir. C'est pourquoi je vous déclare quitte pour tout. » Puis il dit à ses compagnons : « Seigneurs chevaliers, chevauchons à présent vers la Joyeuse Garde, s'il vous plaît, car nous nous sommes assez divertis ce matin.

— Sire, font-ils, à vos ordres. »

Bréhus se dirige vers la forêt, ravi et fort joyeux, y pénètre et se dit qu'il a bien réussi sa journée puisqu'il s'est libéré de monseigneur Tristan et de Palamède. Il peut bien dire que le péché l'avait conduit parmi eux car ils l'auraient mis à mort aussitôt sans qu'il eût trouvé de pitié.

Bréhus s'en va ainsi à travers la forêt, cherchant à faire le mal car il ne met de soin à rien d'autre. Et monseigneur Tristan, qui ce matin se divertit avec ses amis, parle du chevalier et dit qu'il n'en a jamais vu de plus vil ni de plus félon. Et ses compagnons l'approuvent.

Tandis qu'ils parlaient ensemble, voici venir vers eux un autre chevalier tout en armes à vive allure. Le chevalier portait un écu blanc avec une bande d'azur et de blanc. Dès qu'il s'approche de monseigneur Tristan et de ses compagnons, il les salue et ils lui rendent son salut très courtoisement. « Seigneurs, demande-t-il, vîtes-vous un chevalier qui portait un écu recouvert d'une housse rouge ?

— En effet, répond monseigneur Tristan. Il vient de nous quitter à l'instant et a pénétré dans cette forêt. Vous pourrez difficilement le trouver.

— Ah, Dieu, comme je suis malchanceux ! Comme il me pèse de ne pouvoir le rattraper !

— Sire chevalier, demande monseigneur Tristan, qui est ce chevalier que vous cherchez et qui vous rend si malheureux de ne l'avoir trouvé ?

— Sire, répond le chevalier, apprenez que c'est le chevalier le plus déloyal du monde, le plus traître, et celui qui a le plus blessé de gens en tous les lieux où il alla quand il en avait la possibilité. C'est Bréhus sans Pitié qui pourfend les demoiselles à travers le royaume de Logre. Avez-vous jamais entendu parler de lui ? Il est impossible que vous ne l'ayez vu. » Quand monseigneur Tristan entend que c'est Bréhus sans Pitié qui a été parmi eux sans qu'ils le reconnaissent et qu'ils ont laissé partir librement, il est si contrarié qu'il ne sait que dire. « Ah, sire ! déplore Palamède. Comme nous sommes malchanceux ! Nous avions Bréhus entre nos mains et nous l'avons laissé s'échapper par ignorance !

— C'est vrai, reconnaît monseigneur Tristan. Apprenez que cela me pèse de l'avoir ainsi laissé partir.

— Au nom de Dieu, sire ! s'exclame Palamède. On ne doit blâmer personne sinon vous ! Vous le savez bien ! Car là où je le tenais sous moi et voulais le tuer, vous ne l'avez pas accepté ! C'est vous que vous devez blâmer et non un autre !

— Sire, demande l'autre chevalier, sauriez-vous me dire autre chose sur Bréhus ?

— Non, sire, fait monseigneur Tristan, je ne saurais vous donner plus de nouvelles.

— Et dans quelle direction est-il parti ? demande le chevalier. Renseignez-moi au moins à ce sujet.

— Certes, fait monseigneur Tristan, nous pouvons bien vous la montrer. Cela me pèse terriblement de ne pouvoir vous aider plus. » Il lui montre dans quelle direction Bréhus était parti. En entendant ces paroles, le chevalier n'attend plus. Il s'en va après Bréhus dans le sens que monseigneur Tristan lui a indiqué. Et monseigneur

Tristan dit à ses compagnons : « Dieu, beaux seigneurs ! Comme nous avons été malchanceux quand Bréhus nous échappe ainsi.

— Sire, intervient Palamède, nous étions particulièrement chanceux car l'aventure nous l'avait bien amené. Mais notre malchance vient de vous car, sans vous, je l'aurais tué.

— C'est ainsi, fait monseigneur Tristan, il nous a échappé. Il reviendra entre nos mains une autre fois. S'il plaît à Dieu, il ne nous échappera pas, alors. Nous pouvons bien aller à la Joyeuse Garde pour commencer à envisager la manière dont nous irons demain à Louveserp. Et je pense que nous emmènerons ma dame Iseult si elle veut venir car elle n'a jamais vu de tournoi au royaume de Logre. Je souhaite qu'elle voie celui-ci s'il lui plaît. »

En entendant cette nouvelle, Palamède est si heureux que son cœur tressaille de joie. Il ressent plus de bonheur dans son cœur qu'il ne le montre. Car il se dit que puisque ma dame Iseult doit venir à ce tournoi, il est nécessaire qu'il agisse bien au point que tout le monde parle de lui et s'émerveille de ses œuvres. Et il préfère mourir, comme il le dit, plutôt que sa bravoure ne double pas. Ou il mourra ou il vaincra monseigneur Tristan et Lancelot, s'il peut en venir à bout, et fera merveille. En tel orgueil, en telle suffisance, en telle outrecuidance, comme je vous le rapporte, Palamède croît pour les amours de ma dame Iseult. Son cœur enfle et frémit. Il a le courage d'un lion. Sa force s'accroît du double. Et à son sens, il pense bien qu'au tournoi il vaincra tout : monseigneur Tristan comme Lancelot. Il mettra tout sous ses pas et il remportera le tournoi de part et d'autre. Que vous dire ? Ses pensées le mettent en si grande joie qu'aucune aventure ne l'a rendu plus joyeux qu'aujourd'hui.

Ainsi, heureux et joyeux, Palamède chevauche en compagnie de monseigneur Tristan jusqu'à ce qu'ils arrivent devant la porte du château. Ils descendent là. Palamède voulait retourner au bourg, en bas. Mais monseigneur Tristan ne le lui permet pas. Il lui fait mettre pied à terre comme lui et ils pénètrent ensemble dans le château ainsi que je vous le raconte ; ils vont de chambre en chambre et arrivent au palais. Ils trouvent les tables mises et tout était préparé pour manger, car on n'attendait rien d'autre que la venue de monseigneur Tristan. Il demande la reine Iseult et elle accourt, heureuse et joyeuse de son retour car elle ne demandait rien d'autre que l'arrivée de son ami.

Quand elle voit Palamède, qu'elle n'avait pas rencontré depuis longtemps, elle ne le reconnaît pas. Mais comme elle voit que c'est un invité de monseigneur Tristan, elle s'approche de lui et lui souhaite la bienvenue. Dès que Palamède voit ma dame Iseult, la dame qu'il aime le plus au monde, si belle, si gracieuse en tout point, il devient si ébahi qu'il ne sait que répondre. Le cœur lui manque. Tous ses membres lui font défaut. Il craint monseigneur Tristan car il sait qu'il devrait mourir s'il s'en apercevait, aussi se maintient-il le plus sagement et le plus bellement qu'il peut. Après qu'ils ont lavé leurs mains, la reine s'assied en premier et mange toute seule. Monseigneur Tristan et Gahériet mangent ensemble. Et Palamède, Dinadan et les autres chevaliers du lieu sont à une autre table. Dans la joie et le plaisir, les chevaliers mangent, ravis et joyeux. Bien que tous soient en liesse, Palamède n'a pas le cœur à la joie. Il est inutile de demander s'il est plus pensif que de coutume. Il est si mal à l'aise qu'il ne sait quel conseil prendre. Il s'est approché si près du feu qu'il brûle au-dedans et au-dehors. Ce qu'il boit et mange lui profite peu. Il mange en vain. Et quand il lui arrive d'observer ma dame Iseult, il manque de tomber à la renverse tant son cœur est désespéré. Il voudrait avoir donné beaucoup pour ne pas se trouver ici. Car lorsqu'il partira, il s'en ira mal payé. Jamais une journée ne sera pire que celle-là. Et cependant, il croit valoir mieux pour le restant de sa vie.

Pensif et angoissé, comme je vous le raconte, Palamède reste à table. Il fait mine de manger de bon appétit. Mais son repas est maigre. Il semble se réconforter. Mais à dire vrai, il est si malheureux qu'il pense ne plus jamais connaître de consolation quoi qu'il voie et entende. Ainsi, comme je vous le raconte, Palamède est assis à table, si oppressé et si angoissé qu'il ne s'est jamais senti si mal. Il voudrait à présent n'être jamais venu à la Joyeuse Garde car il a pris une chaleur au corps qui le brûle et le saisit. Si le soleil ne l'échauffe pas, autre chose le consume. Il regarde avec terreur celle qu'il vit pour son malheur car il connaîtra bien des désagréments et aucun bienfait.

Il demeure tant dans cette guerre que tous ont mangé et les tables sont levées. Voici venir un messager qui revenait tout droit de la cour du roi Arthur. Monseigneur Tristan l'avait envoyé pour savoir comment le roi Arthur se rendrait au tournoi, si la lignée du roi Ban l'accompagnerait, si les chevaliers de la Table Ronde viendraient, lesquels iraient et lesquels ne s'y rendraient pas. Et pour en avoir la certitude, monseigneur Tristan avait dépêché son messager à la cour du roi Arthur. Quand le messager dont je vous parle fut rentré de la cour, monseigneur Tristan, qui en est heureux, lui demande : « As-tu été à Kamaaloth ?

— Oui, sire, j'y ai été.

— Dis-nous donc des nouvelles de la cour, fait monseigneur Tristan.

— Sire, répond le jeune homme, apprenez que le roi Arthur a quitté Kamaaloth et il emmène avec lui nombre de gens. Les chevaliers de la Table Ronde l'accompagnent tous, peu restent. Le roi amène avec lui une si grande chevalerie : c'est une pure merveille. Et sachez bien que les chevaliers de la lignée du roi Ban se rendent tous au tournoi sans exception. Ils ont le désir d'accomplir des prodiges pendant le tournoi et ils ont proposé une chose. Ils porteront tous les mêmes armes afin qu'on puisse les reconnaître entre tous.

— Ah, Dieu ! fait monseigneur Tristan. Comme ils sont valeureux ! Comme on doit les louer ! Dis-moi, vis-tu la reine Guenièvre ?

— Oui, je la vis en effet. Je peux bien affirmer qu'il n'y a pas de plus belle dame, mieux causante et plus courtoise. Sa grande valeur n'est pas négligeable.

— Dis-moi, poursuit monseigneur Tristan, as-tu entendu dire si elle vient au tournoi ?

— Oui, sire, elle s'y rendra sans faute. Et si elle y vient, ce n'est guère étonnant. Car je ne crois pas qu'il restera au royaume de Logre une dame de haute lignée qui ne vienne pas au tournoi. Et ainsi feront toutes les demoiselles et les pucelles qui sont de noble naissance et en âge de se marier. Et sachez que les chevaliers de la Table Ronde escorteront la reine Guenièvre jusqu'à Louveserp.

— Ah, Dieu ! s'exclame monseigneur Tristan. Comme ce tournoi sera splendide ! Devant Dieu, il me tarde qu'il débute. » Il se tourne ensuite vers Palamède et lui demande : « Palamède, que Dieu vous bénisse, que pensez-vous de ce tournoi ? Que voudrez-vous faire en ce jour ? Là où tout le monde sera à grand vacarme, là où toute la chevalerie paraîtra ainsi que les belles dames et demoiselles… » Palamède est ravi quand il entend cette question. « Sire, répond-il, qui ne se sent pas preux ou vaillant ne doit jamais de sa vie connaître d'honneur. Et si je ne suis pas chevalier dans la plus rude besogne et au milieu de la plus haute foule, je ne dois plus porter les armes. Si mes capacités ne doublent, ne me considérez plus comme un chevalier. »

Monseigneur Tristan rit de ces nouvelles et y trouve grand plaisir. Il ne sait d'où cette hardiesse lui vient. S'il l'avait su, jamais Palamède n'aurait porté d'autre coup d'épée. Après ces discussions, monseigneur Tristan entre dans sa chambre et fait venir la reine Iseult. Il lui dit : « Ma dame, s'il vous plaisait, je voudrais que vous vous prépariez et emmeniez les dames et demoiselles que vous appréciez le plus car je veux que vous veniez voir ce riche tournoi qui aura lieu devant Louveserp. Là paraîtront toutes les dames et demoiselles du royaume de Logre. C'est pourquoi je désire que vous vous y rendiez, s'il vous plaît, mais le plus discrètement possible afin que nul ne vous connaisse si ce n'est par votre volonté.

— Sire, fait la reine, à vos ordres. Sachez bien que je me serais abstenue d'y aller. Mais puisque vous le désirez, il me plaît bien.

— Dame, dit monseigneur Tristan, soyez donc prête afin que demain nous puissions chevaucher. Et emmenez avec vous trois dames et demoiselles qui vous tiendront compagnie. Nous serons d'autre part quatre chevaliers pour vous escorter sur la route : moi, Gahériet, Palamède et Dinadan.

— Sire, ajoute la reine, ce ne sera pas par notre fait que nous resterons. Nous serons vite prêtes. »

Monseigneur Tristan retourne auprès de ses compagnons et leur dit : « Seigneurs, j'ai pensé faire porter avant notre arrivée deux pavillons que nos écuyers tendront dans la forêt de Louveserp en un beau lieu un peu éloigné de la foule. Nous y dormirons la nuit et le lendemain, nous serons au tournoi tant qu'il durera.

— Sire, disent les chevaliers, vous avez fort bien pensé. »

Les écuyers font comme monseigneur Tristan le pense. Ils s'en vont avec les pavillons vers Louveserp et ont tant chevauché qu'ils trouvent un lieu beau et plaisant assez éloigné des gens et de la route. Ils tendent leurs pavillons qui étaient beaux et riches : c'était une vraie merveille. Lancelot les avait donnés à monseigneur Tristan. Dans l'un des pavillons, monseigneur Tristan et ses compagnons dormiront et, dans l'autre, ma dame Iseult et ses demoiselles. Et sachez qu'ils étaient dressés à côté d'une très belle et très plaisante fontaine.

Messire Tristan se prépare à aller au tournoi. Le lendemain, tôt le matin et le premier jour de la semaine, après avoir entendu la messe, monseigneur Tristan fait armer ses compagnons et lui-même. Et apprenez qu'ils étaient tous quatre équipés d'armes identiques, vertes comme l'herbe d'un pré, sans nulle autre armoirie. Mais monseigneur Tristan fit porter trois paires d'armes différentes très discrètement pour se déguiser au tournoi quand il le voudra. Ses compagnons ignoraient tout. De ces trois armes dont je vous parle, les unes étaient blanches, les autres noires et les troisièmes rouges. Quand ils sont prêts et la reine et les demoiselles apprêtées, ils quittent la Joyeuse Garde. Monseigneur Tristan avait fait porter les armes dont il se déguisera quand il le voudra. Il emmène pour son service trois écuyers, Palamède trois, et chaque compagnon trois. Une fois descendus de la roche, ils partent de la Joyeuse Garde et arrivent aussitôt sur le chemin principal. Ils cheminent au pas cette matinée, jouant et se divertissant, et abordant plusieurs sujets. Mais sachez bien que ma dame Iseult chevauchait si noblement, apprêtée de tous les effets nécessaires à une noble dame, que l'on n'avait jamais vu une dame chevaucher si richement. Dinadan et Gahériet étaient devant avec les armes que vous savez. Les dames venaient après avec les écuyers de chaque côté. Monseigneur Tristan et Palamède fermaient la marche. Ainsi cheminaient-ils, joyeux et heureux, parlant de diverses choses. Les voilà aussitôt parvenus à la forêt qui durait jusqu'à Louveserp.

Tandis qu'ils chevauchaient fort gaiement sur le chemin principal de la forêt, ils voient venir une compagnie de chevaliers qui pouvaient bien être dix tout en armes. Et si on me demandait qui étaient les chevaliers, je répondrais qu'ils venaient de Sorelois. L'un était Galehondin, un bon, preux et vaillant chevalier de la lignée du valeureux Galeholt. Et il comptait sans doute parmi les chevaliers de haute taille et était fort gai. Les habitants de Sorelois lui avaient récemment octroyé la seigneurie du royaume car il appartenait à la lignée du bon Galeholt. C'est pourquoi ils avaient fondé leurs espoirs en lui. Quand il vit la reine Iseult qui chevauchait si noblement, comme je vous le dis, ainsi que ses demoiselles, il s'adressa à ses compagnons : « Vous pouvez voir une dame chevaucher noblement et richement. Et les dames qui viennent à sa suite sont si noblement apprêtées qu'il est impossible qu'elle ne soit de grande valeur et de haut rang. Devant Dieu, il convient que je sache qui elle est si je le peux. » Il avise un de ses chevaliers et lui dit : « Allez vite auprès de cette compagnie et demandez qui est la dame qui chevauche ainsi. » Le chevalier n'attend pas. Il vient droit vers monseigneur Tristan et lui dit : « Beau sire, ce chevalier qui est là vous prie par amour et par courtoisie de lui faire savoir, s'il vous plaît, qui est cette dame qui chevauche si noblement.

— Sire chevalier, répond monseigneur Tristan, vous pouvez lui dire que c'est une dame qui va voir le tournoi comme les dames du royaume de Logre sont accoutumées. Il ne peut rien savoir de plus. Qu'il ne s'en offense pas. » Le chevalier retourne auprès du roi de Sorelois et lui fait part de la réponse de monseigneur Tristan. Le roi la considère trop orgueilleuse et pleine d'outrecuidance. Il s'arrête, tout courroucé, et dit au bout d'un moment : « Je vois que ce chevalier qui nous adresse ces paroles nous apprécie peu. Et puisqu'il est si peu courtois, il est nécessaire, devant Dieu, que je sache qui est la dame. Si je devais commettre un grand outrage, ils ne sont que quatre chevaliers. Je veux prendre quatre des miens. Nous pourrons voir comment la querelle tournera. » Il choisit les quatre meilleurs parmi les siens, les emmène avec lui et commande aux autres de faire halte. Il part devant et s'approche d'assez près de ma dame Iseult qui avait tant couvert et enveloppé son visage à cause du soleil que l'on ne pouvait distinguer que ses yeux. Quand monseigneur Tristan le voit ainsi s'approcher, il éperonne son cheval, s'avance et dit : « Arrêtez-vous, sire chevalier. Ne venez pas plus près des dames. Si vous voulez leur adresser la parole, parlez de loin car nous ne voulons pas que vous les approchiez de plus près. » Le roi, qui ne reconnaît pas monseigneur Tristan qui lui parle, considère que cette réponse est bien orgueilleuse. Il dit donc : « Chevalier, nous voulons savoir qui est cette dame.

— Vous ne saurez rien d'autre : c'est une dame, comme vous pouvez le voir, fait monseigneur Tristan.

— Chevalier, menace le roi, ou vous me dites qui est la dame, ou je m'en emparerai à la manière des chevaliers errants du royaume de Logre lorsqu'ils trouvent une dame escortée par d'autres chevaliers errants. » Ces paroles fâchent quelque peu monseigneur Tristan. Et de colère, il répond : « Vous n'avez ni la capacité ni la force de la prendre. Regardez comment vous pourrez l'emmener.

— Par ma foi ! s'exclame le roi. Je vous montrerai clairement que vous appréciez peu mon pouvoir. Mais vous le trouverez tout autre que vous ne le croyez. » En entendant ces paroles, Palamède est plus irrité que monseigneur Tristan. « Sire, pourquoi parler à ce chevalier ? Par Dieu, une si piètre affaire ne vous appartient pas. Car ils ne sont que cinq chevaliers. Laissez-moi et chevauchez. Et si je ne vous en libère pas, je veux que vous me considériez comme un vrai lâche. Ce chevalier souhaite savoir qui nous sommes, je le leur ferai connaître à tous ! »

Monseigneur Tristan se met à rire quand il entend ces paroles car il voit bien que Palamède est furieux. Il lui dit en souriant : « Que cette affaire soit vôtre puisque vous le souhaitez. » Et il s'en va. En entendant ces propos, le roi Galehondin sait avec certitude que le chevalier qui parle ainsi est plein de hardiesse. Palamède lui dit : « Chevalier, que demandez-vous ? Si vous voulez jouter, vous le pourrez. Si c'est la bataille que vous désirez, vous l'aurez. Regardez ce que vous préférez car je vous propose de choisir.

— Comment ? s'étonne le roi Galehondin. Voulez-vous donc jouter contre nous cinq ?

— En effet, répond Palamède. Ce n'est pas pour cinq chevaliers que je ferai preuve de couardise. Venez comme il vous plaît : ou tous ensemble ou un à la fois.

— Au nom de Dieu ! s'exclame le roi Galehondin. Vous parlez si follement que j'ignore à quoi ressembleront les actes. C'est pourquoi je ne considère pas ces paroles comme sages.

— Que ce soit folie ou sens, réplique Palamède, je ne vous ferai pas défaut.

— Non ? fait le roi. Gardez-vous donc de moi en premier car je vous appelle à la joute ! »

Il éperonne son cheval, s'élance vers Palamède et brise sa lance sur lui. Mais il ne lui cause nul autre mal et ne le soulève pas de la selle. Et celui qui avait donné maints grands coups ne l'épargne pas. Il le frappe si violemment de toutes ses forces qu'il lui fait vider les arçons et le porte à terre très cruellement. Le voyant ainsi abattu, Palamède ne s'arrête pas à lui. Il se précipite vers un autre chevalier qui venait sur lui en éperonnant sa monture pour le frapper. Palamède ne le refuse pas. Il lui fait subir le même sort qu'au roi. Que vous dire ? Palamède abattit les cinq chevaliers les uns après les autres et à l'aide d'une seule lance. Trois furent blessés et deux n'eurent aucun mal excepté la chute. Quand le roi voit cette aventure, il est stupéfait. « Par Dieu ! se dit-il à lui-même. J'ai bien trouvé ce que je cherchais. Je cherchais la folie. Je l'ai trouvée. J'agissais trop follement en désirant savoir par la force qui est cette dame. J'en ai la récompense qui me revient. » Il finit par prendre son cheval, monte puis s'en va vers Palamède à vive allure et lui dit : « Chevalier, que Dieu vous bénisse, dites-moi qui vous êtes.

— Vassal, répond Palamède, je suis un chevalier. Ne me demandez rien de plus sur moi car je ne vous dirai rien.

— Certes, fait le roi, j'ignore qui vous êtes. Mais qui que vous soyez, vous êtes un bon et preux chevalier. »

Palamède ne lui répond pas. Il passe outre. Voici venir les cinq autres chevaliers qui étaient restés en arrière, furieux et extrêmement courroucés par ce qui était advenu à leur seigneur. Ils le vengeront s'ils le peuvent, ainsi qu'ils le disent. Ils menacent fort Palamède. Quand le roi les voit venir, il va aussitôt à leur rencontre et leur dit : « Arrêtez-vous ! Que voulez-vous faire ?

— Nous voulons, répondent-ils, occire ce chevalier qui s'en va et qui vous a causé une si grande honte. » Le roi se met à rire fort en entendant ces paroles. « Par Dieu, seigneurs vassaux, vous n'êtes pas aussi sages que vous le devriez. Croyez-vous le mettre à mort si vite ? Sachez qu'aucun d'entre vous ne le pourrait. Le chevalier n'est pas un apprenti. Il nous l'a bien montré. Certes, si vous l'abattiez, et si vous en aviez le pouvoir, vous ne récolteriez ni avantage ni honneur. Après ses faits d'armes tels que vous les avez vus, je veux que vous laissiez cette entreprise. Ne poursuivez pas une folle querelle comme nous l'avons fait car je ne crois pas que vous ayez un meilleur sort que nous. »

Le roi parle tant à ses chevaliers qu'ils s'arrêtent au milieu de la route, tristes et furieux de ce qui est advenu à leur seigneur. Et quand ceux qui avaient été abattus sont remontés en selle, ils s'en vont au pas sur le chemin principal à la suite de ma dame Iseult. Après avoir rejoint ses compagnons, Palamède demande à Dinadan en souriant : « Dinadan, que pensez-vous de cette rencontre ? Ne m'en suis-je pas bien délivré ? » Et Dinadan qui sait bien d'où lui vient cette bravoure ne peut se retenir de lui dire : « Palamède, devant Dieu, votre folie et votre rage vous ont servi autrefois. Et c'est encore le cas. Car cette entreprise ne vous vient pas de la raison. Elle provient d'une très grande folie. » Monseigneur Tristan se met à rire ainsi que tous les autres. Palamède rit aussi.

Ils chevauchent ainsi cette matinée pendant quatre lieues anglaises sur le grand chemin de la forêt. Ils rencontrèrent quatre chevaliers tout en armes qui se divertissaient dans la forêt. Et si on me demandait qui étaient les quatre chevaliers, je répondrais que l'un était messire Gauvain, l'autre Sagremor le Farouche, le troisième monseigneur Ivain, le fils du roi Urien, et le quatrième

Dodineau le Sauvage. Ces quatre chevaliers étaient des hommes de qualité. Leurs armes étaient celles de la cour du roi Arthur et ils appartenaient à la Table Ronde. Le roi Arthur leur voulait grand bien pour leur valeur. Quand ils aperçurent ma dame Iseult, si belle, si élégante, ainsi que les quatre chevaliers qui l'accompagnent, ils s'arrêtent et s'écartent du chemin pour leur faire place. « Voyez venir, fait monseigneur Gauvain, une dame de prix. Il est impossible qu'elle ne soit pas de haut rang. Mais elle a une petite escorte. Et cependant, les quatre qui la protègent semblent être valeureux. Devant Dieu, je saurai qui elle est. » Et les autres disent de même. « Arrêtez-vous ici, poursuit messire Gauvain, et j'irai demander à ceux qui la conduisent qui elle est. Ils ne seront pas assez vaillants pour le cacher. »

Il se met en route sans tarder et se dirige droit vers Dinadan. Il lui dit : « Sire chevalier, que Dieu vous bénisse, dites-moi qui est cette dame que vous escortez.

— Beau sire, répond Dinadan, demandez-le à ceux qui sont derrière car je ne vous le dirai pas.

— Ah non, beau sire ? s'indigne messire Gauvain. Vous me montrez clairement que vous ne ferez rien pour mes prières alors que c'est une chose qui vous coûterait fort peu.

— Je ne vous dirai rien, beau sire, répète Dinadan. Demandez-le à ceux qui viennent derrière si vous le voulez.

— Certes, fait monseigneur Gauvain, vous n'êtes pas aussi courtois que vous le devriez.

— Chevalier, réplique Dinadan, soyez le plus courtois chevalier du monde et laissez-moi en paix, que Dieu vous garde. »

Monseigneur Gauvain s'en va, fort courroucé par la réponse de Dinadan. Et s'il ne redoutait sa vaillance, il le lui aurait fait chèrement payer. Il va trouver monseigneur Tristan et lui dit : « Que Dieu vous bénisse, sire chevalier.

— Et que Dieu vous garde, répond monseigneur Tristan.

— Sire, fait messire Gauvain, je vous prie avec courtoisie de me dire, s'il vous plaisait, qui est cette dame que vous escortez.

— Sire, demande monseigneur Tristan, vous appartient-il de le savoir ? Qu'en avez-vous à faire ? C'est une dame belle et élégante et de grande noblesse. Vous pouvez le constater. Elle va voir le tournoi comme les autres dames du royaume de Logre. Sachez bien que vous n'apprendrez rien de plus cette fois.

— Certes, approuve messire Gauvain, je crois qu'elle est belle et de haut rang. C'est pourquoi je désirais savoir qui elle est. Car si je pensais qu'elle était de rang médiocre, je n'aurais rien demandé à son sujet et ne m'y serais pas intéressé. Pour cette raison, je vous requiers et vous prie encore de me dire qui elle est.

— Apprenez, fait monseigneur Tristan, que je ne vous dirai rien de plus. » Monseigneur Gauvain commence à se fâcher et dit : « Sire chevalier, vous n'êtes pas aussi courtois que vous devriez l'être. »

— Et vous, réplique monseigneur Tristan, vous n'êtes pas aussi sage qu'il le faudrait quand vous vous mêlez de choses qui ne vous concernent pas.

— Certes, fait messire Gauvain, vous avez parlé avec tant d'orgueil qu'il est nécessaire que je sache qui est la dame. Il me faut entreprendre une folie. Cela m'importe peu pour vous. Mais je suis désolé pour la dame qui semble bien, devant Dieu, être une dame de plus de valeur que vous n'êtes un chevalier de bien.

— Sire chevalier, répond monseigneur Tristan, si je ne suis pas un chevalier de bien, c'est moi que cela doit peiner plus que tout autre chevalier. Mais je vous répète ce que je vous ai déjà dit. Vous ne saurez rien de plus sur la dame.

— Si, j'en saurai plus si je le peux », dit messire Gauvain.

Il retourne auprès de ses compagnons et leur rapporte les paroles que monseigneur Tristan lui avait dites. En l'entendant, ils trouvent cette réponse trop orgueilleuse. Ils disent qu'il est nécessaire qu'ils sachent qui elle est. Sagremor le Farouche s'avance et dit : « Nous sommes quatre chevaliers et eux aussi. Ils n'ont pas un grand avantage sur nous. Que chacun prenne le sien. Car je crois bien m'occuper du mien. » Tous se mettent d'accord, excepté messire Ivain. Il était un chevalier sage et fort avisé. Il s'adresse à ses compagnons et leur dit : « Seigneurs, ce ne semble guère sensé, devant Dieu, d'affronter ces chevaliers pour si peu de chose. Que savez-vous d'eux ? Quelle est leur valeur ? S'il vous arrivait malheur à cause de cette affaire, nul homme de qualité ne devrait vous plaindre car vous l'entreprenez avec outrage et folie. Que vous importe de savoir qui est la dame ? Laissez cette folie. Je vois que nul bien ne pourra vous en advenir. De plus, ce n'est guère courtois de demander qui est la dame contre sa volonté.

— Messire Ivain, messire Ivain, fait messire Gauvain, je vois clairement que le courage vous manque. Certes, j'ai tant trouvé chez ces chevaliers de bassesse qu'il est nécessaire que je leur fasse connaître leur folie.

— Messire Gauvain, beau cousin, dit messire Ivain, apprenez que je ne disais pas ces mots par lâcheté mais à cause des aventures qui pourraient en découler. Je vis déjà advenir à des chevaliers et à des hommes de qualité des hontes plus grandes pour des faits moins importants. Mais commencez hardiment puisque cette entreprise vous plaît, car même s'il devait m'arriver une grande vergogne, et je le sais pertinemment, je ne vous ferais pas défaut.

— Sagremor, fait monseigneur Gauvain, vous avez la première joute. Ces chevaliers qui escortent cette dame nous apprécient peu. Devant Dieu, cela me pèserait terriblement s'ils ne chutaient pas du haut du si grand orgueil dont ils ont fait montre. »

En entendant les paroles de messire Gauvain, Sagremor le Farouche n'attend pas. Il s'avance aussitôt et dit : « Seigneurs chevaliers, lequel d'entre vous veut jouter contre moi ?

— Puisque vous demandez la joute, répond monseigneur Tristan, on n'y manquera pas. Vous l'aurez sans doute.

— Ah, sire, pour l'amour de Dieu ! supplie Palamède. Laissez-moi venir à bout de tous les quatre.

— Ah, sire, appuie Dinadan, vous vous faites longuement prier. Accordez-lui cette requête puisqu'il vous en prie si fort. Faites-le sur mon conseil.

— Et je la lui octroie », fait monseigneur Tristan.

Palamède s'élance alors vers Sagremor au galop et le frappe si rudement dans son élan qu'il lui fait vider les arçons. Et après l'avoir abattu, il ne s'arrête pas à lui car il l'apprécie peu. Il se rue sur Dodineau le Sauvage qui venait la lance baissée. Et Palamède, qui était un si bon chevalier que l'on pouvait difficilement en trouver trois tels que lui, le frappe si violemment à la poitrine qu'il lui fait subir le même sort qu'à Sagremor, et pire encore car il le blessa lors de cette joute très cruellement.

Quand messire Ivain voit ces deux coups, il est si stupéfait qu'il ne sait que dire. Ses yeux s'embuent de larmes pour la grande douleur qui serre son cœur. « Sire, fait-il à monseigneur Gauvain, c'est pire que tout. N'aurait-il pas mieux valu que vous eussiez cru mes conseils ? Si vous les aviez écoutés, ces chevaliers, qui sont si méchamment abattus, n'auraient pas été couverts de honte comme vous le voyez. Croyez-vous qu'il n'y ait au monde que les chevaliers de la Table Ronde et ceux de la cour du roi Arthur ? Par Dieu, d'aussi bons existent de par le monde. Tous les bons ne sont pas ici. »

Quand messire Gauvain, qui était un bon chevalier mais pas autant que sa renommée le disait, entend les paroles de messire Ivain, il sait qu'il lui dit la vérité. Il ne lui répond rien. Il s'élance vers Palamède qui fait de même. Au moment de se rejoindre, les lances volent en éclats. Mais ils ne se font nul autre mal. Ni l'un ni l'autre ne chutent. Ils passent, fort courroucés et malheureux de ne pas avoir abattu leur adversaire. Après être revenu, messire Gauvain, qui n'avait plus de lance et qui pensait abattre Palamède s'ils joutaient encore ensemble, se tourne vers lui et lui dit : « Chevalier, vous voyez bien ce qui se passe. Si j'avais eu une lance, j'aurais volontiers jouté encore contre vous. Et j'aurais poursuivi la joute jusqu'à ce que l'un de nous tombe.

— Chevalier, fait Palamède, apprenez que l'absence de lance ne m'empêchera pas de vous abattre ou le contraire. »

Il fait apporter deux lances, en donne une à messire Gauvain et garde l'autre pour jouter. Ils s'éloignent l'un de l'autre. La joute recommence entre Palamède et messire Gauvain. L'un se rue sur l'autre à toute allure. Mais il advint lors de cette joute que le plus faible tomba. C'est monseigneur Gauvain. Il chute si cruellement qu'il est tout étourdi et ne se relève pas avant longtemps.

En voyant ce coup, si messire Ivain était inquiet et étonné auparavant, il l'est plus encore. Il ne sait que dire ou faire : laisser la joute ou l'entreprendre. Il reconnaît que le chevalier qui a ainsi abattu les trois autres est doté d'une grande force et d'un grand pouvoir. Toutefois, il préfère, s'il ne peut mieux faire, être abattu plutôt que de ne pas venger la honte de ses compagnons. Car cette omission serait considérée comme de la lâcheté et de la couardise. Il s'avance donc, prêt à jouter. Quand Palamède constate qu'il doit encore jouter, il fait mine que cela lui importe peu. Il se précipite rapidement vers messire Ivain et, le frappant dans son élan, il le porte à terre ainsi que le cheval, l'un ici, l'autre là.

Voyant cette rencontre, monseigneur Tristan est sidéré. Il se dit tout en s'étonnant : « Ah, Dieu, quel chevalier ! Comme il est hardi et plein d'assurance ! Comme il est entreprenant dans la nécessité ! Comme je trouve fort dommage qu'il ne soit pas de notre loi ! Ah, Palamède, plus preux et hardi que tout autre chevalier, comme on devrait t'honorer pour ta haute chevalerie ! Dieu, qui aurait pu croire que tu étais si puissant ? Plus j'observe ta grande force et tes grandes capacités, plus je suis ébahi. Car je te trouve plus brave que je ne le croyais. » Tandis qu'il disait ces paroles, Palamède était de nouveau parmi eux, ravi et prodigieusement heureux de ces si belles aventures qui lui étaient advenues pendant la joute et devant ma dame Iseult. Cela le réjouit plus pour l'amour de la reine que pour autre chose. « Palamède, demande monseigneur Tristan, comment vous sentez-vous ?

— Fort bien, sire, dit Palamède, merci à Dieu et à vous. Je n'ai reçu aucune blessure.

— Devant Dieu, fait monseigneur Tristan, j'en suis fort heureux. »

Monseigneur Tristan et sa compagnie chevauchent ainsi le long du chemin principal de la forêt, fort heureux et joyeux de voir que Palamède fait si bien ses preuves. Mais si monseigneur Tristan savait d'où lui vient cette grande bravoure, je crois que son inclination changerait bien vite.

Messire Gauvain, qui est resté en arrière avec ses compagnons, est si malheureux et courroucé qu'il manque d'enrager de douleur car il avait été abattu comme vous l'avez entendu. Il advint que son cheval s'enfuit à travers la forêt comme si le monde entier le chassait. Sagremor, qui était déjà en selle, va à sa poursuite et fait tant qu'il le rattrape devant une source. Il le saisit car le cheval s'était arrêté pour boire. En revenant sur ses pas, il trouve le roi Galehondin sur place avec la compagnie qui était la sienne. Il avait fait halte près de monseigneur Gauvain car il savait bien aux tronçons de lances qu'il voyait par terre qu'une bataille s'était déroulée, ceux qui étaient restés étant abattus. Il s'adresse à monseigneur Gauvain et lui demande : « Qui êtes-vous, chevalier, que Dieu vous bénisse ? » Messire Gauvain lui répond : « Beau sire, je suis un chevalier errant qui a été abattu comme vous pouvez le voir. Je suis à pied. Je ne suis pas le seul à me plaindre de cette aventure car mes compagnons furent désarçonnés comme moi. » Quand il entend ces paroles, le roi Galehondin pense aussitôt que les chevaliers qu'il rencontra sont responsables de ce fait et il esquisse un petit sourire, plus heureux qu'auparavant. Car cette aventure le réconforte grandement. Il lui est avis qu'il n'est pas tout seul. « Sire, fait-il à monseigneur Gauvain, que Dieu vous garde, qui vous a abattu et pourquoi ?

— Beau sire, répond monseigneur Gauvain, que vous importe de le savoir ? J'ai été abattu. Cela ne vous fait ni chaud ni froid. Alors pourquoi le demandez-vous ?

— Devant Dieu, fait le roi, je vous le dirai. Il nous advint une aventure merveilleuse et je crois que c'est la même qui vous abattit. Nous trouvâmes une dame qui chevauchait en compagnie de quatre chevaliers seulement. » Et il se met à lui raconter ce qu'il lui était arrivé ainsi qu'à ses compagnons.

En entendant cette nouvelle, monseigneur Gauvain commence à se réconforter grandement. Il répond en riant alors même qu'il était courroucé peu avant, comme vous l'avez entendu : « Chevalier, je vous apprends que nous sommes compagnons d'une même aventure. Car par cette même aventure et pour cette même dame, nous fûmes abattus. Nous n'avons pas été mieux traités que vous et nous ne pouvons pas plus nous en féliciter que vous.

— Dites-moi, demande le roi, qui vous a abattus.

— Par ma foi, répond messire Gauvain, je ne saurais vous le dire car leurs armes étaient identiques. C'est pourquoi on ne pouvait distinguer aisément l'un de l'autre. Mais je me souviens bien, à mon sens, que celui qui nous abattit montait un grand destrier gris. » En entendant ces mots, le roi Galehondin dit aussitôt : « Chevalier, sachez bien que je reconnais avec certitude, à votre description, que ce même chevalier qui vous a abattus nous a aussi désarçonnés. La dame peut bien affirmer qu'elle n'est pas sans guide puisqu'un tel chevalier l'escorte. Pensez donc à vous réconforter car je vois que le désespoir ne sert à rien.

— J'agirai ainsi, approuve messire Gauvain, car je vois que c'est nécessaire. J'ai parfois rencontré de meilleurs chevaliers que moi qui avaient été abattus plus vilement. »

Ainsi, comme je vous le raconte, monseigneur Gauvain se console et monte sur son cheval que Sagremor lui avait ramené. Les compagnons font de même. Ils se mettent en route et se hâtent de chevaucher car ils ont grand désir de rejoindre ma dame Iseult. Une fois en chemin, le roi Galehondin, qui était fort en verve et soucieux de poser des questions, demande à monseigneur Gauvain qui il est. « Puisque vous voulez le savoir, fait monseigneur Gauvain, je vous le dirai. Apprenez que je m'appelle Gauvain. Le roi Arthur est mon oncle. Et ces autres chevaliers de grande bravoure sont mes compagnons à la Table Ronde. Celui-ci est Ivain, le fils du roi Urien. Il est impossible que vous n'ayez pas entendu parler de lui si vous avez souvent séjourné au royaume de Logre. L'autre est Sagremor le Farouche, et celui-là est Dodineau le Sauvage. Je vous ai dit qui nous sommes.

— Certes, dit le roi, je vous connais fort bien, non pas de vue, mais pour votre grande renommée. Et puisqu'un seul chevalier vous a mis à terre, sachez qu'il est de haute valeur et de grand prix. Et plus j'y pense, plus je vous affirme que s'il n'avait pas été un chevalier de haut rang, il ne se serait pas libéré de nous si aisément, comme il me semble. J'ajouterai une chose. Je crois, à mon avis, que la dame est une reine. Elle chemine très discrètement. Et ces quatre chevaliers qui la conduisent sont de haute dignité et de grande bravoure.

— C'est bien possible, acquiesce monseigneur Gauvain. Et puisque je vous ai dit des choses certaines sur moi, je vous prie de me dire qui vous êtes.

— Très volontiers, fait le roi. Apprenez que je m'appelle Galehondin. Je suis roi de Sorelois.

— Ah, sire ! s'exclame monseigneur Gauvain. Soyez vraiment le bienvenu. Sachez que je suis votre chevalier prêt à vous servir de toutes les manières possibles pour votre honneur et pour le mien. Je me dois de vous louer. Car il y a peu de temps vous me rendîtes un service qu'un homme de qualité ne peut oublier, surtout s'il avait l'occasion de rendre la pareille. Le seigneur du Château Marchis me retenait prisonnier à cause d'un de ses frères que j'avais tué alors que je me défendais ; il voulait me mettre à mort ; vous me fîtes libérer par votre courtoisie dès que vous sûtes que j'étais un chevalier errant. Et vous ignoriez qui j'étais. Je me souviens bien de cette bonté et je m'en rappellerai toute ma vie. C'est pourquoi j'affirme que je suis prêt à vous servir de toutes les manières possibles pour votre honneur et le mien.

— Comment, monseigneur Gauvain, demande le roi Galehondin, êtes-vous donc ce chevalier que je libérai du Château Marchis ? Le chevalier que vous aviez tué était mon parent et un ami proche.

— Sire, vous dites vrai, fait monseigneur Gauvain. Cela me fut raconté en Sorelois.

— Sachez vraiment, dit le roi, que je ne croyais pas que c'était vous. Car vous ne seriez pas resté aussi longtemps dans le château. Mais dites-moi qui est le chevalier qui vous abattit.

— Devant Dieu, répond monseigneur Gauvain, je l'ignore. J'y ai pensé mais je ne peux deviner qui il est. »

Ils chevauchent ainsi à vive allure sur le grand chemin. Car ils croient rejoindre monseigneur Tristan et sa compagnie. Mais c'est en vain car monseigneur Tristan avait croisé un de ses écuyers qui venait à sa rencontre et les fit sortir du chemin pour les mener là où les pavillons étaient dressés, en un lieu aussi beau et agréable que je vous l'ai décrit plus haut. Le lieu était rempli d'arbres chargés de feuilles et de fleurs. Et à leurs pieds coulaient des sources belles et limpides. Une fois arrivés, ils aident la reine et ses demoiselles à descendre et les installent dans l'un des pavillons. Ils trouvent le repas déjà prêt, aussi splendide et magnifique qu'on l'avait ordonné. Ils font maintenant tendre les nappes sur l'herbe verte devant les ruisseaux des sources. Ils mangent, se distraient et se divertissent.

Après avoir mangé aux alentours de midi, monseigneur Tristan dit à ses compagnons : « Que ferons-nous ?

— Que voulez-vous que nous fassions ? demande Dinadan. Parlez car nous sommes prêts à obéir.

— Je veux, répond monseigneur Tristan, chevaucher en compagnie de l'un de vous. J'irai voir comment se prépare le tournoi et comment les nouveaux chevaliers se rangent car ils doivent débuter les vêpres et il est impossible que je n'apprenne des nouvelles que j'ignore.

— Sire, propose Palamède, je vous tiendrai compagnie s'il vous plaît.

— Vous n'en ferez rien, fait monseigneur Tristan. Vous vous reposerez avec Gahériet, et Dinadan et moi chevaucherons et apprendrons des nouvelles. »

Tous se mettent d'accord. La reine va dormir avec ses demoiselles. Palamède et Gahériet aussi. Monseigneur Tristan se fait munir de ses armes en grande hâte et Dinadan aussi. Une fois garnis de leurs armes, ils montent aussitôt sur deux chevaux robustes et vifs et emmènent avec eux deux de leurs écuyers qui portent leurs écus et leurs lances. Ils arrivent dans la prairie de Louveserp, là où le tournoi devait avoir lieu. Ils croisèrent un écuyer qui venait de Louveserp. Monseigneur Tristan appelle le jeune homme qui va à sa rencontre. « Dis-moi, frère, demande monseigneur Tristan, le roi Arthur est-il là ?

— Sire, répond le jeune homme, sachez qu'il se trouve dans Louveserp. Vous pourrez l'y trouver si vous le désirez.

— Dis-moi, poursuit monseigneur Tristan, a-t-il amené avec lui une grande chevalerie ?

— Oui, sire, sachez-le.

— Et où vas-tu si vite ?

— Sire, je ne vous le dirai pas cette fois. Et je vous supplie de ne pas vous en offenser. »

Après avoir prononcé ces mots, il s'en va sans attendre. Monseigneur Tristan chevauche vers Louveserp. Et tandis qu'il cheminait parmi la prairie en parlant et en se divertissant avec Dinadan, ils tendent l'oreille et entendent sonner derrière eux un cor très haut et très clair par trois fois. Si bien qu'on pouvait ouïr sa voix de très loin. « Dinadan, demande monseigneur Tristan, savez-vous pourquoi ce cor sonne si fort ?

— Non, sire, répond Dinadan, je l'ignore. » Alors qu'ils cheminaient tout en évoquant la voix du cor, ils observent et voient se vider les loges, les tentes et les pavillons. Les chevaliers qui étaient à l'intérieur sortent dès qu'ils entendent la voix du cor, l'un après l'autre, à cheval, le plus vite possible, sans attendre son voisin. Quand monseigneur Tristan voit que les chevaliers partent sans attendre, il se dirige vers un chevalier qui était en selle. Il lui demande : « Sire, que Dieu vous garde, dites-moi où vont tous ces chevaliers.

— Sire, répond le chevalier, je vous le dirai bien. Apprenez que tous les rois d'Irlande, d'Écosse, de Galles, de Sorelois et de Northumberland qui doivent combattre contre le roi Arthur sont réunis dans cette forêt là-devant. Ils veulent parler et prendre conseil entre eux pour déterminer comment ils pourront plus sagement affronter le roi Arthur. Car il convient que les nouveaux chevaliers débutent les vêpres de ce tournoi. Et les rois doivent en discuter car ils ne veulent pas agir sans conseil. » Après avoir dit ces paroles, il s'en va sans plus leur parler. « Dinadan, demande monseigneur Tristan, que ferons-nous ? Irons-nous à cette réunion pour entendre ce qu'ils diront ?

— Sire, répond Dinadan, je suis fin prêt. » Ils se mettent en route et arrivent aussitôt à l'endroit où les rois étaient réunis. Ils se trouvaient dans un fort beau lieu entouré d'arbres et chaque roi était assis sur une chaire d'argent, la couronne d'or sur la tête pour maintenir l'honneur de la chevalerie.

Le roi d'Irlande était un jeune chevalier parent de ma dame Iseult et le royaume lui venait d'elle ; il était un très bon et preux chevalier appelé Morholt par amour pour le valeureux Morholt que monseigneur Tristan avait tué. Le roi prénommé Morholt était un chevalier assez sage pour son âge comme je vous le dis. Quand il voit que tous les rois de son camp sont rassemblés, et il y avait de nombreux chevaliers, il se lève et prend la parole avec l'assentiment des rois : « Seigneurs, il advint qu'il plut à notre seigneur, le roi Arthur, de crier un tournoi tel que tout le monde en parle. Il fit faire ce tournoi parce qu'il veut distinguer les hardis des couards et les bons des lâches. Je n'ai pas dit ces mots parce que je crois que des pleutres y prendront part et que les couards s'y précipiteront. Les lâches ne pourront rien y faire car il y aura beaucoup de valeureux et de preux. Les couards n'auront pas l'audace d'y participer car ils y verront de nombreux coups donnés et de nombreux hommes de qualité. Le roi Arthur, qui est notre suzerain, a entrepris ce tournoi je ne sais pour quelle raison exacte. Il le fit pour voir en quelle partie de son royaume il y a les meilleurs chevaliers ou pour nous montrer la grande force de sa puissance et de sa cour où sont la Table Ronde et la lignée du roi Ban. Je ne sais à quoi il songeait ni à quelle chose il aspirait lorsqu'il entreprit ce tournoi. Mais comme il retient pour lui la plus petite partie des chevaliers, il nous montre clairement qu'il redoute peu notre pouvoir et qu'il se fie à sa cour et à la lignée du roi Ban. Que dire ? La prouesse qu'il sent chez eux le gonfle d'orgueil. Et à dire vrai, ce sont d'excellents et preux chevaliers qui ont une grande connaissance des tournois et des batailles mortelles. De plus, ils ont fait leurs preuves maintes fois. Ce sont de très bons chevaliers, je vous l'affirme. Nous qui sommes dans l'autre camp et qui devons les affronter ne sommes ni entièrement bons ni entièrement mauvais. Il y en a des bons qui ont bien prouvé leur valeur chevaleresque. S'ils furent doués, il est nécessaire qu'ils soient encore meilleurs car le temps est venu. Que cela vaut-il ? Ils seront avilis s'ils ne sont valeureux car ils ne connaîtront jamais d'honneur en étant couverts de honte devant leur suzerain. Que sur celui qui fera défaut vienne toute faute. C'est pourquoi il est impérieux que chacun se mette en peine afin que nous puissions terminer cette épreuve avec honneur et bonne fortune. Je peux bien dire que nous avons plus de chevaliers dans notre camp que le roi Arthur n'a dans le sien. Et cela me donne le grand réconfort et le grand espoir que nous remporterons ce tournoi. Que vous dire ? Nous avons nombre de gens. Dans notre camp, nul n'y participerait s'il n'était un bon et hardi chevalier. Tous ont été choisis si bien que couardise et lâcheté ne sont pas de mise. Sachez bien que nous gagnerons ce tournoi par la force. Le roi Arthur ne pourra pas résister. Mais s'il advient par hasard que certains chevaliers de notre camp perdent leur courage et nous fassent défaut, nous pourrons les couvrir de honte. Car lorsqu'un mauvais chevalier agit lâchement en fuyant maintes fois ou en faisant échouer une bataille, il plonge dans le déshonneur toute une compagnie de chevaliers. C'est pourquoi je dis et prie que nul de notre camp ne participe s'il ne s'en sent pas capable. Qu'il se repose et nous laisse nous charger de cette affaire. Que celui qui ne peut supporter peine et douleur jusqu'à la mort n'entreprenne rien là où nous serons, Dieu merci. Car si nous n'étions que la moitié sur le champ de bataille, nous vaincrions tout par la force.

» Le roi d'Écosse et celui de Galles combattront demain en premier. Ils ont une bonne chevalerie expérimentée. Le roi de Gorre et celui de Sorelois iront après. Ceux de Sorelois ont toujours été des chevaliers errants. Nous verrons comment ils s'en sortent. S'ils perdent leur honneur ici, jamais ils ne le retrouveront. Le roi de Northumberland et celui de Listenois combattront ensuite. Et je peux bien vous dire à leur sujet qu'ils sont par essence de bons chevaliers. Et s'ils furent bons, il est nécessaire qu'ils soient, Dieu m'est témoin, encore meilleurs car ils trouveront des hommes valeureux et hardis. Le roi des Îles Étranges et celui de Norgale iront après. Ils ont toujours été vaillants. Il est impérieux qu'ils le soient plus encore. Ainsi iront combattre tous ces rois selon cet ordre. Le roi de l'Étroite Marche et moi viendrons les derniers. Les rois l'ont voulu ainsi et je l'ai rappelé. Il n'y a plus à attendre. Que demain chacun soit prêt et atourné. Qu'il se rallie à sa bannière. À propos des nouveaux chevaliers qui ce soir doivent débuter les vêpres du tournoi, je leur conseille de se garder de leur mieux et de ne pas entreprendre de trop grandes querelles contre la Table Ronde et contre les jeunes chevaliers de la cour du roi Arthur. Qu'ils se protègent aujourd'hui et que demain chacun fasse son devoir et montre sa force. » Après avoir ainsi parlé, le roi d'Irlande se rassied sur sa chaire. Tous le louent et disent qu'il s'est fort bien exprimé.

Dès que monseigneur Tristan constate qu'ils se sont mis d'accord, il s'en va d'ici et dit à Dinadan : « Bel ami, nous avons bien entendu comment sera ordonné ce camp. Devant Dieu, le roi d'Irlande a parlé avec sagesse et a bien réglé leur affaire s'ils veulent se conduire en hommes valeureux. Dirigeons-nous vers Louveserp. Nous saurons comment le roi Arthur veut disposer la sienne. Il est bon que nous connaissions l'ordonnancement de part et d'autre si nous le pouvons.

— Sire, fait Dinadan, vous avez bien parlé. Allons donc vers Louveserp puisque vous voulez vous y rendre. » Ils se mettent en route sans tarder. Ils arrivent aussitôt dans la prairie et chevauchent vers Louveserp. Tandis qu'ils cheminaient, ils croisent un chevalier sans armes qui venait droit de Louveserp et s'en allait au lieu où les rois tenaient leur discussion. Monseigneur Tristan se tourne vers le chevalier car il venait de Louveserp. « Sire, fait-il, que Dieu vous bénisse, donnez-moi des nouvelles de la cour.

— Sire, répond le chevalier, que voulez-vous que je vous dise ? Le roi est à l'intérieur de Louveserp. Des nouvelles fraîches sont arrivées selon lesquelles ma dame la reine Guenièvre ne se rendra pas cette fois au tournoi car elle gît malade dans un château à une journée d'ici. Toute la cour est affectée et troublée. Mais cela n'empêchera pas les autres dames d'y venir excepté celles de son hôtel et de sa chambre. » Cette nouvelle fâche monseigneur Tristan car il aurait volontiers vu la reine à côté de ma dame Iseult. Il quitte le chevalier et se rend avec Dinadan vers Louveserp. Mais ils n'y pénètrent pas. Et alors qu'ils se divertissaient devant le château, ils aperçoivent le roi Arthur qui en sortait accompagné par de nombreux barons et chevaliers. Ils étaient sans armes, excepté leurs épées. Ils allaient voir comment la prairie où le tournoi devait avoir lieu était préparée. Parmi les chevaliers qui tenaient compagnie au roi, on comptait messire Gauvain, messire Ivain et les deux autres compagnons qui avaient été abattus ce matin comme vous l'avez entendu. Sagremor le Farouche voit les armes vertes que portait monseigneur Tristan et qu'il avait déjà aperçues ; il avise le cheval sur lequel il était assis, le même cheval que Palamède montait lorsqu'il abattit les quatre compagnons. Sagremor croit alors que c'est lui qui les a désarçonnés aujourd'hui. Il le montre donc à monseigneur Gauvain et lui dit tout en souriant : « Monseigneur Gauvain, reconnaissez-vous ce chevalier ? L'avez-vous déjà vu ?

— Sagremor, répond monseigneur Gauvain, si je l'ai déjà vu ? Je m'en souviens bien et je m'en souviendrai à tout jamais. Mais ce n'est pas parce que je l'ai aperçu que vous pouvez me railler. Car vous ne fîtes guère mieux que moi contre lui. Je le sais bien. » Quand le roi entend ces paroles, il pense instamment qu'il y a entre eux une querelle. Et comme il sait vraiment que Sagremor dira mieux la vérité que monseigneur Gauvain, il lui demande : « Sagremor, que Dieu vous garde, dites-moi pourquoi vous parlez de ce chevalier.

— Volontiers, sire, fait Sagremor, puisque vous désirez le savoir. Sachez que ce chevalier assis sur ce cheval gris abattit aujourd'hui monseigneur Gauvain, monseigneur Ivain, Dodineau le Sauvage, et moi aussi. » Alors il se met à tout lui raconter en détail et pour quelle raison cela avait eu lieu. En entendant ce conte, le roi répond à Sagremor : « Certes, ce fut une rude aventure. Le chevalier qui vous abattit si violemment et si aisément tous les quatre est très vaillant. »

Monseigneur Tristan s'en retournait vers la forêt car il ne voulait pas que le roi le fît arrêter ou interpeller. Le voyant partir si discrètement, le roi dit à Girflet, le fils de Do : « Vite, Girflet, suivez ces deux chevaliers et dites-leur de ma part qu'ils viennent me parler. » Girflet quitte le roi Arthur et rattrape aussitôt monseigneur Tristan qui s'en allait hâtivement vers la forêt. Une fois venu près de lui, il lui dit : « Sire, le roi Arthur vous salue ainsi que votre compagnon et vous prie ardemment de venir lui parler.

— Beau sire, fait monseigneur Tristan, que cela ne vous déplaise et qu'il ne déplaise au roi, nous ne pouvons pas lui parler car des affaires nous attendent ailleurs.

— Ah, sire, dit Girflet, vous n'en ferez rien, s'il plaît à Dieu, car ce serait très vil d'éconduire le roi pour si peu de chose. Mais venez seulement pour qu'il vous parle.

— Sire, répond monseigneur Tristan, très volontiers mais ce sera contre la promesse que le roi ne me forcera pas à dire mon nom ou à parler de moi.

— Certes, sire, certifie Girflet, je m'en charge puisqu'il vous plaît. » Ils reviennent tous deux sur leurs pas avec Girflet. Une fois venus devant lui, le roi les reçut très bellement. « Sire, dit Girflet, ces deux chevaliers sont venus vous voir à condition que vous ne les forciez pas à dire leur nom et à dévoiler des choses qui les concernent.

— Je voulais, fait le roi, le leur demander tout d'abord. Mais puisqu'il ne leur plaît pas que je les sache, je me tairai. » Il dit alors à monseigneur Tristan : « Sire, puisque vous ne désirez pas que je sache des choses qui vous concernent, apprenez que cela me blesse car nous aurions volontiers su qui vous êtes à cause du grand bien que nous avons entendu dire sur vous. S'il vous plaît, dites-nous d'où vous venez.

— Sire, fait monseigneur Tristan, sachez que je suis né en Galles.

— Appartenez-vous à la lignée du roi Ban de Benoïc ? demande le roi.

— Non, sire, sachez-le.

— Et dans quel camp du tournoi serez-vous ? poursuit le roi.

— Sire, vous pourrez bien le savoir, s'il plaît à Dieu, et si vous êtes au tournoi. À présent, je retournerai sur mes pas, avec votre permission, car bien des affaires m'attendent ailleurs.

— Dites-moi, fait le roi à monseigneur Tristan, ne m'apprendrez-vous rien d'autre à votre sujet ?

— Non, sire, répond monseigneur Tristan. Et je vous prie que cela ne vous affecte.

— Et je vous libère, dit le roi. Mais si cela avait été possible, j'aurais volontiers su qui vous étiez. Et comme cela vous déplaît, je me tairai. »

Monseigneur Tristan repart et pénètre dans la forêt. Il chevauche tant en compagnie de Dinadan qu'ils parviennent à la source où les pavillons étaient dressés. Ma dame Iseult dormait encore. Gahériet et Palamède se trouvaient dans l'autre pavillon et se divertissaient en paroles. Quand ils voient monseigneur Tristan de retour, ils se lèvent et lui disent : « Bienvenue, sire, bienvenue. Vous êtes revenu assez tôt. Quelles nouvelles nous apportez-vous ?

— Je vous le dirai », fait monseigneur Tristan.

Il met pied à terre et se fait désarmer. Une fois ses armes retirées, il s'assied sur un lit et se met à rapporter le discours du roi d'Irlande, comment ils ont mis en ordre leur affaire et leurs bataillons et comment ils doivent jouter contre le camp du roi Arthur. Puis ils trouvèrent le roi Arthur devant Louveserp qui leur avait parlé. « Sire, intervient Gahériet, dites-moi, ma dame la reine Guenièvre est-elle déjà arrivée ?

— Non, répond monseigneur Tristan, elle ne viendra pas à ce tournoi. Elle gît malade dans un château près d'ici et c'est pourquoi elle ne peut venir cette fois.

— Cela me peine terriblement, fait Gahériet. Mon cœur aurait été heureux si ma dame la reine Guenièvre et ma dame la reine Iseult s'étaient rencontrées car elles ne se sont jamais vues. Et croyez-vous que les rois étrangers pourront résister contre le roi Arthur ?

— Je le crois, répond monseigneur Tristan. Ils sont nombreux et bien valeureux, semble-t-il. Le roi Arthur ne réunit pas la moitié de leurs troupes. S'il n'est pas aidé par les chevaliers de la Table Ronde et par les membres de la lignée du roi Ban, il ne pourra rester aisément sur le champ de bataille car l'autre camp est trop fort.

— Sire, demande Gahériet, pour quel camp voulez-vous porter les armes ?

— Si le roi Arthur était en difficulté, fait monseigneur Tristan, je souhaiterais l'aider. Mais autrement, non. Aujourd'hui, nous pourrons nous reposer jusqu'à none et puis nous retournerons vers Louveserp. » Tous s'accordent à ce qu'il dit.

Les chevaliers dorment jusqu'à none. Palamède, qui ne fermait pas les yeux car il pensait à celle qui jamais ne lui fit ni bien ni avantage, s'éveille le premier et dit que la clameur s'était déjà élevée par la prairie, aussi forte que s'il y avait une grande défaite. Et le tournoi avait certainement commencé avec les nouveaux chevaliers. Quand Palamède entend la clameur et les cris, il sait que l'affaire a déjà débuté. Il réveille donc ses compagnons et leur dit : « Debout, seigneurs chevaliers, vous avez dormi trop longtemps car les joutes ont commencé devant Louveserp. Vous pouvez bien entendre la clameur.

— Allons-y donc », fait monseigneur Tristan. Une fois tous prêts et munis légèrement de leurs armes, car ils n'aspiraient pas à en porter plus, ils partent des pavillons fort bien montés, chacun ayant son écu à son cou et sa lance dans le poing. Ils n'emmènent avec eux aucun écuyer. Ils vont voir les vêpres du tournoi le plus discrètement possible.

Ils se dirigent là où le tournoi avait commencé. Vous pouviez voir, à cette occasion, des chevaliers trébucher et tomber sans pouvoir se relever. Les cris fusent de toutes parts. Les jeunes chevaliers œuvrent bien. Le roi Arthur observe leurs faits et les autres rois aussi. Lancelot du Lac et les chevaliers de sa lignée font de même. Que vous dire ? Les rois y assistent pour savoir quels nouveaux chevaliers agiront le mieux, lesquels sont les plus savants dans l'art du combat et lesquels sont les plus capables. Tous les rois sont présents mais ils ne porteront pas les armes ce soir. Le roi Arthur était déjà sur place avant que monseigneur Tristan et ses compagnons vinssent. Il s'était installé dans un lieu où il pouvait clairement apercevoir ceux qui arrivaient. Quand il voit les quatre compagnons venir, tous portant les mêmes armes vertes comme l'herbe des prés, il les montre au roi de Norgale qui était à côté de lui et à monseigneur Lancelot du Lac. « Seigneurs, fait-il, devant Dieu, vous pouvez voir des chevaliers bellement et élégamment équipés.

— Sire, vous avez raison, approuve le roi de Norgale. » Ainsi parlent le roi Arthur et les autres. Et sachez que monseigneur Tristan était devant et Palamède était à côté. Une fois près des rangs, ils s'arrêtent et se mettent à regarder les joutes des nouveaux chevaliers, comment ils se frappent, comment ils s'abattent les uns les autres. Ils disent que certains œuvrent bien et d'autres mal. Qui œuvre bien est loué. Qui combat mal est blâmé. Ainsi en va-t-il de cette affaire. Après que les quatre compagnons ont longuement observé les faits des nouveaux chevaliers, Gahériet dit à monseigneur Tristan : « Sire, ce serait très vil si ma lance restait entière. Donnez-moi, s'il vous plaît, la permission de la briser. » Monseigneur Tristan se met à rire et lui répond : « Allez, sire, de par Dieu, puisque vous le désirez. » Gahériet se met dans les rangs. Quand les hérauts qui criaient le tournoi constatent qu'il n'est pas un nouveau chevalier parce qu'il porte une lance plus épaisse et un écu un peu plus grand que les autres, et le voient se présenter contre le camp du roi Arthur, ils se mirent alors à crier : « Celui qui veut jouter contre le chevalier errant peut le faire ! » Que vous dire ? Tous les hérauts crient après lui à pleine voix.

Tandis que les cris poursuivaient Gahériet, aussi forts que je vous le raconte, voici venir parmi les rangs un nouveau chevalier qui portait des armes toutes blanches ; il était le neveu du roi des Cent Chevaliers, lequel était présent le plus discrètement possible et portait aussi des armes blanches. Le roi l'avait adoubé cette semaine. Il s'appelait Hélide et connaissait merveilleusement les armes. Quand il voit Gahériet entre les rangs qui se présentait pour jouter, il sait aussitôt qu'il n'est pas un jeune chevalier. C'est pourquoi il ne refuse pas le duel. Il vient à sa rencontre et éperonne son cheval. Il baisse sa lance et lorsque le moment de se rejoindre arrive, Gahériet et Hélide se frappent si violemment que leurs lances volent en éclats. Mais ils se heurtent avec leurs corps et leurs visages si rudement qu'ils tombent à terre, tellement étourdis qu'ils ne savent si c'est le jour ou la nuit. Voyant son neveu ainsi abattu, le roi des Cent Chevaliers se précipite pour le relever. Et tous les siens font de même. Monseigneur Tristan arrive d'autre part, accompagné de Palamède et de Dinadan, pour relever Gahériet. La clameur et les cris sont immenses. Les chevaliers qui étaient à l'extérieur et qui avaient vu la rude rencontre croient qu'ils sont morts. Le roi des Cent Chevaliers fait emporter son neveu d'un côté, et monseigneur Tristan, Palamède et Dinadan emmènent Gahériet si malmené qu'il ne remue ni pieds ni mains de l'autre. On lui ôte le heaume de la tête pour qu'il recueille l'air et le vent. Au bout d'un moment, il revient à lui grâce à la fraîcheur du vent qu'il sent et ouvre les yeux. Il est terriblement honteux d'avoir été ainsi blessé au cours d'une seule joute. Il se redresse le plus vigoureusement possible. Et monseigneur Tristan lui demande : « Sire, comment vous sentez-vous ?

— Sire, répond-il, bien, Dieu merci. Mais cette rencontre fut âpre et cruelle. Tous mes membres sont douloureux. » Ils quittent ensemble l'assemblée sans plus attendre.

Quand le roi Arthur les voit partir, il dit : « Nos chevaliers verts s'en vont. L'un d'eux a été cruellement abattu. Je ne crois pas qu'il ait envie de jouter encore.

— Sire, fait Lancelot, ainsi en va-t-il des aventures. Je ne crois pas qu'il y ait en la place un chevalier assez fort, s'il avait été abattu aussi rudement comme lui, qui n'en souffrît terriblement. Je me demande comment il n'est pas mort. Un chevalier est vite blessé. Mais il met du temps à recouvrer la santé. Je pense qu'ils sont tous les quatre valeureux.

— Tous les quatre, je ne saurais vous dire, réplique le roi. Mais au sujet de celui qui est assis sur un cheval gris, j'ai bien espérance qu'il est vaillant. » Il lui raconte alors ce que Sagremor lui avait relaté et comment il avait abattu les quatre compagnons. En entendant ces dires, il vient à l'esprit de Lancelot qu'il s'agit de monseigneur Tristan ou de Palamède. Nul autre chevalier ne peut avoir agi ainsi, selon son avis. Il est nécessaire qu'il le sache s'il le peut ; puisqu'ils seront réunis ensemble au tournoi demain, il œuvrera tant si possible qu'il saura la vérité. Car il lui est bien avis que c'est l'un d'eux. Mais à présent, le conte cesse de parler de lui et revient à monseigneur Tristan.

Selon le conte, après avoir quitté le tournoi, monseigneur Tristan chevaucha tant avec sa compagnie qu'il arriva aux pavillons où il trouva ma dame Iseult jouant et se divertissant avec ses demoiselles. Quand elles les voient rentrer, elles sont ravies et fort joyeuses. Une fois désarmés, ils pénètrent dans le pavillon de la reine et échangent avec elles des paroles distrayantes. Après qu'ils se sont un peu reposés, la reine avise Gahériet qui avait le visage tout enflé à cause du rude coup qu'il avait reçu. Elle lui dit par jeu et amusement : « Monseigneur Gahériet, vous fûtes au tournoi. Cela se voit aux traces que vous portez.

— Dame, fait-il, vous dites vrai. Ainsi en va-t-il des aventures. Si les autres y avaient participé comme moi, je crois également qu'ils en porteraient les signes.

— Comment ? s'étonne la reine. N'y participèrent-ils pas ?

— Dame, ils y vinrent, non comme chevaliers mais comme bateleurs. On voit bien à l'état de leurs lances comment ils allèrent les briser. »

Ils se divertissent fort ensemble et évoquent ce qu'ils avaient vu le soir. Enfin, Palamède demande à monseigneur Tristan : « Sire, en faveur de quel camp désirez-vous que nous portions les armes demain ?

— Contre ceux de la cour du roi Arthur, répond monseigneur Tristan. Et savez-vous pourquoi je le dis ? Il y aura demain de si bons chevaliers dispos et reposés qui sont attendus au tournoi et qui appartiennent à la lignée du roi Ban, qu'ils réaliseront des prouesses. C'est pourquoi il me semble que si nous nous ralliions à eux, nos efforts seraient perdus car ce que nous ferions au milieu d'eux ne pourrait apparaître clairement et ne serait guère vu ni su. Ils auront sans doute le prix et les louanges demain. Je dis donc que si nous combattions contre eux et si nous pouvions bien œuvrer, nous gagnerions louanges et prix pour nos belles actions. Mais nous ne les remporterons pas en leur compagnie. C'est mon conseil. »

Tous donnent leur assentiment et disent que c'est la meilleure solution qu'ils voient. Ainsi monseigneur Tristan parle-t-il à ses compagnons et leur dit-il comment ils agiront demain. Mais à présent, le conte cesse de parler d'eux et revient au roi Arthur et aux membres de sa cour pour raconter une partie de leur histoire.

Selon le conte, lorsque les vêpres du tournoi furent terminées, le roi retourna à Louveserp particulièrement heureux et joyeux car le tournoi avait bien débuté. Il dit à ceux qui étaient avec lui que de part et d'autre, les nouveaux chevaliers sont vaillants et qu'ils ont bien œuvré dès le commencement. Une fois parvenu à la forteresse principale du château, il descend et convoque Lancelot et Bliobéris de Gaunes ainsi que six autres chevaliers de cette lignée. Et quand ils sont venus auprès de lui, il leur demande : « Savez-vous si tous les chevaliers de la Table Ronde sont ici ?

— Sire, répondent-ils, nous ne le savons pas. » Keux le Sénéchal, qui était présent, s'avance aussitôt et dit : « Sire, je ne crois pas qu'ils y soient tous. Je pense qu'une grande partie manque. Et nous pourrons le savoir au dîner. » Telle était la coutume. Car quelle que soit la fête que donnait le roi Arthur, à l'occasion d'un tournoi ou dans un autre lieu, il faisait apporter à sa suite des draps de soie sur lesquels les chevaliers de la Table Ronde devaient s'asseoir. Et tout ainsi, comme la Table Ronde et Merlin lui-même l'avaient organisé, les noms des chevaliers étaient écrits sur les draps de soie. Si bien que chacun s'asseyait là où il le devait. Et les places où les chevaliers qui ne venaient pas à la cour devaient s'asseoir restaient vides. C'est ainsi que l'on pouvait savoir quel chevalier était présent. Comme je vous l'ai rapporté, Keux le Sénéchal dit au roi qu'il saurait bien quels chevaliers manquaient et lesquels étaient présents à la cour. Le roi répondit après avoir entendu Keux : « Devant Dieu, sachez quels chevaliers sont absents.

— Sire, à vos ordres », fait Keux. La discussion finit ainsi. Le roi demande à Lancelot : « Que pensez-vous de ce soir ? Nos nouveaux chevaliers ne débutèrent-ils pas bien ?

— Oui, sire, devant Dieu, répond Lancelot. Ils œuvrèrent bien des deux parts. Et vous rappelez-vous de la joute entre le chevalier à l'écu vert et l'autre chevalier qui est le parent du roi des Cent Chevaliers ?

— Je m'en souviens bien, dit le roi. Où que je me trouvasse, jamais je ne vis une joute plus rude. Mais dites-moi, que me conseillez-vous ? Comment devons-nous nous battre demain ?

— Sire, répond Lancelot, vous êtes, à ce sujet, plus avisé que moi. Vous-même déciderez et nous obéirons.

— Je sais bien, fait le roi, que ceux de l'autre camp sont plus nombreux que nous. J'ai pensé envoyer en premier les chevaliers du royaume d'Orcanie, puis ceux du royaume de Norgale. Et ceux du royaume de Logre iront après. Ensuite nous ferons un bataillon avec les chevaliers de la Table Ronde et j'y participerai. Vous et les membres de votre lignée aurez une seule bannière et un seul signe de reconnaissance. Je ne veux pas vous enseigner dans quel camp vous devrez œuvrer. Car vous saurez mieux le faire que je ne saurais vous dire. Vous nous secourrez au besoin. Vous serez notre salut. »

Ainsi le roi cherche-t-il comment il pourrait mieux combattre demain. Sa plus grande espérance de vaincre le tournoi repose seulement sur ceux de la Table Ronde et de la lignée du roi Ban. Quand l'heure est venue, ils se lavent les mains et s'installent. Une fois les chevaliers de la Table Ronde à leur place, Keux le Sénéchal, à qui il était ordonné d'observer ceux qui manquaient, les regarde bien, va trouver le roi et lui dit : « Sire, sachez que dix au moins de nos chevaliers de la Table Ronde manquent. Nous n'avons pas monseigneur Tristan, ni Gahériet, ni Mordret, Dinadan, ni son frère Brunor le Noir, Érec, le fils du roi Lac, Perceval, Guiglain, Méraugis, ni Espinogre. » Et apprenez tous que Dinadan était chevalier de la Table Ronde depuis peu de temps et que le chevalier à la Côte Tailladée, son frère, l'était aussi. « Comment ? s'étonne le roi. Tant de chevaliers ne sont donc pas là !

— Oui, sire, répond Keux, sachez-le vraiment.

— Je ne crois pas, fait le roi, qu'ils soient bien loin d'ici. Ils sont parmi nous et se cachent peut-être. Et s'ils ne sont pas ici, ils peuvent bien arriver avant le début du tournoi.

— Sire, vous dites vrai », approuve Keux. Et les autres disent de même. Après qu'ils ont longtemps parlé de cette affaire, le roi se tourne vers Lancelot et lui dit en privé : « Dites-moi, que Dieu vous bénisse, si vous avez des nouvelles de messire Tristan. » Et il répond en souriant : « Sire, je n'en ai aucune.

— Si, vous en avez, insiste le roi. Il est impossible que vous ne sachiez pas s'il est venu ou non.

— Sire, devant Dieu, fait Lancelot, je ne sais encore rien. Mais je crois avoir des nouvelles avant de dormir aujourd'hui.

— Je vous prie donc, dit le roi, de m'accorder une faveur.

— Sire, volontiers, fait Lancelot, pourvu que ce soit une chose qui puisse procurer de l'honneur à monseigneur Tristan et à moi-même.

— Je vous prie, poursuit le roi, de me faire savoir aujourd'hui s'il est venu ou pas.

— Sire, dit Lancelot, je le ferai puisque vous êtes si désireux de le savoir. »

Ainsi le roi se divertit-il et se distrait-il en compagnie de Lancelot ; il désirait fort avoir des nouvelles vraies de monseigneur Tristan. Le soir, à la nuit, un écuyer va trouver Lancelot, l'attire à part et lui dit : « Sire, je vous apporte des nouvelles de ce pour quoi vous m'envoyâtes là où vous savez. Apprenez que monseigneur Tristan est venu à ce tournoi et est logé dans cette forêt avec deux pavillons. Et il a amené avec lui ma dame Iseult, la plus belle et la plus gracieuse dame que des yeux mortels aient jamais vue. » En entendant cette nouvelle, Lancelot est prodigieusement heureux ; il désirait fort voir la reine Iseult car il ne l'avait pas rencontrée longuement. « Dis-moi, demande-t-il au jeune homme, quelle compagnie monseigneur Tristan avait-il avec lui ?

— Sire, je l'ignore, devant Dieu. Ses compagnons étaient déjà couchés quand je vins. Mais la reine Iseult ne dormait pas et monseigneur Tristan non plus. Ils conversaient. Et j'entendis bien qu'ils ne parlaient que de vous.

— Garde-toi bien, fait Lancelot, de ne dire ces nouvelles à personne car je ne voudrais pas qu'on les sache par moi. » Et l'autre dit que rien ne sera su par sa bouche.

Lancelot va trouver le roi Arthur et lui dit : « Sire, je vous apporte des vraies nouvelles sur ce que vous me demandiez aujourd'hui. Sachez que monseigneur Tristan est venu et est hébergé dans la forêt. Il est impossible que nous ne le voyions demain au tournoi.

— Ah, pour l'amour de Dieu, fait le roi, dites-moi, a-t-il amené ma dame Iseult à ce tournoi ?

— Sire, répond Lancelot, ne vous déplaise, qu'il l'ait amenée ou non, vous ne pouvez en savoir plus par moi, excepté ce que je vous ai dit. Ce que je vous fais savoir, je l'ai fait par la contrainte pour accomplir la prière que vous me fîtes aujourd'hui.

— Dites-moi, demande le roi Arthur, quels chevaliers a-t-il en sa compagnie ? Le savez-vous ?

— Sire, devant Dieu, fait Lancelot, je l'ignore.

— Il me tarde grandement, dit le roi, que nous soyons au tournoi pour voir ce qu'il fera. Car je sais bien qu'il viendra demain pour faire des merveilles et tout remporter s'il le peut.

— Sire, fait Lancelot, sachez bien que si quelqu'un doit gagner ce tournoi grâce à sa bonne chevalerie et à sa haute prouesse, monseigneur Tristan le fera car je sais bien qu'il est le meilleur et le plus fort chevalier du royaume de Logre, voire, devant Dieu, du monde, à mon avis. C'est pourquoi je crois vraiment qu'il voudra gagner ce tournoi par la force.

— Dites-moi, demande le roi, et de Palamède, avez-vous entendu des nouvelles ? C'est un vrai chevalier. Il y en a peu de meilleurs au monde. Si nous avions dans notre camp messire Tristan et lui, nous remporterions le tournoi. J'en suis certain.

— Sire, fait monseigneur Lancelot, je ne sais aucune nouvelle de Palamède. Il y a longtemps que je ne l'ai vu. Et cependant, je vous affirme que je connais bien sa bravoure et qu'il est impossible, s'il est en bonne santé, qu'il ne vienne à ce tournoi. Car nul ne lui échappe quand il en entend parler. »

Ainsi le roi Arthur et Lancelot conversèrent-ils ce soir-là au sujet de monseigneur Tristan et de Palamède. Après avoir longtemps parlé, le roi va se coucher, courroucé de savoir que la reine Guenièvre était si malade. Et cette raison lui ravit le sommeil cette nuit car il y pensa longuement.

Le lendemain, quand il fait jour, le roi se lève, se prépare et envoie aussitôt chercher Lancelot. Il lui ordonne de tout faire selon ce qu'ils avaient décidé la veille, afin que les bataillons soient composés comme il le désire pour ce jour. Et il lui octroie tout pouvoir. Lancelot le fit comme le roi lui avait ordonné. Tôt le matin, dès le lever du soleil, le roi d'Irlande s'était chargé de régler et de préparer la bonne marche des bataillons ; quand il voit que le temps est venu, il le fait de son mieux à l'aide du conseil des autres rois avec lesquels il s'était mis d'accord.

Tandis que le roi d'Irlande préparait cette affaire de la manière que je vous conte, voici venir dans la prairie monseigneur Tristan, tout en armes et tout apprêté. Palamède chevauchait avec lui ainsi que Gahériet et Dinadan qui étaient munis de toutes leurs armes telles que je vous les ai décrites. Monseigneur Tristan chevauchait devant, avec Palamède à ses côtés. La reine Iseult venait après, si richement vêtue que tous ceux qui la voyaient la contemplaient émerveillés. Et toutes les demoiselles sont aussi noblement habillées que si chacune d'elles était reine. C'était une pure merveille de les voir. La reine Iseult avait couvert son visage à cause de la chaleur, de la poussière et parce qu'elle ne voulait être connue d'aucun. Lancelot, qui était aux aguets et qui épiait pour apercevoir la reine Iseult, voit les quatre chevaliers venir vers lui, ceux-là mêmes dont il avait entendu parler la veille au soir à la cour du roi Arthur. Quand il voit aussi la compagnie de demoiselles, dont chacune est aussi noblement vêtue que si elle était la dame d'un grand royaume, il lui vient à l'esprit que c'est sans doute la reine Iseult. Il est ravi et particulièrement joyeux de sa venue. Une fois la reine Iseult parvenue aux loges où les dames devaient prendre place pour voir le tournoi, monseigneur Tristan met pied à terre, de même que ses compagnons, et conduit la reine en haut des loges suivie de ses demoiselles. Là se trouvaient déjà les autres dames appuyées aux fenêtres. Et comme elles pensent bien que la reine est une dame de haut rang et de haute noblesse, elles viennent à sa rencontre, la reçoivent avec grand honneur et la mènent le plus bellement dans le lieu le plus honorable. Monseigneur Tristan avait trouvé ce matin deux chevaliers de la Joyeuse Garde. Il les laisse avec la reine pour empêcher que les autres dames ne la serrent trop. Puis il s'en va, descend des loges et monte en selle. Et ses compagnons, qui avaient mis pied à terre, l'imitent. Une fois à cheval, tous les quatre se tournent contre le camp du roi Arthur et prennent position face à lui là où se trouvent ceux d'Écosse et de Galles. Le roi d'Écosse et celui de Galles étaient tous deux de jeunes et valeureux chevaliers. Ils étaient devant pour avoir les premières joutes, et monseigneur Tristan ainsi que Palamède se mettent avec eux. Gahériet et Dinadan font de même. Le roi de Galles et celui d'Écosse regardent les quatre compagnons qu'ils ne connaissaient pas et leur disent : « Seigneurs chevaliers, s'il vous plaît, laissez-nous jouter en premier.

— Certes, seigneurs, fait Dinadan, cette requête que vous formulez est très courtoise. Je ne sais ce que mes compagnons en penseront. Mais pour ma part, je vous affirme que je vous l'accorde très volontiers. Et sachez que si vous tombez, je ne vous relèverai pas, Dieu m'est témoin. »

Voici approcher ceux d'Orcanie qui étaient de bons et vaillants chevaliers par essence. Et si on me demandait qui les conduisait, je répondrais que c'étaient deux chevaliers de la lignée du roi Arthur. Et ils étaient parents du roi Loth d'Orcanie. L'un s'appelait Lichoas et l'autre Sadoch. Ils étaient frères de sang, très valeureux et vaillants, et merveilleux jouteurs. Ils venaient avant tous les autres pour recevoir la première joute. Quand les deux rois, celui d'Écosse et celui de Galles, voient les deux frères venir devant tous les hommes du roi Arthur, ils s'élancent vers eux. Lichoas, qui était l'aîné des frères, frappe si fort le roi d'Écosse qu'il le fait voler à terre, bon gré, mal gré, très cruellement. Sadoch fait subir le même sort au roi de Galles. Ainsi, comme je vous le raconte, les deux rois furent abattus. La clameur et les cris fusent de toutes parts. Le roi Arthur, qui observe cette première rencontre et qui connaît bien les deux frères, dit que cette journée a bien commencé. Que vous dire ? Les cris et la huée sur les deux rois qui sont tombés sont tels que vous n'entendriez pas Dieu tonnant. Palamède est affecté que le roi d'Écosse ait été abattu devant lui car il lui voulait grand bien ; le roi lui avait fait en plusieurs lieux services et honneur. C'est pourquoi il vengera cette honte s'il le peut. Il s'élance alors vers Lichoas et le frappe si rudement dans sa course que ni l'écu ni le haubert ne l'empêchent d'avoir une large et profonde plaie à la poitrine. Il la sentira pendant de nombreux jours. Il le frappe bien. Il lui fait vider les arçons et le porte à terre très violemment si bien qu'un morceau du heaume tombe dans l'herbe. Après l'avoir abattu, Palamède ne s'intéresse plus à lui car il apprécie peu ce fait. Il se rue sur l'autre frère et le frappe avec la même lance si vigoureusement que son adversaire n'a pas le pouvoir de tenir en selle. Il vole du cheval à terre, fort brisé et rompu. Et il eut tant de chance qu'il ne reçut d'autre mal que la chute. Mais il est bien étourdi. Quand le roi Arthur voit ses deux chevaliers abattus, il appelle monseigneur Gauvain qui était à côté de lui et lui dit : « Au nom de Dieu, Gauvain, notre chevalier à l'écu vert œuvre bien ! Il a hardiment débuté les joutes en faveur de son camp.

— Sire, fait monseigneur Gauvain, s'il a bien commencé, sachez qu'il fera mieux encore. Il nous fit connaître clairement sa puissance hier. Et je crois qu'il a avec lui des compagnons qui œuvreront mieux qu'on ne pense.

— Dites-moi, interroge le roi, savez-vous qui est cette dame qui monta aux fenêtres, celle que les quatre chevaliers escortaient ?

— Non, sire, dit messire Gauvain. Nous voulions savoir hier qui elle était. Nous fûmes désarçonnés assez méchamment.

— Dieu ! s'exclame le roi. Qui peut-elle être ? Comme je le saurais volontiers si je le pouvais. »

Ainsi, comme je vous le raconte, le roi Arthur parla-t-il à monseigneur Gauvain des faits réalisés par Palamède.

Quand monseigneur Tristan voit que les joutes ont débuté, il dit à Gahériet et à Dinadan : « Seigneurs, nous verrons ce dont vous êtes capables. Suivez-moi et ne vous inquiétez pas.

— Tristan, réplique Dinadan, pourquoi m'inquiéterais-je ? Garde-toi bien de ne pas tomber car sache que si tu chois, ce n'est pas par moi que tu te relèveras. » Monseigneur Tristan rit en entendant la réponse de Dinadan. Puis il lui dit tout en riant : « Dinadan, j'ai bien entendu ta promesse et je t'en fais une autre. Si tu tombes et que Dieu le veuille, je te promets loyalement que tu demeureras à terre plus longtemps que nécessaire.

— Tristan, fait Dinadan, pourquoi tardes-tu à commencer ? »

Monseigneur Tristan ne lui répond pas. Il se rue là où il voit la nombreuse foule de ceux d'Orcanie et frappe le premier qu'il rencontre ; il le fait voler à terre, tout étourdi. Il en frappe un autre et lui fait subir le même sort. Et apprenez qu'il use de sa lance tant qu'elle résiste et si longtemps que le roi Arthur, qui le regarde, ne peut croire qu'il en fasse autant. Dinadan abattit lors de cette rencontre un chevalier et Gahériet un autre. Ils brisèrent leurs lances.

Le roi Arthur voyait clairement comment monseigneur Tristan avait bien œuvré à l'aide d'une seule lance ; il avait observé qu'il avait abattu, lors de cette rencontre, quatre chevaliers par la lance, par le sabot du cheval, par sa propre force. Après avoir aperçu comment il avait jouté et commencé la besogne, il se tourne vers monseigneur Gauvain et lui dit : « Gauvain, que Dieu vous bénisse, que pensez-vous de notre chevalier à l'écu vert, celui qui est assis sur ce cheval noir ?

— Sire, répond monseigneur Gauvain, devant Dieu, je ne peux en dire que du bien. Il a fait, à l'aide d'une lance qu'il tenait, plus que tout autre chevalier pourrait faire. Je ne pense pas que ses autres compagnons aient aussi bien agi que lui.

— Dieu ! fait le roi. Qui peut-il être ?

— Je l'ignore, sire, dit monseigneur Gauvain. Mais qui qu'il soit, il est un bon et preux chevalier. Il l'a bien montré dès le début. »

Ainsi le roi parle-t-il de monseigneur Tristan. Il lui accorde grandes louanges et grand prix pour ce qu'il a vu de lui. Et monseigneur Tristan, qui ne se préoccupe pas du roi et qui ignore qu'il parle de lui, s'efforce par nécessité de remonter en selle les deux rois, celui d'Écosse et celui de Galles, malgré tous leurs ennemis. Les rois sont ravis quand ils se voient à cheval car ils avaient eu toute crainte. Après les avoir délivrés, comme je vous le raconte, monseigneur Tristan empoigne son épée et ne tarde pas. Il s'élance vers ceux d'Orcanie et donne à qui il touche des coups grands et lourds. Il est impérieux qu'il fasse voler à terre ou au moins trébucher sur le cou du cheval son adversaire. Tous ceux qu'il frappe bien n'ont plus la volonté ni l'audace de l'approcher. Que vous dire ? Il montre si bien son pouvoir et sa haute chevalerie qu'il va et vient à sa guise à travers tout le tournoi et fait fuir les chevaliers par la force comme le loup entre les brebis. Il frappe. Il abat. Il fait trébucher. Il porte les chevaliers à terre. Il arrache les heaumes des têtes et les écus des cous. Il fait tant où qu'il aille qu'il est redouté comme le tonnerre. Il ne se fatigue pas et ne recule pas. Il croit en sa force ainsi que le pensent tous ceux d'Orcanie qui le regardent émerveillés. Palamède, d'autre part, si preux et si fort comme je vous l'ai indiqué, œuvre si bien de son côté qu'il prouve qu'il est un vrai chevalier. Sa valeur et sa hardiesse ne sont pas insignifiantes. Si monseigneur Tristan est un lion, messire Palamède est léopard. Gahériet fait bien ses preuves, ainsi que Dinadan. Mais ni leurs actes ni leur valeur n'égalent ceux des deux autres. Ainsi, comme je vous le dis, les compagnons se conduisent-ils chacun du mieux qu'il peut. Et ils emploient si bien leur pouvoir, aidés par le secours de ceux d'Écosse et de Galles, qu'ils mènent à la défaite ceux d'Orcanie et les obligent à quitter de force le champ et à retourner vers Louveserp, navrés, frappés, malmenés, foulés, battus, si bien que la plus grande partie d'entre eux est blessée. Ils ont tant supporté qu'ils ne sont pas à blâmer. Ils peuvent bien affirmer que jamais, où qu'ils soient allés, ils n'ont trouvé un si rude et si fort ennemi comme ils ont rencontré en monseigneur Tristan. Il en a bien abattu trente qui sont méchamment malmenés.

Grande est la clameur, grands sont les cris que les chevaliers âgés commencent à hurler. Ceux qui ne peuvent porter les armes étaient dans les loges avec les dames et étaient montés aux fenêtres pour voir le tournoi. Quand tous virent ceux d'Orcanie retourner, abandonner la place bon gré, mal gré sans pouvoir s'amender, la clameur et les cris s'élèvent si forts que l'on n'entendrait pas Dieu tonnant. Ils crient d'une voix : « Les chevaliers à l'écu vert vainquent tout ! Ceux d'Orcanie sont vaincus s'ils ne sont secourus ! » En entendant cette nouvelle, il est inutile de demander si le roi Arthur est malheureux et courroucé. Il se tourne aussitôt vers Lancelot, qui était venu près de lui, et lui dit : « Par Dieu, Lancelot, cela va mal ! Nos chevaliers d'Orcanie sont défaits par quatre chevaliers seulement ! Nous avons attendu plus que nous ne le devions. Ils ne sont que quatre chevaliers et nous sommes en nombre égal. Que chacun de nous se charge du sien. Et je crois que Fortune et Aventure nous aideront si bien que nous les abattrons tous les quatre.

— Sire, fait Lancelot, je n'approuve pas cette entreprise car ils sont tous d'excellents chevaliers.

— Au nom de Dieu ! s'emporte le roi Arthur. Je veux que nous agissions ainsi que je l'ai dit ! » Quand Lancelot constate que le roi entreprend si vivement cette tâche, il n'ose plus la lui interdire. Il lui dit : « Sire, puisqu'il vous plaît que ces joutes aient lieu, je choisis ce chevalier qui est assis sur ce cheval. Je me charge de cette affaire avec grand doute, devant Dieu. Et apprenez bien qu'il n'est pas un simple chevalier comme vous le savez. Bliobéris ici présent joutera contre l'autre. Hector, mon frère, aura le troisième et vous le quatrième, s'il vous plaît. Nos joutes sont mises en ordre. Si je pouvais en partir sans perdre et en gagnant, je me considérerais, Dieu m'est témoin, comme bien récompensé. » Lancelot s'élance vers monseigneur Tristan au galop. Et il avait choisi cette joute car il était persuadé qu'il s'agissait de Palamède. Et quand vient le moment de se rencontrer, lui qui met tout son pouvoir, son cœur, son corps et sa volonté frappe monseigneur Tristan si fort qu'il le porte à terre avec sa monture. Le cheval, qui avait tant supporté et reçu de coups devant, derrière, était si rudement blessé qu'il ne put soutenir le coup puissant porté par le chevalier, ni le choc de la rencontre avec l'autre cheval qui était tout frais et qui le heurta si fort. C'est pourquoi monseigneur Tristan fut abattu facilement car son cheval, qui était prodigieusement épuisé et navré, s'affaissa tout d'un coup. Quand monseigneur Tristan sentit que le cheval tombait, il jaillit très rapidement et fit mine que cette joute ne l'affectait pas. Bliobéris, qui se dirige vers Palamède, le frappe si violemment dans sa course que celui-ci, qui était fatigué et suant, n'a ni la force ni le pouvoir de supporter le grand coup qu'il reçoit à la poitrine. Il vide les deux arçons et vole du cheval à terre, étourdi car il était tombé cruellement. Hector abat Gahériet si rudement qu'il ne peut se relever pendant longtemps car il était déjà travaillé ; il avait beaucoup souffert et enduré pour suivre monseigneur Tristan au milieu de la foule nombreuse. Il avait reçu tant de coups d'épée et de lance qu'il était prodigieux qu'il parvînt à les supporter. Le roi Arthur, qui arrive le dernier des quatre et qui voit que ses compagnons ont chacun fort bien œuvré, ne tarde pas. Il se rue sur Dinadan et le frappe si fortement dans son élan que le haubert ne l'empêche pas de lui faire une plaie large et profonde à la poitrine. Il le frappe bien. Il lui fait vider les arçons et le porte très cruellement à terre. Ces quatre-là abattus, la clameur et les cris s'élèvent prodigieusement de part et d'autre. Quand ceux d'Orcanie s'aperçoivent que les quatre compagnons qui les avaient couverts de honte et défaits sont abattus, ils reviennent aussitôt en arrière. Ils veulent les saisir et les retenir de force. Et ils les auraient pris sans doute car les quatre chevaliers étaient à pied et ne pouvaient se défendre contre eux.

Le roi d'Écosse et celui de Galles, qui avaient clairement vu la grande vaillance et la haute prouesse des quatre compagnons, se précipitent pour les secourir. Ils ne les laisseront pas prendre tant qu'ils pourront les aider. Vous pouviez voir à la rescousse de monseigneur Tristan une grande bataille, des coups donnés et reçus. Les cris sont forts et la clameur prodigieuse. Ce n'est pas un tournoi. C'est une bataille à mort. Ce n'est pas un jeu. C'est une violente colère et une haine mortelle. La foule y est si nombreuse et épaisse : c'est merveille. Ils se donnent des coups si durs et si lourds que nul lâche ne se trouve sur les lieux. Nul couard n'ose regarder si ce n'est de loin. La reine Iseult, qui était aux fenêtres des loges, avait vu comment monseigneur Tristan avait été abattu. Elle voit la foule et la bataille, qui sont si grandes autour de lui, le fracas des épées et des lances et la guerre si âpre. Si elle est anxieuse et épouvantée, ce n'est guère étonnant. Mais elle ne dit rien. Elle pleure très tendrement et si discrètement que ceux qui étaient à côté d'elle ne peuvent s'en apercevoir. Grande est la bataille là où monseigneur Tristan se trouve à pied comme je vous l'ai raconté. Le roi Arthur fournit le plus grand effort pour le prendre et le retenir. Et sachez qu'en ce temps-là, les prisonniers des tournois qui étaient pris ne portaient plus les armes pendant toute la durée, si ce n'était avec la permission de ceux qui les avaient saisis. Ils n'avaient pas d'autre rançon à verser. À cause de la grande force et de la grande puissance qu'il avait vues chez les quatre compagnons, le roi Arthur met tout en œuvre pour les capturer. Il lui semble évident que si les quatre compagnons ne portaient plus les armes pendant le tournoi, les autres adversaires ne pourraient résister. Le roi d'Écosse et celui de Galles maintiennent si fort la bataille en la place qu'ils affirment préférer mourir plutôt que les quatre compagnons ne soient pas secourus. Le roi Arthur assure qu'ils ne peuvent s'échapper et qu'ils seront pris et retenus. Ainsi commencent le combat, la colère et le courroux. Quand le roi de Galles s'aperçoit qu'il ne peut secourir monseigneur Tristan comme il le voudrait, il oublie toute peur et réalise une action que l'on considérera plus tard très valeureuse. Il descend au milieu de la foule et dit à monseigneur Tristan : « Sire, montez ! Je ne peux vous rendre d'autre service ! » Monseigneur Tristan n'attend pas quand il entend ces paroles. Il saisit aussitôt le cheval et remercie le roi pour ce bienfait. Il s'élance immédiatement vers le roi Arthur qu'il ne reconnaît pas. Il lui assène de toutes ses forces un coup d'épée sur le heaume si bien que le roi, tout étourdi, ne sait s'il fait jour ou nuit. Il s'affaisse sur l'arçon de devant. Quand monseigneur Tristan voit son comportement, il se tourne vers lui, le saisit par le heaume et le tire si fort à lui qu'il lui fait vider les arçons et le porte à terre. Il s'empare du cheval par le mors et le donne au roi de Galles qu'il aide instamment à remonter malgré tous ses ennemis. Monseigneur Tristan fournit tant d'efforts qu'après avoir mis en selle le roi de Galles, il permet à tous ses compagnons de remonter à cheval. Mais sachez bien qu'il ne réalisa pas ces actes sans peur. Il reçut nombre de coups et de blessures. Grands sont les cris et la clameur quand ceux d'Orcanie voient le roi Arthur à terre. Vous pouviez admirer des merveilles. Palamède œuvre si bien qu'il ne laisse pas remonter le roi malgré ceux qui se mettent devant. Vous pouviez observer la bataille de l'un et de l'autre qui se portent haine et rancœur. Si bien que Lancelot abandonne tout pour courir sus à Palamède et Palamède à Lancelot. L'affaire de ces deux est si engagée que les voilà front à front ; ils montrent bien l'un à l'autre qu'ils ne se veulent aucun bien. Quand monseigneur Tristan voit que l'affaire a débuté si violemment de sorte que chacun se préoccupe de soi et que les plus forts et les plus rudes sont obligés de se défendre, il ne s'attarde pas. Il quitte le tournoi le plus discrètement possible. Dinadan ne s'en aperçoit pas, et Gahériet et Palamède non plus. Ils sont accaparés par autre chose. Monseigneur Tristan part du tournoi comme je vous le raconte. Une fois sorti, il chevauche si hâtivement en éperonnant sa monture qu'il parvient droit à la forêt.

La reine Iseult avait les yeux rivés sur monseigneur Tristan, elle avait été longtemps malheureuse et apeurée tant qu'il était à pied. Mais elle fut grandement soulagée quand elle le vit à cheval. Apercevant qu'il quitte le tournoi, elle s'étonne fort de ce que cela signifie. Car sachez que monseigneur Tristan n'avait encore révélé à personne qu'il voulait changer ses armes. Et il avait tant fait au début de cette journée, devant Lancelot lui-même, en abattant le roi Arthur, en aidant les deux rois à remonter en selle ainsi que ses compagnons, que Lancelot l'avait clairement reconnu : c'était monseigneur Tristan qui réalisait de si grands prodiges. Il se repent terriblement d'avoir jouté contre lui.

Selon le conte, messire Tristan quitta le tournoi comme je vous le relate et chevauche tant qu'il pénètre dans la forêt. Il arrive droit au pavillon, se fait désarmer rapidement et prend ses armes vermeilles ainsi qu'un cheval sûr et robuste, un écu vermeil et une lance vermeille. Et ses effets étaient aussi de soie vermeille. Que vous dire ? Ainsi armé et déguisé comme je vous le dis, si bien que nul qui l'eût vu ne le reconnaîtrait, monseigneur Tristan retourne au combat, la lance au poing. Et comme il ne souhaite pas que ses compagnons le reconnaissent, il n'emmène pas avec lui ses écuyers. Il se rend tout seul au combat qui était plus féroce qu'il ne l'avait encore été aujourd'hui. Car tous s'y trouvaient de part et d'autre. Le roi Arthur était de nouveau en selle.

Pendant le combat, sous cette grande huée et cette clameur, lors de cette bataille qu'entreprennent la lignée du roi Ban et les chevaliers de la Table Ronde, les rangs tremblaient où qu'ils aillent. Voici venir monseigneur Tristan de la forêt, muni de ses armes rouges comme le sang. Et il n'arrive pas lentement. Il s'approche d'eux en courant telle la foudre. Palamède était à cet instant abattu, Gahériet était blessé et Dinadan aussi. Tous les trois étaient à pied et chacun aidait l'autre de son mieux. Ils se demandaient ce que monseigneur Tristan était devenu car ils ne le voyaient ni près ni loin, ni nulle part. Tandis qu'ils étaient à terre, comme je vous le dis, et qu'ils se défendaient de leur mieux, voici venir monseigneur Tristan bruyant comme la foudre, aussi frais et reposé que s'il n'avait donné aucun coup. Voyant la foule, il y précipite son cheval et frappe si violemment le premier qu'il rencontre qu'il lui fait vider les arçons et voler à terre. Il se sert de sa lance tant qu'elle résiste et plus que tout autre chevalier n'aurait pu le faire. À ce moment, Lancelot avait quitté le tournoi pour se reposer un peu car il avait suffisamment peiné et supporté cette matinée. Quand il vit comment monseigneur Tristan était arrivé au tournoi et comment il avait œuvré avec une seule lance, il le montre à Hector, son frère, qui était à côté de lui. « Hector, demande-t-il, que pensez-vous de ce chevalier vermeil ?

— Sire, répond Hector, il a bien agi lors de cette rencontre. Mais vous ne devez pas lui accorder de grandes louanges pour cela car il est venu tout nouvellement dispos au tournoi et les chevaliers qu'il a maintenant abattus étaient plus blessés et épuisés que nécessaire. Il n'a rien fait qui soit admirable aujourd'hui. Mais le soir, quand le tournoi devra s'achever, on pourra connaître les bons chevaliers. N'en louez aucun pour le moment. Car nul ne mérite de l'être. Je ne le dis pas pour ces chevaliers mais pour de nombreux autres qui débutèrent leur chevalerie ce matin et qui se conduisent lâchement le soir. On voit cela advenir souvent.

— Pourtant, réplique Lancelot, je ne dirai pas aisément qu'il en sera de même pour celui-ci. J'ai vu qu'il a débuté ses actes si hardiment et si violemment que j'affirme qu'il ne pourra mal finir, à mon sens. Dites-moi, beau frère, vîtes-vous dans quelle direction alla le chevalier aux armes vertes qui œuvrait si bien et à qui vous accordiez un si grand prix, celui-là même qui, devant nous, désarçonna le roi Arthur ?

— Devant Dieu, sire, répond Hector, je ne sais ce qu'il devint. Je vous dis bien à son sujet qu'il combattit tant qu'il fit mieux au tournoi que tout autre chevalier que je vis aujourd'hui. Mais j'ignore ce qu'il devint.

— Je crois, fait Lancelot, que ceux d'Orcanie l'ont mené à Louveserp.

— Sire, c'est bien possible », approuve Hector.

Lancelot est fort courroucé car il pense que messire Tristan est capturé. Et il était persuadé que c'était lui qui avait abattu le roi Arthur et qui avait si bien agi lors du tournoi. Ainsi les deux chevaliers se reposent-ils en dehors du tournoi et parlent-ils du chevalier aux armes vertes. Ma dame Iseult, qui était aux fenêtres des loges, avait les yeux portés sur son ami ; elle avait vu clairement qu'il était parti du tournoi et elle regardait toujours en direction de la forêt, si bien qu'elle le vit revenir. Et, sans le cheval qu'elle avait déjà aperçu à la Joyeuse Garde, elle ne l'aurait pas reconnu car il s'était déguisé. « Dieu ! s'exclame-t-elle. Pourquoi fait-il cela ? » Ainsi la reine Iseult reconnut-elle monseigneur Tristan. Il sortit de la forêt, s'approcha du tournoi et nul qui le vit ne le reconnut.

Une fois au tournoi et après avoir brisé la lance avec laquelle il fit plus que tout autre chevalier, il empoigne à présent son épée et se met à donner de grands coups à droite et à gauche, à abattre des chevaliers, à faire trébucher les chevaux et à accomplir de si grands prodiges que nul ne les voit sans être stupéfait. Que vous dire ? Il frappe et cogne tant sur les uns et les autres qu'il aide Palamède à remonter en selle, que ses ennemis le veuillent ou non. Puis il remonte Gahériet et Dinadan et les délivre de deux chevaliers de la lignée du roi Ban qui les avaient capturés ; ils voulaient les conduire en prison à Louveserp car ils refusaient de jurer et de respecter la coutume de ceux qui étaient pris lors d'un tournoi. Une fois en selle, tous deux sont ravis et joyeux. Ils recommencent à se battre sans être oisifs. Ils ne montrent pas qu'ils sont épuisés ni qu'ils souffrent de blessures reçues aujourd'hui. Et cependant, n'apercevant monseigneur Tristan nulle part, ils s'arrêtent au milieu de la foule, ébahis. « Palamède, fait Dinadan, savez-vous où est allé monseigneur Tristan ?

— Devant Dieu, répond Palamède, il y a longtemps que je ne le vis. Je croyais vraiment qu'il était encore avec vous.

— Et vous, Gahériet, demande Dinadan, savez-vous ce qu'il est devenu ?

— Au nom de Dieu, fait Gahériet, je ne le vis plus ce matin depuis qu'il nous aida à remonter en selle.

— Dieu nous vienne en aide ! dit Dinadan. Où monseigneur Tristan peut-il être parti ? » Les trois chevaliers s'inquiètent fort de monseigneur Tristan. Ils le cherchent çà et là. Ils le voient devant eux. Ils l'ont trouvé. Mais ils ne le reconnaissent pas. Après l'avoir longtemps cherché, ils abandonnent la quête et se concentrent sur la besogne pour laquelle ils sont venus en la place. C'est frapper et cogner. Palamède n'est pas aussi triste que ses deux autres compagnons de ne pas trouver monseigneur Tristan. Il voudrait qu'il ne revienne jamais, qu'il soit capturé et qu'il ne puisse plus porter d'armes à ce tournoi. Palamède se met en peine. Il frappe avec la lance et mieux encore avec l'épée. Il met tout en œuvre pour bien faire. Quand il regarde vers les loges où il voit ma dame Iseult, si belle, si plaisante, plus que toute autre dame du monde, sa force croît et double. Il a plus de valeur. Ma dame Iseult lui donne le pouvoir de valoir plus. Et elle l'incite à en faire plus que son corps ne le peut. Il œuvre plus qu'il n'est possible. Il s'efforce et s'évertue à rendre Palamède plus fort et plus violent qu'à l'accoutumée. Jamais de sa vie Palamède n'eut tant de prix. Il a plus que doublé de pouvoir, de valeur et de force. Il a tant œuvré par nécessité que tous ceux qui le regardent disent bien qu'il surpasse tout. Nul ne peut se mesurer à sa bonté, à sa puissance et à sa très grande hardiesse. Tous l'affirment.

Monseigneur Tristan se promène à travers la bataille, ainsi armé comme je vous le dis, et entend les grandes louanges et le grand prix que tous accordent à Palamède. Il en est ravi. Cela ne le peine pas. Au contraire, cela lui plaît. Il voudrait qu'il fût encore meilleur qu'il n'est. Mais s'il savait d'où lui vient cette bravoure, il ne serait pas aussi joyeux. Son inclination changerait aussitôt. Ils seraient en train de se battre et ne prendraient pas garde au tournoi. Ce serait entre eux une bataille mortelle. Palamède agit fort bien et s'épuise. Il en fait tant que tous en parlent. Il est le centre des conversations. Ils n'évoquent plus monseigneur Tristan ou Lancelot. Et à travers la bataille, ceux qui regardent Palamède disent unanimement que le chevalier à l'écu vert remporte tout. Il vainc et vaincra sans doute. S'il peut poursuivre ce qu'il a commencé, il aura les louanges et le prix de cette journée. Palamède, qui entend bien quel grand prix chacun lui octroie, s'enorgueillit et devient outrecuidant. Il vaut mieux qu'avant. Sa force croît. Il frappe. Il abat. Il fait trébucher. Il accomplit par lui-même de si grands prodiges qu'il ne rencontre guère de chevaliers dont la puissance l'empêche de les renverser. Il regarde souvent vers celle qui lui permet de surpasser tout le pouvoir qu'il a coutume de posséder. Il fournit tant d'efforts qu'il n'entreprend rien qu'il ne mène à bien. Cette journée s'acheva dans la joie pour lui. Car il gagna plus d'honneur en un jour qu'en toute sa vie. S'il peut remporter cette journée devant les deux meilleurs chevaliers du monde qui sont présents à ce tournoi, il voudra aussitôt mourir. Car il ne pourra plus jamais périr dans de si grands honneurs. Palamède se réjouit de ce que chacun dit de lui. D'autre part, il tient pour vrai qu'il ne fait rien que sa dame ne voie clairement. Il ignore si elle connaît son œuvre par ouï-dire ou par elle-même. Le roi Arthur, qui était dans la mêlée comme je vous le raconte et qui était certain que Palamède réalisait ces exploits, observe longuement. Il s'arrête, tout ébahi, appelle monseigneur Gauvain qui était à côté de lui et lui demande : « Gauvain, que Dieu vous bénisse, que pensez-vous de ce chevalier à l'écu vert ?

— Sire, répond-il, il montre bien qu'il a déjà porté des armes et qu'il est de haute bravoure. Et si vous ne savez qui il est, je vous le dirai à l'instant. Sachez que c'est Palamède le Païen. Il a débuté aujourd'hui ce tournoi. Soyez-en assuré.

— Au nom de Dieu ! s'exclame le roi Arthur. Je le vois bien. Il a si bien commencé qu'il est impossible qu'il ne remporte le prix de la journée. Et sans ses coups, nos adversaires seraient vaincus. Ils n'auraient pu résister contre nous. Mais à lui tout seul, il les maintient dans la force et la puissance. Autrement, ils auraient déjà fui le champ de bataille. Regardez ce que vaut un homme. Lui seul les garde dans la valeur. Et ce qu'ils réalisent, ils le font à son exemple. Il nous couvrira de honte à lui seul. Ainsi en va-t-il des aventures. Cette journée est à lui et non à un autre. Je me demande, Dieu m'est témoin, d'où lui vient cette bravoure. Car je l'ai vu d'autres fois dans maints tournois où il faisait de son mieux. Mais jamais je ne le vis dans un lieu où il réalisa la moitié des prouesses chevaleresques qu'il fit aujourd'hui. Et c'est une chose qui m'étonne fort car il me semble, et il le montre clairement, que sa force, son pouvoir et sa chevalerie ont crû.

— Sire, fait monseigneur Gauvain, Dieu le veut ainsi. Vous avez souvent vu qu'un chevalier prouvait qu'il était de plus grande force, de plus grand pouvoir et de plus grande bravoure un jour plutôt qu'un autre. Et il ne pouvait jamais plus retrouver cette bravoure. Si Palamède gagne aujourd'hui, il ne remportera peut-être rien demain comme je le crois. Qu'aujourd'hui soit son aventure. Elle appartiendra à un autre demain. »

Ainsi, comme je vous le raconte, le roi parlait-il à monseigneur Gauvain de Palamède à cause des merveilles qu'il faisait sous ses yeux à travers le tournoi. Et Dinadan, qui était près de lui avec Gahériet, le regarde longuement et voit clairement qu'il vainc tout. Il s'arrête et dit à Gahériet : « Gahériet, que Dieu vous bénisse, que pensez-vous de Palamède ?

— Au nom de Dieu, fait Gahériet, je ne sais que dire, excepté qu'il est un excellent chevalier, bien meilleur que de coutume. Je dis que jamais il ne valut la moitié de ce qu'il vaut aujourd'hui. J'ignore d'où lui vient cette force mais il m'étonne prodigieusement. Car il n'est pas seulement Palamède. Il est le double de Palamède, il me semble, et il surpasse, à mon sens, monseigneur Tristan et Lancelot par sa force.

— Gahériet, dit Dinadan, cette force lui vient d'un grand courage. Ma dame Iseult, qui vient par bonheur à ce tournoi, lui procure toutes ses vertus. Elle peut plus que Dieu, je le vois bien. Elle donne à Palamède plus de force que Dieu ne lui en a offert. Elle est les saints qui font tous ces miracles. Mais si monseigneur Tristan s'en aperçoit par hasard, il mettra fin à ces miracles. Toutefois, je ne sais que dire de monseigneur Tristan. Il y a longtemps que je ne le vis. J'ai très peur, devant Dieu, que les chevaliers de la Table Ronde ne l'aient capturé.

— En effet, acquiesce Gahériet, je le crains moi aussi. Je ne sais que dire. »

Tandis qu'ils parlaient ainsi des hautes prouesses de Palamède, voici venir au tournoi Lancelot qui s'était longuement reposé avec Hector, son frère, à l'extérieur. Il arrive tout frais en éperonnant sa monture comme s'il n'avait donné aucun coup. Où qu'il coure, il fait vider la place. Il frappe bien avec la lance et mieux encore avec l'épée. Il avait clairement entendu que chacun donnait grand prix et grandes louanges au chevalier à l'écu vert et il savait que c'était certainement Palamède qui l'avait tant échauffé. Ils s'étaient bien éprouvés pendant la matinée. Il est nécessaire qu'ils s'éprouvent encore puisque les voilà ensemble. Dès que Palamède voit venir Lancelot, il le reconnaît aussitôt. Il pose son regard sur lui, droit dans sa direction. Car il n'a peur de nul autre. Il est le seul qu'il redoute prodigieusement. Il ne craint personne d'autre. Car s'il ne perd pas à cause de lui le grand honneur de la journée, il ne le perdra par nul autre. Il croit en effet que monseigneur Tristan est prisonnier ou que les chevaliers de la Table Ronde l'ont emmené à Louveserp. Et c'est une chose qui le réconforte grandement. Il lui est avis que Lancelot se défendra bien. Palamède, qui est ravi et joyeux des grandes louanges qu'il a conquises, songe profondément à tout cela. Mais il a peur de les perdre par la faute de Lancelot. Il ne redoute personne d'autre. Quand il le voit venir, il laisse tous les autres pour lui.

Il l'a éprouvé plusieurs fois aujourd'hui et il veut encore s'essayer contre lui car il lui causerait volontiers un grand déshonneur s'il le pouvait. Et lorsque Lancelot aperçoit Palamède, il abandonne tous les autres pour lui et se dirige droit vers lui car il connaît bien son courage. Il tourne la tête de son cheval dans sa direction et se dit à lui-même que puisque Palamède lui demande querelle, il est nécessaire que l'un ait le dessous. Ce n'est pas par lui que l'un d'eux ne sera pas suffisamment chargé de coups. Les deux chevaliers s'affrontent par grande querelle et avec grande crainte. Mais Palamède n'avait pas de lance tandis que Lancelot en possédait une courte et grosse. Palamède, qui était tout aveuglé de hardiesse, ne craint pas la lance et il le montre bien ; quand Lancelot croit le porter à terre, Palamède hausse l'épée et coupe la lance en son milieu. Le coup fut grand et assené avec force. Trouvant le cheval désarmé, il lui porte un si grand coup à la tête qu'il le fait violemment trébucher à terre et il ne se relève pas. Lancelot saute. Il retombe sur ses pieds. Les cris sont forts et la clameur merveilleuse ; ceux postés dans les loges qui regardaient la bataille et reconnaissaient Lancelot s'écrient à pleine voix quand ils l'aperçoivent à terre : « Le chevalier à l'écu vert vainc tout ! Il a abattu Lancelot du Lac ! » Grands sont les cris et la clameur après Lancelot. Hector, qui voit son frère à terre, est si furieux qu'il manque d'enrager de douleur. Bliobéris aussi. Ils étaient devant et regardaient comment Palamède agissait. Quand il s'échappera de ces deux-là, il se considérera bien récompensé.

Voyant son frère à terre, Hector ne se tourne pas vers lui pour le relever. Il s'élance vers Palamède pour venger sa colère s'il le peut. Palamède ne le craint pas. Il vient à sa rencontre le plus vite possible. Hector le frappe si rudement à la poitrine que bon gré, mal gré Palamède vide les deux arçons et vole à terre très cruellement. À ce moment, la huée s'élève plus forte qu'auparavant ; les uns et les autres s'écrient : « Le bon chevalier est à terre et

Lancelot du Lac aussi ! » Monseigneur Tristan était présent et avait longtemps scruté Palamède, si ébahi par les grandes prouesses qu'il lui voyait réaliser qu'il se disait que le seul chevalier au monde est Palamède. Il devrait vraiment avoir le prix et les louanges de cette journée. Et pour bien observer sa haute chevalerie, il s'était arrêté au milieu de la place, si bien qu'il ne faisait rien d'autre que regarder Palamède. Quand il voit le coup qu'il avait donné à Lancelot, il ne le considère pas comme un fait insignifiant et peu hardi. Mais par la suite, apercevant comment Hector l'avait abattu, il se dit qu'il ne supportera pas qu'on le traite si vilement ni qu'il reste à terre. Nul homme de qualité ne devrait le tolérer.

Il se tourne alors vers Hector, l'épée au poing, teinte de sang rouge car il avait donné de nombreux coups ce jour-ci. Il le frappe de toutes ses forces si violemment que ce dernier est tout étourdi. Il bute contre l'arçon de devant. Il voulait s'en aller mais monseigneur Tristan ne le laisse pas aisément partir. Il le saisit par le heaume et le tire si fort vers lui qu'il le fait tomber du cheval. Il tend les mains, s'empare du cheval qui était bon, vient à Palamède et lui dit : « Vite, Palamède, montez rapidement. » Palamède est ravi de ce don car il en avait bien besoin. Il prend le cheval, met le pied à l'étrier et veut monter mais il ne le peut car Lancelot se précipite vers lui, le saisit par le heaume et le tire si rudement à lui qu'il le fait s'affaisser à terre. Puis il lui dit : « Palamède, vous ne remonterez pas. Vous resterez ici à pied avec moi et nous nous battrons avec nos épées. Vous avez assez couru aujourd'hui. Laissez les autres courir car vous en avez assez fait. Laissez notre combat se dérouler. » Palamède se considère comme mort en entendant ces paroles. Il sait avec certitude qu'il ne pourra pas aisément avoir le dessus sur Lancelot par les armes, à moins que l'aventure ne l'aide grandement. Et s'il perd ici l'honneur qu'il a conquis aujourd'hui, il est mort, couvert d'opprobre et détruit. Car jusqu'ici, il a tout vaincu, il le sait bien, et devant les yeux de sa dame. Il ne veut nul autre jugement que le regard de celle qui lui fait réaliser tous ses exploits. « Palamède, fait Lancelot, vous voilà contraint de vous battre. Défendez-vous si vous le pouvez. » Palamède meurt de douleur quand il entend ces mots à cause de la souffrance qui serre son cœur ; il sait bien qu'il ne pourra avoir le dessus sur celui-là par les armes. Il dit avec les yeux emplis de larmes : « Ah, chevalier, pour l'amour de Dieu, pitié ! Je te prie autant qu'un chevalier peut en prier un autre de ne pas me ravir ce que tu ne peux me donner !

— Et que puis-je vous voler et ne pas vous donner ? demande Lancelot.

— Je peux te répondre brièvement, fait Palamède. Tu sais bien ce que j'ai accompli aujourd'hui. J'ai remporté cette journée jusqu'à présent. Tu peux m'empêcher de mener à bien le surplus. Tu ne peux pas me donner la victoire de ce tournoi. Dieu et l'aventure le peuvent seulement. Mais je vois clairement que tu peux me la ravir car tu es un bon et preux chevalier. Chacun le sait pertinemment. Tu peux rendre un pauvre riche et un riche heureux et joyeux. Car il n'y a nulle richesse que j'apprécie autant comme de terminer cette journée aussi hautement que je l'ai commencée. C'est pourquoi je te prie de laisser cette querelle. Ne me prends pas ce que tu ne peux me donner.

— Palamède, dit Lancelot, tu m'as tant dit que je te laisserai à présent. Je ne veux pas que tu perdes à cause de moi l'honneur de cette journée. Si l'aventure te l'accorde, je le veux bien. Monte quand tu veux. Car je ne t'en empêcherai pas. Je te l'assure. Mais je ne peux me porter garant des autres.

— Grands mercis, fait Palamède. Je te rendrai la pareille si je peux en avoir l'occasion. »

Il vient alors droit au cheval que monseigneur Tristan lui avait donné. Mais dès qu'il fut en selle, il trouva autant d'embarras que lorsqu'il était à pied. Il regarde à gauche et voit venir vers lui dix chevaliers de la lignée du roi Ban, tous preux et vaillants, dotés d'une grande puissance, de noble rang, de grand prix et de haute renommée. Tandis qu'il se trouvait dans la foule nombreuse, il avait été raconté comment Lancelot et Hector des Mares furent abattus. C'est pourquoi les chevaliers de la lignée du roi Ban avaient laissé toute autre tâche et venaient dans cette direction, malheureux et furieux de cette aventure. Ils arrivèrent dans la multitude, là où le combat était aussi merveilleux que je vous conte et où le roi Arthur se mettait en peine de secourir Lancelot aidé de monseigneur Gauvain. Aucun n'avait ni la force ni la capacité de le faire car monseigneur Tristan, qui ne reconnaissait pas Lancelot, les défaisait tous et les chassait les uns par ici, les autres par là. Quand ils parvinrent dans la foule, eux qui aimaient Lancelot de tout leur cœur, le trouvèrent à pied. Sachez bien que chacun montra alors son pouvoir et sa force. Grands sont les cris et la clameur là où se trouvent le fracas des épées et le combat. Palamède y souffre beaucoup. Il fait bien montre qu'il est un chevalier de grand pouvoir. Monseigneur Tristan œuvre à nouveau si bien que nul ne pourrait le blâmer. Il démontre parfaitement qu'il est Tristan. Il frappe et cogne tant sur Bliobéris qu'il était prodigieux que ce dernier le supportât et ne fût mort d'embarras et de peine. Quand monseigneur Tristan, qui était le meilleur chevalier ici présent, voit venir les membres de la lignée du roi Ban, il met tout en œuvre pour résister et pour maintenir le combat. Il se met en peine. Il emploie tous ses efforts. Il frappe très vigoureusement. D'autre part, Palamède fait bien voir ce dont il est capable et ce qu'il vaut. Tous lui accordent et prix et louanges, ses amis comme ses ennemis. Jamais il ne connut une si bonne et si honorable journée. Que vous dire ? Tandis que la lignée du roi Ban arrivait, Gahériet et Dinadan furent abattus. Les rois d'Écosse et de Galles furent également désarçonnés assez méchamment. Le roi de Northumberland et celui de

Listenois furent abattus et gravement blessés. Que vous dire ? Près de quarante chevaliers appartenant au camp de monseigneur Tristan furent mis à terre. Les cris et la clameur sont tels que l'on n'y entend pas Dieu tonnant. Le fracas des épées est aussi grand et merveilleux que s'il s'agissait d'une bataille mortelle. De tous ceux qui étaient dans le camp de monseigneur Tristan, pas un ne demeure à cheval, excepté monseigneur Tristan et Palamède. Ils montrent bien dans la nécessité qu'ils sont de vrais chevaliers car ils poursuivent si âprement le combat que nul ne les serre sans s'en repentir assez vite. Et cependant, tous leurs efforts ne pourraient longtemps empêcher qu'ils fussent pris car ils avaient contre eux une excellente chevalerie. Le roi d'Irlande et le roi de l'Étroite Marche, qui avaient bien remarqué ce jour-ci comment ces deux chevaliers avaient œuvré, les secourent par la force et pénètrent dans la mêlée avec tous les combattants qu'ils pouvaient réunir autour d'eux. Tandis qu'ils forçaient la mêlée pour aider les deux compagnons, vous pouviez entendre une grande clameur. Car à cet endroit étaient réunis tous les chevaliers de la Table Ronde qui tentaient avec acharnement de prendre les deux compagnons s'ils le pouvaient ; ils voyaient clairement qu'à cause d'eux, ils avaient perdu la victoire de la journée. Tous les hommes valeureux qui portaient des armes à ce tournoi se réunirent donc dans un même lieu. Monseigneur Tristan fournit tant d'efforts que nul ne les voit sans considérer merveilleux qu'il puisse supporter et endurer autant.

Lors de ce combat, Lancelot remonta en selle et Hector des Mares aussi. Mais sachez avec certitude qu'ils avaient reçu auparavant tant de coups que s'ils n'avaient pas été si capables, ils ne porteraient plus d'armes. Ainsi continuent-ils ce jour-ci. Ils vont en avant. Ils vont en arrière. Ils vont après. Ils courent de toutes les façons possibles pendant cette journée. Ils y souffrent tant qu'ils manquent de mourir d'embarras et de peine. De part et d'autre, tous sont vaillants. Nul ne peut se moquer de l'autre car personne n'a l'avantage. Le roi Arthur peut bien dire pour sa part qu'il a été abattu trois fois aujourd'hui. Monseigneur Tristan le mit deux fois à terre et Palamède une. Et que dire ? Palamède œuvre tant ce jour-ci qu'il gagne l'honneur et le prix. Ni monseigneur Tristan ni Lancelot ne sont autant appréciés que lui aujourd'hui. Il a tant fait par nécessité qu'il a les louanges et le prix. Mais il a tant souffert ce jour qu'il manque de mourir de travail.

Quand monseigneur Tristan constate qu'il est temps de partir, il se dirige droit vers les loges le plus discrètement possible et dit à Gahériet et à Dinadan d'aller chercher la reine et de la faire descendre des loges. Et ils le font comme monseigneur Tristan leur avait indiqué. Une fois la reine et ses demoiselles descendues, elles montent en selle avec toute leur compagnie. Elles s'en vont droit vers la forêt. Gahériet et Dinadan vont devant ainsi que les chevaliers de la Joyeuse Garde qui lui avaient tenu compagnie ce jour-ci. Quand Palamède apprend que monseigneur Tristan avait porté aujourd'hui les armes rouges, il est stupéfait et s'étonne fort. La reine quitte ainsi le tournoi, avec la compagnie dont je vous parle, si discrètement que le roi Arthur ne s'en aperçoit pas. Et Lancelot non plus. Ils étaient si épuisés qu'ils ne se rappelaient d'aucune reine ni dame. Chacun avait tant à penser qu'ils ne prêtaient attention qu'à eux-mêmes. Lors de cette journée, ils avaient reçu plus de coups que nécessaire.

Quand le soleil déclina et que le jour se mêla à la nuit, le tournoi prit fin. Les combattants de la partie du roi Arthur vont droit à Louveserp. Les autres, qui étaient leurs adversaires, se dirigent droit vers la forêt et vers les loges. Chacun va là où il le doit. Mais sachez bien qu'ils quittent cette place si battus et malmenés dans les deux camps qu'il n'y a ni rire ni plaisanterie. Nul ne se divertit.

L'un ne peut se moquer de l'autre. Le roi Arthur arrive à Louveserp accompagné de nombreux barons et chevaliers. Il a reçu tant de coups qu'il ne plaisante pas. Cependant, afin de réconforter sa compagnie et de la mettre en joie, il ne montre pas que la journée lui pèse. Une fois au palais, il ordonne aussitôt qu'on le désarme. Et on le fait. Puis on désarme Lancelot et les autres chevaliers qui étaient présents. Ils ne se plaignent pas. Car ils ne l'osent. Ils aspirent à autre chose. Quand leurs armes sont ôtées, la joie commence par ici. Chacun s'efforce autant qu'il le peut de réconforter son compagnon. Et lorsque la joie s'installe entre eux, les tables sont dressées car le temps de manger est venu. Ils s'assoient. Le roi se divertit et se grise de paroles. Il les réconforte tous grandement car il sait dans quelle angoisse, avec quelle peine et quels efforts ils ont combattu sur le champ aujourd'hui. Et il savait avec certitude qu'ils auraient perdu la bataille sans la lignée du roi Ban. C'est pourquoi il leur parle car il veut les consoler. Il s'adresse à Lancelot et lui demande : « Lancelot, dites-moi, que Dieu vous bénisse, ce que vous pensez de cette journée que nous avons passée.

— Sire, devant Dieu, répond Lancelot, vous connaissez la vérité aussi bien que moi. À dire vrai, nous n'avons pas rencontré des apprentis. Nous avons au contraire trouvé des chevaliers de haute prouesse comme mes armes et moi-même en témoignons. Et il n'y a ici nul chevalier qui n'en porte les traces. Ce jour n'a guère été tranquille pour nous. Nous ne pûmes gagner les honneurs de la journée.

— Et comment vous sentez-vous ? demande le roi.

— Sire, pourquoi vous le cacher puisque vous voulez le savoir ? Apprenez, devant Dieu, que je ne fus jamais dans un lieu où je reçus tant de coups comme j'en ai pris aujourd'hui. Nos voisins les donnent avec largesse. Ils m'en ont tant offert que j'en souffre encore, je vous le promets. Vous entreprîtes une grande affaire en criant un tournoi contre tant de royaumes. » Le roi Arthur répond : « Lancelot, si je me divertis et me distrais avec mes hommes, on ne doit ni me blâmer ni mal me considérer. Ils sont mes hommes et je suis leur suzerain. Nul mal ne pourrait naître de cette relation.

— Non, sire, pas à leur avis, fait Lancelot. Mais dans ce tournoi qui est tel une bataille mortelle, des hommes pourraient être secourus tardivement et occis car les camps ne s'épargnent pas.

— N'ayez crainte, assure le roi, cela n'arrivera pas, s'il plaît à Dieu. Mais dites-moi, vous rappelez-vous avoir vu une si violente journée comme celle d'aujourd'hui ?

— Non, sire, répond Lancelot, devant Dieu. Ils ont toute la journée frappé les uns sur les autres, non comme il se doit lors d'un tournoi mais lors d'une bataille mortelle.

— Dites-moi, poursuit le roi, selon vous, à qui doit-on donner le prix et les louanges de la journée ? Et qui fut celui qui œuvra le mieux ?

— Certes, sire, répond Lancelot, vous fûtes en plein cœur de la bataille ; il n'est nul besoin que je vous l'enseigne. Vous le savez mieux que nous tous.

— C'est bien possible, approuve le roi. Mais cela n'empêche pas que je veuille le savoir de votre bouche. Dites-nous ce que vous voyez. Je saurai par vous-même si vous êtes d'accord avec mon choix.

— Sire, fait Lancelot, je vous donnerai donc mon avis. Apprenez qu'à mon sens, Palamède a tout remporté. Nul chevalier de part et d'autre n'agit autant que lui. Ses actes furent de pures merveilles. Car il ne s'est pas reposé et n'a jamais été oisif. Au contraire, il était prêt à recevoir des coups et à en donner. Dieu m'est témoin, quand je pense à ce que j'ai vu de lui, au grand effort et à la peine qu'il a endurés, je suis si stupéfait que je ne sais que dire. Car j'ignorais qu'il pouvait accomplir ce que je l'ai vu clairement faire aujourd'hui. J'ai observé ses actes autrefois. Mais ce n'était rien comparé à ce qu'il a fait ce jour. Palamède a mieux œuvré que le meilleur chevalier du monde qui était dans son camp. Et qu'ajouter ? Palamède a tout remporté. Telle est ma conclusion. »

Après avoir dit ces paroles, il se tait et ne parle plus. Et tous ceux qui étaient présents savaient qu'il avait dit la pure vérité. Tous accordent le prix et les louanges de cette journée à Palamède. Ils disent clairement que s'il peut endurer demain ce qu'il a souffert, la lignée du roi Ban et les chevaliers de la Table Ronde seront vaincus. Ainsi parlent-ils de Palamède. Ils lui donnent grand prix et le couvrent de louanges. Et à dire vrai, il l'avait bien mérité. Mais à présent, le conte cesse de parler d'eux et retourne à l'autre camp pour rapporter la réunion qui eut lieu.

Selon le conte, à la fin du tournoi dont je vous parle, le roi d'Irlande, qui avait fort bien œuvré toute la journée, et le roi de l'Étroite Marche retournèrent à leurs pavillons. Et en raison de sa bonne chevalerie, de sa courtoisie et de son sens, tous avaient confié la seigneurie de l'armée au roi d'Irlande pour qu'il la conduise et la conseille. Et ils ne faisaient rien sinon par son conseil et par ses ordres. C'est pourquoi les rois se rendirent à son pavillon qui était splendide et riche. Là, ils se font tous désarmer. Grande est la joie qu'ils manifestent et longue est la discussion qu'ils tiennent sur cette journée. Ils en sont ravis. Ils s'en réjouissent grandement et affirment que si demain ils peuvent poursuivre la bataille comme ils l'ont fait aujourd'hui, ils auront la possibilité le troisième jour de jeter hors du champ de bataille le roi Arthur. Après qu'ils sont tous désarmés et assis les uns à côté des autres, le roi d'Irlande prend la parole et dit ainsi : « Seigneurs, grâce à Dieu, nous avons bien maintenu la bataille. Nous avons bien commencé le travail. Si nous pouvons le poursuivre comme nous l'avons débuté, nous partirons des lieux couverts d'honneur. Le roi Arthur, qui est notre suzerain et qui voulait éprouver et connaître notre force, ne pourra pas se moquer. Qui bien commence et finit bien sa besogne doit être loué. Mais celui qui débute hautement puis décline et renie ce qu'il a commencé pour acquérir les louanges est un lâche. Mais celui qui commence bien et qui termine bien, si le défaut de courage ne lui ôte pas ses moyens, doit être loué. Nous en avons tant fait, Dieu merci, que je sais que le roi Arthur nous apprécie et nous craint plus qu'au temps où il entreprit ce tournoi. Il nous estime déjà, j'en suis certain. Car il connaît notre puissance et a vu clairement comment nous savons porter les armes. Et après ce qu'il a vu de nous, il nous appréciera plus encore si nous poursuivons ce que nous avons débuté. Car il dira ouvertement que nous ne reculons pas par manque de courage. Ainsi donc, beaux seigneurs, mettez tout en œuvre pour continuer ce que vous avez commencé, et vous conquerrez les honneurs sous le regard du meilleur homme du monde, le roi Arthur. Faites tant et si bien que les chevaliers de la Table Ronde ne puissent vous railler. Vous avez beaucoup enduré et souffert aujourd'hui. Mais cette peine nous conduira aux honneurs. Et sachez bien que je suis réconforté car ceux de la partie adverse partiront si épuisés que je ne crois pas qu'ils viennent si tôt demain en la place comme ils le firent ce matin. Nous avons bien refréné leurs ardeurs et si nous pouvons le faire demain aussi, je vous affirme qu'ils ne pourront résister le troisième jour. Le mieux que nous puissions faire est de conserver notre honneur comme au commencement. »

Après avoir ainsi parlé, le roi d'Irlande se tait et tous répondent d'une même voix qu'ils préfèrent mourir plutôt que de quitter le champ de bataille sans honneur. Alors débutent la joie et la fête ; elles sont si grandes que tous ne songent à rien d'autre qu'à la liesse et à parler de leurs combats du jour. Le roi des Cent Chevaliers était rudement fatigué et il n'était pas aussi sain qu'il l'aurait voulu car il était encore blessé à cause d'une bataille qu'il avait menée cette semaine. Si bien qu'il ne pouvait aisément porter les armes. Quand il a écouté la harangue du roi d'Irlande, il apprécie fort sa contenance et son sens ; il affirme que s'il peut vivre longuement, il ne manquera pas de devenir un homme de très haute dignité. Il se tourne alors vers lui et lui demande : « Roi d'Irlande, que Dieu vous garde, dites-moi à quel chevalier vous donnez le prix de cette journée et qui a le mieux œuvré à votre avis contre nos adversaires. » Le roi d'Irlande répond aussitôt : « Certes, sire, j'ai eu tant à faire pour ma part que je ne songeai à rien d'autre qu'à me garder. Il me semble que tous furent bons et qu'il n'y en eut aucun de lâche. Et je crois que nul ne se reposa. Je ne dis rien à propos de ceux de notre camp. Je ne leur accorde ni louange ni blâme car ils sont mes compagnons. Mais je vous dis bien que les uns firent mieux que les autres. Ainsi en est-il de la lignée du roi Ban. Ses membres le prouvèrent avec violence. Ils furent excellents et forts. Je suis fort contrarié qu'ils aient été présents. Et, entre tous, monseigneur Lancelot montra bien sa bravoure et les surpassa tous. Sans sa présence, nous aurions bien réussi notre affaire. Lui seul maintint le roi Arthur sur le champ de bataille, je vous le dis hardiment. Et sans lui et selon ce que je vis clairement, le roi Arthur aurait fui le champ de bataille. À lui seul, il garda son camp du nôtre. Quant à notre partie, je dis qu'il y avait deux bons chevaliers, celui qui portait les armes vermeilles et un de ceux aux armes vertes. J'affirme que ces deux nous ont conservés dans l'honneur. Ils ont été notre étendard et notre bannière aujourd'hui. Ils ont supporté toutes les peines. Ils ont maintenu la besogne. Et sans eux, il ne me semble pas, selon la vaillante chevalerie qui était contre nous, que nous serions partis du champ de bataille dans les honneurs. Je ne connais pas le nom de celui qui a les armes rouges, sachez-le. Mais il nous a été particulièrement utile. Je sais avec certitude qu'il est très preux et très vaillant. Il connaît son affaire avec excellence. Quant à l'autre qui arbore les armes vertes, je sais son nom. Je l'ai vu maintes fois aux prises avec de grandes tâches. Il ne fut jamais plus vaillant et plus preux. Sa haute chevalerie est renommée à travers le monde. Et s'il avait été lâche toute sa vie, il a été un si bon chevalier aujourd'hui que je certifie que par ses œuvres il nous a gardés dans l'honneur. C'est le valeureux Palamède par qui notre honneur a crû plus que par tout autre chevalier. Et celui qui voudrait relater honnêtement les faits qu'il réalisa devant tous aujourd'hui dirait clairement qu'il remporta toute cette journée dans les deux camps. Et que dire ? J'affirme que Palamède mérite les honneurs de ce jour. Je ne sais qui les gagna, excepté lui. » Tous les autres qui entendent ces paroles sont d'accord avec le roi d'Irlande et disent que Palamède a vraiment tout remporté dans un camp comme dans l'autre. Ainsi parlèrent les rois, les comtes et les barons qui étaient venus. Et tous manifestèrent leur joie car ils s'étaient bien conduits ce jour-ci. D'autre part, ils se reprochent de n'avoir pas retenu Palamède avec eux ce soir. Ils se considèrent vils et disent que s'ils le peuvent, il est nécessaire qu'il soit demain parmi eux et qu'ils le servent et l'honorent de leur mieux. Car ils doivent bien l'honorer. Telle est leur discussion.

Mais le conte se tait et revient à Palamède et à sa compagnie. Selon le conte, Palamède se soucie peu des paroles que les uns et les autres disent de lui. Et cependant, il pense bien dans son for intérieur que l'on parle de lui. Car il a si bien œuvré ce jour-ci qu'il sait pertinemment que tous l'évoquent et qu'il a gagné le prix dans les deux camps. Palamède est ravi et fort joyeux. Il se réconforte grandement et dit dans son cœur que s'il le peut, il est nécessaire qu'il agisse mieux encore qu'il ne le fit aujourd'hui. Ou il mourra, ou il vaincra tout et mettra un terme à ce qu'il a commencé. S'il meurt, ce sera pour lui un honneur éternel. Et s'il peut gagner, il aura vaincu les meilleurs chevaliers de ce monde.

Après avoir tant chevauché qu'ils parviennent aux pavillons, ils font descendre ma dame Iseult dans une joie et un honneur aussi grands que si elle était le Saint Sacrement et la conduisent aux pavillons. Le dîner était prêt, beau et riche, car il était assez tard. Une fois désarmés et après avoir lavé leurs visages et leurs mains, ils s'assoient pour manger car ils en avaient bien besoin. Mais apprenez que nul d'entre eux ne prête attention à sa faim. Palamède est si battu que ses membres en souffrent. Il arbore de bonnes traces au visage. Monseigneur Tristan ne peut guère se moquer. Il a reçu tant de coups qu'il les sent et les sentira pendant longtemps. Dinadan est si malmené qu'il ne sait que dire. Pas un de ses membres n'est pas douloureux. Et par-dessus tout, il est blessé mais ce n'est pas mortel. Gahériet se sent très mal. Une fois assis, ils mangent fort peu. Car ils étaient trop fatigués. Monseigneur Tristan, qui les observe, s'en aperçoit bien. Il se met à les réconforter et insiste pour qu'ils mangent. Et afin d'entendre ce que Dinadan voudra répondre, il lui dit : « Dinadan, que Dieu vous garde, comment vous sentez-vous après cette journée ? Ceux d'en face connaissent-ils l'art de l'escrime ?

— Tristan, Tristan, répond Dinadan, je voudrais, devant Dieu, que tu souffres autant que moi. Je crois bien que demain nos adversaires se tiendront en paix face à toi. Tu n'auras pas à donner de coup. Et que dire ? Palamède nous a tués. Il nous a fait tout le mal que nous sentons. Nous payons chèrement sa prouesse. Gahériet et moi pouvons bien dire du mal de lui. “À mauvais voisin, mauvais matin.” Tout le mal que nous sentons nous vient de lui et de son voisinage. S'il avait été moins preux, nous nous en serions mieux portés. Et j'aurais plus apprécié sa compagnie. Je ne sais ce qu'il lui est arrivé mais il fut sans doute plus courageux et plus hardi que tout autre chevalier qui participait au tournoi. Je peux vous affirmer que vous êtes devenu trop lâche. Que Dieu vous conserve longtemps dans votre couardise ! Ainsi vous ferez partie de notre compagnie. Poltron ! Lâche ! Qu'avez-vous fait aujourd'hui ? Tristan avait l'habitude d'être devant pour chaque nécessité et dans toutes les foules. Et Palamède le suivait à grand-peine et difficulté. Or, il est ainsi, grâce à Dieu, que vous vous êtes tant amélioré que vous ne pouvez suivre Palamède qu'à grand-peine. Vous marchez désormais derrière et nous irons devant. Misérable, honteux, mauvais, lâche ! Amenâtes-vous ma dame Iseult à Louveserp parce que vous êtes pleutre, vous qui de coutume surpassiez tout le monde par votre bravoure ? Et puisque vous voilà devenu lâche, retournez donc en Cornouaille ! Vous serez au milieu de vos semblables. » Il lui disait toutes ces paroles car il était profondément affecté que Palamède ait été plus loué pour cette journée que monseigneur Tristan et parce que tous évoquaient Palamède. Nul ne parlait de monseigneur Tristan. C'est pourquoi il était très malheureux que monseigneur Tristan n'ait pas gagné le prix de la journée. D'autre part, il en voulait à Palamède parce qu'il savait avec certitude qu'il aimait ma dame Iseult en même temps que monseigneur Tristan. Après avoir écouté attentivement les dires de Dinadan, monseigneur Tristan lui répond en souriant : « Dinadan, vous m'avez assailli violemment et en toute assurance car vous voyez bien que je n'ai pas avec moi mon épée. Je crois que si je l'avais tenue, je vous aurais fait taire. Vous me blâmez méchamment. Vous avez tort à mon avis. Si je fis de mon mieux aujourd'hui, que pouvez-vous me demander de plus ? Si Palamède gagna le prix et les louanges de cette journée, c'est un honneur pour moi car je le considère comme un compagnon. Et je dis qu'il est sans doute un des bons chevaliers de ce monde. Mais j'ajoute, et devant lui-même, que dans le camp du roi Arthur il y avait un chevalier meilleur que lui et moi, Dieu m'est témoin. Et puisque celui-ci ne remporta pas le prix de cette journée, que voulez-vous dire de moi ? Pourquoi me blâmez-vous si fort alors que le meilleur n'a pas récolté les louanges ? Pourquoi vous en prendre à moi ? Car dans tous les lieux du monde, Lancelot est assurément meilleur que moi. Il surpasse tous les autres par sa bonne chevalerie. Je ne serai pas déshonoré car il vaut mieux que moi dans le maniement des armes et il est plus excellent chevalier que moi. C'est pourquoi je dis que vous devez blâmer le meilleur et pas moi.

— Tristan, fait Dinadan, je connais trop bien ta réponse. Tu crois te mettre à l'abri de moi. Mais ton camouflage ne vaut rien, ni ta lâcheté qui t'a privé de tout honneur. Laisse Lancelot. Mais parle de toi. S'il a agi pauvrement, je sais qu'il est un chevalier capable de se racheter quand il lui plaira. Tu ne dois donc pas parler de lui. Pense à toi-même.

— Dinadan, dit monseigneur Tristan, parlons d'autre chose et pensons à nous divertir et à nous distraire à présent. Et si vous êtes un peu blessé, vous guérirez bien, sans aucun doute.

— Au nom de Dieu, Tristan ! s'emporte Dinadan. Être blessé ne m'avilit pas ! Cela montre que je pris part au combat ! Mais votre lâcheté vous permit d'être sain en fuyant. C'est un honneur pour moi d'être blessé. Et votre bonne santé est une honte et un opprobre.

— Dinadan, tranche monseigneur Tristan, je ne pourrais continuer contre vous. Je vous abandonne toute la querelle. Mais sur la foi que je vous dois, si vous voulez me suivre demain pendant le tournoi, et si vous en êtes capable, vous repartirez plus blessé que vous ne l'êtes aujourd'hui. » En entendant ces paroles, Palamède craint que la discorde s'installe entre monseigneur Tristan et Dinadan. Il intervient et dit : « Sire Tristan, sire Tristan, ne prêtez pas attention aux propos de Dinadan car sachez bien qu'il ne les dit que par plaisir et pour le grand amour qu'il éprouve pour vous. Il ne doit pas me donner les louanges et le prix car je ne les ai pas mérités. Je dois plus rendre grâce à Lancelot et à vous qu'à moi-même. Vous savez que vous m'avez aidé à remonter en selle de nombreuses fois. J'aurais été capturé si vous ne m'aviez pas secouru. Et Lancelot aurait pu me tuer s'il l'avait voulu. Tout le métal qui ressemble à l'or n'en est pas. Et le loup n'est pas aussi grand qu'on le crie. Si j'ai aujourd'hui gagné les honneurs, c'est plus par autrui que par moi. L'honneur ne doit pas être mien. Il doit appartenir à ceux par qui je l'ai. Vous savez bien si je vous dis la vérité ou non. C'est pourquoi je ne veux plus en parler car ces louanges ne reflètent qu'une fausse gloire. » Alors il lui rapporte toutes les paroles qui avaient été dites entre Lancelot et lui dans la foule et comment Lancelot le laissa remonter en selle par sa courtoisie et sa générosité. « Monseigneur Tristan, sachez que si Lancelot ne m'avait pas aidé, on n'aurait pas plus parlé de moi que d'un autre chevalier.

— Palamède, dit monseigneur Tristan, je vous crois. Lancelot est un chevalier tel qu'il peut bien accorder un bienfait à un homme valeureux quand il en a l'occasion. Cette bonté n'est pas la première qu'il fit à un chevalier par sa courtoisie. Et elle ne sera pas la dernière s'il plaît à Dieu. Apprenez que je suis heureux que vous ayez les louanges aujourd'hui quoi qu'en dise Dinadan. Et je sais que votre honneur ne pourra abaisser mon prix et ma valeur. C'est pourquoi n'en parlons plus. Nous serons au fait demain. Dieu vous donne tout l'honneur. Et si Dinadan enrage, il ne doit pas nous montrer son courroux. À présent, songeons à nous distraire, à nous divertir et à nous reposer. »

Tandis qu'ils parlaient et s'égayaient, voici venir un des écuyers de monseigneur Tristan qui arrivait de Louveserp. Monseigneur Tristan l'y avait envoyé pour qu'il lui rapporte ce que l'on disait à la cour du roi Arthur. Quand le jeune homme entra et que monseigneur Tristan l'aperçut, sachez qu'il en fut ravi. Il lui dit : « Ne viens-tu pas de Louveserp ?

— Oui, sire. Le roi Arthur avait déjà mangé quand j'en partis.

— Dis-moi, fait monseigneur Tristan, Lancelot dîna-t-il au palais ou dans une chambre ?

— Sire, il mangea avec le roi Arthur et sa lignée. Ils ont beaucoup parlé de la journée d'aujourd'hui et accordent à monseigneur Palamède les louanges et le prix. On ne parla que de lui et de rien d'autre à la cour du roi Arthur.

— Devant Dieu ! s'exclame monseigneur Tristan. Je m'en réjouis. Et que veulent-ils faire demain ?

— Sire, répond le jeune homme, sachez que vous devrez vous mettre sérieusement en peine demain si vous voulez rester sur le champ de bataille. Les membres de la lignée du roi Ban sont trop preux et hardis. Ils sont aussi dispos que s'ils n'avaient rien fait. Je ne croyais pas qu'ils étaient valeureux à ce point. Il semble qu'ils ne connaissent pas la fatigue.

— Certes, approuve monseigneur Tristan, ils sont merveilleusement vaillants. Ils ne m'ont pas beaucoup rencontré. Mais ils auront affaire à moi demain si je le peux. »

Monseigneur Tristan parla ainsi et ne dit plus rien. Quand le temps de dormir est venu, ils vont se coucher si las, si fatigués que pas un seul pense pouvoir porter les armes demain. Ils se reposèrent fort bien cette nuit et dormirent jusqu'au lendemain sans se réveiller.

Le lendemain, au lever du jour, monseigneur Tristan s'éveille le premier et constate que tous ses compagnons dorment encore aussi profondément que s'ils n'avaient pas fermé l'œil de la nuit. Il s'habille tout d'abord sans faire appel à un écuyer ou un valet, puis réveille Palamède et Gahériet. Il ne dit rien à Dinadan. Ils se rendront au tournoi sans que Dinadan le sache s'ils le peuvent. Monseigneur Tristan ne peut le couvrir davantage de honte. Il réveille ma dame Iseult et lui dit de se préparer aussi bellement et aussi richement qu'hier ou plus encore. Et elle le fait comme monseigneur Tristan le lui ordonne. Elle était hier si élégamment et si splendidement apprêtée que tout le monde s'émerveillait. À présent, elle l'est encore plus, ainsi que sa compagnie. Elle ne porte sur elle que de l'or et des pierres précieuses. Les compagnons étaient équipés d'armes vertes comme l'herbe des prés, si richement montés sur leurs chevaux qui étaient robustes et rapides, que peu étaient mieux montés qu'eux. Les écuyers partent devant, suivis de quatre chevaliers de la

Joyeuse Garde. Ils protégeaient ma dame Iseult quand elle était en haut des loges de ceux qui la pressaient de trop près pour la voir. Elle n'avait hier que deux chevaliers pour la garder. Elle en a quatre désormais pour être plus honorablement servie. Après ces quatre chevaliers, ma dame Iseult chevauchait avec sa compagnie, si richement et si noblement que c'était une pure merveille. Chacune de ses demoiselles ressemblait à une comtesse. Monseigneur Tristan, Palamède et Gahériet chevauchaient derrière, munis de toutes leurs armes comme je vous l'ai dit. Ils sont semblables à de valeureux chevaliers et à des hommes de grande bravoure. Ils cheminent au pas à travers la prairie où il y avait une nombreuse troupe de chevaliers de part et d'autre. Ils se préparaient à leur combat et s'organisaient de manière identique à la veille et non autrement.

Après avoir dès le matin mis en ordre et apprêté ses troupes pour la bataille, le roi Arthur était parti avec Lancelot. Ils avaient tous deux déguisé leurs armes afin de n'être pas reconnus. Si bien que les leurs ne les reconnurent pas facilement. Ils allaient vers la forêt pour rencontrer ma dame Iseult quand elle viendrait. Dès qu'ils la virent sortir de la forêt, Lancelot la montra au roi Arthur et lui dit : « Sire, apprenez que vous voyez venir la plus belle dame du monde, sauf la grâce de ma dame la reine Guenièvre.

— Au nom de Dieu ! s'exclame le roi. On me conta, il y a guère de temps, que la reine Iseult n'était pas moins belle que la reine Guenièvre mais plus encore. Et celui qui me le dit est un chevalier qui connaît bien la beauté des dames. Je vois qu'elle arrive si élégamment et si richement parée, ainsi que sa compagnie, qu'il me semble que nulle dame ne peut venir si noblement. Je perçois bien qu'elle est plus bellement ornée que toute autre dame. Et parce que j'ai appris par autrui qu'elle est la plus belle dame du monde, je veux la voir très volontiers le visage découvert. Jamais, à mon avis, je n'ai désiré une chose comme celle-là.

— Sire, intervient Lancelot, je ne vois guère comment vous pourriez l'apercevoir si ouvertement que vous le dites car les chevaliers qui l'escortent sont tels que nous aurions peu de pouvoir. Voyez venir Palamède et monseigneur Tristan. C'est pourquoi je persiste à dire que nous ne pourrions la voir qu'avec leur assentiment. Car par la force, nous n'obtiendrons rien.

— Allons plus près, dit le roi. Nous verrons sa contenance.

— Sire, prévient Lancelot, nous pourrions bien aller si près que nous nous repentirions trop tard. Si monseigneur Tristan se fâchait contre nous, il nous traiterait mal par ignorance.

— Devant Dieu, fait le roi, quoi qu'il m'advienne, je veux la voir de plus près !

— Sire, pour l'amour de Dieu, supplie Lancelot, n'entreprenez rien qui vous couvre de honte mais faites ce que je vous dirai.

— Dites donc, fait le roi.

— Sire, dit Lancelot, abstenez-vous pour cette fois de cette entreprise. Et le soir, quand le tournoi sera fini, je me mettrai en route et ferai tant que je saurai où sont les pavillons de monseigneur Tristan. Puis je retournerai vers vous et vous y conduirai tout droit. Ainsi, vous pourrez contempler la beauté de ma dame Iseult et la voir tout à loisir. Et sachez que monseigneur Tristan sera ravi de votre venue, si vous voulez bien agir ainsi. Mais si vous vous approchez de la reine Iseult, je redoute fort que monseigneur Tristan soit furieux contre vous. » En entendant ces paroles, le roi lui répond : « Lancelot, vous parlez bien. Mais c'est inutile. Il est nécessaire que je la voie si je le peux. »

Il s'avance alors, armé comme il l'était, et arrive aussitôt près de la reine. Il lui dit en s'inclinant : « Ma dame, Dieu vous accorde une belle journée. » Et il le lui dit d'assez loin.

La reine, qui était fort bien éduquée, lui rend son salut très courtoisement. Quand Palamède voit le roi qui s'avance, il ne le trouve guère sensé. Et comme il avait entendu monseigneur Tristan en parler et dire que ce chevalier n'était pas avisé de s'approcher de ces dames, il vient aussitôt, prêt à frapper si le roi ne lui répond pas sagement. « Chevalier, fait Palamède, que demandez-vous ? Repartez. Vous agirez avec prudence. Car vous n'avez rien à faire ici. » Le roi, qui regarde attentivement la reine Iseult, n'entend pas Palamède tant il est absorbé par la grande merveille de sa beauté. Il n'écoute rien de ce qu'il lui dit. Quand Palamède constate qu'il ne le fait pas bouger, il regarde vers monseigneur Tristan qui lui crie : « Abattez ce chevalier insensé ! » Ravi de ces paroles, Palamède se jette à corps perdu dans la bataille et frappe le roi si violemment à la poitrine qu'il le fait voler à terre. Le roi est tout stupéfait de se retrouver dans cette position. Et sachez qu'il n'avait pas aperçu Palamède avant de tomber à terre. Voyant cette affaire, Lancelot est si furieux qu'il ne sait que dire. Car il n'ignore pas qu'il ne pourra résister contre ces deux chevaliers quand ils en viendront à se battre. Toutefois, comme il est plus lié au roi qu'à monseigneur Tristan ou Palamède, il décide de faire de son mieux pour venger la honte du roi. Il est préférable d'être abattu, s'il est impossible de faire autrement, et de venger la vergogne du roi plutôt que de laisser cette affaire. S'il agissait différemment, on le considérerait honteux et lâche. Il est si en colère que les larmes embuent ses yeux. Et tout larmoyant, il éperonne son cheval, s'élance vers Palamède et le frappe dans son élan de tout son pouvoir et de toutes ses forces. Et l'autre s'agrippe aux arçons quand il sent le coup qui rompt l'arçon de derrière. Il s'en va outre sur la croupe de son cheval et tombe cruellement à terre. Mais il ne reste pas longtemps ainsi. Il se relève en grande hâte car il était puissant et vif.

Voyant le coup porté à Palamède, Lancelot ne s'attarde pas sur lui. Il se dirige vers le cheval du roi, le saisit et le lui ramène en disant : « Sire, montez vite et, par amour pour moi et pour votre sécurité, abandonnez cette entreprise car sachez bien que la force n'est pas vôtre en ce moment. Ces deux-là sont, vous le savez bien, les meilleurs chevaliers du monde et la fleur de tous les hommes valeureux. C'est pourquoi vous devez vous garder car vous ne possédez pas d'autre secours que moi. Et ils vous auraient causé un très grand outrage car ils ne vous reconnaissent pas. » Le roi remonte et, une fois en selle, il dit à Lancelot tout en riant : « Ainsi en va-t-il des fous. Le fou ne sait pas qu'il est fou avant qu'on le lui fasse connaître. Je n'ai pas cru vos paroles. Mais Palamède m'a appris que vous parliez très sagement. Et cependant, je vous assure que je ne le vis pas avant qu'il me portât à terre tant j'étais absorbé par la belle Iseult.

— Sire, dit Lancelot, apprenez que si nous deux pouvions repartir, je me considérerais bien récompensé. Mais je vois venir par ici le meilleur chevalier du monde. Dieu nous assiste contre lui. Car je ne redoute personne autant que lui.

— N'ayez crainte, fait le roi, nous partirons sans ennui. Et je vous affirme que si j'avais pris garde quand Palamède vint sur moi, je ne crois pas qu'il m'eût aisément abattu. »

Voici venir vers eux monseigneur Tristan, triste et courroucé car Palamède avait été abattu. Il dit à Lancelot : « Chevalier, gardez-vous de moi !

— Beau sire, fait Lancelot, que voulez-vous et que désirez-vous ?

— Sire, répond monseigneur Tristan, nous devons jouter tous les deux. Vous avez abattu mon compagnon devant moi. Je le vengerai si possible.

— Sire, réplique Lancelot, si je l'abattis, ce ne fut pas sans raison car il avait désarçonné avec outrage mon seigneur qui est ici. Nous voici à égalité. Laissons donc cette affaire.

— Non, sire, insiste monseigneur Tristan. Vous devez jouter contre moi.

— Beau sire, fait Lancelot, si vous voulez des joutes, vous pourrez vite en trouver. Car il y a des chevaliers tels sur cette prairie qu'ils ne les refuseront pas. Allez les voir et laissez-moi car je refuse catégoriquement de jouter contre vous. Et au nom de la chevalerie, vous ne devez pas me forcer. »

En entendant ces paroles, monseigneur Tristan retourne aussitôt auprès de Palamède qui était encore à pied et fait ôter la selle de son cheval pour en remettre une autre qu'il avait envoyé chercher aux pavillons. « Palamède, demande monseigneur Tristan, comment vous sentez-vous ? Le chevalier vous a-t-il blessé ?

— Non, sire. Cependant, je vous assure qu'il est doté d'une grande force et d'une grande puissance.

— Il me semble bien, approuve monseigneur Tristan. Mais je m'étonne d'une parole qu'il me dit tantôt car il déclara que ce chevalier que vous avez abattu était son seigneur. J'ai peur, Dieu m'est témoin, que ce ne soit le roi Arthur.

— Non, sire, ce n'est pas lui, sachez-le, fait Palamède. Le roi Arthur ne cheminerait pas si discrètement. Il a bien d'autres choses à faire.

— Apprenez que c'est lui, insiste monseigneur Tristan.

— Non, sire, ce n'est pas lui, persiste Palamède. Sachez-le bien. »

Ainsi parlent-ils du roi Arthur. Après avoir équipé Palamède, ils se remettent en route au pas. Ceux qui se trouvaient sur la prairie voient venir ma dame Iseult si richement parée : c'est merveille. « Dieu, dit l'un, qui peut être cette dame qui vient voir ce tournoi si noblement et qui est si couverte que nous ne pouvons la contempler ? Hier matin, elle arriva très richement. Mais à présent, elle l'est plus encore. Hier n'existe pas comparé à aujourd'hui. Dieu, qui est-elle ?

— Certes, je l'ignore, dit un autre. Mais Palamède, le bon chevalier qui a remporté hier le tournoi, l'escorte. »

Ainsi, comme je vous le raconte, ceux qui étaient présents au tournoi parlaient-ils de ma dame Iseult. Mais peu la connaissaient. Une fois arrivés aux loges, elle monte rapidement. Toutes les dames qui s'y trouvaient viennent à sa rencontre, la reçoivent comme une grande dame et la conduisent près des fenêtres, au plus beau lieu d'où elle pourra voir parfaitement le tournoi. Mais elles se considèrent toutes anéanties et avilies de ne pas savoir qui elle est. Elles savent cependant qu'elle est une dame de grande valeur et de haut rang. Car si elle ne l'était pas, elle ne viendrait pas si richement au tournoi. Elles ne se rappellent pas avoir vu la reine Guenièvre assister si noblement à un tournoi. Et cela les rend très désireuses de savoir qui elle est. De plus, Palamède, qui est un chevalier qu'elles connaissent de vue et par ouï-dire, l'escorte chaque jour. Elles croient qu'elle est son amie. Elles en parlent très doucement afin que la reine ne puisse les entendre.

Quand l'heure est venue de sonner le cor, on le sonne trois fois. Et avant qu'il ne retentisse, nul chevalier n'ose débuter les joutes. Ceux qui étaient prêts à jouter s'avancent aussitôt et se rangent dans le même ordre que les bataillons étaient venus les uns après les autres. Le roi d'Écosse et celui de Galles se placent devant, contre le camp du roi Arthur. Ils sont tous deux de bons chevaliers de grande force et de haut rang accompagnés par une multitude efficace. Une fois venus sur la prairie, tout prêts à combattre, voici arriver ceux d'Orcanie qui soutiennent le camp du roi Arthur. Les deux frères qui les conduisaient la veille ne les guident pas. Deux autres chevaliers les remplacent et mènent ce bataillon. Ils sont chevaliers de la Table Ronde. Messire Ivain, le fils du roi Urien, est l'un d'eux et l'autre est messire Lucan le Bouteiller. Ils conduisent tous deux leurs troupes. Ils se placent devant pour recevoir les premières joutes car ils étaient deux bons chevaliers hardis et des combattants capables. Messire Ivain s'élance le premier vers le roi d'Écosse au galop et le frappe si violemment dans sa course que, bon gré, mal gré, le roi doit vider les deux arçons et tomber à terre très cruellement. Lucan le Bouteiller se rue sur celui de Galles. Et lorsqu'il l'atteint, il lui donne un si grand coup que sa lance vole en éclats et celle du roi aussi. Après avoir brisé leurs lances, ils se heurtent de leurs corps et de leurs écus si âprement et de toutes leurs forces qu'ils se portent mutuellement à terre, si merveilleusement étourdis qu'ils ne savent s'il fait jour ou nuit. Vous pouviez voir à la rescousse des deux rois, qui étaient ainsi abattus, de nombreux chevaliers accourir qui leur veulent grand bien et qui, pour leur délivrance, s'exposent à un péril mortel. Monseigneur Ivain fut à ce moment abattu très cruellement. La foule, trop nombreuse, le serrait ainsi que Lucan le Bouteiller car ceux de Galles et d'Écosse voulaient les retenir. Ils emploient tous leurs efforts pour résister. Mais c'est inutile. Ils échouent. Ceux d'Orcanie les secourent malgré tous leurs ennemis. Immenses sont les cris et la clameur qui poursuivent monseigneur Ivain et Lucan le Bouteiller. Les uns s'efforcent de les saisir, les autres de les sauver. Le combat fait rage et le choc des épées est puissant. On s'assaille de part et d'autre comme des ennemis mortels. Ceux d'Orcanie se mêlent au combat et ceux d'Écosse et de Galles ne peuvent s'y soustraire. Les couards et les valeureux sont tout embarrassés. Les lâches s'enfuient car ils ne peuvent supporter la grande rudesse des coups violents que tous se donnent. Que vous dire ? Que cela plaise ou non, monseigneur Ivain est remis en selle et Lucan le Bouteiller aussi car ceux d'Orcanie, qui étaient de bons et très hardis chevaliers, œuvrent tant qu'ils les remontent tous les deux par la force. Mais sachez bien qu'ils connurent toute peur avant d'être perchés sur leurs chevaux. Ils ont reçu tant de coups qu'ils souffriront pendant longtemps. Le tournoi a bien débuté. Il y a de nombreux hommes valeureux et cela se voit dans le combat. Ils ne s'épargnent pas. Ils se frappent de tout leur pouvoir et de toutes leurs forces.

Les cris de ceux qui trébuchent et ne peuvent se relever sont si prodigieux et fusent tant de toutes parts qu'on n'y entend pas Dieu tonner. Monseigneur Tristan arrive avec Gahériet et Palamède à sa droite. Monseigneur Tristan, qui ne se repose pas, s'élance vers monseigneur Ivain et le frappe si rudement dans sa course qu'il le fait voler à terre très cruellement. Le voyant choir, monseigneur Tristan ne le regarde plus. Dans ce même élan, il se rue sur Lucan le Bouteiller et le porte à terre encore plus cruellement que monseigneur Ivain. Et lors du choc, il brise sa lance qui vole en éclats. Palamède porte deux chevaliers à terre dans sa course et Gahériet aussi. Chacun œuvre bien de son côté. Quand le roi Arthur, qui suivait de loin les trois compagnons, voit comment ils agissent, il dit à Lancelot : « Avez-vous vu de quelle manière ces trois chevaliers ont débuté la besogne ? Devant Dieu, ils sont bien valeureux tous les trois.

— Sire, fait Lancelot, j'en connais bien deux. Mais je ne peux savoir qui est le troisième. Cela me chagrine terriblement.

— Rejoignons nos compagnons, dit le roi, et contons ces nouvelles afin qu'ils viennent plus puissants et plus vifs à la tâche. »

Ils quittent les lieux et arrivent près de la bannière de la Table Ronde. Ils changent leurs armes afin que leurs troupes les reconnaissent, car auparavant ils ignoraient qui ils étaient. Ils leur disent de songer à présent à chevaucher et à se rendre au tournoi violemment afin de désarçonner tout chevalier qu'ils rencontreront. Et ils assurent qu'ils feront de leur mieux et que nul ne se gardera de bien combattre. Tous les compagnons de la Table Ronde sont d'accord. Mais certains d'entre eux veulent rester et attendre que toutes les troupes soient réunies de part et d'autre. Et quand ils seront un peu échauffés, ils se mêleront à eux et feront des prodiges s'ils le peuvent. Ils voient bien qu'ils ont affaire à une grande force. C'est pourquoi ils doivent se comporter sagement ou ils partiront à la fin honteusement et quitteront la place dans l'opprobre. Et ils ne le veulent en aucun cas.

Quand le bon Tristan a brisé sa lance, comme je vous l'ai raconté, et voit qu'il doit s'occuper de nombreuses gens, il n'attend pas. Il empoigne son épée, imité par Palamède et Gahériet. « Palamède, fait monseigneur Tristan, nous verrons ce dont vous êtes capable car sachez que si vous pouvez poursuivre ce que vous avez commencé hier, vous gagnerez le prix et les louanges de cette journée. Et vous n'aurez pas à peiner autant que la veille ; je vois clairement qu'en face, ils ne sont pas aussi âpres et puissants qu'hier. Ils sont las et fatigués ; vous pouvez le constater ouvertement. Ils avaient hier plus de pouvoir qu'ils n'ont maintenant, comme nous l'apercevons.

— Sire, dit Palamède, ce que vous me dites me stupéfait, devant Dieu. Dites-moi, que Dieu vous bénisse, ne croyez-vous pas que je suis un homme comme eux ? Au nom de Dieu, s'ils sont las et fatigués, je ne m'étonne pas. Car, devant Dieu, je suis plus épuisé que vous ne le pensez. Sachez que je souffre par chacun de mes membres. C'est pourquoi j'affirme que je ne pourrai pas poursuivre ce que je fis hier et que vous vîtes. Qu'aujourd'hui soit vôtre. Car je vous répète que je n'aurai pas les honneurs de cette journée.

— Gahériet, demande monseigneur Tristan, qu'en pensez-vous ?

— Sire, répond Gahériet, commencez hardiment car je ne vous ferai pas défaut. Si Palamède est souffrant, Dieu m'est témoin que je ne m'en étonne pas. Car il endura hier plus de peine et de travail qu'un chevalier peut supporter. Il œuvra hier. Qu'il vous laisse faire aujourd'hui.

— Gahériet, dit monseigneur Tristan, je vois bien que vous êtes un chevalier parfait car vous ne manquez à aucune urgence. Vous êtes vraiment issu d'une haute lignée. Suivez-moi si vous le pouvez car si possible, je disperserai cette foule devant nous qui est si grande. »

Il éperonne alors son cheval, s'en va et frappe très violemment de son épée tranchante le premier qu'il rencontre sur le heaume. Ce dernier bute contre l'arçon de devant et ne peut supporter le coup. Palamède œuvre si bien que nul ne doit le blâmer. Il n'est pas si épuisé et exténué que cela. S'il regarde ma dame Iseult, il retrouve force et pouvoir. Elle le rend preux et hardi, puissant, sans mesure et entreprenant par-dessus tous. Elle le transforme de faible en fort et de couard en hardi. Elle fait doubler la force de Palamède dans tous ses faits. Ma dame Iseult vint à ce tournoi pour son avantage. Sans la reine Iseult qu'il regarde souvent, il ne vaudrait pas autant. Mais ma dame Iseult le rend si preux, si hardi, si entreprenant que monseigneur Tristan est tout ébahi quand il l'observe. Car il savait que Palamède était harassé par la journée d'hier. Le voyant si bien prouver son fait, il est si stupéfait qu'il se dit à lui-même : « Sainte Marie, qu'est-ce donc ? Jamais il n'exista un chevalier tel que Palamède. Il ne cesse de frapper sans s'épuiser. Par ma foi ! C'est une trop grande merveille ! Je n'aurais pu le croire pour rien au monde si je ne l'avais vu clairement. Il est bien plus preux que je ne le pensais. Jamais je ne le vis si bien à l'ouvrage. » Ainsi, comme je vous le raconte, monseigneur Tristan parlait-il de Palamède. Palamède n'entend rien. Il songe à autre chose. Il réalise des prodiges de son corps. Il frappe, il abat, il tranche, il frappe avec son épée, il frappe avec sa lance. C'est celui qui n'est jamais oisif. Nul ne l'attend qui ne s'en repente car il donne des coups d'épée grands et lourds dont les armes peuvent à peine protéger. Tous le connaissent avant qu'il soit près d'eux. Ils le redoutent comme la foudre. Quand il est si las et si exténué qu'il n'en peut plus, il regarde vers sa dame. Aussitôt, il reçoit pouvoir et hardiesse. Elle est son dieu et lui sa créature. Elle est toute sa loi et sa foi. C'est sa santé et sa vie. Elle est toute sa force. À dire vrai, sans ma dame Iseult, il n'aurait eu, à mon avis, ni la force ni la capacité de tenir son écu. Que vous dire ? Il en fait tant qu'il est plus redouté que monseigneur Tristan. Il fait trembler les rangs et tous crient : « Fuyez ! Fuyez ! Voyez Palamède ! » Monseigneur Tristan est si ébahi qu'il ne sait que dire. Il ne bouge pas. Il ne frappe ni grand ni petit coup. Il ne fait que regarder Palamède, si sidéré qu'il semble mort.

Quand Gahériet voit l'attitude de monseigneur Tristan qui se maintient ainsi et ne fait rien d'autre qu'observer Palamède, il vient droit vers lui et lui dit avec colère : « Sire Tristan, sire Tristan, que faites-vous ? Avez-vous oublié ce que Dinadan vous a dit hier soir ? Vous en souvenez-vous ? Je crois que non. » Dès que monseigneur Tristan entend Gahériet, il abandonne ses pensées, tout honteux. Il embrasse son écu avec rage et se jette dans la bataille. Et à cause des paroles que Gahériet lui dit, il fit ce jour-ci voler à terre maints chevaliers. À présent, il commence à bien agir. Dinadan ne le reprendra pas si laidement comme il le fit hier soir. Monseigneur Tristan prend part au combat. Il rassemble toutes ses forces et peine de tout son pouvoir. Cela contrarie rudement les chevaliers de la Table Ronde et de la cour du roi Arthur. Il frappe et cogne à droite et à gauche. Il se jette aussi éperdument dans le combat que s'il ne tenait pas à la vie. Il frappe, il abat, il renverse. Le plus fort qui vient devant lui ne résiste pas. Dès que monseigneur Tristan l'atteint, il lui faut aller à terre. Il frappe fort et il est souvent frappé. Il reçoit nombre de coups et en donne tout autant. Nul ne demeure dans un lieu où il arrive sans en être aussitôt chassé. Il œuvre si bien et se met tant en peine qu'en peu de temps, il met en déroute ceux d'Orcanie. Ils ne peuvent résister contre lui malgré toute leur puissance. Ils ont souffert sous sa force et ils sont à bout. Monseigneur Tristan les chasse, leur fait quitter la place et vider le champ de bataille. C'est monseigneur Tristan le meilleur d'entre les bons ; il fait tant qu'il acquiert toute renommée. Tous crient après lui qu'il vainc tout. Ils cessent de parler de Palamède. Toute la clameur est pour monseigneur Tristan et chacun affirme qu'il remporte tout. Et cependant, ils ne parlent pas nommément de monseigneur Tristan car ils ne savent pas qui il est. Ils ne croient pas que ce soit lui. Ils affirment que le chevalier qui porte les armes vertes, celui qui frappe assis sur un cheval alezan, gagne tout et a tout surpassé. Palamède n'a encore rien fait qui puisse être loué comparé à lui.

Palamède a agi si bien cette matinée qu'il savait aisément qu'il avait remporté le prix et les louanges de la journée. Mais quand il entend que tous parlent de monseigneur Tristan, le voilà mort, avili et détruit. Une si grande douleur lui vient au cœur qu'il manque de chuter de la selle. Que vous dire ? Il est si malheureux qu'il en pleure. « Hélas, se lamente-t-il, je suis déshonoré. Jamais de ma vie je ne connaîtrai d'honneur. Tristan me l'a volé. Je sais bien qu'il faisait semblant hier pour se moquer de moi. Il m'a avili. Il m'a privé d'un honneur plus grand que si j'avais été le seigneur du monde entier. Il m'en aurait ravi la seigneurie. Il m'a ôté de tout honneur. C'est inutile. Il ne conservera pas ce prix. Je ferai tant, si je le peux, qu'il devra partir honteusement. »

Les cris sont forts et la clameur merveilleuse. Car monseigneur Tristan, qui ne recule pas, œuvre tant que ceux d'Orcanie s'enfuient devant lui tout aussi épouvantés que le lièvre devant les chiens. Que vous dire ? Ils tournent tous en fuite vers Louveserp car ils croient mourir. Mais ils voient venir à leur secours ceux de Norgale qui sont de bons, de preux et de vaillants chevaliers et qui avaient appris dès l'enfance l'art de la guerre et des tournois. Ils connaissent l'avantage et les mésaventures des batailles. Ils aident par la force ceux d'Orcanie à rester. Ainsi le combat commence-t-il entre les deux parties. Ceux de Norgale et ceux d'Écosse combattent bien. Ils sont très preux et hardis. Mais toute la hardiesse leur vient de monseigneur Tristan uniquement. Il est leur exemple et leur modèle de courage et de bravoure. Il fait valoir chacun d'eux du double. Il supporte et endure pour gagner le prix et les louanges de cette journée par rancœur envers Palamède : c'est une pure merveille. Palamède, qui observe et entend que chacun donne le prix et les louanges à monseigneur Tristan, sait qu'il ne peut les lui ravir. Il en pleure de douleur et de rage et clame qu'il est avili puisqu'il a perdu cet honneur.

Lors de la rencontre entre ceux de Norgale, d'Écosse et de Galles, vous pouviez voir de rudes batailles. Grand est le combat de part et d'autre. Le fracas est mortel, les chutes trop pénibles. Cette journée vient pour leur malheur car ils y meurent en masse. Ce n'est pas un tournoi ni un divertissement. Ce n'est pas un tournoi entre amis mais entre de mortels ennemis. Jamais depuis que le roi Arthur fut couronné, il y eut au royaume de Logre un tournoi où moururent tant d'hommes valeureux avant la fin. Il a mal débuté. Monseigneur Tristan fait tant ce matin que maintes dames en pleurent et d'autres encore seront malheureuses. Certaines le sont déjà. Monseigneur Tristan est un voisin cruel. Il est violemment parmi ses adversaires comme le lion entre les bêtes. Il les abat. Il les renverse. Il en fait tant que nul ne voit ses actes sans les considérer comme un très grand prodige. Il œuvre tant qu'il tient le champ de bataille par la force. Il agit tant que nul ne le voit sans être stupéfait. Là où se trouvait monseigneur Tristan, au milieu du tournoi, réalisant de si grandes prouesses comme je vous le dis, voici venir le roi Arthur bel et bien armé : on ne pouvait l'être mieux. Certains qui étaient présents le reconnaissent. Ils lui font place du mieux qu'ils peuvent. Le roi fond dans la foule et va frapper ceux d'Écosse. Il agit bien. Il prouve et montre qu'il est un chevalier fort et puissant. Et il était sans doute un des bons chevaliers de ce monde et un des plus hardis. Il frappe bien avec la lance et l'épée. Où qu'il aille, sa trace apparaît ainsi que son combat. Il n'agissait pas seul. Il avait avec lui des chevaliers qui avaient connu de rudes batailles. Lancelot lui tient compagnie ainsi que Bliobéris, Hector des Mares et Boort de Gaunes. Ces quatre sont avec lui. Où qu'il aille, ces quatre ne le laissent pas, excepté s'ils y sont contraints. Ces quatre apportent tant de force et d'aide que ceux d'Écosse et de Galles fuient le champ car ils ne peuvent plus résister. Celui qui était dans la foule pouvait voir monseigneur Tristan combattre dans la nécessité comme un haut chevalier. Il montre bien qu'il surpasse en chevalerie tous les bons chevaliers. Il se jette à corps perdu comme s'il était privé de raison. Il ne prend garde à sa fatigue. Il ne craint pas de mourir. Il est comme le sanglier qui s'enorgueillit de l'assaut des chiens et qui résiste. Monseigneur Tristan se maintient si bien que Lancelot s'approche de lui et le regarde longtemps, ébahi par les prodiges qu'il lui voit accomplir. Il ne savait pas que c'était lui. Il croyait encore que c'était Palamède. Le roi Arthur, qui l'observait, le pensait aussi. Lancelot le regarde longuement et voit la haute défense qu'il impose à ceux qui viennent à sa rencontre, les grands coups qu'il donne et comment il abat et se défend à corps perdu. Il reconnaît avec certitude que c'est le bon Tristan. Il le montre aussitôt au roi et lui dit : « Sire, que pensez-vous des faits de ce chevalier ?

— Certes, fait le roi, je m'étais arrêté pour le regarder. Il montre bien qu'il est un bon et preux chevalier, le meilleur que j'aie jamais vu. Mais je ne croyais pas qu'il fût si doué.

— Comment ? fait Lancelot. Qui croyez-vous qu'il soit ?

— Je pense, répond le roi, que c'est Palamède qui remporta le tournoi hier.

— Ne plaise à Dieu, réplique Lancelot. Apprenez que ce n'est pas lui car il n'a pas le pouvoir de faire ce que celui-ci a accompli. Devant Dieu, ni moi ni Palamède ne le pourrions. Sire, sachez que c'est vraiment le bon Tristan, et non Palamède, qui les surpasse tous en bravoure. C'est monseigneur Tristan qui à lui seul vaincra tout comme vous pouvez le voir. » En entendant ces paroles, le roi fait halte, réfléchit un peu et dit : « Lancelot, vous dites vrai. C'est bien le bon Tristan. Palamède ne peut réaliser ce qu'il a fait.

— Sire, demande Lancelot, voulez-vous voir Palamède ?

— Oui, fait le roi, où est-il ? » Il le lui montre aussitôt là où il se trouvait, triste, malheureux et courroucé, pleurant, si désespéré que jamais il n'aura de réconfort comme il le croit. Il ne fait rien d'autre que regarder monseigneur Tristan, si singulièrement ébahi qu'il ignore s'il dort ou s'il est éveillé.

— Dieu ! s'exclame le roi. À quoi Palamède pense-t-il ?

— Sire, je ne sais, Dieu m'est témoin, répond Lancelot. Mais à l'attitude que je lui vois prendre, je perçois clairement qu'il est affecté et fâché de ne pas gagner le prix de la journée comme ce fut le cas hier. »

Tandis qu'ils parlaient de Palamède et de monseigneur Tristan, ils se retournent et voient que ceux d'Écosse et de Galles avaient perdu la bataille et fuyaient à toute allure vers la forêt car ils ne pouvaient plus rien supporter. Ceux de Norgale les pourchassent et auraient retenu une grande partie d'entre eux. Mais ils furent secourus par ceux de Gorre et de Sorelois. L'affaire recommence, violente et dangereuse. Quand monseigneur Tristan constate que la bataille a recommencé, et qu'ils sont tous sur le champ en nombre égal, il part du tournoi le plus discrètement possible de sorte que Palamède ne le voie pas. Une fois qu'il a quitté le tournoi, un de ses écuyers s'en aperçoit et lui tient compagnie. Monseigneur Tristan s'en va vers la forêt aussi vite qu'il le peut. Car il lui tarde fort d'arriver aux pavillons et de changer d'armes afin d'être méconnaissable. Il pense bien que certains l'ont reconnu. Mais puisqu'il aura une autre parure, on ne saura plus qui il est.

La reine, qui avait toujours les yeux portés sur monseigneur Tristan et qui avait clairement vu ce qu'il avait réalisé aujourd'hui, s'étonne fort qu'il quitte le tournoi. Et cependant, elle songe aussitôt à la raison de son départ. Elle pense qu'il se déguisera avec d'autres armes que celles qu'il porte. Monseigneur Tristan pénètre dans la forêt le plus discrètement qu'il peut et arrive instamment aux pavillons. Il ôte ses armes rapidement. Dinadan, qui était furieux d'avoir tant dormi, jaillit hors du pavillon. Mais, aux paroles qu'il lui dit, il cache son humeur à monseigneur Tristan. « Tristan, fait-il, tu croyais me causer un grand embarras en partant au tournoi sans moi. Cela m'a fait beaucoup de bien car j'avais besoin de repos. J'étais exténué. Mais je sais bien que tu ne m'as pas fait cette bonté pour mon profit. Je n'ignore pas pourquoi tu désirais que je n'allasse pas au tournoi. C'est pour que je ne voie pas ta grande lâcheté comme je la vis hier. Ce que tu crois est vain. Ton stratagème ne vaut rien. Il est nécessaire, devant Dieu, que je voie ta honte clairement et Palamède couvert d'honneurs. Il est impérieux que Palamède remporte cette journée.

— Pour l'amour de Dieu, Dinadan, fait monseigneur Tristan, pourquoi parles-tu ? Prends vite tes armes et viens voir ce tournoi. Soyez ensemble contre moi, toi et Palamède. Et faites-moi subir tous les torts que vous pourrez. Et que Dieu vous assiste. Si je ne vaincs pas avant la nuit, je ne veux plus recevoir d'honneur.

— Par Dieu, Tristan, dit Dinadan, crois-tu devenir si preux ? Pour l'amour de Dieu, garde-toi de mentir car sache que tu devras bientôt prouver tes dires.

— Dinadan, réplique monseigneur Tristan, devant Dieu, si tu peux me suivre dans cette foule, je dirai que tu n'es pas Dinadan.

— Nous verrons ce dont tu es capable. Si tes actes s'accordent à tes propos, je reconnaîtrai que tu es Tristan. »

Monseigneur Tristan fait apporter des armes noires comme le charbon et splendides, toutes faites sur mesure. Il avait un écu noir et un cheval noir de grande valeur et de grande force. Le roi Arthur l'avait donné à Lancelot qui l'avait confié à monseigneur Tristan à cause de sa grande bonté. Quand monseigneur Tristan est revêtu de ses armes noires comme la mort, il vient à son cheval et monte. Dinadan était déjà en selle, équipé de toutes ses armes. Les deux compagnons se rendent au tournoi, désireux de réaliser des exploits chevaleresques s'ils le peuvent. « Monseigneur Tristan, demande Dinadan, que Dieu vous bénisse, comment œuvra Palamède ce matin ?

— Dieu m'est témoin, répond monseigneur Tristan, Palamède a bien montré ce matin qu'il est un chevalier très valeureux. Et qu'ajouter ? Il a mieux combattu aujourd'hui qu'hier.

— Par Dieu ! s'exclame Dinadan. Qu'est-ce donc ? Ce que vous me dites est-il vrai ? Il serait juste qu'il remporte tout.

— Je ne sais ce qu'il fera, dit monseigneur Tristan, mais je vous affirme que je n'aurais pu croire aisément à la grande puissance et à la grande force de Palamède si je ne les avais vues. » Ainsi les deux compagnons parlent-ils. Ils chevauchent tant qu'ils arrivent au tournoi. La reine, qui regardait dans cette direction, les voit de loin. Elle reconnaît Dinadan dès qu'elle l'aperçoit mais pas monseigneur Tristan. Et sachez que sur la prairie, tous ceux qui pouvaient et voulaient porter des armes étaient réunis.

Selon le conte, Palamède est si malheureux et si courroucé qu'il manque d'enrager de douleur et de colère. Il avait quitté le tournoi. Il s'était bien aperçu que monseigneur Tristan en était parti et il pensait qu'il l'avait fait pour changer d'armes. Tandis qu'il attendait le retour de monseigneur Tristan en regardant vers la forêt, voici qu'il le voit venir. Il reconnaît Dinadan dès qu'il l'aperçoit. Et, grâce à lui, il reconnaît monseigneur Tristan. C'est celui qui porte les armes noires. Il sait qu'à cause de monseigneur Tristan, il a perdu les louanges et le prix de cette journée. Palamède veut avoir ce qu'il a déjà eu. Il dit qu'il est nécessaire qu'il le lui ravisse. Mieux vaut que Lancelot l'obtienne à la place de monseigneur Tristan. Après avoir pensé à cette affaire, il se dirige droit vers un chevalier qui avait quitté le tournoi blessé et se faisait désarmer. « Sire chevalier, fait Palamède, je souhaiterais vous prier de me prêter vos armes. Je suis plus connu par les miennes que je ne le voudrais. Et si vous désirez porter des armes aujourd'hui, les miennes sont bonnes et belles. Prenez-les selon votre plaisir, car je vous les laisserai.

— Sire, répond le chevalier, si mes armes vous plaisent, prenez-les selon vos désirs. Car je suis si gravement blessé que je sens bien que je ne pourrai pas aujourd'hui en porter aisément. »

Après avoir entendu la réponse du chevalier, Palamède se fait aussitôt désarmer et prend ses armes qui étaient bonnes et belles, toutes argentées élégamment. L'écu était couvert d'argent si bien que l'on ne voyait que ce métal. Il était brillant comme le cristal. Que vous dire ? Palamède est armé avec goût. Il monte sur un destrier. On verra ce dont il est capable. Ce n'est pas par manque d'armes qu'il ne remportera cette journée s'il peut endurer toute peine. Voici venir monseigneur Tristan muni d'armes noires comme le charbon. Dinadan, à côté de lui, ne le laissera pas s'il le peut. Il voudra le secourir dans tous les cas. Monseigneur Tristan arrive au tournoi et frappe si violemment le premier qu'il rencontre avec sa lance, qu'il lui fait vider les arçons et le porte à terre. Que vous dire ? Il œuvre plus avec cette lance qu'il tient que nul autre chevalier. Lorsqu'il a brisé sa lance, il ne s'attarde pas. Il empoigne son épée et se met à donner de grands coups à droite et à gauche. Quand Palamède voit cela, il n'attend pas. Il saisit son épée et se tourne vers lui car il veut lui ravir, s'il le peut, les louanges et le prix de cette journée. Puisqu'il ne peut les obtenir et les a perdus par la faute de monseigneur Tristan, il ne veut pas que ce dernier les gagne. Il est si bien déguisé grâce à ses armes et à son écu que monseigneur Tristan ne le reconnaîtra pas. Il pourra cogner sur lui hardiment car il ne le découvrira pas. Il ne tarde pas.

Il s'élance au galop vers monseigneur Tristan et le frappe si fort lors de leur rencontre que sa lance vole en éclats. Mais il ne le soulève pas de la selle. Cependant, monseigneur Tristan, qui avait reçu ce coup, s'estime bien chargé et se dit que le chevalier qui le lui a porté est de grande force. Il y a longtemps qu'il n'en a pas senti un plus puissant. Voyant qu'il n'a pas abattu monseigneur Tristan, Palamède est très contrarié. Il ne veut pas le laisser. Il empoigne son épée et lui assène un grand coup sur le heaume. Monseigneur Tristan, qui constate que Palamède le poursuit si assidûment avec la lance et l'épée, reconnaît qu'il a une force étonnante. Il se demande qui il peut être. Il irait volontiers ailleurs s'il le pouvait car il ne veut pas s'attarder auprès de celui-ci. Bien d'autres affaires l'attendent autre part et il voit bien qu'il ne pourra pas s'en libérer aussi facilement que des autres. Se voyant poursuivi de si près, il doit laisser tous les autres pour lui. Il le fait ainsi. Il lui court sus, l'épée hors du fourreau. Palamède le reçoit bien. Il est si hardi et si preux qu'il redoute peu monseigneur Tristan. Il préfère être en guerre contre lui qu'avoir sa paix.

Le combat des deux chevaliers commence au milieu de la place. Monseigneur Tristan se précipite sur Palamède, qui en fait autant. Mais monseigneur Tristan ne reconnaît pas Palamède. Palamède sait avec certitude que c'est monseigneur Tristan, le bon, le preux, qui sait lui donner de si grands coups qu'il en est souvent tout étourdi. Monseigneur Tristan délaisse tous les autres pour Palamède. Il veut l'avilir s'il le peut car, entre tous, c'est lui qui le détourne des honneurs de cette journée. Il le sait pertinemment. C'est pourquoi il veut le couvrir de honte avant de le quitter. Grands sont le combat et la colère des deux adversaires. Monseigneur Tristan se rue sur Palamède. Il lui cause assez de maux et d'ennuis. Palamède se défend âprement car il n'est pas un chevalier qu'on peut aisément vaincre. Il n'est pas un lièvre peureux. Il montre bien qu'il est sage, preux et puissant. Il sait autant des armes que monseigneur Tristan. S'il avait eu sa puissance, sa force et son opiniâtreté, monseigneur Tristan n'aurait guère d'avantage sur lui. Car Palamède n'en sait pas moins que lui sur les batailles. Dans ce combat et cette bataille qu'ils menaient, chacun avait délaissé le tournoi pour s'affronter. Ils avaient tant avancé dans le combat que Palamède avait le dessus. La reine Iseult, qui était aux fenêtres des loges, savait que Palamède affrontait monseigneur Tristan. Mais elle ne croyait pas que cette bataille fût l'œuvre de Palamède et de sa colère. Elle pensait qu'ils se battaient par ignorance. Tandis qu'elle regardait ce combat et qu'elle les reconnaissait tous les deux, elle était si tourmentée et si courroucée qu'elle manquait de mourir de douleur. Car elle savait que Palamède était un bon chevalier, de si haute prouesse que nul autre chevalier ne pourrait avoir l'avantage sur lui sans grand danger. À cause de la grande chevalerie qu'elle reconnaissait à Palamède, et voyant qu'il serrait de trop près monseigneur Tristan, elle sait bien que ce dernier ne pourrait lui causer de grands ennuis sans peine. C'est pourquoi elle est perturbée par ce combat qu'elle voit se dérouler entre eux ; il lui semblait recevoir chaque coup que Palamède donne à monseigneur Tristan. Et ce qui l'étonnait plus grandement était que Palamède s'était dressé contre le camp de monseigneur Tristan. Elle ne croyait pas qu'il agissait ainsi par mauvaise intention envers monseigneur Tristan. Elle pensait qu'il œuvrait pour l'honneur de Lancelot.

Tandis que la reine observait la bataille, aussi malheureuse et courroucée que je vous le dis, voici venir entre eux Lancelot. Partout où il va, il montre bien qu'il est un chevalier de valeur. Peu importe qui il frappe ; il abat sans faille celui qu'il cogne s'il n'est de trop grand pouvoir. Voici donc venir le bon Lancelot. Il frappe bien avec la lance et mieux encore avec l'épée. Il fait tant que tous s'écrient : « Fuyez ! Fuyez ! Voyez Lancelot ! » Il allait parmi la foule, frappant, abattant et donnant de si grands coups avec tant de largesse que les membres de sa lignée éprouvent joie et plaisir. Car ils constatent clairement qu'il libère toute la place où qu'il aille. Voici venir vers lui un chevalier d'Orcanie qui lui dit : « Sire chevalier, cela ne sert à rien. Vous peinez en vain. Si vous voulez vaincre ce tournoi à votre honneur, laissez celui-ci et celui-là et courez vers ce chevalier qui porte un écu noir. Il vous ravit votre prix. Si vous pouvez seulement l'abattre, nous gagnerons cette journée et le prix du tournoi. Laissez tous deux à cette place et allez cogner sur lui seul. » En entendant ces paroles, Lancelot ne reste pas. Il se précipite sur monseigneur Tristan sans savoir qui il est. Et, après avoir regardé le grand combat entre Palamède et lui, il dit à Palamède : « Chevalier, que Dieu vous bénisse, abandonnez cette bataille. Je vois bien que vous ne pouvez triompher de ce chevalier. Laissez-le-moi car je crois que j'en viendrai bien à bout. » Palamède se retourne et reconnaît que c'est Lancelot qui lui parle. Il lui répond comme s'il ne savait pas qui il était : « Chevalier, devant Dieu, puisque vous voulez la bataille, je vous la laisse. J'en étais tout embarrassé. » Il se retire et ajoute : « Nous verrons ce dont vous êtes capable, sire chevalier. » Quand monseigneur Tristan voit qu'il doit affronter Lancelot, un des chevaliers qu'il aime le plus au monde, il ne sait que dire. S'il refuse la bataille, il craint qu'on le considère comme un lâche et un pleutre. On ne dira pas qu'il l'a laissée par amour pour Lancelot, mais par peur. C'est pourquoi il dit qu'il agira contre sa volonté quoi qu'il advienne. Il se rue sur Lancelot, l'épée dressée, et lui donne sur le heaume le plus grand coup qu'il peut lui assener. Lancelot fait de même. Les voilà mauvais amis. Ils ne s'épargnent pas.

Voici venir parmi la foule Dinadan qui éperonne sa monture. Quant à Gahériet, je vous assure qu'il était avec lui. Ils œuvrent bien. Et voyant monseigneur Tristan si près de Lancelot, ils se dirigent directement vers lui. Une fois arrivés et apercevant la bataille entre les deux amis, ils sont stupéfaits. « Gahériet, fait Dinadan, nous devons faire cesser cette bataille. Elle n'est pas correcte. Messire Tristan perdra, à mon avis, le prix de cette journée par la faute de Lancelot. Je vous affirme que Lancelot ne reconnaît pas monseigneur Tristan. Car autrement, je sais qu'il ne l'affronterait pas ainsi. » En entendant les paroles de Dinadan, Gahériet n'attend plus. Il s'élance vers Lancelot et lui assène de toutes ses forces un grand coup sur le heaume qui le fait trébucher. Dinadan ne tarde pas. Il se rue sur Lancelot par le travers. Il veut libérer monseigneur Tristan s'il le peut. Et quand vient le moment de frapper, il se jette sur Lancelot et le porte à terre ainsi que le cheval. Il éperonne sa monture et lui passe par-dessus le corps. Il le foule et le rompt. Voyant cette aventure, monseigneur Tristan est fort attristé. Car il aimait Lancelot d'un grand amour. Et soyez assurés que Lancelot ne serait pas tombé s'il avait vu Dinadan se précipiter vers lui. Mais Dinadan vint sur lui par le côté. « Ah, Dinadan ! déplore monseigneur Tristan. Vous avez mal agi. Peu s'en faut que vous ayez tué le meilleur chevalier du monde. Prenez garde la prochaine fois. Car un tel fait ne sied pas à un participant de tournoi. C'est l'acte d'un ennemi mortel que de venir ainsi sur lui traîtreusement.

— Sire, réplique Dinadan, aucun de vous ne se serait séparé l'un de l'autre si l'un d'entre vous n'était tombé. »

Quand Palamède voit monseigneur Tristan libéré de Lancelot, il se rue sur Dinadan et le frappe si violemment qu'il le fait voler à terre cruellement. Le voyant abattu, il ne le regarde plus. Il se tourne vers monseigneur Tristan et le combat recommence, aussi grand, aussi plénier qu'il l'avait été. Palamède est fort malheureux. Il est furieux envers monseigneur Tristan. Il est nécessaire, s'il le peut, de lui voler les louanges et le prix de cette journée. Monseigneur Tristan les lui avait ravis. Mais il ne les aura pas plus s'il peut les lui dérober. Il préfère mourir, comme il le dit, plutôt que monseigneur Tristan les ait. Une fois debout et apercevant Dinadan qui l'avait abattu, Lancelot lui court sus violemment et l'appelle à combattre à l'épée. Dinadan se défend de son mieux. Mais à dire vrai, sa défense est vaine face à Lancelot. Quand le bon

Tristan, qui aimait Dinadan d'un grand amour, le voit si malchanceux devant Lancelot, il se précipite sur Palamède, dont il veut tout d'abord se débarrasser, et y met cœur, corps, force et pouvoir. Il saisit Palamède par les flancs et croit le jeter à terre. Mais il ne peut agir à sa guise. Palamède connaît l'art des batailles aussi bien que monseigneur Tristan. Quand il voit que monseigneur Tristan le prend, il fait de même ; ils tombent tous les deux à terre. Mais monseigneur Tristan a l'avantage et se relève en premier. Palamède est étourdi par la chute. C'est pourquoi il ne se redresse pas aussi vite que monseigneur Tristan. Une fois debout, monseigneur Tristan n'attend pas de remonter en selle. Il retourne vers Lancelot, l'épée dressée, et le combat recommence, fort et violent. Il donne tant de mal à Lancelot que celui-ci ne s'occupe plus d'assaillir Dinadan. Se voyant délivré de Lancelot, Dinadan vient à son cheval, monte puis prend le cheval de monseigneur Tristan et le lui ramène. Il lui dit : « Monseigneur Tristan, montez et ne tardez pas pour un seul chevalier car d'autres affaires vous attendent ailleurs. » En entendant ces paroles, Lancelot est stupéfait. Il se retire du combat quand il reconnaît monseigneur Tristan et le laisse remonter en paix. Il se trouve honteux de l'avoir affronté car il lui a assez nui. Puisqu'il sait que c'est monseigneur Tristan, il ne retournera pas vers lui. Et si Tristan peut gagner les louanges et le prix de la journée, Lancelot préfère que ce soit lui qui les ait plutôt qu'un autre chevalier. Une fois en selle, monseigneur Tristan va directement à l'endroit où le cheval de Lancelot se trouvait et le prend par les rênes. Et comme il ne veut pas que Lancelot reste à pied, car il serait vite embarrassé, il lui ramène sa monture et lui dit : « Vous devez monter car votre embarras pourrait vous nuire grandement. » Lancelot rit à ces paroles et dit en souriant : « Sire, grands mercis. Je n'étais guère avisé quand je ne vous reconnaissais pas. Je sais bien que ce n'est pas le premier bienfait ni la première courtoisie que vous me faites. » Il monte sans tarder car il voit que c'est nécessaire et s'en va de l'autre côté du tournoi, là où monseigneur Tristan ne se trouve pas.

L'affaire recommence pour les deux compagnons, l'un ici, l'autre ailleurs. Lancelot fait bien ses preuves. Monseigneur Tristan aussi. Palamède est remonté avec grandes douleur et peine. Et il souffre maux et angoisse avant d'être de nouveau en selle. Car il ne trouve personne pour l'aider dans cette urgence. Il est seul. Mais il n'est pas seul à donner des coups et à en recevoir. Que vous dire ? Il s'active autant que possible pour que monseigneur Tristan ne remporte pas les louanges et le prix. L'envie l'occit et le tue. Jamais de sa vie son cœur ne fut si jaloux. Il entend et sait que monseigneur Tristan se tient d'un côté et Lancelot d'un autre. Les uns disent que le chevalier à l'écu noir a gagné le tournoi. Et d'autres affirment que celui qui voudrait juger et observer les faits de Lancelot ne lui donnerait pas moins de prix qu'à monseigneur Tristan. Ainsi le champ de bataille est-il divisé : selon les uns, monseigneur Tristan remporte le prix et les louanges de la journée, et selon les autres c'est Lancelot. Ainsi va l'affaire : l'un n'a pas plus gagné que l'autre. Cependant, il y avait plus de gens au tournoi favorables à monseigneur Tristan qu'à Lancelot.

Le tournoi terminé, à l'approche de la nuit, ma dame Iseult dévale des loges où elle avait vu toute la journée maintes choses qui lui avaient déplu. Car elle avait aperçu monseigneur Tristan, son cher ami qu'elle aimait plus qu'elle-même, en de nombreux périls et dangers ; elle avait manqué mourir de douleur et d'angoisse. Elle veut à présent un mal mortel à Palamède car elle avait clairement vu comment il avait changé ses armes et comment il avait été ce jour l'ennemi de monseigneur Tristan, le plus mortel d'entre tous les chevaliers. Elle avait observé tous les assauts qu'il avait donnés à monseigneur

Tristan et comment il l'avait affronté. Et elle savait bien que si Palamède n'avait pas tant nui toute la journée à monseigneur Tristan, ce dernier aurait tout seul et sans embarras les louanges et le prix. Elle avait vu que Palamède avait manqué de peu de déshonorer monseigneur Tristan par ses nuisances. Et c'était la chose qui la faisait souffrir le plus ; si monseigneur Tristan ne s'était pas si bien défendu, il aurait été avili à plusieurs reprises car Palamède l'avait souvent assailli.

Ainsi pensive et courroucée contre Palamède, comme je vous le raconte, la reine quitte-t-elle les loges avec sa compagnie. Elle est réconfortée car monseigneur Tristan part du tournoi la mine heureuse et joyeuse. Les dames qui étaient dans les loges l'accompagnent jusqu'à ce qu'elle monte en selle, merveilleusement désireuses de la connaître. Elles ne savent qui elle est. Mais elles disent bien qu'en vérité, elle est la plus belle dame qu'elles aient jamais vue. Et elle était sans doute de très merveilleuse beauté. Une fois en selle, elle s'en va avec sa compagnie. Tous les chevaliers qui étaient restés l'escortent car ils voudraient volontiers la voir le visage découvert. Mais ils ne le peuvent et ne l'osent car ils savent qu'elle est une dame de haut rang.

Ma dame Iseult qui chevauchait dans la prairie n'a guère cheminé quand monseigneur Tristan la rejoint ainsi que Palamède, Gahériet et Dinadan. Monseigneur Tristan reconnaît Gahériet et Dinadan dès qu'il les voit, mais pas Palamède. Il sait seulement que c'est celui qui lui a causé plus d'ennuis et de contrariétés en ce jour que tout autre chevalier du tournoi. Il faillit mourir d'embarras et de peine. Il vient donc vers lui parce qu'il ne le reconnaît pas encore et lui dit : « Chevalier, retournez sur vos pas et laissez cette compagnie. La dame a assez de gens pour la guider sans vous. Elle n'a pas besoin de votre escorte. » Palamède, qui sait bien qu'il parle à monseigneur Tristan, fait mine de ne pas le reconnaître. Il lui répond donc très hardiment : « Chevalier, devant Dieu, vous ne parlez pas comme quelqu'un de sage car si je tiens compagnie à la dame, je dois le faire sur son ordre et par la prière du meilleur chevalier du monde. Je suis ici par leur volonté. Mais vous, que faites-vous ici et qui vous a fait venir ? Vous êtes là sans être appelé. Vous êtes fou si vous n'allez votre chemin car la dame a une escorte telle qu'elle la désire. » En entendant ces paroles, monseigneur Tristan sait qu'il s'agit de Palamède. « Comment, Palamède ? s'étonne-t-il. Êtes-vous bien Palamède ?

— Oui, répond-il, sans aucun doute. Je suis bien Palamède. Et toi, qui es-tu et que fais-tu ici ?

— Palamède, je suis Tristan.

— Ah, monseigneur Tristan ! s'exclame Palamède. Vous m'avez aujourd'hui assassiné ! Vous changeâtes vos armes pour le malheur de Palamède. » Monseigneur Tristan lui répond : « Palamède, vous dites ce que je dois dire. Vous m'avez rompu tout aujourd'hui. Vous m'avez tant malmené que ce ne pouvait être pire. Vous m'avez fait une dure et cruelle compagnie. Pourquoi vous tournâtes-vous contre moi ? Avez-vous juré ma mort ? Si j'avais tué votre père, je ne vois pas comment vous auriez pu vous mettre autant en peine de me blesser. Vous n'avez tout aujourd'hui été en guerre que contre moi. Vous avez tapé sur moi tout le long de la journée.

— Monseigneur Tristan, dit Palamède, apprenez que je croyais que vous étiez rangé du côté du roi Arthur. Un chevalier me l'avait laissé entendre. Mais, Dieu m'est témoin, j'ignore qui il est. C'est pourquoi je me suis dressé contre vous dès que j'entendis ces nouvelles et que vous apportâtes les armes noires au tournoi. Je les vis et crus qu'en vérité vous étiez le bon roi d'Irlande. Ces armes sont les siennes, comme vous le savez, et c'est pourquoi je vous courus sus de toutes mes forces. Car je ne voulais pas, autant que possible, qu'un autre eût le prix hormis vous ou moi. Et cette envie m'a aujourd'hui tué car vous me donnâtes tant à faire que je suis mort de fatigue. Je la sentirai pendant longtemps. Vous méconnaître m'a occis. » Monseigneur Tristan rit. Il éprouve une grande joie et un grand bonheur de s'être éprouvés si âprement par ignorance.

Tout en parlant, ils chevauchent tant qu'ils parviennent aux pavillons. La reine met pied à terre et n'est guère heureuse à cause de la grande fatigue et des grands tourments que monseigneur Tristan avait subis toute la journée, comme elle l'avait clairement constaté. Elle veut beaucoup de mal à Palamède. Elle souhaite ardemment sa peine car elle voit qu'il hait monseigneur Tristan mortellement. Une fois descendus, ils trouvent les tables mises et le dîner prêt. Après s'être un peu reposés et une fois désarmés, ils lavèrent leurs cous et leurs visages noircis par les armes qu'ils avaient portées. Ils s'assoient aux tables et mangent. La reine est si courroucée qu'elle regarde Palamède avec cruauté. Elle mange fort contrariée. Monseigneur Tristan, qui la connaît bien, s'en aperçoit. Il sait qu'elle est fâchée. Cela le perturbe terriblement. « Ma dame, fait-il, que Dieu vous garde, réconfortez-vous. Ne soyez pas si furieuse.

— Sire, réplique-t-elle, je ne le serai pas puisqu'il vous plaît. Cependant, je veux qu'il soit su ouvertement que Palamède ici présent m'a plus fâchée que tout autre chevalier ne le fit jamais. Palamède, que Dieu vous bénisse, depuis quand délaissez-vous votre courtoisie en récompensant si vilement celui qui vous traitait courtoisement chaque jour ? Vous vous mettez en peine de tout votre pouvoir de le tuer. Palamède, devant Dieu, le monde est bien trompé par votre bassesse car tous pensent que vous êtes le chevalier le plus courtois entre tous. Et je croyais, devant Dieu, selon ces dires et non selon autre chose, que vous étiez courtois et généreux. Mais je sais avec certitude que vous êtes loin de toute courtoisie. Vous êtes rempli de félonie. Vous l'avez clairement montré, et plus envers Tristan que tout autre. S'il n'avait pas été aussi brave, vous l'auriez tué. Et non à l'aide de votre bravoure mais de celle de Lancelot que vous aviez avec vous. Et quand j'ai vu qu'une telle félonie loge en vous, j'affirme qu'il est dommage que vous soyez si brave. Car un chevalier chez qui réside une telle bravoure ne doit être ni félon, ni haineux, ni cruel. Désormais, Tristan doit se méfier de vous plus que de tout autre ennemi car vous lui avez montré que vous êtes un adversaire mortel. » Après avoir dit ces paroles, elle se tait et ne dit plus rien. En les entendant, Palamède est si perturbé qu'il manque d'enrager de douleur. « Ma dame, implore-t-il, pour l'amour de Dieu, pitié ! Apprenez que je n'ai pas eu de mauvaises intentions. J'agis par ignorance. Je ne croyais pas que c'était lui. Ma dame, devant Dieu, ma douce dame, je devrais me plaindre plus que lui car il me fit pire que je ne lui fis. J'en porte les traces comme il apparaît.

— Palamède, fait la reine, si Tristan est moins blessé que vous, il ne doit vous en savoir aucun gré car si cela n'avait tenu qu'à vous, il aurait reçu honte et vergogne.

— Ah, dame ! supplie Palamède. Pour l'amour de Dieu, pitié ! Je suis prêt à faire tout ce que monseigneur Tristan jugera bon car j'agis par ignorance.

— Ah, dame, fait monseigneur Tristan, pour l'amour de Dieu, pitié ! Apprenez que je le crois bien. Jamais je ne soupçonnerai qu'il l'ait fait volontairement. On voit bien des frères porter les armes l'un contre l'autre. Mais quelles que soient ses intentions, je lui pardonne. Je ne veux pas, à cause de cet incident, perdre sa compagnie. » Quand elle entend la volonté de monseigneur Tristan, la reine se tait et ne parle plus.

Alors qu'ils étaient attablés et se divertissaient, ils se rappelaient les assauts qui avaient eu lieu entre monseigneur Tristan et Palamède. Et ils ne faisaient que rire. Voici venir devant les pavillons deux chevaliers portant toutes leurs armes et fort bien montés. Ils vinrent jusqu'à l'entrée du pavillon où monseigneur Tristan mangeait avec sa compagnie. L'un des deux chevaliers descendit. Il dit à l'autre : « Sire, descendez, s'il vous plaît. Vous verrez si je dis vrai ou non. » Et il met pied à terre. Ils laissent leurs chevaux fourbus. Ils pénètrent dans le pavillon, s'inclinent devant la reine et lui disent : « Ma dame, Dieu vous donne le bonsoir. Nous vous prions en tant que vaillante dame de ne pas vous offenser si nous sommes venus ainsi en armes.

— Chevaliers, dit monseigneur Tristan, Dieu m'est témoin, ce n'est guère courtois. Soit vous ôtez vos armes et vos heaumes, soit vous sortez d'ici.

— Monseigneur Tristan, beau sire, dit l'un des chevaliers, ne vous fâchez pas si fort contre nous. Car sur la foi que je vous dois, vous pouvez affirmer que vous n'avez pas en ce moment deux meilleurs amis que nous. Bien que vous ne montrâtes pas au tournoi que vous êtes notre ami car vous nous avez mené une grande guerre. » Dès que monseigneur Tristan entend ces paroles, il se dresse et vient au chevalier qui avait ainsi parlé. Il le prend par la main et lui dit : « Chevalier, il est nécessaire, si vous acceptez, que je vous voie clairement avant que vous nous quittiez.

— Hélas, monseigneur Tristan, pitié ! fait le chevalier. Ne nous obligez pas à demeurer ici car nous n'en avons pas besoin. Nous avons mené à bien ce pour quoi nous sommes venus. » L'autre chevalier s'adresse à la reine et lui dit : « Ma dame, devant Dieu, apprenez que je vins ici pour vous connaître et pour voir si vous étiez aussi belle qu'on me le fit entendre. Je vous ai vue ouvertement, merci à Dieu. Et après vous avoir vue, je dis bien qu'en vérité et devant Dieu, je ne crois pas qu'il y ait au monde une dame plus belle que vous. Je m'en retournerai d'où je viens. Car je suis très affairé.

— Chevalier, dit monseigneur Tristan au chevalier qu'il tenait, puisque vous dites être mon ami, je vous prie, au nom de l'amour que vous éprouvez pour moi, d'ôter votre heaume. Et supportez que je sache qui vous êtes.

— Sire, fait le chevalier, puisque vous me forcez, j'accéderai à votre requête contre ce que j'avais promis à mon seigneur qui est ici. » Il fit délacer son heaume et dit :

« Sire Tristan, sire Tristan, je vois clairement que me dissimuler ne sert à rien puisque vous me pressez ainsi. Je suis Lancelot, votre ami. » En entendant ces paroles, monseigneur Tristan est ravi et fou de joie. Lancelot ajoute : « Ami Tristan, abstenez-vous cette fois de me faire tant d'honneurs. Faites-les au roi Arthur, le meilleur homme du monde, que je vous ai amené.

— Comment, sire ? s'étonne monseigneur Tristan. Est-il donc le roi Arthur ?

— Oui, sans nul doute, répond Lancelot. Il vous a fait un grand honneur en venant ainsi vous voir. » En entendant cette nouvelle, monseigneur Tristan dit à la reine Iseult : « Allons, ma dame, honorez le roi Arthur qui est venu ici par sa grâce. » Il court vers le roi, s'incline devant lui et lui dit : « Ah, sire, soyez vraiment le bienvenu. Je ne pourrai vous rendre la pareille pour cet honneur dont vous m'avez couvert. Pour l'amour de Dieu, faites-vous désarmer. Et vous vous divertirez avec ma dame Iseult ici présente.

— Tristan, fait le roi Arthur, je vous fais bien savoir que Lancelot n'a pas tenu sa promesse envers moi car il me promit quand nous vînmes ici qu'il ne me ferait pas connaître. Mais je vois bien qu'il m'a trompé. Et sachez que toute notre compagnie m'attend à Louveserp. Tous seront trop désemparés s'ils me voient rester.

— Non, sire, réplique messire Tristan, car je leur ferai savoir que vous êtes avec vos amis et que vous retournerez vite vers eux.

— Où sont les amis ? demande le roi.

— Sire, me voici, répond monseigneur Tristan. Et sachez que je serais fin prêt à mettre ma vie en péril pour protéger et sauver la vôtre.

— Au nom de Dieu, Tristan ! s'exclame le roi. Vous nous montrez bien chaque jour le grand amour que vous éprouvez pour moi. Si j'avais de nombreux amis comme vous, je ne m'en réjouirais pas trop. Et cependant, bien que vous me rendiez chaque jour malheureux, j'accéderai à votre prière, non par amour pour vous mais pour celui de ma dame la reine que je vois ici. »

La reine le remercie ardemment. Ils le font à présent désarmer. Grande est la joie, grand est le plaisir que tous ressentent par ici. Ils sont en fête. Ils sont en joie. Ils mangent avec grand appétit. Le roi dîne avec la reine, monseigneur Tristan avec Lancelot. Palamède avec Dinadan qui souvent le fâche. Gahériet mange avec un autre chevalier. Ils mènent grande joie et grandes réjouissances. Ils se divertissent avec grande aise.

« Ma dame, dit le roi à la reine Iseult, sachez que je me serais considéré comme anéanti tout au long de ma vie si je ne vous avais pas vue avant que vous partiez d'ici. Car apprenez que tous ceux qui vous ont aperçue disent merveilles de votre beauté. Chacun vous loue et vous apprécie. Chacun clame que vous êtes la plus belle dame du monde. Et quand de telles nouvelles me venaient chaque jour de vous, je me serais trouvé, Dieu m'est témoin, bien trop trompé si je ne vous avais vue puisque Dieu vous avait amenée si près de nous. Je vous ai vue, Dieu merci. Je me clame, Dieu m'est témoin, bienheureux et affirme que vous surpassez en beauté toutes les belles dames de ce monde. Tristan peut bien se vanter d'avoir en sa compagnie la plus belle dame du monde. Et vous pouvez dire d'autre part que vous avez le meilleur chevalier du monde et le plus beau à vos côtés. Que vous dire ? Je suis ravi de vous avoir vus ensemble.

— Sire, fait la reine, je vous remercie. Vous parlez courtoisement comme il sied au meilleur homme du monde que vous êtes. »

Ils mènent entre eux grande joie et grandes réjouissances. Le roi se divertit et se réjouit en parlant avec la reine. Plus il la regarde, plus il se dit que vraiment cette dame surpasse en beauté toutes les dames du monde. Lancelot dit qu'elle est extrêmement belle. Il n'y a rien à reprendre sur sa beauté. Que vous dire ? Ils eurent à manger ce soir aussi bien, aussi bellement et aussi richement que s'ils étaient à la cour du roi Arthur. Après avoir longuement dîné, le roi se tourne vers monseigneur Tristan et lui demande : « Dites-moi, Tristan, que Dieu vous bénisse, si vous savez qui est le chevalier qui porta aujourd'hui l'écu d'argent. Devant Dieu, il œuvra bien. Il y en eut peu de meilleurs. Ce fut celui qui en toute la place vous causa le plus de tourments. Sans lui, votre affaire serait allée parfaitement. Je veux que Lancelot sache que si le chevalier à l'écu d'argent ne l'avait pas tant aidé ce jour-ci, il aurait gagné peu de prix. Mais ils étaient tous contre vous seul. Ils croyaient remporter le prix et vous empêcher d'avoir les honneurs. Cependant, celui qui observerait bien votre fait et voudrait énoncer la vérité les couvrirait de honte et vous donnerait les louanges et le prix. » Palamède est extrêmement honteux quand il entend ces paroles. Lancelot l'est aussi. Et monseigneur Tristan répond : « Sire, apprenez que nous avons parmi nous ce chevalier à qui vous accordez de si grandes louanges. C'est lui qui porta l'écu d'argent. Vous ne devez pas vous plaindre de lui car il vous fut d'un grand secours. Vous n'avez eu dans votre camp nul meilleur chevalier que lui, excepté Lancelot ici présent.

— Certes, approuve le roi, je le sais bien. Mais je le dis car il était trop souvent sur vous.

— Sire, fait monseigneur Tristan, apprenez qu'il le fit par ignorance.

— Ah, Tristan, dit le roi, je sais bien de qui vous parlez. C'est sans doute de Palamède. Ce ne peut être un autre. Quel compagnon vous avez ! S'il ne vous a pas assez donné de coups aujourd'hui, il vous en assènera plus une autre fois.

— Sire, intercède monseigneur Tristan, s'il vous plaît, n'accablez pas entièrement Palamède car, sauf votre grâce, il avait de nombreux compagnons. Il n'était pas le seul à s'occuper de moi. Si je voulais dire la vérité sur cette journée, devant Dieu, je ne me plaindrais pas moins de vous que de Palamède. Vous vîntes me voir maintes fois, à tel point que je pensais que vous ne voyiez que Tristan. » Le roi se met à rire, Lancelot et tous ceux des lieux aussi. « Ah, Palamède, fait le roi, vous êtes un bon ami de Tristan et vous savez bien montrer vos talents.

— Sire, dit Palamède, Dieu m'est témoin, si je fus un bon ami aujourd'hui pour lui, je vous affirme qu'il me rendit la pareille de cet amour comme s'il avait juré ma mort. Il ne me montra pas qu'il m'aimait de grand amour ni qu'il m'appréciait ; il venait souvent sur moi. Et si j'avais accepté sa compagnie plus longtemps ce soir, je m'en serais repenti trop tard. Il apparaît clairement que par son fait, je reçus plus de coups et j'en porte de plus grandes traces. Je suis foulé et battu comme vous le voyez. Vous êtes sain, Dieu merci, et plus que je ne le suis. C'est pourquoi vous êtes heureux et joyeux, je remercie Dieu. Et si je ne peux l'être cette fois, la fortune vous sera défavorable à un autre moment comme elle l'a été aujourd'hui pour moi. Alors vous aurez une autre contenance et j'en aurai une différente de celle d'aujourd'hui. » Le roi Arthur rit de la réponse de Palamède. Tous les autres font de même. « Tristan, demande le roi, que Dieu vous garde, pourquoi portez-vous les armes contre nous ? J'avais l'espoir que vous aideriez mon camp de tout votre pouvoir lors de ce tournoi. Et nous vous trouvons contre nous. » Monseigneur Tristan rit, un peu honteux, puis répond en souriant : « Sire, je vois clairement que vous vous moquez quelque peu de moi. Seul, je n'aurais rien pu faire à ce tournoi contre autant d'hommes valeureux. Mes actes ne vous auraient fait ni chaud ni froid. Il y en a tant de meilleurs qu'on ne doit pas m'obliger à rivaliser avec eux. Vous avez dans votre camp tous les chevaliers de la Table Ronde qui sont si preux et si vaillants qu'ils surpassent tout le monde. Vous avez aussi la haute lignée du roi Ban dont tous les membres sont si valeureux comme vous le savez et comme tout le monde le sait. Et moi, que ferais-je contre tous ? Je me tiens dans l'autre camp avec les autres chevaliers. Mais sachez que si je voyais que

Tristan pût vous aider, vous le trouveriez prêt à favoriser votre honneur là où je serais. Je suis votre chevalier et je le serai toute ma vie. Et si je porte les armes contre votre camp, je le fais par jeu car ainsi agissent les chevaliers errants. Vous savez bien qu'ils rallient un camp ou un autre lors des tournois mais pas lors des batailles mortelles. Vous devriez plus vous en prendre à Gahériet, votre neveu ici présent, qu'à moi, et à juste titre car il n'aurait jamais dû vous laisser.

— Bel oncle, dit Gahériet, si vous croyez monseigneur Tristan, sachez que vous vous trouverez trompé et moqué. Peu lui importe qu'il tourne le blâme contre moi pourvu qu'il en soit délivré. Ne le croyez pas, s'il vous plaît. Blâmez-le, lui, et pas moi, car sans lui j'aurais été dans votre camp.

— Dinadan, demande le roi, que pensez-vous de notre discussion ?

— Sire, devant Dieu, répond Dinadan, je ne sais élire le plus sage parmi nous tous car celui qui croit être le plus avisé est celui qui est le plus rempli de folie. Telle est ma réponse.

— Et qu'êtes-vous ? interroge le roi. Que Dieu vous bénisse, dites-le-moi.

— Par Dieu, fait Dinadan, si je possédais quelque sagesse avant de rencontrer monseigneur Tristan, je n'en ai plus depuis que je l'ai trouvé. Car il m'a conduit vers toutes les folies et jamais vers la sagesse. C'est pourquoi je me retrouve moqué. Et à cause de sa compagnie, je deviens fou et niais. J'ai toujours la volonté de le quitter. Mais je ne le peux. »

Alors, tous ceux qui étaient présents se mettent à rire et disent que Dinadan veut se moquer d'eux. Ainsi le roi se divertit-il avec monseigneur Tristan et la reine Iseult. Palamède est fort malheureux car il sait bien que la reine est furieuse contre lui pour ce qu'il a fait. Ils parlent tant des grands faits de cette journée et de celle d'hier qu'il est l'heure de lever les tables. Le roi dit alors : « Monseigneur

Tristan, que pensez-vous de la journée d'aujourd'hui et de celle d'hier où vous fûtes dans toutes les nécessités et dans la foule la plus nombreuse ? C'est pourquoi il me semble que vous devez connaître la vérité.

— Sire, répond monseigneur Tristan, puisqu'il vous plaît que je vous dise ce que j'ai vu, je le ferai. Sachez que les chevaliers présents aujourd'hui œuvrèrent mieux que ceux d'hier. Ils restèrent plus opiniâtrement au tournoi toute la journée. Ce ne fut pas un tournoi. Ce fut une bataille mortelle. Il y avait nombre de chevaliers violents et tous étaient valeureux dans les deux camps. Je ne vis aujourd'hui aucune attaque manquée ni aucune lâcheté.

— Devant Dieu, approuve le roi, je suis d'accord avec vos dires. Et sans vous, ceux qui étaient contre nous pendant le tournoi auraient perdu la bataille et se seraient enfuis. À vous seul, vous avez conservé le camp. Vous seul nous avez causé tous les ennuis. À vous seul doivent savoir gré nos adversaires d'être restés sur place. Demain sera le dernier jour du tournoi. Il est nécessaire que chacun de nos compagnons fasse des merveilles. »

Tous se mettent à rire car ils savent bien qu'il dit ces paroles par jeu et par plaisir. On mène grande joie par ici car tous sont heureux de la venue du roi Arthur. Après avoir mangé et s'être diverti, le roi se fait aussitôt équiper de ses armes et dit qu'il ne peut plus rester. On lui donne congé à contrecœur. Au moment du départ, le roi dit à la reine Iseult : « Ma dame, soyez assurée que le chevalier que je suis, avec ou sans pouvoir, est vôtre de toutes les manières possibles et à votre honneur.

— Sire, fait-elle, je vous rends grâce et vous remercie autant que je le peux. »

Le roi s'en va sans tarder. Monseigneur Tristan l'escorte, ainsi que Palamède, Dinadan et Gahériet, jusqu'à l'entrée de Louveserp. Ils le quittent là car ils ne veulent pas aller plus avant malgré les protestations du roi. Au départ, le roi leur dit tout en riant : « Seigneurs chevaliers, nous verrons ce dont vous êtes capables et quelle force vous aurez demain. Il est impérieux, si je le peux, qu'on vous fasse vider les lieux demain. » Et ils répondent en riant : « Sire, sire, ne nous menacez pas si fort. Quand nous serons à la tâche, que celui qui aura peur s'enfuie. » Le roi prend monseigneur Tristan par la main, l'attire à part et lui dit discrètement : « Ami Tristan, soyez dans notre camp demain après l'heure de none.

— Sire, fait monseigneur Tristan, puisqu'il vous plaît et que je vois que vous le désirez, j'obéirai volontiers à vos ordres de mon mieux. Demain, quand vous entendrez crier la devise de Loenois, vous pourrez savoir que je serai dans votre camp. Montrez votre puissance car je ferai de mon mieux. Rapportez ces paroles à Lancelot, s'il vous plaît. » Et le roi dit qu'il le fera.

Après cette discussion, le roi quitte monseigneur Tristan et pénètre dans Louveserp. Tous lui manifestent une grande joie. Tout le château n'est que bruits joyeux car tous étaient inquiets de son retard. Après avoir désarmé le roi et une fois au palais tous ensemble, Bliobéris de Gaunes demande au roi : « Sire, pour l'amour de Dieu, d'où venez-vous à cette heure avec Lancelot ? Je crois que vous venez de vous divertir.

— Certes, répond le roi Arthur, vous dites vrai. Apprenez que nous venons de voir la plus belle dame du monde et le meilleur chevalier, excepté Lancelot ici présent. Devant Dieu, je me considère trop bien récompensé de les avoir vus.

— Sire, fait Bliobéris, sachez que si je savais où se trouve ce haut pèlerinage, j'irais immédiatement.

— Sire, devant Dieu, dit le roi, vous ne le saurez pas par moi.

— Sire, réplique-t-il, cela me peine terriblement. Je voudrais savoir où ils sont comme vous vous en doutez. Et apprenez que lorsqu'ils arrivèrent au royaume de Logre, je fus au courant de leur venue avant vous. Et à présent, vous nous faites cette cachotterie parce que vous savez où ils demeurent. Certes, je serai fort étonné de ne pas savoir où ils se trouvent comme vous le savez vous-même avant trois jours. Et quand, peut-être, vous me demanderez des nouvelles, je ferai des mystères comme vous m'en faites actuellement. » Le roi rit et prend plaisir aux paroles de Bliobéris. Lancelot et tous ceux qui étaient là aussi. « Bliobéris, demande le roi, dites-moi, qui, à votre avis, doit recevoir le prix de cette journée ?

— Sire, répond-il, ne fûtes-vous pas au tournoi comme moi ? Vous le savez aussi bien. Pourquoi le demandez-vous ?

— Parce que, fait le roi, je veux entendre ce que vous direz.

— Sire, fait-il, je vous dis qu'ils furent deux aujourd'hui qui, par leurs actes valeureux, vainquirent tous ceux qui étaient en la place. Nul ne put rivaliser avec leurs œuvres et leur peine ; ni Palamède, ni les autres. Ces deux doivent avoir le prix.

— Certes, approuve le roi, je le crois bien et je m'accorde entièrement à vous. Mais dites-moi, auquel des deux le donneriez-vous et lequel œuvra le mieux ?

— Sire, fait-il, devant Dieu, je ne sais lequel choisir. Tous deux réalisèrent autant de prouesses ce soir. L'un ne le fit pas mieux que l'autre. Quant au matin, je ne dis pas de même car celui que vous venez de voir se mit plus en peine que l'autre. Et je l'annonce devant lui-même. Je vous ai dit ce que je crois juste.

— Par Dieu ! s'exclame le roi. Vous m'avez énoncé la vérité. Il en fut ainsi. Lancelot n'œuvra pas aussi bien le matin que le soir. Il commença assez petitement cette journée. Mais il la termina hautement. Et que vous dire ? Il finit mieux que monseigneur Tristan. Mais monseigneur Tristan agit bien mieux le matin que Lancelot. Allons nous reposer car nous nous sommes assez fatigués pour aujourd'hui. Et que demain chacun soit prêt car tout ce que nous avons réalisé ce jour-ci sera vain si nous ne pouvons poursuivre ce que nous avons commencé. Demain sera très pénible. Celui qui ne se conduira pas comme un chevalier ne pourra être honoré. Si nous avons bien agi jusqu'ici, il est nécessaire que demain nous fassions mieux. »

Ainsi le roi Arthur se divertit-il avec ses compagnons. Et après avoir longuement parlé, ceux qui ne devaient rester s'en vont. Le roi avait dit discrètement à Lancelot : « Lancelot, sachez que demain, aux environs de none, nous aurons dans notre camp monseigneur Tristan. Quand il criera la devise de Loenois, il aura abandonné sa compagnie et sera passé dans notre camp. Souvenez-vous-en.

— Sire, volontiers », fait Lancelot. Le roi et Lancelot conversent ainsi. Mais à présent, le conte cesse de parler d'eux et revient à monseigneur Tristan et à ses amis.

Selon le conte, après avoir quitté le roi Arthur, monseigneur Tristan rejoignit ses compagnons. Ils chevauchent et arrivent aussitôt aux pavillons. Après être descendus, la joie et la fête recommencent. « Monseigneur Tristan, demande Palamède, pour quel camp voudrez-vous porter les armes demain ?

— Nous resterons demain dans le camp que nous avons soutenu aujourd'hui, répond monseigneur Tristan. Mais pas toute la journée. Vers none, nous changerons si nous le devons. Nous verrons ce que chacun de vous est capable de faire car c'est demain qu'il y aura urgence. Le tournoi n'était encore rien comparé à ce qu'il vaudra demain. Demain viendront des difficultés plus grandes qu'elles n'ont été jusqu'ici. Les bons chevaliers, les valeureux, les membres de la lignée du roi Ban remporteront le prix s'ils le peuvent. Voici ce que je devine de leurs pensées.

— Tristan, fait Palamède, si tu veux qu'ils aient le prix, ils l'auront, à moins que tu les en empêches. Nul homme ne peut aller à leur encontre car ils sont tous très valeureux, je le sais bien. Si tu le veux, ils auront le prix car ils ne peuvent le perdre par personne, toi excepté. Mais tu peux faire en sorte de le leur ravir ; tu en es capable par la force. Et si tu désires avoir le prix pour toi, personne ne te le fera perdre. Et devant Dieu, Tristan, si j'avais ta valeur, ta grande puissance et ta vertu, je n'abandonnerais pas l'idée, même pour la meilleure cité du monde, de conquérir cet honneur car je sais avec certitude que jamais plus je ne viendrai dans un lieu où il y a tant d'hommes valeureux et de bons chevaliers comme il y en a lors de ce tournoi. Et que dire, Tristan ? Tous les hommes vaillants et tous les bons chevaliers sont à ce tournoi. Jamais tu n'en verras autant réunis. Et puisque tout le monde est présent et que tu peux gagner les louanges et le prix sur tous, tu ne connaîtras plus jamais d'honneur si tu ne fais pas en sorte de les récolter. Jamais tu ne te trouveras dans un lieu qui te procurera une telle renommée. Car sache bien que l'on parlera de ce tournoi à travers le monde, à Bagdad, à Babylone, au royaume de Perse. Et au plus profond des nations païennes, on en parlera car il y a nombre d'hommes valeureux. Si tu gagnes le troisième jour, comme tu as fait pour les deux précédents, chrétiens et païens diront désormais : "Ce fut le bon Tristan, le valeureux, qui remporta le haut tournoi de Louveserp et qui par sa prouesse surpassa tout le monde." Nul n'évoquera Lancelot ou Palamède. Quoi que nous ayons fait, tout sera vain demain. Toi seul gagneras le prix. On ne parlera pas de nous autres. Cela me peine terriblement car, malgré ma venue, mes efforts ont été inutiles. »

Après avoir dit ces mots, il baisse la tête, si malheureux et si courroucé que les larmes lui montent aux yeux. Monseigneur Tristan s'en aperçoit bien. Quand il voit son attitude, il est plus triste et plus pensif qu'il ne l'était auparavant car il connaît bien le désespoir et la colère de Palamède. Mais il ne croyait pas que ma dame Iseult en était la cause. Il pense que ce courroux lui vient de ce qu'il lui a ravi le prix du tournoi aujourd'hui. Et il ne pourra l'avoir demain. Il a souffert une immense peine sans gagner les louanges. Monseigneur Tristan croyait qu'il était malheureux pour cette raison. Et c'était la vérité car

Palamède était enragé de douleur de s'être tant mis en peine lors de ce tournoi. Et lui-même était conscient qu'il avait parfaitement œuvré et qu'il avait prouvé sa haute bravoure devant tout le monde. Tous le connaissaient. Il croyait tant faire qu'il aurait obtenu l'amour de ma dame Iseult. Et que tous sachent qu'il était si courageux et si brave qu'il se dirait que, si Tristan n'était pas supérieur à Lancelot, il penserait bien en venir à bout et il n'aurait pas à se méfier de lui. De plus, il n'abandonnera pas le prix du tournoi à cause de Lancelot. Mais quand il sait qu'il est un chevalier étranger, que sa loi n'est pas chrétienne, qu'il perd les louanges et le prix par la faute de monseigneur Tristan et qu'il s'est plus épuisé que tout autre chevalier présent au tournoi, cela lui inflige une trop grande douleur au cœur. Monseigneur Tristan, qui devine en grande partie cette pensée à cause du désespoir qu'il voit en Palamède, dit qu'il lui laissera les honneurs. Puis, il pense qu'il n'en fera rien. Et cependant, le voyant fâché et pensif, il dit qu'il lui abandonnera le prix de cette journée. Monseigneur Tristan dit cela, et à présent il revient en arrière et dit qu'il préfère avoir cet honneur et ne pas le laisser à un autre. S'il peut l'obtenir, il veut bien en être couvert ; c'est un honneur éternel qui ne s'éteindra jamais car la nouvelle de ce tournoi se répandra à travers le monde. C'est pourquoi monseigneur Tristan affirme qu'il veut remporter la journée de demain s'il le peut. Et si Palamède parvient à le vaincre, que ce soit avec l'aide de Dieu. Si Lancelot l'obtient, cela lui convient. Et cependant, s'il arrive à tant œuvrer pour avoir le prix sur tous, il veut le faire. Il s'accorde à cette solution au final.

Après avoir longtemps réfléchi à cette affaire, il dit à ses compagnons : « Allons nous reposer aujourd'hui, il est temps ; et pensons à nous lever tôt car tout ce que nous avons réalisé ne nous procure ni prix ni louanges si nous ne poursuivons pas ce que nous avons commencé. Nous avons bien agi jusqu'ici. Il est nécessaire que nous le fassions mieux demain. La fin d'une action donne les louanges. Si nous pouvons finir comme nous avons débuté, nous gagnerons les honneurs contre tous ceux qui viendront au tournoi. » Et ils répondent que la fatigue ne les empêchera pas de faire de leur mieux. Après avoir longuement parlé ensemble, ils vont se coucher aussitôt, épuisés et exténués car ils avaient souffert pendant la journée plus que tout autre chevalier. Ils se reposèrent bien cette nuit car ils étaient harassés. Celui qui se détendit peu fut Palamède. Il est malheureux. Il est en colère. Il pleure et se tourmente. Il meurt de douleur et d'embarras car il voit clairement qu'il ne peut gagner le prix de cette journée par la faute de monseigneur Tristan. Lui excepté, il ne voit pas qui pourrait lui dérober l'honneur et le prix comme il le dit. Et cela le tue de douleur et le mettra à mort avant terme.

Palamède, qui gît dans son lit, se tourne et se retourne et crie si singulièrement qu'il manque de mourir de douleur et de colère. Et ce qui le blesse d'autre part est que la reine est fâchée contre lui car il s'était battu avec monseigneur Tristan ainsi que le conte l'a relaté. Il a donc des raisons de souffrir. Mais il ne sait quel conseil prendre. S'il parvient à gagner le prix demain, il ne demande rien de plus au monde. Mais il ne peut l'obtenir tant que monseigneur Tristan est là. Il lui a volé le prix et les louanges. Il l'abaisse trop souvent. Et se rappelant tout ceci et voyant qu'il ne peut y remédier, il en pleure très tendrement. Il s'endort sur ses larmes jusqu'au lendemain, lorsque le jour apparaît beau et limpide.

À la venue du jour beau et clair, monseigneur Tristan s'éveille avant ses autres compagnons. « Allons, debout, seigneurs ! fait-il. Debout ! Vous pouvez voir que le soleil s'est déjà levé. Tout ce que nous avons réalisé jusqu'à aujourd'hui est sans valeur si nous ne finissons pas avec honneur ce que nous avons commencé. » Dinadan se réveille, ainsi que Gahériet. Mais Palamède, qui avait veillé cette nuit plus que nécessaire, ne se réveille pas si vite car il dormait merveilleusement, tout en pleurant. Monseigneur Tristan, qui le regarde, aperçoit qu'il a les yeux mouillés. Il se dit alors que Palamède a pleuré tout en dormant. Le voilà plongé dans un abîme de réflexion plus qu'auparavant. Car il sait que cela provient d'une très grande douleur au cœur et d'une très profonde tristesse. Il le montre alors à Gahériet et à Dinadan. Après l'avoir observé, ils en déduisent qu'il n'a pas passé une très bonne nuit. Il a plus pensé qu'eux et a été plus mal à l'aise. Gahériet ignore d'où vient cette douleur. Monseigneur Tristan ne le sait pas non plus. Dinadan, qui croit connaître la raison, pense bien de quoi il s'agit. Quand ils l'ont suffisamment regardé, monseigneur Tristan leur dit : « Retirez-vous de là. Je ne voudrais en aucun cas qu'il sût que nous l'avons observé. Prenez garde à ne jamais lui en parler.

— Sire, font-ils, à vos ordres. » Il prend alors Palamède par le bras et le tire vers lui tout doucement. « Sire, dit-il, réveillez-vous. Il est temps. Le soleil est beau et lumineux, vous pouvez le voir. » Palamède ouvre les yeux et tressaille quand il aperçoit monseigneur Tristan devant lui. Voyant le jour si clair, il répond : « Sire, je m'étais oublié.

— Allons, debout ! fait monseigneur Tristan. Vous avez tous les jours été matinal. Et quand le besoin est si grand, vous êtes tout endormi. Allons, vite ! Tout ce que vous avez accompli est vain comparé à ce que vous devez faire. »

Palamède se lève donc, se prépare rapidement et demande ses armes. On les lui apporte aussitôt. Les compagnons prennent leurs armes et s'en font équiper hâtivement, du mieux possible. Une fois munis de leurs armes belles et somptueuses et de tout ce qui convient à un tournoi, ils sortent des pavillons et aident la reine, qui était prête selon les instructions de monseigneur Tristan, à monter en selle. Et si elle avait assisté au tournoi en grand équipage et si richement que ceux qui la contemplaient étaient émerveillés, elle s'y rend plus noblement et plus somptueusement parée. Hier n'existe pas et avant-hier non plus. Avec sa compagnie, elle ressemble à Dieu au milieu de ses anges. Quand Tristan, que son amour rend fou, la voit, si belle et chevauchant si noblement, il est si heureux qu'il ne désire aucun autre paradis. Il lui semble qu'il ne connaîtra que la joie tout au long de sa vie. Elle est son plaisir et son bonheur. Il n'a nul autre bien qu'elle au monde. Il ne peut rien voir d'autre qui lui plaise autant. Elle est sa vie et son espoir. Elle est son dieu et sa foi. Et qu'ajouter ? Elle est sa vie et sa santé. Une fois en ordre pour chevaucher, ils se dirigent vers la prairie, comme ils l'avaient fait le jour précédent.

Lorsque ma dame Iseult s'avance dans la prairie, elle ressemble à une déesse qui passe. Elle ne semble pas être une dame mortelle mais une puissance spirituelle. Tous les chevaliers dans la prairie s'arrêtent pour la regarder et disent entre eux : « Voyez venir la mère de Dieu. » Ils lui font joie. Elle se dirige droit vers les loges et en gravit les marches. Les dames la reçoivent comme souveraine et l'honorent avec ferveur parce qu'elles savent qu'elle est la plus belle dame jamais vue. Et elles n'ignoraient pas que c'était la reine Iseult de Cornouaille. Elles s'inclinent jusqu'à terre et donnent aux autres l'exemple à suivre. Quand la reine est montée et s'est assise là où elle doit être pour voir le tournoi, celui-ci a débuté. Le bon Palamède, qu'Amour tue et rend fou, qui aime en vain, commence à œuvrer. Il ne veut pas que sa dame le voie oisif parmi les autres. Même si l'Amour le torture jour et nuit, il ne renoncera pas à donner des coups merveilleux pour sa dame. Il est nécessaire, comme il le dit, qu'il fasse en sorte que tout le monde parle de lui et de ses grands faits. Car il préfère mourir, ainsi qu'il l'affirme, plutôt que de ne pas remporter le tournoi s'il le peut.

Palamède, comme je vous le dis, débute le tournoi. Il n'attend ni ordre, ni ses compagnons. Celle qu'il voit entre toutes les dames et dont la beauté les surpasse toutes lui donne les commandements. C'est pourquoi il se rue sur un chevalier de la cour du roi Arthur appelé Keux d'Estraus, chevalier de la Table Ronde, bon, preux et vaillant. Palamède le heurte si fortement, car il maniait bien la lance, qu'il lui fait vider les arçons et le porte à terre tout à l'envers. Il ne s'arrête pas à lui. Dans sa course, il s'élance vers un autre chevalier et lui donne sur son écu un coup aussi grand que celui qu'il avait porté au précédent. Les cris, la clameur et la huée s'élèvent. Quand ceux qui reconnaissent Palamède voient comment il a commencé cette journée, tous s'écrient d'une même voix : « C'est Palamède, le preux qui les abat tous ! C'est Palamède qui vainc tout ! » Palamède œuvre si bien avec sa lance que l'on ne pouvait trouver dans la place un meilleur chevalier. Une fois sa lance brisée, il empoigne son épée et regarde où se trouve le plus grand nombre d'hommes du roi Arthur. Il part dans cette direction, l'épée droite et dressée, et se met à donner de grands coups à droite et à gauche. Il fait si bien ses preuves que ceux qui le regardent et à qui il causait de grands tourments disent de lui qu'il est vraiment un chevalier de haut rang. Et le roi Arthur lui-même, qui avait observé sa charge, le montre à Lancelot et lui dit : « Vous pouvez voir Palamède. Regardez-le. C'est bien lui, sans aucun doute. Il nous montre bien ce qu'il sait faire. Il fait bien connaître aux nôtres qu'il a déjà manié l'épée.

— Certes, sire, vous dites vrai, approuve Lancelot. Palamède est extrêmement preux. Sa bravoure est à prendre au sérieux. Jusqu'à ce tournoi, je ne croyais pas, Dieu m'est témoin, qu'il fût si preux comme je le vois maintenant. » Ainsi parle-t-on à travers le tournoi des œuvres de Palamède. Tous lui accordent de grandes louanges et un grand prix. Ils disent qu'il est très vaillant. « Gahériet, demande monseigneur Tristan, que pensez-vous de Palamède ?

— Sire, pourquoi le demandez-vous ? fait Gahériet. Vous pouvez le voir clairement. Palamède nous montre bien qu'il est un chevalier de haut rang et doté d'une très grande puissance. Ne voyez-vous pas comment il a débuté cette besogne ?

— Certes, approuve monseigneur Tristan, il vaut plus encore et il est plus puissant que je ne pouvais le penser. Et que dire ? Nul, parmi ceux que j'aperçois dans la place, ne peut se mesurer à ses actes, excepté Lancelot du Lac. Il aura plus de force que Palamède quand le moment sera venu. Mais je confirme que Palamède œuvre très bien.

— Tristan, intervient Dinadan, pourquoi le loues-tu autant ? Est-ce par peur et crainte de lui ? Je crois bien que ce n'est pas par amour. Tu as parfaitement agi jusqu'ici. Tu as tout remporté. Garde-toi de ne pas renoncer car tu seras déshonoré si tu ne gagnes pas cette journée.

— Dinadan, fait monseigneur Tristan, ne t'inquiète donc pas. Celui qui commence bien et finit mal ne doit être loué par personne. Je débute bien cette affaire, comme je le crois. Et je veux mieux la terminer, si je le peux. Suivez-moi si vous le pouvez. Vous verrez ce que fera Tristan. Regardez-moi seulement.

— Tristan, dit Dinadan, que ne commences-tu ? Que t'attardes-tu à parler ? Et si nous ne sommes pas les plus forts en vous regardant toi et tes actes, ne me considère plus jamais comme un homme véridique. »

En entendant ces paroles, monseigneur Tristan s'avance et va s'enfoncer dans la foule. Il rencontre par hasard Keux le Sénéchal. Monseigneur Tristan lui donne un si grand coup qu'il les abat lui et son cheval pêle-mêle. Et sachez que Keux fut brisé par la chute. Cependant il se relève vite. Monseigneur Tristan, qui veut commencer le combat et qui veut montrer sa bravoure, ne s'arrête pas à Keux. Il s'élance dans sa course vers un autre chevalier qu'il frappe si rudement qu'il le couche sur l'arçon de derrière et le fait voler à terre. Que vous dire ? Monseigneur Tristan fournit tant d'efforts et œuvre tant avec cette lance que nul autre chevalier de la place ne peut rivaliser.

Le roi Arthur, qui observe ce fait et qui reconnaît messire Tristan, le montre à Lancelot et lui dit : « Celui-là est messire Tristan qui a commencé la besogne. Regardons ce qu'il fera. Car je sais avec certitude qu'il voudra réaliser aujourd'hui des merveilles. Palamède et lui rivaliseront de bravoure. Palamède fait beaucoup d'efforts et met tout en œuvre pour remporter cette journée. Mais je crois bien que sa force ne vaudra rien car monseigneur Tristan a plus de pouvoir et de valeur que lui.

— Sire, acquiesce Lancelot, vous dites vrai et vous pouvez le voir clairement. Palamède est, je le reconnais, un chevalier de haut rang et bien meilleur, Dieu m'est témoin, que je ne le croyais. Mais c'est vain comparé à monseigneur Tristan. Il ne pourra lui résister à la fin. »

Ainsi, comme je vous le dis, monseigneur Tristan et Palamède commencent-ils leur besogne. Gahériet œuvre bien et Dinadan se met en peine de bien faire. Les rois qui étaient dans leur camp font de leur mieux. Le roi Arthur, qui veut faire avancer son camp s'il le peut, recommence le combat. Il agit bien car il était un bon et preux chevalier. Lancelot frappe si bien avec la lance et l'épée que nul chevalier ne le fait mieux. Le tournoi est si confus que tous sont entremêlés au même endroit. Chacun fait de son mieux. L'un n'épargne pas l'autre. Le choc sur les heaumes est grand et la bataille si rude que l'on n'entend pas Dieu tonnant. De son côté, Lancelot œuvre bien : c'est une pure merveille. Il se distingue entre les siens. Nul ne peut l'égaler. S'il n'avait pas comme adversaire monseigneur Tristan, qui lui cause trop de tort et qui lui ravit ses bons actes, il penserait bien récolter les honneurs et le prix de cette journée, que Palamède le veuille ou non. Mais les grands faits de monseigneur Tristan l'en écartent. Ce dernier fait tant que grands et petits crient après lui. La clameur est telle et les cris sont si merveilleux que tout le monde semble mortellement frappé. Là où le bris des lances est si prodigieux, le fracas des épées si âpre et le choc des écus si violent, à un point tel que l'on ne se trouve plus dans un tournoi mais dans une guerre mortelle, on peut voir des chevaliers tomber et trébucher en masse sans pouvoir se relever.

Les parties se maintiennent merveilleusement l'une contre l'autre. Celui qui les regarde ne peut déterminer qu'à grand-peine laquelle est la meilleure. Désormais, tous sont mélangés. Les lances leur sont inutiles. Ils sont si regroupés qu'ils ne frappent plus qu'avec leurs épées. Dans cette grande ardeur, cette nombreuse foule et ce tournoi, nul couard n'ose pénétrer. Là se trouvent le roi Arthur et Lancelot. Monseigneur Tristan y abattit le roi car il ne le reconnaît pas. S'il l'avait reconnu, il n'aurait jamais porté la main sur lui. Mais ce fut par ignorance. Que tous le sachent. Palamède, qui avait pour aide Gahériet, abattit Lancelot. Là où Lancelot est désarçonné, les cris et la clameur sont grands. Les membres de la lignée du roi Ban qui avaient clairement vu comment Lancelot avait été abattu ne se tournent pas vers le roi. Ils ne s'occupent pas de lui. Ils se préoccupent de Lancelot qu'ils voient dans une rude bataille et à pied alors qu'il se défend ardemment. Monseigneur Tristan met tout en œuvre pour le saisir car le roi d'Irlande était là et l'aidait. Et il le faisait volontiers car Lancelot était à pied et dans une foule telle qu'il ne croyait pas que ce fût lui. Mais voici venir entre la foule la haute lignée du roi Ban. Ses membres étaient de si forts, de si preux et de si vaillants chevaliers qu'ils ne rencontrèrent aucune multitude qui les gênât. Ils se dirigent dans la direction où ils aperçoivent Lancelot. Ils ne le laisseront pas à terre s'ils le peuvent. Hector, qui était bon porteur de lance comme le conte en témoigne, arrive le premier. Voyant son frère abattu, il abandonne toutes ses besognes pour lui. La foule était si resserrée qu'il ne pouvait utiliser sa lance. Il empoigne son épée et se tourne vers Palamède qui était près de Lancelot et qui l'embarrassait beaucoup. Dès qu'il l'aperçoit, il ne l'épargne pas. Il lui assène sur le heaume un coup si grand et si lourd que Palamède en est tout étourdi et trébuche sur l'arçon de devant. Quand monseigneur Hector le voit s'affaisser ainsi, il se rue sur lui rapidement, le saisit par le heaume et le tire à lui si bien qu'il le fait tomber à terre. Il prend le cheval et l'amène à Lancelot puis lui dit : « Allons, vite, sire, montez et gardez-vous mieux une prochaine fois car cette affaire est dangereuse. Ce n'est pas un tournoi. C'est une bataille mortelle. » Lancelot voulait monter en selle. Mais Palamède, qui se voit abattu parmi la foule et qui a peur d'y rester, n'accepte pas qu'il remonte. Il va droit au cheval que Lancelot s'apprêtait à monter, l'enfourche et l'éperonne. Lancelot rit de cet acte et dit : « Palamède, vous êtes plus savant qu'on ne croit. Vous avez bien plus de sens et de bravoure dans la nécessité. Vous en savez plus que moi. » Hector prend un autre cheval quand il voit que celui-là lui a échappé et le donne à Lancelot. Il monte en selle à présent car il n'est guère en sécurité dans cette foule et recommence à œuvrer aussitôt. Quand Lancelot aperçoit que le roi Arthur est à pied, cela lui déplaît profondément. Il réunit Hector et Bliobéris de Gaunes. « Allons, vite ! fait-il. Secourons le roi Arthur qui est à pied au milieu de cette foule ! Ne faisons rien d'autre avant de l'avoir aidé à remonter en selle. » Ils se dirigent vers le roi et font tant qu'ils lui permettent de remonter à grand-peine. Ils reçoivent de nombreux coups de la part de ceux qui voulaient s'emparer du roi Arthur avant qu'il soit remonté. Une fois en selle, le roi Arthur ne montre pas qu'il est épouvanté. Il est au contraire hardi comme un lion et fort comme un preux chevalier. Ceux qui le voient et le reconnaissent disent bien que vraiment le roi Arthur mérite de gouverner. Ils lui accordent grand prix et grandes louanges pour sa haute chevalerie.

Le tournoi se poursuit ainsi. Les deux jours précédents furent un amusement comparés à ce jour-ci. L'un n'épargne pas l'autre. De nombreux hommes valeureux étaient présents. La terre est presque couverte de chevaliers abattus. Le roi Arthur se tient au plus près de monseigneur Tristan pour voir quand il voudra changer de camp. Lorsque none approcha, le tournoi était plus confus que précédemment. Lancelot avait le prix sur tous ceux qui étaient là, excepté sur monseigneur Tristan. Ceux qui les regardent ne savent choisir celui à qui on doit donner le prix. Monseigneur Tristan rassemble toutes ses forces de son mieux et se met en peine de conduire à la défaite le roi Arthur. Puis il rejoindra son camp. Il fait tant avec l'aide et le secours de Palamède qu'il ne ressemble pas à un chevalier ordinaire. C'est la foudre et le tonnerre où qu'il aille. Palamède œuvre si bien et s'épuise tant que ceux qui soutenaient le camp du roi Arthur commencent à quitter la place bon gré, mal gré. Ils ne peuvent plus supporter le grand effort fourni contre eux. Ils ont tellement souffert qu'ils sont à bout. Monseigneur Tristan et Palamède sont trop forts. Ils réconfortent tous les leurs en donnant l'exemple si bien que chacun a plus de prix. Le roi Arthur est si attristé par le retour de ses hommes vers Louveserp qu'il manque de mourir de douleur. Il soutenait le combat de son mieux mais en vain car il était assailli de toutes parts.

Quand monseigneur Tristan constate que les gens appartenant au camp du roi Arthur retournent vers Louveserp, il se met à crier « Loenois ! » et se place du côté du roi Arthur. Gahériet et Dinadan font de même. Mais Palamède ne bouge pas, uniquement par rancœur envers monseigneur Tristan. Voyant qu'ils ont monseigneur Tristan à leur secours, Lancelot le montre aussitôt au roi Arthur et lui dit : « Sire, nous gagnerons ce tournoi. Nous avons avec nous monseigneur Tristan, Gahériet et Dinadan. Mais Palamède n'y est pas. » Le roi se réconforte et le voilà heureux et joyeux. Après avoir rejoint le roi Arthur, monseigneur Tristan ne tarde pas. Il se rue sur le roi d'Irlande et le frappe si bien dans son élan que l'autre n'a pas la force ni le pouvoir de rester en selle. Il vole du cheval à terre. Grands sont les cris et la clameur quand le roi d'Irlande est abattu. Le roi d'Écosse et celui de Galles sont désarçonnés dans cette même rencontre. Palamède est renversé à terre. Le roi Arthur l'a abattu. Après ce combat, les hommes du roi Arthur reviennent et recouvrent pouvoir et force. Monseigneur Tristan montre si bien ses talents que tous crient après lui : « Tristan de Loenois vainc tout ! Nul ne peut rivaliser ! Monseigneur Tristan et Lancelot auront remporté le prix de cette journée ! »

Quand Palamède entend qu'il a tout perdu quoi qu'il ait fait lors de ce tournoi, il ne s'attarde pas. Il vient à son cheval, monte malgré tous ses ennemis et part du tournoi en pleurant très fort et en se lamentant plus que tout autre chevalier au monde.

Une fois sorti du tournoi, menant un si grand deuil comme je vous le raconte, il se dirige à présent vers la forêt, y pénètre et chevauche au pas, non en direction des pavillons où il avait dormi la nuit, mais ailleurs. Il n'a guère cheminé quand il trouve devant une roche une source ravissante et gaie, assez isolée et loin du chemin. Palamède descend là, si malheureux que son cœur manque de lâcher. Il laisse aller son cheval où il veut. Il n'en prend aucun soin, excepté les rênes qu'il lui ôte. Puis il le laisse partir. Il jette les rênes sur le chemin, se débarrasse ensuite de son écu, puis de son heaume, de son épée, et reste ainsi devant la source, pensif, triste et angoissé de singulière manière. Jamais de sa vie il ne fut plus accablé qu'il l'est à présent. Il ne sait que faire ni quel conseil prendre. Car puisqu'il a perdu ma dame Iseult, dont il était désireux d'obtenir l'amour, et qu'il a échoué par la faute de monseigneur Tristan, il ne doit plus jamais aspirer aux honneurs. Il est avili et honteux. Il est détruit. Il est mort. Il ne voit pas comment se réconforter. Palamède mène un grand deuil. Il est malheureux. Il est furieux. Il s'outrage et se mortifie autant qu'il le peut et maudit l'heure de sa naissance.

Tandis qu'il se lamentait ainsi devant la fontaine, comme je vous le raconte, voici venir vers lui deux chevaliers tout en armes qui arrivaient du tournoi. Et il était manifeste qu'ils chevauchaient à toute allure et en grande urgence car leurs chevaux avaient chaud et transpiraient. Ils étaient venus au galop car ils avaient été chassés du tournoi par ceux qui voulaient les capturer. Et si on me demandait qui étaient les deux chevaliers, je répondrais qu'ils étaient deux hommes très puissants et de haut rang. Ils étaient partis du tournoi en grande hâte et par grande nécessité dès qu'ils virent la défaite s'abattre sur eux. L'un était le roi d'Irlande et l'autre le roi d'Écosse. Ces deux princes avaient quitté le tournoi en éperonnant leurs montures, fort battus et malmenés. Et ils avaient enduré pendant la journée travail et peine. Comme les membres de la lignée du roi Ban avaient pris en haine ces deux rois, ils étaient partis secrètement car ils ne voulaient pas être trouvés au départ du tournoi. Ils allaient dormir dans un château près d'ici. Quand ils arrivèrent devant la source, comme je vous le raconte, et qu'ils virent Palamède qui se lamentait si fort, ils vinrent droit vers lui et le saluèrent. Mais il ne leur répondit rien car il était tellement absorbé par sa peine qu'il ne les entendit pas. Voyant ses grandes lamentations, ils s'arrêtent près de lui pour voir s'ils pourraient le reconnaître. Après l'avoir observé très attentivement, le roi d'Irlande se tourne vers le roi d'Écosse et lui demande : « Sire, connaissez-vous ce chevalier qui se désole tant ?

— Certes, répond le roi d'Écosse, il me semble que c'est le bon chevalier qui nous a si bien aidés dans la nécessité.

— Vous dites vrai, approuve le roi d'Irlande. Par Dieu, que se passe-t-il ? D'où peut lui venir une si grande douleur ? Ce n'est pas sans une raison importante. Il est impérieux que je lui apporte du réconfort si je le peux. » Il descend alors et attache son cheval à un arbre. Le roi d'Écosse fait de même. Une fois devant Palamède, le roi d'Irlande parle le premier et dit : « Palamède, bel ami, qu'avez-vous ? Pourquoi êtes-vous si désespéré ? Pour l'amour de Dieu, réconfortez-vous car il n'appartient pas à un homme si valeureux comme vous d'être si désemparé. » Palamède, qui avait clairement entendu ces paroles et qui n'avait pas encore relevé la tête pour regarder qui lui parlait, dresse la tête. Après avoir observé le roi, il le reconnaît. Il sait bien que c'est le roi d'Irlande, empli de sens et de courtoisie ; s'il s'était agi d'un autre chevalier, il l'aurait repris de s'être ainsi arrêté près de lui. Mais à lui, il ne parlera que courtoisement. Il lui répond donc : « Sire, je sais et vois que vous ne me dites ces paroles que pour mon honneur et pour mon bien. Vous me suggérez de me réconforter. Mais ma consolation est vaine. Je ne pourrai jamais être réconforté car je suis plus déshonoré que tout autre chevalier. C'est pourquoi je veux mourir rapidement et je périrai prochainement. Allez-vous-en d'ici et laissez-moi poursuivre mon chagrin. Ne me dérangez plus car vous voir me contrarie.

— Palamède, dit le roi, pour l'amour de Dieu, ne vous détruisez pas ainsi. Ayez pitié de vous-même. Montez en selle et venez avec nous. Et sachez que si je peux trouver comment venger votre peine, je le ferai. »

Que vous dire ? Le roi dit tant de belles paroles à Palamède et lui promet tant en sa compagnie qu'il l'écoute et lui répond : « Sire, vous m'avez convaincu ; je laisserai ma douleur. Cherchez mon cheval que vous trouverez près d'ici et amenez-le-moi. Nous partirons ensemble. » Le roi monte aussitôt et ramène son cheval à Palamède. Palamède reprend ses armes, monte et tous se mettent en route. Après avoir un peu cheminé, Palamède réfléchit, s'arrête et dit aux deux rois : « Seigneurs, il est advenu, il y a guère de temps, que messire Tristan me prit auprès de lui. Mais il m'a aujourd'hui tenu une mauvaise compagnie comme vous l'avez vu par vous-mêmes. Il m'a causé un grand déshonneur sans me défier. Je veux le défier cette nuit puis je le couvrirai de honte et de déshonneur dans le premier lieu où je le trouverai si j'en ai le pouvoir. Et si jusque-là vous acceptez de me tenir compagnie, cela me plaît bien. Et si vous voulez aller tout droit au château où vous devez dormir, je vous suivrai dès que je le pourrai.

— Au nom de Dieu, sire, disent les deux rois, nous ne vous laisserons pas. Nous vous ferons compagnie jusque-là. Chevauchez en toute sécurité. »

Palamède va devant car il connaissait bien la forêt et arrive aussitôt au pavillon de monseigneur Tristan. La nuit était sombre avant qu'ils n'y parvinssent. Monseigneur Tristan était rentré avec sa compagnie à grand vacarme. Il était ravi et fort joyeux car il avait remporté tout le tournoi et récolté les louanges de tous. Bliobéris de Gaunes et Hector des Mares étaient venus avec lui pour lui faire joie, festoyer et voir ma dame Iseult. Ils étaient venus sans armes. Il se tenait une telle fête, une si grande joie et un si grand divertissement que jamais vous n'en verrez de plus grands entre si peu de gens. Monseigneur Tristan se demandait ce qu'était devenu Palamède et ils en parlaient entre eux. La reine n'était pas présente. Elle se trouvait dans l'autre pavillon. Voici venir Palamède avec sa compagnie. Il se dirige droit vers l'entrée du pavillon, toujours à cheval, et dit si haut que tous ceux qui étaient dedans l'entendent bien : « Monseigneur Tristan ! Es-tu là ? Viens devant ! Tu entendras ce que je te dirai ! » Monseigneur Tristan est ravi quand il entend que c'est Palamède qui lui parle. Il dit à ses compagnons : « C'est Palamède. Faites-le venir. Il nous dira pourquoi il a tant tardé. » Tous se lèvent ensemble et viennent du pavillon. « Palamède, fait monseigneur Tristan, soyez le bienvenu.

— Tristan, dit Palamède, sachez que je ne vous salue pas. Je refuse ton salut et ta personne. Je te le dis ouvertement devant ces seigneurs ici présents. Lorsque tu me pris auprès de toi, je t'aidai de mon mieux et exaltai ton honneur. Tu n'as pas fait de même avec moi car tu m'as aujourd'hui couvert de honte, d'injures et tu m'as anéanti de ton mieux. Et parce que j'ai trouvé une telle fausseté en toi, je délaisse ta compagnie et te défie. Et s'il avait été temps de commencer la bataille, je l'aurais fait à l'instant. Mais ce n'est pas le moment car la nuit est noire. Je le supporterai cette fois. Mais le premier lieu où je te verrai, sache bien que si tu ne peux pas te défendre contre moi, je te tuerai. Je m'en irai mon chemin aujourd'hui. Garde-toi de moi comme de ton ennemi mortel.

— Palamède, implore monseigneur Tristan, pour l'amour de Dieu, pitié ! Ne te fâche pas si fort contre moi. Je suis prêt à réparer comme tu le jugeras bon. Pour l'amour de Dieu, ne quitte pas si vite notre compagnie. »

Palamède ne répond rien. Il s'en va, accompagné des deux rois, et monseigneur Tristan reste avec ses compagnons, furieux et malheureux du courroux de Palamède. « Dinadan, demande monseigneur Tristan, que Dieu vous bénisse, dites-moi, savez-vous d'où provient cette colère que Palamède ressent à mon encontre ?

— Oui, répond Dinadan, je le sais très bien. Je vous donnerai la raison. Celui qui dit “est bien portant celui qui poursuit ce qui le rend malheureux” parle bien. Palamède cherche ce qu'il ne pourra jamais obtenir. »

Ils pénètrent dans le pavillon et débutent leurs réjouissances et leurs plaisirs et ne se préoccupent plus des paroles de Palamède. Ils songent à autre chose. « Monseigneur Tristan, fait Hector, vous êtes arrivé dans ce pays discrètement et vous y vivez secrètement. Apprenez que si je vous avais trouvé à la Joyeuse Garde où on m'a dit que vous avez demeuré deux mois, j'y serais venu et vous aurais tenu compagnie si vous ne m'en aviez chassé.

— Certes, sire, dit monseigneur Tristan, apprenez que votre compagnie m'aurait rendu heureux et joyeux. Et je le fus car vous daignâtes venir ici. Sachez que jamais je ne fus accompagné de chevaliers à qui cela déplut et à qui cela ne faisait de la peine quand je les quittai, excepté Palamède. Il s'est séparé de moi comme vous le voyez et cela me peine terriblement. Devant Dieu, je ne connais pas la raison.

— Monseigneur Tristan, si vous l'ignorez, je la sais, fait Hector. Apprenez que ce courroux vient de l'honneur que vous avez conquis au tournoi. Il croyait l'obtenir pour lui. Et quand il vit qu'il était pour vous, il ressentit la douleur que vous pouvez voir. Sachez bien que cette colère n'a pas d'autre raison.

— Par Dieu ! s'étonne monseigneur Tristan. Palamède se fâche-t-il pour cela ? Est-il donc si envieux ? Si je n'avais pas récolté cet honneur, il ne pouvait l'avoir pour lui car il y en avait de meilleurs que lui et moi qui l'auraient mérité plus que moi. Quand le hasard et la clameur furent sur moi, ce ne fut pas par mon mérite. Fortune m'aida. Palamède n'est pas aussi courtois que je le croyais. Il m'a tant dit, je le remercie, que je me passerai de sa compagnie à l'avenir. »

Tous cessent d'en parler. Monseigneur Tristan demande si le dîner est prêt. « Sire, lui répond-on, oui. Quand il vous plaira. » Ils s'assoient après avoir lavé leurs mains. Et quand ma dame Iseult fut assise, tous menèrent une grande joie et de grandes réjouissances. Ils ne songent à rien d'autre qu'à s'amuser. Ils n'ont cure de Palamède, de son courroux et de sa peine, mais pas de sa bassesse. Ils sont, pendant toute la soirée, dans la joie. Après avoir longtemps veillé, la reine rentre dans son pavillon avec ses demoiselles et va dormir et se reposer pour la nuit.

Le lendemain, quand le soleil se lève, ils montent en selle sans attendre. Une fois la reine sur son cheval, ils chevauchent vers la Joyeuse Garde en se divertissant et arrivent aussitôt au château. Une fois là, ils mettent pied à terre et grimpent jusqu'au château. Grande est la joie que monseigneur Tristan manifeste à Hector et à Bliobéris. Il les honore de son mieux car il les aime d'un grand amour. Reposés et divertis, ils vont chasser le lendemain dans la forêt qui était à côté. Ils se réjouissent toute la journée. Et le soir, lorsque la nuit tombe, ils retournent au château et recommencent leurs réjouissances.

Ainsi s'amusent-ils et se reposent-ils avec Tristan toute une semaine. Puis ils prennent congé et le quittent, ainsi que ma dame Iseult. Ils disent qu'ils retourneront à Kamaaloth où le roi était déjà arrivé. Ils chevauchent trois jours ensemble. Le quatrième, ils trouvèrent la reine Guenièvre dans un château situé près de la mer où elle séjournait car elle n'était pas guérie de la maladie qu'elle avait contractée. Quand elle vit Hector et Bliobéris, elle fut merveilleusement heureuse. Elle les convoque et les reçoit honorablement. « Seigneurs, demande-t-elle, que Dieu vous bénisse, d'où venez-vous et où avez-vous tant séjourné ? Tous les autres sont rentrés à Kamaaloth. Où avez-vous été si longtemps alors que vous n'êtes pas partis avec le roi ?

— Ma dame, répond Bliobéris, sachez bien qu'une excellente et belle raison nous retint. Depuis la fin du tournoi, nous escortâmes jusqu'à sa demeure la fleur et la rose de ce monde et la merveille entre les dames.

— Ah ! s'exclame la reine. Apprenez que je sais de qui vous parlez. C'est de ma dame Iseult, la reine de Cornouaille. Certes, je me considère morte et trompée de ne l'avoir vue car je sais avec certitude qu'elle ne vint à ce tournoi que dans le but de me voir. Elle le confia à celui qui me le dit de sa propre bouche. Et si j'osais, je blâmerais Dieu de m'avoir envoyé cette maladie à ce moment car à cause de Lui, je perdis l'occasion de voir ma dame Iseult et le plus riche tournoi qui fût crié au royaume de Logre depuis le couronnement du roi Arthur.

— Ma dame, fait Bliobéris, sachez que depuis qu'on porta les armes en Grande Bretagne, jamais il ne vint tant d'hommes de qualité à un tournoi ou à une bataille, et tant de bons chevaliers. Que vous dire ? Presque tous les chevaliers de ce monde furent présents ainsi que les prouesses guerrières. Tristan œuvra si bien que je dis clairement qu'il est la fleur et la merveille de ce monde. Devant Dieu, je n'en connais pas d'aussi doué que lui, excepté monseigneur Lancelot du Lac. Et qu'ajouter ? Je me trouve bienheureux d'avoir assisté à ce tournoi. Et je me considérerai riche d'avoir vu à loisir ma dame Iseult, la reine de Cornouaille. Elle est la plus belle du monde et je crois qu'elle est Dieu en personne. Telle est ma croyance. Rien ne pourrait m'arriver de mauvais si je la voyais au matin. » La reine Guenièvre se met à sourire en entendant les paroles de Bliobéris puis lui demande : « Que Dieu vous bénisse, vous semble-t-elle si belle ?

— Dame, répond-il, qu'est-elle donc ? On devrait arracher les yeux de celui qui dirait le contraire.

— Devant Dieu, fait la reine, il me pèse terriblement de ne pas l'avoir vue. Dites-moi si elle vous parla de moi.

— Oui, ma dame, Dieu m'est témoin. Elle parla souvent de vous. Et sachez qu'elle n'est pas moins désireuse de vous voir que vous ne l'êtes. Elle n'était venue au tournoi que pour vous voir et converser avec vous. Elle se considère trahie et morte de ne pas vous avoir vue. Je la vis fort peinée.

— Certes, fait la reine, si cela lui pèse, je suis encore plus peinée. Et devant Dieu, je voudrais avoir perdu beaucoup plus qu'on ne croirait pour n'avoir pas contracté cette maladie qui m'a empêchée de la rencontrer. Mais dites-moi, vous qui êtes tant demeuré avec elle, quelles sont ses qualités et comment se conduit-elle ?

— Comment ? Dame, fait Bliobéris, Dieu m'est témoin que de toute ma vie je ne côtoyai une dame si courtoise, si éloquente, si bien éduquée et si vaillante en tous points qu'est la reine Iseult. Et comme elle surpasse toutes les autres dames en beauté, elle vaut mieux en prix et en valeur qu'elles. Elle est bien digne d'avoir le monde à ses pieds.

— Dieu ! s'exclame la reine Guenièvre. Comme je suis malheureuse de ne pas l'avoir vue ! Je me considère trop malchanceuse. Je ne trouve personne qui l'ait vue et qui ait séjourné avec elle qui ne m'ait dit la même chose que vous. Devant Dieu, elle doit être louée, je le sais bien. »

Ainsi la reine Guenièvre parle-t-elle de la reine Iseult et se confie-t-elle à Bliobéris et à Hector des Mares. Cela lui pèse terriblement de ne pas l'avoir rencontrée cette fois. Mais à présent, le conte cesse de parler de la reine et de sa compagnie et retourne à Palamède pour raconter une partie des aventures qui lui advinrent depuis qu'il quitta monseigneur Tristan.

Selon le conte, après s'être séparé de monseigneur Tristan comme je vous l'ai raconté plus haut, Palamède le Païen s'en alla avec les deux rois, morne, pensif et si fâché qu'il manquait mourir de douleur et de colère. Il reporte toute sa peine sur Tristan qui lui a ravi, comme il le dit, ce qu'il ne pourra plus jamais obtenir de sa vie. Il l'a empêché de récolter tout l'honneur du monde et le prix de toute chevalerie. Il l'a tant déshonoré qu'il meurt de douleur et de tourments. Il chevauche avec les deux rois tout en pensant le long du chemin et ils arrivent à un château où ils restent pour la nuit. Ce château, riche et merveilleusement fortifié, était situé près de la mer. Il y eut cette nuit grande fête et grandes réjouissances car il y vint de nombreux chevaliers pour réconforter les deux rois. Mais entre tous ceux qui se réconfortent et qui sont en joie, Palamède ne fait rien. Il est si malheureux et fâché qu'il n'accepte nulle parole de consolation. Il mangea peu ce soir. Les deux rois, que cela perturbe terriblement, se mettent en peine de le consoler. Mais que cela vaut-il ? Il ne veut se réconforter malgré ce qu'on lui dit. On n'en parle plus et tous vont se reposer.

Le lendemain matin, Palamède se leva et se fit armer en grande hâte. Une fois prêt, il va voir les deux rois et prend congé d'eux. Ils le lui donnent à contrecœur car ils préféreraient avoir sa compagnie s'il le voulait. Après avoir demandé congé et qu'on le lui a donné, Palamède monte et s'en va aussitôt. Il n'amène avec lui qu'un seul écuyer que le roi d'Irlande lui avait confié pour le servir. Il les quitte si désespéré, si accablé et si angoissé qu'il ne sait que faire ni que dire. Il chevauche ce jour à travers la forêt, au hasard, comme l'aventure le conduit, si affligé qu'il croit ne jamais plus connaître de joie. Tandis qu'il chevauchait, il trouva aux alentours de none un chevalier tout en armes qui était assis et qui réfléchissait profondément. Son cheval était attaché près de lui. Le chevalier était devant une source, le heaume sur la tête, abîmé dans ses pensées. Si bien qu'il ne se rend pas compte de la venue de Palamède. Le voyant ainsi pensif, Palamède s'approche de lui. Mais le chevalier ne l'aperçoit en aucun cas. Palamède se met à l'aviser. Après l'avoir longtemps regardé, il sait qu'il n'est pas en bonne santé. Il retourne auprès de son écuyer, lui confie son cheval, revient vers le chevalier et lui dit : « Sire, Dieu vous donne un bon jour. Pour l'amour de Dieu, pourquoi pensez-vous tant ? » Le chevalier laisse ses pensées dès qu'il entend parler Palamède et dresse la tête. Il ouvre les yeux et le regarde. « Sire chevalier, interroge-t-il, que voulez-vous ? Que demandez-vous ?

— Certes, répond Palamède, je vous vois penser si fort que cela me peine terriblement.

— Au nom de Dieu, fait le chevalier, cela ne me fait ni bien ni mal que vous soyez peiné car je sais bien que vous ne pouvez me rendre la joie ni me réconforter ; je crois qu'il n'y a pas au monde un chevalier plus malheureux et triste que moi. » En entendant le chevalier, Palamède baisse la tête puis répond au bout d'un moment : « Chevalier, que Dieu me vienne en aide, vous parlez bien comme un chevalier dépourvu de sens. Vous ne savez les nouvelles de ce monde. Apprenez que si vous me connaissiez bien et si vous saviez ce que je pense, vous parleriez autrement que vous ne le faites. Votre douleur est une joie et un plaisir comparée à la tristesse que j'ai au cœur. Que dire ? Vos pensées sont un bonheur par rapport à la douleur que je ressens. » Le chevalier leva la tête et se mit à sourire avec dédain puis répond : « Chevalier, devant Dieu, vous auriez besoin de plus de sens que vous n'en avez. Apprenez que vous dites de vous ce que je dis de moi. Vous l'avez dit pour vous moquer et je le dis car c'est vrai.

— Voilà une bien étrange aventure, dit Palamède. Sachez que s'il en va ainsi que vous le dites, nous sommes bien assortis car, Dieu m'est témoin, je ne crois pas qu'il y ait au monde un chevalier aussi malheureux que moi, et à juste titre. Mon courroux est tellement justifié que si je me tuais à l'instant, ce ne serait guère étonnant.

— Au nom de Dieu, vous ne sauriez me le faire croire à moins de me l'apprendre autrement ! s'exclame le chevalier.

— Dites-moi, propose Palamède, voulez-vous que nous nous fassions une promesse ?

— Quelle est-elle ? demande le chevalier. Elle pourrait être telle que je ne m'y accorderais pour rien au monde.

— Au nom de Dieu, fait Palamède, je vous le dirai. Vous affirmez que nul chevalier n'est plus triste que vous. Et je dis, et je le crois vrai, devant Dieu, que je suis plus affecté que vous. Agissons bien. Confiez-moi votre peine et je vous dirai la mienne. Et si je peux vous conseiller, je le ferai. Je crois que vous ne pourrez m'aider dans les tourments, Dieu m'est témoin.

— Beau sire, dit le chevalier, qui êtes-vous qui demandez une partie des choses qui me concernent ?

— Je suis un chevalier, répond Palamède, le plus malheureux que vous ayez jamais vu de votre vie.

— C'est vrai, approuve le chevalier, excepté moi. Je sais bien que nul ne pourrait être plus malchanceux que moi. Donne-moi ton nom et raconte-moi ton malheur. Puis je te dirai les miens, sache-le bien. Ensuite, nous nous conseillerons si c'est possible.

— Certes, fait Palamède, je te donnerai mon nom volontiers et te dirai des choses qui me concernent.

Je suis un chevalier errant nommé Palamède. Il est impossible que tu n'aies jamais entendu parler de moi. Puis je te raconterai mon histoire. Si tu acceptes, je commencerai le premier. Il y a longtemps, je plaçai mon cœur si haut que je n'aurais jamais dû y prétendre. Mais telle fut mon aventure ; mon cœur s'y plaça et ne put en partir. Cela me peine terriblement car j'ai souffert douleur et travail sans avantage. J'ai longuement peiné pour obtenir la satisfaction de mes amours. J'ai adoubé de nombreux chevaliers, j'en ai vaincu. J'ai tant œuvré que je le sais bien, ma renommée court à travers le monde. Et à cause de cet amour, je suis monté si haut en valeur que tout le monde parle de ma chevalerie. Cet amour m'a tant fait faire à ce tournoi, où se trouvaient les bons chevaliers, que tous criaient après moi et disaient clairement que j'avais tout vaincu. Le premier jour, je le sais bien, j'ai remporté le prix du tournoi. Et le second jour, nul ne fut meilleur que moi ; tous le disaient, mais il y avait Tristan. Et à dire vrai, je ne fis pas moins que lui. Le troisième jour, j'œuvrai si bien que, de droit et avec raison, je devais avoir le prix et les louanges. Mais Tristan le déloyal, qui était mon compagnon, me ravit l'honneur du troisième jour car il se plaça dans le camp adverse et me vola, tant par sa faute que par celle de ses compagnons, le prix et les louanges du tournoi. Ainsi monseigneur Tristan me ravit-il l'honneur et l'espoir que j'avais de pouvoir trouver grâce auprès de ma dame. Et je crois que j'avais si bien combattu devant elle que ma dame aurait eu pitié de moi. Je perdis ainsi à cause d'un seul homme et par sa félonie tout l'honneur du monde et la pitié de ma dame. Et cela m'a mis une telle douleur au cœur que jamais de ma vie je ne connaîtrai de joie tant que je me souviendrai de cette affaire. Et sachez bien que si je ne croyais pas vraiment pouvoir me venger, je me serais tué à deux mains. Ma douleur aurait disparu d'un coup. Réponds-moi, t'est-il avis, devant Dieu, que tu doives être aussi malheureux que moi ? As-tu une bonne raison ? As-tu connu une perte aussi grande que la mienne ? »

Le chevalier répond et dit : « Palamède, que Dieu te bénisse, j'ai bien entendu tes dires. Je sais que tu es un chevalier tel que l'on pourrait difficilement en trouver un meilleur au monde. J'ai bien écouté la raison de ta douleur. Mais il ne me semble pas raisonnable que tu te lamentes autant. Et je te dirai pourquoi. Si celui qui perd ce qu'il possède se désole, ce n'est guère étonnant. Mais celui qui mène un deuil pour la chose qu'il n'a pas n'est pas sage. Tu te lamentes pour une chose que tu n'as jamais eue. Et puisque tu ne l'as jamais possédée, que perds-tu ? Tu n'as jamais reçu d'amour de la part de celle que tu aimes, selon ce que tu dis. Et ensuite, je dis que tu ne perdis pas l'honneur du tournoi car tu ne l'as jamais eu. Ainsi peux-tu voir et savoir que tu n'as subi aucune perte. Pourquoi te plains-tu et te lamentes-tu ? Songe, toi qui parles ainsi, que ce n'est pas le discours d'un riche et sage chevalier comme je croyais que tu étais. Mais je dois me plaindre et je suis celui qui doit se lamenter et pleurer. Et il y a des raisons car j'ai perdu ce que j'avais et jamais je ne retrouverai. Je le sais bien. J'ai perdu mon cœur et ma vie et je te dirai comment. Il y a longtemps, comme toi, que j'aime une demoiselle belle, gracieuse, vaillante, sage et issue d'une haute lignée. Je n'étais pas encore chevalier quand je tombai amoureux d'elle pour la première fois. Et elle était pucelle. Par amour pour elle, je devins chevalier plus tôt que prévu. Je fis tant par ma prière qu'elle m'accorda son amour et je l'aurais épousée si son père avait donné son assentiment. Quand je connus le souhait de la demoiselle, je demandai à son père qu'il m'accordât sa main. Mais il me répondit aussitôt que je n'appartenais pas à la lignée à laquelle sa fille devait prétendre. Et par crainte que je fasse tant pour la posséder sans son accord, il la donna à l'un de ses voisins, un comte riche, de noble naissance. Quand je vis cela, je devins enragé car je l'aimais passionnément et elle aussi fut désemparée. Nous fûmes tous deux désespérés. Même si elle était mariée, son amour pour moi ne diminua pas et le mien non plus. Elle fut plus ardente et moi aussi. Nous menâmes cette vie longtemps car elle m'aimait profondément et moi de même. Mais elle était si bien gardée que pour rien au monde je ne pouvais lui parler et elle non plus. Cela nous détruisait et nous mettait à mort. Et je sais avec certitude qu'elle ne m'aimait pas moins qu'elle-même. Elle savait qu'il en était de même pour moi. Si je la désirais, elle ne me désirait pas moins. Ainsi, comme je vous le raconte, nos amours durèrent-ils longtemps sans recevoir aucun bienfait à part celui que mes yeux et ma pensée lui donnaient. Il advint que ma dame, la plus belle entre toutes et la plus gracieuse, fut conduite à ce tournoi car vous savez que le roi Arthur avait fait crier à travers tout le royaume de Logre que les chevaliers errants n'étaient pas dispensés d'amener leur dame ou leur amie.

» Que vous dire ? Ma dame vint au tournoi et était aux fenêtres des loges. Et moi qui la contemplais et qui portais les armes devant elle, me mis en peine de bien œuvrer pour son amour. J'agis de mon mieux et si bien que je fus loué par tous ceux qui me connaissaient. Le soir, quand le tournoi fut terminé et notre camp vaincu, les dames quittèrent les loges. Ma dame partit en la compagnie de trois chevaliers, c'est-à-dire du comte, son mari, et de deux autres chevaliers qui l'avaient amenée de notre pays. Il était tard. Et moi qui étais tapi et qui épiais pour savoir si je pouvais obtenir celle pour qui je languissais, les suivis le plus discrètement et le plus secrètement possible car je ne voulais pas être aperçu. Quand nous pénétrâmes dans cette forêt, je vis qu'ils n'étaient que trois chevaliers à escorter ma dame ; je me dis que jamais je ne la trouverais avec moins de compagnie et avec une occasion aussi aisée de la prendre. Mieux valait affronter trois chevaliers qu'endurer plus longtemps les souffrances de cet amour. Et si Fortune voulait m'assister, je pourrais les vaincre tous les trois et les tuer. Je leur criai aussitôt

“Gardez-vous de moi !” et courus vers l’un d’eux. Je lui donnai un si grand coup dans la poitrine que ni l’écu ni le haubert ne m’empêchèrent de lui passer la lance à travers le corps. Et il advint par hasard qu’il s’agissait du comte. Je le tuai du premier coup. Et comme la lance se brisa, j’empoignai mon épée avec grande hardiesse et me ruai sur l’un des deux chevaliers. Par bonheur, je l’occis du premier coup. Quand l’autre chevalier vit les deux coups que j’avais portés, il n’osa pas m’affronter, ni pour venger son seigneur, ni pour une autre raison. Il s’enfuit aussitôt et me laissa sa dame. Ainsi, comme je vous le conte, je gagnai ma dame par les armes, celle que j’avais aimée si longtemps et pour qui j’avais souffert une si grande peine. Et sachez que j’endurai maintes douleurs. Je la tins en ma possession et en ma prison. Nous passâmes la nuit ensemble dans le délice et la félicité. Et apprenez que jamais une nuit ne fut si bien employée. Elle fut une nuit de clarté, de joie, de plaisir et de vie. Et si l’aventure avait permis que j’eusse gardé longtemps le bien que Dieu m’avait donné, je me serais considéré tous les jours de ma vie et tant que j’aurais vécu, Dieu m’est témoin, plus heureux que si j’avais été le maître du monde. Fortune m’avait aidé et rendu riche car elle m’avait mis entre les mains la personne que je désirais le plus avoir.

» Mais aujourd’hui, il advint par ma faute que la malchance me tomba dessus aigrement ainsi que la mauvaise fortune. Alors que je chevauchais aux alentours de tierce avec ma dame, sans plus de compagnie, et que nous nous divertissions, nous rencontrâmes un chevalier tout en armes qui cheminait accompagné de deux écuyers. Quand le chevalier vit ma dame, que j’escortai, si belle, je le sais, il voulut aussitôt faire ses preuves. Il salua ma dame mais pas moi. Il s’avança et dit qu’il voulait avoir la dame. Il la prit par les rênes. Voyant ce geste, je le considérai comme un grand dédain et dis au chevalier qu’il n’était guère sage d’entreprendre cette affaire et qu’il verrait bientôt qui défendrait la dame. Nous débutâmes la bataille, fort cruelle. J'y frappai souvent, je me mettais en peine, j'y travaillai assidûment. J'en porte les marques : trois blessures importantes sans compter les petites et les autres. J'y souffris tant et endurai tant que je ne pouvais plus porter mon écu qu'à grand-peine. Le chevalier, qui était plus fort que je ne croyais au début et qui était plus savant dans l'art du combat que moi, m'affronta si fortement et si rudement qu'il manqua de peu de me tuer ; j'avais tant perdu de sang que j'étais à bout de force. Il s'empara de ma dame et l'emmena avec lui. J'ignore ce qu'ils devinrent car je ne les vis plus ni l'un ni l'autre. Ainsi, comme je vous l'ai raconté, j'ai perdu ma chère dame que j'avais si longtemps aimée. Devant Dieu, cela me peine que le chevalier ne m'ait pas tué car ma douleur se serait achevée en un coup. Cette affaire fut bien malheur et tristesse. Et je peux l'affirmer car je perdis ce que j'aimais le plus en ce siècle. Je perdis mon cœur et ma vie pour lesquels j'avais peiné toute mon existence. Je fis la perte que je vous conte. Dis-moi, que Dieu te bénisse, penses-tu que j'ai subi une perte plus grande que la tienne ? Ta perte n'est pas comparable car tu ne possédais rien. Mais j'ai perdu si entièrement ce que j'aimais que je n'ai nul espoir de le retrouver. Ai-je donc une meilleure raison de me plaindre et d'être plus malheureux que toi ? Réponds-moi et donne-moi un jugement juste, que Dieu te garde. »

Palamède répond : « Chevalier, devant Dieu, j'ai bien écouté votre récit et je dis bien que vous avez une bonne raison de vous lamenter selon ce que vous m'avez conté. J'affirme que la perte est douloureuse et que si vous êtes extrêmement triste, ce n'est guère étonnant car celui qui perd aisément ce qu'il possédait et avec tant de peine, comme vous me l'avez dit, doit avoir le cœur triste et malheureux. Et je ne crois pas qu'après ce drame on puisse connaître la joie de toute sa vie.

— Certes, approuve le chevalier, je n'en aurai plus, je vous le déclare. Je suis mort et plus que mort. La chose que je désire le plus avoir en ce siècle, c'est la mort. Et je prie la mort qu'elle vienne à moi et qu'elle me délivre de cette douleur. Car je suis trop durement avili. »

Après avoir prononcé ces mots, il se met à pleurer à gros sanglots et dit si haut que Palamède l'entend bien : « Hélas, comme je suis malheureux et malchanceux ! Comme la mort me vaudrait mieux que la vie ! Je suis tombé dans les tourments et la peine ! Je suis déshonoré car j'ai perdu ma dame. Et qui plus est, je suis vaincu par les armes, ce qui ne m'est jamais arrivé durant ma vie. » Le chevalier se lamente fort et il est si triste qu'il manque mourir de douleur. Il ne sait que faire ni que dire. En entendant ses lamentations, Palamède connaît bien le grand malheur et la grande peine du chevalier. Il en éprouve de la pitié et cela le désole terriblement. Il oublie un peu son chagrin, effacé par celui du chevalier. Il l'aiderait et le secourrait très volontiers s'il savait comment s'y prendre. Il lui dit : « Chevalier, que Dieu m'assiste, vous m'avez tant raconté à propos de votre affaire que je sais parfaitement que vous êtes plus affecté, plus désespéré et plus malheureux que tout autre chevalier que je visse jamais. Et vous en avez le droit. Et comme je connais votre douleur, je vous assure que je suis disposé à vous conseiller de mon mieux. Sachez que vous me trouverez prêt à vous aider et à vous secourir si vous parvenez à me dire qui est le chevalier qui emmène votre dame. Apprenez que si je le découvre, il ne pourra m'échapper sans me rendre la dame s'il n'est pas meilleur chevalier que moi. » En entendant Palamède, le chevalier s'agenouille devant lui. « Ah, fait-il, noble chevalier, si tu voulais entreprendre et te charger de ce travail, le cœur me dit que tu me rendrais joyeux et heureux et que tu restaurerais ma perte.

— Chevalier, dit Palamède, apprenez que vous me trouverez prêt à m'acquitter de cette promesse si vous savez m'enseigner où on peut rencontrer le chevalier qui vous a causé ce dommage.

— Certes, fait le chevalier, vous me parlez avec tant de générosité et de bonté que nul chevalier ne pourrait mieux dire. Apprenez que si je savais vous renseigner sur le chevalier dont je me plains, je le ferais aussitôt. Mais j'ignore où il alla, cela me peine terriblement. Mais comme vous êtes un chevalier errant qui avez entrepris maintes quêtes menées honorablement, je vous demande hardiment de vous charger de cette affaire. Et sachez que le chevalier qui m'a causé cette perte et qui m'a affronté aujourd'hui ne peut être très loin d'ici. C'est pourquoi je dis qu'il est impossible que vous n'obteniez aucune nouvelle si vous voulez le chercher un peu. Apprenez qu'il porte sur ses armes un lion d'argent et qu'il a un écu vert.

— Au nom de Dieu ! s'exclame Palamède. Je connais bien le chevalier qui vous a porté préjudice. Certes, il est robuste et puissant dans l'art des armes. Il s'appelle Ségurade. Je lui voulais beaucoup de bien car il me rendit un service. Mais malgré ce, je vous promets, si je peux le trouver et s'il ne veut pas me rendre la dame, que je lui ferai connaître comment je me sers de mon épée. Mettons-nous en route à présent et commençons cette quête car je voudrais que nous l'ayons déjà menée à bien.

— Sire, dit le chevalier, très grands mercis. » Ils se lèvent, reprennent leurs heaumes, viennent à leurs chevaux, montent, quittent la fontaine et se mettent en chemin. « Sire chevalier, demande Palamède, comment vous appelez-vous ?

— Sire, répond-il, je me nomme Espinogre et je suis natif de Sorelois.

— Au nom de Dieu, fait Palamède, j'ai maintes fois entendu parler de vous. Votre courroux me peine plus qu'avant car vous me rendîtes un service que je ne suis pas près d'oublier. Et vous le fîtes il y a longtemps. Pensons à chevaucher. Nous verrons quelle aventure Dieu voudra nous donner dans cette quête. »

Ils empruntent directement le chemin principal et il était aux alentours de vêpres quand le soleil se mit à décliner. « Espinogre, dit Palamède, il est tard. Je me sens fatigué et je crois que vous êtes épuisé. Nous agirions bien en nous reposant. Dirigeons-nous vers quelque refuge si vous en connaissez par ici.

— Sire, fait Espinogre, il se trouve près d'ici un ermitage beau et riche. Le roi Arthur fit autrefois édifier une maison belle et splendide pour héberger les chevaliers errants car il savait bien qu'ils viendraient volontiers par ici. Allons-y car je crois que nous pourrons y séjourner cette nuit et y être logés confortablement. »

Ils chevauchent tant ce soir qu'ils arrivent à l'ermitage, situé près d'un rocher en un lieu fort impraticable, au milieu d'une vallée garnie de grands arbres. Sachez qu'il y avait près de l'ermitage des maisons grandes, belles et riches que le roi Arthur avait fait construire, comme Espinogre l'a expliqué plus haut. Une fois devant l'ermitage, ils trouvèrent devant une petite chapelle l'ermite qui disait ses oraisons. Palamède demande à l'ermite : « Sire, pourrions-nous loger ce soir ici ?

— Bien sûr, répond l'homme vénérable. Mettez pied à terre car nous partagerons ici la grâce que Dieu nous a envoyée. »

Les chevaliers descendent et font installer leurs chevaux puis ôtent leurs armes, se détendent et lavent leurs cous et leurs visages noircis et salis par le port des armes. Après s'être un peu reposés, le sage homme, qui voit clairement qu'ils sont fatigués, s'occupe d'eux du mieux qu'il peut et leur apporte ce qu'il y avait à manger dans ces lieux ; il les sert de son mieux avec un autre frère qui était moine. Ils prennent soin de leurs chevaux autant qu'ils le peuvent puis examinent leurs plaies. Ils les pansent et les compriment du mieux possible. Puis les chevaliers se couchèrent sur l'herbe verte qu'ils apportèrent de dehors et commencèrent à se reposer car ils étaient épuisés et exténués. Espinogre, qui était mort de fatigue car il avait souffert, s'endort immédiatement. Palamède ne dort pas. Il n'est pas à l'aise. Il se considère comme occis et plus. Il dit qu'il est mort. Mort et déshonoré par Tristan. Tristan l'a détruit et non un autre. Il vit Tristan pour son malheur. Car Tristan le fera mourir dans la douleur et le martyre. Palamède pleure et soupire. Il ne voit pas ce qu'il peut faire. Il réfléchit profondément et s'endort sur ses réflexions. Mais il dort peu car son cœur est trop meurtri et s'épuise à penser. C'est pourquoi il s'éveille avant minuit. La lune brillait, belle et merveilleusement claire. Palamède, qui voit qu'il ne pourra dormir, se lève le plus silencieusement possible et sort de l'ermitage ; il s'assied sous un arbre et se met à penser à ce qu'il ne peut oublier. Tandis qu'il songeait, voici venir vers l'ermitage un chevalier tout en armes, fort bien monté et accompagné de deux écuyers et d'une dame.

La nuit était belle, claire et si lumineuse que Palamède, qui regardait la dame, la voit merveilleusement belle. Mais elle était extrêmement furieuse et malheureuse et pleurait, il le voit bien. Palamède aperçoit tout ce qu'ils font mais eux ne le voient pas car il était loin, sous un arbre épais. Le chevalier qui escortait la dame avait son écu couvert d'une housse rouge si bien que l'on ne pouvait pas connaître sa couleur. Le chevalier voulait ôter ses armes quand ils furent descendus devant l'ermitage mais ses écuyers lui dirent : « Sire, n'enlevez pas vos armes si vite. Vous savez bien que si celui qui vous poursuit vous trouvait désarmé, vous seriez en danger de mort car il ne vous apprécie pas. » Palamède entend bien toutes ces paroles. Le chevalier descend sous un arbre et dit qu'il attendra sans ôter ses armes. La dame était à côté du chevalier, triste, accablée et furieuse. Il la réconforte de son mieux. Mais elle n'a cure de son réconfort. Elle clame que si Dieu lui venait en aide, elle voudrait être morte. Ceux qui se trouvaient avec la dame désespérée entendent venir de loin des chevaux à travers la forêt qui font une clameur aussi grande et un bruissement de branchages aussi merveilleux que s'il arrivait dix chevaliers ou plus. Quand le chevalier qui était sous l'arbre entend le vacarme des chevaux, il se lève aussitôt, fait amener son cheval à qui on n'avait pas encore enlevé les rênes, monte, prend son écu et sa lance. Il fait ôter rapidement la housse de son écu si bien que Palamède, qui le scrutait, reconnaît qu'il est le chevalier dont Espinogre se plaint tant. Il le reconnaît aux armoiries de l'écu qui étaient telles qu'Espinogre les lui avait décrites. Palamède ne bouge pas. Il regarde ce que le chevalier fait. Il voit bien qu'il est prêt à se battre si quelqu'un cherchait à l'affronter. Palamède entend fort bien que les chevaux viennent par ici. Mais il ne les voit pas encore. Il perçoit bien qu'ils n'arrivent pas discrètement. Ils se hâtent comme si on les chassait à mort. Tandis que Palamède regardait dans la direction d'où les chevaux venaient, il avise un chevalier tout en armes qui était accompagné d'un seul écuyer. Mais ils arrivaient aussi vite que si la foudre les chassait. Une fois que le chevalier, qui avait quitté l'arbre, est près de l'ermitage, Palamède reconnaît que c'est celui qu'il cherchait.

Que tous ceux qui écoutent ce conte sachent que le chevalier à l'écu vert et au lion d'argent recouvert de la housse rouge n'était pas Ségurade. C'était l'un de ses parents qui, par amour pour lui, portait ses armes. Il était un très bon chevalier. Et l'autre, qui se ruait sur lui, était un frère de Palamède nommé Séphar. Son nom était païen mais il était chrétien comme tous les frères de Palamède, lui excepté. Il n'entendait rien à la foi chrétienne et n'acceptait de se lier aux chrétiens que pour leur chevalerie et leur compagnie. C'est pourquoi bien des chevaliers délaissèrent sa compagnie. Ce n'était pas le cas de Tristan et de Lancelot, pour la haute chevalerie qu'ils lui connaissaient. Ils se trouvaient récompensés quand ils pouvaient l'avoir avec eux. Palamède, qui était sous l'arbre comme je vous le raconte, voit son frère approcher de lui et ne le reconnaît pas car il ne portait pas les armes de sa lignée. Il arborait celles d'Hector des Mares, qu'il aimait beaucoup, par amour pour lui. Il s'appelait Séphar le Méconnu et son père était Esclabor le Méconnu. Dès que Séphar voit, comme je vous le relate, l'écu vert au lion d'argent, il le reconnaît. Il avait vu ce soir la dame, l'avait convoitée et longuement aimée. Il avait assailli ce chevalier parent de Ségurade qui était nommé Hélior le Preux et ils avaient commencé à se battre l'un contre l'autre. Mais lorsque Séphar attaqua Hélior, son cheval arriva si vite qu'il fléchit les quatre jambes et tomba si méchamment que Séphar vola à terre. Voyant que le cheval de Séphar était tombé, Hélior partit et ne le regarda plus car il savait qu'il était rempli de haute bravoure. Mais après s'être relevé et être remonté sur son cheval, Séphar se lança à sa poursuite et dit qu'il ne lui échapperait pas et la dame qu'il voulait posséder non plus. Quand Séphar, dont je vous parle, est près de l'ermitage, il reconnaît Hélior et lui crie de toute sa voix : « Chevalier, je vous défie ! Vous devez vous garder de moi ! Si je suis tombé de mon cheval comme vous le savez, ce n'est pas par votre bravoure ! Je vous appelle à la bataille ! Je ne vous donne nulle autre trêve !

— Certes, répond Hélior, puisque tu demandes la bataille, tu l'auras. Tu te fatigues pour rien. Tu ne pourras pas obtenir ce que tu veux, sache-le.

— Je l'ignore, dit Séphar, mais tu ne garderas pas la dame si je le peux. »

La bataille débute. Chacun avait une lance tranchante, solide et bonne. Ils se ruent l'un sur l'autre et se heurtent dans leur élan si rudement que les lances volent en éclats. Hélior tombe du cheval à terre très cruellement. Mais il eut tant de chance qu'il n'eut aucun mal excepté la chute. Quand Séphar voit qu'il a abattu Hélior, il met pied à terre et attache son cheval à un arbre. Hélior se lève après avoir été désarçonné, empoigne son épée et s'apprête à se défendre car il voit bien que l'autre se prépare à l'assaillir. Le combat commence aigrement entre les deux chevaliers. Ils sont tous deux dotés d'une grande puissance et d'une grande force. Ils ne s'épargnent pas.

Palamède, qui observe tout cela, pense que c'est à cause de la dame pour qui il a entrepris cette quête. « C'est elle, fait-il. J'ai eu de la chance de la trouver si vite car elle ne m'échappera pas si je le peux. Celui qui est si malheureux l'aura de nouveau. » Après avoir regardé la bataille tout à loisir, Palamède reconnaît que les deux chevaliers sont valeureux et de grande bravoure ; ils poursuivent bien le combat et montrent à leurs assauts et à leur défense qu'ils savent bien le métier des armes. Et cependant, avant la fin du premier assaut, Palamède constate que Séphar a l'avantage de la bataille et la domine. Il sait bien qu'Hélior ne pourra pas résister au final car il n'égale pas la puissance et la force de Séphar. C'est inutile de continuer cette bataille longtemps. S'il ne veut pas s'avouer vaincu ou s'il ne veut pas abandonner la dame, il est mort sans faille. Quand Palamède a bien observé le combat, il se dresse et entre dans l'ermitage. Il appelle son écuyer et se fait munir de ses armes rapidement et le plus discrètement possible car il ne voulait pas réveiller Espinogre. Une fois armé bel et bien, il sort. Quand il est dehors, il voit que Séphar tenait sous lui Hélior et lui avait coupé les lacets de son heaume pour lui trancher la tête s'il ne se déclarait pas vaincu et s'il ne lui abandonnait pas la dame. Quand Hélior se voit si malchanceux et si près de trouver la mort, il est inutile de demander s'il a peur. Sachant qu'il ne peut s'échapper sans mourir s'il ne crie pas pitié, il dit si violemment que son cœur manque d'éclater : « Ah, sire chevalier, ne me tuez pas ! Je vous crie pitié. Je me suis défendu comme j'ai pu contre vous. Et puisque je n'en peux plus, je vous prie de ne pas m'occire. Je me considère vaincu et dis que tu es meilleur chevalier que moi. Je t'abandonne la dame pour laquelle tu débutas cette bataille contre moi et parce que je ne vois pas comment me défendre autrement. » Voyant que le chevalier implore sa pitié, Séphar le laisse et ne le touche plus. « Vassal, fait-il, puisque tu reconnais que je suis meilleur chevalier que toi et que tu me laisses la dame, je te libère de cette bataille. La dame me revenant, je me considère fort bien récompensé. » Hélior se relève, relace son heaume, monte sur son cheval le plus vite possible et part d'ici avec ses écuyers, si malheureux et si triste que son cœur manque d'éclater.

La dame reste sous un arbre, accablée et éplorée. Elle se lamente fort, maudit l'heure et le jour de sa naissance car elle plonge dans un nouveau désarroi. La dame pleure, se désole, tord ses mains et ses doigts et mène un deuil si grand que nulle autre dame ne pourrait en faire un plus grand. Séphar, qui l'aimait de cœur depuis longtemps, tente de la réconforter. Mais que cela vaut-il ? Elle ne peut être consolée. Quand il voit la dame si désespérée, Palamède s'avance. Il la réconforterait très volontiers s'il le pouvait. « Dame, fait-il, consolez-vous. Ne vous désolez pas si fort. Et dites-moi, s'il vous plaît, si vous connaissez un chevalier nommé Espinogre, de la terre de Sorelois, à ce qu'il me semble. » La dame pousse un profond soupir en entendant parler d'Espinogre. « Sire, répond-elle, je l'ai vu autrefois. Mais je le vis pour mon malheur et lui me vit pour le sien car il est mort dans une profonde peine et une grande douleur. Sa mort m'a déshonorée et il est mort pour moi sans aucun doute. Nous nous sommes rencontrés pour notre perte. Il en est mort et je récolte le déshonneur.

— Dame, dit Palamède, ne vous inquiétez pas tant. Tenez pour vérité que vous verrez bientôt cet Espinogre que vous réclamez. Et vous pourrez le voir s'il vous plaît car il est ici. J'ai eu de la chance de vous trouver car j'avais entrepris cette quête pour vous retrouver et vous rendre à Espinogre. »

Quand Séphar voit Palamède qui s'avance et qui veut emmener la dame, il ne le considère pas sage mais fou. « Vassal, fait-il, devant Dieu, vous ne me semblez guère avisé quand vous vous proclamez seigneur et maître de ce qui ne vous appartient pas. J'ai gagné la dame après une longue et pénible lutte contre un chevalier si bon que je crois que vous lui auriez donné de votre bien afin qu'il vous laissât en paix si vous aviez été à ma place. J'ai souffert peine et effort comme vous avez vu. Et maintenant, vous voulez l'emmener. Vous voulez la gagner facilement, il me semble. Sachez qu'il est impossible que vous l'ayez. Laissez-la-moi car je l'ai remportée avec peine.

— Vassal, réplique Palamède, quelle que soit la peine que vous avez endurée, il est nécessaire qu'elle me revienne. Si vous vous êtes fatigué, c'est en vain ou pour un autre que vous. On voit souvent arriver qu'untel croit se fatiguer pour lui-même et s'épuise pour autrui. C'est ce qu'il vous advient car sachez bien que la dame sera à moi et je la rendrai au chevalier qui s'est plus fatigué pour elle que vous. » En entendant ces propos, Séphar reconnaît clairement que celui-ci ne plaisante pas. C'est pourquoi il lui dit : « Vassal, que pensez-vous ? Voulez-vous m'affronter pour cette dame ?

— Mais vous, demande Palamède, avez-vous la hardiesse d'entreprendre une bataille contre moi ? Sachez que votre peine sera vaine si vous m'affrontez.

— Vassal, lui répond Séphar, même si je savais avec certitude que vous étiez aussi doué que Tristan de Cornouaille, Lancelot ou Palamède, et que vous vouliez me ravir cette dame pour laquelle je me suis mis en peine, je vous affronterais avant de vous l'abandonner si aisément. Si vous voulez me la laisser, vous le pouvez. Sinon, je veux la défendre contre vous en vous combattant. Vous êtes peut-être un chevalier preux et hardi. J'en suis un également même si je ne fais pas partie des meilleurs du monde. Si vous avez grande envie de m'attaquer, vous voici contraint de vous battre car je suis prêt. Vous serez rassasié si je le peux.

— Certes, approuve Palamède, puisque vous parlez de bataille, je serai votre adversaire. Gardez-vous de moi désormais. Vous ne voulez pas me rendre la dame par bonté ; vous me la rendrez de force. Et cela me peine plus pour vous que pour autre chose car j'ai vu récemment devant moi un chevalier qui vous donna bien des difficultés. Il vous occupa longtemps avant que vous puissiez le vaincre. Il vous a tant fatigué, je le sais bien, que même si vous étiez un meilleur chevalier que vous n'êtes, vous auriez plus besoin de repos que de combat. C'est pourquoi je vous affronte à contrecœur car si je vous conduisais à la défaite, je ne gagnerais aucun honneur, à mon avis. » En entendant les paroles de Palamède, Séphar est si malheureux qu'il ne peut l'être plus. Car il lui semble que Palamède le voit si épuisé qu'il ne vaut pas un autre chevalier. C'est pourquoi il s'avance et dit : « Chevalier, devant Dieu, bien que je me sois battu, vous me trouverez différent de ce que vous croyez. Et puisque vous demandez la bataille, je suis prêt.

— Et moi aussi, fait Palamède, puisqu'il ne peut en aller autrement. Mais je m'en serais passé très volontiers pour les raisons que je vous ai dites. »

Sur ces paroles que je vous rapporte, le combat entre les deux frères commence. La lune leur donnait une telle lumière qu'ils y voyaient clairement comme en plein jour. Palamède l'assaille très violemment car il voulait se libérer rapidement de cette bataille s'il le pouvait. Il lui assène nombre de grands coups. Il se met en peine. Il rassemble ses forces pour mener cette affaire à terme. Mais ce qu'il souhaite ne peut arriver si tôt. S'il donne des coups grands et lourds, Séphar lui en rend tant qu'il se considère bien chargé. Si Palamède est fort et entreprenant, Séphar n'est pas moins preux. Ils s'épuisent l'un et l'autre. Séphar était doté d'un grand courage et ne s'avouait pas vaincu aisément, il était aussi rapide et léger que Palamède. Il se maintient avec violence. Il jette des coups aussi grands et lourds que s'ils étaient donnés par la main d'un géant. Sa force n'est pas à prendre à la légère. Après avoir éprouvé les grands coups que Séphar lui donne, Palamède est ébahi. Grande est l'ardeur, grande est l'angoisse qu'un frère fait subir à l'autre. Palamède met toutes ses forces, et Séphar fait de même. Les deux frères se rencontrent dans la fureur quand ils ne peuvent se voir. Et quand ils s'aperçoivent dans un rayon de lune, ils se donnent des coups sur les heaumes tels que le feu jaillit. Ils frappent tant et cognent tant l'un sur l'autre que le plus fort souffre d'assener des coups et d'en recevoir. Ils ont tant combattu que le fracas des épées se voit sur leurs armes. Les hauberts sont rompus et déchirés sur les bras et sur les hanches. Les heaumes sont si malmenés qu'ils sont cassés et cabossés. Les écus sont tranchés de haut en bas si bien qu'ils les aident peu. Ils font seulement acte de présence car ils ne peuvent plus s'en couvrir. Les épées sont teintes de leur sang. Ils le voient clairement dans un rai de lune. De son côté, Palamède se demande qui peut être le chevalier car il l'a touché à plusieurs endroits jusqu'au sang rouge. Ce que pense Palamède, Séphar le pense aussi. Il a tant éprouvé Palamède qu'il se dit qu'il est un des bons chevaliers de ce monde. Il y a longtemps qu'il n'en trouva un aussi preux et aussi vif.

L'un et l'autre s'étonnent et s'apprécient. Ils ont tant poursuivi cet assaut qu'ils n'en peuvent plus ; ils se reposent un peu car ils sont épuisés ; ils se reculent, l'un au-dessus de l'autre, si cois, si muets et si taiseux que l'un ne dit mot à l'autre. Ils ne font rien d'autre que s'observer. Palamède, qui était un chevalier avisé, voit qu'il n'a pas l'avantage de la bataille. Et c'était le cas. Comme il a un peu peur, il veut connaître le chevalier, s'il le peut, avant d'en faire plus. Il se met à lui parler ainsi : « Chevalier, vous voyez bien comment nous nous sommes affrontés longuement. Vous savez ce que je sais faire et je reconnais que vous êtes valeureux et excellent chevalier. Apprenez qu'il y a longtemps que je ne me suis pas éprouvé contre un chevalier aussi doué que vous. Et à cause de la valeur que j'ai trouvée en vous, je voudrais très volontiers vous connaître avant de recommencer notre combat. Selon qui vous êtes, il pourrait y avoir paix et accord entre nous. Au contraire, selon qui vous êtes, ni l'amour ni la concorde ne pourraient advenir avant que l'un de nous soit vaincu. C'est pourquoi je vous prie et demande de me dire votre nom. Je ne requiers rien de plus de votre part. » En entendant ces paroles, Séphar répond à Palamède : « Chevalier, devant Dieu, vos propos sont remplis de courtoisie. Si vous m'accordez grandes louanges, je vous en donne tout autant car je sais que vous êtes un bon chevalier. Votre bravoure le démontre. Vous parlez de paix, il me semble. Je vous réponds qu'entre vous et moi, il ne pourrait y avoir ni paix ni accord si vous ne m'abandonnez pas la dame pour laquelle je vous affronte. Et d'après ce que vous me dites, vous voulez savoir mon nom. Je vous réponds clairement que je vous le donnerai volontiers. Sachez que je m'appelle Séphar. J'étais païen. Mais je suis devenu chrétien, Dieu merci. Esclabor le Méconnu est mon père. J'ignore si vous en avez entendu parler. Palamède, qui est si renommé à travers le monde et de la chevalerie duquel on parle tant, est mon frère. Je vous ai dit qui je suis. Dites-moi qui vous êtes, s'il vous plaît, car je désire fort le savoir. Puis recommençons la bataille si vous le voulez. » En entendant ce discours, Palamède reconnaît clairement que c'est Séphar, celui de ses frères qu'il aimait le plus. Il ne veut plus se cacher de lui car il lui a trop nui. Il n'a pas la force d'en faire plus puisqu'il sait qui il est. « Séphar, dit Palamède, je suis ravi de vous avoir trouvé car je vous ai longtemps cherché et je désirais fort vous voir.

— Qui es-tu, demande Séphar, toi qui voulais me rencontrer ?

— Au nom de Dieu ! s'exclame Palamède. Je suis Palamède, ton frère. » Quand Séphar entend que c'est Palamède, il n'attend pas. Il jette son écu et son épée et se laisse choir de sa hauteur à ses pieds. Il lui dit : « Ah, beau et cher frère, pour l'amour de Dieu, pitié ! Pardonnez-moi de vous avoir affronté ! Sachez que je l'ai fait par ignorance.

— Frère, fait Palamède, je le sais bien. Je vous le pardonne volontiers. »

Ils ôtent alors leurs heaumes le plus hâtivement possible et s'embrassent au moins cent fois car ils ne s'étaient pas vus depuis deux ans. Les deux frères se manifestent une grande joie. Ils sont merveilleusement joyeux et heureux. Après s'être longuement embrassés et accolés, Séphar demande à Palamède : « Sire, d'où venez-vous ? » Et il lui raconte toute son histoire, comment il alla au tournoi, comment il combattit, comment il aurait tout gagné sans Tristan qui le trahit si vilement. Et il lui explique pourquoi. Il se plaint de Tristan et dit qu'il l'a tué et plus déshonoré que tout autre chevalier ne pourrait le faire. « Frère, dit Séphar, devant Dieu, la plainte que vous faites de Tristan m'étonne profondément. Dieu sait que j'ai entendu parler de lui en grand bien. Mais jamais je n'ai trouvé un chevalier qui s'en plaigne. Je crains fort que la faute soit plus vôtre que sienne. »

Tandis que les deux frères parlaient ainsi, voici venir Espinogre. Il avait entendu la bataille et s'était levé difficilement car il souffrait beaucoup des blessures qu'il avait. Il prit le temps de se vêtir et de se munir de ses armes car il ne voulait pas venir désarmé. Une fois sorti, il voit que les deux frères étaient assis et conversaient fort joyeusement et gaiement. Quand Espinogre les aperçoit, il est particulièrement étonné. L'apercevant, Palamède se lève et pour le rendre heureux, prend aussitôt la dame par la main. « Espinogre, fait-il, venez. Voyez la dame que je vous ai promis de rendre avec espoir. J'ai fini ma quête et me suis bien acquitté envers vous. » Quand Espinogre voit la dame, il a le cœur heureux et joyeux. Ceux qui aiment d'amour peuvent aisément comprendre. « Sire, fait-il à Palamède, apprenez que vous m'avez rendu plus riche que si je possédais la moitié de ce monde. J'étais mort. J'étais pétri de douleur. Mais vous m'avez redonné vie. Jamais un chevalier ne rendit un si grand service à un autre, me semble-t-il. Je suis votre chevalier et le serai tous les jours de ma vie. »

Grande et merveilleuse est la fête qu'Espinogre fait à sa dame. Ils demeurèrent cette nuit dans l'ermitage dans la joie et le plaisir. Ils ont oublié leurs maux et leurs souffrances. Palamède est si joyeux d'avoir son frère auprès de lui qu'il abandonne la colère et le courroux qu'il ressent pour Tristan. S'il est heureux, Séphar ne l'est pas moins. Les deux frères se manifestent leur bonheur. Mais nul n'est plus en liesse qu'Espinogre car il a ce qu'il désire. Après avoir longuement parlé ensemble et demandé l'un à l'autre des nouvelles, ils s'endorment et se reposent jusqu'au lendemain.

Quand le jour apparaît, beau et lumineux, ils se lèvent tôt le matin. Palamède et Séphar se font armer ainsi qu'Espinogre car ils ne veulent plus rester dans les lieux, comme ils le disent. Espinogre se rendra à un château près d'ici qui appartient à son frère. « Palamède, dit Espinogre, il me pèse terriblement de ne pas pouvoir vous tenir compagnie ni vous rendre la pareille pour le grand service dont vous m'avez honoré. Sachez qu'où que je sois et où que vous soyez, je reste et resterai votre chevalier toute ma vie.

— Grands mercis, dit Palamède. Je vous dis de même. » Ainsi Espinogre s'en va-t-il d'un côté avec sa dame et Palamède et son frère d'un autre. Mais Séphar signifie bien à Espinogre que sans Palamède, il n'emmènerait pas la dame. Et il répond qu'il n'en sait nul gré qu'à Palamède. Il la possède grâce à lui et non par un autre.

Il part donc, et Palamède chevauche tant en compagnie de son frère et des écuyers qu'ils arrivent cette matinée devant un château riche et beau, situé à l'entrée d'un marais. À ce moment, il y avait un si grand deuil mené par des hommes, des femmes et des enfants que jamais vous n'en verriez de plus immense. Tous sont plongés dans la colère et la douleur. Tous crient à haute voix : « Hélas, quelle peine et quel dommage ! Nous avons tant de malheur ! Comme nous avons subi une douloureuse perte ! » Les plaintes sont telles au château que l'on n'entendrait pas Dieu tonnant. Palamède, qui observe, est tout ébahi de les voir mener un si grand deuil. Il chevauche à travers le château et demande à Séphar, son frère, s'ils resteront un peu ici pour connaître la raison de si grandes lamentations. « Sire, à vos ordres », fait Séphar. Palamède avise un vieil homme qui était devant un palais, assis près de la salle, et qui se désolait. « Vénérable vieillard, demande Palamède, dites-moi pourquoi les gens de ce château se lamentent si fort.

— Sire, répond l'homme respectable, s'ils se désolent, ce n'est guère étonnant car ils ont essuyé une terrible perte à ce tournoi, ils ont perdu leur seigneur qui était bon, courtois et sage, un jeune chevalier issu d'une grande lignée. Il fut tué lors de ce tournoi. Il débuta pour notre malheur car nous y avons perdu notre bon seigneur. »

Tandis que le vénérable vieillard parlait à Palamède, voici venir un écuyer qui pleurait, se lamentait et se désolait. L'écuyer avait été au tournoi où son seigneur avait été tué et c'était Palamède lui-même qui lui avait ôté la vie. Quand il voit Palamède, il le reconnaît aussitôt et sait bien que c'est lui qui a mis à mort son seigneur. Il est nécessaire qu'il meure avant qu'il sorte du château. Il appelle un autre écuyer qui était à côté. Il lui dit tout bas afin que nul autre ne puisse entendre : « Vite, dépêche-toi et fais clore la porte du château car nous avons ici celui qui nous a causé ce dommage. Nous pouvons bien venger notre douleur à présent. » Le jeune homme s'en va sans en entendre plus et fait fermer les portes du château comme l'écuyer lui avait enseigné. Palamède, qui ne se doute de rien, flâne un peu et demande des nouvelles du château. Tandis qu'il se trouvait dans les rues du château, il prête l'oreille et entend un cor sonner de la tour fortement. Alors les uns et les autres commencèrent à venir. Quand ils furent tous réunis, un chevalier se leva et leur dit : « Seigneurs, courez tous aux armes ! Nous avons tant de chance, merci à Dieu, que nous avons parmi nous celui qui nous a fait ce tort ! » Quand ils entendent ces paroles, la clameur et les cris s'élèvent merveilleusement et tous disent à haute voix : « Où est ce déloyal qui nous a causé ce dommage ?

— Seigneurs, répond-il, prenez vos armes car il saura se montrer à vous ! » Ceux qui peuvent en porter courent chercher leurs armes. Palamède a tant chevauché qu'il est parvenu aux portes. Mais il s'étonna fort quand il les trouva fermées. Il demande alors à une dame qui était devant et se lamentait : « Dame, pourquoi ces portes sont-elles fermées ?

— Sire, fait-elle, devant Dieu, je ne sais pas très bien.

— Dieu me vienne en aide, soupire Palamède, comment pourrons-nous sortir d'ici ? Car nous n'avons pas besoin de rester longuement.

— Sire, je ne sais », répète la dame.

Tandis que Palamède se trouvait devant la porte, comme je vous le raconte, et se demandait comment sortir du château, il se retourne et voit venir vers lui plus de soixante hommes en armes, les uns à pied, les autres à cheval, qui lui crient : « À mort ! Déloyal, vous êtes mort ! Vous nous avez déshonorés sans aucun doute et nous vous avilirons ! » En entendant ces hurlements, Palamède est stupéfait. Il voit qu'il est nécessaire de se défendre s'il veut s'échapper d'ici. Il se met à se défendre hardiment et violemment. Et Séphar l'assiste bien. Les deux frères se défendent rudement et montrent bien qu'ils sont de vaillants et bons chevaliers. Mais cette défense ne leur vaut rien car ils avaient affaire à une trop grande force. Leurs propres forces ne peuvent les protéger. Ils sont pris, ligotés et blessés gravement puis emprisonnés dans la tour du château. Leurs armes leur sont ravies. Et sachez que lorsqu'ils furent saisis, Palamède en ignorait la raison. Son frère également.

Une fois emprisonnés dans la tour qui était fortifiée, un jeune homme les regarde avec impudence et vient à une fenêtre. Il les observe très attentivement, surtout Palamède, car il avait entendu dire de grands prodiges à son sujet et il le voyait très volontiers sans armes. Palamède lui demande : « Jeune homme, que veux-tu ?

— Lequel de vous est Palamède ? interroge le jeune homme.

— Je suis Palamède. Que veux-tu ?

— Certes, répond le valet, je ne vous veux que du bien. Il me peine terriblement que vous soyez capturé à cause du grand bien que j'ai entendu dire sur vous.

— Dis-moi, fait Palamède, pourquoi suis-je prisonnier ? Le sais-tu ?

— Oui, sire, répond le jeune homme. Vous tuâtes à Louveserp le seigneur de ces lieux. C'est pourquoi les habitants vous ont capturé puis ont averti le père du défunt et sa famille qu'ils vous tenaient. Et ces derniers sont prêts à ordonner ce qu'ils veulent. S'ils le souhaitent, ils vous tueront. Et s'ils préfèrent vous laisser en vie, vous serez libéré. »

Ainsi, comme je vous le raconte, le jeune homme parla-t-il à Palamède. En entendant cette nouvelle, Palamède fut plus désespéré qu'il ne l'était. Ce n'est guère étonnant s'il a peur car il pense que s'il tombe entre les mains des parents de celui qu'il avait tué, ils n'auront pas pitié de lui ; ils l'occiront aussitôt. C'est ce qui l'inquiète le plus. Il ne sait que dire ni que faire. Ses paroles et son inquiétude ne lui servent à rien. Il est mort s'il n'est secouru par personne. S'il n'avait pas quitté si vilement monseigneur Tristan, il aurait pu l'aider dans le besoin et l'ôter de ce péril. Car il sait bien que la Joyeuse Garde est près d'ici. Tristan s'y serait vite rendu dès qu'il aurait entendu la nouvelle et les aurait délivrés s'il l'avait voulu. Mais il l'outragea tant et le quitta si bassement qu'il lui semble qu'il ne voudra pas le secourir dans l'urgence. C'est pourquoi il ne sait que dire ni que faire. Tandis que Palamède réfléchissait, Séphar, qui était en plein désarroi, lui dit : « Palamède, que feras-tu ? Ton péché et ta malchance te feront mourir vilement et moi-même périrai par ta faute.

C'est le péché qui m'apporta auprès de toi. Alors, misérable, que feras-tu ? Que demanderas-tu ? Tu as rendu tant de services à plusieurs chevaliers. Ne pourras-tu en trouver un qui te fasse un bienfait dans cette nécessité ?

— Certes, dit Palamède, je ne sais. J'ai servi et aidé maints chevaliers et j'ai causé tort et honte à maints autres. Il ne peut en aller autrement chez les chevaliers errants. Le bien qu'ils font aux uns fait mal aux autres. Et pourtant je dis que si j'avais quitté Tristan avec courtoisie et amour et s'il me savait dans cette situation, il n'aurait de cesse de venir me délivrer. Mais je m'en séparai si vilement que je ne crois pas qu'il se fatiguera pour moi et pour ma délivrance. C'est pourquoi je ne le ferai pas chercher. Que mon affaire aille au gré de l'aventure. Si Dieu a ordonné que je meure ici, je mourrai. Et s'il le souhaite, j'en réchapperai.

— Palamède, dit Séphar, vous auriez dû être courtois avec Tristan au lieu d'être vil en action et en parole.

— C'est ainsi, tranche Palamède. Mais pourquoi as-tu peur ? Tu ne crains rien. Tu t'échapperas sitôt qu'ils sauront la vérité sur toi. Ils te laisseront partir librement car tu n'es coupable de rien.

— Si j'en réchappe, dit Séphar, et si vous mourez, pourrai-je connaître une plus grande perte ?

— Je ne sais, fait Palamède. Il adviendra de moi ce que Dieu voudra. Il ne t'arrivera que du bien. »

Ainsi les deux frères parlaient-ils dans la prison, fort désemparés. Les écuyers qu'ils avaient emmenés étaient aussi prisonniers. Les deux frères sont servis confortablement car on leur donne à manger autant qu'ils le désirent. Mais on n'examina pas leurs blessures. Ils restent ainsi dix jours. Le onzième, on les fait sortir au matin. Quand les habitants du château surent que Séphar ne se trouvait pas sur les lieux où leur seigneur avait été tué, ils le délivrèrent et lui dirent qu'il pouvait partir où il le souhaitait. Ils lui rendirent le cheval qu'il avait amené ici. Mais pas ses armes, ni son épée, ni rien. Ils le laissent s'en aller tout désarmé. Puis ils lient à Palamède les pieds et les mains et l'installent sur un roncin chétif et faible. Il ne dit rien. Il attend ce qu'ils veulent faire mais il est si malheureux et si désespéré qu'il ne sait que dire. Il est persuadé de mourir. Après l'avoir ainsi arrangé, ils le confient à douze chevaliers, tout en armes, qui le garderont et le conduiront droit au château du père du chevalier mort et de ses parents ; ils doivent réfléchir à leur vengeance.

Les douze chevaliers quittent les lieux tout en armes et escortent Palamède. Ils chevauchent tant ce matin qu'ils approchent de la Joyeuse Garde car le chemin qu'ils empruntaient passait devant le bourg au pied de la montagne. Quand Palamède arrive près de la Joyeuse Garde, il se souvient de sa dame et du grand honneur que lui fit Tristan. Il se met à pleurer rageusement. Les habitants du château qui voient venir vers le bourg tant de chevaliers en armes vont à leur rencontre dès qu'ils les aperçoivent. Et apprenant qu'ils se dirigent ailleurs qu'à la Joyeuse Garde, ils demandent dans quelle direction ils vont. Ils répondent qu'ils voudraient être au Château de Pilamus. Quand un chevalier de la Joyeuse Garde, qui avait été au tournoi en compagnie de la reine Iseult, voit Palamède, il le reconnaît immédiatement. Il est alors enragé de colère et de douleur. « Comment ! s'indigne-t-il. Palamède, où allez-vous ? » Palamède le regarde et constate que c'est un des chevaliers de sa dame. Il se met à pleurer à chaudes larmes. « Ami, fait-il, je m'en vais mourir. Ces gens me conduisent à ma mort. Pour l'amour de Dieu, saluez de ma part ma dame la reine quand vous la verrez et monseigneur Tristan aussi. Saluez-le sincèrement pour moi et dites-lui que c'est un dommage et une perte pour la chevalerie quand Palamède meurt si tôt. Dites-lui et ne l'oubliez pas. »

En entendant ces paroles, le chevalier se met à pleurer car il éprouvait une grande pitié pour la haute chevalerie et la haute bravoure dont Palamède était rempli. Il laisse Palamède sans rien lui dire de plus. Il pénètre dans le château le plus hâtivement possible et trouve monseigneur

Tristan avec ma dame Iseult et une autre compagnie. Le chevalier sanglote fort quand il se présente devant monseigneur Tristan. Ce dernier, le voyant tant éploré, est stupéfait. « Qu'y a-t-il ? demande monseigneur Tristan. Qu'avez-vous ?

— Sire, répond-il, j'ai beaucoup de peine. Jamais je ne fus si malheureux comme je le suis. Et sachez que tous les hommes valeureux de ce monde devraient être affectés par ce qui me désole. Et pourquoi vous le cacher ? Palamède, le bon, le preux, le meilleur chevalier entre tous, vous adresse par ma bouche ces paroles. » Et il lui rapporte tout ce que Palamède avait dit. En entendant ces nouvelles, monseigneur Tristan est tout ébahi. « Comment ! fait-il. Où Palamède vous dit-il cela ? Où le vîtes-vous ?

— Sire, répond le chevalier, je l'ai vu en aval, sous le bourg, au pied du château avec douze chevaliers qui le mènent et le conduisent à la mort au Château de Pilamus.

— Dites-moi, interroge monseigneur Tristan, demanda-t-il que je le secoure ?

— Non, sire, répond le chevalier, il n'en parla pas et n'évoqua rien d'autre que ce que je vous ai dit.

— Au nom de Dieu ! s'exclame Tristan. Même s'il me dit des paroles telles qu'il aurait dû s'abstenir, je ne le laisserai pas être déshonoré. Je le secourrai si je le peux car je serais plus vil que tout autre chevalier si je laissais mettre à mort un aussi bon chevalier. Je suis avili si on le fait mourir ainsi ! » Il fait armer avec lui deux chevaliers des lieux le plus rapidement possible puis descend de la montagne et arrive en plaine.

Quand Tristan parvient dans la plaine, il demande à ceux qui chevauchent avec lui dans quelle direction Palamède s'en va. Et les chevaliers qui savaient où se situait le Château de Pilamus répondent : « Sire, il s'en va par ici. » Tristan s'avance alors avec ses compagnons et tous se hâtent de chevaucher. Monseigneur Tristan emmène avec lui deux chevaliers et deux écuyers. Mais c'est pour lui tenir compagnie. Il chevauche après Palamède tout le long de la plaine. Palamède est devant, furieux et désespéré car il croit bientôt mourir. Il n'est pas heureux. Son cœur est rempli de douleur.

Tandis qu'il chevauchait ainsi, les mains liées devant la poitrine, ils trouvèrent, la chance aidant, un chevalier tout en armes qui était descendu devant une source et qui avait attaché son cheval à un arbre. Il n'avait pour compagnie ni écuyer ni valet. Il était tout seul. La source devant laquelle il était descendu rejoignait le chemin par où les chevaliers qui emmenaient Palamède passaient. Le chevalier dont je vous parle portait un écu doré sans autre armoiries. Il voulait ôter son heaume pour boire à la source. Mais quand il voit les chevaliers approcher de la fontaine, il relace son heaume et vient à son cheval au cas où il aurait besoin de monter. Le chevalier s'était ainsi arrêté près de la source et de son cheval. Il regarde ceux qui passent et qui emmènent Palamède. Après avoir avisé Palamède, il le reconnaît aussitôt car il l'avait vu dans des situations délicates. Il sait bien que ceux qui le conduisent le mènent en prison. Il jaillit au milieu du chemin, devant Palamède, et lui demande : « Palamède, où allez-vous ?

— Ami, répond Palamède, je vais à ma mort. Ces chevaliers-là m'y conduisent directement. Sachez, sire chevalier, qu'aujourd'hui la chevalerie perdra un bon voisin. Et vous, qui êtes-vous qui me connaissez ainsi ?

— Je suis, fait le chevalier, un chevalier errant.

— Puisque vous êtes un chevalier errant, dit Palamède, ayez la bonté de dire au roi Arthur qu'il perdit un bon ami quand il perdit Palamède. Je n'étais pas un chevalier de sa cour mais je l'ai plus honorée par ma chevalerie, selon ce que je pus faire, que maints chevaliers de la Table Ronde. J'en ai fait suffisamment. Mais à présent, mes œuvres arrivent à leur terme. »

Après avoir dit ces paroles, il s'en va et ne parle plus au chevalier. En entendant les propos de Palamède, le chevalier est particulièrement triste et furieux. Il ne l'écoute plus car il a le cœur gros. Il les laisse passer, revient près de la source et boit à satiété tant qu'il lui plaît. Après avoir assez bu l'eau de la source, il relace son heaume, se prépare, monte sur son cheval, s'en va à la suite de Palamède au grand galop et dit que s'il ne le délivre pas malgré ceux qui le conduisent, il ne veut plus jamais porter d'arme. Ainsi le chevalier à l'écu doré s'en va-t-il. Une fois parvenu près de ceux qui guidaient Palamède, il ne tarde pas. Il leur crie autant qu'il le peut : « Seigneurs chevaliers, vous êtes morts ! Gardez-vous de moi si vous ne me laissez pas Palamède ! Vous ne pouvez l'emporter plus loin malgré votre force ! » Après avoir prononcé ces mots, il s'engouffre parmi eux et frappe si violemment le premier qu'il rencontre qu'il lui fait vider les arçons. Dans cette même course, il abat très cruellement deux chevaliers et les blessa tant que sa lance vola en éclats. Sa lance brisée, il ne fait pas mine de craindre les dix chevaliers. Il empoigne son épée et leur court sus très rudement puis se met à donner de grands coups à droite et à gauche si âprement que ceux qui ne l'avaient pas éprouvé le redoutent. Il cogne sur eux si mortellement qu'il les occit et les blesse. Et quand il les atteint, il les renverse tous. Il frappe et cogne tant sur eux qu'en peu de temps, ils n'osent plus l'attendre. Ils sont mis en déroute, l'un par ici, l'autre par là, et commencent à vider la place. Au final, tous les blessés s'en vont et il en a tué un certain nombre qu'il a touchés.

Quand il voit la place déserte sans qu'aucun d'eux ne veuille y retourner, il vient auprès de Palamède, le délie et lui dit : « Palamède, vous êtes délivré. » Puis il lui donne un cheval. Une fois Palamède en selle, le chevalier lui dit : « Palamède, vous pouvez aller où vous voulez. Et si vous avez peur dans ce pays, je suis prêt à vous escorter où vous le souhaiterez. » Palamède, qui est ravi d'être libéré, répond au chevalier : « Puisque je suis libre, je ne crains personne. Vous m'avez rendu un fier service. Mais pour l'amour de Dieu, dites-moi qui vous êtes car je désire ardemment le savoir. Vous m'avez sauvé de la mort, je le sais bien.

— Palamède, fait le chevalier, si je vous rendis un service, j'en suis heureux car je l'ai fait à un homme de qualité. Et puisque Dieu m'a donné la chance de vous libérer de la mort, Il m'est témoin que j'en suis ravi car je ne pourrais avoir rendu un bienfait à un homme plus preux que vous. Je dis que c'est un très grand honneur. »

Tandis que le chevalier et Palamède conversaient, voici venir vers eux monseigneur Tristan avec sa compagnie. Dès que Palamède le voit arriver, de loin, il le reconnaît et sait avec certitude que c'est Tristan qui vient à sa rescousse. Il perçoit bien sa courtoisie, sa grande générosité et sa noble nature. Il se dit alors que sa grande bonté et sa grande valeur ne sont pas à prendre à la légère. Il demande de nouveau au chevalier à l'écu d'or : « Qui êtes-vous, que Dieu vous bénisse ?

— Sire, répond-il, je suis un chevalier errant et étranger.

— Certes, fait Palamède, puisque vous m'avez rendu un si grand service, je vous en ferai un autre. Sachez que je vous montrerai dès à présent le meilleur chevalier du monde.

— Le meilleur chevalier du monde ? s'étonne le chevalier. Certes, je le verrais volontiers, et sachez que je considérerais ce bienfait plus important que celui que je vous ai procuré.

— Voyez-le, fait Palamède. Je ne connais pas de meilleur chevalier au monde, excepté Lancelot du Lac. »

Et apprenez que c'était à Lancelot lui-même qu'il parlait et qui l'avait délivré des douze chevaliers. Il avait quitté le roi Arthur et se rendait tout droit à la Joyeuse Garde le plus rapidement possible pour voir Tristan et savoir comment il se portait après le tournoi ; il savait qu'il était extrêmement fatigué car il avait très bien œuvré. Et pour voir la joie et le plaisir de monseigneur Tristan, il était venu si hâtivement, comme je vous le conte, vers la Joyeuse Garde. Il avait secouru Palamède du grand péril dont je vous ai parlé.

Quand Lancelot voit venir Tristan, si bien préparé à se battre et à frapper, il se met à sourire intérieurement et dit : « Ah, Dieu ! Quel chevalier ! » Il saisit alors une lance qu'il trouve posée contre un arbre et fait mine de vouloir jouter pour voir l'attitude de Tristan. Voyant Lancelot prêt à jouter, Palamède lui dit : « Ah, chevalier, pour l'amour de Dieu ! Laissez cette entreprise ! Ne la poursuivez pas car sachez que nul bienfait ne pourra advenir de cette bataille ! » Lancelot sourit en entendant ces paroles et dit : « Palamède, sachez que je n'ai aucune envie de jouter contre lui. Je l'ai éprouvé autrefois et je n'y ai rien gagné. » Quand Tristan aperçoit que Lancelot refuse la joute, il laisse sa lance, stoppe la course de son cheval et se dirige au pas vers Palamède. Le voyant délivré, il lui demande : « Palamède, comment allez-vous ? On m'avait appris qu'on vous menait en prison, ce qui me fâchait fort. Mais quand je vous vois libre, j'en suis prodigieusement heureux. Et si vous avez besoin d'une chose m'appartenant, vous pouvez la prendre aussitôt.

— Sire, fait Palamède, grand merci. Sachez que votre générosité et votre courtoisie m'apparaissent tant que jamais je ne les oublierai.

— Dites-moi, poursuit Tristan, comment fûtes-vous libéré ?

— Sire, répond Palamède, je vous le dirai. Ce chevalier ici présent me délivra, je le remercie, et il endura peine et travail pour me libérer. » Il lui raconte alors comment il l'avait délivré et comment il avait vaincu tous les chevaliers par sa bravoure. « Devant Dieu ! s'exclame Tristan. Ce fut un bel acte ! »

Il se dirige vers Lancelot et lui dit : « Sire, heureuse est votre venue. Je vous prie autant qu'un chevalier peut en prier un autre de venir séjourner avec moi dans ce château que vous voyez et qu'on appelle la Joyeuse Garde. Et sachez que je vous ferai servir et honorer du mieux possible. » Lancelot est ravi et joyeux en entendant ces paroles. Il lui répond en souriant pour savoir ce qu'il dira : « Sire, je vous remercie pour ce que vous m'offrez. Mais sachez que je dois me dépêcher.

— Ah, sire chevalier, fait Tristan, ne me faites pas l'injure de refuser ma prière. Venez avec moi. » Et il lui dit : « Sire, puisque vous me priez, j'irai avec vous. » Tristan demande alors à Palamède : « Et vous, sire, viendrez-vous si cela vous plaisait ?

— Sire, répond Palamède, si vous souhaitez que je vienne, j'irai. Et si vous ne voulez pas, je partirai ailleurs.

— Apprenez, fait Tristan, que votre venue me rend très heureux. Et si ce n'était pas le cas, je ne vous prierais pas.

— Sire, dit Palamède, je partirai donc avec vous. »

Tous les trois se mettent en route. Tristan, qui est désireux de connaître Lancelot, le fait parler et lui demande qui il est. Mais il ne peut rien obtenir, excepté qu'il est un chevalier errant. Ils chevauchent ensemble et arrivent aussitôt à la Joyeuse Garde.

Une fois venus au château, Lancelot voulait faire halte à l'entrée de la porte. Mais Tristan lui dit : « Sire, chevauchez car vous ne demeurerez pas ici. Vous logerez dans cette tour avec nous.

— Sire, à vos ordres », fait Lancelot.

Ils pénètrent dans le château, mettent pied à terre et montent au grand palais. Ils font ôter leurs armes ici. Une fois Lancelot désarmé, Tristan le reconnaît. Il court vers lui les bras tendus. « Ah, sire ! s'exclame-t-il. Soyez le bienvenu ! Vous savez bien me tromper en vous cachant ainsi de moi. Jamais je ne trouvai un chevalier qui sût si bien me moquer. » Lancelot rit à ces paroles. Il ressent une grande joie et une grande fête. « Sire, comment allez-vous ? demande Lancelot.

— Sire, fort bien, répond Tristan, quand je vous vois en bonne santé. Mais venez-vous de la cour ?

— Oui, fait Lancelot. Comment se porte ma dame la reine Iseult ?

— Sire, très bien, dit Tristan. Elle sera ravie et enchantée quand elle vous saura ici. »

Tandis que les compagnons parlaient et se faisaient une joie si grande qu'elle ne pourrait l'être plus, voici venir parmi eux ma dame Iseult. Quand Lancelot la voit venir, il va à sa rencontre, s'incline et se prosterne devant elle. Grande est la joie, grande est la fête que ma dame Iseult fait à Lancelot. La liesse s'installe par ici et les réjouissances commencent pour sa venue. Tous se divertissent en l'honneur de monseigneur Lancelot. Tous sont radieux. La joie qu'ils mènent n'est pas rien. Ils fêtent aussi Palamède qui était libéré du grand danger où il se trouvait. Cela fait plaisir à tous ceux ici présents car ils l'appréciaient, lui et sa chevalerie. Ce jour-ci, la reine Iseult demande à Lancelot bien des nouvelles du roi Arthur et de la reine Guenièvre. Elle le presse et l'interroge. Il lui répond ce qu'il sait. Il lui dit bien que la reine était affectée de n'avoir pu venir au tournoi pour la voir. Ils se divertissent et s'amusent fort. Ils mènent grande joie. Palamède qui est ici peut contempler la grande beauté de ma dame la reine Iseult qui surpasse celle de toutes les dames du monde ; il meurt d'envie car plus il la regarde, plus il s'échauffe ; il devient fou et perd la raison et sa lucidité. Il ne sait ce qu'il doit faire ni quel conseil prendre, car il ne peut ôter de son cœur l'amour qu'il éprouve pour ma dame Iseult. Aucun avertissement, aucune parole ne pourront l'en éloigner. Rien ne pourra l'en ôter excepté la mort.

Le voilà plus fou et plus enragé qu'il n'avait jamais été. Il a placé son cœur si profondément en elle que ni la mort ni toute aventure ne l'en arracheront. Il est si atteint et ce sentiment lui plaît tant que s'il mourait pour cet amour, il se trouverait bien récompensé. Cette mort ne lui déplairait pas. S'il mourait pour ma dame Iseult, la plus belle dame du monde, ce serait honneur et gloire. Que tout aille désormais comme il pourra aller car il n'abandonnera jamais l'amour de ma dame Iseult. Et Dieu ne le permettra pas car il ne pourrait aussi bien agir qu'en aimant la clarté du monde. Palamède décide que quoi qu'il advienne, il ne laissera pas son amour. Il l'aime plus que jamais. Ses amours ont été un jeu jusqu'à présent. C'est maintenant de la rage, de la fureur et de la folie. Il a placé dans ses amours son cœur, son corps et son esprit. Tout son sens et toute sa raison demeurent en ma dame Iseult. S'il dort, il est à elle. S'il veille, il lui appartient plus encore. Palamède est Iseult en dormant et en veillant. Il est soumis et il veut l'être. Pour les amours de ma dame Iseult, il désire mourir s'il ne peut mieux faire. Et ce serait pour lui un grand honneur, comme il l'affirme, s'il mourait pour la beauté de ce siècle. Ni par crainte de Tristan, ni à cause de tout autre chevalier il ne délaissera ses amours. C'est la fin de sa réflexion. Il est dans une douleur telle qu'il mange et boit peu.

Palamède demeura deux mois entiers avec Tristan. Il maigrit. Il devient pâle. Il souffre et se tourmente tant que jamais un chevalier de valeur ne vint à la Joyeuse Garde dans un si grand malheur. Car il mène une vie d'angoisse. Tous ses membres lui font mal. Monseigneur Lancelot était parti depuis longtemps. Palamède reste auprès de Tristan mais il empire. Sa maladie croît. Il ressent tant de douleur et a si mal que les habitants qui l'observent se demandent pourquoi il empire. Ils lui demandent souvent ce qu'il a mais il leur cache la raison. Jamais il ne voudrait qu'ils sussent les causes de sa maladie. Tristan, qui voit bien qu'il se dégrade chaque jour, ignore l'origine de ce mal. Il se demande d'où il lui vient et ce qu'il peut avoir. Il sait bien qu'il est malade et désespéré. Mais il ignore d'où cela provient. Il le réconforte souvent. Mais ce réconfort ne lui vaut rien. Si Iseult ne le console pas, jamais il ne voudra se réconforter. Dans cette détresse, dans cette douleur, dans ce martyre et cette peine, Palamède s'affaiblit tant qu'il perd la moitié de ses forces. Il n'est plus aussi beau ni aussi gracieux qu'à son habitude. Car il est trop maigre et incroyablement décharné. Palamède resta plus de deux mois à la Joyeuse

Garde. Tous ignoraient d'où cette maladie lui venait. Nul ne sait pourquoi il languit, lui excepté qui en sent la douleur. Il chevauche très volontiers tout seul pour penser à celle qu'il aime. Il compose des chansonnettes. Son chant débute avec Iseult et finit avec elle. Il trouve de bons chants gais, joyeux et agréables à chanter. Il trouve de beaux textes subtils. Jamais Tristan ne fit mieux. Ces lais et ces chansonnettes le maintiennent en vie.

Un jour, Palamède était près d'une source, fort éloigné de toutes gens. Il tomba dans la fontaine qui était calme et tranquille et dont l'eau était étrangement claire. Palamède, qui était vêtu d'une étoffe de soie rouge, se regarde et voit ce que sa beauté était devenue. Après avoir longtemps pensé, il dit tel un homme désespéré : « Dieu ! Que dire de moi-même ? Que suis-je devenu ? Qu'est devenue ma beauté ? Par ma foi, je ressemble à un moribond. Je ne suis pas Palamède, me semble-t-il. Palamède était un des bons chevaliers de ce monde il y a encore guère de temps. Et je suis si pâle que je ne ressemble pas à un homme. » Ces mots prononcés, il se répond à lui-même : « Je suis un homme et je suis sans faille Palamède. Mais je suis pâle et maigre. Iseult m'a tué, je le vois bien. Elle m'a fait tout le mal que j'ai. Si je souffre, cela provient de l'amour. Si j'ai mal, c'est par mon propre manquement. Ainsi se montrent ma volonté et ma lâcheté car si je valais un chevalier, je serais si fort et si preux pour supporter les maux d'amour que même s'ils me blessaient, cela ne se verrait pas comme tel est le cas. Je suis bien le mauvais serviteur qui, à cause d'un peu de fatigue, trébuche. Je vois bien que je suis lâche, pleutre et couard puisque, pour un peu de maux d'amour, mon cœur est malade. Je suis mauvais, je le vois bien. L'Amour est puissant, preux et merveilleusement sage quand il me court après alors que je suis si lâche. » Palamède parla ainsi dans la source ce jour-ci. Il se blâme, il s'insulte et donne à l'Amour de grandes louanges et un grand prix. Puis il dit des chansonnettes et des lais. Tous évoquent ma dame Iseult. Parfois il chante bas, parfois haut, selon la voix qu'il a et selon le chant qui la fait monter. Il chante tant ce jour qu'il se réconforte et met son cœur en joie.

Tandis qu'il était près de la fontaine comme je vous le raconte, voici venir Tristan. Il chassait ce même jour en compagnie de dix chevaliers et il avait bien douze écuyers qui le servaient dans l'espoir qu'il les fît chevaliers. Tous venaient de la Joyeuse Garde et allaient chasser avec Tristan toutes les fois qu'il en avait envie. Le jour où Palamède était assis près de la fontaine, Tristan chassait dans la forêt un cerf prodigieusement grand. Le cerf était vif et rapide. Il avait tant fui que les chiens l'avaient perdu. Tristan est épuisé. Il ne sait où le trouver, pas plus que ses chiens qui s'étaient incroyablement éloignés et qui poursuivaient le cerf. Tristan s'en va après le cerf au pas parmi la forêt, tendant l'oreille pour entendre peut-être le glapissement des chiens. Et sachez qu'il était armé d'un haubert léger avec sa cotte de chasse verte par-dessus. Il avait une mince coiffe de fer, une lance et son épée. Il tenait la lance, qui n'était pas grande, dans son poing. Il avait aussi un couvre-chef de fer recouvert élégamment d'une étoffe de soie verte. Il chevauchait ainsi à travers la forêt car il y avait toujours trois ou quatre chevaliers qui pensaient à couvrir de déshonneur et de honte tous les hommes de qualité qu'ils trouvaient désarmés. C'est pourquoi Tristan ne voulait pas que ces chevaliers fourbes et félons le trouvassent sans armes si le hasard les conduisait à lui. Monseigneur Tristan chevauchait ainsi, écoutant, tendant l'oreille pour entendre le glapissement des chiens. Il écoute et entend Palamède chanter près de la fontaine ; il chantait à haute voix un chant très beau qu'il avait récemment composé. Il était assez agréable à écouter, le son était bon. Et on l'entendait de loin car la voix retentissait à travers la forêt. Sachez que Palamède chantait fort bien et gaiement. Et c'est une chose qui doit appartenir à un chevalier.

Quand Tristan entend la voix, il se dirige vers elle et écoute si attentivement qu'il sait que c'est la voix d'un chevalier qui chante si doucement. Il devine que c'est un chant nouveau car il ne l'avait jamais entendu. Et on ne composait aucun chant au royaume de Logre sans qu'on le lui apportât depuis qu'il arriva à la Joyeuse Garde. Chaque chevalier qui trouvait un lai, un chant ou une ritournelle l'envoyait à Tristan qui s'en délectait. Et lui-même en composait de si beaux que tout le monde était désireux de les entendre et de les posséder. Quand Tristan entend le nouveau chant, comme je vous le raconte, il abandonne sa chasse et vient directement au lieu où il était chanté. Il sait que c'est un nouveau chant gai et amoureux. Il veut voir sans que le chevalier ne l'aperçoive et laisse son chant. Une fois près de lui, il met pied à terre, attache son cheval à un arbre et y appuie sa lance, puis se dirige droit vers Palamède, avec ses armes, si doucement que ce dernier ne s'aperçoit pas de sa venue. Voyant Palamède, il devient tout ébahi. Son cœur se serre car il pense bien que le chant qu'il récite est pour ma dame Iseult uniquement. Il chante vraiment pour elle et pas pour une autre. Tristan est furieux. Il brûle de colère et de rage au point qu'il manque de le frapper près de la fontaine où il est assis. Mais il se refrène car il le voit désarmé. Palamède, qui ne prêtait guère attention à Tristan, demeure devant la fontaine et chante comme il le faisait précédemment. Il est persuadé que nul ne l'écoute et que nul ne le sait ici. Il croit être seul. Il n'imagine pas que Tristan est si près de lui. S'il l'avait su, il aurait arrêté de chanter. Il déclame près de la fontaine à haute voix. Le chant avait d'abord plu à Tristan et s'il avait évoqué autre chose que son amour pour ma dame Iseult, il aurait sans doute dit que jamais il n'en avait entendu de si doux. Mais dans ces conditions, il ne pourrait le trouver bon au point de le louer. Car il lui nuit. Autrement, il l'apprécierait fort. Mais il lui déplaît tant que jamais un chant ne lui déplut autant. Après avoir fini son chant, Palamède se tait un peu puis entame un lai qu'il avait composé cette semaine tout dernièrement. Il disait, ainsi que vous l'entendrez :

D'Amour viennent les douces pensées
Qui me font loyalement aimer,
Belles phrases, bon chant chercher.
Par d'autres pensées, je ne puis brûler.

Toutes mes pensées et mon plaisir
D'aimer me viennent nuit et jour.
Parfois me fait voir et divertit.
Où que j'aille, il me conduit.

Amour m'a saisi, Amour m'enlace.
Comme son serf, il me lie et me lace.
Il me semble que je l'embrasse
Quand je peux admirer sa face.

Amour me suit, Amour me conduit.
S'il ne me tient, j'entre en folie.
Je n'emprunte ni champ ni voie.
Que Dieu me donne bonheur et joie.

Doux Amour, tendre, odorant
Plus qu'un baume. Je viens à vous en courant.
Toujours je prierai et adorerai
Que vous veniez me sauver.

Secourez vite votre prisonnier.
Je suis pris. C'est se tromper.
Si je meurs en votre prison,
Je le considérerai comme une trahison.

De tout ce dont j'ai merci,
Amour, merci ! Je vous remercie.
Voyez comme j'ai pâli
Pour vous. Pour l'amour de Dieu, regardez par ici.

Amour, comme je vous aime et vous sers
Avec mon cœur plus que nul autre serf.
Mal servir, jamais je ne l'ai fait.
Donnez-moi plus que je ne méritais.

Voyez votre serf, voyez votre chose
Plus douloureuse que nulle autre chose.
C'est pourquoi souffrez qu'il se repose
Et qu'il ait, en joie, aucune pause.

Je souffre tant que je ne peux ouïr
Rien qui puisse me faire plaisir.
Si Dieu, de vous, ne me donne de jouir,
Pensez à me réjouir.

Amour, voyez, voyez comme mon visage est teint
De la douleur qui m'atteint.
Mon esprit, de peur, s'éteint.
Si vous ne m'aidez, la mort m'atteint.

Amour, je puis fort m'étonner
Que vous me laissiez m'épuiser.
Allez ma dame conseiller
Qu'elle ne me laisse plus peiné.

Dame, dame, pour qui je chante
Bas et haut. Je chante et déchante.
Je crois que si vous entendiez mon chant,
Envers moi, vous en seriez si tranchante.

Dame Iseult, dame des reines,
Beauté du siècle, étoile et gemme,
Ne souffrez pas qu'on mette sous la lame
Celui qui vous aime plus que son âme.

Pour vous, dame, j'ai dit ce lai
De chant et d'ardeur composé.
S'il n'est pas par vous finalement accepté,
J'aurai, pour mon malheur, vu une beauté sans pitié.

Quand Palamède a achevé son chant et chanté le mieux possible et le plus doucement, Tristan avait bien entendu comment il avait parlé d'Iseult. Voyant que le lai est terminé, il se dresse et dit que Palamède doit mourir. Il empoigne son épée et se dirige à grands pas vers lui. Une fois parvenu jusqu'à lui, il lui dit d'une voix si haute que Palamède l'entend bien : « Palamède, chevalier fourbe et déloyal, je connais bien ta fourberie et ta félonie ! Certes, tu dois mourir ! Ta dernière heure est venue ! Tu ne peux plus dissimuler la malhonnêteté de ton cœur ! Tu as de vilaines pensées à mon égard ! Ta félonie te fera mourir ! Il y a en toi trop de fourberie, de lâcheté et de trahison ! Ta traîtrise te tuera ! »

Palamède lève la tête ; voyant que c'est Tristan qui lui parle et bien qu'il soit un chevalier preux et vaillant, il n'est pas étonnant qu'il ressente une peur mortelle. Et il y a des raisons à cela. Malgré sa terreur, il parle très fièrement et hardiment. « Tristan, fait-il, que dis-tu ? Affirmes-tu que je suis lâche parce que j'aime la plus belle dame du monde ? Je ne suis pas pleutre mais preux et hardi. Certes, si je ne l'aimais pas comme je l'aime, je serais lâche et faible comme mes proches. Sans elle, je ne vaudrais pas mieux qu'un valet. Quand je pense à elle et que j'admire sa grande beauté et sa haute valeur, il me semble que je vaux mieux que tout le monde. Elle me fait réaliser les grandes prouesses et les merveilles que tu me vois faire là où je vais. Tristan, que pourrais-tu dire ? Je vis ma dame Iseult pour mon bonheur. Elle m'a façonné tel que je suis. Quand je la vis pour la première fois au tournoi en Irlande, j'étais encore de pauvre dignité comparé à ce que je suis devenu maintenant. Elle était encore pucelle. Dès lors, elle me donna du prix et m'incita, dans l'honneur et avec orgueil, à surpasser tous les autres chevaliers. Je l'aimai et l'aimerai toute ma vie. Mais cet amour est un songe et je me trouve bien songeur car je ne récolte que peine et fatigue. Je pense toujours à elle. En elle, je me repose et je dors. Je me repose au gré de mes pensées. Et quand je dors, il me semble que j'obtiens d'elle tout mon désir. Et au réveil, je n'ai rien, ni la parole, ni le repos. Il ne me reste que le songe. Mes pensées me rendent riche et la vérité pauvre. Et que dire ? J'en ai tout le bien et le mal du monde. Les pensées me réconfortent et me donnent joie et plaisir. Mais quand je me souviens que je n'ai que le songe, cela me fait tout le mal du monde. Cela me détruit. Cela me met à mort et m'y mettra sans faillir. Je sais bien que je mourrai pour elle comme Kahédin qui en mourut dans une grande détresse. »

Quand Tristan entend ces paroles, il ne sait que dire. Il avait une plus grande envie de tuer Palamède tout à l'heure que maintenant car il pense qu'il dit vrai. Et cependant, il ne peut lui permettre d'aimer ma dame Iseult. À aucun prix. Si Palamède était armé comme lui, il l'assaillirait aussitôt s'il acceptait de se battre. Mais comme Palamède est sans arme, il ne portera pas la main sur lui. Une autre fois, il pourra certainement le faire. Il s'adresse alors à Palamède et lui dit : « J'ai bien entendu ton discours. Mais que vaut ta réponse ? Tu ne peux m'échapper. Je te ferai périr ici !

— Tristan, dit Palamède, si Dieu me voulait tant de bien qu'il m'accordât de mourir pour celle dont je suis le serf et l'homme, je me considérerais bien récompensé. Nous verrons ce dont tu es capable. Tue-moi vite, que Dieu te garde ! Si je mourais pour ma dame, je ne souffrirais pas tant de maux que ma dame me fit de bien. Si j'ai gagné louanges et prix, c'est pour elle. Et par elle, je ne peux rien perdre. Si tu m'occis, on dira après ma mort que j'étais hardi, preux, fort et puissant dans l'art du combat. Ces louanges, tu ne pourras me les ravir. Et si je mourais mille fois, si mille fois je le pouvais, tu ne saurais me voler le prix que j'ai gagné. Te semble-t-il que je te dis la vérité ?

— Palamède, répond Tristan, sache que tu m'as tant nui que si tu étais armé comme je le suis, devant Dieu, je crois que je te tuerais si tu ne pouvais pas te défendre contre moi. Je n'ai nulle envie de te parler car je veux partir d'ici. Mais lors de ce départ, je te défie. Garde-toi de moi désormais. Et apprends que dans le premier lieu où je te trouverai armé, tu devras m'affronter.

— Tristan, réplique Palamède, tu m'effraies ! Crois-tu, que Dieu te bénisse, me terrifier en avançant cette nouvelle ? Ne connais-tu pas ce que je sais faire ? Quand je serai muni de mes armes ainsi que doit l'être un chevalier, si tu veux la bataille, tu l'auras puisque tu sembles la désirer tant. Et si je ne peux te donner des difficultés, je ne me considère pas comme un chevalier. Alors tue-moi si tu le peux ! Et que plus jamais Dieu ne m'assiste si je ne te vois crier pitié !

— Palamède, dit Tristan, tes paroles sont dignes à présent. Mais je crois que si tu étais dans l'action, tu parlerais autrement avant que le premier assaut cesse.

— Tristan, fait Palamède, il y a longtemps, nous avions arrangé une bataille entre toi et moi à un jour précis. Et nous devions nous retrouver au Perron de Merlin. Je n'y vins pas, cela me pèse. Devant Dieu, je t'aurais bien montré le grand pouvoir de Palamède. Et puisque la bataille n'a pas eu lieu à cause de moi, je suis prêt à déterminer un jour, si tu veux m'affronter. Et sache bien que j'y viendrai sans faute. Le veux-tu ?

— Oui, approuve Tristan. Cela me plaît bien.

— Que ce soit dans quinze jours, propose Palamède.

— Et pourquoi donnes-tu un temps si long ? demande Tristan.

— Parce que, répond Palamède, je ne suis pas aussi vigoureux que je le devrais. J'ai enduré peine et fatigue à la Joyeuse Garde. Et si j'y avais longtemps séjourné, je tiens pour vérité que j'en serais mort. Je n'aurais pu vivre longuement dans la douleur que je subissais. J'ai perdu toute ma force comme tu peux le voir clairement. Je m'en irai ailleurs où je pourrai mieux me reposer et recouvrer force et pouvoir. Dans quinze jours, sans doute un peu avant prime, tu pourras me trouver prêt et muni de toutes mes armes dans la prairie de la Joyeuse Garde, à la source. Et si tu veux la bataille, tu l'auras.

— Palamède, fait Tristan, je m'accorde à ce jour. Qu'il en soit ainsi puisque tu l'as proposé.

— Cela me convient », dit Palamède. Après s'être mis d'accord, Tristan s'en va et Palamède reste devant la fontaine. Il est plus pensif qu'avant car il a entrepris une grande tâche, il le sait bien. Et il se dit à lui-même que ce n'est pas une mince affaire de combattre contre un homme tel que Tristan car il est le meilleur chevalier du monde, excepté Lancelot. Il a assez pensé. Il se fie tant à sa force, à son grand pouvoir et à sa connaissance des batailles, qui est plus grande que celle de tout chevalier, qu'il croit bien se défendre contre Tristan. Et cela le réconforte grandement.

Ainsi Palamède demeure-t-il devant la fontaine et Tristan vient-il à son cheval et monte. Il quitte les lieux et retourne dans la forêt à la recherche de ses compagnons. Il les cherche tant et partout qu'il finit par les trouver dans une vallée où ils avaient capturé et tué le cerf. Tristan prit alors son cor et sonna pour rassembler compagnons et écuyers. Et tous revinrent sans tarder. Après avoir dépecé le cerf, ils prennent la part des chiens et la leur donnent. Puis ils se remettent en route et retournent aussitôt à la Joyeuse Garde. Tristan va chasser un jour et se repose l'autre. Il fait réviser ses armes le mieux possible car il se souvient bien de la bataille qu'il avait déterminée avec Palamède. Il n'a pas oublié le jour. Il l'a bien en mémoire. Il sait bien qu'il a affaire à un homme qu'il ne pourra pas aisément vaincre car il est très fort et preux. Et il lui faudra endurer avant de le mettre en difficulté. C'est pourquoi il se repose et fait arranger ses armes. Il fait faire un écu tout neuf et une lance d'acier résistante et tranchante.

Que lui valent ces préparatifs ? Rien, car trois jours avant que la bataille ait lieu, Tristan alla chasser en forêt.

Et il advint qu'un archer, qui était avec lui, crut frapper la bête. Elle sauta de peur. Il manque la bête et atteint Tristan à la cuisse puis tua le cheval que Tristan montait du même coup. Le cheval tressaille quand il se sent ainsi frappé. Mais il n'a guère fait de pas lorsqu'il tombe mort sous Tristan. Tristan saute lorsqu'il sent son cheval s'abattre et retombe sur ses pieds, souffrant beaucoup du coup qu'il avait reçu. Jamais un coup reçu ne l'angoissa autant. Quand ses autres compagnons le voient, ils sont stupéfaits. L'archer, qui réalise qu'il a tué le cheval, a peur que Tristan le mette à mort s'il peut le tenir. C'est pourquoi il s'enfuit, effrayé et furieux de cette aventure. Tristan, qui voit bien qu'il fuyait et que cela peine, le rappelle de toute sa voix. Mais il est impossible qu'il revienne car il est pris d'une trop grande panique. Tristan retire la flèche de son mieux. Et après avoir enlevé le fer, il monte et chevauche dans la détresse et l'angoisse jusqu'à la Joyeuse Garde. Quand la reine le voit venir ainsi blessé, ne demandez pas si elle est malheureuse. Elle regarde la blessure et la voilà plus rassurée car elle sait pertinemment qu'elle le guérira en moins de quinze jours. Après l'avoir soigné comme elle savait le faire, elle le fait coucher dans une chambre et se reposer. Mais Tristan se rappelle que le jour de la bataille qu'il avait entreprise contre Palamède approche. Et il voit qu'il ne pourra s'y rendre et qu'il rompra sa promesse. Il manque d'enrager de douleur.

La veille de la bataille, il souffre tant qu'il enrage de courroux et de colère. « Hélas ! se lamente-t-il. Comme je suis mort ! Dieu, comme je suis malchanceux ! Quand Palamède viendra demain et ne me trouvera pas prêt à combattre ainsi que je le lui ai promis, il me considérera comme un menteur et un couard et dira partout que j'ai manqué à ma promesse par lâcheté et couardise. Il dira désormais à tous qu'il m'a vaincu. Il aura l'honneur et moi une grande honte. »

Ceux qui se trouvaient devant lui entendent sa plainte et lui demandent : « Sire, qu'avez-vous ?

— Je vous le dirai, répond-il. Je devais demain affronter Palamède en bas de ce château, à la source de la plaine. J'avais juré cette bataille et lui aussi. Je sais bien qu'il s'y rendra et je ne pourrai y aller. C'est ce qui me tourmente et me fait si mal au cœur. Car il dira que j'ai laissé cette bataille par crainte de lui et ira conter ce fait à travers tout le royaume de Logre. Et celui qui pourra l'entendre croira que c'est vrai. Cette affaire me donne une si grande douleur au cœur que je ne sais que dire.

— Ah, sire ! s'exclament-ils. Palamède ne le fera pas. Il ne sera pas vil au point d'entreprendre cette chose. Vous disiez habituellement qu'il était l'un des chevaliers les plus courtois du monde.

— C'est vrai, fait Tristan, je l'ai vraiment dit autrefois. Mais depuis peu, je le trouve si bas et si désagréable que, moi qui ai été souvent courtois avec lui, je ne lui rendrai aucune courtoisie. Je ne le considère pas aussi courtois qu'auparavant. Et je ne le considérerai jamais plus ! »

Tels sont les propos que dit Tristan au sujet de Palamède car il était prodigieusement furieux de ne pouvoir se rendre à la bataille comme il l'avait promis. Ce jour-ci, il ne but ni ne mangea rien et ne voulut point se réconforter malgré les paroles qu'on lui dit.

Tôt le lendemain matin, peu après le lever du soleil, voici venir Palamède qui emmène avec lui quatre chevaliers pour regarder la bataille et en être témoins à la cour du roi Arthur et ailleurs, là où ils iront. Il amenait aussi trois écuyers ; l'un portait sa lance, l'autre son heaume et le troisième son écu. Les écuyers cheminaient devant et les chevaliers venaient après. Palamède était derrière les autres, tout pensif car il savait qu'il avait beaucoup à faire ce jour-ci. Il chevauche au pas, la tête penchée, pensant toujours à Tristan. Il ne peut l'oublier. Il chevauche tant qu'il parvient à la source. Il dit alors à ses compagnons : « Arrêtez-vous, seigneurs ! Ici est le lieu. Ici est la place où notre combat doit se dérouler aujourd'hui. Monseigneur Tristan, le meilleur chevalier du monde, ne tardera pas à venir. Si Dieu et Fortune voulaient tant m'aider que je susse me défendre contre lui, je me considérerais récompensé. Je ne parle pas de le vaincre. Je n'ai pas le pouvoir et la force de le mettre en difficulté par les armes. Mais si je pouvais seulement me défendre contre lui, je ne demanderais pas plus aujourd'hui. » Palamède met pied à terre sans plus attendre et, voyant que Tristan ne vient pas, il dit à ceux qui étaient avec lui : « Par Dieu, que se passe-t-il ? Pourquoi Tristan tarde-t-il tant ? Sait-il bien que l'heure de la bataille passe ? » Il appelle un écuyer et lui dit : « Va droit à ce château et demande si Tristan s'y trouve. Parle-lui si tu le peux et dis-lui que je suis venu, prêt à me battre. S'il veut venir, qu'il ne tarde pas car son retard ne lui vaudra rien. » Le jeune homme s'en va à la Joyeuse Garde et descend devant la porte. Il demande si Tristan est là. « Oui, lui répond le portier.

— Bel ami, fait l'écuyer, fais en sorte que je puisse lui parler car un chevalier m'envoie à lui. »

Le portier appelle aussitôt un chevalier du lieu et lui rapporte ces nouvelles. Le chevalier, qui ne savait rien au sujet de Palamède, va trouver Tristan et lui raconte qu'un jeune homme est venu ici et veut lui parler. C'est un messager, il en est sûr. En entendant ces propos, Tristan devine que c'est le messager de Palamède. Il est si contrarié qu'il se renverse sur le lit. Et quand il prend la parole au bout d'un moment, il parle si haut que tous ceux ici présents l'entendent. « Ah, hélas, se lamente-t-il, comme je suis avili ! Comme je serai déshonoré car je ferai défaut à Palamède et à la bataille que nous avions convenue lui et moi ! »

Il fait venir devant lui l'écuyer de Palamède et celui-ci s'agenouille dès qu'il le voit. « Sire, fait-il, Palamède m'envoie vers vous et dit qu'il est temps de commencer la bataille que vous avez jurée. Vous le trouverez prêt à tenir tout ce qu'il vous promit. Il est là depuis longtemps. Transmettez-lui tout ce qui vous plaira afin que je sache lui rapporter ce que vous lui direz.

— Jeune homme, dit Tristan, dis de ma part à Palamède, ton seigneur, que je me souviens de la bataille dont nous étions convenus et que nous devions débuter aujourd'hui. Je ne l'oublierai jamais. Et si j'étais en aussi bonne santé que le jour où nous la déterminâmes, Dieu m'est témoin qu'il n'aurait pas eu besoin de vous envoyer. Il m'aurait trouvé prêt à me battre. Tu lui diras pour moi que je suis obligé de faillir à ma promesse avec raison. Mais cela me peine terriblement. J'aurais préféré l'affronter au lieu de rester allongé sur ce lit comme tu le vois. Si je lui fais défaut aujourd'hui, ce ne sera pas le cas une prochaine fois si Dieu me permet de le trouver.

— Sire, demande l'écuyer, lui transmettrez-vous autre chose ?

— Oui, répond Tristan. S'il veut me proposer un autre jour, je ne manquerai pas de me battre pourvu que mes membres soient sains.

— Sire, fait le jeune homme, je crois bien que vous ne lui ferez défaut comme vous l'avez fait ce jour-ci. J'ai bien entendu ce que vous lui transmettez par ma voix et je le lui rapporterai prochainement. »

Il s'en va sans tarder, vient à son cheval, monte et dévale le rocher pour arriver auprès de Palamède. Quand il est venu jusqu'à la source, Palamède lui demande aussitôt : « Dis-moi, quelle nouvelle m'apportes-tu de cette affaire ?

— Sire, répond-il, Tristan vous fait dire qu'il ne peut se battre contre vous ni contre personne aujourd'hui. Il fut blessé récemment ainsi que ceux des lieux le disent. Il gît encore sur son lit. Mais si vous voulez lui donner un autre jour pour la bataille, il ne vous fera pas défaut. Vous le trouverez prêt, sachez-le. »

Quand Palamède entend ces paroles et voit qu'il a honorablement passé cette journée et que la bataille n'a pas lieu sans qu'il soit responsable, ne demandez pas s'il est joyeux et heureux. Il a plus de joie qu'il n'en connut jamais. « Seigneurs, fait-il aux chevaliers qui étaient venus avec lui pour cette raison, vous serez témoins à la cour du roi Arthur de cette entreprise que nous déterminâmes d'un commun accord et comment Tristan y manqua. » Et ils disent qu'ils rapporteront ce qu'ils ont vu s'ils viennent en un lieu où il leur faudra en parler.

Palamède partit ainsi de la source, merveilleusement heureux et joyeux que Dieu lui eût offert une si belle aventure en quittant si aisément Tristan. Jamais il n'avait autant redouté une journée que celle-ci et jamais il n'avait été aussi terrifié. Et de son côté, Tristan reste triste et fâché d'avoir failli.

Que vous dire ? Avant un mois, Tristan fut guéri et soigné de sa blessure et n'en souffre plus. Une fois guéri au point de pouvoir désormais porter les armes en toute sécurité, il se fait équiper, monte sur un cheval rapide et chevauche seul à travers les plaines et les forêts. Il cherche partout Palamède. S'il pouvait le trouver, il ne le quitterait pas sans combat. Chaque fois qu'il entend parler d'une aventure merveilleusement étrange au royaume de Logre, il part faire ses preuves. Et il vient à bout de toute affaire singulière. Il est si preux, si fort et si puissant que partout où il y a un prix de chevalerie, il l'emporte. Tristan œuvre tant cet été que l'on parle plus de lui que de tout autre chevalier aux royaumes de Logre, de Gaunes, et en tous les lieux où séjournent les chevaliers errants en ce temps-là. Tout le monde avait pour coutume de parler de Lancelot et il avait les louanges et le prix entre tous les hommes avant que Tristan ne demeurât à la Joyeuse Garde. Mais depuis l'arrivée de Tristan et lorsqu'on sut ses faits, sa renommée commença à parcourir le monde. Tous parlent de Tristan et n'évoquent plus les autres. Et sachez que grâce au prix qu'il gagna, la renommée de Lancelot se mit à décliner. À cette époque, plusieurs membres de la lignée du roi Ban souffraient de voir la réputation de Lancelot baisser et celle de Tristan croître. Ils auraient tué ou commis quelque bassesse contre monseigneur Tristan à cause de cela. Mais ils abandonnèrent car Lancelot leur dit clairement qu'il aimait profondément Tristan. Et s'ils le mettaient à mort par hasard, ils perdraient son amour. C'est pourquoi Tristan resta en vie, sachez-le bien. Autrement, ils l'auraient tué.

Tristan accomplit en ce temps-là de si grands faits et de si grandes œuvres qu'il fut réputé entre tous les chevaliers. Et quand le roi Marc entendait parler de ses actes et des merveilles qu'il réalisait, il tremblait souvent de peur ; il craignait que Tristan revienne en Cornouaille à cause des tourments qu'il lui avait fait maintes fois subir. Il avait très peur qu'à son retour, il le fasse mourir dans la honte. La crainte qu'éprouve le roi Marc est si grande qu'il manque de mourir toutes les fois qu'il entend parler de ses prouesses, de ses faits, comment il est seigneur au royaume de Logre, aimé à la cour du roi Arthur et chéri par la lignée du roi Ban et les autres hommes valeureux du royaume de Logre. Quand il écoute ces paroles, il tremble de peur. Rien au monde comme Tristan ne l'irrite et ne l'effraie autant. Dès qu'il entend parler de lui, ses entrailles frémissent.

Quand ceux de Loenois entendent parler de la grande bravoure et de la haute renommée de Tristan, ils viennent le voir au royaume de Logre et le prient doucement de retourner dans son royaume visiter ses hommes qui sont très désireux de le rencontrer. Mais il leur répond qu'il n'ira pas cette fois. Il ne ravirait en aucun cas le royaume de Loenois à celui à qui il l'avait donné. Et il est avéré qu'il avait offert sa terre à Gouvernal, son maître, et lui avait donné pour femme une de ses cousines germaines, si bien que Gouvernal était roi et elle reine. C'est pour cette raison qu'il dit ne pas vouloir aller en terre de Loenois. Il restera tout l'été et l'hiver à la Joyeuse Garde. Mais l'été suivant, il se rendra en Loenois pour voir le roi Gouvernal et ses amis et retournera en Cornouaille, ainsi qu'il le dit. Voici ce qu'affirma Tristan et ceux de Loenois sont merveilleusement heureux quand ils entendent cette nouvelle.

Tristan l'aurait fait comme il l'avait dit l'été prochain. Mais il ne le put car la grande quête du Saint Graal fut entreprise et débuta. Tous les chevaliers de la Table Ronde y participèrent et Tristan s'y joignit. À cause de cette quête, il perdit ma dame Iseult et le roi Marc la récupéra. Mais cessons d'évoquer ce conte et retournons à un autre sujet.

Achevé d'imprimer en février 2021
par Normandie Roto Impression s.a.s.
61250 Lonrai
N° d'impression : 2100654
Dépôt légal : mars 2021

Imprimé en France